娘と私

獅子文六

筑摩書房

目次

扉イラスト　河村怜

「娘と私」

獅子文六

亡き静子にささぐ

まえがき

娘が生まれたことから、話さねばならない。

彼女は、パリで妊《みごも》られ、日本で生まれた。母親は、私の最初の妻である。妊娠八カ月ぐらいで、日本に着いたのだが、産月《うみづき》が迫っても、普通の産科医に見せるわけにいかない。彼女は、フランス人で、言葉が通じないからである。尤《もっと》も、英語は話せるから、外人も診察するという、横浜の産科病院に、入院させることになった。

ところが、その院長の英語というのが、怪しいもので、殆《ほと》んど、妻と話が通じない。院長も閉口して、私も一緒に、通訳として、入院してくれという。産婦人科病院に、たとえ付添《つきそ》いの名目にしろ、男が寝泊りするのは、規則外《はず》れなのだが、院長の方から、それを望んだのである。妻は、勿論《もちろん》、その方を喜んだ。

私も、まだ若かったが、産科病院の生活は、生まれて最初であり、異様な経験だった。妻はベッドに横たわり、私は次室で、日本夜具に包《くる》まって臥《ね》るような生活を、続けた。割りに涼しい夏だったが、女ばかりの世界に、男一人が紛《まぎ》れ込んだ、窮屈な毎日を送ってるうちに、八日目に、妻が産気づいた。

娘が生まれたのは、大正十四年八月二十六日である。朝から、天候が悪かったが、午《ひる》頃《ごろ》から、烈しい暴風雨に変じた。窓を打つ風と雨の音と、周期的に襲ってくる陣痛の声を聞いてると、私の心は、甚《はなは》だしく動揺した。外国人の陣痛の叫びは、大きいというが、妻もその例に洩《も》れなかった。殊に初産《ういざん》であるから、苦痛と恐怖が、烈しいのであろう。その声を聞いてると、私は、子供なぞ生まれなくてもいいと思い、あんな残酷な苦痛が、妻の体から去ってくれることのみを、念じた。

　妻は担架《たんか》で、分娩室《ぶんべんしつ》へ運ばれたが、この時だけは、私も通訳として、同行を避けた。だが、いつまでも、妻の悲鳴が耳について、離れなかった。実際、こういう場合の良人《おっと》というものは、ダラシなく、何の役にも立たず、ウロウロして、夢中で、煙草ばかりフカす外なかった。

　だが、再び、担架で病室へ帰ってきた妻は、ケロリとして、静かな、しかし疲れた微笑を浮かべながら、「ポンと出てしまって、それでお終い《ブッス・サィエ・セ・フィニ》！」と、冗談《じょうだん》をいった。ナアーンだと、私は一パイ食わされたような気持になったが、続いて、看護婦《かんごふ》が抱えてきたモノを見ると、ギュッと、胸が迫った。

「当りましたよ。女のお子さんですわ」

と、看護婦が、白布に包まれたモノを、私の前に差し出した。

　私は、出産の前から、初めて持つ自分の子が、どうも、女の子のような気がしてならなかった。パリにいる時からして、その予感があった。

　だが、今は、男女の別なぞ、問題でなく、ただ〝初めて子を持った〟という意識で、頭も、胸も一杯だった。私は、一心に〝わが子〟を覗《のぞ》き込んだ。小さな、小さな存在だった。普通の赤ン坊のように、真ッ赤ではなく、眼が大きく、繊細《せんさい》な手を動かし、口からバラ色の舌を、少し、現わしていた。ジッと見ていると、私の胸の扉《とびら》が、音立てて開き、私の魂が抜け出して、赤ン坊の中へ入っていくような気持になった。

感動で、私は、立っても、坐《すわ》ってもいられなかった。産婦は、疲れて眠り出し、看護婦が、赤ン坊の世話をしていたが、私は、病室を飛び出して、世界中の人に、わが子の誕生を告げたい衝動を、感じた。

実際にも、姉と弟のところに、無事出産の電報を打つ必要があった。私は、それを口実に、外へ飛び出した。出産は、午後五時一分だったそうだが、街路へ出た時は、もう、薄暗く、暴風雨の勢いも、弱まっていた。それでも、私はビショ濡れになり、桜木町駅まで行って、電報を打った。二通の電報では、もの足りず、親戚《しんせき》と知人の全部に知らせたい要求を、やっと抑《おさ》えた。

私は、そのまま、病院へ帰る気がしないで、野毛町《のげまち》の、小さなシナ料理店へ、飛び込んだ。暴風雨で、戸を閉めてる家が多かったが、その家だけ、営業していたのである。私は、全然、空腹を感じなかったが、ただ、酒が飲みたくて、堪《たま》らなかった。

ビールやシナ酒を呷《あお》りながら、私は、ニヤニヤ笑ったり、独り言《ひとりごと》を洩らしたり、狂態を演じたことであろう。〝子を持った〟という感動で、大波に揺られるようで、自制心を失っていた。そのくせ、私は、子供が欲しいなぞと思ったことは、一度もなかった。

文学の世界へ入っていくのに、子供なんか、邪魔《じやま》ッ気《け》だと、思っていた。その上、私は貧乏で、子供を育てていく自信も、なかった。それなのに、初めて父となった喜び――いや、喜びなぞという、単純な感動ではなかったが――は、そんなに、大きかった。

「名前を、つけなければならないな」

私は、揺れる心を、強《し》いて落ちつけ、考え方を具体的にしようと努めた。

「やはり、麻理《マリ》がいいかな」

パリにいる時から、もし、女の子が生まれたら、その名はどうかと、考えていたのである。マリー（Marie）という名は、フランスの女性に最も多く、最も平凡な――日本なら、花子に相当する名である。そういう有り触れた名が、あの国人の血を享《う》けたことのシルシになるし、また、そんな漢字を当てはめれば、日本の名としても通用すると、思っていたのである。そして、その頃から〝麻理〟という名の外は、全然、頭に浮かばず、男の子の名は、いくら考えても、徒労《とろう》だった。

「よし、それに決めた！」

私は、強烈なシナ酒を、飲み干《ほ》して、イスを立ち上った。おかしなことに、今度は、一刻も早く、病院へ帰りたくなったのである。そんな名にきめたことを、妻に語りたかった。尤《もっと》も、Marieを日本名にする試案は、度々、彼女に語り、彼女も賛成していたのである。

外へ出ると、もう、雨が止んでいた。私は、台風の名残りの中を、駆けるように、衝《つ》き進んだ。

*

それから、暫《しば》らくして、私は、今の世田谷区代田橋の近くに、〝わが家〟を持った。わが家といっても、勿論、貸家であるが、妻と子と共に、家庭を営むということは、私の人生の最初の経験だった。

その家は、安普請《やすぶしん》だが、モルタル塗りの外壁と、赤瓦の新築で、その頃から建ち始めた〝文化住宅〟の一軒だった。屋根裏を入れて、四間《ま》しかない小屋だが、パリで貸間住《ずま》いをしていた私たちには、広過ぎる気さえした。

私は、そこを根城《ねじろ》にして、世の中へ出ていく意気込みだった。といって、私には、何一つ、仕事のアテはなく、生活費は、父の遺産の最後であった地所を売り、その金で居《い》食《ぐ》いをしていた。しかし、私は元気で、頼まれもしない翻訳《ほんやく》を、日課のように、毎日続け、そのうち道が開けるだろうということを、なんとなく信じていた。

妻も、元気だった。見も知らぬ外国へきて、貧しい生活をするのだから、ずいぶん心細い筈《はず》ではあるが、彼女は、そんなことに屈する女ではなかった。反対する両親を、強《し》いて説き伏せて、私と結婚し、日本へきた彼女は、相当、深い覚悟を持っていた。

この辺で、妻について語る必要があるかも知れないが、私は、この物語を、彼女が病死し、私と幼い娘が取り残されたところから、筆を起すつもりであるので、詳《くわ》しく書く気は持っていない。彼女と私が、どうして結ばれ、パリでどんな生活をしていたかというようなことは、また、別の機会に、語りたいと思っている。

彼女は、エレーヌと呼び、中部フランスの小さな町の小学校長の娘だった。女学校を出てから、ロンドンへ英語の勉強に行き、その語学の助けで、パリの米国人商社に勤め、自活してるうちに、私と知り合ったのである。その時、彼女は二十六歳、私は三十を迎えていた。翌年の冬に、彼女は麻理を妊娠《にんしん》した。

彼女は意志の強い、理性に富んだ、そして極めてジミな女だった。彼女の情熱は、潜在的で、堅実で、道徳的でもあった。私と結婚前に、社会主義運動なぞに加わったのは、その一例であった。体は、骨格型の中肉中背で、容貌も平凡、やや近視である外に、病気を知らず、パリ女の繊弱《せんじゃく》さと遠い女だった。

貧乏を苦にも、恥にもしない彼女は、貧弱な和洋折衷《せっちゅう》の生活に、不平なぞコボさなかった。朝は、パンとコーヒーだが、昼と夜は、殆んど和食であっても、文句をいうどころか、味噌汁や刺身《さしみ》を、好物と称した。尤も、彼女は読書好きの女の持ち前で、料理が得意でなく、パリでも、安飯屋で外食ばかりしていた。その点、食いしん坊の私と、まるで反対だった。日に二度の和食をするのは、経済上の必要と、台所をする老婢《ろうひ》が、それ以外に知らないからだったが、米の飯に飢《う》えていた私には、妻が喜んで和食を食べるのを、むしろ幸《さいわ》いとした。

赤ン坊だけは、安物のベッドに臥《ね》かしたが、私たちは、敷物の上に布団を展《の》べ、日本夜具に包《くる》まった。臥てる枕許《まくらもと》に、テーブルの脚が、迫っているような殺風景さも、若い私たちは、気にしなかった。

貧しい家計を助けるために、彼女は、フランス語の出張教授に出ていった。一回二十円ぐらいの報酬でも、その頃は大金であり、生活費の半分ほどは、彼女が稼《かせ》いでくれた。尤も、私も、机に向ってばかりもいられず、子供の守りをしたり、風呂水を汲んだり、時には、料理番も勤めた。亭主兼主婦の役回りは、煩雑《はんざつ》だったが、生活にハリがあるので、少しも苦にならなかった。

麻理は、健康に育っていった。頭もクリクリ、眼もクリクリした、血色のいい赤ン坊だった。肌の色がトースト色で、髪も、黒褐色で、瞳《ひとみ》も、青さがなく、混血児の特徴に乏《とぼ》しかったばかりでなく、女の子とさえ、見えなかった。動作が元気で、声立てて笑い、泣声も大きかった。

神田のカトリック教会で、彼女は、洗礼を受けた。代母《だいぼ》は、私の友人の妻のフランス人だった。私は、妻が麻理に洗礼を受けさせたいといった時に、少し、不審に思った。なぜといって、妻は、社会主義に興味を持つくらいで、まず、私と同様な、無神論者の仲間だった。私たちの結婚も、まったく、教会の世話にはならなかった。それなのに、わが子の洗礼は、何の躊躇《ちゅうちょ》もなく、受けさせた。私は、日本の親が、七五三の宮詣《みやまい》りをさせるのと、同じ心理かと考えたが、フランス人の血に潜《ひそ》むカトリックの信仰は、もっと根強いものであることを、後に知る機会があった。

麻理の最初の誕生日を迎える頃には、私の仕事も、やっと、芽を吹いてきた。舞台の研究書や、フランス戯曲の翻訳や、アテもなしに書いて置いたものが、出版される運びになった。そして、世の中が大正から昭和と変って、円本時代というものが始まり、近代劇全集の翻訳者の一人として、私は、どうやら、生活の道が立つようになった。また、ある劇団の演出者として、その頃の私の本願であった舞台の仕事に、いそしむこともできた。

麻理は、日増しに、可愛い子になった。三つ、四つ、五つ――その頃の彼女の可愛さを、私は、忘れることができない。肉づきのいい、表情のイキイキした、見るから、健康そうな、快活な子供だった。元気過ぎて、私に跳《と》びついたハズミに、私の前歯の継続歯《つぎば》を折ってしまったこともあった。そして、彼女は、その頃の日本の洋装としては、最も可愛げなものを、着せられていた。

妻は、料理下手《べた》ではあったが、裁縫は好きだった。自分のドレスは、パリでつくったものを、いつまでも着ていたが、麻理の服は、一切、わが手で新調した。フランス婦人雑誌なぞに出てる、子供服の型を、私にも相談して、あれこれと選び、ミシンの音を立てた。白セルのツー・ピースで、襟《えり》に細い縁取《ふちど》りのように、あり合わせの黒い毛皮を縫い込んだ服なぞは、まず、妻の傑作だったろう。その頃の女や子供の洋装は、非常に幼稚だったから、妻が、その白い服を着た麻理を連れて歩くと、人が眼を欹《そばだ》てた。

麻理は、近所の子供と遊ぶようになり、妻の日本語より、遥かに上手になった。妻も、最初はカタコトの日本語で、わが子と喋《しゃべ》っていたが、麻理が三ツぐらいになると、断然、フランス語の行儀のいい言葉を、教え始めた。

「お母さん、どうぞ……と、いいなさい《ディット・ママン・シイル・トゥ・プレー》！」

容赦《ようしゃ》なく、麻理は、言葉使いを直された。回らない舌ながら、じきに、彼女は、に上達した。正しいフランス語を喋るようになった。私は、自分のフランス語の発音の悪さを知ってるから、彼女に伝染しないためにも、なるべく、日本語で話した。そのために、彼女は、日本語とも仏語ともに上達した。

麻理が、言葉の外に、上達したのは、キッスであった。〝おやすみなさい《ボン・ニュイ》〟をいって、寝床につく時、何か貰って嬉しい時、彼女が両親の頰にキッスする習慣は、妻が教えたにちがいないが、口で教えただけでは、軽い、自然な、親子間のキッスは、習得されないだろう。結局、母親の血をひいているからと、解釈する外はないが、彼女のキッスは、不思議と上手で、微笑《ほほえ》まずにはいられない軽い音と、感触を、私の頰に与えた。

私たちの家庭は、まず、幸福といえた。無論、夫婦喧嘩《げんか》がないわけでもなく、その口争いは、いつもフランス語でやるから、語学的に私の敗北に終り、癇癪《かんしゃく》を起して、物を投げるようなこともあったけれど、動機は、他愛《たわい》もないことだった。喧嘩の後はすぐ仲が直った。

一つには、私の翻訳の仕事の収入が殖《ふ》え、時には、小旅行をしたり、家具を買い入れたりするように、家計が順調になったからであろう。妻のフランス語教授の収入も、家計に繰り入れず、彼女の小遣銭《こづかいせん》に回すことになった。また、妻もフランスの女の友人が殖《ふ》え、最初ほど、社交の孤独を感じないで済んだ。

しかし、その当時の私が、果して、どれだけ、よい良人《おっと》で、よい父親であったか、疑問である。私は、あまり、女遊びなぞしなかったが、友人と酒を飲んで、晩《おそ》く帰るようなことは、度々だった。そんなことよりも、妻にとって、最も物足りなかったろうと思うのは、私が、まだ、人の父であり、人の良人であるに相応《ふさわ》しい、人間的成長を、遂げていなかったことだろう。今から考えると、私は、まだ、まったくコドモであった。フランスの同年輩の男と比べたら、考え方でも、態度でも、ひどく、子供臭いにちがいなかった。私は、自分自身のことを考えるのが、精々の男であり、妻や娘に対する愛情と、自分の情熱とを、整理したり、按配《あんばい》したりすることも、知らぬ男だった。

私に比べれば、妻は、成熟した一人の女であり、人生も、私より知っていた。年は四つ下でも、彼女は〝姉さん女房〟であった。その上、外国人であり、私たちの家庭生活は、よほど、世間とちがっていたと思われる。

だが、麻理が、算《かぞ》え年六つの新年を迎えた時に、不測の災《わざわ》いが起った。妻が、発病したのである。

＊

妻は、心臓の持病が昂《こう》じ、それに、神経衰弱が加わったといわれ、私には、彼女がムりして、日本生活に融《と》け込もうとした結果とも思われ、友人のフランス婦人が経営するホテルに、暫らく静養させたりしたが、経過は、捗々《はかばか》しくなかった。

その年の秋に、私は、医師とも相談の結果、彼女を連れて、フランスに行くことにした。彼女の両親が住んでる所は、山間の静かな町であり、療養生活には、好適の場所であった。

しかし、麻理をどうするか。彼女は、長途の旅行に同伴するには、あまりに小さく、且《か》つ、子供の養育は、病人にとって、過重な負担である。といって、私たちの留守の間、幼い者を、安心して預けられる家が、ある筈もなかった。

幸い、その話を聞いて、朝鮮にいた姉夫婦が、進んで、麻理を引き受けると、いってくれた。姉夫婦は、子供がなく、東京へ出てくると、麻理を、よく可愛がった。混血児として、親戚間の妙な視線を浴びていた麻理も、姉は、唯一《ゆいいつ》の姪《めい》として、義兄は、外国生活の長い男で、偏見がなく、二人から愛されていた。

私は、麻理の手を曳《ひ》き、平壌《へいじょう》までの長い旅をした時の寂しさを、今もって、忘れることができない。五年間、好調に進んだ私たちの家庭生活が、突然、破壊された悲しみを、その旅に出て、初めて痛感した。そして、子供を置いて帰れば、病妻を連れて、更に長い旅が、私を待ってる。不完全な父親であり、良人であった私は、意気地もなく、この不幸に打ちのめされ、ともすると、感傷的になった。

姉夫婦の愛情は、信用しているが、子供を残してくることに、堪えなかった。明日は出発という日に、私は、なるべく、麻理の側《そば》にいない方がいいと思い、平壌の郊外を独《ひと》り歩いたが、晴れ渡った寒い空から、カラカラと井戸釣瓶《つるべ》の音のような、鶴の啼《な》き声が聞えた。二羽の鶴が、非常に高い空を、円舞していた。その声ほど、悲しい声を、私は生涯のうちで、聞いたことはなかった。

ありがたいことに、麻理は、別れる時にも、快活だった。母と別れる時も、彼女は、不思議といっていいほど、無関心だった。それを、私は、どれだけ感謝したか、知れなかった。

*

秋が深くなる頃に、私は、病妻と共に、フランス船ポルトス号に、乗り込んだ。マルセーユへ着くと、彼女の父が、埠頭《ふとう》へ出迎えていた。そして、月の明るい夜更《よふ》けに、山国の小駅に降り、彼女の生家に入った。

暫《しば》らく、そこに滞在してから、私は、パリに出た。私は、パリの演劇を観《み》て置かねばならなかったし、妻の実家に長く厄介になることは、避けねばならなかった。

数年振りで、私は、安ホテルの独身生活を味わい、時時、田舎《いなか》の病妻を見舞った。そのうちに、日本から、意外な手紙が届いた。姉の良人が肺結核に罹《かか》って、当分、別府で静養することになった、というのである。勿論、麻理も一緒に連れていくが、彼女は、非常に元気で、姉夫婦によく懐《なつ》いているから、安心するようにと、書き添えてあった。

その手紙に、私は、やや不安を感じたが、じきに、忘れてしまった。久振《ひさしぶ》りのパリの学生的生活が、私をノンキにさせていた。日本にいれば、一家の主人だが、パリでは、外国の一青年に過ぎない。事実、私は、まだ若かった。三十代は、大きな子供のようなものである。父の自覚や、良人の自覚も、ほんとには、備わっていない。自分の家庭生活に降りかかった不幸のことなぞ忘れ、日本へ帰ってから試みようとする仕事の野心《やしん》に、燃え立っていた。

半年余を、パリで送ってるうちに、滞在費も乏しくなってきたが、妻の容態は、快方に向わなかった。私は、妻の両親とも相談して、一まず、日本へ帰ることにした。ちょうど、道連れがあって、帰路は、シベリア経由にした。そして、二週後に、新緑の美しい九州の山々を見たが、私は、すぐ東京に帰らず、別府にいる姉夫婦を見舞い、わが子に会いに行くことにした。日本の空気を吸うと同時に、未完成な父親も、少しは、自覚を深めたのであろう。

別府の貸別荘を訪ねると、麻理は、ハシカで臥《ね》ていた。

「パパ、お帰ンなさい！」

純粋な日本の子供と、少しも変らぬ言葉で、彼女が、病床から叫んだ。途端に、私の胸が、搔《か》き毟《むし》られるようになり、涙が止まらず、彼女の頭を撫ぜること以外に、何もできなかった。彼女の出産の時に感じたような、烈しい感情が、再び、爆発したのである。

数日間、別府に滞在している間に、義兄がかなり重態であることと、そのために、姉が麻理を預かることを、これ以上、希望してないことを、私は知った。

私は、ハタと当惑した。フランスへ行く時に、家を畳《たた》み、家具も、伯母《おば》の家に預けてある始末で、麻理を東京へ連れ帰っても、入るべき家もないのである。そして、長途の疲れで、私自身も、クタクタに、気力を失っていた。

しかし、そういわれれば、麻理を連れて帰る外はない。麻理は、わが子なのだ。誰にも世話を頼むべきではない――

折りよく、麻理のハシカは本症でなく、水痘《すいとう》であるとわかったので、予後を心配する必要もないと思って、私は、彼女を連れて東京へ帰った。

私は、とりあえず、中野の伯母の家に仮住《かりずま》いを定めた。そして、娘と私との生活が始まった。

そこから、私は、この物語を始めようと、思うのである。

一

私が借りた伯母の家は、東中野の駅から、そう遠くない所にあった。彼女は、老未亡人であり、子供たちは、皆、家を成してるので、一人住いには広過ぎる家屋を、私に貸すことになったのである。伯母は二階に住み、私たちは、階下に住んだ。洋風擬《まが》いの八畳、茶の間の八畳、寝室の六畳、それに、女中部屋との四間が、私たちの住居となった。台所は共用だが、伯母は、殆《ほと》んど毎日外出して、未亡人の気楽さを愉《たの》しんでいるので、こういう場合に起りがちな気まずさは、なかった。

私が、伯母の家へ越してきたのは、心の底で、麻理を育てることに、彼女の手を貸して貰うことを、予期していたにちがいなかった。さもなければ、気儘《きまま》を好む私は、たとえ伯母にせよ、人と同居することなぞ、思いも寄らなかった。それ以前から、私は、すでに、女の子を抱《かか》えた父親として、苦い経験を重ねていた。女の子を育てるには、女の手が必要なのである。父親が、いくら努めても、手の届かない、眼の届かない盲点が、どれだけ多いことか。そして、見す見す、わが子を、偏《かたよ》った子供として、育てていくのである。

子供服を、デパートへいって、麻理に買ってやることは、私にもできる。ガラや形の選択は、私も、世間の母親に、負けないだろう。しかし、それが、どれだけ暖かいか、モチがいいか、他の服との釣合いはどうか、というようなことは、私にはわからない。時には、大変小さな服を、買ってきたりする。

食べ物なぞも、そうである。欲するものは、何でも与えると、下痢《げり》をする。自家中毒という病気を、麻理は、何回か、繰り返した。今度は、逆に、ひどく制限して、栄養不良にしたり、食いシンボウにならせたりする。頃合いということが、父親にはできない。

それにも優《まさ》して、心を傷《いた》めるのは、母親のない女の子に表われる、一つの荒《すさ》みである。

ある日、私は、外出先きから帰ってくると、近所の空地で、麻理が近所の男の子たちと、棒切れを持って、戦《いく》さゴッコをしてるのを見た。私は、私の子がオテンバになることを、少しも惧《おそ》れない。むしろ、わが子がヒネくれた、暗い女の子であるよりも、率直《そっちょく》な乱暴娘といわれる方が、好もしい。それなのに、私は、彼女が棒切れを振り上げて、立ちハダかっている姿を、一瞥《ひとめ》見て、ギョッとした。

真ッ赤な顔をし、眼を釣り上げ、泥だらけの手肢《てあし》を露《あら》わにして、叫び声を揚げて、男の子と争ってる彼女は、家や親のない子に見られる野性の還元を、アリアリと示していた。まったく、私の知らないわが子、妻のいた頃には、想像もつかなかった麻理の姿が、そこに、あった。

——もう一歩で、浮浪児だ。

私は、不意に冷水をブッかけられたような気がした。子供——ことに女の子は、花卉《かき》の苗のようなものであり、助木《じょぼく》を添えたり、鋏《はさみ》を入れたりしないでも、自然に、育っていくものと、私は信じていた。私自身が、かなり放任的に育ってきたので、それでいいと、信じていた。ところが、ふと見れば、花卉の苗が、雑草に変りかけた葉や茎《くき》を、伸ばしているのだ。

なぜ、そんな荒みが、麻理に表われたか。

その理由は、私に、すぐわかった。女の心と、女の手が、足りないのである。私は、どこまでも、父であり、男なのである。女になれず、母になれないのである。私の家は、太陽はあっても、水のない世界のようなものである。

妻がいなくても、若い私は、それほど寂しさを感じなかったが、子供から見れば、親が片輪車《かたわぐるま》になった——車の両輪の一つが外《はず》れたという、重大な事実が、起ったのである。そのことを、私は、はじめて、気がついたように思った。

そういう経験が、幾度となくあったので、私は、伯母と同居することを、望んだのである。六十に近い彼女でも、女であり、私の血縁であり、麻理に不足してるものを、多少は、補《おぎな》ってくれはしないかと、期待したのである。

しかし、それは、みごとに裏切られた。伯母は、専制的な良人が死んで、ノビノビと、毎日の愉しみを、追ってるところだった。今更、甥《おい》の娘の養育なぞ、面倒らしかった。その上、伯母には、麻理と同年の孫があり、その女の子を熱愛していた。伯母としては、無理のないことだが、私の予期は、まったく覆《くつがえ》された。

いい忘れたが、姉の良人は、私がフランスからの帰途、麻理を連れ帰った年に、別府で、生涯を終った。姉は、朝鮮の住宅を引き払い、東京へ帰って、中野に家を構《かま》えた。亡夫は、相当の会社の重役だったから、その死後も、姉の生活は不自由なかったが、彼女の性格は、一変したように見えた。以前には、自分から進んで、麻理の世話を申出た彼女が、打って変って、冷淡になってきたのである。

その原因は、伯母の場合と、まったく同じだった。姉も、独りになった生活を、愉しみたくなったのである。姉の亡夫は、伯母のそれとちがって、亭主関白ではなかった。二人は、よく愛し合った夫婦だった。それでも、女が世帯主になり、生活の自由を握《にぎ》ると、自分の愉しみを、先ず第一に考え始めるらしい。

「済まないことだけれど、あたしは、生まれてから、こんなに気楽に、毎日を送ったことはないよ」

姉は、私にそういったことがあった。彼女は能楽に凝《こ》り、芝居見物を愉しみ、不自由のない連中との交際に、日日を送った。私は、そういう未亡人の心理が、いかにも、日本の社会状態を語るように思った。亡夫の追懐を、忘れたのではないが、同時に、良人が死んだために生まれた幸福を感謝してるような未亡人――それは、姉と伯母とに限らないと、思った。古い日本には、そういうことはなかったし、また、将来の未亡人は、もっと大胆に、別な道を歩くだろう。その中間の、明治生まれの女たちが、そういう奇妙な心理――良人の死を悲しむと同時に喜ぶ羽目に、墜入《おちい》るのだと思った。

そんな理解を、彼女等の上に持ったとしても、私の失望と困惑が、少しも軽くなるわけではなかった。時として、私は、伯母や姉――ことに姉の処置を、恨《うら》んだ。弟が、これだけ困ってるのが、わからないのか――と、怒った。

しかし、恨んでも、怒っても、どうなることではなかった。麻理は、私の子であり、私が育てるべき責任を、持っているのだった。私が、でき得る限り、母親の代用品になって、欠陥を充《み》たす他はなかった。

ところが、その頃の私は、生涯で、最も生活の苦しい時期だった。翻訳の仕事が切れ、原稿の依頼は殆んどなく、父の遺産は、底をついてきた。何とか、活路を開かなくては、一家の未来も、危《あぶな》かった。といって、原稿生活以外に、自信もなく、作品を書こうとすれば、代用母親になろうとする心と時間を、妨《さまた》げた。

――せめて、午前中だけ、仕事ができれば……。

私は、何度、それを嘆いたか、知れなかった。

「旦那《だんな》、お嬢さんを、幼稚園に、お上げなさったら、どうですね」

と、智慧を出してくれたのは、東中野へきてから雇い入れた、婆やだった。

この婆やは、六十ぐらいだったが、赤肥《あかぶと》りに肥《ふと》って、元気のいい、気性の真ッ直ぐな女だった。麻理を親切に世話してくれ、私の家に足りない女の心と手の幾分を、充たしてくれた。後年、私は『胡椒息子《こしようむすこ》』を書く時に、この婆やの印象を、忘れることができなかった。

私は、即座に、婆やの提言に、賛成した。幼稚園の月謝は高かったが、私は、仕事さえできれば、満足だった。そして、毎朝、婆やが弁当をつくり、子供と一緒に、幼稚園へ通うようになると、私は初めて、ホッとして、机に向うことができるようになった。

しかし、その小康も、長くは続かなかった。麻理が、引っ切りなしに、病気をするのである。自家中毒、感冒、中耳炎、そして、別府で罹《かか》ったのが水痘であったため、麻疹《はしか》も、更《あらた》めて、経験しなければならなかった。

「よく、病気しますなア」

若い、小児科の医者だったが、往診にくると、私の顔を見て笑った。半年間に、五回の病気をし、その度に、九度以上の熱を出した。婆やは、昼間働くから、夜の看護は、私がしなければならなかった。夜半《よなか》に、氷嚢《ひょうのう》を替《か》えたり、便器を入れたりするので、熟睡の遑《いとま》はなく、翌日は、原稿仕事どころではなかった。

妻が側《そば》にいた頃は、あんなに健康で、一度も医者の手を知らなかった麻理が、打って変って多病になったのが、私には不思議であり、恐ろしくもあった。何か、彼女に憑《つ》き物がしてるような気にもなった。しかし、理性的に考えれば、すぐ、回答が浮かんだ。

——母がいないからだ。子供の健康には、それほど、母が必要なのだ。

結局、問題は、そこへ帰っていった。といって、その欠けたものを、どう塡《うず》めようもないことだった。

子供の病気が癒《なお》っても、いつ罹ったとも知らない私の神経衰弱は、癒らなかった。夜、眠れなくなり、隣りの寝床で、小さな寝息を立ててる麻理のことを考え、一向に芽の出ない自分の文筆生活のことを考え、窮迫していく家計のことを考え（麻理の病気の度に、失費は嵩《かさ》むばかりだった）、暗闇《くらやみ》の中で、吐息《といき》ばかりついた。ある時は、ムックリと、暗中に起き上った。半ば、無意識の行動だが、目的はわかっていた。

——麻理は、生きていない方が、幸福ではないか。私自身は、勿論のことだ。

よく、子供を道連れにして自殺する、愚《おろ》かな母親があるが、逆上した私の心理は、そういう思い詰めた女のそれと、少しも、異《こと》ならなかった。ただ、私は、実行しなかっただけである。

翌朝、クタクタに疲れた私が、眼を覚まして、考えることは、一つだった。

——何とかしなければ、ならない。このままでは、麻理も、私も、共倒れになる。

わが子を育てながら、文筆を執《と》るということは、女流作家にはできるかも知れないが、男には無理であることが、シミジミわかった。私は、勤労生活に入ろうと思い、化粧品店の広告部だとか、ツーリスト・ビュローの国際宣伝係とかいう所へ、就職運動をした。しかし、ちょうど、不況の甚だしい時代で、どこも採用の返事をしなかった。一体、私という男は、不思議なように、月給生活の口に縁がなく、渡仏以前にも、そんな機会がありながら、いつも、断《ことわ》られる結果になった。

私の心は、乱れ勝ちだったが、麻理がいる以上、自暴自棄は許されなかった。その年の四月には、彼女も学齢に達するので、どこかの小学校へ入れなければならないが、私は、白薔薇《しろばら》女学校の小学部が、念頭にあった。普通の小学校でもいいが、もし、麻理がアイノコと罵《ののし》られるような場合、私には堪えられなかった。彼女は、まだ、その罵りの味を知らないのである。〝白薔薇〟ならば、フランス系のカトリック教団の学校であり、洗礼を受けた麻理に適当であるばかりでなく、妻が日本にいる頃に、麻理を抱いて、夫婦で訪問したこともあった。そして、あの学校なら、アイノコ呼ばわりをするような生徒も、いないだろうと思った。ただ、普通の小学校より、費用のかかるのが、負担であったが、私の力の続く間でも、麻理のような出生の子供は、そういう学校へ入れて置きたかった。

入学について、私は、度々、白薔薇女学校を訪れた。ジャンダークの石像の立ってる校庭を横切り、本館と呼ばれる、どこか僧院風な建物の、狭い扉口《とぐち》を入ると、いつも、外国を憶《おも》い出させる匂いがした。それは、そこに起居するフランス人の尼僧たちの食物や、礼拝堂の蠟燭《ろうそく》の匂いかも知れなかった。内部は、ひどく掃除《そうじ》が行き届いていて、スリッパで歩くと、足が滑りそうであった。白い被衣《かつぎ》の尼さんたちは、廊下を忙がしく歩きながらも、礼拝堂の前を通る時には、低く腰を屈《かが》めた。

そういう清潔と秩序が、無信仰の私にも、力強さを感じさせ、わが子を預ける学校として、頼もしさを懐《いだ》いた。誰かの助力なしに、麻理を育てられないと思ってる私に、この本館の宗教的雰囲気《ふんいき》は、縋《すが》る気持を起させた。

校長は、四十代の女性で、フランス語の南部訛《なま》りの強い人だったが、貴族の出という噂《うわさ》だけあって、品のいい、優しい人だった。彼女は、麻理の母親を知ってるばかりでなく、麻理が洗礼を受けてるということだけでも、彼女に対して、同情的だった。その他の数人のフランス尼僧も、小学部教頭のK先生（この人は、日本人の尼僧だった）も、感謝すべき親切を示してくれた。

それでも、一応、入学試験は受ける必要があり、その日に、私は早く起きて、麻理と共に、東中野から飯田橋まで、省線に乗った。彼女と同じくらいの女の子が、何人も、母親に手を曳かれて、九段の方へ、坂を登って行った。〝白薔薇〟の受験生であることは、一瞥《ひとめ》で、明らかだったが、どの子供も、母親が付き添っていた。さもなければ、姉だった。

「今に、毎日、この道を、通うようになるんだぜ。一人で、電車に乗れるかい？」

私は、麻理に、話しかけた。一つには、彼女が、母にも姉にも、手を曳かれていないという事実を、念頭に浮かべさせたくなかったからでもあった。

「平気さ、電車ぐらい……」

麻理は、快活に答えた。

受験生の溜《たま》り場《ば》は、校舎の中の一室で、子供と母親たちが、充満していた。男性は、ほとんど、私一人だった。私は、もう、私たち親子の特異性を掩《おお》おうなぞという気持を、諦《あきら》めた。

私は、ふと、一人の外国婦人が、子供を連れてきてるのを見た。子供の顔は、麻理よりも、もっと、混血児の特徴を、表わしていた。似た運命の子供として、私は、彼女と母親に、注意しないでいられなかった。そして、母親が、子供と話してる言葉を聞いてると、驚いたことに、フランス語だった。

「あなたのお嬢さんも、受験ですね」

私は、なにか、ひどく懐かしさを覚え、彼女に話しかけた。突然、フランス語を聞いて、彼女は驚いた顔をしたが、すぐに、フランスの女らしい、愛想のよさで、麻理が可愛いとか、温和《おとな》しいとか、賞《ほ》めた末、自分の子供の名や、父親のことを話した。彼女の娘はワキコと呼び、父親の木村氏は、フランスで法律を学んだ弁護士で、丸ビルに事務所を持ってるということだった。勢い、私は、自分のことも、話さなければ、ならなかった。

「そう？　このお子さんの母親も、フランス人ですか」

彼女は、眼を円くして喜び、入学後は、彼女の娘と麻理とを、親しい友達にして欲しいと、語った。

そのうちに、麻理やワキコが、先生から呼び出される、順番がきた。子供たちは、教壇の前まで行き、名前を確かめられ、別室へ連れられるのだが、その時に、私は、麻理が、いつか、男の子と暴《あば》れていた時のような野性を、どこかで表わしはしないかと、ヒヤヒヤしていた。ところが、彼女は、直立の姿勢をとり、手を振って、まるで、兵隊のように、歩調をとって、教壇の前へ歩いていった。そして、最敬礼風なお辞儀をして、先生の顔を見た。

——おや、あんな芸を、どこで覚えてきた？

私は、可笑《おか》しくもあり、不審でもあった。

——あ、そうか。幼稚園で、教わったのだな。

謎《なぞ》は、すぐ解けた。僅《わず》かな期間の教育の効果に、私は驚いたが、今度は、そんな小《こ》マッチャクれた仕草をすることが、少し、気になってきた。野性はイヤだが、不自然な子供になってくれても困る——

子供たちが、別室へ連れていかれると、

「あなたのお嬢さんは、大変、お行儀がよろしい」

マダム・木村は、お世辞をいった。

「いや、今日は、特別なのです」

私は笑った。娘たちが受験場から、帰ってくるまで、私たちは、いろいろ語り合った。彼女は、私の妻と比べると、ずっと社交的で、多弁だった。体つきは、妻と同じように、小柄だが、もっと痩《や》せて、キャシャに見えた。彼女には、十五になる男の子もあるというから、妻よりも、年長らしかったが、それだけ、日本人を良人に持った生活も長く、家庭も安定してるらしかった。何よりも、羨《うらや》ましいのは、彼女の良人が有能な弁護士で、外国人関係の事件を取扱い、収入が多く、裕福《ゆうふく》な生活をしてることであった。娘を〝白薔薇〟に入学させることなぞは、彼女の家計にとって、蚊の食ったほどの負担でもないらしかった。

フランスの女と、フランス語で話してるというだけでも、私は、妻のことを、連想しないでいられなかった。妻が発病したのも、日本へきたためと、思われてならなかった。医者は、そんなことはないというけれど、人間の一生は、歯車の歯が、一つ食いちがっただけでも、どんな影響を及ぼすか知れない。フランスにいたら、彼女は、健康であったのではないか。いや、日本にきても、フランスにいると異らない、食物や住居を、彼女に与える力が、私にあったら、彼女の健康は、損《そこな》われなかったのではないか――

私は、そんなことばかり、考えた。そして、フランスの山国の小さな町で、臥《ね》たきりで暮してる彼女を、眼《ま》のあたりに、想い浮かべた。彼女自身で、手紙が書けないので、父親が代って、便《たよ》りをよこすが、それも、月一度ぐらいで、明るいことは、一つも書いてなかった。

――不幸だな、私たちは。いつの間にか、不幸の黒い布が、私たちを、スッポリと、包んでしまったのだな。

私は、幸福そうなマダム・木村を、眺めながら、想いに耽《ふけ》った。

そのうちに、麻理たちが、控《ひか》え室へ帰ってきた。

「できたかね、うまく……」

私が話しかけると、

「誰だって、できらア。易《やさ》しいことばかり、訊《き》くんだもの……」

麻理は、少し昂奮《こうふん》してるらしく、顔を赤くして、元気に答えた。彼女には、何一つ、不幸な運命の感知が、ないらしかった。それが、私には、満足であり、また、なにか悲しかった。

「あたしも、大抵、できたけれど……」

マダム・木村の娘は、フランス語で、母親に答えたが、麻理とちがって、女の子らしい柔和《にゅうわ》な声と、微笑を湛《たた》えていた。

*

縁故があるから、麻理の入学は、不安を持たなかったけれど、正式の通知がきてみると、やはり、私は嬉《うれ》しかった。

「さア、これから、生徒さんになるんだぜ。幼稚園じゃないんだぜ。だから、少し、おとなしくしなくちゃ……」

麻理は、病身になってからも、元気に溢《あふ》れてる点で、幼い時と、変らなかった。言葉使いも、乱暴で、男の子のようだった。それも、母親が、カタコトの日本語しか知らず、女の日本語を教えられる機会がなかったからだろうが、一面には、性格も、手伝っていた。女の子らしく、メソメソ泣くようなことは、滅多になかった。家で遊ぶよりも、戸外で暴れることが好きだった。

しかし、私は、妻が、再び日本へ帰ることが、絶望らしいので、麻理を、日本の娘らしく、女の子らしく育てる方が、彼女の将来の幸福だろうと、思った。少くとも、混血児らしい色彩を、できるだけ拭《ぬぐ》い去り、普通の小学一年生らしい姿で、彼女の進路に立たせたかった。

後者の希望は、案外早く、実現した。それは、〝白薔薇〟の制服が、洋服屋から届いたからだった。

小学校でも、そこには、制服の規定があった。紺地の厚いサージの水兵服で、三筋の白線に囲《かこ》われて、ジャンダークの剣を図案化した徽章《きしよう》が白く浮いてるのが、特徴だった。そして、丸形の紺色帽子と、青い胸のリボンが、小学部の区別だった。その他に、フランスの小学生の着る、黒繻子《くろじゆす》の上ッ張りも、規定の型で、調製せねばならなかった。それを、子供たちも〝タブリエ〟と、仏語で呼んでいた。

そういう〝新調品〟は、地質がよい代りに、代価も、普通の倍額を要した。

「でも、一度こしらえて、お置きになれば、卒業まで着ている子供もございますからね」

私の貧しいことを知ってるK先生は、そういって、慰《なぐさ》めてくれた。

服の外に、靴、革のランドセル、学用品、定期券――買わねばならぬものは多く、出費は嵩《かさ》んだ。しかし、私は、それを頭痛の種にする時期を、通り越していた。もう、どうせ、家計は狂っているのである。麻理が学校へいくようになれば（幼稚園とちがって、朝早くから、午後三時頃まで、彼女は家にいなくなるのだ）、私は、必死に、仕事を始める覚悟だった。その原稿が売れるか、売れないかは、別として、とにかく、ドタン場まで、何も考えず、突進する外はないのだった——

制服や、その他の持物が揃うと、麻理は、よほど嬉しいらしく、日に何度も、それを着たり、脱いだりした。私も、一緒になって、制服を着せた上に、帽子を冠《かぶ》らせ、ランドセルまで背負《しょ》わせて、その姿を眺めた。

——おや、これは、別の麻理だ。

私は、わが子の印象が、一変したのに驚いた。一体、幼いうちから、混血児らしくない顔立ちの子だったが、制服に包まれると、どこにも、それらしい面影はなかった。男の子のような野性味さえ、可愛らしい制服の下に、掻《か》き消されていた。

——あの学校へ入れて、よかったな。

私は、腹の中で、そう思った。その時の印象が、強かったせいか、今だに、私は〝白薔薇〟の制服を着た女の子がいると、遠くから眼につき、微笑と涙ぐましさを、抑《おさ》えることができないのである。

明日が始業式という日は、生暖かい春風が強く吹き、咲き出した桜の枝を揺《ゆす》った。その日は日曜にあたり、私の従弟《いとこ》が、麻理より年下の娘を連れて、遊びにきた。彼は、写真が道楽なので、カメラを携《たずさ》えて、私たちの姿を何枚か、撮影した。

「君、麻理の制服姿を、一枚、撮《と》ってくれないか」

私は、ふと、思いついて、彼に頼んだ。その写真を、フランスへ送ってやりたかったのである。

麻理は、婆やの手で、服を着替えさせられた。その時に、私は、彼女の顔色が、いやに赤いと思ったが、あまり、気にも留《と》めなかった。

やがて、麻理は、庭に立たされた。帽子のゴム紐《ひも》も、顎《あご》にかけ、靴を履《は》き、ランドセルを背負い、通学の時と同じ姿で、砂混りの烈風の吹く庭で、いろいろのポーズを、させられた。

その晩は、久振りで、私たちは、賑《にぎ》やかな食事をした。麻理は、従弟の娘がいるので、大喜びで、ハシャいだ。少し、ハシャギ過ぎるくらいだった。親たちも、愉快に、酒を飲んだ。

しかし、その翌朝、麻理は、起き上れなかった。四十度近くの発熱で、すぐに、医者を呼ぶ始末だった。恐らく、昨日から風邪をひいていたのに、私は、少しも気づかず、服を着替えさせたり、風の強い庭に、立たせたりしたのである。

始業式はおろか、彼女は、最初の学校教育を受ける機会を、一カ月も、遅らせねばならなかった。

二

今度の麻理の病気は、風邪だったが、その後で、中耳炎を起し、医者通いが、長くかかった。

「もう、大丈夫だよ。早く、学校にいきたいなア」

麻理は、しきりに、私にセガんだ。臥ている必要はないが、寒い風にあたると悪化すると、医者に注意されてるので、通学はもとより、庭へ出ることも禁じられ、彼女は、退屈でならないらしかった。

日当りのいい縁側で、彼女は、ツマらなそうな顔で、塗り絵をしたり、まだ使用する機会のない、新しい教科書を展《ひろ》げたりしていた。片仮名は、学校へ行く前から、読めた。耳に繃帯《ほうたい》をして、ダラシなく、長い着物をきて、臥そべってる姿は、まったく、昔の麻理ではなかった。妻が日本にいる頃は、無論、麻理に和服を着せなかった。多分、姉の家に預けていた間に、姉が興味半分で、和服を拵《こしら》えて、着せたのであろうが、それを、寝衣《ねまき》として、今は、常用していた。

変ったのは、そんな、衣類ばかりでなく、顔つきが、そうだった。巴旦杏《はたんきょう》のように、丸々とした頬が、削《そ》いだように尖《とが》り、首が細く、眼が、神経質に光った。妻が見たら、よその子供と思うかも、知れなかった。まるで、虚弱児童の標本のような子供に、なってしまった。

――困るなア。

私は、遠くから、子供の様子を眺め、心の中で、嘆息した。すっかり弱くなった子供のことを、悲しむばかりではなかった。こういう子供を抱《かか》えて、切り拓《ひら》いていかねばならない、生活の前途を思うからだった。

事実、度重なる子供の病気のために、私は、殆んど、仕事をしていなかった。そして、子供が、学校へいくようになったらと、勢《きお》い込んでいた気持が、今度の病気で、また挫《くじ》かれたのである。

——子供さえなかったら……。

まだ、一人前になれない父親は、すぐ、そう考える。母親は、どんなに若くても、子供を離した自分を、考えることができない。父親は、そうでない。殊に、自分を展《の》ばし、自分を育てる必要に迫られてる父親は、時として、子供が、大きな邪魔物となる——八重桜が咲き出す頃の麗《うらら》かな外景を、縁先きに眺めながら、私の心は、暗く沈んだ。

「パパ。あのね、昨夜《ゆうべ》、ママの夢、見たよ……」

麻理が、突然、話しかけた。といっても、なにか、少し恥かしいような、笑顔だった。

「フーン、そうかい」

私は、何気なさを装《よそお》ったが、心中、ギョッとしたものを感じていた。

麻理は、母と別れてから、殆んど、母のことを、口に出さなかった。母が、いつ帰ってくるとか、母に会いたいとか、そんなことを、常にいわれたら、私は、やりきれないのだが、幸いにして、まるで、母のことを忘れたような、子供になっていた。私は、それを、彼女があまりに幼いから——つまり、母への記憶や愛情が、充分に形成されないうちに、母と別れたからと、解釈していた。

しかし、母の夢を見たという事実が、その考えを、裏切った。

「どんな夢だった？」

私、惧《おそ》る惧る、訊いた。

「あのね、寝てるところへ、ママが、きたんだよ、あっちの部屋に……」

麻理は、私と彼女の寝部屋の六畳を、指さした。

「それで？」

「それでッて、それッきりさ、カラカミ開けて、入ってきて、また、出てッちゃったんだよ」

「何か、いったかい？」

「そうだなア。何か、いったかも、知れない」

「どんな顔、してた？」

「笑ってたよ。だから、あたしも、笑っちゃった……」

私は、努めて感情を表わすまいとした。その話を、軽く取扱うことに、専念した。さもないと、自分も堪《たま》らないし、子供にも、不幸な感傷を、植えつけることになる――

幸い、麻理は、話し終ったら、すべてを忘れたように、また、遊びごとに、熱中し始めた。

私は、しかし、長く、心が鎮《しず》まらなかった。

――やっぱり、母親のことを、覚えているんだな。

その事実が、私には、感動的であり、また、病んでいる妻の心が、通ってくるのかという、無稽《むけい》な想像さえもした。

――ことによったら妻が、死んだのではないか。

＊

しかし、不吉な報知も来ないで、麻理が初登校をする日を、迎えることができた。待ちに待った日だから、麻理の喜びは、大変なもので、新しい制服、新しい帽子、新しいランドセル――靴だけは、古かったが、婆《ばあ》やに連れられ、勇んで、家を出た。私も、門まで、見送った。

三時過ぎに、学校から帰ってきた時も、大手柄でも立てたような、得意顔だった。自分の名を書いた定期券を出して、省線へ乗るのが、わけても、得意らしかった。

一カ月の休学で、学力が遅れやしないかと、私は心配したが、杞憂《きゆう》らしかった。

「ワキコさんに、会ったかい」

私は、入学試験の時の混血児のことを思い出した。

「すぐ、仲よくなっちゃった。遊び時間も、二人で遊んだ……」

同じ運命の子が、同級にいることと、親しくなりそうなことが、私には、心強かった。

婆やは、一週間ほど、学校の送り迎えを続けた。従って、私の午飯《ひるめし》は、誰も世話する者がなかったが、そういうことには、私は、割合い平気だった。飯櫃《めしびつ》を、台所から抱えてきて、一人で、ムシャムシャ食った。

　一週間で、婆やが送り迎えをやめたのは、麻理が、一人で行けると、頑張ったことと、同じ東中野から、二人の同級生が通学するのがわかり、連れ立って登校することに、約束がきまったからだった。一人で登校する日の朝、

「自動車に、気をつけるんだぜ、自動車に……」

　私は、飯田橋を降《お》りてからの道路が、一番、気になったが、当人は、半分も、耳に入れなかった。雨の日だけは、婆やが付いていくことにしたが、私の不安は去らなかった。ふと私は、木村ワキコは、どんな風にして、登校してるか、知りたくなった。このことを、麻理に訊《き》くと、

「ワキコさんは、別なんだよ。お母さんが、送ってくるんだよ、たいがい、円タクに乗って……。だけど、そんな人、ほかに一人もいやしないや」

と、彼女は、むしろ、ワキコを軽蔑するような口吻《こうふん》を、洩らした。

　とにかく、一月経《た》っても、事故は起らず、麻理と同じ位の恰好の子供が、電車で通学してる姿を見かけて、私も、少しは、安心した。子供には、神様がついていて、危険を追い払って、くれるのかも知れないと、思った。

　麻理の通学が始まって、やっと、私に仕事の時間が、与えられた。綜合《そうごう》雑誌や青年雑誌から、ボツボツ、原稿の依頼があった。とはいっても、小さな仕事で、生活費を稼《かせ》ぐ

には遠かったが、食い込みを少くする効はあった。そして、やがて、道が展《ひら》けるのではないかと、一縷《いちる》の希望を繋《つな》げないこともなかった。

婆やは、よく、麻理を可愛がってくれた。彼女は、昔、相当の生活をしていたらしく、その頃は、女天下の細君らしかった。亭主を尻に敷いて、子供を溺愛《できあい》した過去を、よく私に語ったが、従って、私の家にいても、私の世話をするよりも、麻理の面倒を見ることの方が愉《たの》しみらしかった。彼女は、麻理の送り迎えをする必要がなくなったのを、むしろ、不満な様子だった。そして、麻理が、学校から帰ってくると、三時のお菓子を出しながら、いろいろ、学校のことを、質問したりした。

「お嬢さん、マメさんは、お元気ですか。マスは、よく、面倒を見て下さいますか」

婆やは、不思議な言葉を、用いていた。麻理の方は、そんな質問が、少し煩《うるさ》いらしく、生返事《なまへんじ》のような調子で、

「うん。だけど、マスは、大勢いるんだもの」

「へえ。マスっていうのは、K先生のことじゃないんですか」

「K先生もマスだけど、困ンなア、婆やは、わからなくて……」

私は、面白くなって、二人の話に、割込んだ。

「何だい、そのマメだの、マスだのというのは……」

「校長先生の綽名《あだな》が、マメで、K先生が、マスなんでしょう？　ねえ、お嬢さん」

婆やが、口を出した。彼女も、一週間ほど、麻理の送り迎えをした間に、そんな生徒

たちの言葉を、覚え込んだらしかった。

「綽名なんかじゃ、ないッてば……。マメっていうのは……」

麻理が、婆やに説明を始めたのを、半分聞いてるうちに、私は、理由がわかって、吹き出してしまった。

「ハッハッハ、なるほど、そうか……」

フランス語で、教母のことをマ・メール、教姉妹のことをマ・スールと呼ぶが、〝白薔薇〟では、校長と修道女の教師に対して、その言葉を使わせているらしかった。フランス語に慣れない、小さな生徒たちが、マ・メールを豆、マ・スールを桝《ます》と同様に、発音するので、婆やが綽名と思ったのも、無理ではなかった。

そのことを話すと、婆やも笑い出し、麻理も笑い、私も、再び笑った。

そういう笑い声が、私の家の茶の間で起こるのも、久しいことだった。小さな、団欒《だんらん》であるが、その名に値いしないこともなかった。なにもかも、麻理が、学校へ行き始めたことのお蔭だった。

＊

だが、その年の夏がくる前に、少しは軌道《きどう》に乗りかけた、私たちの生活も、また、覆《くつがえ》されてしまった。

「旦那《だんな》、困ったことができちゃいましてね。どうしても、お暇《ひま》を頂かなくちゃ……」

ある日、婆やが、ほんとに困った表情を、肥《ふと》った、赧《あか》ら顔に、漲《みなぎ》らせながら、私の前に坐った。

娘が、働きに出ることになって、家事をする者がないから、家へ帰らねばならない、というのである。婆やの娘というのは、若い未亡人で、女の子を抱《かか》えているのだが、今まで、内職なぞしていたけれど、とても生計が苦しいので、勤めに出ることにした。すると、炊事と子供の世話に、どうしても、婆やが、家に帰る必要がある——

「困ったね。なんとか、ならんかね」

私にとって、婆やに去られることは、身を切られる想いだった。麻理を育てるには、姉よりも、伯母よりも、婆やを頼みとしていただけに、その申出では、大打撃だった。

「こちら様が、お困りになるのは、よく、わかっているんですけれどね……」

婆やも、私の家の事情は、熟知しているから、よほど、言い出しにくかったらしく、眼に涙を浮かべていた。しかし、彼女としては、私の家より、自分の家を大切に想うのが当然だった。

結局、私は、婆やを帰す外はなかった。

彼女が帰った翌朝から、私は、再び〝代用母親〟の地位に戻った。もう、原稿を書く気持は、湧《わ》かなくなった。伯母の方の女中が、飯炊《めした》きと弁当拵《ごしら》えだけは、負担してくれたが、その他のことは、私の仕事になった。

幸い、じきに、暑中休暇がきた。

それで麻理の世話も、少しは手が省《はぶ》けてきたが、私は机に向うことは、不可能だった。私は、女中探しを、八方に頼むと共に、時には、麻理を姉の家へ、預けた。姉も、未亡人生活に、少しは慣れて、心が落ちついてきたらしく、短期間、麻理を預かることなら、快く、承諾した。麻理は、姉に連れられて、箱根あたりに、出かけた。

婆やも、暇を見て、折々《おりおり》、私を見舞ってくれた。そんなことで、一時の小康を保ったとしても、新学期が始まれば、また、私は、混乱の淵《ふち》に、突き落されることが、わかっていた。そして、私は、文筆の方で、少しは、光明を見出してきたばかりでなく、神田のある大学に新設された文芸科から、講師の依頼もきていた。秋からは、何とかして、生活の道を、拓《ひら》かねばならぬと思うと、子供の世話で、すべてを奪われることが、堪《たま》らなかった。

新学期が近づいた或る日、私は、何かの用事で、〝白薔薇〟を訪ねた。麻理が入学してから、彼女のことで、面会してくれるのは、いつも、教頭で修道女のK先生だった。四十近い、小柄な、いかにも質素な女性で、旧式な銀縁《ぎんぶち》眼鏡をかけていた。私も〝白薔薇〟へ出入りするうちに、内外人の修道女を多く見たが、人間として、どこか歪《ゆが》みを感じさせる人もあった。ある修道女は、明らかに、頑固で、意地悪の人らしかった。その中で、私は、校長のフランス人と、やはり、フランス人の老いたB修道女と、それから、日本人のK先生を信用し、推服していた。わけても、K先生は、小学部の責任者として、誠実と親切に溢《あふ》れ、いつも、麻理のことで、頼もしい相談相手と、なってくれた。

その時は、学期も始まらないうちなので、先生たちも忙がしくないから、K先生とB先生が、私と応接し、コーヒーや菓子を供された。私も、好感を持ってる二人の修道女と話すのは、愉快だった。殊に、B修道女は、生粋《きつすい》のパリ弁で、パリの八百屋のオカミさんのように、気軽で、率直な話し方が、面白かった。

用談の末に、私は、つい、麻理について、私の悩みを、洩らした。新学期が始まると共に、私が当面すべき困難について――

すると、B修道女は、パリ弁の屈託のない調子で、

「そんなこと、何でもないじゃありませんか。彼女を、寄宿舎《パンシオン》へ入れてしまえば、よろしい……」

「しかし、まだ、あんな小さい子に、寄宿舎生活は、無理でしょう」

と、私が答えると、今度は、K先生が、口を添えた。

「いいえ、それは、ご心配ないかも知れませんよ。以前にも、そういう例が、ありましたから……」

それは、ある外交官の娘が、やはり、麻理と同年で、〝白薔薇〟の小学一年生として通学していたが、両親が、突然、外地に赴任《ふにん》することになり、子供を同伴しないで、学校の寄宿舎へ入れた。その生徒は、上級生の舎生に可愛がられ、寂しがりもせず、無事に、小学校を卒《お》え、今では、女学校に進んでいる――

「そうですか。よいことを、伺《うかが》いました」

といって、私は帰宅したものの、容易に、決心はつかなかった。

第一、あまりに、麻理が幼少である。私自身、小学生時代に、寄宿舎へ入った経験があるが、決して、愉しいものではなかった。次ぎに、費用が掛かり過ぎる。念のため、私は、寄宿舎の規則書のようなものを、貰ってきたが、舎費、食費も、かなり高いし、入舎の際に持参する毛布、敷布、その他、規定の下着類を整えるにも、金を要した。

——無理だな。

そう思う一方、新学期が始まったら、どうするか、何の解決案もなかった。

入費の問題は、麻理がいなければ、女中を廃し、その給料が浮くから、それを舎費に回せばいいと考えた。私自身は、飯だけ、伯母の女中が炊いてくれれば、後は、何とかやっていく自信があった。問題は、小さい麻理が、寄宿舎生活に、心理的に耐え得るか、どうか、ということだった。

思い煩《わずら》った末に、私は、当人に当ってみる気になった。

「どうだい、マア公（私は、以前から、そういう呼び方をしていた）、寄宿へ入ったら、寂しいかい？」

私は、軽い態度で、そう訊《き》いたが、内心は、呼吸《いき》を止めていた。もし、彼女がイヤといったら、その考えは、一切、捨てなければならなかった。

ところが、麻理は、ひどく元気に、

「平チャラさア、寄宿なんて。お友達が、沢山いるから、ちっとも、寂しかないよ。ウチにいる方が、よっぽど、寂しいや」

その答えを聞いて、私の考えは、きまった。

――入ってみれば、泣き出すようなことがあるかも、知れない。しかし、麻理も、それくらいの苦しみを嘗《な》める運命を、背負っていると思え。共倒れになるより、その方が、マシだと思え。

私は、自分自身と、麻理に対して、心の中で、そういい聞かせた。

やがて、私は、そのことを、姉や伯母に語った。二人とも、大賛成だった。彼女等の荷も、軽くなるからであろう。

それから、私は、日中だけ、婆やにきて貰って、入舎の支度《したく》を手伝って貰った。敷布のキレを、どれだけ買うかということも、彼女に訊かねば、私にはわからなかった。

「でも、今から寄宿へ入れるのは、お可哀そうですね」

婆や一人が、反対だった。しかし、外にどうしようもないことを、彼女も、知らないではなかった。

下着類を買い整えるのに、私は、最も当惑した。例えば、寝衣《ねまき》を、フランス語では、ピジャマといい、日本では、パジャマという。肌着も、シュミーズ、スリップと、呼び方がちがう。私は、そういうものの、日本風の呼び名を知らず、百貨店へ買いに行って、マゴついたばかりでなく、寄宿舎の舎監の日本人修道女にも、笑われた。

「困りますね。お父さんの保護者は……」

男性に、肌着のことなぞ、説明するのは、修道女の嗜《たしな》みとして、大いに閉口するのだろう。

九月になって、寄宿舎へ入る日が、近づいてくると、私の気持は、落ちつかず、寂しかった。麻理の方は、父親の許《もと》を離れることなぞ、一向悲しむ様子がなかった。

「あたし、寄宿舎へ入るのよ」

友達が遊びにくると、彼女は、威張って、吹聴《ふいちょう》していた。母親と別れても、平気だった彼女は、父親と離れるのも、同様らしかった。そういう、運命に対する、抗毒素のようなものを、小さい体に持ってるらしかった。

反対に、私は感傷的になり、床を列《なら》べて寝る時も、後《あと》いくつ寝れば、麻理が側《そば》にいなくなる、というようなことを、考えずにいられなかった。

電燈を消して、寝床へ入ると、あまり、話もしないで、私は眠りのくるのを待つ習慣だったが、麻理の小さな寝息は、いつも、じきに起った。私は、容易に眠れず、暗中で、いろいろのことを考えた。

二人だけの寝床を列べる生活も、もう、一年余、続いていた。私は、背が高いので、寝床も、普通よりは長く、その側に、子供の寝具が敷かれると、一層、小さく見えた。その小さい寝床も、やがて、私の側に敷かれなくなるだろう。それは、三十代の男性として、解放の喜びであり、子供がいなくなれば、いくらでも、仕事をしてやると、勇気が湧くのだが、同時に、こんな幼い者を、自分の許《もと》から離して、どうなるのかという父親の自責と、入れ混った、悲しい気持でもあった。

明日は入舎という晩に、その気持は、絶頂に達した。

いつものように、電燈を消して、寝床に入ってから、私は、子供に話しかけた。

「おい、マア公、〝手〟やろうか」

それは、私たち親子でなければ、意味の通じない言葉であった。

昨年あたり、麻理も、父と二人きりの生活に慣れない頃は、さすがに、夜になると、寂しいらしく、寝床へ入ってから、

「手！」

と、私に、叫ぶ時があった。つまり、私の手を貸してくれという、要求なのである。私は心得て、掻巻《かいまき》の厚い袖《そで》から、一方の手を差し出し、子供の掻巻の袖の中に、入れてやる。すると、小さい手が伸びてきて、私の手に摑《つか》まる。それだけのことなのであるが、それで、何か安心すると見えて、五分も経たないうちに、小さな寝息が、聞えてくる。そうなれば、私は、ソッと手を解いて、自分の寝床へ引ッ込ますのだが、時には、少し早過ぎて、叱られることもあった。

学校へいくようになってから、彼女は、ほとんど〝手〟の要求をしなくなったが、その晩は、冗談のように、私の方から、いってやった。

「うん」

彼女も、少し笑って、答えた。そして、私の伸ばした手に軽く摑まったが、やがて、

間もなく、眠入《ねい》ってしまった。だんだん〝手〟の要らなくなる年齢に、達していくのに、ちがいなかった。それが、明日の寄宿舎入りを控えて、私には、心丈夫であり、そして、また、なぜか、涙を誘った。

三

秋の学期が始まる前日は、小雨が降り、そして、ひどく蒸し暑かった。

布団、毛布、シーツなぞの包み。肌着や身の回りの品を入れた鞄。学用品を入れた小鞄——そんなものを、私は、門前に待たした自動車へ、運搬した。最後に、私と麻理が、乗り込んだ。その頃は、自動車が安く、東中野から、九段まで、二円ぐらいのものだったろう。

「じゃア、行ってきます」

と、いっても、門に見送る者は、伯母の家の女中だけだった。伯母は、朝から、家にいない人だった。

麻理は、少しも、悄気《しょげ》た様子はなかった。自分用のそれだけの荷物を携え、寄宿舎へ乗り込むというのが、誇らしげにも見えた。雨滴に鏤《ちりば》められた車窓に、伸び上って、外ばかり眺めていた。

私は、二年前に、麻理を朝鮮へ送って行った時の気持を、再び、味《あじ》わっていた。今度は、同じ東京の空の下に、別れ住むのだから、遠離感はない筈なのだが、朝鮮海峡を渡る時と、寂しさは変らなかった。

——果して、麻理は、寄宿舎生活に堪え得るだろうか。

私は、なるべく、小さな彼女の体に、眼をやらないようにして、彼女と同じように、外ばかり眺めた。雨のために、閉《し》め切った車内は、蒸されるように暑く、カラーが汗で濡れるのが、腹立たしかった。

寄宿舎専用の門が、靖国神社寄りにあった。厚いコンクリート塀と、いつも閉《とざ》されてる頑丈な門扉は、どこか、修道院を想わせた。呼鈴を押して、長いことかかって、やっと門扉が、開かれた。

「ああ、麻理ちゃん、来ましたね」

日本人の修道女で、主任の舎監のH先生が、玄関へ出迎えてくれた。最近、フランスからきたという、若いJ修道女も、舎監の一人で、満面に笑《え》みを浮かべていた。タブリエを着た寄宿生たちも、二、三人、出てきた。

「どうぞ、よろしく願います」

私は、それらの人々に、心から、頭を下げた。

H先生は、内外人の修道女を通じて、一番美人であったが、どこか、心の冷たそうな人だった。J修道女は、フランスの農村の女丸出しの風貌《ふうぼう》で、見るからお人好しらしかったが、新参の修道女は、軍隊の新兵と同じように、発言権がなかった。また、そこに現われた寄宿生のどれもが、娘になりかけた体つきで、麻理の友達ともいえない年齢だった。二十数人の寄宿生は、皆、女学校生徒ばかりで、小学生は一人もいないことを、私は、数日前に知った。麻理が、ただ一人の小学生であるばかりでなく、まだ、一年生であることが、私に不安を懐《いだ》かせた。しかし、今となって、そんな心配を始めても、仕方がない――

「麻理ちゃん、入らっしゃい」

大きな寄宿生は、いささか姉さん振って、麻理の手を曳き、奥の自修室の方へ、連れて行った。麻理は、一向、悪びれないで、一緒に蹤《つ》いて行った。

――そうだな、麻理が小さ過ぎるために、却《かえ》って、トクをしないとも、限らないな。

私は、強《し》いて、気休めをした。

「お預かりするお荷物を、一応、拝見して置きますわ」

H舎監にいわれて、私は、階段の近くの一室に、荷物を運んだ。

本館と同じように、どこも、清潔と整頓が、保たれていた。純白な壁と、新しいニスの塗り目と、磨かれたガラスと――それらは、私自身が小学生の頃にいた寄宿舎と、大きな相違だった。質素ではあるが、純洋風の建築だった。そして、そこに、一点の汚れもないが、装飾もなかった。空気まで、ヒンヤリと冷たく、硬かった。家庭と最も距離の遠い場所――修道院のような雰囲気を、私は、アリアリと、皮膚に感じた。

導かれた一室は、寄宿生の母や姉が、訪ねてくる、応接室らしかった。本館にも、男性は、あまり出入りしないが、ここは、それ以上らしかった。私は、その暗い、女性的な室から、早く逃げ出すためにも、急いで、荷物を解き、舎監の検分を仰ぐ必要があった。スリップ、ズロースの類まで、私は、鞄から引き出して、テーブルの上に列べた。

「だいぶ、数が足りませんね」

また、H舎監から指摘されて、頭を掻いた。よく、聞いて置いたつもりでも、やはり、落度《おちど》があった。洗濯の頻繁《ひんぱん》なものは、数多く、用意しなければならなかったのだ。私は、その数を、今度は、忘れないように、手帖に書き留めた。

帰りがけに、H舎監が麻理を連れてきて、私に会わせた。麻理は、もう、半分、寄宿舎の子になったような、もの慣れた顔をしていた。

「じゃア、パパは、帰るよ」

私は、何か、いい残さなければならないと思っても、適当な言葉が、見出されなかった。

「うん」

麻理の方は、一向、平気だった。少しだって、私の跡を追おうとする様子は、なかった。

「じゃア、まア、おとなしくしてね……」

私は、意味もないことをいって、舎監に挨拶も匆々《そうそう》に、外へ飛び出した。一人きりになると、止め度なしに、涙が出てきた。もう、雨も止んで、傘《かさ》をさすこともできず、顔を隠すのに、困った。

その帰りに、私は、新宿へ出て、方々を、飲み歩いた。その頃は、何かというと、酒を飲んだが、その夕なぞ、これが飲まずにいられるか、という気持だった。葬式を出した晩の気持に、似ていた。

それから数日して、私は、不足分の肌着類を、デパートで買い集め、〝白薔薇〟へ出かけた。その時は、他の用事も足して、時間が晩《おそ》くなり、学校の門を潜《くぐ》ったのは、もう夜であった。寄宿舎の門は、こんな時刻には、閉切《しめき》りであるから、表門に回る外はなかった。その表門も、本扉は固く閉《とざ》され、潜戸《くぐりど》から入るようになっていた。

昼間とちがって、人気《ひとけ》のない校舎は、シンと静まり返り、運動場を横切る私の足音が、いやに、耳立った。本館の方で、燈火が洩れるが、そこに住む校長以下の修道女も、私が目指していく寄宿舎の生徒たちも、小さな麻理を含めて、皆、女性だった。一人の男性も住んでいない、世界だった。寄宿舎へ行くには、校舎の間にある便所の側を、通り抜けなければならないが、その便所に、いつか、私は飛び込んで、マゴついた経験を、持っていた。つまり、どれも女用の便器ばかりで、男の私は、用を足すのに、難儀したのである。

そういう世界へ、こんな風にして出入りする、男性の自分が、何か、滑稽《こっけい》でならなかった。その便所の側にしても、私は、何度も通行してるので、真っ暗な中を、迷いもせず、歩けるのだった。そういう自分が、考えてみれば、不思議だった。

――半分、女になってるのだな。

私は、自嘲《じちょう》に似た気持を、味わった。

すると、暗闇の中から、突然、烈しく、犬が吠《ほ》えかかった。繋《つな》がれているのか、放されているのか、それすら分らない暗中だが、極《ご》く近い距離から、いまにも咬《か》みつきそうに、猛然と、吠え立てるのである。

私は、寄ってきたら、蹴飛《けと》ばそうと、身構えた、それと、同時に、寄宿舎の玄関の方で、電燈がつき、

「誰方《どなた》ですか」

と、詰問するような、鋭い女の声が聞えた。

「――です。子供の衣類を、持って参りました」

私は、大声で、名を名乗った。すると、女の声は、犬の名を呼び、何かいうと、ピタリと、犬は、吠えなくなった。

私は、玄関で、H舎監に、肌着類を渡した。夜中であるから、応接室へ通るのは、遠慮すべきだと思った。

「あれは、寄宿舎の犬なんですけど、極く、温和《おとな》しくて、人には、吠えないのですがね」

彼女は、不審そうにいった。しかし、私には、その理由が、よく分った。忠実な、女

の世界の番犬が、暗闇で、男の臭《にお》いを嗅《か》ぎつけて、吠えたのである。それに、きまっている。犬から見れば、私も、男なのだろう――

「麻理は、少しは、慣れましたか」

私は、訊いた。

「ええ、もう、すっかり……。ちっとも、お家《うち》を恋しがったりなさいませんから、ご安心下さい……。お会いになりますか」

H舎監は、そういったが、私は、暫らく、考えた。

「いえ、それには及びません……」

こんな夜中に、ションボリした姿でも見たら、どうにもならないと、思った。H先生の言葉を信じて、早く帰った方がいいと、思った。

「では、よろしく、お願いします」

私は、また、暗闇の通路を、歩き始めた。先刻、犬に吠えられた場所へくると、ウーと、軽い唸《うな》り声を、立てるだけで、無事に、私を通してくれた。女の世界の侵犯者でないことだけは、彼も、認めてくれたのだろう。

＊

その年の秋は、私にとって、久振りの晴天を仰ぐ、気持だった。実際にも、拭《ぬぐ》ったような快晴が、毎日続き、書斎にいても、散歩に出ても、私は快適だった。いや、秋晴れの空は昨年も、美しかったにちがいないのだが、それを喜ぶ余裕が、私になかったのだろう。

——やっと、自由を摑《つか》まえた。

その意識が、私を幸福にするのである。まだ、満四十歳にならない男性は、朝から晩まで、父親であることは、苦痛であるらしい。自分の仕事、自分の生活が、大切でならない。〝代用母親〟の役回りなぞ、必要に迫られればこそであって、子供を寄宿舎へ預けた途端に、職務を忘れてしまう。

不思議なほど、私は、麻理のことを心配しなくなった。世の母親が、私と同様の運命に遭《あ》ったら、明暮《あけく》れに、子供を想い続けるだろうが、父親というものは、よほど、ちがうらしい。少くとも、若い父親である私は、事前にあれほど、思い迷ったくせに、一旦《いったん》、麻理を寄宿舎へ入れてしまうと、ケロリとした気持に、なってしまった。

その上、私は、仕事に身を打ち込む必要があった。雑誌「改造」から、戯曲の注文がきたのである。それまでも、時々、綜合雑誌や文芸雑誌に寄稿したことはあるが、いつも、評論や雑文であった。創作の依頼は、この時が初めてだった。その頃、私は小説を書く気はなく、演劇人として生活を安定さすには、戯曲を書くより外はないと、思っていた。その道が、開けてきたのは、私には、何より嬉しく、是非、その処女作を、成功させたかった。あまり意気込んで、私は、却って、文章的に非常に困難な道を選び、そのために、一日に二行しか書けないという日なぞもあった。また、それだけに、私は、仕事に熱中した。

――麻理が、側《そば》にいたら、とても、これだけの仕事は、できないな。

私は、一人になったことを、どれだけ感謝したか、知れなかった。麻理を寄宿舎へ入れてから、伯母の家の女中に、飯を炊いて貰う以外は、副食物の料理でも、部屋の掃除でも、皆、自分でやったが、獲得した自由の喜びに比べれば、そんなことは、物の数でもなかった。

麻理は、土曜から日曜にかけて、時々、帰宅することがあった。

「只今アー」

家にいた時に、聞かなかったほど、元気な声で、駆け込んできた。勿論、その二日間は、私も仕事を放棄して、彼女と共に過ごすのだが、寄宿舎へ入ったがために起った悪影響は、彼女のどこからも、見出されなかった。却《かえ》って、彼女は、体も、心も、ガッシリした子供になったように、思えた。

「上級生は、可愛がってくれるかい?」

「うん」

「お腹《なか》が、空《す》かないかい?」

「空く時もあるけど、お八つを食べるもん……」

「舎監先生は、面倒みてくれるかい?」

「うん、教師《マ・スール》Jが、とても、可愛がってくれるんだよ。時時、キッスしてくれる」

私は、大体、安心をした。いや、多少、心配すべき材料があったとしても、わざと、楽観的に考えようと、努めたろう。

「ただね、あたしが、韮《にら》のオミオツケを食べるッて、みんなが、笑うんだよ」

麻理は、妙なことをいった。

よく聞いてみると、寄宿舎でも、韮を実《み》にした味噌汁を、よく出すそうである。すると、寄宿生の全《すべ》てが、嫌がって、箸《はし》をつけない。麻理一人が、平気で、それを食べるので、少し、軽蔑されているらしい。

私には、麻理が、韮の臭《にお》いに平気である理由が、よくわかった。フランス料理では、韮や大蒜《にんにく》を、香料として用いるから、母親が日本にいた頃に、そういう臭いに慣れていたのである。

私は、なぜか、韮の味噌汁を平気で食べる麻理が、不憫《ふびん》になった。

「嫌いなものなしに、なんでも食べる子は、丈夫になるんだよ」

実際、彼女は、日本の我儘《わがまま》な子供のように、食物の選《え》り好みをしなかった。それは、明らかに、母親から受け継いだ性質だった。妻は、少しも、美食家らしい好みのない女で、あらゆる食物に、文句をいわなかった。私と、正反対だった。日本へ来ても、味噌汁や香《こう》の物《もの》を、ウマいとも、マズいともいわずに、平気で食べた。彼女が、特に好きなものといっては、牛乳で米を煮た〝リ・オウ・レエ〟に、干したプラムの実のソースをかけた、病人料理のようなものだった。

私は、麻理が母親の血を、濃く受けてる事実が、悲しく、不憫に思えた。

フランスからは、妻の父親の筆で、時々、便りがあった。最近の手紙にも、病人の容態が、捗々《はかばか》しくないことを伝え、そういう状態が長く続いてはやりきれないということが、かなり、強い調子で、書いてあった。私は彼の真意を、よく知っていた。彼も、家族たちも、私の妻を深く愛していて、病《や》んで帰ってきた彼女を、ほんとは、迷惑だなぞとは、少しも思っていないのである。また、生活に困ってるわけでもないのである。ただ、フランスの田舎の老人らしく、非常な倹約家であって、私から、時々、送金でもして貰えば、そんな不平は解消するのである。外国に留学したような私が、貧乏人であることは、彼には、想像できないらしい。それで、私が、妻を実家に預け放しにして、日本で、ノウノウと生活してるのではないかと、疑いも起こるらしい。

だが、私としては、日本へ出発する時に、旅費を割《さ》いて、纏《まと》まった金額を、彼女の療養費として、残してきたのが、精一杯のことだった。とても、毎月の送金どころではなかった。私が、大きな無理をして、麻理を寄宿舎へ入れてる実状を、ほんとに理解すれば、妻の父親も、気持が変ってくるだろうが、それだけ委曲を尽した仏文は、私に書けそうもないし、たとえ書けたとしても、彼が信じなければそれまでであった。

――なんとでも、思うがいい。私は、麻理を育てることが、第一だ。

そんな、荒々しい気持が、私に起きた。

それにしても、麻理が、母親のことを、一向、口にしないのは、私にとって、何より、有難いことだった。寄宿のJ教師なぞは、麻理の母と同国人であり、且《か》つ年が若いので、感傷的な慰めの言葉をかけるらしいが、麻理の方では、何の反応も起さない様子だった。それが、麻理の口吻から、窺《うかが》えた。母親が病んで、故国で臥《ふ》しているという事実は、勿論、知ってるのに、まるで無感情のように見えた。不思議な子だと、私自身、訝《いぶか》ることもあった。しかし、そういう彼女が、私には、大きな救いだった。もし、麻理が、母を求めて、シクシク泣くような子供であったら、私は堪え切れず、親子心中でもする外に、道はなかったであろう。

だから、私の方でも、休日に帰宅した彼女に、妻のことは、一言《ひとこと》もいわなかった。気まずい手紙のことは勿論、病状についても、何も語らなかった。幸い、彼女は、何も聞こうとせず、快活に、休日の二日を遊んでいた。

そういう彼女は、寄宿舎へ帰る時刻がきても、少しも、感傷的にならなかった。

「じゃア、パパが、送っていこうかね」

「うん」

彼女は、平然と、帰り支度をした。寄宿へ帰る時には、いつも、近くのパン菓子屋の大きな袋を、携えていくのが、習慣になった。お八つの菓子を、自宅から持ってくることを許されてるので、彼女は、私と一緒に、製パン屋の店頭で、自分の好きなものを、選択した。私が、学校の門まで送っていくと、そのパンの袋の方が、父親よりも大切なように、シッカリ抱え、あまり、後《あと》も振り顧《かえ》らずに、寄宿舎の方へ、歩いていった。そういう彼女が、やはり、私の救いだった。親に纏《まつわ》りつこうとしない子供——それが、何より、有難いことだった。

私は、麻理の寄宿舎生活に、不安を懐《いだ》かなくなった。これで、全《すべ》て好しだと、思った。そして、戯曲の執筆に、専念した。その主題《テーマ》も、実は、妻が日本へきて、病《やまい》を発して、帰国したことに、関係していた。私は、妻の不幸を、病理的事実とのみ、考えられなかった。日本へきた異邦人の宿命のように考えられ、そういう異邦人と、日本人の配偶者の間に起こる、不可避な、善意の葛藤を書こうとした。題も『東は東』と名づけたが、この作品は、発表後二十年目の昨年（昭和二十七年十月）花柳章太郎主演で、脚光を浴び、私に、ひそかな感慨を、催《もよお》させた。なぜといって、その時には、もう、この『娘と私』の最初の回を書くために、私は、ペンを執っていたからである。

さて、私は、この年の秋を、〝東は東〟の執筆に費し、十二月初旬に、やっと脱稿した。苦心した作品が、完成した喜びだけは、格別であって、雑誌社にそれを渡すと、身も軽くなったような気持で、歳末を送った。

麻理が、冬期休暇の始まる前に、風邪をひき、早目に、寄宿舎から帰ってきたが、そのために、私の心は、暗くならなかった。何か道が開けた感じで、新年から、いいことがあるぞという気持がした。

その正月に、麻理は九ツ、私は四十一の算え歳を迎えた。私も、グズグズしていられない年歳《とし》であり、今年こそは、仕事と生活の上で、立ち上りたいと思った。そして、新学期が始まる前日に、再び、麻理を寄宿舎へ送っていったが、もう、最初の時のような悲しみは、私を襲わなかった。

また、私一人の生活が、始まった。

冬の太陽が、よく射《さ》し込む部屋で、次ぎの作品の構想を考えたり、読書したりすることは、去年の正月にも、一昨年のそれにも味わえなかった、幸福であった。私は、その新年に感謝し、数日を送った。

数日――それを正確にいうと、六日間を意味した。つまり、一月十一日から、十六日までの間、私は、ノンビリした、自適感を味わったのである。

一月十六日の午後一時頃に、私は、近所の銭湯に出かけるために、石鹸《せっけん》と手拭を持って、玄関を出た。伯母の家に、浴室はあったが、手不足なので、皆、銭湯に行った。私は、いつも、人の少い、午飯《ひるめし》後を狙って、入浴することにしていた。

私は、玄関から門まで出ると、郵便受箱の中に、手紙がきてるのを、認めた。郵便物は、伯母宛より、私のところへ来るのが、多かった。私は、湯から帰ってきて、それを読もうと、行き過ぎようとしたが、その手紙の封筒が、黒枠《くろわく》に囲まれ、外国の切手が貼《は》られてあるのを、チラと見た。フランスから、私のところへきた手紙にちがいない。

しかし、私は驚かなかった。フランスの習慣で、近い親族の喪中の間は、黒枠の封筒を使うことになってる。そういう封筒の手紙を、私は、フランスの知人から、何度も、受け取ってる。だから、手紙を、受箱から取り出して、差出人が妻の父親であることを認めても、ギョッとする衝撃は受けなかった。また、妻の身に、最悪の異変があれば、電報で知らしてくる筈である。

それでも、私は、念のために、手紙の封を切って、立ち読みを始めた。

——嗚呼《エラース》！　不幸《ポーヴル・プチット・マルルーズ・エ・モールト》なわが娘は、十二月二十二日朝、遂に……。

私は、ゴツンと、丸太で頭を殴《なぐ》られたように、茫然とした。手紙持つ手が震《ふる》え、足も震えた。

妻は、二十五日も前に、死んでいたのである！

私は、驚きのために、事態に直面することも、できなかった。なにか、シーンと、耳に鳴る物音を、聞くだけであった。悲しみなぞは、どこからも湧いて来ず、ただ、妻の父親に対して、無性に、腹が立った。

——あのケチンボめ！　電報代まで、倹約して……。

私は、老人の顔を思い浮かべ、半白の髭《ひげ》を毟《むし》り取ってやりたい衝動を、感じた。

四

私は、妻の病気が、恐らく、不起のものであろうと、覚悟していたが、死が、こんなに早く訪れるとは、思いも寄らなかった。

——死んだのか、エレーヌ。ほんとに、お前は、この世にいないのか。

私は、そんな言葉を、心に繰り返すのみで、頭はボンヤリし、感情は鉛のようだった。そのくせ、何も、浮《うわ》の空《そら》で、自分を意識せず、家のどこに坐っても、落ちつかず、すぐ、立ち上った。そして、時々、辛子《からし》を嗅《か》いだように、ツーンと、鼻が痛くなり、瞼《まぶた》が痙攣《けいれん》した。

ほんとに、悲しみが湧き出したのは、夕刻に近かった。伯母が帰ってきたので、初めて、訃報《ふほう》を人に告げたが、その時、やっと、私の心が、妻の死を確認したように、悲しみの波が、押し寄せてきた。

私は、何度も、何度も、妻の父からの手紙を、読み返した。半分読むと、読むのがイヤになった。その晩、眠る前にも、もう一度、読んだ。心が混乱してるので、いつも、読み落しがあった。

とにかく、妻は、長い臥床《がしょう》で、衰弱してる上に、心筋炎の発作があって、死を招いたらしかった。しかし、彼女に、その予感があったのか、死去の日に、麻理の名を呼び、自分が日本へ行かなかったら、このような病気にならなかったろうと、枕頭《ちんとう》の両親に、洩らしたことが、書き添えてあった。

それらの文句が、私には、胸に釘《くぎ》を打たれるようだった。私は、決して、妻に日本行きを、無理強いしたことはなかった。しかし、私と恋愛し、麻理を妊娠《にんしん》した彼女が、何として、フランスに留《とど》まることが、できたろう。私よりも、彼女自身の方が、強く、日本行きを望んだのである。そして、彼女の病気も、医者は、土地や気候の変化に関係がないというが、私は、彼女の最後の言葉に、同感してしまうのだ。フランスにいたら、あんな、不幸な病気に、罹《かか》りはしなかったろう。妻は、私と知り合った時から、運命に呪《のろ》われていたのだ――

それから、臨終の日に、彼女が、麻理の名を、声高く呼んだということも、私には、大きな衝撃だった。一体、彼女がフランスへ帰ってから、病気が、感情を鈍《にぶ》らしてるとはいっても、当然、時には、わが子と離れてる苦痛を、訴える筈なのに、私の見たところでも、また、その後、父親の手紙によっても、彼女は、麻理のことを、忘れたような様子だった。それは、麻理が、少しも、母親のことをいわないのと、符節を合するような、現象だった。私には、母と子が、秘かに、何かの、申し合わせでもしてるような、無稽《むけい》な想像さえ、起こるのだった。

だが、彼女は、わが子を忘れてはいなかったのだ。病気の重い枷《かせ》の下で、彼女は、やはり、麻理を思い続けていたのだ――

私は、スタンドも消した暗中の寝間で、泣いた。そして、妻の冥福《めいふく》を祈るには、日本流に、胸の上で合掌する外はなかったが、私は、それに、一心を籠《こ》めた。

翌日は、天気が悪く、霙混《みぞれまじ》りの雨が降り続けた。私は、暗く、寒い部屋のどこにも、身の置き所がなかった。私にとって、妻は、昨日死んだのも同様だったが、遺骸《いがい》もなく、位牌《いはい》もなく、坊さんも、弔問客も来なかった。ただ、私一人が、主婦の死という一家の大事件を知り、それを、一身に背負い込んだ気持だった。もとより、私は、幼い麻理に、この不幸を、分担させたくなかった。当分、彼女には、母の死を知らせない心算《つもり》だった。私は、カトリック教の習慣に、何の知識もなかったから、こういう場合に、どんな祀《まつ》りをしていいか、まるで、わからなかった。せめて、写真を飾ろうと思って、筺底《きょうてい》を掻き回したが、生憎《あいにく》、妻一人のは、旅券用の豆写真しかなく、パリを発《た》つ前に、夫婦で写したハガキ型のそれを、本棚の上段に飾った。その写真は、妻が好きだった。栗色《マロン》のローブ・ヴェストン（単複兼用服）を着て、私と寄り添って写ってるが、その服の下方が、やや隆起してることを、他人の眼にはつかなくても私たち夫婦は、すぐ気づき、笑い合った。いうまでもなく、まだ、胎児であった麻理が、その膨《ふく》らみの原因だったのである。私は、その写真を、棚に飾ったが、何を供《そな》えていいか、ハタと、当惑した。キリスト教では、死者の霊に、果物や菓子を供える習慣はないように思われた。しかし、私は何かを供えたく、結局、花ならばいいだろうと、考えた。私は傘をさし、外へ出た。そして、花屋で、白いカーネーションを買った。その花束を、霙混りの雨が濡らすのが、堪《たま》らない寂しさであった。今でも、あの帰途の寂しさを、アリアリと、思い浮かべることができる。

しかし、それから二日後に、花だけしかない、寂しい祭壇に、私は、よい供物《くもつ》を献《ささ》げることができた。『東は東』の載ってる雑誌が、郵便で届いたのである。私は、封を切ると、そのまま、雑誌を、写真の前に供えた。私の最初の劇作が、亡妻に関係した主題を、持ってるばかりではなく、生前の彼女は、私の翻訳を手伝ったり、資料を探したり、常に、私の仕事を助けてくれ、私が世に出ることを、誰よりも、待ち望んでいたのである――

慥《たし》か、その日に、私は、〝白薔薇〟へ出かけて、校長や、K先生に、妻の訃を告げた。妻を知り、彼女の病気に関心を持ってくれた二人に、訃報を伝えるのは、当然の務めであったが、カトリックの習慣を何一つ知らぬ私は、やがて営まねばならぬ葬儀についても、教えを請《こ》う必要があった。その上に、妻の死を、当分、麻理に秘したいという私の希《ねが》いも、伝えて置きたかった。もし、宗旨の掟《おきて》で、そういうことが許されなければ、私も、考え直さなければならない――

「まア、それは、それは、お気の毒な……」

校長は、南部訛りのフランス語で、そういう意味のことをいって、十字を切り、黙禱《もくとう》をしてくれた仕草にも、真情が溢れていた。K先生も、同様に、心から、祈ってくれた。そして、二人の意見では、直ちに、麻理に真実を告げる必要はなく、ただ、K先生から、母親のために祈れということを、彼女に伝えればよい、ということだった。

「それでなくても、麻理さんは、毎朝、お御堂《みどう》へきて、お祈りをしていますから……」

K先生の言葉に、私は、少し驚いた。本館にある礼拝堂へ、麻理が、跪《ひざまず》きにくるなどということは、私は、想像できなかった。男の子のように、腕白な彼女が――

葬儀は、教会で、ミサを行って貰うこと――それには、麻理が洗礼を受けた神田の教会が、適当であろうということを、教わって、私は、本館を辞したが、寄宿舎へは、寄らなかった。麻理の顔を見れば、私の方が泣き出してしまう、危険があった。平衡《へいこう》を失ってる自分の心を、私は、よく知っていた。

その帰りに、私は、神田の教会に寄った。麻理に洗礼を授けてくれた、鬚《ひげ》の長い、フランス人の神父が、まだ、在任していた。この人は、日本語に熟達してる代りに、未信者には、取りつき悪《にく》いほど、厳格な顔をした。

「どうも、サッパリ、事情がわからなくて、困るんですが、適当に、お葬式をやって頂けませんか」

私は、われながら、滑稽《こっけい》だと思うような、頼み方をする外はなかった。ミサにも、種々、等級があるらしいが、どういう注文を出していいか、また、〝お布施《ふせ》〟を、どのくらい出していいものかも、見当がつかなかった。

「日本のお寺のように、お布施などは、必要ありません。もし、あなたが、希望するならば、好きなだけ、教会に寄付金をなされば、よいでしょう」

それを〝貧民救済金《オウ・ボーヴル》〟と呼ぶことを、神父が、教えてくれた。それならば、〝お布施〟と同じ意味ではないかと、私は、腹の中で、おかしくなった。〝白薔薇〟の本館で感じたような宗教的な、雰囲気は、何も感じなくなり、式の日取りと時間を決めて、私は、匆々《そうそう》に教会を飛び出した。

＊

葬式――というよりも、追悼式であるが、それを行った日は、一月二十三日だった。命日の二十二日を、私は希望したが、教会の都合で、できなかった。

その前日に、大雪が降った。終日降って、五、六寸積ったが、その雪が、また、私に災いを齎《もたら》そうなぞとは、勿論、夢にも知らず、式の当日が、朝から、美しい雪晴れとなったのを喜び、姉や伯母と連れ立って、家を出た。神田付近の舗装道路でも、残雪は、まだ堆高《うずたか》かった。そして、空は青く、陽は輝いてるのに、寒気が強かった。

参列者は、私の親戚の一部と、亡妻と私に共通した友人に限ったので、二十人に充《み》たなかった。二人のフランス婦人と、三人の〝白薔薇〟の修道女が、その中にいた。〝施《せ》主《しゅ》〟に当る私は、何も儀式のことがわからないので、一一、その人々に、指図を仰いだ。

「麻理ちゃんは？」

親類や友人は、私の顔を見ると、そう訊《き》いた。彼女の姿が、見えないからである。

「まだ、知らしてありません」

「そう。その方が、いいかも知れませんね」

誰も、同じようなことをいった。

ミサが始まると、少しは、私の心も、落ちついてきた。雪に冷やされた石造の建物の中は、吐く息も、白くなる寒さだった。ステインド・グラスの薔薇色の部分が、美しい縞《しま》を、暗い堂内に射《さ》し込み、厳粛で、感傷的な気分を誘った。私は、祭壇で行われてる儀式を見ないで、眼を閉じた。

――これで、おれも、男ヤモメになったのだな。

私は、はじめて、自分の運命を知ったような気がした。外国婦人を娶《めと》ることも、意想外の運命だったが、妻に死別《しにわか》れるなんて、夢にも考えないことだった。いつも、死ぬのは、私が先きだという気がしていた。

――大変だぞ、これから先きは。

私は、混血児である麻理と、二人残された将来を考えた。妻を弔《とむら》うための儀式なのに、私は、自分のことばかり、念頭に浮かんだ。

ふと、私は、人に肩を叩かれて、慌《あわ》てて、立ち上った。ミサの重要な箇所には、立って、敬意を示さなければならないのである。

聖歌隊の声が、オルガンの音と共に、流れると、私の心も、感傷に浸《ひた》った。妻の冥福《めいふく》を祈るために、首を下げると、やはり、涙が湧いてきた。

間もなく、儀式が終った。仏教の葬式に比べて、すべてが簡単で、時間もかからなかった。

「有難うございました」

私は、参列者に、礼を述べた。金がなかったから、すべてを質素に運ぶ外はなく、午《ひる》飯《めし》の席に人々を招く代りに、洋干菓子の小折《こおり》を、持って行って貰った。パリで、ただ一度だけ、葬式に列した時に、そんな風習を、見たからだった。

しかし、式を済ましたことが、私に、ホッとする、安堵《あんど》を与えた。

「君たち、家へこないか」

私は、二人だけ招いた友人のKとSを、顧《かえり》みた。二人とも、もう世に出た劇作家で、私と親しかったが、亡妻とも、同様だった。式が済んで、安心すると共に、私は、ひどく寂しくなって、一人で、家へ帰るのが、堪えられなかった。

無理に、二人を、東中野へ連れてくると、午飯の席から、私は、酒を飲みだした。Sは、私の飲み仲間でもあったが、私は、立て続けに、盃を呷《あお》った。夕方まで、飲み続け、それでも足りずに、市内へ出て、また何軒も、飲み歩き、泥酔して、深夜に、家へ帰った。

＊

その翌日、私は、高熱から醒《さ》めたように、ションボリしてしまった。妻の葬式の日に、泥酔するなんて、言語道断であるが、その悔恨以上に、ただ、無性に、寂しくてやりきれないのである。昨日も、寂しかったが、それに倍して、寂しいのである。しかし、もう、酒を飲む勇気も、失ってしまった。私は、頭を抱えて、部屋の隅に蹲《うずくま》る外に、方法を知らなかった。

すると、姉と伯母が、連れ立って、私を誘いにきた。

「今夜、芝居をつきあわない？」

彼女たちは、芝居好きで、二人揃って、よく出かけるのだが、今夜は、勘弥《かんや》や簑助《みのすけ》の青年歌舞伎を、観にいくのだという。

「真ッ平だね」

私は、言下に、断《ことわ》った。酒も飲みたくない気分なのに、芝居見物なぞ、思いも寄らなかった。

ところが、二人は、執拗《しつよう》に、私を誘った。切符が既に買ってあるとか、一人でクヨクヨしているのは、体によくないとか、頻《しき》りに、私を口説《くど》いた。

妻の訃報がきてから、二人の態度が変ってきて、殊に姉は、葬儀の日にも、よく手伝ってくれたりしたが、やはり、肉親の情であると、私は、感謝していた。芝居の誘いも、その表われだと思えば、無下《むげ》に断ることもできなくなった。

しかし、いざ、劇場へ足を運んでみると、私は、なぜ、誘いを断らなかったかと、後悔するのみだった。その頃、新宿第一劇場（今の新宿松竹劇場）の青年歌舞伎は、菊《きく》・吉《きち》時代の市村座を想わせる人気が立ち、殊に、正月芝居であり、満員の観客席は、陽気で、華美だったが、その空気が、ひどく、私に、反撥するのである。

――なんだ、ど奴《いつ》も、こ奴も、幸福そうな面《つら》しやがって！

理由のない怒りが昂《たか》ぶるかと思うと、やがて、この上ない、弱々しい、自卑感が起り、大勢の観客のなかに、身を置くに堪えない気持に、なってくるのである。

食堂へ行っても、廊下へ出ても、私の気分は、いよいよ、重くなる一方だった。最後の狂言が、始まる前に、

「風邪をひいたとみえて、寒気《さむけ》がするから、一足先きに、失礼しますよ」

私は、ウソをいって、逃《のが》れるように、劇場を飛び出した。

といって、家へ帰っても、何の慰安が待ってるわけでもないので、私は、できるだけ、ユックリ、新宿の舗道を歩き、喫茶店で、休んだりした。東中野で降りたのは、十時を過ぎていたかも知れない。その年は、寒気が酷《きび》しく、一昨日の雪が、まだ消えず、石のように凍り、空には、爛々《らんらん》と、星が輝いていた。

私は、シブシブ、門を開け、玄関に立った。家の中は、シンとして、まだ、伯母は帰ってきた様子がなかった。ベルを押すと、伯母の家の女中が、出てきた。いつもなら、眠そうな顔をしてるのに、私を見るや否や、

「お留守中に、〝白薔薇〟の寄宿舎から、電話が掛かりまして、麻理さんが、お悪いそうです。お帰りになったら、すぐ、寄宿舎へ、電話して下さいッて……」

と、モノモノしく告げた。

それを聞くと、私は、家へ上らず、すぐ、外へ飛び出した。伯母の家に、電話はなく、常に、近所の牛肉屋で、取次ぎを頼んでるのである。私は、牛肉屋が、もう、寝ていることを、心配しながら、駆け出したが、幸い、閉された大戸の隙《すき》から、灯《ひ》が洩れた。戸を叩くと、じきに、開けてくれた。

電話は、なかなか、通じなかった。私は、イライラしたが、とはいっても、後の私の焦躁《しょうそう》に比べれば、軽いものだった。何故といって、私は、麻理の病気をあまりにも度度、経験しており、また、〝白薔薇〟には、校医もいることだし、そう心配してるわけでもなかった。恐らく、持病の自家中毒でも起したのを、舎監が驚いて、通知してきたのではないかと、推測していた。

やっとH舎監らしい声が、受話器に、響いてきた。

「……はア、いいえ、風邪なんですけど、熱が、四十度近く、あるんです。校医は、肺炎を起してるようだと、申しまして……」

私の脳は、ギュッと、緊《し》めつけられた。肺炎という語の響きは、ペニシリンその他の新薬が発見された現在とちがって、その頃は、死の恐怖を、伴《とも》なっていたのである。

「……はア、脈も、呼吸も、とても、お速いので……私たち、交代で、看護していますが、なにぶん、手が足りませんし、原因が、流感だとすると、他の生徒たちへ、伝染ということも、考えられますから……」

H舎監は、以前から、どこか、冷たい人の印象を、私に与えていたが、電話の声も、麻理の病気を心配するというよりも、重い病人を預かるのは厄介だという調子があり、結局、早く、麻理を引き取れというために、先刻、電話を掛けてきたようだった。

「わかりました。それでは、私がすぐに、そちらへ参りましょう」

私は、少し、語気荒く、答えた。

「はア、でも、それは、困るんでございます。こんな、夜晩《おそ》く、男の方が、お出で下すっては……」

また、例の女だけの世界の鉄門が、私を、遮《さえぎ》った。

「それなら、看護婦を、雇って下さい。明朝、私が行くまで……」

「でも、他所《よそ》の人を、寄宿へ入れるのは、従来、例のないことですから……」

「そんなら、どうすれば、いいのですか」

私は、昂奮を、抑《おさ》えられなかった。

「はア、明朝までは、私共で、なんとか、看護を致します。その代り……」

明日は、必ず麻理を引き取れということを、彼女は、約束させたがった。無論、麻理は引き取る——頼まれたって、そんな、薄情な寄宿舎へ、預けては置かないと、私の腹が沸き立ってくるのは、H舎監の言葉に、寄宿舎に対する、私の心からの信頼を、裏切るようなものが、ハッキリと、聞かれたからであった。

「そんなに、悪くならないうちに、お知らせ下さったら、いろいろ、手段もあったと、思うのですが……」

私は憤懣《ふんまん》の針を、言葉に現わさずにいられなかった。

「はア、私が、至らないからで、申訳ありません……。あの大雪の日に、麻理ちゃんは、上級生と、雪投げをなさって、それで、風邪をひいたらしいのですが、初めは、大したこともなかったものですから……」

彼女は、いろいろ弁解を始めたが、私は、あまり、耳を傾けず、明朝早く、寄宿舎へ行くことを約して、電話を切った。

家へ帰って、私は、火の気のない座敷に、二重回しを着たまま、坐り込むと、寒気とは関係なしに、体が、ガタガタ、震えてきた。

——麻理は、死ぬかも知れない。いや、明朝、私が行くまでさえ、命が保《も》たないかも、知れない。

そんな、想像が湧くのに、ジッとしてるのが、堪らなかった。わが子が、眼前で、殺されかけてるのに、鎖《くさり》で縛られて、見てるような、苦痛であった。

——寄宿舎へ入れたのが、いけなかったのだ。

大雪の日に、既に、麻理は、風邪をひいていたにちがいない。熱があると、赤い顔をし、眼がギラギラするから、私が見れば、すぐ、わかる。雪投げなぞ、絶対に、させるものではない。しかし、寄宿舎にいては、誰も、そんな注意を、彼女に払うわけがない。といって、彼女自身が、早期に、体の異常に気づくような、年齢ではない。要するに、あんな、年の行かない子供を、寄宿舎へ入れたのが、過《あやま》っていたのだ。ムリだったのだ。

——それ、見ろ。それ、見ろ。寄宿舎へ入れる時に、その不安が、あったではないか。

私は、麻理を手放した自分自身を呪《のろ》い、責め苛《さいな》んだ。

その晩、私は、寝衣《ねまき》に着替えず、寝床に入った。朝早く、家を飛び出すのに、都合よくするためだった。だから、平常より、厚着をしてるのに、ひどく寒く、頭から夜具を被《かぶ》っても、体は温まらなかった。それだけの理由でも、眠られる道理はなかった。

明朝、麻理を引き取ると、約束したが、人手のないこの家へ、重態の病人を連れてきて、どうするというのか。しかし、そうする以外に、どんな道があるというのか。思い患《わずら》えば、キリがなかった。

——よく、不幸が、続くなア、次ぎから、次ぎへと……。

二時になっても、三時になっても、私は、眠られなかった。暁方《あけがた》に、トロトロして、ハッと眼覚めると、戸の隙間が、白くなっていた。

慌《あわ》てて、飛び起きると、ちょうど、七時だった。私は、顔を洗ったが、食事はせずに、家を出た。

外は、昨日と打って変って、雪催《ゆきもよ》いの雲が垂れ、微風に、刺すような寒さがあった。私は、その天候を、凶兆と感じた。

五

寄宿生の寝室は、二階にあった。

導かれた私は、階段を、順々に昇るのも、もどかしい気持だった。ドアを開けると、カバーの掛ったベッドが、数十列《なら》び、どれも空《から》であったが、窓際の一つに、小さな体が、毛布を膨《ふく》らませていた。他《ほか》に、誰も臥《ね》ていないのだから、すぐに、麻理のベッドだと、わかった。

　私は、駆け寄った。

「大丈夫だよ。心配するんじゃないよ」

　努めて、平静を装って、私は、娘の顔を覗き込んだ。氷嚢《ひょうのう》の蔭から、力のない、落ちつきのない瞳が、私を見た。いつもの発熱の時とちがって、皮膚がドス黒く見え、頬がこけ、唇の色が褪《あ》せ、白い薄皮が乾いていた。小さな鼻の穴が、小刻みな呼吸の度に、ヒクヒク動いた。今までの病気と、まるで、容態がちがっていた。

「苦しいかい？」

　私は、顔を近づけた。

「ウウン」

　否定の返事だったが、首を振る力はないようだった。しかし、声は、案外、シッカリしていた。そして、平常《ふだん》より、一音階、高いような気がした。彼女が、昂奮してる証拠だった。それが、痛々しくて、私は、眼を伏せた。突然、麻理が、浮《うわ》ずった声を出した。

「お家へ、帰ろう、パパ……」

　その言葉が、ひどく、私の心を撃った。

「うん、帰ろうね、帰ろうね……」

　鸚鵡《おうむ》返《がえ》しにそう答えたが、涙が湧き、声が詰まりそうだった。寄宿舎で病気になってから、子供心に、イヤなこと、心細いことを、沢山、経験したにちがいない。平常は、甘えたことをいう、子供ではなかった。

だが、内心、私は、困惑した。伯母の家に、どんな迷惑をかけても、麻理を連れ帰る心算《つもり》ではあるが、この容態の彼女を、東中野まで動かしていいか、どうかという、迷いである。

私は、病床を少し離れた場所で、H舎監と、相談をした。

今朝《けさ》も、熱は、四十度近く、呼吸も脈も高く、心臓が弱ってることは、先刻、校医の診断で、明らかだったそうだ。そういう重態を、H舎監も、認めていながら、これ以上、麻理を寄宿舎に置くことは、非常に困るということを、修道女らしい、上品な、婉曲《えんきょく》な言葉で、繰り返すのみだった。

「……もし、万一のことでもあると、いけませんから、少しでも、早いうちに……」

「しかし、動かすことで、危険を招く惧《おそ》れも、あるではありませんか」

「いかがでしょう、その点を、そちらのお医者さんを呼んで、お確かめになったら……。校医は、今のうちなら、大丈夫だと、申しますのですから……」

彼女は、そんな提案を、始めた。

私は、かかりつけの東中野の医者を、頭に浮かべたが、宅診時間である午前中に、遠路を、彼が駆けつけてくれるとは、思われなかった。また、深く信頼してる、医者でもなかった。

　ふと、私は、年末の小学校同級会で会った、旧友のK・Kのことを、思い出した。東大の医科へ入った彼は、現在、本郷で開業してるのである。

すぐ、寄宿舎の電話を借りて、私は、K・Kに、窮状を訴えた。彼も、診察時間中らしかったが、快く、申出でを、承諾してくれた。彼にも、麻理と同年の娘があった。

K・Kを待つ間、私は、麻理の枕許《まくらもと》で、考え悩んだ。K・Kが、病人の体を動かしてはいけないと、診断したら、どうなるか。わが子の一命には、替えられないから、私は、頑張り通すとしても、所詮《しよせん》、この部屋には、置けないだろう。私は、夜になった寝室を、想像してみた。ここは、若い娘たちの領分で、私は出入りを避けなければならぬし、看護婦を雇うとしても、少女等の安眠を、妨《さまた》げることなしに、何の処置もできないだろう。それなら、一体、どうすれば、いいのか――

　私の頭は、少しも纏《まと》まらず、絶体絶命を感じるのみだった。やがて、J修道女が、オズオズと、入ってきた。質朴な、この若いフランス女は、眼に涙を浮かべるほど、麻理の容態を、心配してくれた。

「あたしに、この子の看護を任せてくれれば、何でもするのだけれど、一人の生徒を、可愛がってはいけないと、叱られますから……」

　彼女は、不満そうに、訴えた。愛着は戒律に触れるらしいが、この場合は、異《ちが》う筈である。そして、そんな頑固なことをいう人は、H舎監であるらしいことが、彼女の口吻から窺《うかが》われた。私は、いよいよ、H舎監に、反感を持った。

そのうちに、待ちかねたK・Kの姿が、H舎監に案内されて、現われた。

「困ったよ、何とかしてくれ」

私は、泣きつくように、頼んだ。

「まア、診《み》よう」

落ちつき払って、彼は、診察を始めた。麻理に対して、冗談をいったり、頬をついたりしながら、機敏に、打診や聴診を進めていく、職業的態度が、私には、大変、頼もしかった。

最後に、彼は、麻理に、痰《たん》を吐かした。それを、紙にとり、眼顔で、私に示した。金物《かなもの》の錆《さび》のような色をした、痰であった。

やがて、彼は、部屋の隅へ、私を連れていった。

「肺炎だよ。かなり、悪いね。心臓が、弱ってるな……」

「そうか。そんな、重態なのか……」

私は、ガタガタ、震えてきた。

「うん……。とにかく、できるだけの手当《てあて》をしなければならないが、この寄宿舎じゃ、駄目だよ」

「そうだろうね。じゃア、すぐ、家へ、連れていこう」

「いや、君の家も、思わしくないな。肺炎の完全な手当は、病院でなくちゃ……」

「わかった。じゃア、入院させよう」

「ところが、今、あの病人を動かすのは、ちょっと、マズいんだ。絶対安静が、必要な病気なんだからね」

「すると、一体どうすれば……」

私の声は、少し、高くなった。

「いや、病院へ運ぶ途中で、万一のことがあっても、君が覚悟してくれるなら、入院ときめようじゃないか。それが、残された最上の方法ということになるからね。無論、悪変に備えた手当は、ここで、やって置くがね……」

K・Kは、医師らしい慎重さと、友人の親切とで、そういった。大きな、食塩注射の道具なぞ、抱えてきたのは、予《あらかじ》め、そういう場合を、考えてくれたからだろう。私は、今更、麻理の容態の重さを知り、呼吸が詰まった。

――もし、途中で、死んだら……。

頭がクラクラして、倒れそうだったが、言葉だけは立派に、私は答えた。

「仕方がない。とにかく、入院させて、くれ給え」

後は、病院の選択だけだったが、K・Kは、小石川原町のI小児科病院を、勧《すす》めた。偶然、その病院を、私は、知っていた。妻の追悼式にきた劇作家のKの娘が、疫痢《えきり》で入院した時に、私は、見舞いに行ったことがあった。

「あすこなら、いい。そう、きめよう」

K・Kは、すぐ、病院へ電話をかけて、病室を予約してくれた。

そこへ、H舎監が、校医と共に入ってきた。私が、最初、麻理を自宅に連れていくのを、渋ったので、校医から、病人を寄宿舎へ置けない理由を、述べさせる心算《つもり》らしかった。しかし、もう入院ときまったので、その必要はないことを、H舎監は、すぐ、理解したが、老人の校医は、強い口調で、

「こんな病人を、預かっていたら、学校が、迷惑するからね」

と、私に、食ってかかった。そして、K・Kに対し、共診をすることを、申込んだ。

麻理は、寝衣《ねまき》を脱がされ、肋骨《ろっこつ》の浮いた小さな胸や背を、二つの聴診器で、残忍に、診察された。殊に、校医の手遣《てづか》いが、乱暴だった。

短気な私は、怒りに燃え、校医の横顔を、睨《にら》みつけた。彼の巨大な鉤鼻《かぎばな》が、禿鷹《はげたか》の嘴《くちばし》ソックリに、見えた。外国へ行く途中で、コロンボの有名な風葬の墓地を見物した時に、周囲の石垣に、ズラリと、禿鷹がとまっていたが、校医は、死人の肉を啄《ついば》む鳥のような気がした。彼が、カトリック教徒でなかったら、私も、それほど、彼を憎悪《ぞうお》しなかったろう。彼は、信者であるために、校医に選ばれたと、聞いているので、その冷酷と残忍に、腹が立った。この校医と、H舎監の態度が、この世界に懐《いだ》いていた、私の信頼を、ズタズタに、引き裂《さ》いた。それから数年後に、私は、偶然、この校医を、電車内で見かけ、あの時の憎悪が、再び燃え上り、車内から引き擦《ず》り降して、打擲《ちょうちゃく》したい衝動を感じたが、あまりにも、ヨボヨボの老人となっていたので、遂に我慢をした。

彼等が去ると、K・Kは、私を促《うなが》して、カンフル注射や、食塩注射を始めた。食塩水

を充《み》たしたガラス筒を、私が持ち、K・Kが、針を刺した。麻理の細い腿《もも》に、見る見る、鶏卵大の膨らみを生じるのが、顔を背《そむ》けずにいられなかった。

「痛いよ、痛いよ、パパ……」

「もう、すぐだよ、我慢してね」

私は、自分の満身に、痛みを感じた。

頼んだ自動車が、来たという知らせがあった時に、私は、麻理に、連れて行く先きを、知らせねばならないと、思った。

「マア公、お家へ帰ろうと、思ったけどね、女中さんもいないから、それより、病院へ行こうよ。パパも、一緒に、病院にいるんだから、いいだろう……」

「うん、いい……」

麻理は、案外、素直に、承知した。

身の回りの品物を入れた鞄を、K・Kに持って貰い、私は、二枚の毛布で包んだ麻理の体を、両手で、抱いた。そして、できるだけ静かに、寝室を出て、階段を降り、玄関へ運ぶのだが、それまでに、私の腕は、痺《しび》れそうになった。何年振りかで抱く、わが子の体が、こんなに重くなっていようとは、知らなかった。

玄関には、舎監や寄宿生たちが、折り重なって、見送っていた。私は、彼女等の厚意を感じ、丁寧に目礼して、玄関を出ようとした時に、再び、灰汁《あく》を飲まされたような、不快な目に、遭《あ》った。

それは、平常、閉されている、寄宿舎の門が、麻理を運び出すために、開かれていたために、そこから、外出していた一人の寄宿生が、飛び込んできたことから、起った。彼女は、女学校の上級生らしかったが、何かの理由で、何日間も、寄宿舎を離れていて、突然、帰ってきたにちがいなかった。彼女が、人気者であるのか、見送りの寄宿生たちは、歓声を揚げて迎えた。それだけなら、何事もないのだが、彼女等の間で叫ばれた一語を、私は聞き逃さなかった。

「二重の喜び！」

小生意気《こなまいき》な年頃のキイキイ声で、誰かが声高く、叫んだ。

それは、彼女等にとって、迷惑だった病人が出て行き、同時に人気者の帰ってきたことの喜びを、意味することが、明らかだった。

――そんなにも、邪魔扱いにされていたのか。

私は、車の中へ、麻理を運び入れながら、歯を咬《か》んだ。彼女等が、幼い麻理を、小さい妹として、可愛がってくれてると思ったのは、甘い幻想だった。瀕死の病人に対して、あんなことを口走る、彼女等なのだ――

車が、動き出すと、私は、毛布の上から、強く、麻理の体を抱き緊《し》めた。そして、心の中で、彼女に告げた。

――パパが、悪かったよ。小さなお前を、あんな寄宿舎へ入れて、飛んでもないことに、なってしまった。勘弁してくれ。だが、もう、パパと一緒だから、勇気を出せよ。

病院に着くまで、なんとか、頑張れよ。死ぬなよ、決して、死ぬなよ！

＊

その夜、私が寝たのは、夜半を過ぎていた。

寝たといっても、着のみ着のままで、病室に続いた、付添人室の畳敷きの上に、病院で借りた布団に、〝のり巻き〟になって、横たわってるだけだから、安眠などできる筈もなかった。

トロトロとすると、すぐに、眼が開いた。病人を安静にするために、有り合わせの風呂敷をかけた電燈が、気味の悪い紫色の光りを澱《よど》ませた病室は、シンとして、ストーヴの上の洗面器の湯が、微《かす》かに沸騰する音のみが、聞えた。

私は、半身を起き上り、ベッドの方を覗き、氷嚢《ひょうのう》に覆《おお》われた麻理の顔に、異状はないかと、首を伸ばした。病院へきてから、寄宿舎で見たような、昂奮状態が去り、意識がボンヤリしてきたのではないかと、憂われるほど、口をきかず、眠ってばかりいた。

「大丈夫ですか」

私は、低声で、ベッドの側に腰かけてる、若い看護婦に訊《き》いた。彼女は、黙って肯《うなず》いて見せた。

派出看護婦が、間に合わないで、病院の看護婦が、徹夜で、付き添ってくれてるのだった。酸素吸入や、氷嚢や辛子《からし》湿布《しっぷ》の取り替えなぞの手当も必要だが、いつ、心臓に変化を起すかも知れない容態で、眼が放されないからだった。

病院では、ほんとに、よくしてくれた。すべてが、院長のI博士の厚意からだった。仏文学関係の私の友人たちや、紹介者のK・Kと、彼が懇意なためでもあったが、一つは、俠気《きょうき》というようなものに富んだ、彼の性格からだったろう。彼は、病院で最上等の病室を、準備してくれ、料金は二等室並みでよいと、K・Kを通じて、私に知らせた。また、病院看護婦に、徹夜の付き添いなぞさせることは、彼の命令がなければ、実行が困難だった。そういう親切にも増して、彼が頼もしく思えたのは、入院直後の診察の後で、彼の示した医師的態度だった。クループ性肺炎という診断が一致して、K・Kは、かなり悲観的な口吻を洩らしたが、彼は、

「そうですね。何ともいえんけど、まア、様子を見ようじゃありませんか」

と微笑する顔つきに、どこやら、自信が漂《ただよ》ってるのを、私は、看《み》て取ったからだった。

――うまくすると、助かるぞ。

私は、彼のその表情を、唯一の頼みとした。そして、彼や看護婦の勧めるままに、寝に就《つ》いたのだったが、勿論、それは一縷《いちる》の望みであって、明日の朝まで保《も》たないかも知れぬ、という不安は、重く、胸に蔓《はびこ》り、とても、安眠できるわけはなかった。その日は、朝飯も、午飯も食べず、夜になって、病院の食事に箸をつけただけだったが、空腹は少しも感ぜず、ただ、喉《のど》ばかり、乾いた。

異状がないと知って、また、横になり、少し、仮睡《まどろ》んだと思うと、ハッとして、起き

上った。看護婦が、居眠《いねむ》りしてる姿でも見ると、その間に、病人の呼吸が止まってるのではないかと、ベッドに駆け寄って、耳を澄ませたりした。

そんなことを、繰り返してる間に、夜が明けた。麻理は、生きていた。いろいろの悪い症状が、変らなくても、彼女は、頑張って、死の手を、払い除《の》けてるように見えた。

その日に、派出の看護婦が、やっと来た。五十歳ぐらいの、落ちついた、老練な看護婦で、そのことも、私に安心を与えた。私は、東中野の牛肉屋へ、電話をかけ、私の寝具や身の回り品を、病院へ届けて貰うことを、伯母に伝言させた。麻理が、昨夜のように、今夜も、生き続けてくれれば、私は、そういう品物を、必要とするからだった。

危機は、三日間、続いた。

その間、私は、家を出た時に着たセビロを、脱ぐ暇がなかった。付添看護婦は、徹夜をするから、昼間、寝かさなければならない。その間の看護は、病院看護婦も手伝ってくれたが、主として、私がやった。辛子湿布以外のことだったら、私にも、どうやら、できた。病人は、次第《しだい》に、グッタリとしてきて、苦痛も訴えない代りに、私が話しかけても、返事も懶《ものう》い様子だった。そして、半睡半醒《はんすいはんせい》を続ける顔を、覗き込むと、眼の周囲が、中年女のように黒ずみ、鼻翼の呼吸が、小忙《こぜわ》しかった。

——こりゃア、駄目かな。

私は、何度、そう思ったか、知れなかった。ベッドの側にいるのが、堪《たま》らない苦痛だった。病室の中を、グルグル歩き回る私の姿は、人が見たら、警官に追われる浮浪者のようだったにちがいない。

夕方になって、看護婦が起き出すと、私は、すぐ廊下へ飛び出した。暖められた病室を出た体には、廊下は、氷河に立つ想いだった。私は、震えながら、ガラス窓から外を眺めた。二階だから、それほどの高さとも思えぬのに、東京の西方が、一望に、見渡された。遠くの山脈さえ、クッキリと、浮き上り、空は、酷寒を語るアサギ色に、透き通っていた。

それを見ていると、悲しいというよりも、寂しいというよりも、底知れぬ恐怖のようなものが、私を襲った。悪い運命に対する恐怖が、湧いてきたのだろうが、ハカない抵抗を続けてきた私が、もう、矢弾《やだま》も尽き果て、最後の力を失ったような気がした。

——麻理は、死んだ方が、幸福かも知れない。

そんな考えが起き、茫然と、アサギ色の空を、見詰めていた。やがて、ハッと気づき、そんな油断をしたら、その隙《すき》に、死神《しにがみ》が麻理を奪っていくような気がして、急いで、病室に、駆け込んだ。

しかし、その冷酷なアサギ色の空は、二十年後に近い今日も、アリアリと、私の眼に残っている。そして、その恐怖は、決して、一時の気の迷いでなかったのか、その後、家族に、不吉《ふきつ》な運命が見舞うのは、いつも、酷寒の頃であり、私自身が、後年、瀕死の重病で入院中も、同じ色の空が、脅《おび》やかすように、窓の外に、展《ひろ》がっていた。私の死ぬのも、恐らく、一月か、二月の頃であろう。

三日間、持ち堪《こた》えたことで、希望が湧き、一週間目に下熱《げねつ》して、虚脱状態も起らなかったことで、私は、やっと、麻理の生命を繋《つな》ぎとめた確信を、握《にぎ》り得た。

「あなたも、だいぶ、心配しましたね。しかし、僕は、最初から、K・K君ほどには、悲観的に見ていなかったですよ。重態は重態だったですけれどね……」

院長回診の時に、I博士も、作品を完成した芸術家のような、謙遜と自負の混った微笑を、洩らした。

私は、ただ、ヘトヘトの疲労を、感じた。天を拝み、医師に感謝していいのに、何か、腑《ふ》抜《ぬ》けになったような、自分を感じた。その頃、一日だけ、姉が看病にきてくれて、私は、久振りで、東中野へ帰り、一夜を過ごしたが、死んだような睡眠というものを、生まれて初めて味わった。

その一夜は例外で、麻理の退院まで、三週間余の間を、私は、病院で生活した。家はあっても、半自炊《はんじすい》のような生活をしていたのだから、病院にいる方が、むしろ、気楽だった。付添人の食事を食べ、病院の風呂に入り、時には、晩酌に、ウイスキーなぞ、飲んだ。院長が、遠慮なく、晩酌でもやれと、薦《すす》めてくれるのである。

院長は、いよいよ、私に対して、親切だった。ある日曜日には、外来患者がないので、私を誘って、築地《つきじ》の長崎料理屋で、午飯《ひるめし》を馳走してくれた。医者からオゴられる付添人なんて、例のないことであろう。彼は、ドイツに長く留学して、非常なドイツ贔屓《びいき》であり、私も滞在したベルリンの話なぞするのが、大いに愉《たの》しみらしかった。毎日一度の回診の時でも、私と、一時間も、話し込むことがあった。そういう場合、随従する二名の看護婦こそ、いい迷惑で、薬盆《やくぼん》を献《ささ》げたまま、直立して、待っていなければならない。そのために、一人の看護婦が、疲労のあまり、卒倒しかけたことがあった。

その看護婦は、Fさんといった。麻理が入院の日に、徹夜で看病してくれた人である。二十二、三の色の白い、髪の濃い、痩《や》せギスの女で、スペイン人か、ポルトガル人によくある顔立ちだった。声が、小禽《ことり》のように、優しかった。

彼女は、麻理を、よく可愛がってくれた。麻理が、回復期に向うと、微熱は残ったが、元気は、極めてよくなり、Fさんが、診療簿へ書き入れるために、病室へ姿を現わすと、滑稽なことをいった。

「朝の体温、七度一分、脈、八二、自然便、中量よ」

なぞと、付添看護婦がいったとおりを、暗記して、Fさんに報告したりすると、彼女は転《ころ》げて、笑った。

そういう彼女に、いつか、私は、他の看護婦に対しては持たない、関心を懐《いだ》くようになった。麻理と同じく、私も、打撃からの回復期にあり、甘い、感傷的な気分が、心のどこかに潜んでいたが、その感情がさせる業《わざ》とも、思えた。恋愛の強い感情まで、至らない、仄《ほの》かなものではあったが、明らかに、女性に対する愛情であった。

「あの人を、細君に貰ったら？」

——冗談じゃない。おれと、齢が二十も違う女が、麻理の母親になれるもんか。

そんな、自問自答が、心の中で起きた。そして、その答えによって、それ以上、空想も発展しなかったほど、淡い執着《しゅうちゃく》だった。

しかし、妻と別れてから、足かけ四年になるのに、仮りにも、他の女に心が移ったというのは、これが最初であり、私にとって、記憶すべきことだった。妻の死の報知が、私の潜在的な心に、解放を与えたのかも、知れなかった。或いはまた、Fさんが、ヨーロッパ人に似てることが、妻の後像《アフター・イメージ》と、入れ混ったのかも知れなかった。妻の西洋人としての肉体や心理に慣れて、日本の女性に馴染《なじ》めない気持が、暫らく、続いていたのである。

そんなことは、ともかく、麻理は、二月十三日の午後に、退院することになった。勿論、まだ、歩行の体力はなく、付添看護婦に、自動車に同乗して貰って、東中野へ帰った。しかし、案じたような、悪影響もなく、家庭の臥床《がしょう》生活に移った。ただ、微熱だけは、なかなか、去らなかった。

それにしても、私は、ホッと、胸を撫《な》ぜ下《お》ろした。大きな、災厄の波を、どうにか、乗り越えた気持は、他のいろいろな不安を、忘れさせた。例えば、私が、自由な仕事時間が欲しくて、麻理を寄宿舎へ入れた企《くわだ》てが、大失敗に帰して、問題は、振り出しに戻ったことなぞ、考える余裕もなかった。

六

花の咲き出す頃には、麻理も、やっと、〝白薔薇〟へ通学できるようになった。

もう、私は、娘を寄宿舎へ入れる気持を、全然、失ってしまった。あの入院の日に、寄宿舎で見た、さまざまのことが、私から、一切の信頼を、奪ってしまったのである。恐らく、寄宿舎の方でも、麻理のような幼い子供を預かるのは、もう、懲々《こりごり》だと、考えていたかも、知れない。

しかし、私は、校長のフランス人や、教頭のK先生に対しては、依然として、厚い信頼を、持ち続けていた。彼女等は、常に、立派な女性であり、殊に、K先生は、私のような異端者の眼からも、入信の深さや、堅固さが、測《はか》り知られた。私は、正直なところ、尊敬する女性を、数多く見ていないが、彼女は、その少数のうちの一人だった。

——いつかは、母親の死を、麻理に知らさなければ、ならない。

そう思っても、大病の後で、衰弱してる子供に、打撃を与えるようなことは、告げたくなかった。仮令《たとえ》、彼女が健康だったにしろ、私は、そういうことが苦手《にがて》で、できるだけ逃げたかった。私は、狡猾《こうかつ》になって、K先生に、その役目を、お願いすることを、思いついた。妻の訃報《ふほう》がきた当時、そのことについて、K先生と相談したことが、あったからである。

久振りに、〝白薔薇〟の本館を訪ねて、私は、そのことを、頼んだ。

「ええ、承知致しました。折りを見て、わたくしから、麻理さんに、お話ししましょう。麻理さんも、もう二年生ですから、よく、お聞きわけになると、思いますわ」

K先生は、キッパリと、引き受けてくれた。

彼女の言葉のように、麻理は、その四月から、小学二年生になったのである。一年の三学期を、殆んど休校したに拘《かかわ》らず、学校では、彼女を進級させてくれた。私は、彼女の学業の遅れを、気にして、二年用の読み方や算術なその教科書を前に、いろいろ、教えてみた。案外、彼女の学力は、落ちていなかった。しかし、子供の学習をしてやるということが、こんなにも、難事業であると、私は知らなかった。よく、世間の母親が、針仕事なぞしながら、気軽に、子供のお浚《さら》いを手伝ってるのを見るが、私が教えると、過度に熱中して、イライラしてくるかと思うと、また、ひどく退屈になって、欠伸《あくび》を嚙《か》み殺すのに、骨を折る。そして、稽古を終ると、私はグッタリと、疲労する。それほど、人力を注いで、どれだけ、学習の効果を挙《あ》げたか、疑わしい。私が、父親として若く、人間として我儘者《わがままもの》だったからでもあるが、本来、これは、父親の仕事ではないらしい。

——母親が、いてくれたら……。

尤《もっと》も、妻が生きていたところで、日本語の教科書では、閉口するだろうが、彼女の母としての本能は、何かの智慧と方法を、見出すだろう。少くとも、私のように、癇癪《かんしゃく》と退屈に、悩まされはしないだろう。

学習に限らず、その頃、私は、何かにつけて、父親の能力の限界を、知ることが、多くなった。いくら焦《あせ》っても、できないことが、沢山ある。こんなにも、子を育てる父の力が、狭いものであるかと、驚くことが屢々《しばしば》だった。父親が働き、母親が家と子を守る、世間一般の家庭が、どれだけ、私に羨《うらや》ましかったか、知れなかった。

幸か、不幸か、その頃、私の仕事の依頼が、少し、殖《ふ》えてきた。私は、子供の入院で金を費《つか》ったし、その間、何も仕事ができなかったし、それらの依頼を悉《ことごと》く果して、金を獲《え》たかった。しかし、子供を、また、家に置くことになってからは、婆やのいた頃の倍も、家事に煩《わずら》わされる時間が、多くなった。職業紹介所に頼んで、雇い入れた、中年の女中は、子を持った経験がなく、台所仕事をするのが、精々だった。家政を任《まか》せるという、私の目算は、見事に外れた。その上、麻理は、食事や栄養剤によって、病後の回復を計る必要があった。彼女は、肺門淋巴腺《りんぱせん》が腫《は》れてるといわれ、また、退院後も、よく病気を繰り返し、肺炎再発の危険で、私を脅《おび》やかした。虚弱児童の名を脱するには、食《しょ》餌《くじ》で、体をつくり直すように、医者にいわれると、その方の注意を、怠れないわけだった。

「そんなに、バターばかり食べさせると、下痢《げり》を起すよ」

と、伯母や姉からいわれたほど、私は、ヴィタミン食餌を、子供に摂《と》らせた。ホーレン草、人参、夏ミカンなぞも、食べさせた。栄養的な食事というと、女中は、全然、知識がなかった。私は、一々、主婦のように、料理を考えなければならなかった。

私は、仕事が芽を吹き出したことを、感じても、それに没入できない悲しさと、苛立《いらだ》たしさで、神経衰弱になりかけた。夜も眠れず、食欲が、まったく感じられなかった。一番、困ったのは、神田の大学へ、最初の出講日《しゅつこうび》が、迫ってくることだった。毎週一回、二時間の講義で、報酬も少いけれど、定収入は、私に必要だった。そして、人にものを教えることは、私も最初のことだし、講義のノートだけは、拵《こしら》えて置かねばと思っても、頭はボンヤリしてる上に、なかなか、その暇が見出されず、そのうちに、講義の日がきてしまった。私は、講壇に立ったが、何も、いうことがなかった。

「今日は、これぎりにして、来週から、ほんとに、始めます」

そういって、私が教室を逃げ出そうとすると、学生たちが、ドッと笑う声が、追いかけてきた。

その頃に、マダム・木村が、混血児のワキコと、女中を連れて、訪ねてきたことがあった。退院後の静養期間だったが、麻理の休学が長いので、心配して、見舞ってくれたのである。

玄関で、暫らく話をして、帰っていったが、門前には、立派な自動車が、待たせてあった。話の様子《ようす》では、父親の木村氏の国際的弁護士事務は、いよいよ繁栄し、フランスからマダムの弟を呼び迎え、丸ビルの事務所で、働かせるらしく、彼女の服装を見ても、景気のよさが、よくわかった。

私は、木村一家の繁栄も、羨ましかったが、それよりも、未見の木村氏が、何事にも煩《わずら》わされず、自身の仕事に専心できることを、なんと幸福な人かと、思った。

――おれだって、自由に、働ければ……。

私は、口惜《くや》しかった。私は、結婚を悔《く》い、子を持ったことを悔い、髪を毟《むし》りたいくらいだった。父親というものは、子供のために、すべてを献《ささ》げる用意を持ってはいなかった。私が、麻理のために、それだけ犠牲を払ってるのは、ただ、愛情に引ッ張られるからで、本意ではなかった。父親は、事業を愛すると共に、子供を愛したいのである。事業と妻子と、どっちが大切かということは、男にとって、問題にならない。それは、別な所から出る愛であるが、ただ、同様に、深いのである。

＊

麻理の学校の暑中休暇が始まるまで――つまり、その年の春から夏への毎日を、私は、暗澹《あんたん》たる気持で、送った。恐らく、私の生涯で、最も暗い時期だったかも、知れない。

その証拠がある。私の誕生日は、七月一日であるが、亡い両親は、その日を必ず祝ってくれ、品物を買ってくれたり、ご馳走を食べさせてくれた。その習慣が、身に沁《し》み、私は、外国にいる間も、誕生日を祝うことを忘れなかった。ところが、その年の七月一日ばかりは、何としても、自ら祝う気になれないのである。

――こんな生存を、なぜ、祝わなければ、ならないのだ？

私は、その日に、わざと、一盃の酒も、飲まなかった。誕生日祝いをしなかったのは、今日まで、その年だけだった。

亡妻の遺品の整理だけでも、私に、やりきれない気持を起させるのに、充分だった。身の回り品は、帰国の時に、かなり、持っていったが、それでも、細々《こまごま》した品物や、衣類や、下着や、書籍が、沢山残っていた。そのどの品物も、私には記憶があり、妻を思い出させた。といって、それらを、長く家に留《とど》めて置くことは、私にとって、苦痛だった。

私は、その大部分を、フランスへ送ってやることに、決めた。衣類なぞ、麻理が大きくなって、それを着るには、あまりに、期間があった。フランスへ送れば、亡妻の従妹《いとこ》たちの役に立つかも、知れなかった。

しかし、麻理のために、母の遺品を、何か一つ、残して置いて、やりたかった。故障で、もう動かなくなってる腕時計を、私は選んだ。

その腕時計は、安物で、金メッキが剝《は》げかかっているが、ガラス蓋《ぶた》の周囲が、青い七《しっ》宝《ぽう》で、飾られてあった。蛍草《ほたるぐさ》の花のような、その色はまだ、冴《さ》えていた。私がパリで、亡妻と知り合った頃は、その時計も、まだ動いていて、青い七宝も、彼女の白い手《て》頸《くび》を、彩《いろど》っていた。

「この時計、狂ってばかりいて、駄目なの……」

彼女は、それを、父から買って貰ったが、父はケチンボーだから、安物にきまってると、悪口をいった。しかし、彼女は、母よりも、父を愛していた。日本から、手紙を書くのも、いつも、父宛《あて》だった。私と結婚することにも、父親の方が、最初に折れた。母親は、頑固なカトリック信者で、子供の躾《しつ》け方なぞ、日本の家庭では、想像もできないほど厳《きび》しいらしかった――

その壊《こわ》れた時計が、私は、何か、亡妻の一生を語るようにも思われ、麻理のために、残すことにした。といって、母の死を告げてない彼女に、すぐ、与えることはできず、私は、トランクの奥深く、納《しま》った。

それにしても、K先生は、いつ、妻の死を、麻理に話してくれるのだろうかと、私は、気になっていた。先生は、〝折りを見て〟といったが、その機会は、まだ来ていないに、ちがいなかった。なぜといって、そのことを聞かされたら、いくら小さな子供でも、態度に変化が表われる筈である。少なくとも、私に、何か、いう筈である。

しかし、私は、麻理が、早く、その不幸を知って欲しいとは、少しも、思わなかった。むしろ、K先生が機会を見出せないことを、幸いとも、考えていた。肺炎の後の彼女は、かなり、体の衰弱が目立ち、衝撃を与えることは、控えたかった。

麻理が、あまり病気をするので、その年の夏を、東京で過ごさせたくなかった。といって、房州あたりの海岸にせよ、一夏の避暑をする金が、私には、苦しかった。すると、或る人が、九十九里浜の片貝《かたがい》が、安価な滞在ができると、教えてくれた。私は、一日、片貝へ調べに行った。すべてが、気に入ったので、借りる部屋を、約束してきた。

暑中休暇が始まる前に、私は、〝白薔薇〟へ出かけた。いろいろお世話をかけるので、学期の終りには、挨拶《あいさつ》にいく必要があった。

本館で、K先生に会って、話の末に、

「まだ、麻理は、母親の死んだことを、知らないようですけど、もっと大きくなってから知った方が、いいのではないかと、考えるんですが……」

と、私は、自分の気持を、洩らした。

すると、先生は、眼を円くして、

「あら、そのことでしたら、いつか、ご依頼がございましたから、麻理さんに、もう、お話ししてあるんでございますよ」

それを聞いて、今度は、私が驚いた。

「いつ、お話し下さいました？」

「さア、五月でしたろうか。本館のお御堂《みどう》へ、麻理さんが、入らっした時に、ちょうど、いい機会と、思いましたから……」

「はア……」

と、いったが、私は、まるで、腑《ふ》に落ちなかった。疑うように、先生の顔を見詰《みつ》めずにいられなかった。

もう、二カ月も前に、麻理が、母の死を知っていたとは――そして、一言も、そのことを、私に語らず、少しも、変った様子がなかったということは、私には、信じられない事実だった。

K先生の話では、麻理は、そのことを聞いても、別に、驚きを、顔に出さなかったそうだった。そして、先生が、天国にいる母親のために、お祈りをするようにと、訓《さと》すと、笑って、頷《うなず》いたそうだった。

そう聞けば、先生の言葉を信ずる外はなくなったが、私には、何が何だか、一向、わからなかった。十歳にもならない子供が、内心を包み隠すというようなことは、不可能であろう。すると、彼女が、死ということを理解するのに、まだ幼な過ぎて、何の印象も留めなかったのだと、解する外はない。しかし、それにしても、一言も、そのことについて、私に洩らさないというのは、訝《いぶか》しい。学校で、どんなことがあったとか、電車の中でどうしたとか、些細《ささい》なことでも、彼女は、晩飯の時なぞに、私に語るのである。そのことに限って、私に話さないというのは、合点《がてん》がいかない。

私は、その不思議を、いつまでも、解くことができなかった。彼女が成人して、多少、精神上の問題を語る時がきて、

「あの時、お前は、どんな風に、考えていたんだい？」

と、口に出かかることもあったが、一方、私には、何か、触れてはならないことに、触れるような憚《はばか》りが、感じられた。

ところが、この『娘と私』を、雑誌に連載し始めてから、私は、女性の一読者から、手紙を受け取った。その人は、麻理と、大体、同年輩らしく、今は、幸福な結婚をして

いるらしいが、九歳の時に、母親に死別している。しかも、彼女は、幼年時代をパリで送り、母親はパリで病を獲て、帰朝匆々《そうそう》、亡くなられたらしい。無論、両親は日本人で、麻理の場合と異《こと》なるが、外国で罹病《りびょう》し、母国へ帰って死亡した母親を持つ点で、似ている。その読者は、日本へ帰ってから、〝白薔薇〟と並称されるミッション・スクールの〝嫩《わか》葉《ば》〟へ入学し、父親と二人きりの寂しい生活を送ったが、麻理と運命が酷似してるので、手紙を書く気になった、ということだった。そして、最後に、次ぎのような、一節があった。

——お書きになっているなかで、お嬢様が、少しも、ママのことを口に出されないと、ありましたが、私もそうでした。今まで、ずっと一緒にいた母のことを、どうして忘られましょう。でも、子供心に、父が気の毒だと思い、ママのことを、一《ひと》ことも、いわなかったのでした。(後略)

私は、それを読み、そういうものかと、思った。十歳前の幼女の心にも、そんな思い遣《や》りが、湧くのであろうか。子供の心が、案外、複雑なことは、私も知らないではないが、これは、少し、意外だった。尤も、〝父が気の毒〟というのは、大人《おとな》の表現であって、事実は、漠然とした恐怖心——父をも、喪《うしな》いたくない、無意識の祈りのようなものが、そうさせるのかも知れない。いずれにしても、小さな胸の中に、父への愛が、芽出してるのである。

＊

七月の二十日過ぎに、私たちは、片貝《かたがい》へ出かけた。家政婦が帰り、代りに、臨時雇いの婆さんと、三人連れだった。

借りた家は、漁具の桶類《おけるい》をつくる、職人兼漁夫といった職業だが、主人が、非常に実直で、清潔好きで、私たちに宛てられた客間と、次ぎの間《ま》は、居心地がよかった。白砂の庭から、松の匂いのする風が吹き込み、松葉牡丹やダリヤが、手入れよく、咲いていた。

麻理が生まれてから、海岸で夏を送るなぞということは、これが、最初だった。私たち夫婦は、家を創《はじ》める忙がしさに追われ、そんな余裕はなかった。また、今度のように、漁師の家を借りる生活なぞ、外国人の妻には、望まれぬことでもあった。一度、真夏に、親子三人で、江ノ島へ行ったことがあったが、小さな麻理は、片瀬の海岸を駆けずり回り、私たちが驚いたほど、海を喜んだ。

今度も、同様だった。九十九里の広い砂浜と、清新の空気が、よほど、子供の心を快活にするらしく、泳げもしないのに、海水着一枚になって、波に追われると、東京では聞いたことのない、高い笑いの叫びを、立てた。

着いてから、二、三日経つと、麻理の食欲が、メキメキと、ついてきた。茶碗を抱《かか》えて、掻《か》き込むようにして食べるなんて、曾《かつ》てなかったことだった。魚は、鰯《いわし》が主で、種類に乏しいが、牛乳と卵が、新鮮だった。それから、鶏肉と豚肉の商人が、冷蔵庫をリヤカーに乗せて、売りにくるが、東京の半額の値段だった。私は、できるだけ、麻理に栄養をとらすことを、心掛けた。

すると、一週間目頃から、麻理の頬が、眼に見えて、肥《ふと》ってきた。血色も、活々《いきいき》としてきた。

――子供って、まるで、植木だな。

私は、驚いて、彼女の顔を見た。よい空気と、新鮮な食物が、これほど覿面《てきめん》な効果を顕《あら》わすとは、知らなかった。日当りと肥料が、すぐ効《き》いてくる植物のようで、なんだか、滑稽でもあった。

そのうちに、毎日の甲羅干《こうらぼ》しで、真ッ黒に肌が焼けてくるし、体の肉もついてくるし、どこから見ても、麻理は、虚弱児の面影を、拭《ぬぐ》い去ってきた。私の満足は、いうまでもなかった。この二、三年の暗い雲が、やっと、霽《は》れてきたような、気持だった。

私は、毎日、午前中を、仕事に費《ついや》した。その間、麻理は、借りてる家の子供だの、近所の避暑客の子供と遊び、午後は、私と一緒に、海へ出かけた。私も、その頃は、九十九里の怒濤《どとう》と、闘って泳ぐのが、得意であり、麻理を忘れて、遠く沖へ出たりしたが、大体、砂浜で、子供の相伴《しょうばん》をした。私にとっても、久振りの海岸生活は、愉快であった。そして、生活費は、東京にいるよりも安く、連れてきた婆さんが、用事で帰ってしまうような不便が起きても、少しも、心を煩《わずら》わされなかった。

婆さんが帰ってから、土地のオカミさんを雇ったが、その女が、鯵《あじ》のタタキという郷土料理を、よく食べさせてくれた。浜から上ったばかりの小鯵を、骨ごと、俎板《まないた》で叩き、味噌と紫蘇《しそ》の葉を加え、皿の上に、平《たいら》に伸ばす。それを、少しずつ、箸で欠いて、酢《す》につけて、食べる。野趣に富んだ、うまい料理だった。尤も、麻理には、不向きで、私だけが、晩酌の肴《さかな》にした。

その夕も、オカミさんは、タタキをつくってくれ、しかも、大量であったが、私は、残らず、平げた。すると、夜半から、下痢が起った。私は、一体、胃腸が丈夫な方で、下痢なぞしても、じきに止まるのだが、その晩は、暁方《あけがた》まで、連続的に、二十回ほども、便所通《がよ》いをした。終《しま》いには、立ち上る力も、抜けるほど、疲労を感じた。

——これは、いつもと、違うぞ。

私は、初めて、不安を感じ、朝になると、すぐ、医者を呼んだ。医者は、私の便を見て、即座に、赤痢の診断を下した。そして、本来なら、町の避病院に入るべきだが、非常に汚い所だから、表向きにせず、ここで療養するように、取り計らう。しかし、消毒と手当のために、看護婦が、是非、必要だから、千葉から、呼んであげる、といった。町には、一人も、看護婦がいないのである。

高熱で、私は、頭がボンヤリしていたが、麻理に、病気を伝染させたら、大変だから、一刻も早く、彼女を、私の側《そば》から、離させなければ、いけないと、思った。そして、宿の主人に、一日仕事を休ませ、麻理を、中野の姉の家へ、送り届けて貰うことを、頼んだ。朴訥《ぼくとつ》な主人は、十数年も、東京へ出たことがないといって、不安がったが、私は、顫《ふる》える手で、地図を書いたり、説明したりした。すると、麻理が、

「新宿までいけば、あたしが、オジさんを連れてってあげるわよ」

と、口を出した。どっちが、案内人だか、わからなくなった。

麻理たちが、出発すると、私は安心して、グッタリした。夕方に、千葉市から、看護婦がきて、いろいろ、手当をしてくれたが、夢心地だった。

知らぬ土地で、他人の家で、生まれて最初の大病をする——非常に、心細い筈だが、麻理の肺炎の時の半分も、胸は痛まなかった。といって、最悪の場合を考え、孤児になる麻理の将来を心配するという気持も、起らなかった。

——どうとも、なりゃアがれ。

そういう気持が、いつも、腹の底にあった。

肉体的な苦痛の一週間を送ると、熱も下り、下痢も止まった。しかし、舌に銭苔《ぜにごけ》のようなものが生《は》え、体の節々《ふしぶし》が痛く、すべての力が抜け、ちょっと首を動かしても、眩暈《めまい》を感じた。

更に、一週間経つと、お粥《かゆ》が食べられるようになり、痒《かゆ》い頭髪《かみ》を、看護婦に洗って貰うまでに、回復した。やがて、数日して、私は寝床を起き上り、杖に縋《すが》って、庭が歩けるようになった。

いつか、八月も、二十日を過ぎ、空の色や風の音に、秋が感じられた。看護婦も帰し、

一人きりで、縁に坐して、空を眺めてると、涙が、頰を伝わった。

——よく、不幸ばかり続く人生だな。

娘の次ぎには父親と、同じ年に大病に罹《かか》る不運が、情けなかった。もう、伝染の危険もあるまいと、医者に聞いてから、私は、姉に麻理を連れてきてくれることを、手紙で頼んだ。暑中休暇も、末近くだが、少しでも、娘に、海岸の空気と食物とを、与えたかったのである。

やがて、麻理は、姉と共に、再び姿を現わした。

「只今《ただいま》ア」

父のいる所が、わが家と心得てるのか、麻理は、庭先きから、元気な声を立てた。しかし、その顔を見て、私は、泣きたくなった。半月余の片貝滞在で、せっかく、肉づいた頰は、ゲッソリと瘦せ、血色が濁《にご》り、眼ばかり光る子供に、戻ってしまったからだった。

七

あんまり、災厄が続くのが、不思議なほどだった。亡妻の発病以来、娘の絶え間ない病気、そして、あの肺炎——しまいには、私自身まで、赤痢なぞに罹ったのである。

——厄年《やくどし》というのかな。

私も、そんなことを、考えるようになった。私の年が、四十一で、前厄に当るから、信心《しんじん》をしなければいけないと、姉や伯母が、よく、私にいっていた。

私の不幸が、今年から始まったわけではないし、また、厄年というものが、定期乗車券のように、期限を切ることも、信じられなかったが、私が、人間の生涯のある時期に、入ってるのではないかと、考えるのは、屢々《しばしば》だった。昔の人は、長い経験で、そういう危険期を、大摑《おおづか》みに、四十二歳の前後に、置いてるのではないかと、思われた。

自分では、いつまでも、青年のつもりだが、心や体のどこかの隅に、老年期の前触れが、兆《きざ》し始めたのだろう。厄年とは、その脱皮期の甲殻《から》の固まらない、弱々しい裸肉《らにく》を、意味するのだろう。そして、その頃は、いろいろの人生の災厄が、芽を吹き出す時期でもあり、一層、苦悩を深めるのだろう。

とにかく、私は、心の弱りを感じる機会が、多くなった。参詣《さんけい》だの、卜筮《うらない》だのに凝《こ》る、姉や伯母から勧《すす》められて、片貝から帰った翌年の九月に、川崎の厄除《やくよ》け大師に、お詣《まい》りをしたのも、その一例だった。正、五、九の三月中に、参詣に行かなければいけないと、切《しき》りに勧められて、ついに、その気になった。

私は、我儘に育ち、自分ばかりを恃《たの》む男だった。信仰なぞは、ミジンもなかった。パリで、亡妻と結ばれても、教会の挙式なぞ、鼻であしらって、行わなかった。信仰ばかりでなく、社会の習慣や道徳も無視して、生きてきた。帰朝して、麻理が生まれても、出産届さえ忘れて、横浜市役所で、罰金をとられた。しかも、麻理は、最初、私の庶子《しょし》として、戸籍に載《の》った。私が、結婚届をバカにして、手続きをしなかったからである。

――いいじゃないか。事実として、良人と妻が、結合し、和合してるのに、それ以上の証拠を求める必要が、どこにあるのだ。

そんなことを考えて、私は、わざと、法律的手続きを無視したのである。亡妻も、私と同意見だった。しかし、麻理が、立って歩くようになると、やっぱり、庶子では可哀そうという気になって、渋々、遅れ馳《ば》せの結婚届を出したのだから、一時の空威張《からいば》りのようなものだった。

そんな、血気に逸《はや》る私も、四十の声を聞き、人生の艱難《かんなん》に遭遇すると、意気地《いくじ》がなくなり、自分ばかりを、恃《たの》めなくなった。自分では、どうにもならないものがあり、自分以上の大きな力が存在することを、認めないでいられなくなった。といって、信仰の道に入る決断も、勇気もなかったが、従来の私から見れば、大きな変化といえた。

やがて、その年も暮れようとし、亡妻の一周忌がきた。だが、その日がきても、私は、どんな祀《まつ》りをすればいいのか、サッパリ、わからなかった。一周忌だの、三回忌だのということが、すでに、仏教の習慣であり、カトリックの方には、ないらしかった。フランス人は、死者の墓参を忘れないけれど、必ずしも、命日に行うというわけではなかった。

しかし、私は、亡妻の死んだ日に、何事かをしないでは、気が済まなかった。といって、詣《まい》るべき墓はなく、彼女だけの写真さえなかった。

——心の中で、彼女を弔《とむら》っていさえすれば、いいのだ。石なんか、拝んだって、何になるんだ。

以前の私なら、そう思ったろう。だが、今は、そうではなかった。

しかし、追悼会《ついとうえ》を催して、人を招くというようなことも、私の気持から、遠かった。日本で、亡妻と繋《つな》がりのあるのは、私と麻理だけで、他に誰がいるというのか。

私は、麻理と二人で、神田の教会へ、礼拝にいくことにした。信者でない私が、キリストに祈る資格はないが、死者のために、額《ぬかず》いてくることは、差支えないと、思った。

その日は、ちょうど、〝白薔薇〟の二学期の終学式で、麻理はいつもの時間に、出校していたが、十時頃に、式の終るのを、見計《みはか》らって、私は、彼女を迎えにいった。

初冬の穏《おだや》かな、晴天だった。九段から三崎町まで、電車に乗るほどもないので、私は、子供の手を曳《ひ》きながら、歩いた。もう、彼女も九ツだから、手を曳く必要もないのだが、その日は、そうしたかった。小さい手袋を嵌《は》めた手を、私は、掌中に感じ、二人きりで、世の中へ残された意識と、愛《いと》おしさとが、心に湧き上った。近道をするために、飯田町貨物駅の側を、通り抜けるのだが、煤煙に汚れた風景と、通行人の少いその道路を、麻理と二人で渡る世路《せろ》のように思うほど、私は、感傷的になっていた。時々、涙が翻《こぼ》れそうになり、顔を背《そむ》けた。

母の死を、K先生から、麻理に告げて貰ったが、私の口から、それに関係する言葉を洩らしたのは、昨夜が初めてだった。

「明日は、ママが、死んだ日なんだよ。だから、二人で、神田の教会へ行こうと、思うんだ……」

私が、そういっても、彼女は、私が心配したような、悲しそうな様子は、少しも、見せなかった。

「うん……」

まるで、動物園へ行く話でも、聞いたように、彼女は、答えた。

今日も、麻理は、ニコニコしていた。しかし、いつもより、少し温和《おとな》しいところがあった。

「神田の教会で、マア公は、洗礼したんだぜ。知ってるかい？」

「知ってるよ」

「だって、覚えちゃいないだろう」

「そりゃア、覚えてなんか、いないさ」

私は、努めて、平常《ふだん》の調子で、娘と話し合った。

しかし、教会の石壁の見える横町へくると、去年の追悼式の日が、急に、思い出され、堆高《うずたか》い積雪の色まで、アリアリと、眼に浮かんだ。感動を堪《こら》えるには、無言で、地を見て歩くよりなかった。

教会の扉を排すると、シンとした、静寂と冷気が、更に、私の心を、引き緊めた。薄暗い、礼拝席の手前の方で、二人の制服女学生が、跪《ひざまず》いていた。私たちが、足音を忍ばせて、その側を通っても、高い天井に、反響が起きた。バラ色のステインド・グラスの光りが、去年と同じように、私を射った。受難のキリストや、マリアの像が、薄闇《うすやみ》のなかに、浮いていた。私は、あの生々しい色彩の彫像を、あまり好まないのだけれど、今日は、その反感も起らず、心から、祭壇に向って、跪坐《きざ》する気持になった。といって、私は、礼拝の方法も知らないから、深く頭を垂れるだけだが、ふと、麻理の方を見て、驚いた。

彼女は、ベンチに腰かけず、床の上に膝をつき、片手で、額と肩と胸とを結ぶ、十字の線を描き、胸を抱くようにして、首を垂れた。その動作は、少し子供らしくあっても、いかにも、手慣れていた。

——ああ、そうだ。マア公は、信者だったのだ。

私は、今更のように、気づいたが、俄《にわ》かに、麻理が愛《いとお》しく、不憫《ふびん》に思えてならなかった。

——エレーヌ、満足だろう。麻理が、こうして、お前のために、祈ってるんだ。

心の中で、私は、亡妻に呼びかけた。それから後は、何も考えず、眼をつぶっていた。五分ほどして、私たちは、同じように無言で、教会を出た。静かな、清々《すがすが》しい気持が、私の胸一杯に、拡がった。麻理と、二人きりで、教会へきて、よいことをしたと、思った。こんな満足した〝法事《ほうじ》〟は、曾《かつ》て、経験したことがなかった。両親や、義兄の法要をする時には、いつも、雑念や雑事に妨げられるのに、今日は、心ゆくばかり、死者を弔うことができたように、思われた。

同時に、私は、何かの重荷を、卸《おろ》したような気持もした。

——これで、一つの区切りを、済ませたのだ。

妻の死は、近い過去ではあるが、過去の事実であるという認識が、心のどこかに、起りつつあった。恐らく、寡婦《かふ》の場合は、一周忌ぐらいでは、こういう気持が起らぬかも知れぬが、私には〝法事〟を満足に済ませた意識と共に、何か、道徳的な解放を感じたことは、事実である。

私たちは、三崎町の電車通りに出て、神保町の方へ、歩いた。麻理は、午後に、何か催し事があって、もう一度、学校へ帰る必要があり、私は、校門まで、送っていくことにした。だが、その前に、彼女に、甘い物でも、食べさせたかった。

「お茶、飲むかい？」

「うん」

私たちは、教会へ入る時から、初めて、口をきいた。私は、神保町交叉点《こうさてん》あたりに、純喫茶店があったと思って、歩みを進めると、ふと、眼の前に〝Pâtisserie〟（菓子屋）と、フランス語の看板を出した、小さな店を、見出した。古本屋ばかり列《なら》んでる界隈《かいわい》に、貧弱ながら、そんな店があるのに驚き、また、亡妻の〝法事〟の帰りに、それを見出すのも、妙な気がした。私は、躊躇《ちゅうちょ》なく、その店に、足を踏み入れた。

二、三脚のテーブルしかない。狭い店内に、客の影もなかったが、自製の菓子も、コーヒーも、よほどフランス風で、美味だった。

麻理は、喜んで、エクレールなぞを、食べた。彼女は、餡菓子《あんがし》も好きだったが、やはり、西洋菓子の方が、気に入っていた。

「先刻《さつき》、お祈りしたね。何て、お祈りしてたんだい？」

私は、コーヒーを飲みながら、訊《き》いた。微笑と共に、そんなことが訊けるほど、私の心に、余裕《よゆう》が出てきた。

「そりゃア、イエズス様に、お祈りしたのさ」

彼女は、きまりきったことを、訊かれたような、顔つきをした。

「へえ、ママに、お祈りしたんじゃ、なかったのかい？」

私は、不審に思った。

「そうさ。何でも、イエズス様に、お願いするんだよ」

「そうか。じゃあ、何て、お願いしたんだい？」

「あのね――あたしが、死んだら、天国へいって、ママと、一緒に、いられますようにッてさ……」

麻理は、少し、羞《はず》かしそうな顔で、そういったと思うと、照れ隠しのように、急いで、菓子を、食べ出した。

「ふウん……」

と、私は、微笑したが、少し、妙な気持がした。彼女の答えた文句は、半分は、K先生あたりの入れ智慧だと、思った。九歳の子供が、もう死を考えるわけもなく、恐らく、K先生が、私から頼まれて、亡妻の死を、麻理に告げた時に、そのようにして、主に祈れと、教えたにちがいなかった。だから、私は、暗誦《あんしょう》のような、麻理の答えそのものには、反撥を感じたが、彼女が、今は、ほんとに母の死を知り、既に彼女の側にいない母を、どう思ってるかを、確かめた気持で、突然、胸にこみ上げてくるものを、感じた。

――いいよ、いいよ。二人で、生きればいいじゃないか。

私は私で、感傷を隠すのに、コーヒーを、急いで、飲んだりした。

＊

その年の歳末から、正月にかけて、麻理は、また床についた。流行性感冒で、その症状は、数日で去ったが、病後に続いた微熱が、私の心を暗くした。肺門淋巴腺が侵されてる心配が、多分にあった。

「いや、東京の子供は、大部分、結核にやられてるといって、いいくらいですよ。それが、いつか、固まって、丈夫に育っていくものですよ」

と、医者は慰めてくれるが、私は、安心できなかった。幼い時に、あんなに健《すこや》かだった子供が、多病になったのは、姉の家に預けてからのことだった。朝鮮にいた時に、すでに肺結核だった義兄が、別府へ療養にきて、死ぬまで、麻理は、始終、一緒だったのだから、伝染の機会は、多かったわけだ。私には、どうも麻理が、結核性の病気に罹ってると、思えてならなかった。そして、彼女と同じ年頃の従弟《いとこ》が、昔、結核性脳膜炎で、傷《いた》ましい死方《しにかた》をしたことを、思い出し、戦慄《せんりつ》しないでいられなかった。

——なんという新年か。いかにも、厄年の正月らしいではないか。

私は、一人、雑煮《ぞうに》の膳に向い、隣室に臥《ね》てる麻理の方を見て、そう思った。そして、今年は、どんな不幸が、黒い貨物列車のように、ゾロゾロ繋《つな》がってくるかと思い、ひそかに、溜息を洩らした。

そして、新年匆々に、私は、亡妻の父の訃報を、受け取った。昨年の十一月に、死亡したらしいが、郵便の遅い通知だった。勿論、私は、亡妻の父に、それほど愛情を懐いていたわけではないが、黒枠《くろわく》の手紙が舞い込んだというだけでも、不快だった。そして、死の通知と共に、麻理が持ってる相続権を、辞退してくれぬかと、依頼が書いてあった。

フランスの法律では、子供のすべてに、財産相続権があり、亡妻が外国人の私と結婚しても、その権利は、喪《うしな》われなかった。そして、彼女が死亡してるので、その権利が、子供である麻理に、移ってくるのである。それを、放棄してくれぬかと、家族の意見として、伝えてきたのである。

もとより、私は、麻理が、そんな分配に与《あずか》ることを、期待しなかった。その上、多くもない遺産で、金額も、知れたものにちがいなかった。亡妻の病気の世話をしてくれた礼として、辞退するのが、当然と思った。しかし、その手続きは、ひどく面倒だった。

私は、横浜のフランス領事館へ行き、その手続きの煩雑さに驚いたが、ふと、マダム・木村のことを思い出し、彼女の良人《おっと》の木村弁護士に助力を仰ぐことを、考えついた。

私は、初めて、赤坂の榎坂《えのきざか》町の木村家を、訪ねた。木造の二階家だが、純洋館で、フランス風の家具の列んだ部屋に、ワキコや、暁星《ぎょうせい》中学へいってる彼女の兄が、マダム・木村を取り巻くようにして、現われてきた。子供たちは、よい着物をきて、よい生活に浸《ひた》ってる幸福を、顔に表わしてるように、見えた。女中も、二、三人、いるらしかった。

マダムは、私の頼みを、快く頷《うなず》き、丸ビルの良人の事務所に、電話して、私が、すぐ、そこを訪ねるように、手配してくれた。

一安心して、私は、木村家を辞したが、人の幸福を羨《うらや》む心で、胸が一杯だった。木村夫婦は、フランスにいた時と同様に、洋風生活を営んでるらしく、その点、畳の上に置いたテーブルで味噌汁をうまいといって、貧しい食事をした亡妻が、不憫《ふびん》でならなかった。麻理とワキコとの比較も、自《おのず》から、私の頭に浮かんだ。

――金があればなア。

いつも繰り返す、私の嘆息が、その時は、殊に強かった。

丸ビルの事務所でも、私は、同様の羨望《せんぼう》を、味わった。初見の木村氏は、流行弁護士らしく、テキパキとした応対振りで、そんな小さな事件は、自分よりも、フランスから呼び寄せた、妻の弟が適当だといって、若いフランス人を、私に紹介した。

「無手数料で、一切、書類をこしらえてあげますから……」

そういって、彼は、忙がしそうに、席を立った。仕事の繁栄振りが、事務員や、タイピストの様子からも、受け取られた。

その書類を持って、翌日、再び、横浜のフランス領事館へ行くと、すべての手続きが、完了した。私はホッとした気持で、領事館を出ながら、

――これで、もう、一段落だ。

と、心に呟《つぶや》いた。それは、相続辞退手続きが、済んだという意識だけでなく、何か、フランスとの縁を切った、という気持があった。これからは、麻理も、私も、誰とも変らぬ日本人として、生きていくのだ、という覚悟のようなものが、私の腹の底にあった。

*

麻理は、微熱が続くので、一月の末まで、休校させたが、やっと、通学ができるようになった。そして、私も、綜合雑誌へ、二作目の戯曲を、書き始める余裕を、見出したが、あまりに打ち続く、麻理の病気と、それによる私の困窮が、漸く、姉たちの同情を、惹《ひ》いたらしかった。私と二人きりで、暮すようになってから、麻理は、恐らく、三十回以上の病気に罹り、そのうち、五回ぐらいは、重症だった。

「私が預かってる時には、そんな、弱い子ではなかったのに、不思議だわね。何か、憑《つ》いてるのかも、知れないよ」

姉が、ある日、そんなことを、私にいった。

姉は、有閑階級の未亡人らしく、気紛《きまぐ》れな迷信家だったが、その頃は、人に誘われて、大本教《おおもときょう》から分裂した、ある心霊団体に、出入りしていた。指導者は古い文学士で、シェクスピアなぞ翻訳した人だったが、心霊研究家になり、優《すぐ》れた霊媒《れいばい》を擁して、いろいろ、不思議なことを、行うらしかった。姉は、そこへ、麻理を連れて行って、憑《つ》きものを、払って貰うと、いい出した。

私は、別に、反対も、賛成もしなかった。お祓《はら》いなぞで、麻理の虚弱が、一変するとは、信じられもせず、といって、迷信という言葉を楯に、姉の親切を撥《は》ねつける気持も、しなかった。害がないことなら、それもよかろう、という程度の肚《はら》だった。

ある土曜日の午後に、姉は、麻理を連れて、そこへ、出掛けた。そして、夕方に、帰ってくると、麻理を遠ざけて、

「今日ばかりは、私も、驚いたね。霊魂というものは、この世に、あるらしいよ」

と、大ゲサな、言葉使《づか》いをしながら、次ぎのような話を始めた。

姉が、心霊会で紹介された、霊媒というのは、六十近い爺《じい》さんで、一見して、無教育らしい、バカみたいな男だったそうである。そして、何か祈ってるうちに、急に、人間が変ったように、怖《こわ》い顔になり、麻理の方を睨《にら》みつけ、囈言《うわごと》のようなことを、いい出した。その口真似を、姉がして見せた。

「いるぞ、いるぞ……。子供の側に、ついてるぞ……。妙な顔だな……。天狗《てんぐ》かな……。いや、ちがう。洋服を着てる……。小さな、カバンを、持ってる……。そうだ、西洋人

の女だ……」

その言葉を聞いて、私は、ハッと、衝動を感じた。しかし、次ぎの瞬間に、子供騙《だま》しの詐術《さじゅつ》だと、思った。

「姉さん、麻理の母親が、西洋人だってことを、霊媒に話したんだろう?」

「いいえ、一言《ひとこと》だって……。そのお爺さん、満足に、人と話のできるような、人間じゃないの。まるで、バカみたいなんだから……」

姉は、口を尖《とが》らせた。

「じゃア、Aさんという文学士に、話したんだろう?」

「いいえ、Aさんにも、何にもいいはしないわ。ただ、この子が、あんまり病気をするから、憑きものでもしてるんじゃないか、見て頂きたいと、いっただけ……」

そういわれると、私も、妙な気持になってきた。霊媒が、デタラメのことをいうとしても、暗合が、甚だしい。麻理の顔が、よほど、西洋人臭ければ、そんな想像が浮かぶかも知れないが、その頃の彼女は、混血児らしい特徴を、殆んど、持っていなかった。着ていった洋服も〝白薔薇〟の制服で、他奇《たき》のないものだった。

「ふウん、変な話だね……」

と、微笑したものの、私は、動揺を包み得なかった。

西洋人の女というものは、亡妻のこと以外に、考えられない。亡妻が、臨終の時に、麻理の名を呼んだということは、父親の手紙にも、書いてあった。充《み》たされなかった、彼女の愛情が、麻理の体に、今も、絡《まつわ》りついてるのであろうか。そういうことが、ないとはいえない。しかし、それほど強い母の愛情が、なぜ、麻理を、次ぎ次ぎに、病気で悩ませるのであるか。反対に、麻理の健康を護って、然るべきではないか。いや、それは、生者と死者の考えの相違かも、知れない。彼女は、死の世界にいるのだから、その方に、麻理を招き寄せたいために、病気に罹《かか》らせるのかも、知れない――

私は、なにがなんだか、わからなくなった。やがて、姉が、口を開いた。

「でも、もう、安心なのよ。憑きものを、追ッ払ってくれたから、麻理は、決《ど》して、病気しないそうよ……。一番終《しま》いに、霊媒さんが、凄い、大きな声出して、呶鳴《な》ったの。それで、死霊《しりよう》が、逃げてッてしまったらしいの……」

私は、それを聞いて、残酷な気持がした。その憑きものが、亡妻だとすると、彼女は、犬に吠《ほ》えられた盗賊のように、スゴスゴと、ひとりで、死の世界へ帰っていったことになる――

私は、いろいろ、考えた。しかし、仮りに、そういう死者と生者の争いがあるとしたら、私は、亡妻よりも、生きてる麻理を、護りとおしてやると、思った。残酷なことではあるが、亡妻の願望を、踏み躙《にじ》ってやると、思った。亡妻は死者であり、麻理と私は、生きてるのだという意識を、強く感じた。

「やア、どうも、いろいろ、有難う」

私は、遅れ馳《ば》せに、姉に、礼をいった。

「まアね、あんなこと、効《き》き目があるか、どうだか、わからないにしても、やって置くに越したことはないからね」

と、尤《もっと》もらしいことをいった末に、

「それはそうと、今日は、機会《おり》もいいから、ちょっと、話したいことがあるの」

姉は、含み笑いのようなものを、顔に漾《ただよ》わせた。

八

姉の話というのは、私の再婚の薦《すす》めであった。

候補者は、実業家の娘で、今年、三十四になり、十年前に結婚したが、良人を嫌って、離婚して以来、ずっと、実家にいる。短歌が好きで、ある有名な歌人の門に入り、その派の雑誌に、よく名前が出るという——

「女流歌人なら、あんたとも、趣味が合って、結構じゃないの」

姉は、よほど、いい縁談を、持ってきたつもりらしかった。

私には、近頃の姉や伯母の気持が、よくわかっていた。彼女等は、私と麻理の存在を、少し、モテあましているのである。麻理が、病気ばかりして、私が、仕事もロクにできない窮状に、手を差し伸べるだけの気持はないが、といって、肉親の情で、眼を外《そ》らすこともできない。そういう心理的な負担を、免れるには、私に、後妻をアテがい、麻理の養育を担わせるのが、一番だという結論を、得たらしいのである。

それは、時々、言葉の端《はし》に、匂わされていたので、私も、察しはついていたが、具体的に、縁談として切り出されたのは、今日が初めてだった。

——お出《い》でなすッたな。

私は、思わず、微笑を浮かべたが、悪意を懐《いだ》く必要は、なかった。

私自身、再婚の覚悟が、できていたのである。とても、女手なしに、やっていけない——私は私で、この数年間の生活で、結論を見出していたのである。尤も、私は、自分の妻が、それほど欲しいわけではなかった。妻帯の窮屈さは、七年間の経験で、ずいぶん味わっていた。妻が、外国人だったためばかりではない。私のような、我儘な男には、家庭生活そのものが、大きな束縛だった。実をいえば、妻をフランスに置いて、帰朝した時にも、麻理を姉に預かって貰って、自由放恣《ほうし》な独身生活に、還《かえ》りたかったのである。ところが、そうは問屋で卸《おろ》さず、麻理と共に暮すことになってみると、愛情と義務感の重い鎖《くさり》が、私を縛り上げ、初めは、苦痛に堪えなかったが、遂に、天命と諦めてしまったというのが、現在なのである。

そういう私が、再婚ということを考えても、最初の結婚の時のような夢心地が、膨《ふく》らみ上る道理はなかった。必要のために結婚するので、愛情のためではなかった。勿論、私は、嫌悪《けんお》する女を、妻とする気はないが、惚《ほ》れた女や、美人や、才媛《さいえん》でなくても、一向、関わなかった。私の家庭生活の協力者として、麻理の義母として、役に立ってくれる女なら、他のことは、大抵、我慢するという気持だった。ただ、一番惧《おそ》れたのは、継子苛《ままこいじ》めをするような、心の毒を持った女である。私は何が嫌いといって、古来の継母物語ほど、不愉快なものはない。あんな、日本的暗さを、感じさせるものはない。そんな悲劇が、わが家庭に起ったら、私は仕事どころではなく、現在の不自由さを忍ぶ方が、どれだけマシだか、わからない。それだけは、特に、警戒しなければならないと、考えていた。

それにしても、私が、再婚の気持になったというだけで、私は、超えてきた橋の数を、顧みないでいられなかった。東中野へ移ってきた年の夏に、男の子のように荒《すさ》んだ麻理の姿を見た時、婆やに帰られて、閉口した時、麻理の肺炎の時、私の赤痢の時——孤独と無力に悩んだ経験は、悉《ことごと》く、そういう気持に到らせる、途中の橋のようなものであった。病院にいる時に、スペイン人のような顔の看護婦に、仄《ほの》かな気持を感じたのも、移り変る心の前触れだったに、ちがいない。私には、尾崎紅葉の『多情多恨』の主人公のように、亡妻の面影《おもかげ》を追って、寝食を忘れる激情がなかった代りに、突然、親友の妻に愛着を感じるような、劇的な心理変化もなかった。私の再婚の意志は、徐々に、石でも積み重ねるような、動機の堆積《たいせき》の上に、起った、灰色の意志であって、絵にも、詩にも、遠かった。

＊

生まれて初めて、〝見合い〟ということをしたのは、ある劇場の喫茶室だった。幕合いに、有名な歌人のR夫妻が、候補者であるT・W子と一緒に、片隅のテーブルで待っていた。私は、姉と、紹介者のI夫人と、三人で、そこへ、入っていった。私は、その老歌人の顔を、写真で知っているから、伴《とも》なわれている女性が、候補者であることが、遠くから、よくわかった。長い横顔と、強い眼と、受け唇《ぐち》——私は、何か、柔《やわら》かくないもの、円《まる》くないものの印象を、咄嗟《とっさ》に、感じ取った。

型のような紹介が、始まった。老歌人は、私の名を知っていたので、席上の話は、円滑に流れたが、私の注意は、T・W子から、離れなかった。決して、ジロジロと、彼女の方を見ないに拘《かか》わらず、われながら、素速く、要点を観察してるのである。まるで、熟練したスパイのような能力が、働くのである。決して、容貌《ようぼう》に、捉《とら》われはしない。むしろ、声や、言葉使いや、眼つきや、体つきや、着物や——そういうものから、一つの感じを、索《さが》し出そうとするのである。人格とも、肉体とも、いい切れない、その人の魅力を、必死に、読み取ろうとするのである。〝見合い〟は、最初であっても、もう青年でない私は、あまり〝上《あが》る〟ことなしに、選択眼を働かした。

——少し、ちがうぞ、これは。

私は、そういう結論に達した。私の索《もと》める魅力が、働きかけないばかりでなく、その女が、師匠の老歌人や細君に甘えるように、突飛なことをいう態度が、我儘娘という調子があり、麻理を育てる資格を、危《あや》ぶませた。我儘娘という調

「お二人とも、もう、人生の経験者なんだから、これからは、第三者を俟《ま》たずに、自由に、交際をなさることにしたら、如何《いかが》ですか」

老歌人が、取り做《な》し顔にいった。

「ええ、そうですわ」

と、すぐ答えたのは、T・W子自身だった。私は、彼女が、控《ひか》え目《め》の女でないことの直観を、更に、確かめた。

劇場の帰りに、姉がいった。

「どう?」

「どうッて、ありゃア、女流歌人だよ。細君には、不向きだろう」

「そういうけれど、こっちの条件も、考えなければね。あんまり、文句はいえないと、思うの。なんしろ、子供があって、そして……」

姉のいうことに、道理はあった。十歳になる子供があり、その上、収入の怪しい貧乏文士のところへ、望み通りの女が、嫁にきてくれるわけはなかった。姉の考えは、文学の仕事に理解のある、T・W子のような女なら、私の持ってる悪条件を忍んでくれるかも知れないから、ともかく、交際をしてみろと、いうところにあった。

「そうだね。一つ、ご交際を、願うか」

私は、軽口《かるくち》を叩いたが、心は重かった。男には、ウヌボレがあって、子供があっても、貧乏でも、自分が、そんな、悪い婿《むこ》サンとは、思えないのだが、世間の標準からいえば、下級品であるかと、情けない気持がするのだった。

そのウヌボレは、同時に、対手《あいて》の女の評価にも、気の迷いを起させた。

――ああ見えて、ことによったら、良妻の素質を、持ってるかも知れないな。交際してみたら、それを、発見するかも、知れない。

そういう気持にはなったが、私は、進んで、交際を始める行動は、起さなかった。そのうちに、紹介者の姉の友人から、先方が、大変、乗気《のりき》であり、結婚すれば、父親を説いて、一軒の家を建てさせるというような条件さえ、伝えてきた。私は、積極的に、二人の交際を始めるキッカケを、つくった。

ある日、私は、新橋駅で、T・W子と、待合わせをすることになった。午前十時頃に、私が駅の出口へいくと、彼女は、既に待っていた。劇場で見た時よりも、盛装をして、毛皮の頸巻《くびま》きなぞも、身につけていた。

「どこへ、行きますか」

「どこでも……。お任せするわ」

そういわれると、私は、迷った。放蕩《ほうとう》はするけれど、令嬢なぞ連れ歩いた経験のない私は、マゴマゴするばかりだった。要するに、話をし合うのが、目的であるから、静かな場所でなければならないが、人目のない所は、避けるべきである。といって、日比谷公園をブラつくというのも、バカバカしかった。結局、私は、永代橋まで行って、一銭蒸気に乗ることを、考えついた。あの速力の遅い、時代おくれの乗物で、終点まで行くうちには、かなり、話もできると、思った。

晴れた、穏《おだや》かな日だった。私たちが、永代橋の袂《たもと》の発着所へ行くと、川波が日に輝き、柔かな微風が、水の香を運んだ。一銭蒸気は、容易に姿を見せず、待合わす客も、殆んどなかった。話をするには、絶好の環境だった。

どんな風に、何から話したのか、よく記憶しないが、私たちは、かなり、自由に、口をきいた。T・W子は、文学の同志として、私を遇《ぐう》してるらしく、初めて一緒に歩く人間とは思えない、親しげな態度だった。彼女は、文壇の誰彼に、好悪《こうお》の強い批評をするばかりでなく、自分の先夫が、いかに俗物であったかということを、口を極めて、罵《ののし》った。それは反面に、私が文学をやるから、俗物でなく、もし、私たちが結婚すれば、高尚《こうしょう》で美しい生活が送れると、期待してるような節《ふし》が、窺《うかが》われた。

「すると、あなたは、結婚なさっても、歌や文章を書いて、世の中へ出ていきたい、希望なんですね」

「ええ、そりゃア、そうよ」

「僕は、その反対の人を、望んでるんですよ」

私は、ハッキリいった。私は、麻理を育ててくれる人、そして、家事を負担し、私自身に、ものを書く時間を与えてくれる人を、求めてるのだということを、包まずに、話した。

「でも、子供一人ぐらい、なんでもないじゃないの。家の中の仕事だって、大したことありゃアしないわ。私が、ものを書くぐらい、できるわよ」

彼女の口調に、私は、危険を感じた。育児や家事の経験なしに、タカを括《くく》っているところがあり、何よりも、そういうことを、本質的な些事《さじ》として、考えてる風があった。

やがて、船がきて、私たちは乗り込んだが、空席だらけで、話を続けるのに、好都合だった。いろいろ話していくうちに、彼女が、悪意のない、お嬢さん育ちで、その上に、詩人的率直《そっちょく》さを、わざと、露《あら》わにしてるような点も、わかってきた。

「あたし、お料理、全然ダメ。でも、あんなこと、習えば、すぐできるでしょう」

そんなことを、彼女はいった。

「あなた、外国で、ダンスなすったでしょう。あたし、一時、ずいぶん、熱中したわ。この頃、暫らく、休んでるけれど……」

ダンスが、流行《はや》り始めた頃だった。女で、ホール通《がよ》いをするのは、当時の言葉で、尖端女性と呼ばれ、常軌《じょうき》を逸する行為となっていたが、彼女は、少しも、それを、隠そうとしなかった。訊きもしないのに、ペラペラ、喋《しゃべ》った。

彼女は、私を文士と認め、女流歌人としての自分と、同類の世界の言葉で、話し合いたいらしかった。初対面に等しいのに、狎《な》れ狎れしい言葉を使うのも、世間的利害に反した、率直振りを見せるのも、そのためらしかった。彼女の生き方は、もし結婚しても、変らないであろう。

——注文と、ちがうぞ、これは。

船が、吾妻橋《あずまばし》に着くまでに、私は、大体、T・W子の人柄が、わかってしまった。この人は、麻理の母親としてムリだと、考えた。継子《ままこ》苛《いじ》めをするような、ネジけた性格は、少しも持っていないが、同時に、子供を育てる義務感も、求められないと、思った。我儘で、気紛《きまぐ》れな点が、言葉の端々に、窺《うかが》われた。

しかし、麻理の母親として、不向きと知れても、彼女が、抗し難い魅力の持主だったら、私は、ずいぶん、迷ったろう。まだ、若かった私は、好きな女に遇《あ》ったら、麻理のことなぞ忘れて、惑溺《わくでき》する惧《おそ》れが、多分にあった。幸いに、T・W子は、そういう女ではなかった。彼女の率直さは、苔《こけ》のない石のように、ゴツゴツしていた。天真流露《てんしんりゅうろ》といっても、女の素肌《すはだ》の柔かさと、縁が遠かった。

——おれは、家事と育児の適任者を、求めているのだ。

そういう風に、現実的に、再婚を割切ってはいるが、私の心の底で、やはり、私は、〝女〟を求めていた。妻を、求めていた。どういう型の女であれば、満足するのだか、自分にもわからなかったが、一口にいえば、〝女らしい女〟とは、どういう女だか、それも、アイマイであったが、幼い頃から、私の心に、多少とも、美しい跡を残した女は、いつもそういう女だった。

——この人は、ちがう。

青い川波が、窓の外に展《ひろ》がるのを、眺めながら、私は、ハッキリと、そう判断した。

＊

T・W子の話を、断《ことわ》ると、姉は、まるで、手品でも使うように、すぐ、次ぎの縁談を、持ち出してきた。

「今度の人は、T・W子さんと、正反対——とても、内気なお嬢さんで、お料理が上手で、しかも、初婚よ」

「料理の巧いのは、結構だが、初婚は、むしろ、迷惑だね……」

「あら、なぜ?」

「なぜというほど、強い理由もないけど、初婚の女には、責任を感じるんだよ」

それは、詐《いつわ》りのない気持だった。再婚しようとする動機が、現実的で、実用的だっただけに、対手《あいて》が、甘い夢を懐いて、乗り込んでこられることが、恐ろしかった。そして、老嬢であれ、処女の身になれば、結婚生活に、過大な期待をかけるのも、当然といえた。

しかし、姉に、そう語りながらも、私は自分が年をとったと、感じないでいられなかった。二十代に、結婚の対手を空想した時に、私は、何という病的な潔癖を、持っていたろう。その女が、羽衣《はごろも》を着た天津乙女《あまつおとめ》でもなければ、満足しなかったような、バカらしい純潔を、求めていた。私が、十九歳ぐらいの時に、好きになりかけた、お嬢さんがあったが、彼女が、私の家へ遊びにきて、客便所へ入った時に、どういうものか、音高く、尿《いばり》の音が聞えてきて、私の憧憬を、一挙に、打ち砕いたことがあった。そういう私が、他の男に体を許したことのある女を、自分から求めるのであるから、年をとったと、いえるのである。

「そうはいうけどね、三十過ぎたお嬢さんなんて、あんたの考えてるようなものじゃないよ。まア、見合いだけしてご覧な。実物を見たら、気が変るかも、知れないからね」と、姉に、いわれると、それもそうかと、思うようになった。処女でも、現実家がいないとは、断言できないと、考えたりした。

そして、第二回目の〝見合い〟が、丸の内のあるレストオランで行われることになった。公式の〝見合い〟というのでなく、先方の家の招待で、私と姉が、晩餐《ばんさん》の席に連《つら》なるという形に、なっていた。間に立った、姉の友人夫婦が、すべての世話をした。

控室へ入っていくと、先方の両親や、息子夫婦たちが、先着していた。すぐ、紹介が始まったが、当人の候補者の番にならないうちでも、母親の蔭に隠れるようにして、立っている彼女は、勿論、私の視線に、入っていた。

——これは、問題になるかな。

咄嗟《とつさ》に、私は、そう感じた。やがて、紹介の時がきて、相互にお辞儀をし合うと、善良そうな、仔鹿《こじか》のような顔と、地味だが、薄色のイヤ味のない羽織が、眼に入った。母親は、下町によくある、順応性に富んだ、もの柔かな老人に見えたが、体つきも、顔の輪郭も、候補者は、母親ソックリだった。すべてが、女流歌人のT・W子と、対蹠的《たいしょてき》な印象だった。

私は、多少の希望を持ち、やがて、食卓についた。正面に、彼女の父親が坐り、母親との間に、彼女が、俯《うつむ》いていた。内気な女という評判は、誤りでないらしく、フォークを扱う手つきも、母親と囁《ささや》く態度にも、それが表われた。しかし、料理のコースが、半ばに達しないうちに、私は、彼女の細い手や、力のない声や、そして、よく視ると、引きつれたように歪《ゆが》んだ、顔の下半部を通じて、彼女が、非常に弱い女である懸《け》念《ねん》が、起きてきた。肉体的にも、精神的にも、薄いガラス器のような、脆《もろ》さを、持ってるような気がした。彼女を、最初に一瞥《いちべつ》した時から、性的な感じを、まるで受けなかったのは、その、あまりな弱々しさからくるものと、わかった。彼女が、今の年齢まで、独身でいたのは、そういう虚弱さのためではないかと、疑いが起きた。

——この人は、生活と闘《たたか》えるかしらん。

子供と、貧乏と、二つの重荷を背負って、私と生活を共にする女として、私は、不安を感じてきた。

しかし、彼女が、側の母親と同じように、気取りや見栄《みえ》のない、下町風の自然さに富んでることは、好感を抑《おさ》えかねた。ただ、我慢のできないのは、彼女の父親だった。

父親というのは、職工上りの工場主だったが、軍需景気が、ボツボツ始まりかけた頃で、羽振りがいいらしく、角張った赧顔《あからがお》に、成金臭い、粗雑な態度が見えた。私は、下町好きだけれど、こういう人物は、嫌いだった。ボーイたちに、傲然《ごうぜん》と注文をしたり、それが、トンチンカンな飲料だったりすると、私は、軽蔑《けいべつ》したくなった。

父親を、細君に貰うわけではない、といっても、娘が一人、息子一人の他に、子供は彼女だけであるから、実家と交通が深くなるのは、避けられない。この父親の臭《にお》いは、絶えず、私の家へ、吹き込んでくるだろう。私は、きっと、遠からぬうちに、この父親と、衝突を始めるだろう。

——やめた方が、いいな。

私は、食事中に、断念の覚悟が定《き》まり、それからは、あまり、談話にも加わらなかった。いかにも弱々しい、善良そうな候補者に、なるべく、心理的な負担をかけないために、顔も見ないように、努めた。

その帰途に、姉と二人きりになると、私は、すぐ、気持を打ち明けた。

「そうだね。あの親父《おやじ》さんじゃ、あんたと、合いそうもないね」

姉も、今度は、悪強《わるじ》いをしなかった。

＊

ところが、数日してから、姉は、二枚の写真を持って、私を訪れた。

「どうも、イヤに、縁談が、舞い込むんだよ。そんなに、いいお婿さんとも思われないのにね」

姉の揶揄《やゆ》も、当然なほど、続々と、口が掛ってくるのが、不思議だった。初婚でなく、しかも、子供を抱《かか》えた、ヒネた婿さんの私に、そんなに、結婚希望者が現われるわけがないと、思った。世間には、案外、不幸な結婚の経験者が多く、ワレナベに対するトジブタの用意が、豊富なのだと考えられたが、一つには、私に対する錯覚も、手伝ってると、推察された。

すべての縁談は、姉の同級生とか、知人とかの口ききであった。すべてが、姉の関係であり、親戚や私の友人から持ってきた話は、一つもなかった。そこから考えていくと、姉の関係者が、私を買い被《かぶ》ってる事実を、発見しずにいられなかった。つまり、姉が、不自由のない生活をしてるので、私も同様かと、考えるらしいのである。そして、私が外国生活をしたり、外国婦人と結婚したことを、裕福な人間でなければ、できないことと、錯覚するらしいのである。

「僕が、貧乏だっていうことを、よく、伝えてあるんだろうね」

私は、何度も、姉に念を押したことがあった。姉も、勿論、その点を力説したというのだが、世間は、額面通りに受け取らぬらしかった。

私は、それを、危険と考えた。そんな期待を持って、嫁にきた人は、眼を回すにちがいなかった。私の収入は、不定であるのみならず、最も原稿の売れた月でも、その月の生活を賄《まかな》うまでに、達しなかった。また、姉に補助を仰ぐことは、個人主義的な一族の習慣として、望めなかった。姉には、麻理の世話をかけたが、金銭上の迷惑は、一度も及ぼさなかった。

私は、これから、必死で生活を拓《ひら》くべく、塩原多助《しおばらたすけ》のような心境なのに、振袖的《ふりそでてき》花嫁では、すぐ、破綻《はたん》を招くに、きまっていた。そこで、今度の縁談は、特に、その覚悟で、対手を吟味《ぎんみ》しようと、思った。

幸い、今度は、当人より先きに、写真を見る機会を、与えられた。私は写真の印象で、大体、見当がつけられると、思った。

「この人は、ダメだよ。僕には……」

私は、最初の写真を一瞥《いちべつ》して、そう断言した。ある牧師の娘で、アメリカのハイ・スクールを出たとかいう、その人の写真は、結婚したら、ピクニックに行くことを、第一の愉しみとするような人柄に、見えた。

だが、もう一葉の方は、写真そのものも、見合い写真らしくなく、質素な着物に、自然な表情で、女教員にしては、少し柔かみのある——といったような女性が、七分身を示していた。美しいとか、醜いとかいう、特徴のある容貌ではなく、健康的とも、病弱とも、いい切れない、中肉中背の体躯《たいく》だった。いい換えれば、どこにも、癖のない女性だった。

「これは、どういう人?」

私は、姉に訊《き》く気になった。

年齢は、三十。愛媛《えひめ》県の生まれ。土地の女学校を出て、結婚。姑《しゅうとめ》と折り合わず、一年で離婚。裁縫教師として、身をたてるために、東京へ出てきて、神田の共和女子職業学校へ入学。卒業して、目下、その学校で、和裁を教えてるという——

「Sさんのところへ、よく、遊びにくるそうだけど、とても、温和《おとな》しい、いい人だって話よ」

　その縁談を持ってきた、Sさんというのは、姉の女学校の同級生で、やはり、不自由のない生活をしてる未亡人だった。

「家は、どんな……」

「両親とも、まだ、田舎《いなか》で、生きてるそうよ。親父さんというのは、永らく、小学校長を勤めて、今では、村の助役かなんからしいわ。弟が、士官学校を出たばかりで、どこかの聯隊へ、勤めてるッて話だったわ……」

　私は、それを聞いて、ふと、心の中で、亡妻を思い出した。

——エレーヌも田舎の小学校長の娘だった。そして、彼女も、職業婦人になるために、パリへ出てきた娘だった。ちがうところは、エレーヌが、再婚でないことと、郷里が山国であって、今度の人のように、海辺の村でないことだけだ。

　私は、その類似点から、福永千鶴子《ちづこ》という今度の候補者に、何となく親しみを感じた。

九

私が、福永千鶴子と、最初に逢ったのは、姉の家だった。

彼女は、東京に身寄りがないし、紹介者のSさんも、親代りになるほどの間柄では、ないらしく、単独で、姉の家へ、訪ねてきたのである。尤《もっと》も姉は、一度だけ、Sさんの家で、彼女と面会していた。

無論、彼女も私も、〝見合い〟を目的として、日時《にちじ》を定め、姉の家へ落ち合ったのだが、すべては、私が既に経験した二回の〝見合い〟と、まるで、異っていた。場所は、劇場でも、レストオランでもなく、姉の家の応接間であり、一人の介添人《かいぞえにん》もなく、当人同士が、将棋《しょうぎ》の決戦でもするように、卓に向い合ったのである。

「じゃア、ごゆっくり、お話ししなさいね。あたしは、これから、ちょっと出かけますから……」

姉は、粋《すい》でもきかした心算《つもり》で、外出してしまったから、家の中は、女中だけで、シンと、静まり返っていた。

こんな見合いは、若い二人には、許されないだろう。中年の男女でも、身分のある人は、行われないだろう。見合いは、当人たちが見合うばかりでなく、連坐の親権者や先輩の検討が加わるのが、日本の習慣だが、私たちには、そういう人がいなかった。姉も、私が二度も、縁談を蹴《け》ったので、少し面倒になったのか、今度は、自分で勝手にやれという腹らしかった。福永千鶴子の両親は、郷里にいるし、頼るべき人が、東京にないらしかった。そこで、私たちは、相互の責任に於《お》いて、純粋見合いというか、珍見合いというか、型外れのことを、行う羽目《はめ》になったのである。私は、むしろ、それが気に入った。

「お互いに、一生のことなんですから、何でも遠慮なく、訊いたり、話したりしましょう。僕も、ウソはつきません。あなたも、どうぞ……」

私は、そんな風に、口を開いたが、どうも、学校の試験場のような、固苦しい空気が、湧くのに、閉口した。私は、理性結婚を行うつもりで、〝理性見合い〟をやってるわけなのだが、男と女が結ばれる動機として、少くとも、殺風景だった。一体、理性による男女の結合ということが、果して、可能なのか、どうか。

そんな疑問は、無論、後から起ったので、その時は、ただ、気分の固苦しさを、モテあました。それは、直ちに、彼女にも伝わり、石のように、コチコチになった姿勢が、私の眼を苦しませた。

三月の半ばで、イギリス風の窓の外は、明るい光りに溢れていたが、室内は、薄暗く、テーブル掛けの上の二つの茶碗が、手もつけられず、冷えていた。

「東京に出てこられて、何年になりますか」

黙っていては、キリがないので、私は、そんなことから、話の緒《いとぐち》を切った。話をしながら対手の顔や様子を眺めるのは、不躾《ぶしつ》けにならないと、思った。

写真で見たより、器量が悪かった。色も、黒かった。しかし、不恰好《ぶかっこう》な感じは、どこにもなく、昔の女のように、羞笑《しゅうしょう》の癖があり、その笑いの表情が、優しく、自然に見えた。とても、温和《おとな》しい人――という姉の批評が、当ってることを、覚《さと》った。

「八年になりますの」

答える声にも、そういう性格があり、そして、訛《なま》りは、ほとんどなかった。

「すると、離婚なさって、すぐですか」

そんな風に、話が解《ほぐ》れてきた。彼女は、離婚の事情を語り、出戻り女として、田舎にいることの苦痛を述べ、上京の決心をした経路を話したが、言葉少なの割りに、筋道が立ち、こういう場合にありがちな、修飾《しゅうしょく》や、誇張が、感じられなかった。

――この人は、真面目《まじめ》だな。

私は、最初の好感を持った。

彼女の結婚は、父親の言に従い、殆《ほと》んど、見合いもせずに行ったそうだが、良人は、低能に近い人物で、さもなければ、姑が、どれだけ苛《か》酷《こく》であっても、家に留まったろうと、語った。

「父が、見兼ねて、引き取ってくれましたので……」

彼女の父親は、娘の破《は》婚《こん》に責任を感じ、東京の専門学校へ入ることを許してくれたということだったが、彼女が、母親よりも、遥かに多く、父親を慕ってる様子が、言葉の端に、表われた。私は、亡妻が同じようであったことを、憶《おも》い出さずにいられなかった。だが、裁縫教師として、身を立てる目的を、達した彼女が、なぜ、独身主義を捨てる気になったか——それも、訊いて置きたかった。

「でも……やはり、女は……」

彼女は、微笑と共に、簡単に、答えた。矛盾《むじゅん》なぞ、感じていないらしかった。その素直さが、私の気に入った。

——今までの中で、この人が、一番だ。

私は、腹の中で、そう鑑定した。しかし、頸筋《くびすじ》や肩が、細い感じで、どこか、健康の点が、気になった。そういえば、前に見合いをした二人も、揃って、痩せ型で、私には、肥《ふと》った女に、縁がないようだった。

「大きな病気をなさったことが、ありますか?」

「一度も、ありませんの。特別に、丈夫という方では、ないかも知れませんけれど、これといって、持病は……」

そういわれれば、顔の色艶《いろつや》は、悪くもなかった。しかし、安心もできなかった。妻の病死、子供の病弱——私は、滑稽なほど、病気を惧《おそ》れた。その辺は、理性結婚の特色であろう。

そこへ、女中が、菓子代りの鮨《すし》の皿を、運んできた。姉の命令と見えて、それを、テーブルに置くと、さも、邪魔をしては悪いという風に、大急ぎで、引っ込んでしまった。

私が彼女に箸をとるように薦《すす》めると、別に、悪遠慮《わるえんりよ》もしなかった。だが、食べ方は、不行儀ではなかった。

日本人の感情として、ものを一緒に食べるということは、親しみを起させるらしく、ギゴチない気分が、次第に解けてきた。

「僕は、とても、貧乏なんですが、それは、ご承知ですか」

鮨を、頬張りながら、私は、自分の収入状態なぞ、詳しく、語った。彼女は、私が、誇張して話すのではないかと、疑ってる節もあった。

「でも、此間、新聞に、劇評のようなものを、お書きになりましたけど……」

「あの原稿料を、いくらだと、思いますか。五円です」

彼女は、些《いささ》か、驚いたようだった。尤も、その新聞は二流紙で、当時としても、格外《はず》れに、安い報酬《ほうしゆう》だった。

「とにかく、私のような文士は、一生、貧乏と縁が切れないでしょうよ。貧乏は、辛《つら》いですよ。もし、われわれが結婚したとして、僕が、金に困って、あなたに、質屋へ行ってくれと頼んだら、どうしますか」

私は、まだ、質屋を利用した経験はなかったが、そんなことを、いってみたかった。

「それは、行けと仰有《おつしや》れば……」

彼女が、あまり真面目に答えたので、私は、笑い出してしまった。それが、却って、彼女の気持を、ラクにしたらしく、縁談が始まって、今日の見合いをする前に、彼女が興信所へ、私の調査を頼んだことを、笑いながら、話した。

「それには、月収二百円（現在の五万円程度）ぐらいと、書いてありましたわ。それから、外国語は、六カ国語に通じてるとか……」

「大ウソですよ。月収を平均すれば、その三分の一ぐらいでしょう。語学は、フランス語が、少しできるだけです。興信所なんて、ずいぶんデタラメですな」

私の方では、そんな調査をしていなかった。自分の印象と判断のみに、頼ろうとするのが、当時の私の生き方だった。

「あたくしの家も、貧乏ですから、そんなことは、関《かま》いませんけど、一番、気になりますのは……」

と、彼女は、文士というものについて、何一つ知らず、知ってることは、彼等の放恣《ほうし》と不品行だけということを、控え目に、語った。

「僕も、酒は好きだし、道楽はやったし、品行のいい男じゃありません。ただ、細君を貰ったら、好きな女は、こしらえないつもりです。万一、好きな女ができたら、隠さずに、細君にいうつもりです。それだけは、約束できますが、それ以上は……」

私は、自分の言い草が、勝手だとは思ったが、ウソをつくよりいいと、思った。実際、私は、親だの、細君だのに、自分を包むことのできない性分だから、それは、実行できると、思った。しかし、細君以外の女に、一生、恋愛しないと、断言する自信は、なかった。

「ええ、なるべく、そんなことのないように……まア、大抵、大丈夫でしょう。僕は、不精《ぶしょう》の方ですから……」

「でも、なるべく……」

私は、筋の通らないことを、一所懸命に、答えた。

姉の企画した〝差し向いの見合い〟は、姉の目算《もくさん》どおりに、進行したらしかった。なぜといって、とりたてて、不快を感じない女性と、人を交えず、こうやって、真剣な問題を話し合っていけば、自然に、親しみが湧き、数時間前に、初めて会った人とは、思えない理解が、生まれてくるのである。そうなると、自分の直覚力を、過信しがちな私は、次第に、彼女を、好もしい候補者として、拡大してきた。

「まず、子供のことですが……僕は、実をいうと、今、子供を育ててくれる人が、一番欲しいんです……」

私は、子供を育てることに、どれだけ悩んでるかを語り、再婚の動機も、家庭の協力者を求めて、仕事の道を切り拓《ひら》きたいためということを、ハッキリいった。少くとも、そう覚悟して貰う方が、いいと思った。夫婦だけの幸福を求める女だったら、必ず、破《は》綻《たん》が起きるにきまっているからだった。

だが、彼女は、もう、姉からでも、私の気持を聞いていたのか、驚きや失望の色を見せなかった。

「それは、承知していますけど、一番、心配してますのは、子供も生んだことがないのに、いい母親になれますか、どうか……」

　その表情は、真剣だった。

「いや、ムリに、母親になって下さらなくても、いいんですよ。オバさんでも、先生でも、なんでもいい、ただ、親切な気持になって下されば……。そして、母親の気持が、起きてきた時に、母親になって下されば……」

　私は、世にいう継母継子《ままははままこ》のいやらしい関係を、知性の働き一つで、どんな風にも、変え得るということを、力説した。まず、ママハハという暗い言葉と意識を、忘れて貰うのが、一番だと、述べた。

　それから、私は、麻理の健康状態や、性格なぞを、詳しく語った。そして、麻理とも、一度、〝見合い〟をしてくれるように、頼んだ。

　私の感じでは、私が彼女に好意を持ち始めたように、彼女も、私に好意を持ってるようだった。ただ、継母継子の関係を、覚悟しながらも、神経的になってるらしかった。

「我儘だけれど、ヒネくれた子供じゃありませんよ。そして、もう、すっかり、日本化した子供ですよ」

　私は、彼女の怯《おび》えてる幻影を、打ち払ってやりたかった。

「それから、あたくし、田舎者《いなかもの》ですし、女学校の時に、寄宿にいましたもので、お料理が、何にもできないのですけど……」

「料理、お嫌いですか」

「いいえ、好きなんですけど……」

「じゃア、習えば、いいじゃありませんか」

内心、私は、食べ物どころの騒ぎでは、なかった。今日もコロッケ、明日もコロッケ――なんでも、我慢する。子供さえ、普通に育ててくれる人だったら、その他に、何を望むかと思うほど、つきつめた気持だった。

＊

その後、私は、姉の家で、もう一度、福永千鶴子に会った。それから、橋渡しのS未亡人を訪ねて、彼女の健康や、実家の様子なぞを、詳しく訊《き》いたこともあった。

いろいろの条件は、悪くないようだった。ただ、本人が、百パーセントの魅力を、私に感じさせたというわけでは、決してなかった。殊に、彼女は、性的魅力には、乏しかった。ある角度から見た彼女の顔は、非常に頬骨が大きく見え、農夫のような感じがした。そういう醜《みにく》さが、一生、私を悩ますのではないかと、心配も起きた。

しかし、一方では、彼女の温順と謙遜と、義務感や忍耐に富んでいるらしい、日本女性的特徴が、深く、私の心を動かしていた。亡妻と比べると、その特徴が、新鮮で、魅力的だった。のみならず、麻理を育ててくれる人として、そういう性格が、適当なのは、考えるまでもなかった。

――あの女なら、少くとも、麻理を苛《いじ》める心配はない。

私は、八分どおり、決心がついてるのに、確答をすることができなくて、姉を、牴《もど》かしがらせた。

だが、そのうちに、私が、伯母の家を出なければならない事情が、起きてきた。伯母は、ある官省の次官に嫁いでる娘一家に、家を貸し、自分は、庭の隅に、小さな別棟《べつむね》を建てて、隠居生活をすることになったのである。

私は、伯母の家を出ることに、少しの不満もなかった。同居生活は、気詰《きづ》まりだったし、経済的にも、別世帯になっても、差異はなかった。ただ、どうせ、再び、家を持つならば、それを機会に、結婚生活に入ろうという気持が、濃くなってきた。

――エイ、きめちまえ！

私は、そんな気持で、福永千鶴子を選ぶことにした。実際、妙なことが、動機になるものである。伯母の家を出る問題がなかったら、恐らく、私は、最後の一点で、グズグズして、容易に、決心がつかなかったかも知れない。そして、その間に、他の縁談が出てくるとか、さもなくても、私の躊躇《ちゆうちよ》が一層深くなるというような、心理の変化が、起らないとも限らない。そして、福永千鶴子は、私にとって、永久に、路傍の人に終ったかも知れない。

「姉さん、きめたよ」

私が、姉の家を訪ねて、そういうと、

「そうさ。あれ以上のお嫁さんを、望んだって、なかなか、ありゃアしないよ。交際《つきあ》えば、交際うほど、いい人だよ、千鶴子さんは……」

姉は、すっかり、彼女に惚れ込んでいた。

「ところで、先方の意志は、どうなんだろうな」

「Sさんの話じゃ、だいぶ、覚《おぼ》し召しがあるらしいわよ。こんな男、どこがいいんだろうね。子持ちで、貧乏文士で……」

ズケズケと、ものをいうのは、姉の性格だったが、この際という風に、私をやっつけにかかった。

*

縁談のきまったのは、四月八日頃で、それから十日ほどして、私は、姉の家と伯母の家の中間の距離にある城山《しろやま》町に、移転した。家賃二十八円の小さな貸家だが、新築の二階家で、四間あった。姉の世話で、五十を過ぎた老婢《ろうひ》を、雇い入れることができた。

麻理は、春期休暇頃から、姉の家へ泊ったり、自宅へ帰ったりしていたが、私の縁談がきまってから、ずっと、姉の家から、通学していた。姉の態度が変って、ただ一人の姪の存在を、愛《いと》しむようになり、麻理の方も、伯母の家に、すっかり、馴染むようになっていた。

移転の前後に、子供がいないのは、足手纏《あしてまと》いがなくて、助かったが、それよりも、福永千鶴子との縁談が進行することを、麻理が見聞きしないことが、私にある安心を与えた。

その心理は、ちょっと、説明しにくいが、私は、麻理のために、母親を捜してやろうと、思ってるくせに、一方、細君を貰うことが、子供に済まないような、気持があった。だからといって、麻理に隠れて、コソコソと、結婚しようという気持ではなく、また、そんなことが、できるわけもなかった。ただ、私は、たとえ、幼い麻理であっても、ある納得《なっとく》を与えてやりたかった。それは、私の口から、私の好む方法で、私が妻《めと》を娶り、彼女に母が来ることを、告げたかった。それまでは、彼女に、無用な印象や、想像を起すことを、避けたかった。その意味で、彼女が、私の身辺にいないことが、有難かったのである。

ところが、そんな気持を知らない姉が、お先き走りを、やってしまった。

「今度、あんたのところへ、お母さんがくるよ。とても、いいお母さんだから、なんでも、よく、いうことを聞かなければ、ダメよ」

姉は、得々として、麻理に、そう説得した旨《むね》を、私に語った。

「よけいなことを、いうもんじゃないよ」

私は、ひどく、腹を立てた。姉は、私の立腹の理由がわからず、大いに、不興らしかった。

私は、全然、白紙のような麻理に、墨点《ぼくてん》をつけられたようで、心の張合いを、失った。それでも、新しく、三人で始める生活のことを、いつか、自分の口から、告げねばならぬと、思っていた。しかし、容易に、その機会が、来なかった。

ある日、麻理は、姉の家の女中に連れられて、移転した家を見に、やってきた。

「ちぇッ、ちっぽけな家！」

玄関へ入るや否や、彼女は、小生意気《こなまいき》なことをいった。何か、昂奮してる様子が、感じられた。私が、何かいおうとしても、耳にかけないというようなところがあった。平常の私なら、叱言《こごと》をいってやるのだが、それが、できなかった。どうも、私は、子供に〝弱味〟を感じてるらしく、子供は、それに乗じてる傾きがあった。

遂に、私は、その日の機会を、ムダにしてしまった。その後も、姉の家へ行って、打合せをすることは、度々あったが、麻理と二人きりになる機会は、まったくなかった。いくら、対手が子供でも、そういうことは、二人だけの時でなければ、いう気にならなかった。

――マア公の奴、おれの結婚に、反対していやがるのかな。

時々、そんな、いわれのない想像が、湧く時があった。そして、私と同様の運命に遭っても、一生、後妻を迎えず、子供を育て上げた、父親の例なぞが、心に浮かび、麻理は、私にそうあるべく、要求してるように、思えたりした。

――そんな、美談の父親は、大方《おおかた》、財産があって、出戻りの妹とか、忠実な家政婦とかがいて、育児に事を欠かなかったのだろう。おれは、その全《すべ》てが、ないんだ。なんとかして、メシを食わなければならない、身分なんだ。メシの食える稼《かせ》ぎをするために、細君を貰うんだ。

私は、心の中で、弁解ばかりした。そして、なぜ、再婚するのに、こんなに気が咎《とが》めるのだろうと、不思議に思った。それが、亡妻に対する心の咎めでなく、(亡妻は私が困ってるのなら、遠慮なく、後妻を貰えと、いうだろう)麻理に対して、拘《こだわ》りや、羞恥《しゅうち》のようなものが、起ってくるのが、まったく、解《げ》せなかった。

一〇

その年の若葉の色、空の色が、鮮《あざや》かに、眼に残っている。

よく、快晴の続いた晩春だった。桜の咲く時よりも、新緑の始まる頃の方が、人の心を、浮々《うきうき》させるのではないか。理性結婚なぞと思っても、再婚であっても、四十を過ぎた結婚であっても、私は、近く、妻を娶《めと》るという事実の前に、平静でいられなかった。恐らく、私は、なんとなく、ニコニコしたり、ソワソワしたりしたに、ちがいない。新しく始まろうとする家庭生活に、よい想像は湧いても、あまり、不安は起らなかった。それまでの生活が、あまりに堪え難かった――あれよりは、よかろうと、思わずにいられない。

伯母の家を出ただけでも、私には愉しく、老婢と二人暮しの新居は、自由で、気兼ねがなく、結婚を除外しても、その生活が続いてくれれば、文句はなかった。

三十日に挙式と、話がきまったので、福永千鶴子は、やがて彼女が住むことになる、新居の様子を見に、訪ねてくると、いってきた。それも、〝勝手にご交際〟という、周囲の冷淡な無干渉主義《むかんしょう》のために、起きた行動であった。誰も、世話を焼いてくれないから、私たちは、式の日のことも、持つべき世帯のことも、お互いに、相談し合わなければならなかった。

その日も、よく晴れて、初夏のように、暖かだった。約束の十時になっても、彼女が、姿を現わさないので、私は、途中まで、迎えに出た。伯母の家とちがって、東中野の駅から、曲折の多い道で、迷う惧《おそ》れが、多かった。私は、素足に下駄をつっかけて、家を出たが、細い坂道の曲り角で、急いで歩いてくる彼女と、バッタリ、会った。

「あら……」

彼女は、顔を紅《あか》らめて、立ち止まった。暖かい日なので、彼女も、羽織を着ず、スラリとした体に見え、爽かな外光に照らし出された顔は、今まで会った、どんな時よりも、美しく感じられた。

「電車が、なかなか、来なくッて……」

そういう彼女の声に、婚約前に見られない、親しさと、信頼が、溢《あふ》れていた。慎み深い女に表われる、そうした感情は、霞の中の花のようなものだった。

家まで、連れ立って、若葉に飾られた道を歩くのが、愉しかった。私は、初めて、彼女を、〝女〟として、意識した。自分の女として、彼女を感じた。私は、不品行者であったが、素人《しろうと》の女と交渉を持った経験に乏しいので、初々《ういうい》しい感情が、湧《わ》かずにいなかった。内心、私は、それを、喜んだ。必要からの結婚が、あまりにも殺風景にならずに、済むように、思えた。

福永千鶴子は、上京以来、学校に近い神田に下宿していたが、その家は、丸ビルに店を持ってる洋品商で、長い月日の間に、主人夫婦と一人娘が、彼女と親類同様な間柄となり、今度の結婚で、誰よりも親身に、心配したり、手伝いをしてくれると、いうことだった。

「とても、立派な鏡台を、お祝いに、くれましたわ……。それから、近いうちに、そこの店の人たちが、あたくしの荷物を、運んでくれるそうですから……」

私は私で、今度、形式的な媒妁人《ばいしゃくにん》に立ってくれる、M夫婦のことを説明しなければ、ならなかった。Sさんは、未亡人であるし、私たちの両方を知ってる夫婦というのは、どこにもないので、伯母の息子の嫁の両親である、M夫婦が、いわゆるカガシ・ナコウドとして、立ってくれることになった。私は、無論、その夫婦を知っているし、人柄も好もしいので、異存はないが、彼女には、一応、引退官吏のM氏の身分なぞを、説明しておく必要があった。

「そんな、立派な方に、お仲人《なこうど》して頂くのは、恥かしいですわ」

「いや、とても、気軽な、親切な人ですから……」

「それから、お式には、田舎から、父が出てくると、手紙が参りました……」

そういう会話のすべてが、近い結婚式のことに関連し、お互いの重要な未来に共通するので、私たちの気持は、寄り合わずにいなかった。

——妙なことだ。何にも知らなかった女に、こんなに、親しい気持が湧く……。

家へ着くと、婆やが出迎えて、ジロジロと、未来の女主人を、観察した。彼女は、ひどく丁寧に、婆やに、挨拶をした。それから、私は、家の中を案内した。といって、階下は、玄関を入れて、三間であるから、一瞥《ひとめ》で、覗《のぞ》けるようなものだった。二階の六畳が、客間兼書斎で、亡妻と世帯を持った頃から使ってる、白ラック塗りの仕事テーブルが、畳の上に、置いてあった。イスは、私が使う分だけしかないから、私たちは、張り出し窓に腰かけて、話し合った。

「麻理さんのお部屋が、ございませんのね」

彼女は、最初に、そのことをいった。娘のために、彼女が発した、最初の言葉だった。

「ええ、でも、まだ、小さいから……」

「ですけど、子供の時に、自分の部屋があると、嬉しいもんですわ。あたしは、ありませんでしたけれど、とても、欲しくて……」

「麻理の部屋よりも、僕は、湯殿のないのが、やりきれないな」

私は、銭湯が嫌いで、鉄砲風呂でもいいから、自宅に欲しかった。もともと、この家へ越したのは、姉と伯母の家の中間距離の便利を求めたのであって、家や環境が、気に入ったためではなかった。

「そうですね。結婚したら、こんな家、越しちまっても、いいんだがな」

私は、そういう気持になった。考えてみれば、私の家に主婦ができれば、姉や伯母の厄介にならず、また、掣肘《せいちゅう》も受けない、離れた場所へ、家を構えても、差支えないわけだった。いや、その方が、私たちの新しい出発のために、必要であろう。

彼女も、その案に、賛成だった。

「しかし、どっち道、大きな家には、越せないな。僕の財産は、千円台になってきましたよ。前途暗澹《あんたん》は、覚悟して下さいよ」

私は、最近、銀行預金帳を見て、二千円を欠いた残高に驚いた。最初に帰朝した時に、父の郷里にあった田地を売って、一万余円を銀行に預け、それから、収入の不足を補ってきたのだが、チビチビと減って、それだけしか、残らなくなった。今度の結婚費用を差し引くと、千円台も、心細くなるだろう。

しかし、私が、笑いながら、その事実を、彼女に告げたのは、虚勢ではなかった。結婚すれば、何か、道が展《ひら》ける——少くとも、精一杯、仕事ができるという希望が、胸にあり、小心な私に似合わない度胸が、据《す》わっていたのである。私は、すべての希望を、結婚に賭けていたのに、ちがいなかった。

「でも、そんなでしたら、あたし、学校を退《ひ》くのをやめて、ずっと、働くことにしましょうか。まだ、正式の届は、出してありませんから……」

彼女は、真剣な態度で、そういった。私としては、彼女が共稼ぎを辞せないという気持が、嬉しかった。

「いや、それにも、及ばないでしょう。それよりも、僕に、充分に、仕事ができるように、家の中を、うまく、やって下さい」

「じゃア、出稽古《でげいこ》の方は、どういたしましょう」

彼女は、一週二回、駿河台《するがだい》のある病院の院長の娘に、出張教授をして、三十円ほど報酬を受けていることを、語った。

当時、三十円という金は、われわれにとって、一カ月の家賃に、相当した。私は、それまで止《や》めてくれという、勇気はなかった。

「済まないけれど、その方だけ、当分、続けて下さい」

男の虚栄心から、そういうことを、口にするのは、恥かしい筈だが、私は、最早、彼女に、妻の親しみを懐いてるらしく、何の抵抗も感じなかった。ただ、またしても、彼女と亡妻の相似点を、心のうちで、思わずにいられなかった。亡妻も、一週二回ほど、仏語教授に出かけて、家計を助けた時代があった——

それから、私たちは、式の方法の相談をした。彼女は、東京の風習を知らないから、一切を、私に任《まか》すといったが、費用を軽く済ませたい必要は、私と同様らしかった。それで、披露《ひろう》の宴会も、その頃から流行《はや》り出した、ティー・パーティーの形式にし、式と披露を同じ場所で行えるところを選び、招待者も、できるだけ、制限することに、決めた。彼女の側には、在京の親戚がないから、出京する父親の外は、学校の先輩や同僚に出席して貰って、頭数を揃えることになった。

「あの……その日に、島田に結《ゆ》うんでしょうか」

彼女が、突然、いい出した。島田に結うと、顔が狐《きつね》みたいになるから、なるべく、やめたいというのである。

「ムリに、結わなくてもいいですよ、そんなもの……」

私にとって、全然、問題でなかった。島田どころか、式だの、披露だのということだって、やめられるなら、やめたいというのが、本音《ほんね》なのである。

「それから、旅行ですがね……」

これも、お廃止にできれば、それに越したことはないが、行くとすれば、熱海《あたみ》にしたかった。理由は、一、二度、原稿を書きに行った、素人《しろうと》旅館があり、滞在費用が、知れてるからである。

「結構ですわ、熱海なら……。あたし、学校旅行で、一度、行っただけなんです……」

島田髷《まげ》とちがって、新婚旅行の話には、彼女の眼が輝いた。あまり期待されると、宿の貧弱なのに、驚くと思って、私は、相撲《すもう》茶屋の女将《おかみ》が、内職にやってるその家のことを、よく説明しなければならなかった。

「いいですわ、そういう家の方が、気がおけなくって……」

話をしてるうちに、いつか、午飯時《ひるめしどき》になった。婆やは、遠慮して、二階へ上って来ないので、私は、手を鳴らした。聞いてみると、婆やは、客の食事の用意を、していないらしかった。

「何にもできませんけれど、何か、いたしましょうか」

福永千鶴子は、見兼ねて、腰を上げかけたが、私は、それを止めた。結婚前に、性行為をするのが、早過ぎると、同様の意味で、まだ、彼女に、台所の仕事を、させたくなかった。

「婆や、なんにも要らないから、早く、頼む……」

それから、十分ほどして、婆やが知らせにきて、私たちは、階段を降りた。小さな庭に面した六畳に、餉台《ちゃぶだい》が出ていたが、その上に列んだ食物を見て、私は、内心、噴笑《ふきだ》したかった。

私は、フランス時代に、癖がついて、朝は、コーヒーとパンだけで、午飯に、普通の朝飯を食うのだが、婆やは、正直に、味噌汁と野菜の煮つけか何かを列べ、それに、近所の牛肉屋ででも買ったらしい、冷たい惣菜《そうざい》コロッケが、添えてある。恐らく、急げといわれて、それ以上の智慧が出なかったのだろう。

婚約者の家を、初めて訪れた彼女に、これほど貧弱な食事は、想像できなかったろう。私が、驚いたくらいだから、彼女は、よほど、度胆《どぎも》を抜かれたにちがいない。

――まア、いいや。おれの生活の実状を、知らせるには、この方が、却《かえ》って、いいかも知れない。

私は、ヘット臭いコロッケを、そんな気持で、味わった。彼女も、遠慮のしようのない、ご馳走《ちそう》であるから、気安く箸をとった。むしろ、愉しい食事が、始まった。小さな庭の若葉も明るく、私たちは、食べながら、いろいろ話した。結婚後には、却って、この日のように、多くのことを語り合ったことは、なかった。

＊

媒妁人《ばいしゃくにん》のMさんの夫人が、結納《ゆいのう》というものを持ってきた時にも、そう思ったが、私は、再婚者であるくせに、最初の経験の新鮮さを感じる機会が、多かった。福永千鶴子の嫁入り道具が、下宿のT家の雇人《やといにん》たちの手で運ばれてきた時も、同様だった。

「へい、今日は、おめでとうございます」

そんなことをいって、店員たちは、新しい箪笥《たんす》だの布団《ふとん》だの、鏡台だの、針箱だの、ポータブルの蓄音機だのを、家の中へ、運び始めた。私は、彼等に祝儀袋を与えたが、そんなことも、前日に、姉の注意がなかったら、全然、行わなかったろう。日本流の結婚を経験しなかった私は、そういう習慣が、なにか面白く、また、純然たる日本の生活に融《と》け込む喜びを、与えた。しかし、少し滑稽な気持もして、家の中に積まれた荷物を眺めながら、考えた。

——結婚て、ずいぶん、儲《もう》かるもんだな。

亡妻との結婚は、すべて、そのようなことなしに、行われた。しかし、私たちが、習慣的結婚の形式を踏んだとしても、フランスでは、新婦の荷物を、新郎の家へ担《かつ》ぎ込むということは、見られなかったろう。親類や友人が、銀器や家具を、祝品として贈る習慣はあるが、新婦の持参する主要なものは、〝ドット〟と称する、金銭だった。額の多少を問わず、持参金が、新婦の付き物になっているが、私たちの眼からは、何か、ヘンな気持もした。尤も、亡妻は、そんなことも、親の世話にならず、私と一緒になったのである。

とにかく、私は、結婚の日が近づくにつれて、平静を欠いてきた。一つには、麻理が姉の家に行っていて、私は、自分のことだけを考える環境に、いたせいもあるだろう。自分の結婚が、地球の大異変が近づくほどに考えられ、家にいても、外へ出ても、落ちつかなかった。

その頃、私に、不思議な衝動が起きた。放蕩《ほうとう》がしたくて堪《たま》らないのである。恐らく、結婚をすれば、ヤモメ時代の生活を、一切、清算する覚悟があり、そのお名残《なご》りに、暴れてみたいという、気持だったかも知れない。初婚者とちがって、結婚生活の束縛《そくばく》を、よく知っているから、今のうちに、食い溜《だ》めをしておこうという、サモしい量見でもあったろう。しかし、事実としては、平静を欠いた心理が、酒を欲し、酔うと、放蕩を行うという順序であった。私の生涯のうちで、あの時ほど、頻繁《ひんぱん》に、酒色《しゆしよく》の巷《ちまた》に出入りしたことはなかったろう。とはいっても、それが、必ずしも、性的動機のみとは、思えない。なぜといって、式の日が近づくと、さすがに、私も反省し、酒を飲むだけに止めたが、そうなると、ちがった形で、放蕩の欲望が、起きるのである。食欲の放蕩というのであろうか。ヤタラに、ものを食ってみたいのである。一夜に、おでん、鮨《すし》、天プラ、支那ソバなぞを、貪食《どんしょく》し、動けないほど、満腹して、やっと、帰路につくような、バカな行為を、何回となく、繰り返した。

＊

四月三十日が、結婚の日だった。

麻理は、新しい母が家に落ちつくまで、姉の許《もと》で預かることになったので、その日も、私は、一人きりの朝飯を食べた。それから、理髪店に行き、銭湯に行き、婿さんらしい、支度《したく》を整えた。銭湯の帰りに、空が、すっかり曇って、雨になるかと思われた。すると、すぐ、不吉な前兆と考えるように、神経が昂《たか》ぶっていた。

家の者は、雇いたての婆やだけだから、私は、自分で、礼服を出したり、旅行用の鞄《かばん》を整えたりした。それから午飯の膳も、祝いの料理なぞあるわけもなく、平常《ふだん》のとおりの、食事だった。それなのに、何か、昂奮に駆られ、白状すれば、あまり、食欲を感じなかった。胸が一パイという感じである。四十を過ぎた再婚者でも、そうなのであるから、朝早くから、化粧だの、着付けだのと、周囲から騒ぎ立てられる日本の花嫁が、魂のヌケガラのような放心状態で、式場に臨むのも、当然といえるだろう。

一時頃に、姉と伯母が、迎えにきて、私たちは、一緒の車で、青山の大礼会館という所へ出かけた。そこが、比較的安いというので、姉が、万事をきめてくれたのである。式や披露会料理の等級も、無論、松印ではなく、竹印ぐらいのところだったろう。

しかし、私の服装だけは、立派なものだった。パリ仕立てのスモーキング・ジャケットを、一着に及んで、これだけは、どこの婿さんにも、負けなかったろう。尤も、外国にいると、是非必要な服だが、日本では、まったく無用で、永くトランクに納《しま》ってあったから、皺《しわ》だらけで、カビ臭かった。それにアイロンをかけてくれるような人は、これから貰うのであるから、今の間に合わなかった。

明治神宮に近い、大礼会館は、新しい、洋風建物で、レストオランのような、感じだった。花嫁の一行は、先着していたが、一行といっても、千鶴子の父親と、橋渡しのS未亡人だけだった。私の方も、弟は、北海道に勤務しているので、姉と伯母のみが、式場へ列《つら》なった。招待客は、一時間後に、来ることになっていた。

千鶴子の父親は、前夜、私を訪ねてきたので、顔見知りだった。いかにも、田舎の教育家といった、日灼《ひや》けのした老人で、こんな姻戚《いんせき》なら気安いと、私は考えた。しかし、千鶴子は、別間にいると見えて、姿を現わさなかった。

彼女を見たのは、私が式場の新郎の席に着くと、同時だった。媒妁人のM夫人に連れられて、屠所《としょ》の羊のように、入場してきた。日本の花嫁の悲壮な表情を、彼女も湛《たた》えていたが、前言どおり、島田には結っていなかった。その代り、束髪の上の方に、十九世紀の西洋婦人が、夜会に用いたような、白い羽毛《うもう》が挿してあった。誰の智慧《ちえ》か、おかしな風俗だった。

彼女が、私の側《そば》に、妻として着座した瞬間には、私も、サッと、感動に駆られたが、それから後に、次ぎ次ぎに起ってくる、神前結婚の儀式は、反感ばかりを唆《そそ》られた。姉の結婚の時に、日比谷大神宮で、この儀式を経験したが、自分の身に回ってくると、滑稽と腹立たしさを、同時に感じ、重大な瞬間である盃事《さかずきごと》さえ、心に染まなかった。こんな方式の神前結婚は、明治製の新風習で、私の父母や、祖父母が行った、結婚の儀式ではなかった。こんな、不熟な習慣で式を挙げるよりも、自分たちの勝手で、寄り合った、亡妻との結婚の方が、遥かに、人間的で、私は、千鶴子が気の毒だと、思った。

そんな冷笑的な気分が、式後にも続き、慣例の結婚写真を撮《と》ることにも、反撥を感じた。

「そんなもの、撮らんでも、いいよ」

私は、勧めにきた姉に、キッパリいった。

「ねえ、君、そんなもの、必要ないでしょう？」

側に立ってる千鶴子にも、私はいった。

「ええ、別に……」

彼女の返事は、少し、曖昧《あいまい》だった。

「でも、これも、世の中のお役目でございますから……」

S未亡人が、世慣れた調子で、私を屈服させた。私は、渋々《しぶしぶ》、レンズに向ったのだが、写真とは、おかしなもので、後日《ごじつ》、届けられたのを見ると、私は、満足そうに、ノンキな顔をしてるに引き代え、千鶴子の方は、怒ったように、口を尖《とが》らせていた。彼女は、その写真を嫌い、どこかへ納《しま》い込んで、今日では、一枚も残っていない。

披露《ひろう》のパーティーが始まると、私の気持は、すっかり、寛《くつろ》いできた。千鶴子側の招待客は、学校の職員たちで、真面目くさっていたが、私の方は、母方の伯父夫婦も、友人のK夫婦もよく喋《しゃべ》り、媒妁人の挨拶のうちの〝亭主関白〟という語が、話題となって、笑声が湧いた。M媒妁人は、無論、亭主関白を否定して、話したのだが、社交的な私の親類たちは、面白げに、尾鰭《おひれ》をつけて、席を賑《にぎ》わした。

私は、盛んに、酒を飲み、料理を食べた。物価の安い頃だから、ティー・パーティーの献立《こんだて》も、今よりは上等で、酒も、フランスのブドウ酒が出た。私が、遠慮なく、飲み食いするので、千鶴子も釣られて、フォークをとった。私は、わざと、千鶴子に話しかけたり、不行儀な頬杖をついたりした。なにか、世間並みの婿さんであるまいとする稚《ち》気《き》が、胸の底にあった。

しかし、そんな反抗心も、実は、縁談が始まってからの精神の動揺、疲労がさせる業《わざ》かも知れなかった。私は、内心、ずいぶん、疲労を感じていた。そして、ザワザワする空気から、一刻も早く脱《のが》れ、人生の大事を迎えた自分を、シッカリ、摑《つか》まえたかった。早く、千鶴子と、二人きりになりたかった。

その時刻は、やがてきた。四時何分かの列車に、品川駅から乗るために、車がくることを、媒妁人が知らせてくれた。私たちは、衣服を更《か》えに、席を立った。人々に送られて、玄関を出る時に、空はすっかり晴れ渡って、初夏らしい夕風が、吹いていた。千鶴子の着替えた訪問着の薄色の地に、新緑の反映が、染《し》みるようであった。

「じゃア、行ってきます……」

私は、動き出した車の中で、もう一度、帽子を脱《ぬ》いだ。これは、よい首途《かどで》になるかも知れぬぞ、という予感が、私の胸に湧いた。

二

熱海《あたみ》へ着いたのは、灯の輝き出す頃だった。

私は、パリ仕立ての青鼠《グリ・ブルー》の服を着て、ステッキなぞを持ち、汽車も二等に乗ってきたし、改札口を出ると、すぐ自動車を呼んだし、外観的には、相当の紳士だったろう。千鶴子も、無論、彼女の最上の衣服だったにちがいなく、二人の前に、宿引きが、ペコペコ頭を下げた。彼等は、私たちを買い被《かぶ》ったと同時に、新婚旅行者と看破《みやぶ》ることも、できなかったろう。私たちの年齢も、態度も、決して、蜜月的なものではなかった。

「まったくの、素人家《しもたや》で、小さな家だから、その心算《つもり》で……」

車の中で、私は、行先きのことを、千鶴子にいった。その家のことは、前にも、彼女に話してあるが、念を押す必要を感じたのは、あまりにも堂々（？）と、熱海駅へ降りたからであった。

「ええ、その方が、気楽で、いいですわ」

彼女も、それが、本音らしかった。

しかし、その家まで、車は入らないから、馬場下通りで降りて、私たちは、横町を歩き、別荘風の竹垣があるだけの、普通の門を開け、普通の二階家の玄関に立った時には、彼女も、少し意外の様子だった。

「お待ちしておりました」

顔馴染みの女中と、おカミさんが、出迎えてくれた。といっても、その女中は、色が真っ黒で、素晴らしい大女で、相撲茶屋の女中というよりも、相撲そのものだった。おカミさんは、旧大関《もとおおぜき》の未亡人に似合わず、ひどく、小締《こぢ》ンまりしたお婆さんだった。彼女は、相撲の場所中だけ、東京へ出て、後は、この素人宿を経営してるのだが、昔の下町女らしく、律儀《りちぎ》で、礼儀正しかった。大女の女中も、お世辞をいわず、親切だった。

そして、同宿者が少いので、私は、原稿書きに、二、三度来たのだったが、宿料が、一流旅館の半額ぐらいということが、今度の旅行にも、この家を択《えら》ばせた、大きな理由だったろう。

「お部屋は、離れをとっておきましたよ」

と、女中が、私たちを導いたのは、私が、手紙で、その室を指定したからであったが、実は、私も入ったことがなかった。いつも、二階の八畳へくるのだが、そこは隣室に続いてるので、今度は、階下にあるという離れ座敷が、適当と考えたのである。

ところが、その部屋へ入った途端《とたん》に、私は、失敗だと感じた。離れ座敷といっても、別棟《べつむね》ではなく、玄関脇《わき》の書生部屋のような六畳で、床の間もなかった。畳も、赤く、日に焼けていた。

「こりゃア、ちっと、貧弱過ぎた……」

私は、女中が去ると、すぐ、千鶴子にいった。いくら、体裁《ていさい》を関《かま》わない新婚旅行といっても、こんな部屋で、夫婦の最初の夜を送るのは、対手に気の毒な気がした。

「結構ですわ。ちっとも、関いませんわ」

彼女は、満足を強調する笑顔を、見せた。

「ほんとに?」

「ええ。だって、静かな、いいお部屋ですわ」

「静かなことは、静かだけれど……」

私は、暫らく、部屋の中に、佇《たたず》んでいたが、結局、腰を降《おろ》した。彼女が、本気でそういうならと、やや、安心した。

しかし、それは、私の誤解だった。彼女が、質素を好むのは、真実だったが、新婚旅行は、内心、もっと盛大にやりたかったのである。再婚であっても――いや、再婚だから、今度こそは出直すという、強い決意の下に、新婚旅行の意味が、重大らしいのである。一体、男性は、女性の半分も、新婚旅行なるものを、重視してないのではないか。その時の思い出なぞ、良人《おっと》は、じきにウロ覚えになるが、細君の方は、老年になっても、驚くべき明細な記憶力を、発揮する。その時、良人が、どんなネクタイをしていたか、旅館にお茶代をいくら払ったかということまで、永遠に忘れない。そして、頭から、新婚旅行は愉しいもの、夫婦生活最大の幸福のように、決め込んでいる。事実としては、新旅館なぞで、ずいぶん不愉快な目に遭い、その上、彼女自身は、生理的な不安と、不眠の連続なのであるが、そんなことは、キレイに忘れてしまうらしい。

そこが、男性である私には、現在でも、まったく不思議なくらいで、その当時に、理解のできる女ごころではなかった。果して、それから十年ほど経ってから、あの時は、もう少しゼイタクがしたかったという意味のことを、白状した。しかし、十数年ぐらいの後に、夫婦二人きりで、どこかで食事をした時に、

「あア、まるで、新婚旅行へいった時みたいだ……」

と、慎《つつ》ましい彼女としては、珍らしい嘆声を洩らしたところをみると、あんな貧弱な旅行のうちに、愉しさの記憶も、相当、コビリついていたらしい。それも、私には、解《げ》せない女ごころだった。

そんなことは、後の話で、その時は、今日、妻となった女に、私も、多くの遠慮があり、また、中年の再婚男でも、そう図々《ずうずう》しいものとは、限らなかった。

「君、お湯に、一緒に入る？」

と、私は訊いたが、若い新郎は、そんなことをいわないだろう。しかし、私の申出でも、中年男の厚顔《こうがん》というよりも、礼儀に近い気持だった。夫婦となった以上、一応、そう訊いてみる必要があると、考えたからだった。

「お後で……」

そう返事を聞けば、問題はないから、私は、サッサと、洋服を脱ぎ始めた。

すると、坐っていた彼女が、すぐ、側へ寄って、上着、ワイシャツと、順々に受け取って、衣紋竹《えもんだけ》へかけたり、畳んだりしてくれた。それが、私にとって、驚くべきことだった。亡妻は、彼女の国の習慣で、そういうことは、一切《いっさい》しなかった。無論、繕《つくろ》い仕事とか、アイロンかけは、やってくれるが、良人の身の回りのことは、良人自身の仕事だった。私もそれに慣れ、鰥夫《やもめ》時代の不自由にも、堪えてきたのだが、そういう日本の細君らしい仕草をされると、ひどく、甘い感動を覚えた。日本の封建的風習には、反感を持ってるくせに、自分がそうされると、嬉しかった。殊に、千鶴子は、義務的でなく、そういうサービスをする女で、その自然さは、最初の時から表われた。

——おれは、ほんとに、日本の女を妻にした。

私は、その事実を確認し、小さな浴場で、温泉に浸《ひた》りながらも、そのことのみを反芻《はんすう》し、感動した。

——あの女となら、うまく、いきそうだな。

希望的観測が、確信のように、頻《しき》りに胸に湧いた。

私が、湯から上ると、彼女が入浴したが、更衣《こうい》を、私の眼の前でするようなことは、なかった。浴具を手にして、腰を屈《かが》め、

「頂きます」

と、いって、出ていった。

彼女が帰ってきて、間もなく、夕飯になった。

この宿は、家族的で、以前に私が泊った時は、魚屋の品書きの経木札《きようぎふだ》を持って、好みの料理を訊きにくるようなことをしたが、さすがに、今度は、見繕《みつくろ》って、膳がこしらえてあった。といって、いつも変らぬ素人料理で、刺身《さしみ》も、塩焼きも、ゴッテリと、駄皿《だざら》に盛り込んであった。そして、私一人の時は、女相撲のような女中が、給仕にくるが、今度は、膳を置いて、引き退《さが》った。

千鶴子が、ビールの酌をした。

「ああ、うまいな」

私は、一気に飲み干した。実際、身に浸みとおるほど、美味だった。朝からいろいろ神経を使った疲労が、一時に出て、それが、快く、解《と》きほぐされていく感じだった。

「毎晩、お酒、あがりますの」

「ええ、毎晩——母親が、晩酌をやったので、僕も、若い時から、お相伴《しようばん》をさせられて、癖がついたんだな……しかし、僕が、酒飲みだってことは、いつかも、あなたに、話しておいたね」

「ええ、そのことなら、お姉さんからも、度々、伺ってますわ」

彼女は、微笑と共に、酌をした。別に、飲酒を非難する表情でもなかった。

「じゃア、君も一杯……」

「あたし、飲めませんけど、少しだけ……」

彼女は、ビールより、日本酒を望んだ。私も、喉の乾きを止めれば、日本酒の方がいいので、彼女の返盃《へんぱい》を受けてから、坐り直して、飲み始めた。

「しかしね、家へ帰ったら、お酌なんかしてくれなくても、いいですよ」

「なぜですの」

「いや、独酌《どくしゃく》の癖がついてるんだ。それから、酒の肴《さかな》なんて、要らないんだ。ただね、あんたは、僕に仕事さしてくれれば、有難いんだ……」

その頃は、私の酒量も強かったが、気分の動揺があると見えて、早く酔い、そんな感傷的な言葉が、じきに、口に出た。

彼女は彼女で、料理ができないことの心配、東京の社交を知らない心配、その他、いろいろの心配について、微笑を泛《う》かべながら、語った。しかし、彼女の最大の心配である筈の麻理のことについて、一言も語らなかったところを見ると、それらの心配は、重い心で語られたのではなかった。反対に、将来を語ることの愉しさが、私たちの言葉に、含まれていた。心配の形で、私たちは、希望を語り合ったようなものだった。若い新婚旅行者のように、爆発的でないだけで、私たちの心の底に、浮き上って、弾《はず》むものが、ないことはなかった。

しかし、やがて、女中が、寝床を敷きにきて、去ってしまうと、私たちは、シンとして、黙ってしまった。それは、少くとも、私にとって、羞恥《しゅうち》のためではなかった。

「じゃア、これ……」

私は、そういって、小函《こばこ》を、彼女に渡した。その当時流行した、避妊薬《ひにんやく》の函であった。結婚前に、度々、千鶴子と会った時に、私たちは、当分、子供を持たないようにすることを、話し合った。

「あたし、子供なんか、欲しくありませんわ」

彼女は、ハッキリ答えた。私自身は、麻理を育てた苦難を考えただけでも、子供は、もう、懲《こ》り懲《ご》りという気持だった。いや、気持どころではない。事実としても、もし、千鶴子が妊娠でもしたら、その子が生まれ出るまでに、私たちの生活は、破滅するだろう。銀行の預金帳残高は、千円あるかなしで、是が非でも、私は、原稿を書き得る生活と、原稿を売る道を、拓《ひら》かなければならなかった。私は、結婚の翌日から、机に対《むか》って、仕事をしなければならないし、そうできるように、千鶴子は、私を、助けてくれなければならなかった。それが、逆になるとしたら、私は、勿論、結婚なぞする必要はなかった。

もう一つ、私は、子供を欲しない理由があった。麻理の継子《ままこ》意識を、強めたくないことだった。もし、千鶴子に子供が生まれれば、彼女が、その方を可愛がることが自然であり、何人も、それを非難できない。しかし、麻理は、当然、不幸になるだろう。尤も、千鶴子の性格として、克己《こっき》的に、麻理を鍾愛《しょうあい》することも考えられる。そんな継母美談が、世間にないでもない。しかし、その場合は、後から生まれた子が、犠牲者になるだろう。そして、自然に逆らった母親の心は、必ず、どこかに歪《ゆが》みと、暗さを宿すだろう。その想像は、私に堪え難かった。貧乏生活は、救われる時がないともいえないが、その方の不幸は、生涯付き纏《まと》うものである。

どっちから考えても、私は、子供を欲しなかった。千鶴子が、それに同意してくれたのは、嬉しかったが、彼女が、本心から、自分の子を持ちたくないのか、それとも、私への愛情のために、そういう返事をしたのか、それを確かめる余裕は、私の心になかった。同意してくれただけで、私は満足し、結婚するに至ったのである。

しかし、結婚の当夜に、そういう品物を、新妻《にいづま》に渡さねばならぬことに、私は当惑した。強《し》いて、何気《なにげ》なさを装《よそお》いながら、手渡したが、心は、重く、項垂《うなだ》れた。

「どうして使うんだか、教えて下さらなくちゃ……」

彼女が、わりに無邪気に微笑《ほほえ》みかけたのが、唯一つの救いだった。

私たちの新婚旅行は、あらゆる意味で、普通とちがっていた。

＊

私たちは、熱海で、二夜を送った。

幸い、天気がよかったので、よく、散歩に出た。ことに、熱海銀座は、近いから、足を運ぶ機会も多かった。

「麻理さんのお土産、探しましょう」

千鶴子は、寄木細工《よせぎざいく》の手函のなかで、一番高価なのを、選んだ。私は、彼女が〝義理〟をやってるなと、思ったが、最初だから、何もいわぬ方がいいと、考えた。

「婆やさんには、何がいいでしょう」

彼女は、別の棚を、物色し始めた。

私が、伯母の家を出る時に雇った老婢《ろうひ》を、彼女は、妙に、気にしていた。嫁入りの土産《みやげ》として、老婢に反物《たんもの》を用意してきたと、語った時に、私は笑ってしまった。

「あの婆やは、姉の家にいたのを、一時、借りただけなんだよ」

そういっても、彼女は、婆やを怖れ、憚《はばか》るような調子があった。

土産物屋を出てから、私は、彼女にいった。

「なんなら、あの婆や、出しちまっても、いいんだがね」

「あたし、女中なんか、要《い》りませんわ。何とか、やってみますわ。どうしても、ダメなら、田舎で、若い人を、探して貰いますから……」

彼女は、婆やを解雇するという提案が、よほど、嬉しいらしかった。私には、少しボンヤリなほどの老婆を、それほど、彼女が煙ったがるのが、滑稽だったが、彼女は、最初の結婚の時の姑《しゅうとめ》の面影が、恐怖的に、眼にチラつくのかも知れないと、思った。

ある時は、静かな散歩をすべく、来《き》の宮《みや》の方面を、択《えら》んだ。あの辺は、急坂が多く、私は、足が速いので、サッサと登ってしまうが、ふと、気づくと、千鶴子が側にいなかった。

「少し、待って……」

彼女の切迫《せっぱく》した声が、後から聞えた。坂の中途で、彼女は、胸を抑《おさ》えるようにして、重そうな足を、運んでいた。その表情は硬く、顔色は、やや蒼白だった。

「気持でも、悪いの」

「いいえ……あたし、心臓が、少し悪いもんですから……」

彼女は、立ち止まって、荒い呼吸をした。

「へえ、どこも悪くないなんて、サバを読んだね」

私は、そんな冗談をいうほど、気にかけなかった。むしろ、新婚の不眠のさせる業《わざ》だと、考えていた。

「だって、他に、なんともないんですもの。動悸《どうき》だって、急いで歩きさえしなければ……」

彼女も、事もないような、笑顔《えがお》を見せた。私は、それぎり、彼女の心臓異常を忘れてしまったが、後年、思い知らされる羽目《はめ》に、遭った。

三日目の午後に、私たちは、帰途についた。初めから、二泊の予定だったが、もっと遊びたいという心の余裕も、私たちになかった。東京へ帰れば、生活と戦闘開始の予定だが、そのラッパの声が、もう聞えてる気持だった。

帰りの汽車に、私は、躊躇《ちゅうちょ》なく、三等切符を買った。そして、横浜駅で、途中下車をした。千鶴子が、横浜を知らないというし、夕食を食べるのに、変った土地の方が、いいと思ったからである。

駅を降りると、百貨店のバスが、客を待っていた。その頃は、東京のデパートが、駅からの客を運ぶ無料バスを、運転していたが、横浜でも、それを真似ていたのである。

「乗ろう、あれへ……」

熱海へ降りた時は、ハイヤーに乗ったが、今度は、無料バスだった。尤も、伊勢佐木《いせざき》町《ちょう》のそのデパートの前で、降《おろ》された時に、店へ入らないで、歩き出す勇気は、私たちになかった。店へ入ると、何か買わないと悪いような、気持になった。

「何か、必要品は、なかったかね」

「そりゃア、沢山ありますわ」

「沢山買われちゃ、大変だよ……そうだ、婆やが、お茶が切れたと、いっていたッけ……」

私たちは、番茶を、一袋買って、その店を出た。新婚旅行の帰りに、番茶を買ったという例も、少いにちがいない。

そのデパートから、遠くない、古いシナ料理店で、私たちは、夕飯を食べた。

「この店は、僕の子供の時から、あったんだよ」

私は、出生地である横浜のこと、少年時代のことを、千鶴子に語った。

「麻理さんも、横浜で、お生まれになったんでしょう?」

「そう。でも、その時は、僕の一家が、横浜を離れてから、二十年も経ってからのことだけど……」

私は、広東麵《カントンめん》か何かを、啜《すす》りながら、ここから数町の距離にある、あの産科病院で、亡妻と起臥《きが》した日々のこと、暴風雨の出産の日のことなぞを、憶《おも》い出さずにいられなかった。あの頃に、誰が今日のことを、考えたろう。私が、新しい妻と共に、同じ横浜で、シナ・ソバを食べるなぞということを、誰が、考えたろう。麻理は、今年、算え年の十歳だから、あの時から、ちょうど、十年目であった――

千鶴子は、旅行の疲れのためか、やや沈んだ顔で、言葉少なだった。私も、複雑な気持で、黙って、酒を飲んだ。とにかく、それで、私たちの新婚旅行は、終ったらしかった。

＊

しかし、中野の家へ帰ると、翌朝から、私たちは、緊張を感じ、なさねばならぬ多くのことの前に、立った。

媒妁人《ばいしゃくにん》や姉の家へ、礼回りなぞ、結婚式の名残りのようなことが済むと、

「麻理さんを、早く、引き取らなければ、いけませんわね」

千鶴子は、すぐ、私にいった。

「勿論、そうだが、その前に、家を探そうじゃないか」

熱海で、移転の相談はできていたが、千鶴子は、そう早急のことと、思っていないらしかった。私は、ほんとに、新しい生活へ入る転機のために、早いだけいいと、思った。それに、私は、仮越しのその家と界隈《かいわい》を好まず、また、麻理が帰ってくると、狭過ぎる難があった。

「姉は、まだ一カ月ぐらい、麻理を預かってもいいと、いってくれてるんだ。その間に、家を探そう……。しかし、もう、中野から、離れようね。それが、第一条件だ」

私は、千鶴子が、姉や伯母に掣肘《せいちゅう》されない距離に、家を求める必要を、感じた。今後は、親類の助力を受けず、世話も焼かれず、新しいわが家の生活の根を、下《おろ》したかった。

「じゃア、千駄《せんだ》ケ谷《がや》あたりは、どうでしょう」

「結構だね。何か、心当りがあるの？」

「ええ、でも、まだ、明いてるかしら……」

彼女は、同郷の知人が管理してる貸家のことを、持ち出した。

その翌日の日曜に、私たち夫婦と、姉と、麻理の四人で、千駄ケ谷の家を、見にいくことになった。

その日も、初夏らしい好晴だった。千駄ケ谷の駅前は、新宿御苑《ぎょえん》の若葉を背負い、広々と明るく、清潔だった。私は、姉と列《なら》んで歩き、千鶴子は、麻理と添って、歩いた。

彼女が娘と外出した、最初の機会だった。私は、見るとはなく、二人の様子を、眺めた。痩せ型の体つきが、似ていないこともなく、母子《おやこ》と見えないこともなかった。また、女教師が、可愛がってる生徒を、連れて歩いてるという感じもあった。

——それでも、いいんだ。よい先生であってくれれば……。

私は、腹の中で思った。

「どうだい、いいお嫁さんだろう？」

姉が、低声《こごえ》で、自分が世話した縁談を、誇った。

「さア、まだ、わからんよ……」

私の返事は、照れ隠しであった。

神社に沿って、坂道を下りる時に、

「とても、駅から、遠いんですよ」

千鶴子が、申訳をするようにいった。しかし、その家まで、十分とかからなかった。家を検分する前にも、期待を持たれては困るという意味のことを、度々、繰り返した。私は、それが、彼女の性格であることを、気づかずにいられなかった。用心深いというのか、気が弱いというのか、自分の発言や主張を、極力、避けようとする態度を、結婚以来、十日も経たない間に、私は、何度も発見した。

「なかなか、いい家じゃないか」

その家の前へきて、外観を見ただけで、私は、彼女にいった。古い家だが、今いる家のような貸家普請《ぶしん》ではなく、小締《こぢ》ンまりと、落ちついた、二階家だった。

「そう？　とにかく、訊いてきますわ」

彼女は、近くに住んでる、知人の家まで、駆けていった。その家の細君というのが、千鶴子の郷里の女学校で同級であり、亭主は、旧藩主の邸の家扶《かふ》であり、私たちが借りようとする家は、その華族の一族の持家《もちや》であることなぞ、私は、千鶴子から、聞かされていた。

やがて、その細君を連れて、彼女が帰ってきた。家は、明いていた。貸家の多い頃で、一年も、借手がなかったということだった。

「さア、どうぞ……」

管理人の細君が、門を開けてくれた。家へ上ると、プンと、埃臭《ほこりくさ》く、畳が、茶色を呈していた。しかし、二階が二間、階下が四間あり、日当りもよく、座敷に品位《ひんい》もあった。ただ、家賃の四十円というのが、私にとって、重い負担だった。今の家は、二十八円だった。

「もし、お気に入りましたら、畳も替えますし、裏の空地《あきち》にお風呂場も建てますし……」

管理人の細君は、長く明家《あきや》になってるためか、しきりに、頻りに、私を勧誘した。

「それに、お家賃の方も、多少は……」

それを聞いて、私の意が動いた。この家なら、私の書斎も、娘と千鶴子の部屋も、ムりなく取れるし、なにより、今の中野の家を、一刻も早く、出る必要があった。

「マア公は、中野のお家と、ここと、どっちが好きだ？」

私は、麻理に話しかけた。

「それア、ここの方が、よっぽど、いいや」

彼女は、いやに、断乎と、答えた。

「でも、一年も明いてるなんて、化物《ばけもの》屋敷かも知れないよ」

姉が、管理人の細君に聞えぬように、私にいった。彼女は、麻理や私の世話は閉口だが、千鶴子という主婦ができた上は、むしろ、私たち一家を、自分の家から遠くへ、離したくない気持らしかった。

それが、却って、私の決断を、早める結果になった。

——誰《だれ》からも、離れなければ、いけない。誰も、アテにしては、いけない。今度は、必死なのだ。千鶴子と、麻理と、三人で——三人だけで、運を天に任す出発をしなければ……。

その考えが、結婚と共に、私の胸一杯に、詰まっていた。

「いいさ、化物の一疋《いっぴき》ぐらい……。僕は、この家にきめたよ」

私は、千鶴子の方に向って、わざと平静に、そう告げた。しかし、心の中は、高い、水泳の飛込台から、ダイビングするのに、似ていた。私は、水を怖れないように、眼を閉じたようなものだった。

その家で、私たちの新しい生活が、始まった。私たちというのは、麻理を含めた三人のことである。

一二

移転してから、五日目ぐらいに、彼女は、姉の家から、連れられてきた。その頃は、家の中も、すっかり、かたづいていた。何しろ、荷物が少いので、整頓も早いのである。

「ここが、マア公と、ママの部屋だぜ」

私は、階下《した》の六畳を、二人の居間にするのが、一番、適当だと思った。そこには、庭に面して、サン・ルーム染みたガラス窓を回《めぐ》らし、洋風壁紙が貼ってあり、千鶴子がつくった棒縞のカーテンを取りつけると、階下では、最上の部屋になった。その隣りに、茶の間があり、八畳で、広くはあったが、隣家の塀が鼻さきで、昼も、薄暗かった。

「ママがね、マア公に、机と本函、上げるッてさ」

やや大型で、抽出《ひきだ》しつきの机と、緑色カーテンなぞ扉《とびら》にとりつけた、小さな書棚は、千鶴子が、東京へきてから買って、常用してたものらしいが、新品のように、傷《いた》んでいなかった。それらは、新婦の新しい箪笥や針函の側に、列べられた。

「使えたら、使って頂戴ね。あたし、もう、要らないんだから……」

彼女は、主婦になった覚悟を、見せるようなことをいった。

「本函、嬉しいな」

麻理は、それを欲しがってるところだった。

「それから、これ、お土産《みやげ》……」

二尺ほどの大きな日本人形が、友禅《ゆうぜん》の着物に、金襴《きんらん》の帯を、胸高に締めていた。その着物も、帯も、結婚前の忙がしさのうちに、彼女が縫ったものだった。

「ありがと……」

麻理は、少し、キマリ悪そうに礼をいった。

その晩、私たちは、初めて、一緒に食膳を、囲んだわけだった。麻理と二人きりの飯は、四年間食べたし、千鶴子と差し向いの食事も、二十日ほど続けたのだが、それが、三人になったのである。私たち一家は、三人なのである。私が、三人になることを、求めたのである。だから、初めて、一家の顔が揃ったという意味で、その食事が、新しい生活のスタートであったろう。その記念すべき情景を、私が、何一つ記憶していないのは、奇妙なことだが、それは、恐らく、記憶に残るような、不円滑な進行が、起らなかったためであろう。

ただ、眠る時間がきた時に、千鶴子が、低声で、私にいったことは、忘れられない。

「今夜から、あたし、麻理さんと、階下《した》で寝ますわ」

私は、無言で、彼女の顔を見た。それまで、私たちは、二階の八畳に、床を列べていたのである。

「だって、毎朝、麻理さんが学校へいくのに、早くから起きて、ゴトゴトやると、あなた、お眠りになれないでしょう」

勿論、それも、理由の一つであった。しかし、もっと大きな、複雑な気持が、彼女の言葉の裏にあった。彼女は、必死に、母親になろうとしているのである。私の家にくるについて、最大の懸念《けねん》は、私でなくて、麻理だったのだろう。継母子の関係を、決して、私ほど、楽天的に見れなかったのだろう。まず、麻理との間を、うまく進めなければ——と、その考えが、良人よりも、娘と床を並べることを、思いつかせたのであろう。

「そう、じゃア……」

私は、彼女の気持がよくわかり、感謝の頷《うなず》きをした。

その晩から、私たち夫婦は、寝所を別にする習慣を、始めた。それが、実に、長いこと続いたのであるが、私は、自分を犠牲にするという気持が、少しもなかった。独身生活が長かったせいか、私は、一人で寝るのが平気なばかりか、その方が、安眠できるのである。今日でも、その傾向は変らない。フランス人のように、いつも夫婦が同衾《どうきん》するなんてことは、私には、甚だ閉口である。幸い、亡妻は、その習慣を主張しなかった。一つは、私の体が大きいので、同衾を窮屈と感じるからであるが、他面、私が個人主義的であることが、影響してるのだろう。私は自分を、思い遣《や》りがない亭主とは思わないが、思い遣りを実行するのに、不精《ぶしょう》な亭主であることを、争われない。結果において、思い遣りのない亭主と、少しも変らない。

千鶴子が、そういう申出でをした時も、それでは、彼女が可哀そうだと、思わないではなかったが、彼女が麻理と親しんでくれるのは有難いし、私自身、独《ひと》り寝は、一向、苦にならないので、ズルズルと、長いこと、それを継続してしまった。彼女が忍んだ犠牲が、どんなものであったか、今に至って、やっと、その大きさが、わかるのである。

そして、翌朝から、私が、顔を洗いに、階下へ降りていく頃は、千鶴子は麻理と共に、もう朝飯を済まし、学校の弁当など詰めてる場合が、多かった。代りの女中を、千鶴子の郷里から呼ぶまで、婆やを、まだ置いていたが、麻理の弁当は、必ず、千鶴子が手がけていた。アルミの弁当箱を包む布も、箸も、いつか、女の子らしい、ハデな色彩に、変っていた。

――もう、麻理の弁当のオカズを、相談されなくて、済むようになった。

伯母の家に住んでいた頃は、そんなことまで、女中が訊《き》きにきた。いや、女中がいなくて、私自身が、麻理の弁当をこしらえてやったことさえ、あったのである。

千鶴子と麻理の間が、滑《なめ》らかに、進んでいるらしいのは、無論、私にとって、喜びだった。しかし、最初は、どこの継母子も、こんな風ではないかと、安心もできなかった。そして、千鶴子の義務感が、鋭敏過ぎることも、私の気になった。も少し、ノンキになった方が、麻理のためにも、彼女自身のためにも、いいのではないかと思う節が、度々あった。

例えば、彼女は、麻理のことを、相変らず、〝麻理さん〟と呼んだ。それは、母が娘に対する呼び方では、なかった。

「そんな、君、お客にきたような、もののいい方は、おかしいよ」

二人きりの時に、私は、注意した。

「でも、いえないんですもの……」

彼女は、困ったように、身を捻《よ》じて、笑った。

そこへいくと、麻理が、新しい母を呼ぶ言葉は、ひどく簡単に、唇から出た。

「ママ、お腹《なか》が、空《す》いちゃった……」

「ママの鉛筆、ちょいと、借りるわよ」

そういう言葉が、実に、ラクラクと、出るのである。赤ン坊の時から、亡妻を〝ママ〟と呼び、死んでから後も、亡妻の話をする時は、いつも〝ママ〟であり、彼女にとって、その呼び方は、ただ一人を指すものと、思われた。だから、私も、彼女が千鶴子を呼ぶのに、〝お母さん〟とか、〝母さん〟とかいうにちがいないと思い、それはそれでいいと、思っていた。ところが、彼女は、家に帰ってから、じきに何の躊躇もなく、〝ママ〟と呼び始めた。私は、それが、姉の入れ智慧ではないかと、疑ったが、それにしても、あまりに自然な、流れるような、ものいいだった。

私は麻理を、不思議な子供だと思った。亡妻の帰国後も、跡を追う様子がなく、死んでから後も、何か、禁句のように、母のことを、口にしない。そして、今、日本人の新しい母がきても、怯《おび》えるとか、訝《あや》しむとかいう様子は、微塵《みじん》もなく、平気で〝ママ〟という言葉で、彼女に呼びかける。麻理も、もう、十歳であるから、亡母に、何の感情も湧かないわけはないのに、まったく、忘れてしまったような態度である。この子は、よほど薄情な生まれなのか、それとも、姉の家や、寄宿舎生活で、人に揉《も》まれ、小さいながら、生きる術《すべ》というようなものを、会得《えとく》してるのであろうかと、私は、いろいろに、思い惑った。

しかし、麻理が、躊躇なく〝ママ〟と呼びかけることは、千鶴子にとって、不満足な道理はなかった。

「ママ！」

「なアに？」

彼女も、喜色を浮かべ、それを受け容れたばかりでなく、やがて、彼女が自分を呼ぶ時にも、その言葉を用いるようになった。

「待ってらっしゃい、ママの手が明いたら、すぐ、行くわ」

そういう習慣が、始まったのなら、結構なことであるから、私も便乗した。

「ママ公、ちょいと、ママを、呼んできてくれないか」

と、いう風に。

千鶴子が、小心で、内向的で、神経質な性格であることは、次第に私にわかってきた。それに対して、麻理が、自然に、無拘泥《むこうでい》に振舞うのは、却って、よい結果を来たすのではないかと、私も、明るい見透《みとお》しを、懐《いだ》くようになった。反対に、彼女が、母に昵《なじ》まず、私に纏《まつわ》りつくような娘だったら、千鶴子のような女は、どんなに勇気を喪《うしな》うか、考えるまでもなかった。

――とにかく、滑り出しは、悪くないぞ。

私は、心ひそかに、ほくそ笑《え》んだ。

＊

そこで、私は、仕事にかからねばならない。荷が軽くなった馬は、速く走らなければ、申訳がない。

私は、二階の上り口の四畳半を、仕事部屋に定《き》めた。隣りが、八畳の客間で、そこへ人を通すには、仕事部屋を横切る不便があり、部屋そのものも、荒れ古びていた。しかし、そんな難点は、少しも、気にならなかった。

――さア、この部屋で、稼ぎをするんだぞ！

階下《した》では、妻子が、口を開けて、餌《えさ》を待ってるのだと、私は思った。その切迫感は、亡妻が生きていた頃も、麻理と二人で暮していた間も、曾て、知らないものだった。そのくせ、私は、不思議と、焦《あせ》りを感じなかった。そう不安でも、なかった。人間も、最後の穴に追い込まれると、度胸が据わるのかも知れない。しかし、何といっても、千鶴子という、生活の協力者ができたことが、私の心のどこかに、安心を与えてるにちがいなかった。

私は、その部屋の東の窓に、机を置いた。机にしては、少し脚高《あしだか》な、半洋風な、不恰好なものだった。今度、この家に入るについて、私は、今まで用いていた洋風書卓《ライテイングデスク》の脚を、切らせたのである。

そのデスクを、私は、亡妻と代田橋に家を持った時に、新宿の家具店で、二十五円で買った。当時としては、新式のデザインで、同じ白ラック塗りの回転イスも、買い入れ、ズッと、愛用してきた。外国生活の癖がついて、私は、イスに腰かけないと、ものが書けなかった。原稿書きの旅行でも、ホテルの方が、工合がよかった。

ところが、今度、この家に入ると定まってから、ふと、

――そうだ。これから、坐って、ものを書こう。

と、気が変ったのである。

他人には、些事《さじ》であるが、私にとっては、記念すべき変化だった。つまり、亡妻に死なれてから、われ知らず、私は、日本人的生活の軌道へ、復帰したいらしく、千鶴子を貰うようになったのも、坐って原稿を書きたくなったことも、一連の変化にちがいなかった。日本の社会に、日本人として、腰を据えて――という気持が、デスクの脚を切らせ、座布団を、その前に敷かせたのに、ちがいなかった。

いろいろの事実から、意味から、私は、自分の新しい生活、新しい紀元に、ブツかってる気持になった。私の生涯のうちでも、この時ほど、時間の新鮮さと、日常の緊張を

感じたことはなかった。四十を過ぎていた私だったが、新月《しんげつ》を仰いで、旅路に出る若者のような、胸の轟《とどろ》きがあった。

そういう気持で、私は、机に向った。幸い、移転の前から、二つほど、仕事の依頼がきていた。その一つは、珍らしく、長篇小説の注文だった。

私は、文学青年の頃に、小説ばかり書いていたが、人目に触れさせたことはなく、世の中へ顔を出したのは、演劇家としてであった。戯曲や、戯曲の翻訳や、評論や、演出に携《たずさ》わり、時に雑文なぞ書いたが、小説家として、私を見る者は、誰もなかった。私も、久しく、小説から遠ざかってるので、何の自信もなかった。ところが、当時、人気のあった青年雑誌が、非小説家に短篇小説を書かせるという試みを行い、私も、その依頼を受け、気楽な気持で、戯作《げさく》を書いた。それが、編集者の気に入ったと見えて、今度は、半カ年連載の長篇を書けと、注文がきた。

そうなると、私も再び、小説に戻ろうか、という気が、起ったのである。日本では、小説が、一番、需要が多く、収入も多い。演劇だけでは、とても、生計が立たないことが、その頃、よくわかっていたので、私は、差し当っての収入の道を、その長篇執筆に、頼ろうとした。六カ月間でも、毎月、定収があることは、大変、心強いことであった。

そして、私は、ペンを洗う気持で、脚を切ったデスクの前に、坐《すわ》り込んだ。何よりも、世間から注目される小説を、書く必要があった。昔のように、自分だけを対手《あいて》として、独《ひと》り合点《がてん》の小説を書くわけには、いかなかった。今度は、読者が、体温を感じるほど、近く、私の前に、立っていた。その読者に、反応を起こさせるためには、今まで、人の書いていたようなものを、書いたのでは、駄目だった。

といって、私は、なにも成算があったわけでなく、いわば、その場の智慧で、第一回を書き始めた。題名を書き、作者の名を書く段になって、私は、自信のなさを裏書きするように、雑文を書く時の筆名、獅子《しし》文六《ぶんろく》を選び、本名を書かなかった。それが、今日まで続く、長い運命になろうとは、夢にも考えなかった。

毎朝、麻理が学校へ出ていくと、私は、薄暗い階段を登り、仕事部屋に入った。机の前に坐ると、東隣りの文房具屋の物干台《ものほしだい》が、見えた。その隣りは、理髪店で、その物干台には、よく、白布が干してあった。ずいぶん、風情《ふぜい》のない眺望《ちょうぼう》だったが、私は、一向、平気だった。尤も、店舗は、表通りに面したその二軒だけで、わが家のある横通りは、家主の子爵邸を除けば、中流以下の小住宅が多く、わりに、騒音のない界隈《かいわい》だった。

――ありがたいな。やっと、ものの書ける状況《コンディション》を、つかまえた！

もう、麻理の世話も、家計のことも、手を煩《わずら》わさなくて、いいのだ。机に対《む》かって、仕事さえすれば、いいのだ。一年前と比べて、何という、幸福であろうか。

午前中を、仕事に費すと、午後は、散歩や、友人の訪問なぞに、送った。その頃、私の趣味といえば、パリで覚えた撞球《どうきゅう》ぐらいのものだったが、金が掛かるので、一週一度ぐらいしか、行わなかったが、散歩は、一日でも欠かすと、気持が悪かった。東中野は、案外、気持のいい散歩道がなく、不満だったが、千駄ヶ谷へきてから、神宮外苑を一周するのを、常とした。外苑は、私の外遊中に造営されたので、馴染みのない所だったが、歩いてみると、東京では珍らしく、手入れの行き届いた瀟洒《しょうしゃ》で、ハイカラな公園だった。ある箇所は、パリのボア・ド・ブーローニュ公園に、よく似ていた。その頃は、日曜でない限り、人影も少く、ものを考えながら歩く癖のある私には、まったく、好適の場所だった。

——今度の移転は、成功だったな。

私は、すべてに、満足した。

麻理も、千駄ヶ谷に越してから、学校が近くなり、帰宅も、早くなった。千鶴子が整えて置いたお八ツを、食べると、復習も、やって貰った。その様子を、私は、それとなく、横から眺めて、微笑を、抑えきれなかった。千鶴子の教え方は、すべて、私と反対なのである。子供と、同じ平面に降りて、諄々《じゅんじゅん》と説くというような、方法である。私のように、苛立《いらだ》ったり、命令的な口調は、一切、出さない。なるほど、女の子を扱うのは、女の方が上手だと、私は思った。

復習が済むと、麻理は、往来へ飛び出して、向いの家の子供と、遊んだ。その家は、建築請負業《うけおいぎょう》で、田辺《たなべ》さんといったが、麻理と同年の男の子と、二つぐらい年下の弟がいた。斜め向うの家に、年のちがわない女の子がいたが、麻理は、向いの家の男の子たちと遊ぶのを、好んだ。キャア、キャア声を揚げながら、子供の一隊が、門から庭へ、雪崩《なだ》れ込んでくる時もあった。

「煩《うるさ》いよ」

そういって、私が、立っていくと、髪を振り乱して、上気した麻理が、むしろ、先頭になって、暴れていた。懍然《りつぜん》として、東中野時代に、彼女が、男の子と、棒切れを振り回して、遊んでる様子を見て、懍然《りつぜん》とした時のことを、憶い出した。ところが、今度は、まるで、ちがうのである。あの時に感じた、浮浪児的な野性の荒々しさが、少しも、見当らないのである。あの頃は、きっと、私も、子供の衣類まで、注意が届かず、垢染《あかじ》みたものでも、着ていたかも知れない。今は、千鶴子の心遣《こころづか》いで、学校服を脱いでも、小ザッパリしたものを、着ている。それから、田辺さんの男の子というのが、級長さんで、気の弱い子供だから、ハメを外《はず》した暴《あば》れ方を、しないせいかも知れない。しかし、そういうことだけではないと、私は思った。

――マア公の奴、〝家〟ができて、落ちついたんだな。

それに、ちがいなかった。もう、寄宿舎や、伯母の家を、転々としないでも、済むのだった。今度は、ほんとの〝家〟だと、子供心にも、感じているだろう。そして何よりも家らしい気持がするのは、母親が――どこの家にもいる、母親というものが、いることだろう。ホンモノの母親でなくても、母親の形をして、母親の役をしてくれる人が、家の中に坐っているということは、十歳の少女にとって、心の安定を、感じさせるにちがいなかった。継母を、闖入者《ちんにゅうしゃ》と考えるほど、麻理の頭も、心も、マセていず、また、五年間、父親と二人ぎりの寂しい、乾いた生活を、送っていたことが、千鶴子の加入を、単純に、喜ばせたにちがいなかった。

姉も、千鶴子に対して、よい感情を、持ってるようだった。自分の口利《くちき》きで、結婚が成立したことが、彼女を、よい気持にさせてるらしかったが、何よりも、千鶴子が、温和な性格で、万事、姉の下手《したで》に出る態度が、彼女を満足させていた。千鶴子は、最初の結婚を、姑《しゅうとめ》と小姑《こじゅうと》のために失敗した経験が、よほど、身に浸《し》みてるらしく、姉に対して、過度の心遣いをする様子が、見えた。

「そんなに、ペコペコする必要は、ないよ。別に、僕は、姉の世話になってやしないのだから……」

私は、見兼ねて、注意した。

「でも……」

彼女は、微笑するだけで、態度を改めようとはしなかった。

姉ばかりでなく、親類の誰にも、千鶴子の評判は、悪くなかった。

「あんたは、貰い当てたよ」

伯母の一人は、私に、祝いの挨拶以上の熱心さで、そういった。

——そうかも知れない。

私は、心の底で、思った。

——しかし、そうでないかも、知れない。長い将来が、私たち三人の前に、あるのだ。麻理が、年頃の娘になるまでには、どんな運命が、私たちを、待ってるかも、知れない。

安心するには、あまりにも早い。今は、出発点を歩き出しただけに過ぎない。楽観も、悲観も、懐《いだ》ける時では、ないのだ。そんな余裕が、私には、許されていないのだ。家庭の和合より先きに、私は、まず、家族を食わせねばならなかったのだ。

そして、私は、いつも、暗い階段を昇って、脚を切ったデスクに、対《むか》う気になった。

一三

幸いにして、最初に書いた長篇は、好評を博した。私にとっては、まったく、予期以上のことだった。何か、新境地を拓《ひら》かねば、と思って、文体や調子の工夫《くふう》を凝《こ》らしたのだが、思う半分も、成功しなかった。誰よりも、自分が、その欠点を知ってるので、常套《じょうとう》の作品と譏《そし》られても、黙って、引き退《さが》る外はなかった。それが、作風の新味という点で、注目されたのは、私として、意外であり、気味も悪かった。しかし、意外の拾い物を、良心が咎《とが》めるよりも、そのまま、着服してしまう気持の方が、強かった。

何よりも、書いたものが評判よく、売れてさえくれれば、私の道は展《ひら》けるのである。立派な小説を書くよりも、私は、ペンで衣食の計が立てば、満足だったのである。その見込みが開けてきたので、私は、天にも登る気持だった。

ところが、一部の世評はよくても、それが、作家の生活に響いてくるには、なかなか、時間を要するのである。処女作が成功すると、一躍、流行作家になるように、考えていたが、事実は、決して、そんな簡単なものではなかった。私の初登場は、かなり、ハナバナしかったと、後に、人にいわれたが、それにしても、なお、その長篇を書き終るまで、どこからも、原稿の依頼はなかった。私の収入は、毎月、キチンと、九十円前後しかなかった。それが、長篇一回の原稿料だった。

いくら、物価の安い頃でも、九十円では、暮していけなかった。殊に麻理を〝白薔薇〟のような学校へ、通わせておくには、節約にも、限度があった。どうしても、月額、百二、三十円の収入が、必要だった。

その不足を、千鶴子が、補ってくれたのである。

一週二回、彼女は、衣服を更《あらた》めて、

「行って参ります」

と、私の前に、挨拶にきた。

神田のある大病院の院長の娘に、和裁を教えにいくのである。そうすると、一カ月三十円の報酬《ほうしゆう》を、与えられるのである。

その三十円が、不思議なほど、キッチリと、家計の赤字補塡《ほてん》になった。それだけに、私は、心中、非常に、彼女に感謝してよいわけだが、どうも、愉快な気持に、なれないのである。

――細君に内職まで稼がせるのか、継子《ままこ》の世話をさせた上に……。

良人の虚栄心が、私を、責めるのである。こう、千鶴子に、荷物ばかり背負わせては、私の頭は上らないという、不満である。

そこに、私たち夫婦が、まだシックリしていない、空隙《くうげき》があるらしかった。なぜなら、亡妻が、フランス語を、日本人の令嬢に教えて、家計の足しにしていた時は、私には、少しだって、負い目《おめ》なぞ、感じたことはなかった。彼女の方でも、不満も、自慢も、懐《いだ》いていなかった。謝礼の包みを、貰ってくると、

「さア《チアン》……」

と、私の前に、淡々と、投げ出すのである。私も、平気で、それを、受け取ったのである。

千鶴子も、出稽古《でげいこ》にいくのを、鼻にかける様子なぞ、微塵《みじん》もなかったが、それでも、私は、心の拘《こだわ》りを捨てることが、できなかった。一週二回、彼女が、外出の挨拶にくる度に、私は、苦痛を感じた。

——これだけは、何とかして、止めさせなければ……。

私は、いつも、そう思った。

しかし、それを実行させる余裕は、容易に、生まれなかった。反対に、思いがけない支出が、時々、起きた。

例えば、麻理に、和服を着せる必要なぞ、私は、全然、考えてもいなかった。

「あたしにも、キモノ、こしらえてよ」

彼女は、突然、千鶴子に、ネダリ始めたのである。

千駄ヶ谷という所は、徳川、松平《まつだいら》などの大華族が、住んでるかと思うと、青山近くには、貧民街があり、不思議な空気があったが、山の手風と下町風の混流が、いろいろの面で、見られた。祭礼や盆に、子供たちが、騒ぎ回るのも、下町風の表われであったが、その盆がくると、近所の少女たちが、長い袖のキモノを着、白粉《おしろい》をつけ、取り澄ました顔をして、往来で遊ぶのである。

それを、麻理は、羨《うらや》ましくて、ならなかった。一体、彼女は、特異な家庭に育ったためか、模倣癖の少い子供だったが、千駄ヶ谷に越してきてから、急に、日本の子供の習慣に、眼が開かれた様子で、何かというと、その真似《まね》をしたがった。

「キモノなんか、要《い》るもんか」

私は、強く、反対した。

「でも、あんなに、欲しがるんですもの。メリンスでこしらえれば、いくらも掛かりはしませんわ」

千鶴子は、すぐに、新宿へ出かけて、布地を買ってくると、お手のものの裁縫で、一夜で、仕立ててしまった。私が、反対しながらも、彼女のなすがままに任《まか》せたのは、彼女の立場を考えたからに、過ぎなかった。どこまでも、私は、麻理にキモノは不必要だと、思っていた。もし、亡妻が、同様のことをすれば、私は、ムキになって、反対し続けたろう。しかし、千鶴子には、そうできなかった。彼女の心理と立場は、微妙だった。

キモノができれば、兵児帯《へこおび》にしろ、帯も要るし、下駄も、要《い》った。そして、そういうもので装われた、麻理の姿は、一向、似合わず、どこか、滑稽でさえあった。それでも、彼女は大得意で、赤い兵児帯の房を、揺《ゆす》りながら、用もないのに、家を出たり、入ったりした。

また、時には、麻理の学校友達が、遊びにくるようなことがあった。以前、そんな場合には、私は、彼女たちを、勝手に遊ばせておいて、特に、もてなすということも、しなかったが、千鶴子は、いろいろに、心を遣《つか》った。混血児の木村ワキコが、遊びにくる場合には、とりわけ、待遇に気をつける様子があった。

マダム・木村は、彼女の娘と麻理とを、同じ境遇と思うためか、親しく、交際させたがった。麻理は、再三、彼女の家に招かれ、食事の饗応《きょうおう》になってくることもあった。帰りには、女中が、鄭重《ていちょう》に、送り届けてきた。

そういう上流的交際を、対等に行うことが、私には、できもせず、また、必要も認めなかった。金持は、金持の好きなようにするがいいし、此方《こっち》は、此方の流儀があると、考えていた。だが、千鶴子とすると、別な気持があるらしかった。

「いつも、麻理さんが、ご馳走になってばかりいて、悪いですわ。偶《たま》には、お呼びしなければ……」

そういわれると、私も、反対できなかった。麻理のキモノをこしらえた時と、同じ心理で、反対できなかった。

ある日、ワキコは、自動車に乗って、女中を連れて、訪ねてきた。ワキコと麻理は、無心に、遊び回っていたが、女中は、なんと、小さな、汚《きたな》い家に住んでるのだと、いわんばかりの表情をした。千鶴子が整えた食事を、全部平げたのは、麻理だけだった。

そんな風に、不時の費用というのは、麻理のために、生じた。それだけ、彼女が、成長して、小さな子供でなくなったともいえるが、それ以上に、千鶴子が麻理に対して、〝努める〟ことの結果であった。それには、ある不自然さが、伴なうのは、やむをえなかった。時には、私は、不快になった。また、そういう不自然さが、麻理を、過度に甘やかせたり、いい気にさせたりするのを、惧《おそ》れた。しかし、それを、口に出して、千鶴子に注意することは、用心しなければならなかった。彼女は、むつかしい環境のなかで、誰よりも、神経を昂《たか》ぶらせているのである。〝努める〟ということが、彼女の感情の圧力を、高めているのである。ヘタなことをいうのは、危険であるし、また、彼女の立場からすることに、一々、文句はつけられない、と思った。尤も、それで、私の不安や危惧が、消えたわけではなかった。

――まア、おれはおれで、仕事に、精を出すのだな。生活さえ、よくなれば、すべては、うまく進むだろう。

結局、そう考えて、私は、机の前に坐った。長い貧乏生活を、経験しているので、収入さえ殖《ふ》えれば、あらゆる煩《わずら》いと憂《うれ》いが、霧のように、消えてなくなると、一筋に、思い込んでいた。

＊

その年の夏に、私は、妻子を、房州《ぼうしゅう》の勝山海岸で、送らせた。

千駄ヶ谷の家は、夏に入ると、とても暑かった。殊に、階下の風通しが、悪かった。尤も、暑いぐらいは、家族にも、忍ばせなければならない、経済状態だったが、麻理の健康を考えると、海辺の空気を吸わせることが、是非、必要だった。前年、片貝海岸へ行って、メキメキと、彼女が肥り始めた記憶が、新たであった。

幸い、千鶴子が婚前に下宿していた家の娘が、例年、勝山に行くというので、女連れ三人で、彼女等は出発した。

私は、老婢と二人で、家に残り、仕事を続けた。連載中の長篇小説は、その後も、評判よく、獅子文六とは何者であるかと、変名の主を索《もと》めるゴシップが、雑誌に、現われたりするので、私は、気をよくして、机に向うのが愉しみだった。

ところが、その作品に、軽井沢の描写が必要になり、私は、あの有名な避暑地を、ほとんど知らないので、調べに行かねばならなかった。といって、軽井沢の贅沢《ぜいたく》なホテルや旅館に泊る、余裕もないので、早朝に駅に着くと、一日がかりで調べたい場所を歩き回り、夜は、草津線の新鹿沢《しんかざわ》という温泉へ泊った。その旅館は一泊八十銭という、当時としても稀《まれ》な安宿だった。私は、その安価さを利用して、数日間を、原稿執筆に送った。

山の宿らしい、質朴《しつぼく》な、古びた家で、窓の外に、百合《ゆり》が咲き、高原の青い傾斜から、涼しい風が、吹き上げてきた。宿の前の広場に、共同浴場があり、ぬるい温泉が湧いた。食事も、宿賃相当の粗末なものだったが、山の漁夫が、釣りたての岩魚《いわな》なぞを、売りにきた。それを、宿に頼んで、塩焼きにして貰うと、驚くほどの美味だった。

そんな生活をしていると、私の気持は、忽ち、独身者の昔に、還《かえ》った。麻理のことも、千鶴子のことも、すぐ忘れてしまうのである。父親とか、良人とかの習性が、私には、まだ、身についていないらしかった。いや、それから、二十年近く経った今日でも、私は、完全な家庭人として、馴れきれない自分を、屢々《しばしば》、発見するのである。恐らく、私の独身者的根性は、死ぬまで、直らないであろうが、その頃は、もっとノンキで、もっと、利己的だったにちがいない。麻理のことで、ずいぶん、心労を重ねたが、彼女が側にいなければ、すぐ、存在を忘れてしまうことは、彼女を姉の家に預けた時でも、寄宿舎へ入れた時でも、明らかだった。勝山の海岸で、貰って間もない妻と、血の伝わらない娘とが、どんな生活をしてるか、というようなことを、全然、私は、念頭に浮かべなかった。そして、野心満々として、原稿を書き、疲れれば、高原の小径《こみち》を散歩して、文学的な空想に耽《ふけ》った。

旅行から帰っても、家の中は、老婢一人で、私の独身的気分は、増長するばかりだった。昼間は、原稿を書くが、夕風の立つ頃には、友人を誘い出して、新宿あたりを、飲み歩いた。金もないくせに、思いたったら、やめられなかった。終電車で帰ってきても、誰も文句をいう者はなく、私は、自由に、翼を伸ばした。私は、妻の留守を愉しんだばかりでなく、子供の留守《るす》をも愉しんだ。子供が側にいないと、私の体は、風船玉のように軽くなり、吹く風に、どこまで流されていくか、知れないのである。

しかし、その解放感も、永くは続かなかった。八月も中旬を過ぎると、妻子が勝山を引き揚げる時期となり、その迎えかたがた、私も、数日間、海岸生活をすることになった。

両国駅から、汽車に乗ると、自《おのず》から、私は、去年の片貝行きのことを想い出した。私が赤痢になり、せっかく肥った麻理が、その騒ぎで、また痩せてしまった落胆なぞが、頭に浮かび、

――なんといっても、今年は、ラクになった。

と、感謝に似た気持が、湧かずにいなかった。

列車も、千葉から、片貝とは反対の方角に進み、湾内の海は、九十九里浜と、まったく異った風景だった。裏山の迫《せま》った、勝山駅に降りると、都会風の避暑客の姿なぞも、眼につき、田舎町ながら、活気があった。

妻子の逗留《とうりゅう》している家は、すぐ、わかった。それほど、古い、家代々の鮨屋《すしや》さんで、その奥座敷の一間《ひとま》に、千鶴子と麻理がいて、隣りの一間に、千鶴子の下宿していた家の娘の玉井《たまい》高子《たかこ》がいた。どちらも、真っ黒に柱の煤《すす》びた、田舎風の部屋だった。

「すぐ、おわかりになって?」

千鶴子は、喜びの表情を浮かべたが、顔色が、暗かった。何か、窶《やつ》れと、疲れが、体

に表われていた。しかし、独身気分のノンキさを味わった私は、それを気にするほど、細かい神経を、喪《うしな》っていた。

「こんちは！」

麻理の挨拶は、元気だった。よく、海へ入ったと見えて、顔も、腕も、赭黒《あかぐろ》く、日に灼《や》けていた。ただ、肉づきだけは、去年の片貝のようには、いかなかった。

私は、久振りで、妻子と共に、食事をした。宿が鮨屋さんなので、安い宿料に似合わず、新鮮な魚を、沢山、食べさせてくれた。私は、喜んで、酒を飲んだ。そして、千鶴子や麻理を対手《あいて》に、いろいろ喋《しゃべ》っていたが、時々、

——何か、ちがうぞ、これは。

と、食膳の空気に、異質のもののあるのを、感じた。

翌日は、私も、娘たちと一緒に、海水着をきて、浜へ出かけた。千鶴子だけは、泳ぎを好まないので、浴衣《ゆかた》姿で、砂の上に坐った。私は、泳ぎが好きで、深いところで、存分に泳ぎ回りたいから、麻理の磯遊《いそあそ》びの対手は、ご免だった。

「高ちゃん、マアちゃんを、見てあげてね」

千鶴子は、下宿の娘に、麻理を託そうとした。

「ええ……」

と、いったものの、彼女は、明らかに、気が向かないらしかった。まだ、二十《はたち》にならない、そして、発育の遅れた体つきの彼女は、すべてが、子供臭かった。麻理と同じよ

うに、一人娘で、素直だが、我儘な性質だった。

「お姉さん、連れてッてよ」

高子が、一向、腰をあげないので、麻理が、躍起になって、催促を始めた。しかし、高子は、知らぬ顔をしていた。

「よし。じゃア、パパが、付いていってやろう」

私は、玉井の娘に迷惑をかけないために、沖泳ぎを断念した。

「いや！　パパなんか、つまんない。お姉さんと行く！」

どういうものか、麻理は、強情に、スネ始めた。日に灼けた顔に、眼ばかり、ギョロギョロと光らせ、口をへの字に結び、小憎《こにく》らしい表情で、私を睨《にら》んだ。

私は、まるで知らない麻理を、見出したような気持になった。こんな、フテブテしいわが子を、初めて見た。

「勝手なことを、いうもんじゃない！」

私は、大きな声で、叱言《こごと》をいった。

「いいえ、高ちゃんが、一緒に遊んであげれば、いいんですよ……。ね、高ちゃん、お願い。連れてッてあげてね」

千鶴子が、取り做《な》すように、いった。高子も、不承不承、腰をあげた。麻理は、自分の思う通りになって、喜ぶと思いの外、まだ、フクれた顔をして、ノロノロ、波打ち際の方へ、歩いて行った。それは、子供のヒステリーといったような、神経の苛立《いらだ》ちと、惑乱《わくらん》の姿を、示していた。

「手に負えなくなったね。こっちへきてから、あんな風かね」

私は、砂の上に寝転びながら、千鶴子に話しかけた。薄曇りの日で、岸近くの小さな島影も、波の色も、黒ずんでいた。

「そんなこともありませんけど……」

彼女の答えは、力がなかった。

「いや……」

「高ちゃんも、我儘な子ですから、間へ入って、困る時もありますけど……」

千鶴子は、容易に、麻理を非難する言葉を、吐かなかった。しかし、彼女が、麻理に手を焼いてる様子は、明らかに、汲み取れた。彼女の顔に、疲労が見え、麻理から私が感じたような、ヒステリー的な昂奮さえ、どこかに潜んでるように思われた。

——うまく、行っていないな。

私は、その不快を紛《まぎ》らすために、砂を立ち上って、水の方へ、駆け出した。土用を過ぎた海の水は、肌に冷たく、泳ぎの愉しさを奪ったが、私は、一散に、遠くまで、泳ぎ出た。

——不思議だな。どうして、麻理が、あんな風になったろう。

やがて、静かな平泳ぎをしながら、私は、不快な事実にまた、心を捉《とら》えられた。去年、片貝へ、私と二人で行っていた間に、あのような麻理の態度は、一度だって、見られなかった。何の不満が、彼女を、あんな風に変らせたか。

千鶴子が、私が側にいないからといって、麻理に冷たく当るような女だとは、信じられなかった。勿論、彼女が麻理に、充分な愛情を持つとは、考えられないが、義務を忘れる女でないことは、確かだった。もし、麻理が虐《しいた》げられたとしたら、彼女は私の顔を見て、縋《すが》ったり、甘えたりする筈《はず》だが、事実は、むしろその反対だった。

——千鶴子の遠慮が、却って、麻理を増長させたのか。

それも、以前から、私の懸《け》念《ねん》の一つだった。過度なほど、彼女は、麻理を鄭重に扱い、何事も、唯《い》々《い》諾《だく》々《だく》だった。それは、子供の心を、付け上らせる以外のものではなかった。私が、側にいないために、彼女は、一層、子供を甘やかしたとも、考えられた。しかし、そういう場合、子供の我儘は、もっと、明るくなければ、ならなかった。私の頭には、麻理のイライラした声や、ギラギラと光った眼つきが、残っていた。

——ことによったら、嫉《しっ》妬《と》なのではないか。

私は、ふと、思い当った。

千鶴子の話では、彼女が玉井の家に、下宿した頃は、高子も、まだ小学生で、煩《うるさ》いほど、彼女を慕ってきたそうだった。復習を見てやり、夜も、一緒に寝てやったことまであるということだった。一人娘で、家の中が、寂しかったからだろう。千鶴子が私と結婚して、玉井の家を出る時にも、高子は、泣いて別れを惜しんだというくらいで、今度も、勝山へきてから、彼女は、千鶴子に、よほど、親しい態度を見せたに、ちがいない。

麻理は、そういう高子に、嫉妬したのではないか。母というものができて、得意になっていたのを、横取りされると、感じたのではないか。子供ほど、占有欲の強いものはないから、ハッキリした意識はなくても、そのような嫉妬は、起り得るのである。

そして、同様な嫉妬は、恐らく、高子の方にもあったかも知れない。彼女は、麻理という競争者の出現が、決して、快くはなかったろう。彼女の方が、千鶴子と古馴染《ふるなじ》みであるから、優先権があると、思ったかも知れない。そして、麻理を眼の仇《かたき》にすることも、あったろう。

――きっと、そんなことだろう。

私は、先刻、麻理が、ムリに高子と遊びたがり、そして、そのムリが通っても、嬉しい顔をしなかったところに、異常の心理の襞《ひだ》を、読んだように思った。

――それなら、大きな不幸ではない筈だ。なぜなら、麻理は、千鶴子を求めているのだ。反撥しているのではないのだ。

私は、そう楽天的に、解釈しようとした。

しかし、その日に宿へ帰ってからも、翌日も、麻理は手に負えない強情や、スネ方を、度々、見せた。私は、堪《たま》りかねて、彼女を打ってやった。癇癖《かんぺき》の強い私だが、女の子に手を加えることは、避けていたのに、遂に、そうせずにいられなかった。彼女は、大声で泣いた。しかし、泣きやむと、却って、素直になった。彼女自身で、どうにもならない、心の荒れ方だったかのように。

――高子に、ヤキモチを焼いたことだけでは、ないかも知れない。私が側《そば》にいないのが、悪かったのかも知れない。千鶴子も欲しく、私も欲しかったのかも、知れない。子供は貪欲《どんよく》であり、また、その貪欲を禁ずることは、神も敢《あ》えてしないのである。私は、千鶴子を娶《めと》って、麻理への責任を、よほど免れるかと思ったが、そうは問屋で卸《おろ》してくれないらしかった。

とにかく、私は、勝山へきてから、一日も、愉快な日はなかった。妻子の不在中に、新鹿沢《しんかざわ》の安宿や、暑い千駄ヶ谷の家で、送った日さえ懐かしく、

――一人きりで暮せたら、人間は、どんなに幸福か。

と、麻理にも、千鶴子にも聞えぬ、心の奥で、ひそかに、呟くことも、屢々《しばしば》だった。

一四

勝山から帰って、暫らくすると、麻理の学校の新学期が、始まった。彼女は、帰京以来、瘧《おこり》でも落ちたように、平常に帰った。我儘をいっても、妙にスネたり、強情を張る様子がなくなり、毎日、元気に、学校へ通っていた。

しかし、千鶴子は、そうでなかった。勝山で見せた、あの暗い、疲れた表情を、彼女は、東京まで、持ち運んできた。それが、麻理の世話をする時でも、私と二人きりで対

坐する時でも、落ちない浸点《しみ》のように、彼女の態度に、つきまとった。

――何か、あったのだ。少くとも、何か、見たのだ。

私は、そう考えた。

それは、勝山で、麻理との間に、どういう事件があったというわけでは、なかったかも知れない。むしろ、私のような良人を持ち、麻理のような子供を持つ彼女の運命を、ふと、考え直す機会が、勝山の滞在の間にあった、と推察する方が、当ってるかも知れなかった。彼女は、若い初婚の妻では、ないのだ。疑いや、迷いの多く起きる年齢と、過去を持ってるのだ。健気《けなげ》過ぎる最初の決意や緊張が、ふと、崩れかけるような発見、または見透しというものは、それに値いするような事件からでなくとも、生まれがちであろう。

――あんまり〝努め〟過ぎるからだ。

私は、そうも思った。彼女は、継母《ままはは》という名に怯《おび》え、拘《こだわ》り、必要以上に神経を使い、必要以上に努力してきてることが、私の眼に余った。まったく、それは、必要のないことなのだ。〝実母《じつぼ》の自然〟があるように〝継母《けいぼ》の自然〟もあっていいのだ。実母の行為や、心遣いを、真似する必要は、ちっともないのだ。況《ま》してや、世間態《せけんてい》なぞ、少しだって、気にすることはないのだ。彼女は、自然に逆らって、神経や感情を酷遇し、消耗し、その疲れが出てきたのではないか。

――それから、私への不満も、きっとある。

彼女が麻理に対して〝努め〟てることを、私が、必ずしも、喜ばなければ、私は彼女の眼に、当然、尽し甲斐《がい》のない良人として、映るであろう。私も、その頃は、〝妻へのお愛想〟をいう術《すべ》は、知らなかった。一言二言《ひとことふたこと》、注意をして、それで対手が気がつかなければ、勝手にしやがれ、と思いがちな良人であった。そういう私が、彼女に対して、無理解な、我儘な良人として、映ったであろう。或いは、冷酷な良人としてさえ、映ったかも知れない。なぜといって、私は、なにかというと、二階の書斎へ上ってしまって、降りて来ない良人であった。たまたま、降りてくれば、散歩に出るとか、友人を訪ねるとか、夫婦差し向いで、シンミリ語るということは、稀《まれ》であった。私としては、生活の打開と、仕事の推進の両面から、必死と、机に噛《かじ》りつき、その息抜きに、散歩や友人との閑談が、必要になってくるのだが、彼女の心には、満たされないものが、残るのであろう。

「継子を、あんなに大事にして、育ててるのに……。裁縫の出稽古をして、家計まで、助けてやってるのに……」

そういう呟《つぶや》きが、近頃、彼女の心の中で、聞かれるのではないか。

人間は、ふと、ツマらなくなる時がある。それまで、一所懸命に努力してきたことが、急にバカらしくなる時がある。つまり、無常を感じるのである。しかし、多くの場合、それは、反動や疲労の表われであり、過度の行為を、前提としている。

そういえば、私自身も、反動というか、疲れというか、味気《あじき》ない心を、経験していた。

仕事に対する熱意は、いよいよ湧くのに、家庭生活へのハリが、結婚当時に比べて、かなり衰えてきたのを、知らないわけにいかなかった。

私は、私なりに、神経を使っていた。それは、麻理も、千鶴子も、どちらも孤独にさせまい、という努力だった。ややともすると、どちらかに、孤独感を味わわせる危険があった。子供だって、嫉妬の感情は、充分に持ってる。それを掻き立てるような態度は、決して、見せてはならない。千鶴子が、私を占有し、自分はノケモノだと、麻理に思わせるようなことを、してはならない。子供が、孤独を味わったら、飛んでもないことになる。不良児の前歴には、必ず、そういうことがある。また、それが、杞憂《きゆう》としても、一瞬でも、そんな気持を味わわせることは、親として忍びない。

同様に、千鶴子にも、孤独や嫉妬を味わわせてはならない。私が、麻理を可愛がってることも、麻理を育てるのに困って、再婚したことも、彼女は、よく知ってる。それを覚悟の前で、彼女は嫁してきたのだが、妻として、受くべき愛情の分配を期待するのは、当然であろう。私が、麻理を可愛がり過ぎると思えば、孤独感と嫉妬が起るのである。もう一つ、いけないことは、亡妻が、外国人だったことである。千鶴子は、外国人というものに、無知識なために、無用な思い過ごしをする。外国の女に魅《み》せられた私が、日本人の彼女を愛さないのではないかと、疑ってる節もあった。慎《つつし》み深く、内向的な性格であるだけに、彼女の猜疑《さいぎ》や嫉妬は、常人より強い方かも知れなかった。それだけに、私は、常に、自分の麻理に対する態度に、注意せねばならなかった。

――まるで、おれは、イロオトコみたいだな。

時として、私は、自分を、三角関係の男主人公のように感じ、苦笑することもあった。生来の我儘者が、妻と娘の間に立って、気を使ってるのが、滑稽であり、悲惨でもあった。もともと、気の錬《ね》れた、忍耐深い人だったら、そういう板挿《いたばさ》みも、巧みに持ちこたえ、終りを完《まっと》うするのだろうが、私は、結婚半年目で、かなり疲れてきた。千鶴子を娶《めと》ってから、毎日、机に向って、仕事ができるようになった有難さを、忘れたわけではないが、新しく湧いてきた煩《わずら》いが、感謝の実質を奪った。

――一難去って、また一難というやつだな。

人間は、いつも不幸であり、結婚なぞしたために、却って、より多く不幸になるのではないか、という疑念さえ、私の胸に湧いた。

こういう気持が、結婚後、一年も経たないうちに起こるのが、意外であった。正常の倦怠期《けんたいき》は、二年後ぐらいに起こるらしいが、私たちの場合は、倦怠期と少し異《こと》なるにしても、やはり、一つの幻滅感が、こんなに早く来ようとは、思わなかった。

そういう時期のある日だった。

私は、家族と共に、夕飯を食べたが、その日は、平常《ふだん》より早かったとみえて、膳を離れた時も、戸外は、まだ、明るかった。

私は、近所を散歩することにしたが、ふと、部屋でゴロゴロしてる麻理も、一緒に連れていく気になった。

「マア公、少し、歩かないか」

再婚前から、私は、麻理を散歩に連れ出す習慣を、持っていた。無論、運動をさせる必要からだが、彼女の方では、あまり、嬉しい顔をしないのを、強《し》いて、引っ張り出すのが、常だったが、その日は、

「うん、連れてッて！」

彼女は、すぐ、玄関へ、飛び出して来た。千鶴子との間に、ちょいとしたイザコザでもあったのかも知れないが、私は、全然、想像もしていなかった。

もう、日没頃なので、私は、遠くまで散歩する気はなかった。青山に近い方の商店街から、海軍館前まで歩いて、帰ってくるつもりだった。

商店街は、ゴミゴミしてるので、私は、足速《ば》やに、通り抜けようとしたが、ふと、ある菓子屋の店頭で、珍らしいものを、見出した。旧式なガラス蓋《ぶた》の容器が、ズラリと置いてある中に、私が幼時に食べ慣れたネジリン棒、ハッカ糖、麦コガシ落雁《らくがん》、カリン糖、その他、見憶えのある駄菓子が、豊富に、陳列されてあるのである。

「おや、まだ、こんな菓子を、売ってるんだな……。マア公、パパは、子供の時に、あんなお菓子ばかり、食べていたんだぜ」

私は、麻理に、そういうことを説明するのが、愉快だった。キャラメルや、チョコレートしか知らない、今の子供に、昔の子供が喜んで食べた、そういう駄菓子の実物を、見せてやるのが、興味があった。

「あんなお菓子、おいしい？」

麻理は、色彩的に貧しい駄菓子を軽蔑するようなことをいった。

「おいしいとも、キャラメルなんかより、ずッと、うまいよ」

そういって、私は歩き出したが、二、三軒先きに、また、同じような店があった。私は、それらの店が、駄菓子の問屋であるのを知り、そういうものが存在するのが、いかにも、場末の千駄ヶ谷らしく、面白いと思った。

「どんなに、おいしいか、マア公に食べさしてやろうかな」

私は、面白半分に、店の中に入った。そして、できるだけ、多くの種類を少しずつ、紙袋に入れさせた。家へ帰ってから、麻理に食べさせるばかりでなく、千鶴子に見せるのも、一興《いっきょう》と思った。彼女は、田舎育ちだから、東京の駄菓子を、知らないにきまっていた。

紙袋を、麻理に持たせて私は、予定のコースを一巡した。そして、わが家の玄関へ帰ってくると、もう、暗くなったのに、家の中に、電燈もついていなかった。

「帰ったよ」

私は、千鶴子の部屋に入って、そこにボンヤリ坐ってる彼女に、声をかけた。

「下の街《まち》を通ったら、珍らしいものを売っててね……」

自分の思いつきを、面白がるように、私は駄菓子を買ったことを、千鶴子に、説明した。そして、私は、当然、笑い声や合槌《あいづち》の言葉を、期待したが、彼女は、何もいわなかった。

った。

やがて、鋭い声が、私の耳を撃った。

「お菓子ぐらい、あなたが買っておやりにならなくても、あたしが、買ってやります！」

私は、驚いた。

なぜ、彼女は怒るのか、なにが、彼女を、そんなに、激発させるのか。私は、暫らく、茫然《ぼうぜん》としたが、やがて、それがあまりにもアサハカな、猜疑《さいぎ》と嫉妬であることがわかると、今度は、私の方が、無性に、腹が立ってきた。

「おい、マア公、その袋を、お貸し！」

私は、麻理の手から、菓子袋を奪うと、ガラス戸を開けて、庭へ、叩きつけた。私の懐かしい記憶を呼び覚ました、ネジリン棒や、ハッカ糖が、黒い土の上に、散乱するのを、後にして私は、自分の城である二階の書斎へ、駆け上った。

＊

恐らく、その頃——駄菓子事件から、数カ月の間が、千鶴子と私の生涯で、最悪の時期だったかも知れない。

彼女は、いつも、浮かぬ顔をして、片隅に坐っていた。そして、ヤタラに、手紙ばかり書いた。郷里の父親にも、よく書いたが、毎日のように、頻繁《ひんぱん》に書いていたのは、女教師時代の同僚で、E子という老嬢だった。彼女たちは、よほど、親友であったらしく、一人が、不満を訴えれば、他の一人が、声援を惜しまなかったのだろう。なぜ、夫婦の幸福を、もっと真剣に、求めようとしないのだ。

――なぜ、その不満を率直に、私に向って、いわないのだ。

私は、千鶴子が、いつも、アテコスリや、拗《す》ねるという態度でしか、意見や感情を示そうとしないのが、不快でならなかった。また、ある時は、反対に、卑屈な媚《こ》び方をすることも、気に入らなかった。

次第に、私は、千鶴子に対して、批判的になった。そして、彼女の態度や行為を、いつとはなしに、一々、亡妻と比較していた。死んだ妻というものは、あらゆる点で、美化されるが、私の場合は、ヨーロッパ人と日本人の相違が顕著なために、一層、誇張をともなった。

――エレーヌなら、あんなことはしない。あんなことはいわない。

そんなことばかり、私は、思っていた。

私は、亡妻と同棲《どうせい》中に、決して、いつも、満足ばかりしていたわけではなかった。日本人の私が、やりきれないと思うこと、腹を立てることは、日に一度ぐらい、必ずあった。しかし、彼女が、道理に従って行動することは、何よりも、私に有難かった。自分が正しいと思うことは、正面から、バリバリいってくるが、非を認めれば、負け惜しみや、強情《ごうじょう》を通さなかった。また、臆測や猜疑を基にして、悲しんだり、怒ったりすることもなかった。例えば、私が泥酔して、深夜、帰宅すると、彼女は、酔い倒れた私の尻を、ピシャピシャ打ち、一晩中、私を蚊帳《かや》の外に抛《ほう》り出して、臥《ね》かしておくようなことをする。その頃、家にいた老婢が奥様もアンマリだと、憤慨したそうだが、私自身はそれほど、腹が立ちもしなかった。彼女は、私に懲罰を行ったのであって、他の感情――例えば、嫉妬なぞを、それにスリ替えているのではないからである。

千鶴子の知的な暗さが、まず先きに、私の鼻についた。その嫌悪感《けんおかん》が、日増しに、雪ダルマのように、大きくなっていくと、彼女の容貌や、体質まで、我慢のできないような気持になってくる。我儘な私の性質は、そうなってくると、抑《おさ》えることを、知らないのである。

――いやな女だな。こんな、女だったのか。

私は、外出する時に、背後から、彼女に外套を着せかけられたりすると、ゾッと、嫌悪感で、慄《ふる》えることもあった。

もし、私が十歳若かったら、それだけの気持で、離婚を決意したかも知れない。しかし、私には、麻理と二人の生活の苦しい記憶が、生々《なまなま》しく、そして、今、家庭を破壊すれば、せっかく、芽を吹き出した文筆《ぶんぴつ》の仕事も、根こそぎになるという心配もあった。とにかく、今は、ジッと辛抱して、生活の根を固めねばならないという打算が、私の腹の底にあった。

幸いにして、千鶴子は、麻理に対する義務まで、忘れるような女ではなかった。暗い顔をしながらも、当然なすべき世話を、続けてくれた。その感謝感が、私を、辛うじて、彼女に繋《つな》ぎとめさせた、一本の紐《ひも》であったかも知れない。

尤《もっと》も、私は、できるだけ、彼女の居心地を悪くさせない努力を、払わないではなかった。例えば、彼女の気に入らなかった老婢を帰し、彼女の郷里から、十六になる女中を、雇い入れた。それは、多少の効果を齎《もたら》した。私には、想像もつかないほど、故郷というものと結びついてる彼女は、国訛《くになま》りを聞くだけでも、寂しさを紛《まぎ》らせるらしかった。

また、その頃に、私は、笑うべき失敗を演じた。一日私は、親しい劇作家のSと共に、新宿で安酒を飲んだが、酔ってくると、ふと、妻の不機嫌に閉口してることを、訴えたくなったのである。

「そりゃア、なんでもないよ。そういう時にゃア、細君に、土産《みやげ》を買って帰れば、いいんだよ」

Sは、事もなげに、答えた。彼自身の経験によっても、細君が、フクレ面《つら》を始めた時に、一本の半襟《はんえり》とか、帯留めとかを、買って帰ることで、難なく、解消させたというのである。

「女ッて、亭主から、ものを貰うの、とても好きなんだからな」

そういえば、私は結婚以来、千鶴子に、何にも買ってやった記憶がなかった。それを、今夜あたり、実行してもいいと、思った。

私とSとは、その頃新宿大通りにあった小間物屋《こまものや》へ入って、店頭にブラ下ってる半襟《はんえり》を物色した。私は、子供の用品には、選択の自信があるが、女の服飾品は、苦手《にがて》だった。

すると、Sは得意げに、これが君の細君にうつるといって、一本の半襟を、買わせた。

そこに、列んでいたもののうちでは、高価品だったと、記憶している。

ところが、帰宅して、千鶴子に、それを与えると、喜ぶどころか、逆に、冷笑された。

「人絹の半襟なんか、買ってきて……」

私は、ひどく驚いた。まさか、マガイモノで、細君のご機嫌をとる心算《つもり》は、なかったのである。恐らく、売子が品物をまちがえたものと思うが、この失敗は、夫婦の仲が円滑になった十年後も、私たちの口に上った。

それから、また、私は、千鶴子の出稽古をやめさせるところへも、漕ぎつけた。

私の最初の長篇は、好評だったので、年内に完結する前に、同じ雑誌から、新しい連載小説の依頼がきた。尤も、稿料を値上げするとは、いってこなかったから、生活費全額の保証にはならなかったが、ボツボツ、小さな仕事の注文なぞもあり、妻の出稽古を、やめさせてもいい可能性が、ないこともなかった。可能性に頼ることは、危険と思っても、私には、あれだけは、一日も早く、やめさせたかったのである。それは、良人の虚栄心からでもあるが、妻の負担を減らすことによって、彼女の不満を、少しでも、和《やわら》げることが、目的だった。

「なんとか、やっていけそうだから、もう、出稽古に行かなくても、いいよ」

私は、晴れ晴れした気持で、千鶴子に、そういったところが、彼女は、なんの反応《はんのう》も示さなかった。むしろ、気に食わぬことを、聞かされたような調子だった。

「そうですか……」

それが、私の腑《ふ》に落ちないばかりでなく、不快でさえもあった。

——どんなことをしてやっても、喜ぼうとしない女だ！

私の嫌悪感は、却《かえ》って、深まるばかりだった。

今になって、考えると、私は、ヘタな医者のように、見立てちがいをしていたらしい。彼女の求めていないものばかり、与えようとしていたらしい。彼女は、人絹の半襟が欲しくなかったと同様に、出稽古の負担などを、減らして貰いたくなかったのである。彼女は、どんな肉体的な苦労でも、また、どんな麻理に対する心労でも、忍ぶから私の愛情の保証が、欲しかったのである。優しい言葉、優しい愛撫——そういう贈物があれば、彼女はすべてを忘れて、満足したのである。たとえ、それがホンモノの愛情でなくても、人絹的な優しさであっても、彼女は、まだ、満足したかも知れない。ところが、私という男は、現在でもそうだが、その当時は一層、妻に〝お愛想《あいそ》〟をいう術《すべ》を、知らなかった。というよりも、そんな術を用いるのは、罪悪だと、考えていた。飛んでもない、誤りである。この種の〝術《じゅつ》〟は、夫婦という歯車の潤滑油《じゅんかつゆ》であり、仙人と天女が結婚したのでない限り、是非、必要なものである。

それなのに、私は、自分の〝正しさ〟ばかり考えて、女のこころも、妻の欲してるものも、無視していた。いや、そういうものを、感じたとしても、それを、彼女の利己心として、軽蔑していた。

ある日、午飯の後に、稀《めず》らしく、私は、千鶴子と話し合った。麻理は、学校へ行っているし、千鶴子が煙たがっていた老婢は、もういないし、茶の間で、食事を了《お》えた夫婦が、静かに話し合うには、適当な時間だったのである。少くとも、こんな場合に、良人がお愛想をいうキッカケが、生まれるというものである。

しかし、私は、〝お愛想〟の代りに〝説教〟を始めた。何を説教したのか、よく記憶していない。とにかく、その頃の千鶴子の態度が、気に入らないと、文句をいったにちがいない。私としては、声を荒《あら》げる叱言《こごと》でなく、諄々《じゅんじゅん》として説くのだから、大出来のつもりだった。

「……とにかく、人間は、反省してみなくちゃ、ダメだよ。ゆっくり、考えてみるということが、必要だな」

私は、そんな風に、〝説教〟の結びを、つけた。良人の優越性を感じて、少しは、得意だったかも知れない。

ところが、千鶴子は、一向、私の説得に、服した様子がなかった。そして、その反抗を、半ば、独り言の調子で、聞えよがしに、

「あたしみたいに、バカな女は、田舎へ帰らして貰って、ゆっくり、考えた方が、いいらしいわ……」

と、横を向いた。

私は、ハッとして、その言葉と態度の裏にあるものを、看過《みすご》さなかった。それは、明

らかに、彼女の口から出た、離婚の要求である。

私は、急に、真剣な気持になった。目前に、アリアリと見える、夫婦の危機というものに、どうブツかるべきかに、腹を据えなければならなかった。いい加減な処置は、大害を残す予感がした。

千鶴子の返事一つで、私は、この場で離婚をしてもいいと、覚悟をきめ、できるだけ、感情を抑えて、彼女にいった。

「いま、帰るということを、いったね。それは、よく、考えての上かね」

千鶴子は、いつまで経っても、返事をしなかった。

「帰るとか、居るとか――今のように、軽々しく、いってはいけない。それを口に出すのは、妻として、生涯一度だけのもんだよ。その気で、いうんだったら、僕も、相談に乗るよ……」

重ねて、私が、いっても、千鶴子は、首を垂れるだけで、石のように黙していた。

一五

そのことがあってから、私たち夫婦の間は、却《かえ》って、小康が生まれた。

千鶴子が、あんな言葉を口走ったのは、腹にないことではないにしても、決心というまでには、遠い気持だったと、思われる。その半熟の気持を、言葉に出してしまったのは、慎《つつ》ましい彼女に似合わぬことだが、それは、良人に対する一種の甘えであったのだろう。或いは、一種の脅《おど》しとも、いえるだろう。おとなしい女でも、観測気球を揚げて、男の心の気流を試すぐらいは、行うのである。

私は、クソ真面目に、それを受け取り、甘えにも、脅《おど》かしにも、乗らなかった。練達の良人なら、妻の計略に乗ったフリをして、巧みに、誘導するだろうし、陰険な良人は、それをチャンスとして、別れ話を進めるかも知れないが、私は、どちらの良人でもなかった。

しかし、その結果は、必ずしも、最悪ではなかった。千鶴子は、私の気持を確かめることができ、私はまた、自分の腹をきめる助けを得た。つまり、私たちは、その前よりも、いくらか、真剣な夫婦になったのである。

それきりで、千鶴子も、そのような言葉は、一切、口に出さなかった。何か、覚悟をきめた、という調子が、彼女の態度の節々《ふしぶし》に、見られた。部屋の片隅に、ションボリ坐るとか、懶《ものう》げに仕事をするとかいうことが、なくなった。

しかし、台風一過《いっか》の青空が、見られるというわけでも、なかった。嵐にならなかったというだけで、灰色の雲は、やはり、私たちの頭上にあった。その原因を、迂闊《うかつ》にも、その頃になって、やっと、私は気づいた。

千駄ヶ谷の家に、移転してきてから、千鶴子がいいだしたままに、彼女は、階下の居間に、麻理と寝、私は、二階の客間で、独り寝た。私たちの寝所は、わかれわかれになった。そのことが、私自身には、少しも、寂しさを、齎《もたら》さなかった。というのは、恐らく、結婚前に、曾て覚えぬ欲望の昂進を感じて、放蕩したことの反動であろう――私は、また、曾て知らぬほど、その方の興味を、失ってしまったのである。夜半に、妻を呼び起すという必要は、全然、なくなってしまった。二階で、誰にも妨《さまた》げられず、安眠を貪《むさぼ》ることが、独身時代の気楽さに返ったようで、むしろ愉しくもあった。尤も、千鶴子の肉体に対する嫌悪感や、仕事に熱中するための疲労も、その助因であったにちがいない。殊に、後者の影響が、どれほど強いものであるかは、後に、新聞小説を書くようになってから、熟々《つくづく》、思い当ったのである。

そんな風に、私は、自分の欲望減退を、少しも、苦に病《や》まなかった。そして、自分が食欲を感じなければ、多分、人も腹が空《す》かないだろうと、ノンキに、考えていたのである。

私は、数カ月も、夫婦関係を行わなかった。そんなことは、行いたい時に、行えばいいのであって、義務を感じるのは、男妾《だんしょう》の心理であるというのが、当時の私の考えであった。世間の良人が、よく、一方的に細君を満足させたことを、得々として語るが、それほど、細君を侮辱した行為はないと、考えていた。あんなことは、夫婦の相互が要求した時に行うべきで、それ以外は不倫で、不潔だと、考えていた。従って、自分が欲しない時は、行わないのが当然だと、考えていた。そこに、義務なぞというものは、一つも存在しない。かりに、細君が欲しても、自分が欲しない場合は、行わなくてもよろしい。では、自分が欲して、細君が欲しない場合が、当然あるわけだが、その時のことは、あまり、考えていなかった。

要するに、私の考えは、良人として、身勝手な、利己的なものだった。戦後の性思想から見れば、最も排撃さるべき良人であろう。現在は、私の考えも、違っている。細君に、性の飢渇《きかつ》を与えてはならないと、考えている。しかし、いかにして、細君を満足させるかについて、昨今の性の書籍や、夫婦雑誌に書いてあるようなこと——つまり、あまりに感覚的で、器官的な方法を、讃美する気にはなれない。夫婦は、色情関係であるが、色情専門というわけではない。夫婦の生活には、夜の部分もあれば、昼間の部分もある。どっちが大切かは、一概にいい切れないが、少くとも、それを夜の部分だけに限ったら、誰も、滑稽と寂寥《せきりょう》を感じるだろう。

とにかく、私は、現在以上に、無理解な良人であったので、知らぬが仏のノンキさで、妻の暗い顔を、看過《みす》してきたのであったが、ある日、私は、書斎の机の上に、一通の手紙を見出した。

それは、郵便切手の貼ってない手紙で、手蹟《しゅせき》は、千鶴子のそれだった。つまり、家の中で、妻から夫に宛てた、通信だった。毎日、顔を合わせているのだから、口でいえないことでなければ、こういう手紙の必要はないのである。

私は、ドキリとして、封を切った。てっきり、千鶴子が、離婚の決心をしたのだと、思った。いつかの申し渡しに対して、彼女は、その後、それに触れたことは、一口もいわなかったが、手紙で、返事をしてきたと、思ったのである。

ところが、文面は、まるで、ちがっていた。やや、冗談めかした調子で、

――あまり、夫婦が、ご無沙汰《ぶさた》すると、仲が冷たくなるといいますから、私の方から、押し掛けるかも、知れません。よろしくて？

というような意味のことが、書いてあった。

それを読んで、私は、非常に、狼狽した。あの内気な、羞《はず》かしがり屋の妻が、こういうことを、文字にして、書いてくるのは、意外だった。それだけに、彼女が、思い詰めた結果であることが、よくわかった。

――肉体関係ということは、妻にとって、こんなに、重大なのか。

私は、閨房《けいぼう》を忘れていた数カ月のことを、今更のように、思い出した。

でも、それだけのことなら、私は、狼狽する必要はなかった。私が惧《おそ》れたのは、妻の手紙に書いてあるような〝来訪〟に対して、どうすべきかということだった。急に、私は、自信を喪《うしな》い、一種の恐怖さえ感じた。手紙を読む前の十倍も、私は、性的不能に墜《おち》入《い》ってる自分を、ハッキリと、自覚した。

思案した挙句《あげく》、ちょうど、麻理の不在の時間だったので、私は、千鶴子を、書斎へ呼んだ。

「いやだわ、あたし……。あんなこと、冗談よ」

彼女は、シンから恥かしそうに、赧《あか》らめた顔を、半分、袂《たもと》で掩《おお》い、私の机の側《そば》に坐った。

そして、彼女は、弁解を始めた。

数日前に、彼女は、女学校の同級生で、官吏の妻になってる友達と、川崎大師へ、参詣に行ったのである。その帰途、二人は、小料理屋へ立ち寄り、食事をする時に、ビールを一本、注文したそうである。千鶴子は、盃に一、二杯の酒量しかないが、その細君は、少しは、飲めるらしいにしても、女の二人連れが、ビールなぞ注文した気持に、私は、微笑《ほほえ》ましいものを感じた。

話は、夫婦関係のことになり、千鶴子は、当面してる悩みを、友人に、打ち明けたそうである。その頃は、ちょうど今と同様に、婦人雑誌なぞで、性の問題を、アカラサマに扱う傾向があり、中年の妻は、赤い長襦袢《ながじゅばん》を着て、良人を刺戟《しげき》すべしとか、香水を閨《ねや》に撒《ま》けとか、そんな記事が、沢山出ていた時代で、千鶴子と友人が、その種のことを口にするのも、不謹慎というわけでもなかった。

「そりゃア、あなたが、悪いからよ」

その細君は、断乎《だんこ》として、千鶴子の怠慢を、責めたそうである。良人というものは、ある時期が過ぎると、夫婦関係に、不精《ぶしょう》になってくる。それを、知らん顔をして、捨てておいてはいけない。そういう状態から、良人が、他の女に心を移した例が、沢山ある。それ故、細君は、良人の不精を、習慣化しないように、特に、注意しなければならない。

必ずしも、自分が欲しない場合でも、それを要求する態度に、出なければいけない。それが、賢妻の道というものである。良人だって、内心、決して、その押売りを、迷惑には考えないものである――

そういう教訓を、友人から聞かされて、千鶴子は、よほど、心を動かされたらしい。そして、その実行を決意したものの、気の弱い彼女は、予告でもしておかないと、叱られやしないかと、心配して、あんな手紙を、書く気になったのである。

その打明け話を聞いて、私は滑稽でもあり、妻がイジらしくもなったが同時に、周《しゅう》章狼狽《しょうろうばい》をも、感じた。世間の良人に通用することが、私には、通用しそうもないのである。もし、妻から、夜半の来訪を試みられても、それに応ずる自信が、まったくなかったからである。

今から考えれば、笑い話だが、私は、ムキになり、冷汗を流さんばかりに、妻に、私の生理的事情を、説明しなければならなかった。

「決して、愛情の問題と、関係ないんだよ。中年の男には、そういう現象が、よく、起きるんだそうだよ。頭脳労働者には、殊に、それが、甚だしいんだそうだよ」

平常、あまり口をきかない私が、熱心に、弁解するのを、妻は、奇異に感じたらしい。そして、それが弁解に過ぎず、私が妻を遠ざかる遁辞《とんじ》と、思ってるらしかった。

「いいのよ、そんなに、仰有《おつしや》らなくても……。あたしは、鵜《う》の真似をする烏《からす》だったのね」

彼女は、もちまえの自嘲を、洩らした。私は、いよいよ慌《あわ》てて、前言を繰り返す外はなかった。すると、私の言い草が、自分ながらも、弁解染《じ》みて、聞えた。

「あたしね、ほんとのことを、申しあげますわ……」

彼女は、急に、真面目な調子になった。それまでの、ヒネくれたような態度では、なかった。

「あたしね、決して、麻理ちゃんを、愛さないわけではないんですの。麻理ちゃんは、一生、責任をもって、可愛がりますわ……。でも、あたし、どうかして、あなたの子を、生みたいんです。たった、一人でいいわ。片輪でも、盲目《めくら》でもいいから……」

そういって、彼女は、袂《たもと》を顔に宛て、咽《むせ》び始めた。

もう、私は、一言もいえなかった。理窟も、弁解も、何の役に立ちはしない。山のように高い、暗い壁に、つき当った気持で、私は、妻の泣き声を、聞いていた。

＊

私は、子供を持ちたくない——そのことについては、結婚前に、千鶴子と、よく、話し合ったつもりだった。結婚当夜に、避妊剤を用いたほど、私は、家族の殖《ふ》えるのを、惧《おそ》れた。麻理にしたって、結婚前に、姉が預《あず》かってくれると、いったならば、私は喜んで、応じたろう。尤も、そうなれば、再婚の必要もなかったろう。

そうなのだ。私は、元来、結婚生活の好きな男では、ないのだ。亡妻と恋愛したが、結婚する気になったのは、彼女が妊娠してからだった。また、子供も、欲しくなかった。亡妻が生みたいというから、賛成したまでであった。腹の底では、独身が、いつも、好きだった。

そういう身勝手な男に対し、天が罰を下したように、子を連れたヤモメになったり、それに困《こう》じ果てて、再婚に入るようなハメに、なったのだが、この上、子供の煩《わずら》いができては、とても、堪らない。それに、千鶴子に子供が生まれたとすると、それは、二番目の子供ではなくて、別な一人の子供のことになる。それから起こる複雑な関係は思っただけでも、煩わしい。将来、私の生活の基礎が築かれ、仕事も人に知られる時がくれば、別の話だが、今のところ、子供なんて、思いも寄らない。

私の考えは、そういう風に、ハッキリ、決まっている。しかし、これは、どこまでも、私だけの考えである。千鶴子の考えではない。

彼女は、私のそういう考えを、よく承知の上で、私と結婚したのであるが、結婚生活を送っているうちに、考えが変ってきたのであろう。彼女は、最初の結婚で、子供がなかった。そして、もう三十を越して、妊娠率が、次第に低くなる将来を考えると、急に、子供が欲しくなったのだろう。

それでは、約束がちがうと、他のことだったら、私は、千鶴子を、責めることができる。このことばかりは、そういかない。女が、妻が、子供を生みたい——それ以上に、当然な要求はない。初めは、その心算《つもり》ではなくても、妻となったら、考えが変ってきた

——それを、良人として、咎《とが》め立てできるわけのものではない。

千鶴子の望みは、最も自然で、最も当然なのである。そのことは、私に、よくわかる。しかし、私が、自分の考えを変える気持は、少しも、湧いてこない。といって、それを、明らかに口を出すことは、残酷で、とても、忍び難い。細君の持ってる衣服を、全部、質に入れろと、いうことはできても、子供を生みたい願望を捨てろと、命じることは、私には、とても、不可能だった。

私は、返事に困り、いつまでも、口を噤《つぐ》んだ。

＊

ほんとに、いつまでも、私は、口を噤んだ。その問題について、一カ月経っても、新しい年が回ってきても、いかなる返事も、できなかった。

幸い、千鶴子は、あれだけのことをいってしまうと、気が晴れた、という風なところがあり、催促がましい態度は、少しも、見せなかった。

しかし、私自身には、錘《おもり》を呑んだように、この問題が、いつも、腹の底にあった。子供を持ちたい女と、持ちたくない男とが、結びついた場合、結論は、わかりきっていた。これほど、明白で、重大な離婚理由は、他にあるわけがなかった。二人の希望を、押し詰めていけば、どうしても、そこへいくのである。しかし、千鶴子が離婚を欲するどころか、その反対であることは、彼女が、私の子供を欲しがってることで、明らかだった。私もまた、いろいろ不満はあっても、彼女を去らしたい気持は、毛頭なかった。では、どうしたら、いいか。

――どうすれば、いいかッて、今のところ、お前に、何ができるのだ。

私は、自分自身を、嘲笑する外はなかった。かりに、心理的、経済的条件を忘れ、子供を持つことに、私が同意したところで、生殖機能の衰弱した、ヘナヘナ亭主が、どうするというのだ。

――無い袖は、振られない。

私は、最後に、いつも、その口実の下に、逃げ込んだ。そして、その問題を、ウヤムヤにして、時を過ごそうとした。

時を過ごすために、幸いしたのは、その頃、週刊雑誌やその他から、原稿の依頼が、次第に、殖えてきたことだった。とにかく、仕事をしなければ、どの問題も、解決の緒《ちょ》につかないと思って、私は、机に向うことに、専念した。

そのうちに、また、夏がやってきた。

麻理は、千駄ヶ谷へ越してから――つまり、母親を獲《え》てから、忘れたように、病気をしなくなったが、それでも、夏を、よい空気の下で送らせることは、絶対に、必要と思われた。

「今年は、どこにする?」

私は、千鶴子に、相談をかけた。

「そうですね。でも、勝山だけは、フッフツ、懲《こ》りましたわ」

彼女は、玉井高子と、麻理の間に挟《はさ》まって、心労した思い出が、骨身にこたえているらしかった。

「じゃア、今年は、二人きりで、よその海岸へ、行ったらいい」

「いっそ、四国へ、連れていきましょうか。両親も、きっと、マアちゃんの面倒を、見てくれますから……」

千鶴子は、思いついたように、そういった。

そして、彼女は、郷里のことを、話し出したが、海水浴に適するような、砂浜はないが、入海《いりうみ》で、波は静かだし、魚や野菜は豊富だし、それに、実家にいるのだから、入費の心配はなく、すべて気楽に、避暑できる——

「ただ、道が遠いのと、それに、あたしが、船に弱いから、途中が、少し心配ですけど……」

「なに、そんなことは、大丈夫さ。麻理は、却って、長い旅行を、喜ぶよ……。そりゃア、いい考えだ。四国に、きめたらいい」

私が、双手を挙げて、賛成したのは、麻理のためばかりではなかった。常に、父親を恋しがり、郷里を懐《なつ》かしむ千鶴子に、結婚後、最初の帰省をさせてやれば、彼女の胸の中のモヤモヤが、多少は、晴れるだろうと、思ったからだった。彼女は、結婚前に、毎夏、帰省したというから、夏になると、故郷を懐《おも》うのは、当然であり、その願望を満たしてやれば、悪いことはないと、狡《ずる》く、考えた。

その話がきまると、彼女は、急にウキウキとして、土産物の買い入れや、荷造りに、精を出した。麻理も、まだ知らない土地へ行くのが、面白いらしく、

「朝鮮へいった時と、同じような船へ、乗るの」

と、連絡船の航海を、愉しんだりした。

出発の日がきて、二人が、夜汽車で発つのを、私は、東京駅まで、見送った。

「じゃア、いってまいります」

「さよなら、パパ！」

列車が、フォームを出ていくと、私は、肩から、千貫の荷を卸《おろ》したように、ホッとした。去年の夏も、二人が勝山へ行った後で、ホッとしたが、その比ではなかった。今年は、千鶴子が、身辺を離れたということに、最大の安堵《あんど》を感じた。私は、借金という経験が、殆んどないが、千鶴子は、私にとって、大きな債権者であり、その借金は、当分、返済のアテがないけれど、期限が延ばされたということで、胸を撫ぜ下す気持を、味わった。

私は、暑い千駄ヶ谷の家を離れず、その夏を送った。前年のように、旅行をしなかったのは、女中が子供で、留守番に堪えなかったためでもあるが、思い切って、翼《はね》を伸ばす気持がないせいでもあった。私は、千鶴子と離れて、ホッとしたが、その安堵が一時的であり、問題は、少しも解決されていないことを、よく知っていた。

――結局、あの女とも、別れることになるんじゃないかな。

それ以外に、打開の道が、考えられなかった。

――また、麻理と、二人生活《ふたりぐらし》になるのか。

せめて、麻理が女学校へ行くようになれば、それも、我慢できると思ったが、中野時代を繰り返すことは、とても、堪えられなかった。

一方、私自身の健康に対しても、暗い予想が湧いた。千鶴子との問題の原因になってる、私の欲望減退を、今までのように、ノンキに考えられなくなった。俗に〝中だるみ〟といって、中年男にこの現象が起きることが、知られているが、私は、気分的にいっても、肉体的にも、まだ、そんな時期とは、思われなかった。やっと、文筆の道へ乗り出したばかりの人間が、そんな初老現象に、襲われるわけがないと、思った。

――きっと、千鶴子に対する感情が、そうさせたのだ。

私は、そう考えた。

実際、私は、肉体的に能力を欠くようになっても、心の中では、色情的なことも、忘れたわけではなかった。むしろ、以前より激しく、色情の空想が、湧くほどだった。

私は、千鶴子の留守を幸い、この迷いを、験《ため》してみる気になった。本来の機能衰弱であるか、それとも、千鶴子に対する嫌悪《けんお》のためであるか、それによって、ハッキリすると思った。

一夜、私は、短時間を、花柳《かりゅう》の巷《ちまた》で送った。そして、その結果は、前者と、判明した。

判然と、初老現象が、私に起っていたのである。

「そりゃア、誰でもあるんだよ。一年も経てば、自然に、癒《なお》って、一層、精力旺盛になるもんだよ」

友人の一人は自分の経験を話してくれたが、私は、気休めのように、思えてならなかった。

――この状態が、続くかぎり、家庭は、破壊の道を、進むだろう。

私に、現在、子供をつくる意志がないにしても、夫婦関係まで避けようとは、考えていなかった。それが、不可能となったとすると、もう完全に、異例な夫婦であり、妻は、いつでも、離婚の権利をもつわけだった。

――それにしても、おれの男性は、これで、終末なのか。

私は、〝中だるみ〟なぞというものが、信じられず、永遠の不能を宣告されたように、狼狽《うろた》え、悲観した。

私は、医師の許《もと》へ、駆けつけようと、何遍か、思案した。年齢から考えて、あまり早いこの現象は、必ず、高血圧とか、腎臓病とか、自覚しない病気の警告だと、思った。そして、今度は、生命の危惧感《きぐかん》さえ、起ってきた。

事実、私が糖尿病に罹《かか》っていたらしいことは、翌年になって、偶然の機会から、発見されたのだが、とにかく、その時は、すべての勇気を失って、医者の門を潜《くぐ》ることも、怖ろしく、グズグズしてるうちに、夏が、終ってしまった。

八月の末に、妻子が、四国から、帰ってきた。麻理は、黒々と、日に灼けて、元気一杯だった。それは、去年の夏の終りも、同様だったから、特に、驚きもしなかったが、千鶴子が、どことなしに、変った女になってるのである。大ゲサにいえば、別人の感を、懐《いだ》かせるのである。

「長いこと、お留守番をさせて、済みませんでしたわ」

そういう態度に、どこか、晴れ晴れしたともいえる、落ちつきと、微笑があった。それは、結婚前の彼女に、再び返ったような魅力さえ、感じさせた。少くとも、〝債権者〟のジロジロ眼つきは、彼女から、消え去っていた。

私は、首を捻《ひね》った。

帰省して、両親に会う願望を達して、彼女の心理が、平静になったのかとも、思った。確かに、それも、作用してるに、ちがいなかった。しかし、彼女の麻理に対する態度が、著《いちじる》しく変ってきたのは、その理由ばかりとも、解釈できなかった。

彼女は、麻理に対して、よほど、母らしくなった。いや、母というよりも、姉が妹に対する親しみのようなものが、明らかに、看取できた。

——何か、あったのだ。去年の夏は、海へ行って、イヤなことがあったが、今年の夏は、いいことがあったのだ。

私は、そう推察したが、その正体を摑《つか》むことは、できなかった。

やがて、新学期が始まり、麻理が、学校へ通《かよ》い始めると、夫婦が、差し向いで、口をきく機会が、自然に、訪れてきた。そして、ある日、私は、千鶴子から、意外なことを、打ち明けられた。

一六

「あたしね、もう、子供持つこと、諦《あきら》めましたの……」

千鶴子は、静かな、落ちついた微笑を、浮かべながら、そういった。

——え？

私は、耳を疑った。

つい此間、あんなに、子供を欲しがって、私の書斎の机に、泣き伏した彼女だったではないか。この夏中、私を、あんな懊悩《おうのう》に、封じ込めた、彼女だったではないか。

この突然の変化を、私は、俄《にわ》かに、信用する気になれなかった。私は、驚きを隠して、何気《なにげ》なく、訊《き》いた。

「へえ、どうして？」

彼女は、その答えとは、別のことを、いい出した。

「あたしが、自分の子が欲しいなんて、思ったのは、我欲《がよく》でしたのね。やっぱり、麻理ちゃんを、ほんとに可愛がる気持が、なかったからですわ……。継母根性《ままははこんじょう》でしたわ……。

だから、天罰を、受けたんですのよ……」

そういって、彼女は、同じような、静かな微笑を、続けていた。

「何事だい？」

私は、いよいよ、謎が解けなくなった。

「あたし、ダメなんですッて……」

彼女は、私を見て、微笑した。

「なにが？」

「診《み》て貰ったのですの、あたし……。あなたに相談しないで、ご免なさい……」

その言葉で、やっと、大体の察しがついた。

「どこで？」

「U市の婦人科医で、お友達のご主人……」

U市というのは、千鶴子の郷里の近くの都会で、そこのFという婦人科の流行医に、彼女の親しい友が、嫁《とつ》いでることは、私も、小耳に、挿《はさ》んでいた。その家に、彼女は、一日、麻理を連れて、遊びに行ったのだそうである。そして、話の末に、千鶴子の初婚時代にも、私との再婚以後も、妊娠の兆候のないことを、友人から、問われた。私たちは、いつも、避妊薬を用いると限っていなかったから、好機会と好条件に恵まれれば、彼女が懐妊することがないとも、限らなかったのである。友人は、自分の良人に、千鶴子が診察して貰うことを、しきりに、勧めた。羞《はず》かしがり屋の千鶴子も、自分が一番関心の深い問題なので、遂に、同意した。

そして、その後で、友人の良人がいったそうである——あなたは、一生、子を持つことを、諦めた方がいいですね。

「手術しても、癒《なお》らないと、いうのかね」

私は、念のため、訊いておきたかった。

彼女は、無言で、諾《うなず》いた。

「すると、後屈とか、何とかいう病気と、ちがうのだね。じゃア、どこが、悪いと、いうの？」

「さア……」

「だって、病名も、訊かなかったのかい」

「でも、一生、ダメだって、いわれれば、そんなこと訊いても、しようがないんですもの……」

と、いかにも、千鶴子らしい答えだった。いわゆるインテリ女性は、イエスか、ノーかを知っただけでは、満足せず、必ず、理由を明らかにしたがるが、彼女には、そういう風がなかった。問題が大きければ、大きいほど、彼女は、運命論者になった。ただ、嫉妬《しっと》の場合だけ、諦めを知らなかった。

「ずいぶん、ノンキだね」

私は、笑ったが、内心は、胸がドキドキしていた。

――これで、助かった！

此間うちから、悩み続けていた難関に、忽然《こつぜん》と生まれた解決を、喜ばずにいられなかった。

それにしても、不思議なのは、千鶴子の態度だった。一人の医者から、そう宣告されたからといって、あれだけの本能的な望みを、サラリと、捨ててしまえるものだろうか。他の医者に、再診して貰うという気もなければ、何よりも、絶望や悲観の色が、まったく見られず、落ちついて、静かで、微笑に充《み》ちた顔つきをしてるのが、信じられないほどだった。まるで、禅堂にでも入って、悟《さと》りを開いたように、僅か一カ月余の前と、人間が変っているのである。

「あたし、石婦《うまずめ》に、生まれついていたんですね。なんだか、そんな気持もしていたけど……。もう、すっかり、腹をきめましたの。これからは、あなたと、麻理ちゃんのために、尽しますわ……」

べつに、感傷的な調子もなく、むしろ、恥かしそうに、微笑して、彼女がいうのである。私は、却って、そういう彼女に、動かされたが、なにが彼女を、そう変らせたかを、解くことはできなかった。今にして考えれば、彼女は、その宣告を下される前に、ずいぶん、悩み抜いていたのにちがいない。あの診断は、心の溝《みぞ》を跳び超える、一つの動機となったのであろう。しかし、何よりも先きに、彼女の性格というものを、考えねばならない。彼女は、何か、改悛《かいしゅん》したようなことをいったが、彼女にとって、その必要はなかった。生まれつき、素直な上にも、素直な女なのである。環境や刺戟によって、ヒネくれることがあっても、それは、彼女の自然ではなかったから、いつか、復元《ふくげん》するのである。彼女は、今はあまり見ることのできない、古い日本の女の一人だった――

とにかく、彼女は、口でそういっただけではなかった。一度、決心すると、グラグラしたり、後戻りしたりする女ではなかった。いつまでも、落ちついた、静かな、明るさもある態度で、私に対した。殊に、麻理に対して、シンミな調子が、出てきた。今までのように、よけいな神経を費《つか》わずに、淡々と、世話をするようになった。それが、却って、自然の母子《おやこ》に、似てきた。

尤も、四国へ行ってる間に、二人を結びつける事件が、ないこともなかったらしい。久振りの帰省に、千鶴子が、親戚《しんせき》の家の挨拶に回ってる留守に、麻理が、非常に寂しがって、

「ママは、どこへ行ったの！」

と、何度も、千鶴子の両親に訊《たず》ね、やっと帰ってきた時には、躍《おど》り上らんばかりだったというのである。

千鶴子は、自分が、少しでも、麻理から慕われてるなぞと、夢にも、思っていなかったらしい。それで、麻理のそんな態度が、よほど、意外だったらしいが、私には、麻理の気持が、よくわかるのである。

麻理は、オイテキボリに、不安を持ってる。亡妻が発病し、私が、幼い麻理の世話に

困って、朝鮮にいた姉の家に、暫時《しばらく》、預けに連れて行ったが、私一人が帰ることを、五歳の子供に納得《なっとく》させることは、むつかしいので、姉と共謀して、麻理が女中と遊んでる間に、停車場まで走った。その時、泣いたのは、私であり、麻理は、後で、それと知っても、無感動だったと、姉から、手紙で知らせてきたが、実は、幼い心に、置き捨てられた悲しみというか、衝動というべきものが、強く、印《しる》されたのであろう。今度も、海を渡り、見知らぬ、遠い土地へきて、ただ一人の近親者である千鶴子が外出したので、自分をオイテキボリにするのではないかと、心配したのだと、思われる。

また、そういうことがなかったにしても、麻理は、漸《ようや》く、千鶴子をママと、呼び慣れてきた時期であり、その上、一カ月余を、二人で送ったので、親しみを増したことは、争われなかった。

とにかく、千鶴子の話を聞いて、私は、救われた気持になった。わが妻の不妊症を、そんなに安心する良人が、どこにいるかと、思われるが、その時は、まったく、そう思ったのである。また、彼女が、麻理に、母らしい覚悟や、親しみを、持つようになったことも、嬉しかった。

それで、私の家庭の悩みは、半減されるのだ。後は、一所懸命に、仕事さえすれば、いいのだ。

その日は、まったく、私たち夫婦にとって、記念すべき日だった。一時的に、危機を脱したのではなかった。その日から、千鶴子は、腰の据《す》わった女になった。後妻として、継母として、迷いのない女になった。親友の老嬢のところへ、訴えの手紙なぞは、もう、一切、書かなくなった。そして、彼女の言葉どおり、自分を二の次ぎに、私たちのために、尽してくれた。それが、一生、続いた。

*

私にとって、幸運なことに、家庭の悩みが減少すると共に、原稿の依頼も、メキメキと、殖えてきた。三番目の長篇『楽天公子』を、書き上げると、映画会社が、原作を買いにきた。家計も、毎月、黒字続きになった。

私は、ハリのある気持で、新年を迎えたが、二月の末になって、ある日、大雪が降った。

「今日は、学校を、休ませたら?」

千鶴子は、麻理を気づかって、私にいった。

「行くわよ。平気よ、雪なんか……」

当人が、頑として、承知しなかった。

「そういうなら、行かしてやれよ」

私が、口を出した。何年か前に、寄宿舎で雪投げをして、肺炎から入院の厭《いと》わしい記憶が、私の頭から消えかけてるほど、麻理は、病気を忘れた子供になっていた。

制服の外套《がいとう》に、ランドセルを背負い、彼女は勇ましく、雪の中へ飛び出して行った。

だが、二時間もすると、彼女は、雪だらけになって、玄関の格子《こうし》を開けた。

「どうしたんだ。気持でも、悪くなったのか」

私は、ヒヤリとして、迎えに出た。千鶴子も、飛んできた。

「気持なんか、悪くないさ。学校が、お休みなのよ」

麻理は、平常《ふだん》のように、元気だった。

「雪で、皆さん、お休みになったんでしょう。だから、行かない方が、よかったんだわ」

千鶴子は、居間の炬燵《こたつ》に、麻理を入れてやった。

「そうじゃないのよ。とても、ヘンなのよ。宮様のお家の前に、兵隊が沢山いて、剣つき鉄砲で、私たちを、追っかけるの。先生が、悪い兵隊がいるから、今日は、早くお帰りなさいッて……」

麻理の言葉に、私は、異様なものを感じた。〝白薔薇〟の付近に、宮家が二軒あり、そこに番兵が立つのは、わかってるが、子供たちに、危害を加えるわけはないと、思った。三宅坂《みやけざか》の方に、悪い兵隊が沢山いて、お友達が登校する時に、とても、怖《こわ》かったという話もした。

私は、何か、事件が起きたことを直覚し、ラジオをかけたが、何も、聞えなかった。ラジオがとまるとは、容易ならぬことと思って、不安を募《つの》らせていると、正午頃に、出入りの魚屋の口から、恐ろしい真相がわかった。それが、二・二六と呼ばれる事件だっ

た。私は、異常に昂奮し、妻から、

「あなたは、文学一点張りだと思ったら、案外、こういうことに、夢中におなりになるのね」

といわれたほど、憤慨の言葉を吐いた。私自身も、自分が、国家や社会のことに、関心があるとは、この日まで、知らなかった。そして、この日以来、私は、新聞の一面を、注意深く、読むようになった。そういう傾向が、後年の私の運命に、関係してくるので、この日のことを、書いておくのである。

＊

その年の春に、私たちは、西隣りの家に越した。間数《まかず》は、一つ多いだけだが、間取りがユッタリして、庭も、広かった。麻理に、勉強部屋を与えるためと、私の書斎にあてる部屋が、一間きりの二階で、仕事の妨《さまた》げが、少いからであった。

「あなたのお部屋、あんまり、ひどいわ。早く、お隣りへ、越しましょうよ」

長く空家《あきや》になっていた隣家へ、眼をつけていたのは、千鶴子だった。しかし、隣宅の家賃は、四十五円という話で、三十円から十五円、一時に飛躍することは、私には、躊躇《ちゅうちょ》された。ところが、彼女は、家主に掛合って、三十八円に負けさせてきた。物価の安い当時でも、その家賃は、安かった。

家主が、自分の住宅に建てた家で、品《ひん》は悪くないが、いかにも旧式で、また、古びた家屋だった。新築の家には、小さいながらも、必ず、洋風応接間がつき始めた世の中だったから、この家は、毛嫌いされて、長く、空家になってたのだろう。ところが、私は、この家の旧式さや、古ぼけた点が、気に入ってしまった。私も、二度目の帰朝から、六年経ち、まったく、日本の日常生活に、融《と》け込んだ感じだった。テーブルの脚を切って、書斎の机にした時から、私の家に、イス類は、一つもなくなったが、一向、不自由がないばかりか、生活の調和さえ感じた。それでも、前の家は、サン・ルーム擬《まが》いの部屋なぞあったが、今度の家は、私が生まれ育った家と同様に、まったく日本風だった。その頃の私が、生涯のうちで、最も、日本風を好んだかも知れない。家にいる時も、外出の時も、殆んど、和服を着ていた。千鶴子が、和裁を得意とするから、便宜が多かった。

この家に住むようになってから、私は、千駄ヶ谷という土地に、一層、愛着を覚えた。昔、村落だった名残りは、近所の榎稲荷《えのきいなり》の大榎ばかりでなく、わが家の裏手なぞも、広々と、田舎風で、穀物でも干してないのが、不思議なくらいだった。千鶴子は、そこへ、鶏小屋をつくりたいといった。田舎で生まれた彼女は、ちょいとした畑仕事や、鶏を飼うことを好んだ。私は鶏なぞ、啼《な》き声が煩《うるさ》いと思ったが、ふと、彼女が、子供の生めない女であることを思うと、その望みが、不憫《ふびん》だった。そして、買い入れたレグホンは、毎朝、トキをつくり、一層、この住いを、田舎染みさせた。

散歩道として、また、野球見物もできる神宮外苑は、いよいよ私に親しいものとなり、外国の郊外駅のような、省線千駄ヶ谷駅前の感じも、ますます、好もしいものになった。

また、その頃、地下鉄が開通して、青山まで歩けば、その利用もできた。便利で、閑静で、気安い点が、私に、この土地を好ませ、満足させた。私は、ここに十年間、住んだが、そんなに長く、定住した土地はなかった。また、古ぼけて、間の抜けたこの家ほど、住み心地のいい家も、他になかった。

私は、その頃、上昇気流に乗った、グライダーのようなものだったと思う。新しい住居《すまい》が気に入り、家庭の風波もなくなり、そして、仕事の機運が開けてきた。ただ一つの暗さは、性的衰弱であるが、それは、あまり気にならなかった。なぜなら、そんなことを忘れさせる、大きな仕事が、眼の前に、転がり込んできたからである。

その頃、夕刊紙として、最大の発行部数を持っていた報知新聞が、連載小説を、依頼してきたのである。

「これが当ると、あなたも、急に、忙がしくなりますよ」

ある青年雑誌の編集長が、その話を聞いて、私に、ニヤニヤ笑いながら、予言をした。しかし私自身は、当るとか、当らないとか、それどころではなかった。新聞小説というものが、書けるか、どうかが、当面の問題だった。

私も、雑誌の長篇小説は、三度書いて、少しは、手順がわかったが、新聞に、毎日、原稿紙四枚ずつ、区切って書く小説なんて、全然、見当さえもつかないのである。しかし、引き受けてしまった以上、書かねばならない。

私は、若い女性が、スタイル・ブックを漁《あさ》る気持で、千駄ヶ谷八幡宮前の古本屋へ行って、世評の高い新聞小説の単行本を探し、それをモデルにしようと、思った。そして、私は、菊池寛の『真珠夫人《しんじゅ》』か何かを、買い求め、一心に、読んでみたが、少しも獲《う》るところがなかった。男女の恋愛を、普通の角度で書くことは、私に興味がなかったし、それよりも、新聞小説の秘訣というようなものを、一つも、発見できなかったのが、残念だった。

——どうせ、最初の新聞小説が、成功するわけはないのだ。勝手なことを、勝手に書いてやれ！

私は、クソ度胸をきめた。そして、読者に受けなくてもいいから、少しは、私の家庭の利益になることを、書いてやれと、大胆不敵な考えになった。

それは、私が、いつも、千鶴子に、口を酸《す》ッぱくしていってること——血の伝わらない母と子の間でも、幸福が可能だ、ということである。それを、テーマにすることである。千鶴子が、それを読み、麻理も、も少し育ってから、それを読んで、気持が明るくなるようだったら、儲《もう》け物ではないかと、考えたのである。尤も、私は、家族のことばかり、考えていたのではなかった。世間には、継母子関係の家庭が、沢山ある。そういう人々に、千鶴子にいうのと同じ言葉を、聞かしてあげたい。ママハハなんて言葉に、拘泥《こうでい》する必要は、少しもない。気持の持ちようで、立派に幸福になれる。実の母子《おやこ》とはちがうが、それに劣らない、愛情の結びつきが、できないことはない。

そういうことを、私は、書いてみたかった。日本古来の暗い、不快な継母物語を、粉砕するような、明るい、快活な小説に、仕立ててやろうと、考えた。

　そして、私は、主人公に、〝悦ちゃん〟と呼ぶ、十歳の女の子を、設定した。母と死別したのに、快活で、オシャマで、男のような言葉使いをして、そして唄の好きな女の子――それは、最後の条件を除くと、麻理の幼時そのままだった。

　それから、私は、その父親の、男ヤモメで、貧乏で、ノンキな、あまり名の売れない、レコード歌詞の作家、碌太郎《ろくたろう》という人物を、こしらえた。性格は、私自身と正反対だが、子を遺《のこ》されて、貧乏で、名の売れないという点が、似ていた。

　この二人の生活から、小説が始まって、子供の海水着を買いに行ったデパートの売子――貧しい家の娘で、素直で、静かで、人間的な愛情に富んだ女と、二人が結ばれる。鏡子と呼ぶ、その女は、私に、千鶴子が、そうあって欲しいと思う夢を、描き込みたかった。

　小説の末尾は、この三人が、夫婦として、母子として幸福な生活に入ることだったが、私は、オシャマな少女が、自《みずか》ら、母親を選択する場面が、書きたかった。継母になる鏡子も、母となる前に、深い、人間的な同情を〝悦ちゃん〟に感じるように、書きたかった。それが、幸福な継母子関係の入口のように、思われた。

　小説の筋立ては、いい加減なもので、大綱《たいこう》はきめることができても、途中の曲折は、書いてるうちに、変ってくる。だから、筋立てどおりに、書けるとは思わなかったが、末尾の情景だけは、書き出す前から、私の頭に、ハッキリ浮かんでいた。

それは、〝悦ちゃん〟が、望みどおりの母親を獲た後のことである。ある日、彼女は、近所の女の子たちと、遊んでいると、一人が、

「悦ちゃんのお母さんは、ホントのお母さんでは、ないんでしょう。じゃア、ママハハだわね」

と、いう。

すると、〝悦ちゃん〟が、憤然として、

「バカねえ、あんた。ママハハというのは、ママとハハとが、一緒になったんだから、一番いいお母さんのことなのよ」

と、答える。

それを、最後の文章にしたい。人は、或いは、つまらないシャレのように、思うかも知れないが、私は、是非、そのシャレを、小さい主人公の口から、いわせたかった。

題名は、『悦ちゃん』ということにした。新聞社側では、この題名に少し難色があったが、私は固執した。そして第一回を書きあげると、赤い社旗を立てた、新聞社のオートバイが、受け取りにきた。翌日、その翌日も――オートバイの爆音が、門前に聞えると、私の胸は、ドキドキした。渡す原稿に、何の自信もなく、天下の物笑いになるような、気がしたのである。

一七

その年の大半を、私は、『悦ちゃん』を書くことで、送った。

移転した家の書斎で、新緑と共に、仕事を始め、夏を迎えた。その二階は、案外に暑く、私は、汗に塗《まみ》れて原稿を書いた。もう一つの案外は、小説の評判が、次第に、よくなったことだった。少女を主人公とする新聞小説なぞ、最初のうち、読者は、当惑していたようだったが、途中から、それが、逆になった。

私は、それに力を得て、小主人公に与えた個性を、一層強めて書いた。あんな、オシヤマな、活潑な少女が、世の中にいるかしらん——小説の誇張だろうと、いう人もあった。ところが、それを書いてる私の頭の中には、いつも、五、六歳から、十歳ぐらいまでの麻理が、浮かんでいた。父親と二人ぎりの生活の間に、彼女は、実に、思いがけない、滑稽なことをいい、快活で、コマシャクれた所業をし、憂鬱《ゆううつ》に沈んだ私を、何度、苦笑させたか、知れなかったが、それらを、小説の中に、半分も、書き込んではいなかった。

「ほんとに、あの時分の麻理ちゃんの面白かったこと——あんなお子さんて、見たことありませんわ。まるで、男の子みたいに、カッパツかと思うと、まるで、奥さんみたいに、あなたの世話を焼いたりしてね……」

最近、私の友人の細君は、その頃の麻理を回想して、シミジミといった。その言葉どおり、よほど変った子であった。生来も、普通より快活な子だったが、男親だけの変則生活が、半分男の子、半分大人の少女を、つくりあげたらしかった。

だから、悦ちゃんは、私にとって、誇張ではなかったが、後に、彼女の母になる百貨店の売子のことは、反対に、理想を求めて描いた。千鶴子に、かくあって欲しい――と思う姿を、書いたのだから、誇張の譏《そし》りは、この方にあってよい筈なのに、誰も、何ともいわなかった。

やがて、秋がきて、二階の縁側から見える、青山の丘の樹木が、黄葉《もみじ》する頃になると、私は、その小説が、どうやら成功したことを、確認できた。

映画会社から、契約の申込みがあり、主人公の少女に扮する俳優を、新聞社と映画会社が、読者の家庭から募集することになり、また、ある百貨店では、〝悦ちゃん帽〟という子供の帽子が、売り出され、ある劇団は、舞台で、脚色上演をした。

私は、夢心地を味わった。手探りで開けた扉《とびら》から、思いがけぬ展望がひらけたのを、ボンヤリ、眺めるような、気持だった。それは、自作が成功した嬉しさよりも、生活の道が立ったという満足の方が、私には強かった。筆一本で、これから、何とか一家を養って行けるという自信は、夜半、私に涙を浮かべさせるほど、嬉しかった。

しかし、私は、夢心地に酔ってばかりもいられなかった。

それは、一般家庭から応募した、映画の悦ちゃん役の少女を、選抜する日のことだった。暴風雨の中を、新聞社の講堂へ、三百人からの少女が集まった。まるで、小学校の入学試験のようにその少女たちに、母や姉が、付き添っていた。

私は、審査員の一人として、席につくと、可憐な子供たちが、順々に現われて、質問に答えた。ある子供はオドオドして、何も答えられなかった。ある子供は、小説の小主人公の口真似をするほど、演出を心得ていた。また、ある子供は、子供ながら、審査員に、一種の媚態《びたい》を呈することも、知っていた。そして、どの子供も、麻理と、同じくらいの年齢だった。

私は、父親の感情から、次第に、不愉快になってきた。こんな企画は、子供を悪くするだけであり、当選者は犠牲者であり、付き添ってる母や姉は、どういう量見かわからない、バカ者に思われた。

私自身も、罪悪を犯したような気持で、試験場から帰宅すると、玄関に、子供連れの母親が、私を待っていた。試験を受けたが、更に、作者の家を訪ねて、特別の計らいを頼むということだった。下町の女らしい母親は、私にペコペコ、頭を下げ、子供は、わざとらしい、明朗活潑の口をきいた。

私はムカムカしてきた。

「私も、同じ年頃の娘を、持っているが、応募させるなんて、思いも寄りません。あなたも、お嬢さんが可愛いなら、お考え直しになった方が、いいですよ」

そういって、二人を帰してから後も、私の気持は、サッパリしなかった。

——作品が当るということは怖《こわ》いことなのだぞ。

私が、そう思ったのは、童心を傷つけた罪なんていうことよりも、もっと、利己的な考えだった。作品が、当りをとり、人気を博する——その人気というものは、どういうものだか、少しわかったような気がした。

恐らく、あの軽薄な母子《おやこ》が、私を訪ねてこなければ、私も、そんなことを、考えなかったろう。私の側に、麻理と千鶴子がいたことが、私を、幾分なりとも、ウヌボレやすい気になることから、救ってくれた。

千鶴子は、熱心に、『悦ちゃん』を読んでいた。そして、毎日、その日の分を丁寧に切り抜いて、スクラップ・ブックに、貼りつけていた。しかし、所感なぞは、一言もいわなかった。私も、彼女に読ませたいという気持を、オクビにも、出しはしなかった。それでも、彼女に、なにものも通じなかったとは、信じられない。いくらかは、彼女の気持を軽く、明るくすることに、役立ったのではないか。

——小説のようには、いかないけれど……。

そんな風に、微笑しながら、彼女は、あの小説を、読んだのではないかと、推察される。

麻理は、小説よりも、挿絵《さしえ》の方を、面白がっていた。後に、『悦ちゃん』が単行本となり、小説のわかる年齢になった彼女が、それを読んだことは、知っているが、どういう反応があったか、私は、まるで、判断できなかった。

＊

とにかく、新聞小説で成功したことは、職業的な地位を私に約束してくれた。世人の多くは、この時に、やっと、私の筆名を、記憶し始めた。最初の小説を発表してから、三年目のことだった。

あの青年雑誌の編集長が、予言したとおり、原稿の依頼は、急に殖《ふ》えてきた。『悦ちゃん』を書き終らぬうちに、朝日新聞から、夕刊小説の依頼があり、私は、勇んで、それを、引き受けた。二つの新聞小説を、同時に書いたということは、その後、欲しても、体力的に、不可能だった。それほど、その当時の私は、活気に充《み》ちていた。

その頃〝主婦の友〟の小説欄担当者、Yという人が、私を訪ねてきた。当時、〝主婦の友〟は、定評のある作家の小説のみを掲載し、新人の出る舞台ではなかった。その点は、新聞以上に、慎重だった。その雑誌から、依頼がくるというのは、私に、驚きと安心とを同時に与えた。私は、菊池寛や吉屋信子と、同じように、長篇小説を書くことを予期し、少し、得意でもあった。

ところが、Y君の話は、ちがっていた。

「口絵の二色版の小説を、お願いしたいのです、六回ほど……」

私は、少なからず、ガッカリしたが、やがて、考え直した。口絵小説だって、小説欄の小説だって、こっちの気持一つで、同じではないかと、思った。ただ、雑誌側で、露骨な軽重をつけられるのは、イヤだと思って、試みに、質問してみた。

「喜んで、書きますが、私は、材料の調査を、クドくやります。それに対して、社は、どの程度に尽力してくれますか」

『悦ちゃん』を書く時に、私は百貨店や、レコード会社を、ずいぶん、詳しく調べた。それは、確かに、役に立ったと、思ってる。今度の場合も、それをやりたいが、Y君が、返事を渋るようなら、口絵小説を、軽く見てる証拠《しょうこ》だと、思った。

ところが、Y君は、即座に、いかなる調査にも、最大の尽力をすると、答えたばかりでなく、彼自身が私と共に、私の知りたい現場を歩き回り、また、関係者を集めて、私的な座談会を催したり、職業的な暗語を採集したり、異常な熱意を、示してくれた。

――そっちが、その気なら……。

私は、口絵小説とか、本文小説とかの区別を忘れて、執筆に、身を入れた。

Y君の熱意のために、私は、作家の小さな虚栄心に捉《とら》われることなく、その作品を書いた。それが、機縁となって、次ぎに『胡椒息子《こしょうむすこ》』を書き、『信子』を書き、それから二十年近くも、〝主婦の友〟に執筆を続けることになったのである。この『娘と私』を、書くようになったのも、顧《かえり》みれば、そんな遠くまで、因縁の糸が、曳《ひ》いてるのである。

＊

そんな風に、私の仕事が殖え、従って、収入も、増してきた。もう、家計の赤字の不安も、なくなった。その代り、所得税の令書が、郵便と共に、配達された。

——おれも、税金を払うようになったのか。

私は、むしろ、得意を感じた。尤も、その頃の税率は安く、家賃ぐらいの負担でしかなかった。

収入は殖えたが、私は貧乏に、懲りてるので、贅沢《ぜいたく》をする気もなかった。私の父も、母も、武家出身で、成金風を軽蔑する癖を、幼い頃から、植えつけられていたから、自制に、骨が折れなかった。生活の変化といえば、わが家に電話ができたことぐらいだった。それまでは、麻理の友達の家——お向うの請負師《うけおいし》さんに、取次ぎを頼んでいたが、雑誌社や新聞社から、頻繁《ひんぱん》に、通話があるので、これだけは、買う気になってきたのである。

収入の貧しい時代に、日曜日には、麻理のために、私たち夫婦は、ピクニックに、出かけた。千鶴子のつくった弁当を持って、豊島園《としまえん》とか、高尾山のようなところへ、遊びに行き、帰りの晩飯を、新宿あたりで食べるのが、例であった。ピクニックは、麻理と二人暮しの時からの習慣でもあったが、実をいうと、私自身は、あまり、面白いことはなかった。結婚後は、千鶴子のサービスのためにも、日曜のオツキアイをしてきたが、私は、家族の喜ぶのを喜ぶというような、善良な父親ではなかった。いわば、お義理であるので、自然、仕事が忙がしくなると、ピクニックを、避けるようになった。

「お前たち、二人で出かけたら、どうだい」

私が、そういっても、千鶴子の気が、進まなかった。彼女は、まだ、子供よりも、良人への関心の重い時代だった。

あまり、ピクニックを休んで、気が咎《とが》めたので、私は、仕事の合間ができたのを幸い、湯河原温泉へ一泊に行くことを、提議した。

喜んだのは、麻理よりも、千鶴子だった。旅館も、彼女の裁縫女学校時代の級友が、主婦となってる家を、選んだ。そして、土曜日の午後から、私たちは、湯河原へ遊び、よい部屋へ通され、よい料理を食べた。麻理は、広い浴場で、もう泳ぎのできることを、私に自慢し、あまり、泳ぎ過ぎて、湯気に当ったが、じきに、回復した。千鶴子は、ただ、ニコニコして、火鉢に当ったり、窓から景色を覗いたりして、口寡《くちすくな》い女の満足を、体に表わしていた。

私は、彼女の満足が、よく、わかった。新婚旅行以来、私と温泉へくるようなことは、最初であり、また、彼女は、内心、新婚旅行の時の貧弱な宿に、不満であったのだ。そのトリカエシを、今、つけてるというようなところがあり、私は、何もいわなかったが、心の中で、微笑を感じた。

翌日は、晴天で、付近を散歩するのもよかったが、ふと、私は、熱海《あたみ》へ行った時と同じように、帰りに、横浜へ寄ることを、思いついた。千鶴子は、きっと、感慨を催すだろうと、思った。

「その方が、いいや。温泉場なんか、つまんないや」

麻理は、大賛成だった。

私たちは、早目に、湯河原を立った。もう、帰りの汽車を、三等にしなくても、済んだ。横浜へ着いても、百貨店のバスへ、無料乗車することもなかった。

私たちは、ニュー・グランド・ホテルへ行って、午飯《ひるめし》を食べた。フランス人のコック長が、愛想よく、挨拶にきた。外国人ばかりの客の中で、千鶴子は、少し固くなったが、麻理は、ひどく、ハシャいだ。こういう外国風の場所へくると、彼女が、水を得た魚のようになるのが、不思議なくらいだった。

それから、私は、自分の生まれ育った土地を、案内して、半日を送った。二人とも、かなり、満足したようだった。

「あたしも、ここで、生まれたのね」

殊に、麻理は横浜に興味を、感じたようだった。

その旅行が、私たちの贅沢、といえばいえる贅沢だった。

私たちの生活は、一応、安定した。原稿の依頼も、文名が上り坂の時には、間断《かんだん》のないものである、という見透《みとお》しも、立った。しかし、それでも、安心はできないゾ、ということを、一日、私は、麻理の口から、教わった。

その前から、私は、麻理が、親しい混血児の級友だった、木村ワキコのことを、あまり口にしなくなったのを、不思議に、思っていた。

「ワキコさん、この頃、どうしたんだい？　ちっとも、遊びにこないじゃないか」

私は、麻理に、訊《き》いてみた。

「だって、ワキコさん、もう、学校にいないのよ」

彼女は、つまらなそうに、答えた。

「どうして？」

「どうしてだか、〝霊心〟へ、転校しちゃったの」

霊心女学院というのは、やはり、カトリック系の学校で、小学部もあった。しかし、せっかく〝白薔薇〟へ入学したワキコが、途中で、別な学校に変る理由が、わからなかった。いずれにしても、私は、麻理が、似つかわしい友達を、失ったことを、心の中で、嘆いた。同じように、日本人の父と、フランス人の母とを持った娘たちが、大人になるまで、親しくつきあい、よい相談対手になることを、望んでいたからである。しかし、麻理自身は、それほど、寂しがる様子もなく、既に、日本人の親しい友達が、できてる様子だった。

それから、暫らくして、私は、マダム・木村の訪問を受けた。例によって、自動車を門口《かどぐち》に待たせ、玄関の立ち話だったが、彼女は、早口のフランス語で、娘を〝霊心〟に転校させた理由を、述べた。それは、自然、〝白薔薇〟の悪口になったが、彼女の挙げる欠点は、便所が不潔だとか、交通が危険だとか、日本人の親には、問題にならないことばかりだった。しかし、彼女は、非常に熱心に、それを力説するのみならず、是非、麻理も、〝霊心〟に転校させろと、勧告して、やまなかった。わが娘にとって、麻理ほど良友はないから、二人を、一緒の学校で学ばせて欲しいと、語った。

そういう、外国の女らしい〝わがまま〟には、私も慣れているから、微笑と共に、いい加減な返事をして置いたが、彼女は、語を転じて、近いうちに、一家揃って、軽井沢へ滞在するから、もしよかったら、麻理も同道せぬかと、誘ってくれた。それは、私も、ハッキリ断《ことわ》った。私の収入は増したとはいえ、木村の家の富裕な生活には、甚だ遠く、麻理に、羨望《せんぼう》を起す機会を与えるのは、まったく、無用だと、思った。マダム・木村も、クドくは誘わなかったが、彼女の良人が、軽井沢へ休養に行く理由として、その事業がいかに繁栄し、いかに多忙であったかを、説明した。金が儲《もう》かって、仕様がないというようなことを、話すのも、外国婦人らしい、自慢であった。いよいよ、私は、娘を同伴させる意志を、喪《うしな》った。

そして、彼女は、上機嫌で、帰っていったが、それから、一カ月ほどした後のことであった。

「パパ、大変よ。ワキコさんのお父さんが、軽井沢で、お亡くなりになったんだって……」

麻理が、学校から帰ってくると、私に告げた。

これには、私も、驚いた。

麻理の話を、よく聞いてみると、木村氏の死は、まったく、不慮の不幸だった。彼は、乗馬を好み、軽井沢の滞在中も、毎日、それを欠かさなかったが、一日、馬が、突然、狂奔し、木村氏は制御しようとしたが、大樹の枝に、烈しく頭部を衝《う》ちつけ、落馬、即死したのだそうである。

「……そうか」

私は、それ以外に、答える言葉を知らなかった。

一度しか、会ったことのない木村氏に、胸の潰《つぶ》れる同情を、感じたわけではなかった。ワキコや、マダム・木村を、気の毒と思っても、それより、切実に、心を揺《ゆる》がすのは、わが事であった。

——おれだって、いつ、どういう〝落馬〟をしないとも、限らない。

そして、麻理や、千鶴子は、その翌日から、どういう運命を、辿《たど》らなければならないか。

木村氏は、財産家であり、マダムの実家も、フランスで、相当の生活をしてると、聞いている。主人が死んでも、明日から、路頭に迷う憂いはない。それよりも、恵まれてることは、ワキコが、マダムの実子であることである——

私の家は、すべてが、木村家とちがっていた。

——少しぐらい、収入が殖えたって、安心のできることは、一つもないぞ。

私は、少し、いい気持になりかけている自分に、慄然《りつぜん》とした。そして、ツクヅク、生活ということは、難事だと思った。やっと、赤字のなくなる生活に、漕《こ》ぎつけたかと思えば、まだ、先きがある。とても、長い先きがある。いつになったら、安心できるのか――

私が、暗い想いに、耽《ふけ》ってると、麻理がいった。

「ワキコさん達、フランスへ、帰るんだって――先生《マ・スール》が、そう仰有《おつしや》ったわ」

木村氏の遭難の話も、その他のことも、彼女は、学校の外人修道尼から、聞いてきたらしかった。

一八

年の暮れになって、千鶴子が、私にいった。

「あたし、お正月に、丸髷《まるまげ》に結《ゆ》ってみようかしら……」

それは、私の気を惹《ひ》くような、そしてまた、許可を求めるような、調子があった。私は、可笑《おか》しくなってきた。

「お結いなさいとも、丸髷でも、丁髷《ちょんまげ》でも……」

彼女は、日本髪に、自信を持ってるようであった。結婚式の時も、ほんとは島田が結いたかったのを、私の簡単主義に調子を合わせて、我慢したのかも知れない。そういう潜在欲望を、彼女は、沢山持ってる女だった。

「麻理ちゃんも、春着は、日本服を欲しがっていたから、帯と着物と、両方、買いますよ」

この方は、命令的ないい方だった。麻理に必要なものだと、千鶴子は、自分の場合と反対に、強硬な態度になるのが、常だった。

「要《い》らないよ、そんなもの……」

一応、反対してみるのも、私の習慣みたいになっていた。その辺が、どこまで行っても、普通の家庭とちがっていた。

「そんなことありませんわ。近所のお嬢さんたち、みんな、拵《こしら》えるんですもの……」

「じゃア、いいようにするさ」

内心、私は、麻理が兵児帯《へこおび》ではない、ホントの帯を締め、長い袖の着物をきた姿を、見てみたい気もあった。

そして、新年がきた。

その頃、私の家では、大体、昔どおりの式で、元旦の屠蘇《とそ》を祝うようになっていた。衣服を更《あらた》め、床の間のある客座敷で、東京風の雑煮《ぞうに》や、重詰《じゆうづ》めのものを食べる――両親の生きてる頃の習慣を、外遊や、亡妻との半洋生活の間に、長いこと、忘れてきたが、千鶴子がきてから、私は、家の習慣を、いろいろ説明し、彼女も、やっと、それをのみ込んで、その年あたりから、軌道《きどう》に乗ってきたところなのである。

「やア、お二人とも、お似合いですな」

丸髷の妻と、胸高に帯を結んだ娘を見て、彼女等よりも、私の方が、照れ気味になり、冗談をいった。元旦というと、妙に、不機嫌になる私だが、この時は、反対だった。恐らく、月給の上った、若い会社員に似た気分が、私の胸にあったのかも知れない。

千鶴子の丸髷は、昨夜、四谷《よつや》の髪結いさんに出かけただけあって、形よく、結《ゆ》えていた。彼女の細い肩には、日本髪が、調和するところがあった。

「でも、オカしいわ、こんな、ヘンテコな髪……」

麻理は、コテコテに、油で固めた日本髪を、目近《まぢか》に見たのは、初めてなので、怪奇的に感じてるらしかった。

「そういう自分だって、帯なんか締めて、澄ましてやがら」

私は、娘をカラカった。

「澄ましてなんか、いませんよウだ」

「そんな口を、今年から、きいちゃ、いけないんだよ。もう、今年は、〝お十三《じゆうさん》〟だからな」

麻理は、十三の春を、迎えた。私は、〝お嬢さん〟にかけて、シャレをいったのだが、冗談ばかりではなかった。髪は、オカッパだが、背丈も、ヒョロ長く延び、千鶴子につけて貰った白粉や、紅《べに》が、どこか、媚《なま》めいて見えるのは、日本服を着たせいであろうか。

やがて、娘になる時期が、近づいてることを、教えるのではなかろうか――

「イヤですよッたら、お嬢さんなんか……」

彼女は、ベッカンコの真似を、してみせた。

そのくせ、食事が済んで、大きな羽子板を抱《かか》え、近所の友達の家へ、遊びにいく時の彼女は、シャナリシャナリと、気取っていた。それは、どこから見たって、正月を喜ぶ、日本の少女であり、異国の血を曳いてる娘ではなかった。

——あれで、いいんだ。

私は、満足した。

また傍《かたわ》らを見ると、丸髷に結った妻がいた。ビンツケ油の匂いが、プンプンした。

——これ以上、日本的になろうたって、ムリな話だ。

私は、完全な日本人の生活に、復帰したことを、確認した。

なぜ、そんなに、日本人振りたかったのか、わからない。外国人を妻としたような生活を、払拭《ふっしょく》したい意志が、なぜ、そんなに強く働いたか、わからない。といって、私は、亡妻のことを、少しも、忘れたわけではなく、彼女の長所や美点は、いよいよ輝いて、頭に残った。可哀《かわい》そうな、彼女の死方《しにかた》を考えると、いつも、心が湿《しめ》った。しかし、すべては、私の心の中だけの現象であり、彼女の映像は、ロケットの中の写真のように、蓋を閉じられて、私の胸に懸《かか》っていた。そして、私は、あの頃の生活と、現在とを、切り離そうと、努めた。それは、一つの反動ともいえる。しかし、意識的には、麻理を日本人にしよう、その方が、彼女の幸福になるという考えがあった。

実際、麻理は、髪も、かなり黒いし、眼も青くないし、混血児の特徴に、乏しかった。

近所でも、千鶴子を後妻と知らない人は、彼女の子と、信じていた。痩せ型で、菱形の顔が、どこか、似てないこともなかった。混血児が不名誉だなぞとは、少しも、考えていないのに、彼女が、そう見られない話を聞くと、嬉しかった。

また、千鶴子にとっても、家庭が、日本臭くなることは、嬉しいにちがいなかった。彼女は、フランス風のコーヒーの淹《い》れ方なぞ、一心に、学ぼうとしたが（朝飯だけは、私は、ついに、日本風に変えることができなかった）、もともと、日本的特色の強い女だった。ものの考え方が、そうであったばかりでなく、生涯、洋服というものを、身につけず、ズロースを穿《は》けば、頭が痛くなるという女であった。そういう彼女が、日増しに、日本風俗に帰っていく良人を、不満に思うわけがなかった。また、麻理を、日本風に育てようとすることに、異議があるわけはなかった。

そして、麻理自身が、あんな、長い袖の着物をきて、鈴の音のする木履《ぽっくり》なぞ履《は》いて、喜んでいるのだ。塀の外で、友達と、羽根をついて、騒いでる声が、聞えるではないか。

「おい、午御飯《ひるごはん》食べたら、新宿へいって、三人で、写真とろうかね。それから、姉の家に、年始に回ればいい」

私は、千鶴子に、そういった。

「そうですね。丸髷の記念になるから……」

そして、私たちは、そのとおり、実行した。伊勢丹《いせたん》横の写真屋へ行って、夫婦の間に、麻理を挿《はさ》んで、七分身に、撮《と》って貰った。

その写真は、今でも、残っている。晴着の妻子と同様に、私も、講談師かなんかのように、紋服を着て、スマし返っている。そして、三人が揃って、写真屋で写真をとったのは、後にも、先きにも、これが、一回であった。家で写したのは、沢山あるが――それが、好記念となって、残ってるように、この年の正月は、私にとって、忘れ難いものであった。

千鶴子《ちよ》という後妻と共に、麻理を育てていく生活が、精神的にも、物質的にも、やっと、緒についた時であった。

＊

その翌年に、麻理は、〝白薔薇〟の女学校へ、入学した。

新調した制服は、大体、小学校のそれと似ているが、蝶結びのネクタイが、正規の形に変り、帽子も、鍔広《つばびろ》のフェルトに変った。それから、小学校へ入る時に、あんなに喜んだランドセルを、彼女は、秋の扇のように捨て、紅《あか》い革の提《さ》げカバンを、欲しがった。

「もう、〝お十三〟どころじゃない。女学生なんだからな、これから。……少しは、いうことを、聞くもんだよ」

しかし、私は、紅い提げカバンを、買ってやる時に、そういった。

その頃、彼女は、自分の部屋を、飾り立てることを好み始めた。机をやめて、デスクに代えたいと、ネダった。電気スタンドや、ブック・エンドも、欲しがった。

そして、彼女のいない時に、部屋を覗《のぞ》いてみると、それらのものが、女の子らしい工夫で、キチンと配置され、花瓶《びん》に造花が挿《さ》され、壁に、風景版画が、ピンで留めてあった。それが、ミレーの〝晩鐘《ばんしょう》〟であり、また、デスクの上の写真挿《はさ》みには、聖母像が、入っていた。

そういうものを見ると、大体、麻理の好みというようなものが、もう、芽を出してることが、よくわかった。それだけ、娘は、育ってきたのである。そして、その小さな好みの中に、多分に、キリスト教徒的な臭いがあることも、わかった。

そういえば、彼女は、洋銀製の十字架の首飾りを、いつも、身につけていた。あんなものを、いつ買ったか、私の記憶になかった。或いは、寄宿舎時代に、修道尼に薦《すす》められて、買い込んだのかも、知れなかった。とにかく、彼女は、入浴の時以外に、それを外《はず》さなかった。また、普通の女の子が、外国の少女映画俳優の写真を欲しがる場合に、彼女は、四谷のマリヤ堂とかいう店の宗教画カードや、装飾品を、ネダった。勿論、それは、信仰心からの要求というよりも、東京のカトリック教徒児童の間の流行のようなものらしかった。

――このまま育っていくと、死んだ妻よりも本式な信者が、でき上るな。

私は、そう思った。亡妻は、相当、宗教に懐疑的なところがあったが、麻理の方は温良忠実な信者になりそうだった。

私は、娘を、日本風に育てたい希望だったが、彼女が、キリスト教徒になるのは、反対でなかった。人生の依りどころとして、信仰を持ってる人の方が、持たない人よりも、幸福であることを、私は、知っていた。自分が、無宗教であるために、味わった不幸を考えると、兄弟もなく、実母もなく、そして、混血児という生来《うまれつき》を持った彼女に、信仰が、大きな味方になるにちがいないと、思った。幸い、彼女は、生まれ落ちた時に、洗礼を受ける機縁を、持っていた。そして、その機縁が育って、現在の彼女ができ上ったのを、妨《さまた》げる必要が、どこにあろう――

毎日曜日の朝に、彼女は、食事をする前に、教会のミサに、出かけるようになった。千鶴子は、自分も、麻理が帰ってからでないと、朝食を食べなかったが、私は、それを、やめさせた。しかし、金曜日に、獣肉を食べない禁忌《きんき》は、私も共に、守ってやった。なにも、その日に限って、麻理の眼の前で、スキ焼きのいい匂《にお》いをさせる必要も、なかったからである。

ただ、私の父母の法事《ほうじ》などある時に、彼女の態度が、多少、私を悩ませた。読経《どきよう》や焼香に対して、人知れず、彼女は、反抗の態度を、示していた。私だけには、それが、よくわかった。異教の偶像を、礼拝してはならぬというのは、理解できるが、死者の霊に、差別をつける考えは、よくないと思った。

――おれが、死んでも、麻理は、あんな、フクレ面《つら》をして、寺へくるのだろうか。

私は、イヤな気持がした。

といって、私は、この問題について、一言も、麻理に話したことはなかった。重大な争いになる芽を、蔵《かく》してることだからである。しかし年を加えると共に、彼女の態度は、表面的には、緩和してきた。祖父母の位牌《いはい》の前に、素直に頭を下げるようになってきた。恐らく、彼女は、この問題を、教会の神父さんにでも、相談したのであろう。そして、礼拝ではなく、礼儀として、頭を下げるならよろしい、とでも、いわれたのであろう。

彼女は、四谷の教会に通っていたが、次第に、信者の友達が、殖えてきてるようだった。その年の夏と、翌年と、続けて、彼女と千鶴子は、久里浜《くりはま》に家を借りて、避暑したが、それも、信者の友達の母親の誘いからだった。

その時は、私も、閑《ひま》を見て、数日間を、妻子と共に、送ったが、ペルリ記念碑のある砂浜へ、集団的に、ビーチ・パラソルを立てる、麻理たちのグループが、皆、カトリック信者なのに、驚いてしまった。

久里浜を紹介してくれたA家は、未亡人の母親も、暁星《ぎょうせい》中学生の長男も、麻理の友人の娘も、残らず、熱心な信者だった。また、母親と、子供二人と、避暑にきてるB家も、同様だった。子供たちだけで、一軒の家を借りてる、外交官の家族のC家も、信者だった。

三家族は、皆、親しく、往来《ゆきき》していた。子供たちばかりでなく、母親同士が、深い交際をしていた。麻理の関係で、千鶴子も、自然に、そういう母親と、懇意になった。しかし、信者でないのは、彼女だけだった。

「Aの奥さんが、あたしにも、信者になれ、なれッて、顔を見る度に、仰有《おつしや》るんで、困ってしまいますわ」

千鶴子が、私に訴えた。

「なりたかったら、なれば、いいじゃないか」

私は、冗談《じょうだん》めかして、答えた。

「だってエ……」

千鶴子は、いかにも、自分とキリスト教との間隔が、遠いことを、示すような、表情をした。彼女の出生地や生家は、まったく、キリスト教と縁がなかったが、しかし、彼女の性格は、A家やB家の母親よりも、堅固な信者になるかも知れないものを、持っていた。ただ、よくよく、自分が思い詰めない限り、人の薦《すす》めぐらいでは、入信するような女ではなかった。それが、私の幸いだった。妻も子も、神の名を称《とな》え始めたら、私の生活に、響かずにいないだろう。

娘だけなら、私も安心で、そのグループとの交際にも、少しも、異存はなかった。それに、その人々は、典型的な、東京中流家庭の堅実さと、品位とを、持っていたし、また、信者の誼《よし》みが、麻理の将来にとって、よいものを齎《もたら》すだろうと、考えられた。私は、カトリック教徒の結婚は、信者同士に限られるのを知っていたから、A家やB家の息子のような少年が、将来、麻理の婿《むこ》さんになるのだと、考えた。

——それも、いいさ。

私が、麻理に望むことは、いつも、彼女の道であって、私の道ではなかった。私は、寛容の父親ではなく、彼女が、特殊の生まれを、持ってることが、私を、そう考えさせるに、過ぎなかった。

千鶴子は、A家やB家と、その後も、長く、親しく交際してきたが、もう一度、彼女に回ってきた入信の薦めは、まったく、別な方面からだった。

それは笑話に似た、他愛ないことであるが、私には、忘れ難い、追想の種となっている。

もう、戦争も済んで、三年後ぐらいの時であった。アメリカから、一人のカトリック神父が、来朝した。彼は、在米日本人に、多くの信者をつくった男で、千鶴子の姉も、その一人だった。彼女の姉は、良人と共に、二十年も前から、アメリカへ行って、戦争中も、彼地で過ごしたが、その神父の庇護《ひご》で、あまり、迫害も蒙《こうむ》らなかったということだった。

そういう因縁《いんねん》のある神父が、日本に赴任《ふにん》したことを、彼女の姉は、早速、知らせて、寄こし、彼の口から、彼女たちの近況を聞いてくれ、といってきた。やがて、その神父からも、訪問を待つ旨《むね》の手紙がきた。

「とても、日本語が上手だっていうけれど、あたし、西洋人のところへ、一人でいくのイヤだわ。麻理ちゃん、一緒にいってよ」

千鶴子は、娘を、しきりに、勧誘した。マダム・木村以外に、彼女は、外国人というものを知らないのである。

やがて、二人は、その神父を訪問した。その頃は、ビル不足で、銀座三越《みつこし》の何階かに、彼の宗派の伝道事務所が、あったのである。

神父は、喜んで、二人を迎え、千鶴子の姉一家の近況を、詳しく、話した末に、

「あなたの姉さん一家は、信者であり、あなたのお嬢さんも、信者である。それなのに、あなた一人が、信者でないのは、大変、不幸といわなければならない。私は、あなたが、すぐに、入信されることを、心から、お薦めします」

と、ひどく、真面目な顔つきになって、膝詰め談判（千鶴子にいわせれば）を、したそうである。

そんなことを、些《いささ》かも予期しなかった千鶴子は、頗《すこぶ》る当惑し、頭が、カンカンと、炎《ほて》ったそうである。しかし、姉が、それだけ世話になった人に、一概に断《ことわ》っても、悪いと思い、

「あの……帰りましてから、主人と、よく相談しまして……」

と、返事したそうである。

すると、神父は、唖然《あぜん》として、彼女の顔を見ていたが、やがて、両手を拡げ、肩を縮《すく》め、口笛のような奇声を、発したそうである。

「あたし、なんだか、キマリが悪くて、すぐ、帰ってきましたわ」

と、彼女の語る一伍《いちぶ》一什《しじゅう》を聞いて、私は、腹を抱《かか》えて、笑ってしまった。

神父の驚きが、私には、よくわかった。外国人の考えでは、信仰の問題を、帰宅して、

良人と相談の上、返事をするというのは、想像もつかない、珍答であろう。呆《あき》れて、ものもいえなかった彼の様子が、アリアリと、眼に浮かび、滑稽でならないのであるが、もし、彼が、日本婦人を、度《ど》し難《がた》い低級愚劣と考えたならば、それは、誤りであろう。千鶴子の答えは、鄭重《ていちょう》を極めた拒絶の表現なのである。やがて、彼も、日本の習慣を知ったら、肩を縮めて、驚かなくなるだろう。

それは、別として、私は、この話を聞いて、ずいぶん、千鶴子を、可愛く思った。封建的といわれそうな、そういう彼女の態度を、美しくさえ、感じた。

一九

私の家庭生活が、調和と、流れを生んだ、期間だった。

『胡椒息子《こしょうむすこ》』を書いたのは、麻理が十三になった年だったが、その頃は、まだ、母としての千鶴子に、私も、多少の懸念《けねん》を、持っていたのではないかと、思われる。なぜなら、あの小説も、『悦ちゃん』と同じように、彼女を励ます意志が、書き含めてあったからである。あの小説では、子供は、男の子になっているが、そしてまた、その子供と麻理とは、性格的にも、何の関係もないものであるが、彼と乳母《うば》との愛情の結びつきに於《お》いて、私は、『悦ちゃん』で充分に書き切れなかったものを、もっと、推《お》し進めることができた。つまり、血縁に依らざる肉親感、〝生みの親より育ての親〟の主題を、ハッキリと、発展させてみたのである。

そんな試みが、千鶴子の上に、どれだけ効果があったか、私は、具体的に、何も知らない。しかし、麻理が十四になり、十五を迎えるようになると、私は、もう、そんな、私的な動機をも含んだ小説を、書く気にならなくなったことは、事実である。そういう必要が、全然、なくなったとは、思えないが、千鶴子も、麻理も、新しい生活に慣れ、めいめいの持場というようなものが決まり、自然な流れが、生まれてきたのであろう。それ以上のことを望んでも、急には、ムリであると、私も、千鶴子も、考えるように、なってきたのであろう。

とにかく、誰も、暗い顔や、むつかしい額《ひたい》の皺《しわ》を、見せることなしに、毎日が、送られるようになった。家の中ばかりでなく、姉との関係も、以前より、遥かに、円滑になった。

姉は、千鶴子を好いた。千鶴子はまた、前の結婚で、小姑《こじゅうと》に懲りているので、姉に対して、最初から、従順を極めた。私は、むしろ、卑屈にならぬよう、戒《いまし》めたほどだった。しかし、日が経つにつれて、千鶴子も、姉の明るい性格に、利害を離れた好意を、感じ出したようで、私にいえない相談なぞも、姉のところに、持っていくようであった。内気な千鶴子と、アケスケな姉との間に、却《かえ》って、親愛や信頼が、生まれるようだった。

「此間《こないだ》、千鶴子さんがきて、いってたよ――どうして、あたしは、こんなに、ヤキモチヤキなんでしょうッて……。そんなに、ヤクのかい？」

姉が、さも可笑《おか》しそうに、私に、話しかけたことがあった。私は、妻が、そんなことまで、姉に訴えるのかと、二人の隔てなさに、驚いた。また、千鶴子も、自分の嫉妬《しっと》深さを、知らないのではなかったのかと、微笑を催した。

千鶴子は、その頃、私に、さまで、不満を感じさせない妻に、なっていた。私という男も、家の中のことも、大体、ノミ込んで、あまり、手落ちをやらない主婦になっていた。ただ、嫉妬の性癖だけは、容易に、癒《なお》らなかった。

私は、演劇に関係があり、殊に、日支事変の始まった年に、友人たちと、劇団を興《おこ》してからは、女優が、よく、家に出入りした。それらの女優たちも、少し美しい婦人記者も、或いは、友人の細君でさえも、一応は、彼女の疑いの視線を、浴びずにいなかった。また、彼女は、玄人《くろうと》――芸妓とか、女給とかいうものに、過度の警戒を懐《いだ》き、私が料亭やバーへ行ったと知れば、直ちに情事を連想するらしかった。

見知らぬ、女性の読者から、手紙がきても、彼女の眼が光った。甚だしい時は、午後の外苑散歩の時間が延びても、彼女の疑いを誘った。尤も、それは、ある文士が、自宅と遠くない所へ、妾宅《しょうたく》を設け、散歩の序《ついで》に寄るという話を、聞いてからだった。

私は、まったく、彼女の嫉妬深さに、辟易《へきえき》した。無論、私は、出入りする女優のうちで、魅力を感じる女もいた。友人と、待合へいって、芸妓の顔を見ることもあった。しかし、そういう女たちと、恋愛とか、愛欲とかの関係に入るには、遠い心境だった。心に深い影を残した女は、一人もいなかったが、それよりも、四十男の野心は、仕事の方に、燃えていた。

——何の理由もないのに、ヤキモチばかり焼く。

千鶴子に対する嫌悪は、その点で、まだ残っていた。

しかし、後《あと》で考えれば、彼女の嫉妬は、対象がないから、いつまでも、焔《ほのお》にならず、燻《いぶ》りの煙を、揚げたのであろう。彼女の嫉妬は、陰性であった。泣いたり、喚《わめ》いたりしたことは、一度もなかった。その代り、間断がなく、どんな小さなことをも、疑った。

彼女は、自分が醜《みにく》く、魅力に乏しいという劣等感を、持っていた。それが、嫉妬の基盤であった。それから、もう一つ——私の性的衰弱が、大きく、響いていた。男性について、知識の乏しい彼女は、私の生理的状態を、自分の劣等感と、結びつけた。私が、弁解や、説明をすればするほど、却って、彼女は、疑った。

——あのヤキモチさえ、なくなれば……。

その頃、私は、よく、そう思った。しかし姉の家へいって、そんな、打明け話をするようなら、彼女の心に、多少の余裕ができた証拠であり、また、その放出感によって、鬱積《うっせき》する妄想《もうそう》も、軽減すると、思った。

果して、その予想は、当った。

姉に、そういう打明け話をしたり、姉から、世間のいろいろの細君の話を聞いたりして、彼女は、どうやら、〝わけのわかった奥さん〟になる努力を、始めてる形跡があった。私にとっては、努力だけでも、有難いことだった。

そのうちに、想いがけない福音が、私たちを、訪れたのである。

それは、何年何月というような記憶を、残してはいないが、晴れた日の午後のことであった。私は、書斎で、読書をしていたが、日当りのいい二階なので、閉《し》め切ったガラス戸の中は、温室のように、暖かだった。私は、読書に飽きて、ゴロリと、仰向《あおむ》きに、臥転《ねころ》がった。

ふと、私は、今までにない、生理的な精力感を、体に感じた。そんな経験は、数年来、まったく知らなかった。

——おや、これは、面白いぞ。

その現象は、長く、続かなかった。しかし、全然、私を見棄てた自信が、ほんの少しばかり、体のなかに、湧いてきたような、気持がした。

その日、私は、長らく忘れていた、夫婦関係に入った。何か、工合の悪い、不完全なものだったが、不能ではなかった。そのことが、私にとって、大きな現象だった。

「よく、今まで、辛抱《しんぼう》したな」

間隔が、三年以上に亘《わた》るので、私も、そういうことが、妻に、いいたくなった。

ところが、彼女は、怪訝《けげん》な表情で、聞き返した。

「え？」

私は、男の性欲の形を、頭に浮かべ、彼女の飢渇《きかつ》を、想像していたのだが、それは、少し、ちがうらしかった。女もまた、自分の性の要求の形で、男を想像することは、誤っている。だが、男女ともに、この誤りを、常に、繰り返すのである。男はコップの水を、ガブガブ飲むような形で、性の要求を充たす。飲まないうちは、喉《のど》が灼《や》けつくようである。しかし、女性は、そうではない。水に、愛情という匂いだか、味だかが着いていないと、満足しないのである。女の方が、美食家かも知れない。尤も、ウソの匂《にお》いや、味つけで満足することもある。

とにかく、千鶴子は、私の想像した飢渇よりも、別な不満で、苦しんでいたらしかった。しかし、その不満が、やはり、同じ行為で、充たされたのである。不能を克服した私の喜びよりも、良人の愛情を回復したと信じる、彼女の喜びの方が、大きかったろう。

といって、私の回復振りは、遅々たるものだった。禁呪《まじない》が解けたように、ケロリと、癒《なお》るものでは、決してない。正常に復するのに、一、二年を要したろう。そして、再び、私の体に復《かえ》った欲望は、青春の時と、形がちがっていた。いってみれば、それは、初老の性欲であり、以前よりも、静かで、鑑賞的なものだった。

そして、何よりも、有難いのは、その後、千鶴子が、次第に、理性的になり、一時ほど、嫉妬と妄想を、懐《いだ》かなくなったことだった。習性は、消えなくても、我慢のできないほどでは、なくなった。結局、性の支配は、夫婦間の大きな力である。

＊

姉との往来が、繁《しげ》くなるにつけ、彼女は、千鶴子ばかりでなく、麻理を、急に、可愛がるようになった。

――今更、なんだ。おれが、一番困っていた、中野時代に、愛情の手を伸ばしてくれれば、どれだけ感謝したか、知れないのに。

私は、そう思ったが、一面、良人《おっと》も子供もない、孤独な姉が、ただ一人の姪《めい》を、頼る気持になったことを、理解できないでもなかった。北海道にいる弟の家にも、子供はなく、麻理が、唯一人の若い肉親だった。

「ねえ、麻理に、仕舞いを習わしたら?」

ある時、姉が、熱心に、薦《すす》めてきた。彼女は、能楽《のうがく》に凝《こ》り、謡曲や鼓《つづみ》を習っていたが、近年は、自宅に先生を招いて、仕舞いの稽古《けいこ》を、始めていた。

「そうだねえ……」

私も、ちょっと、思案した。

麻理に、何か習わせねばと、千鶴子もいい、私も、そう思っていた。背丈が、日毎《ひごと》に伸びるような気がする時期で、女学校も二年生となれば、娘のタシナミを、早く、身につけさせねばならなかった。麻理自身も、級友の多くが、稽古事を始めてるので、ピアノを習おうかと、いったこともあった。

その時、私は、ちょっと、悲しい気がした。彼女が、音痴《おんち》であることを、知ってるからである。子供の時から、彼女の唱歌を聞いてると、可哀そうなように、調子外《はず》れなのである。しかも、それが、遺伝であることを、私だけは、知ってるのである。

亡妻は、音楽が嫌いではなかったが、鼻唄のように誦《くちずさ》む、オペラの一節《ひとふし》なぞ、ひどく音階が狂い、私を笑わせた。

「大きな、お世話よ《フイッシ・モア・ラ・ペエ》」

私の悪口に怒って、わざと、歌い続けたこともあった。音痴は、自分ではわからぬらしかった。

ピアノに限らず、音楽は、麻理にムリだと思って、賛成しなかったが、といって、それに代るどんな素質の芽生えがあるのか、何も、発見できなかった。ただ、習字は、好きだというので、近所の塾《じゅく》へ、通わせてあるが、それとても、特に、才能があるとは、見えなかった。私は、幼少から、絵をかくことを好んだが、麻理には、その血筋は、伝わっていなかった。一体に、彼女は、母親似で、むしろ、数学や科学を好む傾向が、窺《うかが》われた。音楽は絶望としても、私は、亡妻に欠けてるものを、麻理に、習わせたかった。

そういう時に、舞いの誘いがあった。私も、日本流に、娘を育てたい希望だが、麻理が仕舞いをやるというのは、少し、突飛《とっぴ》な気がしないでもなかった。しかし、姉の薦《すす》めは、熱心を極めた。姿勢がよくなること、挙止が精練されること——そういう利点をあげられると、私も、意が動いてきた。とにかく、本人の意志に任せると、やってもいい、ということになった。

姉は、大乗気《おおのりき》で、出入りの染物屋に、自分の好みで、仕舞いの着物や袴《はかま》を、染めさせ、舞扇《まいおうぎ》と共に、麻理に贈った。そして、毎週一回、学校の帰りに、麻理は、姉の家へ行って、梅若流《うめわかりゆう》の先生の手解《てほど》きを受けることになった。

その稽古を、私も、一度、立会ったことがあった。稽古なので、麻理は、和服に着替えず、セーラー服のままで、舞扇を持ち、オカッパの髪を、房々《ふさふさ》と、揺《ゆす》りながら、摩《す》り足をしたり、足拍子を踏んだりした。何か、甲斐々々《かいがい》しいようで、私は、嬉しかった。

「大変、覚えがよくいらッして、筋《すじ》も、なかなか、およろしいようです」

先生が、そんな、お世辞をいうのを、

――もしか、こんなところに、麻理の才能があったら、面白いことになる。

と、私は、空想したりした。

だが、三カ月も、稽古に通うと、麻理は、時々、姉の家へ寄らずに、直接、帰宅することも、できてきた。

「どうしたんだい、もう、飽きたのかい？」

「ウーン、今日は、お宿題があるから……」

しかし、次第に、彼女が稽古をサボる日が、多くなってきた。

「先生に悪いぜ。そんなに休んじゃ……」

「だって、つまンなくなっちゃったんだもの……」

それでも、姉の家から、電話が掛ったりすると、彼女は、渋々、出かけて行った。

そんなことが、半年も続いて、ある日、彼女は、決然たる面持ちで、私のところへやってきた。

「パパ、あれだけは、やめさせて……。お願い！」

私は、姉の厚意を無にするのが、心苦しかったが、本人がそれほど、嫌がるものを、続けさせたところで、無益だと思った。

「仕様がないねえ。もう、何番も上げて、先生は、とても、見込みがあるッて、いってるのにねえ……」

姉は、残念がったが、その頃は、すっかり、麻理に甘くなってるので、文句もいわなかった。

だが、麻理が、あれほど烈しく、拒絶の態度を示したのは、幼い頃のダダ捏《こ》ね以来であった。そこに、私は、娘のうちの個性が、形成されかけてるのを、ハッキリと、看《み》て取った。彼女が、十五歳になってることを、考えないでいられなかった。また、私が、彼女に押しつけようとする〝日本流〟が、ここで、ドシンと、押し返されたことをも、感じないでいられなかった。

——仕舞いは、やっぱり、ムリだったかな。

私は、苦笑した。

それから、私は、仕舞いに代る稽古事を、いろいろ考えたが、結局、フランス語というところに、落ちついた。

亡妻の生きてる頃、麻理は、日常の会話を、フランス語で、喋《しゃべ》った。子供言葉であるが、発音なぞ、私より、よかった。ところが、亡妻の死後、一年も経《た》たないうち、実に、キレイサッパリと、フランス語を、忘れてしまった。それを惜しむ人もあったが、私は、どうせ、日本人の子なのだから、外国語なぞ、忘れてもいいのだと、強情《ごうじょう》を張った。

しかし、〝白薔薇《アー・ベー》〟の小学校へ入ると、一年生から、フランス語の授業があった。彼女は、また、A・B・C《セー》から習い始めたわけだが、やはり、進歩は速かった。彼女自身も、フランス語には、熱心だった。しかし、私は、学校で教えるフランス語が、いかにも日本臭《くさ》く、仏人の修道尼の教える発音さえ、感心しなかった。いわば、学校で教えるのは、死んだフランス語だった。麻理が、声高々と、そういうフランス語で、読本なぞ復習してると、情けなくなる時もあった。

だが、今度は、考えが変った。日本臭いフランス語でも、日本では役に立つし、将来、縁談でも遠かった場合、女の翻訳家として立つ道も、ないではないと、思ったのである。

私の希望は、仏人につくことだったが、適当の人がなく、遂に、〝白薔薇〟の先輩のある女史に、来て貰うことになった。その女史は、その頃、仏語の最高国家試験をパスして、女としては最初の例をひらいたので、新聞に、写真や記事の出た人だった。

毎週二回、その女史が、教えにきてくれた。まだ独身で、老嬢の頑固さの仄《ほの》見《み》える人だったが、それだけ、授業は熱心だった。しかし、麻理の熱心さは、それに、輪を掛けた。

――やっぱり、血が呼ぶのかなア。

私は、心の中で、驚きの声を、放った。教わってる時の態度、稽古日前後の予習の仕方——私は、麻理の真剣になった顔つきというものを、初めてみた。

まったく、魚が水を得たという風な適合が、彼女のフランス語稽古について、見られた。彼女に適《かな》い、彼女の欲する稽古事を、ピッタリと、探し当てた気がした。それにしても、仕舞いの稽古は甚だしい寄り道だった。

麻理は、女学校を卒業するまで、女史について、勉強を続けた。他《ほか》の稽古事は、その間、何もしなかった。従って、彼女の語学力は、同級生に比べて、よほど進んだ。そして、卒業後も、フランス語の興味を持ち続け、そのために、彼女の生涯に影響することが、起ったが、それは、後に書くべきであろう。

＊

ヨーロッパで、戦争の始まったのは、たしか、その年だったと思う。

私は、亡妻の家族のことが、些《いささ》か、気になった。もう、彼女の父も死に、母も死に、二人いた弟のうち一人も、死んでしまって、父の跡を継いで小学校長をしている、次弟一人が、残っていた。彼のいる田舎は、戦火から遠いが、年齢からいって、応召は免《まぬか》れないと思った。第一次大戦の時には、亡妻の父親も、教育者ではあっても、戦線に連れ出された。亡妻は、父親が、子種残し休暇といわれる、数日間の帰宅の時の印象を、よく、私に語った。日本人には想像のつかないほど、戦争に対する人間苦が、父親の態度を語る、彼女の口から、聞かれた。彼は、ただ黙り、暖炉《だんろ》の火の前に、黙って数日間を送り、また、黙って、戦線へ戻っていったそうである。

戦争に対する感情や態度が、まるでちがうから、私は、亡妻の弟に、慰めの手紙でも書きたかったが、郵便の道は、パッタリ絶えていた。

そして、他人事《ひとごと》ではなく、日本でも、支那事変の戦雲は、いよいよ濃く、その影響が、私たちの日常生活に、迫ってきた。青山の聯隊《れんたい》が近いので、入営者が激増してきたのが、よくわかった。また、外苑を散歩すると、青年会館に勤めてる人々が、国民服というものを着て、闊歩《かっぽ》してる姿が、眼に立った。そのうちに、隣組というものが、強化され、配給とか、常会の出席とか、千鶴子の仕事が、メッキリ殖えてきた。

文士は、こういう情勢に、関係なく暮せると思ったら、漢口攻撃の時に、数名の作家と共に、従軍の希望はないかと、文芸家協会からいってきた。その時、私は、毎日新聞の小説を書いていたから、断《ことわ》ったが、その頃から、文士を揺り動かす運動が、次第に、顕著になってきた。親しい友人の劇作家Kが、翼賛会の文化部長に就任したことは、私に、ギョッとする驚きを、与えた。

私は、二・二六事件の衝動から、軍人に反感を持っていた。宇垣《うがき》内閣が、軍部の横車で、流産した時には、腹を立てた。その直後に書いた小説『信子』の中で、愛すべき校長を、〝宇垣さん〟という綽名《あだな》にしたのは、その同情からであった。

私は、軍部が嫌い、ドイツが嫌い、松岡外相が嫌いだった。従って、そういう勢力がハバをきかす時勢に、背を向ける気持が、強く働いた。

——なアに、こんなことは、一時だ。今に、世の中が、変ってくる。

そう思って、新体制運動とか、国家総動員とかいうものを、バカにした。隣組の当番とか、防空演習とかいうものを、ズルをきめて、逃げようとした。

しかし、気の弱い千鶴子は、

「でも、お近所交際《づきあい》で、そうもいきませんわ」

と、隣組関係のことを、一手に、背負うようになった。そして、田舎にいた頃の着物を、モンペに縫い直し、火叩《ひたた》き棒なぞを、自分でつくった。

ある日、隣組の防火訓練があり、塀の中で、バケツの音や、甲高《かんだか》い女の声が喧《やかま》しく、聞えた。千鶴子も、それに参加していたが、やがて、青い顔をして、家へ駆け込んできた。

「何だか、気持が、悪くなってきたの。暫らく、やすませて頂戴……」

彼女は、モンペ姿のままで、茶の間で、横になった。

間もなく、元気を取り戻して、起き上ったが、その時に、私は、彼女の心臓肥大症という持病を、初めて、聞かされた。普通の人の倍も、大きい心臓を持っていることがわかった。

「だから、いわないこッちゃない。もう、防空演習に出るのは、やめなさい」

私は、彼女の暴挙を叱《しか》ったが、その代りに、男の番の防空訓練を、私自身が、怠《なま》けるわけにいかなくなった。休日の午後に、近所の亭主たちが、駆《か》り出されて、演習をした。私が、一番、ノソノソしていたと、妻子が笑った。

そういう情勢の中に、麻理が、十六歳を迎えたのである。

二〇

――娘が十六になった。

それは、麻理が、いくつの年を迎えた時よりも、私にとって、感動的だった。なぜなら、私は、自分が十六の時に、同年の近所の娘を、初恋といっては大ゲサだが、慕わしく想《おも》った経験が、あるのである。麻理が、もう、恋愛と関係のある年頃に、なったのか――

しかし、彼女は、背丈だけ、いやに伸びたが、胸部や腰は、それほど、発達していなかった。言葉使いや、もの腰なぞも、まったく、少女だった。昔、私の心を動かした、十六の娘は、その頃、もう、島田を結い、赤い裾《すそ》をヒラヒラさせていた。そんなものが、私を刺戟《しげき》したのかも知れぬが、ずいぶん、娘として、成熟していた。私より、二つも、三つも、年長のように、思われた。今の娘は、大人になるのが、遅いのだろうか。それとも、外観的にそうなのであって、実質は、今も昔も、変りがないのだろうか――

「アレは、まだなのかね」

私は、ある時、千鶴子に訊《き》いてみた。

「ええ、準備は、してあるんですけど……。それに麻理ちゃんは、そんなことを訊くと、とても、怒るんですよ」

と、彼女は訴えるように、答えた。

しかし、麻理は、月経というもののあることを、既に知ってることが、千鶴子の話でわかった。級友の多くが、もう、その驚きを、経験してるらしかった。

「すると、普通より遅いわけだね。体でも、弱いのかな」

私は、その方のことが、気になった。麻理が、娘になるということは、あまり嬉しくないが、不健康ということより、よかった。

——一体、娘なのか、まだ、少女なのか。

私は、ジリジリしてくる時もあった。

その年の正月に、黒いヴェルベットで、彼女は、ワン・ピースを、新調した。もう、型や仕立てを、気にするようになっていた。久里浜で知り合いになったA家の母親が、友人の洋裁家を紹介してきて、千鶴子も加わり、一同で、型の相談などしたが、その服の襟に、姉の外国土産のレースをつけると、品のいい、ドレスになった。

それを着て、その年の正月に、彼女の写真をとらせたが、写真屋から届いたのを見て、私は驚いた。

——いや、これは、完全なお嬢さんだ。

七分身の体を、斜《ななめ》にして、首だけ、正面を向いてる、その写真は、婦人雑誌の口絵の令嬢写真の一枚と、どこも異《ことな》らなかった。成熟の一歩手前であるが、少女ではない、娘の美というべきものが、匂いのいい、白い花のように、彼女の顔にも、姿にも、現われていた。もっと、驚いたことに、レンズを見つめてる眼と、静かに結んだ口許《くちもと》に、もう、一人の女性の思慮や分別の所在が、窺《うかが》われ、それが、一脈の憂愁《ゆうしゅう》さえ、漂《ただよ》わせてるように、見えた。

こんなに、美しくとれた写真は、恐らく、彼女の一生のうちにも、二度とないであろう。

「おい、こりゃア、実物とちがうぜ」

私は、冗談をいったが、写真に現われてるほど、麻理が大人になったとすると、こっちも、その心算《つもり》にならなければと、思った。

だが、日常の様子を見てると、男の子のような潑剌《はつらつ》さも、多分に残り、横坐りをして、お八ツの菓子をパクつくような仕草《しぐさ》は、少しも、以前と変らなかった。

その頃、麻理の親友は、同級の池野さんという、同年の娘だった。彼女も、はやく母親を亡《うしな》い、父親と暮していたが、麻理のように、一人児ではなかった。彼女は、よく、麻理のところへ、遊びにきたが、腺病質で、多感そうな、明らかに、麻理よりも、マセた少女だった。

その池野さんが、ある日、麻理にいったそうである。

「ちょいと……あたしたち、もう、十六よ。グズグズしちゃ、いられないわよ」

その話を、麻理は、私たちに聞かせて、どうして、グズグズしてはいられないのか、意味を訊《たず》ねた。

私は、腹を抱えて、笑った。マセた少女が、十六という年を、重大に意識するのが、面白かった。彼女は、世間では、自分たちを、子供扱いにするが、事実は、大人の世界が、身に迫ってるという主張を、麻理に聞かしたのであろう。その気持を、グズグズしていられないという言葉で、表現したのが、私には、ひどく、面白かった。また、その言葉の意味が、全然わからず、私たちに訳《わけ》を訊《き》く麻理が、別な面白さを、私に与えた。

――なんだ、まだほんとの子供じゃないか。

私は、写真の印象を忘れて、そうも、思った。

しかし、注意深く、観察すると、麻理は、日に日に、変っていた。彼女の部屋に立て籠《こも》る時間が、多くなってきた。それも、障子《しょうじ》を、ピチンと、閉め切ってしまうのである。また、友達に手紙を書く度数も、殖えてきた。きれいな色の封筒や、便箋を買ってきて、急に上達した筆蹟で、書くのである。それから、顔の化粧は、不潔なことのように、極端に嫌う代りに、靴や、持ち物には、俄《にわ》かに、オシャレをするようになった。言葉使いも、子供ッぽい口をきくかと思うと、〝失礼ね〟とか、〝悪趣味ね〟とか、大人びたことをいった。そして、千鶴子に対して、ひどく睦《むつ》まじく、話してる時と、プーッと膨《ふく》れて、口もきかぬことが、あったりした。

——むつかしい年齢に、なってきたんだな。

私は、そう判断する外はなかった。

*

その翌年に、私は、『南の風』という小説を、朝日新聞に書いた。春から秋までかかって、書き上げたが、この小説は、好評だった。その三年前に、新聞に書いた『沙羅乙女《さらおとめ》』は、ずいぶん努力したのに、不評で、気を腐らせていた後だけに、嬉しかった。そして、終了すると、気も軽々と、北陸の旅へ出た。

長篇を書き上げると、旅行に出かけるのが、その頃の私の習慣だった。しかし、千鶴子は、いつも、私の旅行を、喜ばなかった。そして、暗い顔をしながらも、旅鞄の支度をするのが、常だった。

——一度でもいいから、気持よく、玄関を送り出してくれたら、どうだ。

私は、いつも、心で、そう思った。

その時も、シブシブ、鞄を詰めた。旅で入用なものは、常例で、彼女も知っていた。だが、出発して、最初の泊りを、妙高温泉に選んだ私は、入浴しようとして、鞄を開けると、タオルが入っていなかった。旅館の女中に、買わせにやろうとしたら、そんなもの、今頃、売ってるものですかと、笑われた。綿布の統制が、こんな所まで及んでるのかと、私は驚いた。

仕方なしに、女中の手拭を借りて、温泉へ入ったが、へんな悪臭がして、腹が立った。翌日は、金沢泊りで、大きな都会だから、何とか、タオルか、手拭が、買えると思ったら、やはり、ダメだった。ふと、デパートへ入ると、署名捺印《なついん》をすれば、タオル寝巻を、売ってくれるというので、それを買って、袖《そで》をチギって、タオルの代用品とした。そうまで、物資が不足してることを、思い知らされ、世の中の窮屈さに、腹が立つと共に、妻が、下《くだ》らぬ妄想に囚《とら》われるから、必要品を、鞄に詰め忘れるのだと、癇癪《かんしゃく》が起きた。

私は速達便のハガキに、〝バカヤロー〟と、大きく書いて、千鶴子のところへ、出した。それで、胸が霽《は》れた。

それから、北陸を、諸所歩いて、高山に行き、古い日本の美しさを、ずいぶん味わった。私は、外国へ行って、却《かえ》って、日本美や祖国愛の眼を、開かれたが、年を経《ふ》るに従って、その傾向が強くなり、この頃は、古い城下町を歩くことに、興味を持った。『南の風』を書くために、鹿児島へ行って、古い風俗の面白さを、溢れるばかりに感じたが、金沢や、高山のような町も、同様の満足を、与えてくれた。

その帰途に、私は、名古屋に寄って、そこにいる従兄弟《いとこ》の一人と、会食した。彼は温順な商人で、地方にいると、天下の情勢がわからぬからと、私に、いろいろの質問をした。

「アメリカと、戦争が始まるという説があるが、どうかね」

「そんなこと、デマだよ」

私は、一笑に付した。

「だけど、此間、ある軍人が、演説会で、近く、戦端を開くようなことを、喋《しゃべ》っていたがね」

「そりゃア、軍人は、強がりをいうのが、商売さ。ほんとに、戦争する気なら、そんなことを、ペラペラ、喋りゃアしないよ」

私は、得意になって、日米不開戦論を述べた。支那事変も、解決しないのに、夢物語のような日米戦争を、始めるわけがない。私は、軍人も、政治家も、普通以上の現実家と、信じていたから、新聞その他で、強硬論を宣伝するのは、目下、行われてる対米交渉を、有利に進める計略だと見ていた。

私は、上機嫌で、旅行から帰り、妻も、明るい顔で、出迎えた。

「あのハガキ、見たかい。何の意味だか、わかったかい？」

私は、やがて、いった。

「ええ、タオルでしょう」

彼女は、首を縮めて、舌を出した。

「なんだい、わざと、入れ忘れたのかい」

「まさか……」

彼女は、クスクス、笑った。どうも、怪しいと思ったが、それを追求する前に、滑稽を感じた。故意としたら、あの内気な女が、思い切ったことをやったものだと、おかしくなるのである。

とにかく、そういう風《ふう》に、千鶴子と私の間隔は、かなり、狭まってきた。大体、世間普通の夫婦と、変りないところまできた。彼女は、もう、新婚当時の彼女でも、暗い顔をして、部屋の隅へ坐っていた彼女でも、なかった。また、麻理のことでも、私と話す場合は、〝麻理〟と、呼び捨てが、できるようになった。何年間も、彼女は〝麻理さん〟とか、精々、〝マアちゃん〟としかいえなかった。妻として、母として、主婦として、やっと、彼女は、イタについてきたらしかった。

結婚後、八年目のことであった。

＊

私が、北陸旅行から帰って、半月も経《た》たぬ頃であった。

いかにも、初冬らしい、穏かな、晴れた午前だった。私は、書斎で、近く刊行される『南の風』の校正刷りを、見ていた。東の窓からも、南の廊下からも、明るい日光が、障子を透《とお》して、部屋に溢れ、火鉢も要らぬほど、暖かだった。

私は、鉛筆を握って、活字の行を、眼で追っていた。最近に、自分の書いた作品だから、文章の記憶が頭にあり、誤植なぞ、すぐ発見できた。著作家の時間として、原稿書きと反対に、最もノンキな、それだった。

突然、千鶴子が、階段を昇ってきて、障子の外から、声をかけた。仕事の妨《さまた》げをしてはならぬことを、よく、知ってる、彼女の仕業《しわざ》ではなかった。

「あなた、あなた……なんだか、ヘンですよ」と、声が、タダならない。

「なにが？」

「戦争が、始まったらしいですよ。今、ラジオかけていますけど……」

私は、ギョッとなったが、半信半疑で、階段を、駆け降りた。

茶の間の茶箪笥《ちゃだんす》の上で、ラジオが鳴っていた。

――帝国海軍は、今八日未明、西太平洋に於て、米英軍と戦争状態に入れり。

それが、何遍《なんべん》も、繰り返された。

「ほんとに、戦争、始めたんでしょうか」

千鶴子が、訊いたが、私は、答える気にならぬほど、大きな衝動で、空中を見つめていた。

――えらいことになった。もう、仕様がない。

私は、瞼《まぶた》を閉じると、涙が流れ出したのを、覚えている。

それから、午飯《ひるめし》が済んでも、私は、ラジオの前を、動かなかった。宣戦の詔勅や、簡単なハワイ空襲の発表が、もう、抜き差しならぬ運命に、日本が飛び込んだことを、教えた。

放送が、同じことを、繰り返すので、私は、事実を知りたい要求に、堪えかね、家を出て、八幡宮前まで、歩いて行った。そんな所へ行ったたって、何もわかる筈はないと思っても、行かずにいられなかった。果して、交番側の掲示板に、ラジオ発表と、同じことが、貼紙《はりがみ》してあるだけだった。ただ、交番の前に立ってる巡査も、戦闘帽など、冠《かぶ》ってる通行人も、画中の人物のように、静かで、昂奮を示さず、黙々としてるのが、私には、非常に頼もしく、感じられた。小春日和は、いよいよ麗《うら》かで、ソヨという風もなく、柔かな水蒸気が、それらの景物《けいぶつ》を、包んでいた。私の気持も、次第に、落ちついてきた。もう、家へ帰って、校正でもしようと、思った。戦争になったら、『南の風』の刊行も、中止になるかも知れぬが、今日の仕事は、今日やっておこうという気になった。

だが、八幡宮の鳥居前を、通り過ぎる時に、神信心もない私であるが、突然、祈願がしたくなった。

――えらいことになりました。是非、日本を勝たして下さい。

私は、一心に、そう願った。

歩き出してから、自分でも、その所業に、驚きを感じた。神に祈る心になったのも、不思議であるが、大暴挙と考えていた対米開戦に、何の躊躇なく、既に参加している自分の心に、奇異を感じずにいられなかった。何か、幅広い溝を、一足跳びに、跳び越してしまった気持がした。国民という意識を、この時ほど、強く感じたことは、なかった。

同時に、私は、自分個人のことも、考えた。

――敗《ま》けたら、えらいことになるぞ。麻理も、千鶴子も、どうなることか、知れないぞ。

私は、一生のうちの最大の危険に、際会してる気持がした。ブルブル、体が震えた。しかし、その恐怖を撥《は》ね返して、子供の時から培《つちか》われた、男の勇気というものも、湧いた。

——何としても、勝て！　勝たなければ……。

家へ帰って、机の前に坐ったが、やはり、校正の仕事を、三十分とは、続けられなかった。

やがて、麻理も、緊張した顔で、学校から帰ってきた。

「校長先生がね、みんなを集めて、仰有《おつしや》ったわ……」

全校を挙げて、戦争に協力すること、信者の生徒は、戦勝を神に祈ること——校長が、そう命令したそうである。それを聞いて、私は、安心した。カトリックの学校が戦争に対して、特殊の態度を示すようなことがあったら、麻理の立場が、不幸なことになると、懸念していたからである。

——それにしても、エレーヌは、生きていなくて、よかった。今日本にいたら、可哀そうな目に、遭ったろう。

私は、心の中で、亡妻のことを考え出した。

＊

太平洋戦争は、事件として、私の生涯の最大なものであった。私が、十二歳の時に経験した日露戦争などとは、まったく、比較にならぬもので、私という存在を、根底から揺《ゆす》った。そして、戦争の余波は、恐らく、私が最後の呼吸を終る時まで、続くであろう。それは、あの戦争を経験した、私の年齢にもよるのであって、今の若い人は、それほどの影響を、受けなかったかも知れない。それが、若い生命の頼もしさ、というものである。

そして、忘れ得ない、あの四年間のうちでも、開戦の日ほど、印象の深いものはなかった。誰もが、あの日ほど、真面目《まじめ》な、謙遜な気持を、持ち続けたら、人間の生涯も、たいがいの難局を、打ち破れるだろう。戦争だって、あんな悲惨な終末を、見なかったかも知れない。ところが、あの日の翌日から、翌年の春にかけて、次ぎ次ぎに発表された、空想的な戦果が、人を酔わせ、狂わせた。努力しないうちに、幸運が、先きに見舞ってきたら、気が緩《ゆる》まずにいられない。

私も、いい気になって、万歳を叫んだ者の一人だった。二・二六以来の軍部に対する、反感も忘れ、戦争担任者としての彼等に、どんな後援も、送りたかった。ただ、最初の戦果を齎《もたら》したというばかりでなく、海軍の方に、より多く、好感を持ったのは、やはり、不快な記憶に煩《わずら》わされなかったからであろう。

わけても、私は、死ぬことがわかりきってるのに、小さな潜航艇に乗って、真珠湾へ入って行った、若い士官たちの行動に、深く、感動した。私は、自分が利己主義者だから、そういう自己犠牲の美しさに、人一倍、感じてしまうのである。新聞記事を読んでるうちに、ポロポロ、涙をこぼした。その連中が、二十《はたち》ソコソコの若者で、発表された写真を見ると、皆、優しい、素直な人相をしてるので、一層、堪《たま》らなかった。

「あなた、そんな人情家だとは、知らなかったわ」

そういう私を見て、千鶴子が、ヒヤかした。

「いや、人情ではない。ほんとに、偉《えら》いと、思ってるんだ。偉いよ、偉いよ、この連中は……」

私は、どんなに、彼等を褒《ほ》めちぎっても、褒め足りない気持を、感じた。ただ、〝軍神〟という名には、反撥を感じた。日露戦争の時に、広瀬海軍中佐が、軍神といわれたが、それは、世間でそういったので、今度のように、海軍自身が、名づけたのではなかった。それに、一人の軍神はわかるが、大勢の軍神というのは、奇妙であった。

何よりも、彼等を神格化することが、五人の若い士官と、四人の下士官に対する、人間的尊敬や、親愛感を妨《さまた》げた。私は、一人一人、彼等の名を誦《そら》んじ、郷里を知り、性行も、一応、頭に入れていた。新聞では、誇張的な表現もあったが注意深く読めば、九人の彼等——ことに、五人の若い士官たちは、豪傑型でも、秀才型でもなく、平凡な青年であり、そういう人たちが、あれだけの犠牲的行為をしたことが、私の心を、動かしたのだった。それも、一人だけの例外的な所業でなく、九人も揃って——〝軍神〟の場合と反対に、彼等が大勢であることが、私の尊敬と感動を、大きくした。

——青年とは、こんなものなのか。

私は、彼等を、青年として以外に、見ることができなかった。

一体、私は、二十代の若い男を、好まなかった。一言でいえば、小癪《こしやく》で、小生意気《こなまいき》なのである。ニキビ面が、腹立たしいのである。そんな風に、理由よりも、感情で、青年を好まなかったのは、私自身の二十代を、私が嫌悪してるからであろう。あの時代を顧みると、自分でも、歯が浮くようである。皮膚病にかかった野良猫のように、汚《きたな》らしくもある。

それで、私は、他の文士のように、文学青年の世話なぞ、する気にならなかったのだが、特別攻撃隊の事蹟を知ってから、考えが、変ってきた。

私は、電車の中や、往来で行き会う青年の顔に、心を惹《ひ》かれるようになった。若い工員だとか、大学生だとか、戦時中で、貧しい服装をしてるのだが、私たちの二十代に見られなかった、精神的に美しい顔だちをしてる者を、度度、発見した。

ある時、私は、一台の電車から降りた青年が、背後からきた、もう一人の青年の自転車と衝突して、二人とも、街路に転倒する光景を見た。

私は、二人が、喧嘩するだろうと、思った。昔なら、無論、口争いから腕力沙汰になりかねないところである。しかし、電車から降りた青年は、緊張した顔ながらも、自転車と共に倒れた青年を、扶《たす》け起した。その青年も、ムッとした表情であったが、起き上りながら、軽く、頭を下げた。一方も、同じ動作をした。そして、最後まで、一言も、口をきかずに、二人は、別れ去った。

——偉いもんだな、二人とも。

私は、感心した。

世にいう、〝軍神〟たちにも、この街上の青年に対しても、私の感動の質は、似ていた。尊敬と共に、深い親愛感が、裏づけになっていた。その親愛感が、彼等に対して、それまで、一番、私に欠けたものだった。私は、全然、ニキビに対して、反感を持たなくなった。家へ呼んで、ニキビの療法を、教えてやりたいぐらいのものだった。

——どうして、こんなに、変ったろう。

私は、自問自答した。

開戦から間もなく、私は、算《かぞ》え年五十歳を、迎えた。いつか、私も、五十歳になったのである。私の父は、五十歳で死んだ。私も、五十ぐらいで死ぬだろうと、覚悟していたが、まだ、生きてる。そして、老年期というものに入ったらしいが、そのために寛容の精神が、生まれたのであろうか。

そうも考えてみたが、私は、一向、老人の自覚がなかった。文士としても、まだ、新進か、中堅どころの気がした。

——いや、これは、娘が十八になったことの方に、関係があるぞ。

私は、ふと、そう思った。

麻理の婿《むこ》さんになる男——大体、その年齢の幅をもって、私の青年に対する眼や、心が、開かれてきたのを、知った。

二一

連日のように、大戦果が発表される世の中だったが、新聞、ラジオで騒ぐほど、人の心が弾《はず》まなくなってきた。〝大戦果〟に慣れたということもあるが、生活の窮迫が、ジリジリと、首を締め始めていたからであろう。

私の家なぞも、できるだけ、買溜《かいだ》めや、ヤミをやったが、千鶴子は、人に先んずるということのできない性分だったから、その分量も、知れたものだった。ただ、十年も住み続けたお蔭で、千駄ヶ谷の魚屋や八百屋は、融通をきかしてくれたので、助かる点もあった。

「今のうちに、麻理のお嫁入りの衣裳《いしょう》や、箪笥《たんす》を、買っとかないと……」

ある日、千鶴子がいい出した。

「冗談じゃない。まだ、女学校も、出てやしないじゃないか」

「いいえ、Tさん（私の親しい友人で、有名な談話芸術家で、麻理と略《ほ》ぼ同年の双生子の娘を持ってる）のところじゃ、衣裳も、もう、お揃《そろ》えになったし、箪笥屋へ、ヤミで、二棹《ふたさお》、お誂《あつら》えになってるんですよ……」

千鶴子は、砂糖や米の買溜めよりも、麻理の婚礼準備の方に、遥かに、熱意を示した。それも、一つの継母根性であるが、私は、その頃、もう、それを、あまり、気にしなくなった。むしろ、千鶴子の顔を立てる、という風に、心が傾いていた。

「そうだね。まだ、買えるんなら、買ってもいいが、簞笥だけは、やめておこう。そこまで、用意するのは、あんまり、欲張りだ」

「じゃア、あたしの持ってきた簞笥を、その時に、削《けず》り直させますわ。お古でも、かまわない？」

「結構だとも」

それから、千鶴子は、出入りの染物屋や、T夫人や、八方へ頼んで、生地類の買い集めに、かかった。衣裳は、紅白のウチカケにすると、後の利用にいいとかいって、おめでたい模様の地紋《じもん》の白生地が、手に入ると、

「いいでしょう、これ……」

と、まず、私のところへ、見せにきた。当人の麻理は、まるで、興味がなく、

「要《い》らないわよ、そんなもの。ママの非時局的なのにも、呆れるわね」

と、そんなことばかり、いってるからである。

千鶴子の熱心さは、異常といってよく、式服ができれば、訪問着、不断着――と、手を伸ばした。しまいには、私も釣り込まれて、京都へ行った序《つい》でに、知り合いの呉服問屋から、帯地や反物《たんもの》を、頒《わ》けて貰ったりした。

戦争のお蔭で、私たちは、娘のために、早過ぎる婚礼準備を余儀なくされたが、それによって、麻理の結婚ということを、本気に考えることも、促進された。

——誰と、いつ、結婚するのか。何年、先きのことか。しかし、少しでも、結婚し易《やす》いように、準備しておいてやらなければ……。

彼女が、混血児であることが、こういう世の中になって、結婚を妨げる憂いがあった。それが障害にならない対手は、恐らく、カトリックの信者仲間であろう。私は、なるべく、彼女に、教会へくる人達との交際を、薦《すす》めた。

それにも増した不安は、私が、いつ、戦線に駆り出されぬとも、限らないことであった。多くの文士が、頻々《ひんぴん》と、報道班員として、徴用されていた。中には、私の年齢に近い人もあった。一片の徴用令書がくれば、私は、家庭を飛び出さなければならない。海を渡って、戦線へ行くのだから、死の危険も、絶対にないとは、保証されない。それを考えると、麻理の結婚準備を、一層、遺漏《いろう》なく、計っておきたかった。

ある日、私は、丸の内の某信託会社へ、出かけた。そして、麻理の名義で、一万円の信託預金を、頼んだ。当時は、一万円あれば、挙式と、新家庭を持つ当座の費用に、充分であった。それは、寒い、雪催いの日であったが、手続きを了《お》えて、丸の内の鋪道《ほどう》に立つと、ホッとした安心で、頬を撫《な》ぜる北風を、暖かく感じた。

しかし、それで、徴用の脅威を、忘れるわけにもいかなかった。私は、国民として、国家の危機を救う力を致したいのだが、徴用文士にはなりたくなかった。私は、自分の腹立ち易い性質を、知っているから、低劣な下士官なぞから、侮辱的な待遇をされれば、カッとなって、どういう危険に墜入《おちい》るか、知れなかった。その頃、文士徴用は、徴用だといわれ、軍隊教育で、スジガネを入れるのだという説もあったが、私は、スジガネは、入れて貰わなくても、持ってるつもりだった。

ちょうど、その頃に、朝日新聞から、私に、連載小説の話がきていた。新聞連載中は、徴用を免れるという噂で、私は、引き受ける気になったが、学芸部長の話では、普通の小説を載せると、軍部や情報局がヤカましいから、大東亜戦記のようなものを、書かぬかということで、私は、思案に余った。戦線へも行かず、戦争の経験もない者に、戦記が書ける道理がなかった。そのうちに、〝九軍神〟の発表があり、世間が、それで波立つと、新聞では、それを扱う気はないかと、いってきた。それも、私の手に余る材料なので、辞退をしたが、何度も、口説《くど》かれた。

「じゃア、ただ一人だけ、選ばしてくれ給え。その人のことを、書けたら、書く。調べた上で、書けそうもなかったら、諦《あきら》めて貰うことにして……」

私は、そういう約束の下に、呉軍港から江田島、鹿児島の旅に出た。新聞では、練達の海軍記者を、同伴さしてくれた。

私が、一人だけ選ばしてくれと、いったのは、〝九軍神〟の中で、一番、親愛を感じるY士官がいたからである。彼の郷里は、『南の風』を書くについて、詳細に調べた、鹿児島であった。私が、彼に親しみを感じたのは、彼が薩摩人《さつまじん》であることが、多分に、影響していた。

その旅行で、呉軍港では、ほとんど、収穫がなく、私は、何度も、執筆不能を、同行記者に申し出たほどだったが、江田島の海軍兵学校を、参観すると、大きな感動に、衝《う》たれた。

私は、今でも、あの学校のことを、忘れられない。あのような純白で、清冽《せいれつ》な雰囲気を、曾《かつ》て、いかなる学校でも、感じたことはない。規律嫌いの私が、規律の守り方、守らせ方を、あんなに、美しく感じたことはない。

それも、あの学校の生徒が、もっと幼《おさな》いか、もっと年長だったら、私も、あのように、感動しなかったかも知れない。彼等は、いかにも、若々しい青年だった。眼は賢く輝き、頬は健《すこや》かな血に燃え、男性の若葉の匂いが、五体から噴き出すようだった。淫蕩《いんとう》なマダムは、恐らく、逆の面から、彼等を、私と同様に、讃美しただろう。何の予備知識もなく、先入感情もなく、最初に、兵学校の玄関に立ったのであるが、軍帽に、白い作業服を着て、駆け込んでくる彼等が、文字通り、不覚の涙を、私に、流させた。

それから、私は、鹿児島へ行って、Y士官の生家を、訪ねた。そこは場末町の小さな米屋で、父は亡く、見るから、田舎風の母親と、実直な兄とが、全国から集まる熱狂的な讃辞に、ただ、オロオロしてる風だった。遠い国の女学生が、血書の手紙を送ってきたり、両陛下の供花《くげ》があったり、家の前には、軍神の生家という標杭《ひょうぐい》が打たれたり、一日中、弔問客が殺到して、商売もできなかったり——二人の純朴な遺族は、呆然《ぼうぜん》としていた代りに、少しだって、誇ったり、威儀をつくろう様子がなかった。恐らく、この二人が、〝軍神〟という言葉に、最も面食《めんく》らった人達であったかも、知れない。それほど、飾り気のない、昔の日本人らしい謙譲《けんじょう》さに溢《あふ》れた、二人であった。私は、非常に、この二人を好いた。そして、終戦の前に、世にも善良な彼等が、酷烈な鹿児島空襲に遭い、防空壕の中で、焼死を遂げたという報知ぐらい、私を傷《いた》ましめたものはなかった。戦争の残酷さが、骨身にこたえた例を、私は五つほど、持っているが、その一つである。

私は、鹿児島に、十日間ほど滞在して、Y少佐の事蹟を、調べて歩いたが、予想に違《たが》わず、平凡温健な青年であることがわかった。私は、やっと、作品のテーマらしいものを、胸に描くことができた。

東京へ帰って、私は、新聞社の人と共に、海軍報道部の責任者と会った。私は、もし、自分の腹案が、容《い》れられなければ、それを口実に、この困難な仕事から、逃げるつもりだった。

「Y少佐が、非常に平凡な生《お》い立《た》ちで、平凡な人柄であったことを、書きたいのです。どんな、偉功をたてたかということは、世間が知ってるから、私が、改めて書くこともないと、思いますが……」

すると、責任者の中佐は、

「いや、こちらも、そうお願いしたいのです。英雄豪傑として書かれると、及ばぬ業だと思って、誰も、真似しませんからな」

と、その道の商売人らしいことを、いった。日露戦争時代の軍人なら、こういうことは、いわないだろう。私は、少し、アテが外れた気持だったが、とにかく、作品を書くことの相談は、それできまった。

＊

そして、私は、いつものように、作品の筋立てを、考え始めたのだが、曾て知らぬ厄介な材料であることを痛感して、ズルズルと引き受けた無謀を、後悔した。新聞に掲載される日は、私の誕生日の七月一日からだったが、その日が近づくのが、怖《こわ》くて、ちょうど、一カ月前の六月一日に、私は、亡母の二十三回忌の法要を、谷中《やなか》の菩提寺で営んだ。貧乏時代には、法事の墓参はしても、親類を食事に招くことができなかったが、今度は、母の妹たちや、その他十名ほど、上野の料亭に、呼ぶことができた。その頃は、統制がきびしくなって、そういう場所で、食事らしい食事をするのも、困難であったが、ある雑誌社からの口ききで、丁寧な料理と、禁制の昼酒まで出た。

「今頃、こんな、お饗応《もてなし》は、よッぽど、〝顔〟でないと、できませんよ。あんたも、エラくなりましたね。姉さんが、生きていたら、さぞ、喜ぶでしょう……」

叔母たちは、そんな、お世辞をいった。此間《こないだ》うちまで、私を、不良文学青年扱いにしていた、連中なのである。私も、千鶴子や麻理の手前、少し得意を感じて、いい気持に、酒を飲んだ。

ただ、姉だけが、出席できなかったというのは、私の九州旅行中に、彼女は、高血圧のために、東大へ入院し、その後、容態がいいので、家へ帰って静養していたからである。食事の席でも、姉の病気が話題に上ったが、寝たり起きたりの程度で、心配する必要のないことを、私は、叔母たちに、語った。

「今日も、出席したいと、いってきたのだけど、まア、止《と》めておいたんですよ……」

それぎりで、誰も、姉のことをいう者はなかった。

だが、その翌日の午飯過ぎに、姉の家から、私に、電話が掛ってきた。

「奥様が、急に、お悪くなって……」

女中のオロオロした声が、受話器の中で、鳴った。

私は、すぐ、千鶴子を呼んで、麻理が、学校から帰ったら、二人で、姉の家へ駆けつけるように、いいつけて、家を飛び出した。

木炭の円タクも、容易に拾えず、バスを、また新宿で乗り替えて、鍋屋《なべや》横丁に近い、姉の家まで行くのに、私は、ジリジリした。そして、急いで、姉の居間へ通ると、もう、彼女の意識はなくなっていた。ゴウゴウたる、高い鼾声《いびき》と、閉じた眼と、開いた口と――私は、側にいる医者に訊かなくても、脳溢血であることを、直覚した。なぜなら、二十三年前に死んだ母親が、発作《ほっさ》を起した時も、同じ状態だったからである。

「姉さん……姉さん！」

私は、呼んでみたが、ムダだった。

そして、夕刻に、麻理と千鶴子が、駆けつけた時には、姉の最後の脈搏《みゃくはく》が、ちょうど、絶えたところだった。父の死が四十年前、母の死が二十三年前、亡妻の死が十年前――それきりで、私の肉親を訪れなかった死の影が、また、私の前に立った。

――きょうだいが、死んだんだ。

弟は、北海道にいたし、私は一人で、同じ腹から生まれ、同じ血を受けた者が、欠けていく姿を、マジマジと、見つめた。

その夜、私の家は、小さい女中だけなので、千鶴子を姉の家に残し、麻理と私が、夜半近く、帰宅した。そして、麻理が、寂しがると思って、私は、寝具を階下に運ばせ、久振りで、彼女と枕を列《なら》べて、眠った。

「オバチャマも、可哀そうね」

麻理が、灯《ひ》を消した闇の中で、大人びた声を出した。

〝オバチャマ〟という呼名で、彼女は、朝鮮以来、長いこと、肉親感を、持ち続けてきたのである。弟にも、よく懐《なつ》いていたが、やはり、姉との関係が、麻理には、一番、深かった。

「うん……でもね、この戦争を、オバチャマみたいな人が、生きてくのは、大変なんだ。いい時に死んだとも、いえるんだ……」

私は、ほんとうに、そう思っていた。利子生活者で、戦争の邪魔者のような未亡人に、幸福なことが、一つだってあるとは予想されない、世の中だった。

やがて、私たちは、眠りに入ったが、ふと、門を叩く物音に、眼をさました。寝床に、起き上って、耳を澄ますと、続けて、ドンドンと、叩く音が、聞える。私は、姉の家の用事で、人がきたのかと思ったが、なぜ、電話を利用しないかと、不思議に思った。

「パパ、起きてるの？」

意外にも、麻理も、眼をさましていた。

「今、誰か、門を叩いたようだね」

「うん、叩いた……」

私は、電燈をつけて、寝衣《ねまき》のまま、門へ出て行った。声をかけたが、返事はなかった。念のため、門を開けて、外を覗くと、誰もいず、初夏の暖かい風が、朧《おぼ》ろ月で、薄明るい街路を、吹き抜けていった。

「何でもなかったよ……」

さり気なくいって、私は、再び、寝床へ帰った。麻理も、それきり、何もいわなかった。

死者が、肉親のところへ、死を知らせにくるということが、昔から、よく、いわれていた。それに似たことを経験して、私は、寒気《さむけ》を感じたが、一方、少し、不合理だとも思った。私は、姉が呼吸を引きとるのを、見届けてきたのだから、姉の霊魂が、わざわざ、死を告げにくる必要はない。私が既に知ってることを、更《あら》めて、知らせにくるのは、念が入り過ぎてる。

——すると、死期に間に合わなかった麻理のところへ、知らせにきたのかな。それにしても、麻理だって、よく知ってるのにな。

私は、ノンキで、軽率なところのある姉の性格を考え、何か滑稽を味わうと共に、初めて、感傷的な涙が、頰を伝わった。

その翌日から、私は、仕事も放擲《ほうてき》しなければならない多忙さに、身を縛られた。姉の家には、女中と書生だけで、亡夫の親戚もなく、葬式を出す責任者は、私以外になかった。それだけのことだったら、日数も短いから、何とでもするが、遺言状が発見されて、財産全部の処理が、こと細かに書いてあり、その執行《しっこう》が、私に任《まか》されていた。これが、どれほど、手数と時間を要する仕事だか、経験のある人でなければ、わからない。その外、差し当って、家の管理、七日ごとの法要、香典の返礼なぞの雑務が、皆、私の家に、振りかかってくるのである。

私は、こういう雑務が、まったく苦手で、千鶴子も、東京生活をよく知らないから、精々、私の助手以上の役には、立たない。

——こりゃア、とても、新聞の小説は、書けない。

混乱した私は、新聞社に電話をかけて、事情を述べ、執筆の延期を頼んだ。新聞は、頑として、承知しない。果ては、電話口で、怒声罵声《どせいばせい》まで、発し合ったが、結局、その後の話し合いで、どんな不出来な作品であっても、問わぬという条件で、私が折れ、その代り、雑務は、新聞の人も、手伝ってくれるということになった。

といって、まさか、法事の世話まで、新聞に頼めるわけのものではなく、結局、私が全《すべ》てを行い、また、近づく掲載日を前に、執筆の準備を、始めねばならなかった。

やがて、私は、その作品を、書き始めた。『海軍』という題名にした。江田島で感じたものと、Y少佐の事蹟とを一貫して、私は、自分の海軍贔屓《びいき》を、語りたかったのである。それから、私は、この作品に限って、本名を用いた。それは、私の従来の作品とちがって、事実を主としたものであり、また、書こうとする気持も、日本の勝利を希《ねが》う一国民のそれであった。それを、私は区別したかった。

発端《ほったん》が、新聞に載《の》るようになってから、間もなく、姉の五七日や、七七日の法事をした。それは、単なる法要でなく、遺品分《かたみわ》けとか、親族会議なぞも、伴《とも》なった。思わぬ人が、思わぬ我欲を主張して、人生とは、こんなものかと、呆《あき》れさせた。それが済むと、遺言執行について、裁判所や、税務署や、登記所へ、度々、足を運ばなければならなかった。幸い、文芸事務関係の、親切な弁護士が、私を助けてくれたが、それでも、私の疲労と困憊《こんぱい》は、どうしようもなかった。

私は、いつも、イライラして、怒りッぽくなり、夜半に、眼が覚めて、いつまでも、眠れなかった。臭剥剤《しゅうぼつざい》を服んだり、アンマをとったりしても、効はなかった。その上、その年の夏は、驚くべき酷暑で、二階の書斎で原稿を書いてると、頭が、クラクラする時があった。戦争前までは、肉づきのよかった私が、この頃から、眼立って、痩せ始めた。

――運命が変る時機が、来つつあるな。

私は、不吉な予感を持った。

そのくせ、外観的には、私は、幸運に包まれていた。全然、自信のなかった『海軍』が、意外の世評を博したことが第一、そして、また、私は、姉の遺言によって、彼女の住んでいた家と地所を、譲られることになった。その家は、千駄ヶ谷の現在の家より、数等立派で、文化的設備も整っていた。私は生まれて初めて、自分の名義の地所家屋を、所有したわけだが、実際は、少しも、嬉しくなかった。

私は、千駄ヶ谷を、去りたくなかった。古ぼけた、現在の家が、苦にならないばかりでなく、その土地を愛していた。反対に、姉の家は、家屋は立派でも、土地が気に入らなかった。また、譬《たと》え姉でも、人から貰った家へ住むのは、愉快でなく、戦争でも済んだら、好きな千駄ヶ谷に、自分の力で、自分の家を、建てたかった。姉の遺贈品で、嬉しく思ったのは、麻理へのダイアだけだった。それは、亡母から姉へ伝わり、今また、孫である麻理の手に渡るのは、由緒《ゆいしょ》を感じるからである。

私は、姉の家の始末に、困った。住みたくはないが、売り飛ばしては、故人の意に反《そむ》いた。といって、明家《あきや》にしておくこともできず、結局、千鶴子の郷里からきた、若い夫婦を、留守番にして、当座を凌《しの》ぐことにしたが、後の処理方法が、常に、私の頭を悩ませた。

長い残暑が終って、やっと、秋になっても、私の健康は、回復しなかった。不意に、鼻血が出たり、肩が凝《こ》ったり、不眠症も、ひどくなった。血圧を計ると、標準より低かったが、姉の死を、目前に見たので、不安は去らなかった。

――どうせ、長くは、生きられないのだ。

父が、私の年で死んだことが、よく、頭に浮かんだ。父の寿命以上に生きるのは、不可能なような気がした。

千鶴子も、その頃、イライラして、暗い顔を見せることが、多くなった。それは、曾てのように、家庭内の事情からではなく、姉の家の残務整理のためだった。細々《こまごま》したことは、妻に任せたが、気の弱い彼女は、横合いから、我欲の手を伸ばす一人の親戚の女に、感情を磨りおろす目に、遇《あ》わされた。私も、心では、彼女に同情しながら、同じように、イライラして、慰めの言葉をかけてやる、余裕がなかった。

『海軍』は、日を追うに従い、私の経験しない好評を博し、四つの映画会社から、契約の申込みがあり、七つの出版社から、出版の依頼がきた。私は、得意でなければならないのに、反対に、気が滅入って、仕方がなかった。午後の散歩に出て、黄色くなった公孫樹《いちょう》なぞに、斜陽が射してるのを見ると、何ともいえぬ寂しさが、胸一杯に拡がり、そこに居《い》堪《たた》まれぬような、気持がした。私は、秋が好きで、あの澄んだ空を見ると、健康と心の爽《さわや》かさを味わうのが、常だったが、この年は、反対だった。

ちょうど、その頃、ある生命保険の勧誘員が、しつこく、加入を薦《すす》めにきた。生命保険は、大嫌いで、いつも、断り続けてきた私は、ふと、気持が変った。私は、受取人の名義を、千鶴子と麻理の二口にして、八万円の契約をした。

──寂しいな、寂しいな。

私は、いつも、そう感じながら、終り近い新聞小説の筆を、急いだ。新聞社では、年内一杯まで、引き延ばしを、依頼してきたが、私は、反対に早く切り上げることに、専念した。そうしなければ、体がブッ倒れそうな、気がした。『海軍』という小説の末尾が、やや、尻切れトンボなのは、そんな事情があったからだった。

暑かったその年は、また、寒さの早い年でもあった。十一月の末に、薄氷が張る日があった。その頃のある朝、私は、『海軍』を書き上げて、ヘトヘトになった体を、書斎に横たえ、長いこと、眼を閉じて、呼吸の音を聞いていた。

年末になって、『海軍』が、朝日賞を貰うことに、決定した。私は、それまで、どんな文学賞も、貰ったことはなく、また、子供の時から、いかなる受賞も、経験のない男だった。それ故、喜びは、大きい筈なのに、疲れ切った私の心は、拗《す》ね気味だった。また、完結から間もなく、出版された単行本が、私の作品として、記録破りの売行きを示しても、心は弾《はず》まなかった。

その上、常のように、作品を書き上げた骨休めの旅行に、出られる世の中では、なくなっていた。私は、疲れた体を、家で、ゴロゴロさせながら、暗く暮れた、わが五十歳の年を、顧《かえり》みた。

──もう、いつ死んでも、いいんだ。娘も、一人前になったんだし……。

私は、やや、感傷的になって、そういうことを考えた。

というのは、この年のいつだったか、春だったか、秋だったか、ある日、千鶴子が、一種の笑いを、顔に浮かべて、私の書斎に、入ってきたことがあったのである。

「あなた、麻理ちゃん、とうとう、アレよ」

私は、即座に、その意味を、理解した。

「そうかい、それは……」

恐らく、私も、一種の笑いを、顔に浮かべたにちがいなかった——千鶴子より、もっと、複雑なそれを。

「今日は、お赤飯を、炊きますよ……。でも、麻理ちゃんには、何にもいわないでね。パパに、内証にしろッて、とても、怖《こわ》い顔して、いうんですもの……」

そんな言葉が、耳に入らないほど、私は、感動を覚えた。十八歳の初潮《しょちょう》というのは、遅いにはちがいないが、とにかく、麻理が〝娘〟になった証拠として、これ以上のものはない。私は、遂に、麻理を、娘になるまで、育て上げたのだ。肺炎の時には、両手に抱いて、病院まで運んだ、小さな麻理を——

娘の初潮を知ったら、不潔な気持がするだろうと、思っていたが、まったく、反対だった。初潮という事実まで、ひどく、神聖な気がして、その日一日、私は、感慨に浸った——

その思い出だけが、ポッカリと、明るいような、一年であった。

二二

麻理は、眼に見えて、変化してきた。

ヒョロ長だった体が、肉がつき、二本に垂らしたお下髪《さげ》が、不似合いなほど、眼鼻立ちが整い、掌《て》や、足の甲が、すっかり、大きくなった。女学校の最上級生としても、最も大きな女学生の体格を、備えていた。

体ばかりではなかった。

ある時、学校の修学旅行があり、彼女たちの級は、大洗《おおあらい》海岸へ、日帰りで、出かけた。一体、彼女は、遠足とか、運動会があると、前夜から、いじらしいほど、昂奮し、準備に夢中になるのだが、その時は、

「汽車が、とても、混むらしいし、行ったって、面白くもないらしいわ」

と、いうようなことを、口にした。

そして、夕方、帰宅すると、

「はい、お土産……」

彼女は、青い葉を敷いた竹籠を、差し出した。その中に、小さなカワハギや、メバルのような雑魚《ざこ》が、入っていた。

魚の配給も、三日に一度という頃で、このお土産は、早速、私の晩酌の肴《さかな》になった。

「ママ公のお土産で、役に立ったものは、初めてだぜ」

私は、笑ったが、魚なぞ買ってくるようになった彼女の成長を、考えずにいられなかった。尤も、誰でも、物資があれば、争って買う時代だから、彼女の発意というよりも、同級生の真似をしたのではないかとも、考えた。

しかし、それから、暫らくして、女中が父の急病で、家に帰った時の麻理の態度は、彼女が、もう、昔の彼女でないことを、ハッキリと私に、教えた。

千鶴子が、頼んだわけでもないのに、麻理は、台所や掃除の手伝いを、始めた。

「ママ、坐ってらッしゃいよ。あたしがやるから……」

そんな、一人前の口をきいて、マメマメしく、立ち働く姿を、私は、微笑の眼で、追わずにいられなかった。そして、ふとした後姿のうちに、亡妻が、再び現われたのではないか、と思うほど、瞬間の酷似を見出して、ギョッとする時もあった。

学校で、割烹《かっぽう》や和裁を、教わってくるが、料理をつくるのは、決して、嫌いではないようだった。裁縫も、私の浴衣《ゆかた》を縫ったりするようになったが、針を持つことは、丁寧で、器用だった。その二つに、私は、亡妻の面影を、見出した。亡妻は、むしろ、裁縫の方が好きで、よく、イスに腰かけて、針を動かしていた――

そして、麻理は、女らしく、大人ッぽくなったというばかりでなく、性格まで、変化してきたのではないかと、思われた。まるで、男の子のようだった幼児時代を、知ってる者には、人が異ったとしか、思われなかった。彼女独特の言葉使いも、まったく、聞かれなくなった。静かな、低い声でしか、話さなくなった。その代り、論理的に、詰め寄ってくることを、覚えてきた。紅粉《こうふん》的なオシャレは、相変らず、好まないが、小ザッパリ趣味というか、紺やブルーの衣類を、身につけたがる要求が、著しくなった。

彼女は、口寡《くちずく》なになり、時には、千鶴子が話しかけても、返事をしないこともあった。ヒステリックなところはないが、陽気な娘では、決してなかった。求めて、友達と交際するとか、会合へ出かけていくとか（教会関係は別として）、そういう社交性が、年と反比例して、減っていくようだった。読書は好きだが、映画や劇場へは、自分から進んで行くことは、稀《めず》らしかった。小遣銭をネダるということも、殆んどなかった。

麻理のうちに、内省的、求心的な性格が、かたちづくられてることが、私にわかり、それが、必ずしも、私の喜びではなかった。浮薄でないことは、嬉しいが、非社交的ということは、私自身が、いろいろ、不幸を味わっていた。それでも、男性の孤独は、まだ忍びやすいが、女性の場合は、生きることにさえ、困難を伴なうであろう。

――どうして、あんな娘になっちまったのか。

私は、訝《いぶか》る時があった。

亡妻の性格に、内向的なところがあった。私の性格も、それが強かった。だが、それだけではないと、思わせるものがあった。ふと、私は、思い当った。

――そうだ、千鶴子にも、似てきたのだ。

麻理に対して、常に、遠慮がちで、何にも、支配や感化の力がないように、思われるが、やはり、彼女は、母なのである。母の位置に着き、毎日、起臥《きが》を共にしていると、自然と、染み移るものが、あるのだろう。よく、考えてみると、麻理の内気さ、暗さのなかには、亡妻よりも、千鶴子に似たものの方が、明らかに、浮き出してる時もあった。そういうことに、気づいたのも、麻理の使う言葉のうちで、東京語でない表現やアクセントが、時々混り、それが、千鶴子の四国弁の伝染であることを、知ってからだった。言葉が、似るように、心も、似てくる——それが、私には、血の繋《つな》がりよりも、却って、神秘に思えた。

やがて、麻理の女学校卒業が、近づいてくると、いろいろの問題が、起きてきた。卒業後、どうするかということ。

彼女は、最初、霊心女学院か、母校の高等科へ、入りたがった。しかし、戦争のために、来年から、高等科を廃止するということが、間もなくわかり、計画を変えねばならなかった。

「一体、何の勉強がしたいのだ」

「そうね、やっぱり、フランス語を、続けたいわ」

出稽古の先生は、引き続いて、麻理を教えてくれていたが、系統的な勉強の必要があり、また、その頃から、女子徴用の噂が立って、学校に籍を置くと、それを免《まぬが》れると、いわれていた。

ちょうど、私の母校の慶応義塾内に、外国語学校が設立され、私の旧友が、校長になったので、一日、彼を訪ねて、様子を訊いた。

「普通のフランス語学力があれば、中級へ入《はい》れるが、男女共学でも、関《かま》わないかい」

旧友は、笑っていった。

——そうだ、麻理は、もう、娘なのだ。

私は、それを、忘れていた。自分の学生生活の経験から、あの学校の空気のなかに、麻理のような娘の姿が、どんな風に、ジロジロ眺められるかも、わかっていた。

私は、帰って、彼女に、共学のことをいった。

「関わないわ、あたし……」

彼女は、実に、平然たるものだった。その態度が、私の危惧《きぐ》を、追い払ってくれた。

そして、入学の申込みを、旧友のところへ送った。

——少し、変ってるな、麻理は。

私は、そう思わないで、いられなかった。

また、女学生として、最後の修学旅行に、彼女の級が、京阪へ出かけることになった。戦時中で、学校としても、これを、最後の修学旅行にする心算《つもり》らしかった。京都は、私が、姉の許《もと》から、麻理を東京へ連れ帰る途中に、数日を過ごしたが、幼い時だったから、記憶も、朧《おぼ》ろらしかった。彼女は、勇んで、旅行に立った。そして、帰宅の時には、女学生らしく、さくらゐ屋の封筒や書簡箋など、買い込んできたのを見ると、

——やはり普通の娘らしいところもあるのかな。と、安心に似たものを、感じたりした。

やがて、彼女の卒業式の日がきた。生憎《あいにく》、雨の日だったが、彼女は、最後の制服姿で、家を出た。私の心も、何か、一緒に、式場へ付いて行くような気持がした。幼稚園へ行くようになって、やっと、私が、机に向う時間ができたのが、そう遠い昔とは、思われないのに、女学校卒業とは、ウソのように、感じられた。

その日の夕飯に、千鶴子は、麻理だけに、頭《かしら》つきの魚を探し、赤飯を炊いた。

「はい、お免状……」

外出から帰った私に、麻理は、筒入りの卒業証書を、見せた。きまりきった文句と書式を、私は、シゲシゲと、眺めた。何だか、自分が獲《と》った免状のような、気がした。祝の膳《ぜん》で、私は、買溜めの酒を、惜しみなく、飲んだ。

「女学校の卒業式ッて、センチなんだろう。〝蛍の光〟唄って、皆、メソメソ、泣くんだろう」

私は、酔って、娘をヒヤかした。

「そうね。皆さん、泣いたわね。それから、サイン・ブックに、お互いに、書きッこしたり……」

「マア公は？」

「あたしは、泣かなかったわ。だって、そんなに、悲しくないんですもの……」

そういう点は、麻理は、確かに、普通のお嬢さんと、ちがっていた。亡妻も、そういう感傷癖のない女だった。

「まア、いいや……。とにかく、ママに、礼いうんだね」

私は、酔わないと、そういうことが、いえなかった。小学時代は、私も手伝ったが、女学校は、入学から卒業まで、千鶴子の受け持ちで、下級生のうちは、予習復習を見てやったり、上級になっても、宿題の和裁なぞは、千鶴子に縫って貰って、いい点を、獲《と》っているのである。そんなことよりも、その五年間――そのすべてに、麻理は、義母に負うものを、多く持ってるのである。

その晩、私は、二階の書斎で、ひとり臥《ね》ながら、娘のことを、考えた。

――とにかく、これで、一段落だ。戦争の最中で、将来のことは、ちょっと、考えられないが、女学校を卒業させたのは、何といっても、一段落だ。おれも、一つの役目を済ませた。

甘い満足を感じて、私は、眠りに入った。

＊

娘の卒業式から、間もなく、私たち一家は、中野道玄町の亡姉の家へ、移転した。

姉の没後、九カ月も、主のない家にしておいたが、留守番も、そう長くは頼めず、結局、譲られた私たちが住むより、他に、方法がなくなってきた。

気の進まない転居で、私は、不機嫌になり、荷造りをするのも、身が入らなかった。蔵書だけは、自分で、始末しようと思ったが、それすら、麻理の手を、煩《わずら》わした。千駄ヶ谷へ越してくる時とちがって、彼女は、引越し仕事の有力な働き手に、なっていた。

移転の日は、途中から、雨が降り出し、やっと、夕方に、全部の荷が、運び入れられると、千鶴子が、気持が悪いと、訴え、熱を計ると、九度を越していた。すぐ、医者を、呼ばなければならなかった。倖《さいわ》い、単純な風邪と疲労で、二、三日で、起きれるようになったが、私は、この家に越して、いいことはないという予感を、抑《おさ》えられなかった。

家そのものは、建築も新しく、住み心地よく、できていた。イギリス風の応接間は、渋好みで、気持がよかった。イスとテーブルに別れた私たちは、また、この家で、再会することになった。私の書斎は、二階の四畳半を改造し、隣りの納戸《なんど》を、書庫に用いた。日当りのいい、静かな書斎だった。隣室の日本客間から、ベランダに出れるようになっていたので、仕事に疲れると、そこの籐《とう》イスに、身を横たえた。

千鶴子と麻理の部屋も、それぞれ、千駄ヶ谷の家よりは、立派で、整っていた。庭も、築山《つきやま》があったり、石燈籠《いしどうろう》があったり、態《たい》を成していた。しかし、家ばかり住みよくても、商人に馴染みがないので、ヤミがきかず、何よりも苦痛なのは、交通の不便だった。中野の大通りは、近いのだが、電車も、バスも、恐ろしい満員で、停留所へとまることは、滅多になかった。鍋屋《なべや》横丁まで歩くと、どうやら、乗れないこともなかったが、確実に、乗車しようと思えば、東中野の国電駅まで、行く必要があった。それには、二十五分も、歩かねばならなかった。都内の中心へ達するのに、千駄ヶ谷の三倍の時間を、要するようになった。

その度に、私は、新居を呪詛《じゆそ》した。

麻理も、不便な交通機関を、何度も、乗り換えて、三田の外語学校へ、通い始めた。しかし、開設匆々《そうそう》のためか、授業が充実せず、物足りないようなことを、いっていた。ただ、教師に、私の旧友が多いことと、同級に、数名の女性がいることが、私を、安心させた。

といっても、一週三回の授業なので、他の日は、エプロンを着た彼女が、家事を扶《たす》けた。移転の前に、新しい女中が、千鶴子の郷里からきたが、麻理は、もう〝お嬢さん〟ではなくなっていた。掃除でも、食卓のこしらえでも、彼女の仕事は、速くはないが、綿密で、キチンとしていた。

今度の家の隣組は、千駄ヶ谷に比べると、不精者が多く防空演習などで、お座なりなので、千鶴子も、病気を口実に、休むことができたが、軍事公債の割当てのようなことは、なかなか、面倒だった。しかし、内気な千鶴子は、却って、近所から、風当りが弱く、折衝《せっしょう》も、うまく行っていた。体の弱い彼女に、買い出しだけは、ムリだったが、次第に、近所の商人から、ヤミを買う道も、開けてきた。何よりも、助かったのは、雑誌や出版関係から、よく、食糧物資を、貰うことだった。また、そういう筋の紹介で、地方の文学青年が、鶏や卵を、売りにきてくれた。そういう助けがなかったら、手不足の私の家では、相当の困難に墜入《おちい》ったろう。

といって、豊かな食事が、望めるわけもなく、千鶴子は、花壇だった門側《もんわき》の空地へ、野菜や、カボチャの畑をこしらえて、食糧の足しにした。肥料が乏しくなると、彼女は、便所から、汲み出したりしたが、田舎《いなか》に育った彼女は、そういうことに、平気だった。

戦争の恐怖や圧力が、家族を寄り添わせるのか、家の中は、数年前の暗さを、認められなくなった。千鶴子も、麻理を、一人前の娘に育て上げた〝実績〟に、気持の裕《ゆと》りが、出てきたようであった。私は、べつに、感謝を意識することはなかったが、やはり、意識せずに、妻への親愛が、深くなってきたらしかった。私の健康状態は、決して、戦前に戻らなかったのに、妻との交渉の方は、却って、多くなった。やはり、そういうことは、夫婦の隔《へだた》りを、縮めるのであろう。千鶴子が、私に対して、遠慮なく、口答えをしたりするようなことが、見られるようになった。麻理に対しては、決して、そういう態度を、見せなかった。

ある日、応接間の窓のブラインドの工合を、直すことで、私と千鶴子とは、口喧嘩をした。彼女は、少しも、負けていなかった。むしろ、先手を打って、減らず口を、きいた。

「生意気、いうな」

私は、カッとなって、彼女に、平手打ちを、食わせた。

打ってから、私は、気がついた。結婚以来、私が妻に、腕力を用いたのは、これが、最初のことだった。そして、私が、女に暴力を揮《ふる》った自責を、少しも、感じないばかりか、初めて打たれた千鶴子自身が、怒りや恨みの表情を、浮かべなかったのも、不思議なくらいだった。一時間も経つと、何事も起らなかったように、彼女は、平常《ふだん》の態度になった。

私の方が、後になっても、いろいろのことを考えた。

——おれは、千鶴子を打つほど、彼女に接近したらしい。

私は、そういう発見をした。

数年前のあの時代に、彼女を打つことなぞ、思いも寄らなかった。外套を着せかけられても、ゾッとしたような女に、手を下すという気持は、いかにしても、起り得なかった。それほど、私の心は、彼女から、遠く離れていたのである。今、やっと、私たちは、普通の夫婦らしい隔てなさに、辿《たど》りついたようであった。

尤《もっと》も、腕力による親近感の表示は、倖《さいわ》いにして、二度と試みる必要も、起らなかった。

*

戦時下の窮乏のなかでも、私は、あらゆる算段をして、晩酌にありつこうとしたが、その酒を、最も多く工面《くめん》してくれたのは、Ｍという青年だった。

彼は、談話芸術家として有名な、Ｔの細君の弟で、その関係で知り合ったのであるが、慶大にいる頃、野球選手で、野球好きの私に、よく、招待券をくれた。他の選手を連れて、千駄ヶ谷の家に、遊びにきたこともあった。彼は、開戦後に、卒業して、就職の道もきまったのであるが、海軍予備学生を志願して、霞ヶ浦航空隊へ入った。私が、朝日新聞に頼まれて、その航空隊を訪問した時に、彼は、私の旅館に、訪ねてきた。

「お酒に、お困りでしょう」

彼自身は、下戸《げこ》であるが、私の酒好きを、よく知っていた。

「勿論！」

「何とかしますよ、僕が……」

彼は、日に灼けた顔に、白い歯を見せた。

しかし、私は、あまり、期待もしなかったのに、次ぎの土曜日の午後に、少尉か中尉の軍服を着た彼が、一升壜《いっしょうびん》を持って、私の家の玄関に、入ってきた。

後には、航空隊にも、酒は乏しくなったが、その頃は、士官であれば、酒保で、いくらでも、買えたのである。

毎週末に、東京の自宅に帰る度に、彼は酒やウイスキーを、届けてくれた。私は、すっかり味をしめて、彼の酒を、アテにするようになった。こちらから、手紙で、催促することもあった。彼は、慶応ボーイらしい洒落男《しゃれおとこ》で、その頃、若い女にモテた海軍士官軍服を、一層、整然と着込むことを、知ってる男だったが、そういう男に、一升壜をブラ下げさせて、土浦から道中させるのは、気の毒と思っても、酒が欲しい一念で、引き続き、彼の世話になっていた。従って、彼が、私の家に出入りする機会は、戦前よりも、遥かに、多くなった。

「ねえ、M君を、麻理に、どうだろう」

ある日、私は、ふと、千鶴子に、そういってみた。戦局は、いよいよ熾烈《しれつ》で、娘の結婚ということに、心の準備は、何一つなかったが、思いついたままを、いったのである。

「そうね……」

彼女が、微笑して、明答をしない気持は、私に、よくわかった。Mに、不足があるというよりも、即座に賛成して、責任を負いたくない肚《はら》に、ちがいなかった。

「まア、無事な、婿さんだぜ」

「それは、確かに、そう……」

Mは、秀才でも、劣等生でもなかった。常識型で、覇気《はき》がない代りに、温和で、キチンとした青年だった。運動選手で、見るから、健康であり、美男子といえる顔立ちだった。出身学校も、私の母校であり、何よりも、Tと細君を通じて、家や人柄を、相互に知り合ってることが、強味だった。

——あの男なら、麻理が混血児であることに、文句をいわないかも知れない。

私の腹の底には、いつも、娘の出生のことがあった。仮りに、彼女に、縁談が起った場合、それが理由で、破談にでもなれば、私自身よりも、彼女に及ぼす影響を、深く、恐怖していた。それで、なるべく、彼女の縁談は、何事も知ってる、近い周辺のなかから見出したかった。

Mは、その周辺のなかにいる青年なので、私も、彼に眼をつけたのであろうが、まだ、決心するには、遠かった。また、彼が、戦時中の軍人であり、仕事は、飛行機乗りであるので、軽率に、中込みもできなかった。それから、嫁にやるか、養子に貰うかという点も、迷いの種だった。養子ということの不自然さを、私は、よく知っていた。同時に、家族の少い私の家に、頼もしい、一人の若者が殖《ふ》える想像も、愉しくないことはなかった。

ある日、私は、T家を訪ねた時に、冗談めかして、Mと麻理の話を、持ち出してみた。気をひいてみるという下心が、あったのだろう。

「そいつア、ちょいと、イケるじゃないか」

Tも、やはり、冗談めかした受け方で、賛意を示した。細君も、同様だった。私は、序《ついで》に、サグリを入れる量見で、養子のことも、匂わしてみた。

「それはねえ、なるべく……」

細君は、可愛がってる弟に、養子という名を、与えたくない様子だった。そういわれると、私の養子説は、すぐ折れてしまうような、脆《もろ》さだった。

——何にしても、戦争が終ってからのことだ。

私は、そう思ったが、一番肝心な、麻理自身の気持を、全然、打診していないことに、気がついた。

しかし、私には、どうしても、娘に、真正面から、そういう話を切り出す気持が、出てこないのである。千鶴子に、

「お前から、訊いてみないか」

と、いっても、彼女も、妙に、尻込みする様子であった。何か、麻理には、そうした気難《きむず》かしさを、予想させるものがあった。

「じゃア、とにかく、Mを呼んで、皆で、飯を食ってみようじゃないか」

私は、そう提議した。その席の麻理の様子を見れば、大概、見当がつくと、思ったのである。

度々、酒の世話をさせてるので、その礼に、食事に招くということは、少しも、不自然ではなかった。麻理にも、そういう風に、話しておいた。

千鶴子は、ヤミ物資を買い集めて、食膳の用意をした。やがて、例によって、整然と、軍服を着こなしたMが、現われた。私たちは、二階の客間で、食膳を囲《かこ》んだ。私は、さり気のない顔をしてMと、航空隊の話なぞしながら、娘の態度を、細かく、注視していた。

今でも、あの時の麻理の滑稽な表情を、私は、忘れ得ない。彼女は、Mの隣りに坐らせられたが、まるで、棒を呑んだように、不動の姿勢で、眼を釣り上げ、唇を結び、空中を凝視したまま、側目《わきめ》も振らなかった。Mの方は、令嬢慣れがしているらしく、時々、彼女に話しかけるのだが、「はい」とか、「いいえ」とか、答えるだけで、すぐ、彫刻的

表情に、返るのである。それは、〝固くなった〟娘の姿を、画にかいた以外の何物でもなかった。

結局、私は、麻理から、何の判断も、推測も、引き出せずに、この食事を終った。

「なんだい、ありゃア……」

後で、夫婦だけになった時に、私は、腹を抱《かか》えて、笑った。

「羞《はず》かしいンですよ。まだ、子供なんですよ」

千鶴子も、笑いながら、答えた。

「まるで喧嘩か、果《はた》し合いに出たような、顔つきだったぜ」

「そうなんですよ。そういうものなんですよ」

私たちは、また、笑った。

もし、婚約だけでも決めておくとすれば、一度は、ハッキリと、麻理の考えを、訊《き》かなければと、思いながら、私が、グズグズしてるうちに、それどころではない不幸が、起きてきた。

二三

まず、私自身が、戦争に疲れてきた。

『海軍』を書いてから、海軍関係の執筆依頼が、非常に多くなり、それが、いつも、調査や旅行を、伴なった。皆が、苦労してる時であるから、肉体の疲労は厭《いと》わないが、書くことの不愉快さが、次第に、加わってきたのである。

私は、戦争に勝つために、何でもしようという気持があったが、書くことは、自分の流儀でやりたかった。それでなければ、書く甲斐《かい》はないと思った。そして、そういうやり方で、戦争の前半を通してきて、多少の効果があった。ところが、戦局が、むつかしくなるに連れ、情報局あたりの言論統制方針が、狂気染みてきた。誰も、同じ曲譜の太鼓を、叩かなければ、反戦の烙印《らくいん》を捺《お》すようになった。従って、すべての文章は、無意味で、粗雑な迎合に、充《み》ちた。

その頃、私が新聞に書いたものが、三分の一ほど、検閲で、削除《さくじょ》された。何の理由もない、削除だった。それと前後して、私が、ある社交クラブの会員に、座談に招かれて、話したことが、警視庁の咎《とが》めを受けた。刑事が、罪人のように、私を調べ、課長は、重ねてこのようなことがあれば、戦時ナントカ罪で、拘引すると、脅《おび》やかした。

その頃から、私は、自分の文章を、国に役立たそうとする気持が、消極的になってきた。そういう世の中なら、何もしないで、戦勝を祈願《きがん》している方がいいと、思い出した。

それに、何といっても、私の神経は、繊弱だった。戦争が長引き、困苦が加わり、そして、明るい見透しも立たないとすると、勇気や忍耐が、日増しに、衰えてきた。それ以上に、戦争や、自分自身の行動に対して、疑惑《ぎわく》の雲さえ、拡がってきた。

——こんなことをして、何になるのか。田舎へでも引っ込んで、一家の幸福をはかる方が、賢明ではないか。

疎開ということが、頻々《ひんぴん》と、行われる時だった。私の友人たちも、信州や甲州へ、逃《のが》れ始めた。そして、サイパン島が失陥してからは、知り合いの海軍報道部の軍人も、

「もう、九十パーセント、敗けだね。必ず、大空襲がくるから、田舎へ、お逃げなさい」

と、秘かに、勧《すす》めてくれた。

私の心は動いたが、容易に、決心がつかなかった。やはり、一種の負け惜しみがあり、生来の不精も手伝って、疎開の実行を、躊躇した。しかし、世間の空気は、急角度で、切迫してきたので、私は、疎開について、妻子の意見を、訊いてみた。

「疎開なんて、真ッ平よ。最後まで、ガン張らなければならない時じゃないの」

そういう強硬意見を出したのは、意外にも、麻理だった。

私は、些《いささ》か、驚いた。彼女の出生と、信仰から考えて、そんな愛国主義が潜んでいようとは、夢にも、想わなかったのである。

その頃、彼女は、保姆学校へ、通っていた。外語学校在籍では、女子徴用を免れないと、カトリック仲間のA家から忠告され、そこの娘と同じように、高円寺かどこかの保姆学校に、入った。私も、娘を徴用に出したくなかったが、その頃の東京の娘たちは、軍関係や、官省の事務員を、自ら進んで志望しても、徴用という強制は、好まなかった

のである。

　そんな気持で、麻理も、保姆学校へ入ったのだが、私は、それが、どんな学校だか、全然、知らなかった。恐らく、徴用避《よ》けの、名目だけの課業でも、受けているのだと、考えていた。ところが、後になって、反対の事実が、わかった。戦時に必要な保姆を、急速に養成するために、午前中の学課も、過重だったが、午後の実課というのが、事実上の保姆を勤めるので、一人娘で、子供を扱ったことのない麻理は、ひどく神経を使うことになり、毎日夕刻に、ヘトヘトになって、帰宅していたのである。それだけに、彼女は、ハリ切って、その仕事に打ち込むことで、彼女の愛国心を、満足させていたらしい。

　そういうことを、知らない私は、娘の身よりも、空襲や疎開のことに、頭を悩ませていた。それに、夏の初めだったが、応接間の窓の外に、蜂が巣をかけてるのを発見し、これなら、空襲はあっても、わが家は焼けぬかも知れぬなぞと、昆虫の本能の方を、世間の観測より、信じていた。事実、私の家の前は、五十メートルも、強制疎開で、空地となり、延焼の危険もないように、思われた。ところが、その蜂の巣が、ある日、巣だけ残って、蜂の姿は、一疋《いっぴき》も見えなくなった。私は、また、疎開の必要を考えるような、意気地なさであった。

　その夏のある晩、麻理が、突然、発熱した。

　最初は、八度二分の発熱で、風邪《かぜ》と思い、二、三日、臥《ね》かしたが、七度以下に降らず、再び、八度を越す日を、迎えた。心配になって、医者を呼んだ。移転の日に、千鶴子の発病で、呼んだ医者よりも、近隣の評判のいい医者だったが、初めて、依頼する人だった。診察にきたのは、夜に入ってからだった。

私は、診察するところは見ずに、その結果を聞くために、応接間で、待っていた。

「いかがです？　風邪でも、コジらせたのでしょうか」

医者は、重々しい口調《くちょう》で、答えた。

「いや、だいぶ、胸を、やられておいでです。早く、ご入院の必要がありますね」

私は、昏倒《こんとう》せんばかりに、驚いた。

肺結核だと、いうのである。それも、重態だというのである。

「そんなことッて、ありませんわ。肺病なんて、麻理の容態と、まるで、ちがいますわ。あの医者、どうかしてるんですよ」

医者が、帰ってから、千鶴子は、常に似合わない、烈《はげ》しい口調でいった。

「バカ！　医者が、そういうものを、打ち消せるものか」

私は私で、昂奮して、妻を、叱り飛ばした。まるで、娘の重症であることを、希《ねが》うかのように――

その晩の私は、地ベタに叩きつけられた、蛙のようなものだった。喘《あえ》ぎ、喘ぎ、寝床の中で、反転した。天から降って湧いた禍《わざわ》いを、どう処置していいか、方策もなかった。入院といっても、これまで逼迫《ひっぱく》した世の中では、難事中の難事に、思われた。それよりも、死を宣告されたに等しい麻理が、ただ不憫《ふびん》で、いとしくて、涙ばかり湧いた。熱で、赤い顔をして、力のない咳《せき》をする様子が、眼に浮かび、もう、死んでしまったかのように、絶望感が、私を占領した。

——だから、この家へ越してくるのは、イヤだと、いったんだ！

私は、心の中で、大声を揚げて、誰にともなく、文句をいった。

翌朝になって、千鶴子と顔を合わせると、

「ともかく、もう一度、別な医者に、診《み》て貰おうか」

と、彼女の説に、加担するようなことをいった。僥倖《ぎようこう》を希《ねが》う心が、私のなかに、潜んでいたのであろう。

妻は、勿論、賛成した。そして、私は、麻理が、〝白薔薇〟の寄宿舎で肺炎を起した時に、診察に来て貰った旧友のK・Kを、思い出した。早速、彼に電話すると、病人の痰《たん》を持参しがてら、詳しい容態を知らせるために、来訪してくれということだった。

私は、痰を入れた空缶《あきかん》を片手に、防空服装で、家を出た。K・Kの家に行くだけの用で、直ちに診断が聞けるわけでもなかったのに、本郷駒込《こまごめ》の彼の家まで、度々、都電を乗り換える、長い道中のことが、未だに忘れられない。電車の窓から眺める街々が、昨日と、まるで、変っていた。薄い、墨色の暈《かさ》をかぶってるように、悲しい、暗い風景だった。そして、時々、我慢の堰《せき》を切って、涙が湧き、車内の人目を隠すのに、困った。

K・Kは、医者らしい沈着さで、長々と麻理の容態を聞き、午後に、私の家へ往診することを、約束した。

「どうも、この頃、結核が多いんだよ。食物が悪いせいじゃないかと、思うんだがな」

彼も、どうやら、麻理を見ない前から、結核と、きめてるらしかった。

午後に、彼が来て、診察の結果は、中野の医者と、大同小異だった。ただ、彼は、肋膜炎の方は軽い、といった。しかし、肺の浸潤《しんじゅん》は、第二期であり、入院の必要はないが、転地療養を図《はか》るべきだと、いった。

二人の医者が、そういう以上、私も、もう、希望の余地はないと、思った。ところが、千鶴子は、今度も、医者の診断を、信じなかった。

「そんなこと、ありゃアしませんよ。それに、K・Kさんて人、あなたのお友達だけど、少し、オッチョコチョイですよ。あんな人のいうこと、あたし、信用できませんわ」

K・Kが、夕飯に出した酒に酔って、冗談口をきいたことなぞを、千鶴子は、非難した。しかし、私には、彼女の言葉は、気休めとしか聞えず、そのノンキが、却って、腹を立てさせた。その晩も、暁方《あけがた》まで、眠れなかった。

その翌日から、私は、娘を〝結核患者〟として考え、また、その取扱いをした。ちょうど、友人の家に、看護婦上りの娘が、出入りしていたので、その女に、手伝いにきて貰った。彼女は、医者の命ずるとおり、痰や食器の消毒をし、体温や脈の表を、書き入れた。病気の原因が、保姆学校の過労と、戦時食物の栄養不足と聞いて、私は、食糧の買い入れを、千鶴子ばかりに任しておけず、友人の家々を訪ね歩いて、鶏や卵を、頒《わ》けて貰った。

――もう、仕方がない。肺病患者として、娘を、少しでも軽くさせることの努力だ。気持が、少し落ちついてくると、私は、娘の体が、動かせるようになったら、転地療養をさせることを、考えた。看護婦上りの娘をつけて、富士見高原へやる道も、頭に浮かんだが、私たちの側を離れさせるのが、不憫《ふびん》でもあった。

その頃、疎開の候補地として、信州のある村を、紹介された。娘の発病以来、私も、疎開ということを、切実に考え始めた矢先きで、その村の豪家の離れ座敷を貸すという話が、耳寄りに、思われた。ふと、私は、中学時代の旧友が、その村の豪家の一族であることを、思い出し、彼に、電話をかけてみた。

すると、彼は、その家が、不衛生的であるとの理由から、強い反対を述べたが、話の末に、娘の病気のことに及ぶと、彼自身が、昨年、結核を患《わずら》い、名医の手で、すっかり回復したことを述べ、希望なら、その医者を、診察に行かせるよう、手配すると、いってくれた。藁《わら》も摑《つか》みたい心理で、私は、直ちに、その厚意に縋《すが》った。

その日の午後に、紹介の医者がきた。医者というよりも、児童教育家のような、質素で、言葉寡《すくな》い人だった。触診や打診の態度が、非常に綿密で、且つ、長かった。

私は、また、応接間で、彼の診断を、聞いた。

「肺結核じゃありませんね」

彼は、静かな、低い声でいった。

「浸潤は、両肺にありますけれど、古いもので、進行はしていません。東京育ちの子供は、たいがい、それくらいの古疵《ふるきず》は、持っているものです。それから、肋膜の方は、まるで、ありません」

　私は、耳を疑って、その言葉を聞いた。

――え？　ほんとですか。騙《だま》かすのじゃありませんか。

　そういいたいくらいだった。

　その医者が、帰ると、千鶴子は、得意になって、私にいった。

「それ、ご覧なさい。だから、あたしがいったでしょう。肺病なら、あんな容態なもんですか。それを、あなたは、一人で、キメ込んでしまって……」

　何といわれても、私は、気持がホクホクして、返事もできなかった。そして、晩酌に、買溜めのビールを飲んだ上に、焼酎《しょうちゅう》にまで、手を出した。

　翌日になると、昨日の医者の言に、疑いも起きてきたが、私は、どうせ信じるなら、明るい見透しを、信じようと、思った。

　やがて、日が経つにつれて、事実が、明るさを、証明した。平熱の日が、毎日続き、咳《せき》も、著しく減った。食欲も、元気も、増してきた。また、K・Kから、痰の検査は、無菌であったことを、知らせてきた。そういった回復振りを見て、主治医の近所の医者も、

「少し、慌《あわ》てまして、大ゲサなことをいって、恐縮でした」

と、詫《わ》びをいうようなところにまで、漕ぎつけた。

私は、ホッと、胸を撫《な》ぜ下《おろ》したが、油断はしなかった。麻理が、床から起きたがるのを、できるだけ、抑えた。そして、今度こそは、本気に、疎開の決心をした。

空襲を逃れるというよりも、東京のこの生活を脱出しなければ、一家の誰かの生命が、犠牲に供される——という気持を、強く、感じた。そして、ちょうど、再び、疎開先きの紹介があったのを倖《さいわ》い、躊躇なく、その家の検分に、出かけた。

そこは、湯河原駅から、温泉場と逆な方角にある、海から遠くない、空き別荘だった。千鶴子の知人の縁故者が、建てたもので、千坪近い地所と、和洋二棟の家屋があり、戦時徴用を惧《おそ》れて、売却を望んでいたが、私は、中野の家があるのに、そんな宏大な家は、欲しくないから、借りることを主張して、容れられた。

検分に行って、私は、すぐ、その家を借りることに、決心した。疎開地として、東京に近く、安全性が低いことも、近所に国鉄の変電所があって、空襲の標的となる危険のあることも、考えないではなかったが、庭の松林を越して眺められる、青い海と、近い山から湧き出す、新鮮な空気とが、麻理の予後療養地として、この上ないものと、思われた。

——疎開ではない。転地なんだ。

私は、そう考えて、この家にきめた。

それから、毎日、慌《あわただ》しい、疎開準備が、始まった。倖い、麻理に専門医を紹介してくれた友人が、鉄道に関係があり、貸切り貨車一台を、予約してくれたので、日常の用具は、洩れなく、運搬できそうだったが、容積の大きなものや、不急品は、割愛しなければならなかった。何を、疎開地に持っていくかで、私と千鶴子は、毎日、争いをした。麻理の婚礼衣裳なぞは、当然、不急品であるのに、彼女は、頑として、持参を主張した。結局、私は、自分の蔵書も、不急品の部に、入れることにした。フランス滞在中に、根気よく買い集めた、演劇関係書なぞ、入手困難と思っても、さほど、惜しい気がしなかった。二次的必要品を、雑誌社の倉庫に預けることになったが、その時も、私は、蔵書を頼むことを遠慮した。それほど、生きるための必要品だけが、貴重な世の中だった。

家の留守番は、雑誌記者一家が、引き受けてくれたので、家具の大部分も、蔵書と共に、置いて行くことにしたが、疎開荷物や、預け荷物の梱包《こんぽう》で、毎日、朝から、人夫が出入りし、雑音と乱雑で、家の中は、戦場のようになった。私は、神経がイラ立って、いよいよ、千鶴子と、口争いをする機会が多くなった。

その間にも、麻理は、日増しに、体力を回復してきた。寝床は、敷いてあるが、私も、強《し》いて臥《ね》させる必要を、認めないほど、元気になった。それだけ、彼女は、混雑する家の中を、見ていられない様子で、自分も働いて、役に立とうとした。

「バカいっちゃ、いけない。また、ブリ返されて、堪《たま》るもんか」

私は、声を荒らげた。すると、彼女は、病気勝ちだった子供時代のように、イジけた顔つきをして、涙を溜《た》めたりした。

「じゃア、荷札ぐらい、書かしてよ」

貨車積み込みの分も、倉庫預けの分も、それぞれ、多くの荷札をつける必要があった。私が、イライラしながら、それを書いてると、彼女が、手伝いを、申込んだのである。

「いや、字なんか、書いちゃいかん」

そういって、私は、自分で可笑《おか》しくなった。それほど、神経質にならなくても、いいのである。

実際、私たちの疎開は、時期遅れだったので、その実行の困難さは、想像以上だった。何度も、私は、疎開の決心を、後悔するような目に遭わされ、肉体も、神経も、甚だしく消耗して、今度は、自分がブッ倒れそうな、不安を感じた。

それでも、ある日、

――今後、各家の糞尿《ふんにょう》は、各自に於て処分されたし。

という回覧板が、巡《まわ》ってきた時には、もう、東京の生活も、ドンヅマリだと思い、疎開する外はないと、考え直した。

疎開の予定日は、八月三十一日だったが、その三日前に、私は麻理を連れて、例の専門医の許《もと》を、訪ねた。疎開旅行の足慣らし旁《かたがた》〻、最後の診察を受けにくるように、医師から勧められたのである。

それは、発病後、約四十日目のことであり、麻理にとって、最初の外出だった。晴れた日だったが、暑気は、そう烈しくなく、電車の混まない十時頃を狙って、私たちは、家を出た。

久振りに、洋服を着た彼女は、靴を穿《は》くと、少し、ヨロヨロした。脚も、靴下がタルむほど、細くなり、頰は瘦せ、髪はボサボサして、ほんとに、快方に向ってるのかと、私を、不安がらせた。

「見っともなくても、平気で、僕の肩に、摑まるといいぜ」

病み衰えた娘に、私は、そういわずにいられなかった。

彼の医院は、牛込《うしごめ》の神楽坂《かぐらざか》にあった。そこまで、都電で行く道中は、長かったが、私が案じたような、息切れや、疲労を、彼女は、示さなかった。

医者は、彼独特の綿密な診察を、終えた後で、

「大変、よくなっています。もう、心配ありません」

と断言した。

――救われた！

私は、嬉しくて、診察室の窓の青い空や、強い日射しが、心に染みるようだった。

医者は、昨今いわれるハウザー食に似た、食餌健康法を、細かく、私たちに教え、彼が製造させてるカルシューム剤を、三カ月分ほどくれた以外には、もう、服薬を薦《すす》めなかった。

私たちは、カルシューム剤の大きな紙袋を持って、往来に出た。

「よかったね。これから、あの医者のいうとおりに、しようね」

私は、今度の娘の病気は、半ば、自分に責任があるような気がして、ならなかった、戦争のゴタゴタに紛《まぎ》れて、私は、彼女が、保姆学校で、どんなことをしていたのか。また、会合の多かった私の留守中に、彼女や千鶴子が、どんなものを食べていたかも、まるで、注意を忘れていた。私と食事する時は、体裁《ていさい》を整えていたが、自分たちだと、材料が乏しいままに、ずいぶん、粗食をしていたことが、今度の病気で、発見された。私は、そのことでも、千鶴子に、叱言《こごと》をいった――

「うん……。あのお医者さんのいうことなら、あたし、頷《き》くわ」

麻理は、最初の診察の時から、彼を信頼していた。

「だって、K・Kだって、肺炎の時には、お前を、救ってくれたんだぜ」

「そりゃア、そうだけど、あの人、少し変ってるんだもの……」

肴《さかな》町の停留場まで、歩きながら、私は、浮々した気分を、感じた。麻理の顔にも、久振りに、明るい微笑が浮かび、歩き方にも、往路よりは、元気があった。

――しかし、よく、病気で、心配をかけさせやがるな。

安心したせいか、私は、却って、そんな愚痴《ぐち》を、心に呟いた。

あの、多病だった子供時代が憶われ、あの頃と今との比較が、自然に、私の頭に浮かんだ。あの頃も、ずいぶん、心配をしたが――例えば、肺炎の重態の時でも、あれほど、心を砕いて、看護をしたが、一方、死んでしまうのなら、それも仕方がない、という気持があった。命に替えても、という気持はなかった。恐らく、子供から解放されて、自由になる自分の生活が、予見されていたからだろう。

今度も、自分の生命を犠牲にしても、娘を救おうという気持は、私になかったが、もし、娘が喪《うしな》われたら、その打撃は、十数年前と、比べものでなく、強かっただろう。娘の存在は、それほど重くなり、私の生命は、それほど、老いたのである。

――そうなんだ。おれは、五十二であり、娘は、二十になったんだ。

その意識は、感傷と満足とを、織り混ぜて、私に迫った。カンカン照りの青空が、また、私の心に染みた。

二四

九、十、十一――その年の秋の三月間は、戦時中のエア・ポケットのような、意外な安息を、私たちに、与えてくれた。
――疎開してよかった。

開け放した窓から、庭の松林と、遠い水平線の青さを、眺めながら、私は何度も、心に呟《つぶや》いた。

静かさということが、こうも有難いとは、想像の外だった。騒音の多少などと、ゼイタクなことを、いうのではない。心が静かになる環境の恩恵を、知ったのである。そして、半分、気が狂っていたような、東京の毎日の怖ろしさを、更《あら》めて、想い回《めぐ》らし、そこから離脱した喜びを、感謝しないでいられなかった。

勿論、ここも、物資が窮迫し、警戒警報のサイレンや半鐘の音が聞え、厄介な隣組の勤労奉仕が、ないことはなかった。しかし、サイレンの音がやめば、波の音が耳立ち、草刈りの奉仕は、日当を出せば、代役を勤める村人がいた。すべてが、東京よりも、一ケタだけ、ノンビリしていた。

主食だけは、東京より、不自由なほどだったが、海岸なので、魚が、豊富だった。運輸が困難なために、土地に魚が溜り、配給品でも、東京で見られない、新鮮で、美味なものがあった。

麻理は、その魚類と、スガスガしい空気と、両方のために、救われた。疎開して、一カ月も経たぬうちに、メキメキと肥り始め、血色が、美しくなった。子供の時に、片貝の海岸へ連れて行った場合と、まったく、同様の結果だった。海が、彼女の体質と、適合するのだろう。

それでも、私は神経質になって、重い物を運んだり、家庭菜園の鍬《くわ》を持つことを、禁じたが、

「だって、先生は、適度に労働しろッて、仰有《おつしや》ったじゃないの」

と、ムキになって、反抗するくらい、元気になった。

広い邸内だったが、別荘番の婆さんと息子が、既に大部分を、畑に使ってるので、私

たちは、三分の一ほどを、人を頼んで、土を起させ、種を蒔《ま》いた。私も、娘に労働させないために、鍬を握らねばならなかった。都会に生まれた私は、土の親しみや、喜びを、まるで知らず、畑仕事は、腰が痛くなるだけだったが、心の平静を、取り戻すためには、相当、役立った。

庭の隅に、蜜柑《みかん》の樹が、数本あった。この土地の丘陵地は、悉《ことごと》く、蜜柑畑であって、村人の収入は、それが大部分だった。ツヤツヤした青蜜柑が、やがて、黄金色に変っていくのを、眼のあたりに見る頃は、美しい秋晴れが、毎日、続いた。そのうちのある日に、空襲警報が鳴って、一台のB29が、高い青空を、それとは見えないほど、小さく、東京の方へ、飛んで行った。それが、恐ろしい大空襲の準備のための写真地図撮影飛行などとは、誰も、気がつかなかった。

私と麻理が、愉《たの》しい、蜜柑穫《と》りをしたのも、その数日後だった。私が、樹に攀《よじのぼ》り、鋏《はさみ》で、よく熟した実を、切り落すと、モンペを穿《は》いた娘が、籠《かご》を持って、下から、それを受け止めた。

「パパ、もっとこっちに、大きいのがある！」

私は、手を延ばして、鋏の音を立てた。ボサリと、娘の籠に、金色の珠《たま》が、落ちた。彼女は、歓《よろこ》びの声を揚げ、私は、濃緑の葉を漉《すか》して、降り灌《そそ》ぐ日光と、蜜柑の匂いに、酔ったような気持だった。

樹を降りると、いくつもの籠に、山盛りになっているに拘《かかわ》らず、枝には、まだ、鈴なりのように、実が残っていた。その豊かな皮の膨《ふくら》みに、負けないほど、麻理の体も、健康そうに見えた。私も、娘も、収穫の喜びというものを、初めて味わったと同時に、回復期の順調さを、心ひそかに、喜び合ったにちがいなかった。

私は、東京を離れて、開戦以来の心の動揺と、疲労の深さを、却って、知ることができた。私のような弱い人間は、所詮、〝第一線〟から逃げ出すのが、当然の運命だと、思った。東京にいる頃、私は私なりに、戦争に参加してるつもりだったが、この土地へきてから、そういう気持がなくなった。文筆の仕事も、〝主婦の友〟の連載以外は、すべてを断《ことわ》った。一家三人が、もの蔭へ入って、戦争の嵐の過ぎるのを、待つという気持が、私を支配した。しかし、それでは、他の日本人に済まないという考えも、腹の底にあった。

ここは、景色のいい土地で、散歩に出ると、背後の山も、海の眺めも、惚れ惚れとするような箇所が、いくらもあった。青い岬《みさき》の先きに、伊豆七島の大部分が、幻のように、浮いてる時もあった。そういう時に、こんな美景を、愉しんでいいのかと、疑うこともあった。

千鶴子も、東京を離れて、ヤレヤレという顔つきだった。畑仕事は、彼女が最も力を入れたし、ヤミ食糧の入手に歩き回るのも、彼女だったが、元気なことは、彼女が一番だった。秋の終りに、女中が郷里に帰っても、妻と娘は、東京にいる時のように、不足をいわないのみか、却って、女中なしの方が、ノンキでいいなぞといった。来訪者も、ここへきてから、目立って減ったので、一家三人が、もの蔭に、肩を列べて、寄り合うという感じが、日増しに、強くなってきたのである。

＊

しかし、それも、束《つか》の間だった。

やがて、日本に空襲というムザンな暴風が、吹き捲《まく》ってきたと共に、私の家にも、暗い雲が、次第に、掩《おお》い始めた。

空襲といえば、内心、よもやと思った、この地方も、明らかに、危険地帯に入ってることを、再三、経験させられた。最初は、裏の山続きのどこかに、数回、爆弾が落ちて、大きな地響きと、白煙があがった。私たちは、押入れの布団の中に、潜《もぐ》り込んだ。

B29が、関東地方を襲うと、大抵、この村の頭上を通った。ラジオの警報が、伊豆半島を北上すると、告げると、同時であったり、それよりも、早いこともあった。高い、高い空を、白く輝いて飛ぶ編隊は、青地に白い蚊絣《かがすり》のようであり、憎悪《ぞうお》と共に、美感を催させた。

「あア、憎らしい！」

それを仰いで、麻理が、よく叫んだ。

中野の家では、隣組の義理合いから、庭の隅に、防空壕を造らせたが、疎開先きでまで、その必要を感じようとは、思わなかった。今度は、竹藪の側に、一家三人の入《はい》れる大きさの穴を、毎日、少しずつ、掘り起した。この仕事は、予想以上の体力を要し、しかも、いつまで掘っても、穴は、深くならなかった。

そのうちに、ある日、雑誌社から人がきて、洋館の玄関で、原稿を渡そうとする時に、頭上に近く、飛行機の爆音が聞え、訝《あや》しむ間もなく、機関銃の音が、耳を聾《ろう》した。私も、その記者も、夢中で玄関にあった買溜めの炭俵の蔭に、身を伏せた。そんなものが、何の掩護《えんご》になるわけもなく、私は、呼吸を止め、死を覚悟した。

機音が去ると、私は、すぐ、妻子のいる日本家屋へ、飛んで行った。

「あア、こわかった……」

二人が、笑いながら、家から駆け出してきた姿を見て、私は、総身《そうみ》の力が、抜けるように感じた。

それは、艦載機の襲撃で、近くの湯河原駅を狙ったものらしく、駅員の一人を傷つけ、旅客の一人を、殺した。

是《ぜ》が非《ひ》でも、防空壕を完成しなければならなくなった。倖《さいわ》い、村の人で、経験のある男が、手伝いにきてくれ、忽ち、穴を深くし、頑丈な屋根を渡し、石と土とで、外部を隠掩《いんえん》して、どうやら、役に立つ退避壕ができた。私は、荷物の方は、もう諦めていたから、壕の中へ、持ち込むことはしなかった。また、それほど広い壕でもなかった。ただ、人命さえ、救われる用に立てば、結構だと思った。

その壕内に、一家三人が、湿った土の匂いを、嗅《か》ぎながら、身を縮め、これが最後かと思ったことが、二度あった。

一度は、私が危惧したとおり、隣りの変電所を、艦載機が、襲撃してきた時だった。その時は、三人が、裸足《はだし》で、家から飛び出して、壕へ駆け込む余裕が、辛《かろ》うじてあった。壕の一端に、空気抜きの穴があり、そこから灰青色の翼と、赤い標識の敵機が、アリアリと、見えた。それは、一度、銃撃を加えてから、また、執拗《しつよう》に反転して、体勢を整える時の瞬間だった。その時に、麻理は、身を伸ばして、覗《のぞ》き見をした。

「見るんじゃない！」

私は、彼女の腕を摑んで、引き戻した。途端に、雷雨よりも烈しい、銃撃の音が起り、千鶴子は、耳を押えて、壕の隅に伏した。

危機が去って、壕から出ると、変電所の被弾の痕《あと》が、アリアリと見えるばかりでなく、私たちの家の尖端の瓦も、一弾が掠《かす》めた形跡があった。私は、ゾッとしたが、わざと、妻子には、知らさなかった。

——いつ、失われる命か、知らない。

そのことで、私たちの墜入《おちい》ってる運命を、ハッキリと、知らされた。しかし、もう、他地へ再疎開する自由は失われ、娘の健康を取り戻した代償として、この土地に我慢するより、仕方がなかった。

度重《たびかさ》なる東京の大空襲は、夜間だと、数十里を隔てた、ここからも、赤い反映が、黒い山脈の彼方《かなた》に、見られた。新聞は、隠蔽《いんぺい》的な報道しかしないが、口から口へ伝わる惨害が、私たちの耳へ入ってきた。そのうちに、中野の留守宅も、燃えてしまった。その通知すら、一週間後になって、やっと、私のところへ届く始末だった。

一日、出京の用事ができた序《ついで》に、私は、わが家の焼跡を、見に行った。コンクリートの塀だけ残って、ウソのように、家も、樹木も、消え失せていた。書物の形をそのまま残した、蔵書の灰の堆積《たいせき》を見ると、感慨が起きた。

——これで、おれ達も、宿なしになった。

家屋そのものに、愛惜はなかったが、戦争が済んでも、帰るべき家がなくなったことが、ひどく、寂しかった。大混雑の列車を、湯河原駅で降りて、疎開の家まで、辿《たど》りつく間に、私たちの生活が、流浪を始めるのではないかと、予感がしてならなかった。

＊

私たちを襲った不幸は、戦災だけではなかった。

私自身の心や体が、その頃から、調子が狂ってきたのである。

最初、私は、自分の異常に気づかず、千鶴子が、病気ではないかと、思った。事実、何事も好調だったあの秋が過ぎてから、彼女は、妙に陰鬱になり、仕事も大儀そうに見えた。彼女自身も、体の不調を訴えた。近隣に、この土地に隠退して、農園をやってる医学博士があり、その人に診察して貰い、念のため、小田原の診療所で、レントゲン検査も、受けさせてみた。その結果は、呼吸器に異常はないが、心臓が、常人の一倍半に肥大してるということだった。

「あたし、昔から、そうなのよ。ちっとも、心配することありゃアしませんよ」

彼女は、事もなげに、そういったが、気分の勝《すぐ》れない様子は、明らかだった。そして、故郷や両親を懐かしがるようなことを、度々、口にした。

私は、麻理に、ソッと、相談してみた。

「ママは、この頃、どうかしてるぜ。暫らく、四国へ帰してみようか」

すると、麻理は、キッパリと答えた。

「ダメよ、そんなこと」

彼女が、何を考え、何を危惧したか、知れなかったが、一言のもとに、夫婦が別れて生活することに、反対した。私も、それぎり、その考えを捨てた。

だが、何か、妻の身に異変があり、それを、私たちに秘《かく》してるような想像が、起きてならなかった。

「おい、何か、心配ごとがあるんじゃないかい」

私は、口に出して、それを訊くこともあった。

「いいえ、何にも……」

その否定が、むしろ、肯定のように聞えるような口振りだった。

その頃から、私の妄想が、起き始めた。妻が、私にいえないような、重大な秘密を懐《いだ》いてるような気がして、その臆測で、夜更《よふ》けまで眠れない時があった。

そういうことが、二カ月も、三カ月も、続いた。

――待てよ、これは、アヤしいのは、千鶴子より、おれ自身の方ではないかな。

私はメッキリ、健康の衰えた自分を、感じると共に、追っても去らない妄想に、危惧を懐いた。昔、放蕩をした経験があるから、どういう病毒が、私の頭や体を冒《おか》していないとも、いえなかった。

遂に、私は、意を決して、友人の医師の紹介で、松沢病院の医局を訪れた。度々の空襲で、京王電車の沿線は、焼野原になっていた。病院の医局も、荒れ果てた感じで、医者は薬や繃帯類の欠乏を訴えた。そういう環境の中で、恐ろしい病気の予感に震えながら、病状を語り、血液や脊髄液《せきずいえき》を採取して貰う時の私は、生まれてから最悪の運命の底に、落ち込んだ気持だった。

一週間ほどして、医師から、診断について、懇篤な、長い手紙がきた。

病毒の反応がなかったこと。

しかし、精神の変調が、全然ないとは、いわれないこと。

一過性と思うが、初老性の憂鬱症と考えられる節《ふし》があること。

そして、原因としては、失礼ではあるが、戦争恐怖が、よほど手伝ってること。

それから、薬用アルコールの飲用は、学理的に不可ではないが、臨床的に、神経障害を起してる例を、最近、度々見てるから、一切避けること。

大体、そういう診断だった。

恐ろしい病気でなかったことに、ホッとしたが、私自身では、それほど自覚しない戦争恐怖が、そんな作用を起してるとは、驚かないでいられなかった。勿論、医学的にいう戦争恐怖とは、普通世間でいうよりも、幅の広いものと思われるが、私が、打ち挫《ひし》がれ、ヘタばったことは、争われなかった。

——意気地のない男だ。

私は、人知れず、自分の正体を見た気がした。

薬用アルコール云々《うんぬん》のことは、その頃、酒も手に入らなくなって、私が、局方酒精《アルコール》に、紅茶を入れて、飲んでいた話をしたからだった。

そして、医師の手紙は、最後に、次ぎのような寂しい文句で、結ばれてあった。

小生も、このひどい状態で、病人を預かることは、良心が許しませんから、近く、郷里の山村に、引っ込むことにしました——

＊

とにかく、病気があると、診断されたので、私は、できるだけ、心を安静にすることに努め、それまで以上に、上京を避け、執筆を控え、疎開の蟄居《ちっきょ》に、没入しようとした。強《し》いて、戦争から、眼を外《そら》そうとした。しかし、そんなことが、できる筈《はず》もない。一歩、門を出れば湯河原へ滞在してる疎開児童が、教師に連れられて、燃料にする落枝を拾いにくる、哀れな姿が見えた。家にいても、連日の空襲警報で、読書の余裕もなかった。

そして、麻理の健康が、回復したため、女子徴用の惧《おそ》れが、始まった。一度は、村の青年会の若者が、徴用に出てこないと、文句をいいにきた。それは、同姓の他の娘の誤りとわかったが、脅威《きょうい》を感じずにいられなかった。

私は、先手を打って、娘を、湯河原町の託児所に、勤めさせることにした。紹介者の話では、名義だけ登録しておけばいいのだ、ということだった。それでも、麻理は、時時出かけて行ったが、東京の保姆学校などと、比較にならぬ、ラクな仕事だといっていた。月の終りになると、キャラメル二函《ふたはこ》と、金二十円の俸給を貰ってきて、生まれて最初の収入だと、喜んでいた。

その頃、私は、東京のTから、義弟のMの死亡の通知を受けた。航空中の殉職だと、いうのである。

「おい、Mが死んだとさ」

私は、千鶴子だけに、そういった。

「まア……」

彼女は、私の顔を見た。私たちは、何もいわなかったが、お互いの感情や考えが、よくわかった。

私の家の疎開後に、Mが、中尉になって、霞ケ浦から、福岡の航空隊へ移ったことは、知っていた。そんな遠地では、酒を貰うこともできぬと、私たちは、笑っていたが、それでも、前線へ出たのでないことを、喜んでいた。そこは、鹿屋《かのや》のような、航空基地ではなかったのである。従って、戦争が済むまで、生き残り得る公算がある。そうすれば、改めて、麻理との縁談を考えてみることができる。麻理の気持は、病気騒ぎで、聞いてみる機会も、失ったが、とにかく、改めて、そういう所から、出発することができると、考えていた。

それが、Tからの通知で、プッツリと、糸を断たれたのである。

「やっぱり、話を進めなくて、よござんしたねえ」

千鶴子が、溜息の籠《こも》った声で、いった。

その頃は、軍人と結婚して、すぐ出征で、戦死という運命に遭う若い女が、少くなかった。それが、戦時の婦道のように、賞讃されていたが、私たちは、勿論、娘を、そんな目に、遭わせたくなかった。

といって、わが家の不幸を免れたという喜びが、湧くわけもなかった。Mとの縁談が、少しも具体的でなかったし、麻理よりも、私自身の方が、Mとの繋《つな》がりが、多かった。個人的な悲しみの方が、私を打った。あのMが、死んだのかと、私は、ムザンでならなかった。軍人型の男なら、私も、それほどに思わなかったろうが、温順で、非熱情的だった彼が、どんな気持で死んだろうと、私は堪えられない気がした。

最初の通知では、詳しいことがわからなかったが、次便で、Mがテスト・パイロットとして、新型機の試験飛行中の事故であることが、判明した。運動神経の発達した彼は、操縦が巧妙で、そのために、前線へ出されず、教官や、試験飛行の役目に回されていたが、敵弾に斃《たお》れなくても、機械の故障で、玄海灘《げんかいなだ》の水の底へ、突ッ込んでしまうような運命を、背負ったのである。彼は、すぐ、大尉に陞進《しょうしん》されたというが、そんなことで、彼の霊は、慰められなかったろう。

それから、一週間か、十日してから、私は、何気ないフリで麻理に、そのことを、伝えてみた。

「マア公、Mが、飛行機の事故で、死んじまったんだとさ」

といって、私は、娘に現われる反応を、ソッと、眺めようとした。

「そう……」

彼女は、もちまえの静かな、真面目な表情で、ポッツリと、答えた。驚きと、同情は、言葉に表われたが、それは、特別のものではなかった。また、形式的なものでもなかった。彼女が、Mの殉職を、世間普通の受け取り方をしてると、解釈できるし、彼女の性格からいって、感情を秘め抑《おさ》えてると、小説的な想像が、容《ゆる》されなくもなかった。

その後も、私は、娘の態度を注意していたが、結局、彼女から、何物も汲み出すことができなかった。

「どうも、わからんね。まア、惚《ほ》れていなかったと思うより、仕方ないね」

私は、ある時、千鶴子にそういった。

「そうね、とにかく、ご縁がなかったのね」

彼女は、もう過ぎたことのように、アッサリと、答えた。

＊

やがて、沖縄が落ち、敵機がわがもの顔に、私たちの海岸を飛び回り、房総沖《ぼうそうおき》に敵艦の砲声が聞えるようになると、強《し》いて抑えていた私の心が、やりきれなくなってきた。戦争恐怖が、別な形になって、現われたのだろうが、私は、アメリカが憎くて、どうにもならなかった。東京からくる客が、口々に語る空襲の惨害を、坐して聞くに忍びなかった。ガソリンを撒《ま》いて、焼夷弾《しょういだん》を落し、女や子供や老人を、どんなにムザンに殺したかということを、世界の人々に、訴えてやりたくなった。

今から考えれば、それも、私の妄想の一つで、そんなことをしたところで、竜車に蟷《とう》螂《ろう》のようなものだが、私は、文章と写真で、野蛮で乱暴な都市空襲の実状を、中立国民に訴える計画を立てた。ある大雑誌の社長は、私を激励して、その仕事のために、社内の一室と、一人の記者を提供すると、伝えてきた。また、ある大新聞の出版局長は、現状写真の撮影を、約束してくれた。

だが、時は、既に遅かった。

「いよいよ、戦争も、終りますよ」

ある日、この土地に疎開してる、ある新聞の幹部に会うと、声を秘《ひそ》めて、私にいった。

「え、いつ？」

「明日……」

私は、驚いて、詳しい話を、求めた。

彼と別れて、青々と稲の伸びた田圃道《たんぼみち》を、一人歩いてきた、八月十四日の夕を、私は、一生、忘れられない。

――明日の正午に、陛下が、ラジオの放送をして、それで、戦争が終る。

箱根連山の上に、実に、みごとな夕映《ゆうばえ》がしていた。ほとんど、無風だったが、少しも、暑くなかった。私は、昂奮して、ヤタラに速足で歩き、歩きながら、涙を翻《こぼ》した。

――やっと、済んだ。やっと、済んだ。

そう思うだけで、涙が止まらなかった。

二五

その日から、約十年経った今日でも、私たちは、敗戦というものの実相を、よく見究《みきわ》めてるとは、思えないが、沢《ま》して、その当時の考えは、甘いものだった。

――もう、空襲もない。徴用もない。食糧だって、じきに、ドンドン、出回るだろう。安心のために、尻餅《しりもち》をついたような私たちは、そんなことばかり、考えていた。

だが、日一日と経つにつれ、台風が過ぎても、晴天にならない雲行きが、私たちの眼に映ってきた。

ある夜半、家の門を叩く音がして、起き出てみると、

「缶詰《かんづめ》を、配給します。すぐ、取りにきて下さい」

と、隣組の当番が、叫んでいた。

千鶴子が、近所の人々と共に、配給品をとりに行ったが、意外に、多量な缶詰と共に、意外な噂をも、持ち帰った。

「この海岸に、黒人兵の部隊が上陸するから、食糧を持って、箱根の山へ逃げろッて、いってますよ」

私は、それを一笑《いっしょう》に付したが、新しい危険が迫ってきたことを、覚《さと》らないではなかった。

もう、その頃、横須賀を占領した米軍の兵隊が、少女に暴行を加えたことが、小さな活字で、新聞の一隅《いちぐう》に見えた。また、東京からきた客は、五十万の占領軍に対して、二十万の混血児が生まれる予測を、ある官辺筋が立ててると、私に伝えた。

敗戦国の女は、侵入軍隊の犠牲に、供せられる。歴史に、何回も繰り返された惨禍が、日本を見舞おうとしてる。そして、村の農家では、すでに、裏山へ逃げ込んだ家もあり、一番先きに逃げたのが、村で一番の醜い娘だったという噂を、私は笑えなかった。

――家にも、娘がいる。

私は、深夜、門を叩《たた》く者が、不時の配給の知らせでなかった場合の処置を、考えるようになった。邸内が広かったから、裏口から、妻子が、畑なり、山なりに逃げ出す、時

間の余裕はあった。その手順を、私は、千鶴子と打合せた。また、昼間でも、なるべく、娘の外出を、避けさせた。

倖《さいわ》い、米兵たちは、ジープで、街道を走り抜けるだけで、滅多に、姿を現わさなかった。この土地に、軍事的価値もなく、娼婦《しょうふ》もいないことが、勿怪《もっけ》の幸いとなった。

しかし、やがて、別な方面から、心配の種が、湧いてきた。

ある日、知り合いの町の医者が、私を訪れてきた。

「先生、『海軍』を、何冊もお持ちでしたら、一冊、譲ってくれませんか」

「どうしてですか」

戦争が済んだのに、ああいう本を欲しがる彼の気持が、解《げ》せなかった。

「あの本は、きっと、没収になりますよ。だから、今のうちに匿《かく》しておいて、所蔵本にしたいのです」

私は、ハッと思った。自分では、ノンキに構えていたが、世間では、『海軍』をそのように見、それを書いた私を、特別の眼で見ているのである。

世間は、日毎に変ってきた。まるで、奔騰《ほんとう》する急流を下るように、眼まぐるしい、岸の景色の変り方で、憤慨するより、呆れることの方が、多かった。昨日まで、最も貴重視されたものが、最も軽蔑すべきものに、転落していく有様は、凄《すさ》まじい見ものだった。そして、誰も、それを訝《あや》しまず、よい加減に、自分を順応させてく様は、もっと、不思議なものだった。

——日本人て、こんな人種だったのか。

戦争中は、ことに、同胞がいとしく、頼もしかっただけ、私は、わけがわからなくなった。

やがて、戦争責任者、戦争犯罪人という語が、新聞に、デカデカと、現われるようになった。

——おれも、戦争犯罪人の一人ではないか。

戦犯とは、敵国人に敵対した意志を、罪とするらしいから、それなら、ハッキリ、私自身にあてはまると、思った。しかし、それが、その頃、新聞などでいってるように、人道上の罪であるか、もしそうだとしたら、アメリカ人も、同罪ではないかと、思った。しかし、そんなことをいっても、誰も、耳を貸す世の中ではなかった。

私は、ある日、『海軍』を載《の》せた新聞の学芸部長に会った。彼は、掲載当時からのイスを、まだ、離れていなかった。

「ぼくも、そのうち、やられるものと、覚悟してますよ。『海軍』ばかりでなく、『陸軍』も載せたんだからね。それに、書いた方より、載せた方の罪が、重いだろうと、思うんだ」

「いや、書いた方が、重罪でしょう。まア、君が銃殺で、ぼくが、絞首刑《こうしゅけい》という差違ぐらい、ありそうだ」

私たちが、冗談をいっている窓の外を、米軍の威嚇《いかく》飛行の戦闘機が、ブンブン、音を立てていた。

だが、冗談ばかりも、いっていられなかった。

――いつ、米兵がきて、自分を引っ張っていくかも、知れない。

それは、杞憂《きゆう》ともいえない、情勢だった。私は、そういう危惧を、なるべく、妻子に覚《さと》らせぬようにした。その代り、ソッと、遺書を書いておく気になった。

遺書というものを、生まれて初めて書いたが、実に、ムツかしいものである。私は、千鶴子と麻理が、血縁の母子でないから、後事を明らかにしておいてやらないと、煩《わずら》いを残すと思ったのであるが、ウカツなことを書けば、却って、不和の基になる惧《おそ》れがあった。

結局、私は、書いても書かなくてもいいような、抽象的なことしか、書けなかった。

――二人は、いつまでも、互いに頼り合って、暮してくれ。

そういう意味のことを、力を入れて書いたのは、主として、麻理のためだった。千鶴子の方は、田舎に、両親も健在であるし、兄弟もあって、心の寄る辺《べ》もあるが、麻理は、私がいなくなると、ほんとの一人ボッチである。この世で、誰を頼るべきかといえば、十二年間、母子の関係を続けた千鶴子以外に、あるわけはなかった。

買溜めも、残り少くなった巻紙に、私は、そういう文句を書き、実印を捺《お》し、封筒の表に、二人の名を書いた。案外、気持は、寂しくなく、むしろ、サッパリした。

「こんな世の中だから、いつ、どういうことがないとも限らないから、万一の時に開封してくれよ」

私は、封筒の表を、千鶴子だけに見せて、彼女の眼前で、トランクの中に、納《しま》い込んだ。なるべく、彼女が過大な心配をしないように、軽く、アイマイにいうことに努めたが、彼女も、大体、私の意のあるところを、知っていた。後で聞いたことだが、村の人々は、私の家にマッカーサー司令部から引致《いんち》にくるのが、今日か、明日かと、噂していたそうである。そんな噂を、彼女は耳に入れても、私に話そうとはしない女だった。

「ええ、心配なさらないで……」

その外に、彼女は、何もいわなかった。

＊

私は、〝主婦の友〟に、予科練のクラブのおばさんを、主人公とする長篇を、書いていたが、終戦から間もなく、それを中絶することにした。途中で、筆を止めるというのは、私に、例のないことであり、また、パンフレットのように薄くなった同誌に掲載されてる、唯一つの小説ではあったが、ガラリと変った世の中に、後を書き続けられる道理はなく、私の気力も、まったく失《う》せた。中絶を申し出ると、新しい長篇を望まれたが、私は、力尽きた気持で、とても、それに、応じられなかった。

その長篇ばかりでなく、私は、すべての寄稿を、断《ことわ》った。出版景気が萌《きざ》しかけ、依頼が殖《ふ》えてきたが、私は、マッピラという気持だった。

――冗談じゃない。遺書を書いたり、原稿を書いたり、できるものか。

二カ月間ほど、私の家は、収入皆無だったが、麻理と二人きりの時代の無収入とちがって、今度は故意の結果であるから、心細いこともなかった。

しかし、物価の暴騰と、戦時以上の物資の窮迫は、私の家を脅《おび》やかした。海岸地方のことで、殊に、主食が手に入り難かった。付近の家では、函南《かんなみ》方面へ買い出しに行くが、心臓の弱い千鶴子に、その仕事は無理だった。

ある日、私は、伊豆山にヤミ米を世話する人があるのを知って、リュック・サックを持って、取りに出かけた。往路は、汽車に乗ったが、帰りは、警官が危いから、米を背負って、徒歩で帰ってきた。

私は、文士としては、強壮な方だが、一斗の米を背負って、二里余の道を、家まで帰ってくると、玄関へ辿《たど》りついた途端に、腰が抜けたようになった。肉体の疲労と、警官の眼を忍ぶ屈辱感とで、私は、面《おもて》も上げられないような気持だった。

「こりゃア、食い物のある土地へでも、逃げ出さないと、今に、ひどい目に遇うぜ」

私は、千鶴子に、そういわずにいられなかった。

半ペラの新聞が、伝えることは、上野の餓死者とか、栄養失調という新語とか、私たちを脅やかす材料ばかりだった。せっかく、健康を持ち直した麻理が、この有様では、どうなるかと、不安になった。

疎開地を、選び損《そこな》った祟《たた》りは、戦後になっても、続いた。むしろ、戦後になってからの方が、生活は苦しかった。入手し易《やす》かった魚類も、荷が動き出したので、払底《ふってい》し始め、値段も、五倍から十倍になった。土地の名産の蜜柑も、前年の数倍に、値上りした。燃料の不足も、甚だしくなった。湯河原へきてる疎開児童たちが、女教師に連れられ、私の家の近所までできて、枯枝を拾ってる姿が、見るに堪えなかった。

——恐ろしい冬がくるぞ。少しでも、風当りの少い隅に、身を潜めなくては。

戦争後半から、逃避的になった私の気持は、拍車をかけられた。といって、そんな安全な一隅があれば、先客で、満員だった。かりに、空席があったとしても、荷物を背負って、一家が移動できる世の中ではなかった。

——それに、逃避の道連れにできない者が、一人いる。

それは、麻理だった。私たちと違って、戦争の嵐が過ぎると、すぐにも、東京へ帰りたい彼女の気持は、無言のうちに、読み取られた。無理のない気持である。彼女は、算え年で二十一——年が明ければ、二十二。結婚の年齢である。亡姉は、二十二で結婚したが、母たちが、婚期が遅れたと、ヤキモキしていた記憶が、私に残っていた。今は、少しは、婚期が延びたにしろ、ちょうど、適齢であって、早過ぎるということはない。戦争中に、麻理の同級生は、何人も、結婚していた。

彼女自身は、べつに、結婚を望んでる様子はなくても、若い生命の伸び盛りに、田舎で、時間を空費するのが、苦痛らしかった。ボツボツ、学校の授業が再開されることを聞くと、上の学校へ入りたい意志を、明らかにした。私は、彼女を、自分の逃避の道連れに、できないものと、知った。

――麻理だけ、東京にやって、私と千鶴子は、ここで、ジッとしているか。さもなければ、遠い田舎へ、引ッ込むか。

私が、麻理を家の外へ出してもいいと、思ったことは、それが、最初だった。子供の時に、寄宿舎へやったことは、余儀ない成り行きで、外に方法がなかった。今度は、彼女が、自分の翼で、巣の外を、ちっとは、飛び回ってもいい時がきてる、という気持がした。

私は、焼け残った東京の親類と、鵠沼《くげぬま》の知人との両家に、もしや、暫時《ざんじ》、娘を預かってくれる気はないかと、手紙を出した。ところが、判で捺《お》したように、両家から、謝絶された。親切な人々なのであるが、その生活難の時代に、人を預かるどころではなかったのであろう。

そのうちに、また、新しい災難が、私たちを訪れてきた。

家主が、突然、家の明け渡しを、要求してきたのである。一体、家主というのは、東京の工場主で、間接の知人であり、善意に基《もと》づく貸借であったから、私たちは、追い立てを食うなぞ、夢にも思っていなかった。私の家が罹災《りさい》したことも、知ってる筈だから、そんな無情なことをいう筈がないと、考えていたのである。しかし家主自身が健康を害して、静養のために、この別荘に起臥《きが》したいという口実を、持ち出されれば、私として、抗《さから》う筋もなかった。こういう場合に、懇願的に頭を下げることも、図々《ずうずう》しく居据《いすわ》ることも、できない性分なので、私は、直ちに、家探しを始めた。

今でも、住宅難は去らないが、この頃は、最極限だった。壕舎《ごうしゃ》に住んでる人たちは、家と名のつくものだったら、鶏小舎でも手に入れたくなるのが当然だった。鎌倉付近で、住居を追い立てられて、縊死《いし》した人のことが、新聞に出ていた。誰でも、家が欲しく、誰も、家が手に入らなかった。

私は、便利な場所は、諦《あきら》めて、現在の家を中心とする区域に、当座の住居を求めた。勿論、貸家などあるわけはなかった。売家の話があれば、付近はもとより、小田原や国府津まで、足を運んだ。よい家があれば、一足ちがいで、買手がついていたり、あまりにも、ひどいボロ家だったり、いつも、無駄足に終った。

約一カ月の間、私は、家探しの外、何事もしなかったと、いっていい。家の話とあれば、どんな所へでも出かけたが、ある蜜柑山の上の売家を訪ねたら、その家は、十二年前に売ったということを聞き、人の話のいい加減さに、苦笑したこともあった。

——こんなにも、家がないのか、日本中に、私の入る屋根の下は、ないのか。

私は、今更のように、罹災したわが家が、惜しくなった。そして、私たち一家が、〝宿なし〟の運命にあることを、シミジミと、知った。

その頃から、私は、一層、厭離《えんり》と逃避の気分に、強く、捉《とら》えられた。

——娘には、可哀そうだが、いっそ、一家を挙げて、四国へ移ろうか。

千鶴子の郷里の南伊予を、私は、まるで知らないが、彼女の両親からくる手紙では、東京では想像できない、物資の豊富さで、人心も、悠長らしかった。私は、次第に、その地方に、心を惹《ひ》かれた。しかし、千鶴子は、生来の遠慮深さで、すぐには賛成しなかったが、家は見つからず、食糧難は激しくなるばかりなので、遂に、両親の許《もと》へ、依頼の手紙を出した。

やがて、四国から、私たちの入るべき家が、明《あ》いたと、知らせてきた。それは、その町を警備していた陸軍の部隊長が住んでいた家で、やっと、立ち退《の》いたとのことで、狭いその町に、他に適当な家はなかったというのである。

私は、決心して、娘にいった。

「これだけ探しても、こっちに家がない。お前を預かってくれる先きも、皆、断られた。仕方がないから、四国へ行こうじゃないか」

麻理は、暫らく、考えていた。彼女は、私の逃避的な気持を、見抜いているらしく、釘を打つような態度で、

「ええ、いいわ。だけど、行きッきりでないことを、保証してくれる？　帰るアテがないんなら、あたしは、いやだわ……」

「そりゃア、いつかは、東京へ帰ってくるさ」

そうは答えたが、私は、正直なところ、自信はなかった。この激流のような時代に、一度、岸から手を離したら、浮かぶ瀬はないという気持もあった。遠い四国の辺隅《へんぐう》へ、引ッ込んだら、娘の惧《おそ》れるように、永久の落伍者となるかも知れないと思った。

しかし、私は、すでに、遺書を書いてる人間なのである。万一のことがあった場合、千鶴子の両親が、頼りになるし、麻理の安全を、彼女の勉学や結婚よりも、先きに考えるべきだと、思った。そして、当座の問題としても、私たち一家に、屋根と食糧を提供してくれる機会を、逸すべきでないと、思った。

何か、運命が、四国行きに、賛成してくれてる様子だった。明いた家というのが、土地の富豪の隠居所で、間数も多く、庭も広いということで、貸家ではないが、私の名を知っていて、好意的に貸すというのである。そんな家が、ちょうどいい時期に、明いたということも、幸運だった。また、石炭不足で、鉄道が、移転貨物は扱わないという懸念も、知り合いの湯河原駅長に当ってみたら、本年中なら、貸切り貨車を都合すると、返事を得た。

尤も、私は、麻理のために、そして、私自身のためにも、最後まで、付近の家探しを、断念しなかった。移転の荷造りを、始めても、できるなら、住み慣れた東京を、遠く離れたくなかった。理性では、四国行きがよいと思っても、未練の絆《きずな》が、容易に、断ち切れないのである。

家は、遂になかった。

そして、私たちは、ほんとに、西の国へ移る腹を、きめなければならなかった。

一年余の仮住《かりずま》いでも、近隣に、知人ができていた。隠棲《いんせい》の医学博士だとか、別荘に疎開してきた技師長夫妻だとか、そういう人たちに、暇乞《いとまご》いに行くと、彼等は、口を揃えて、私たちを、引き留めた。

「せっかく、戦争が済んだのに、そんな遠くへ、お移りになるなんて……」

「もう少し、辛抱なされば、きっと、家が見つかりますよ」

彼等は、普通の挨拶以上の感情を、示した。それは、私の決断が、やや無謀の感を、与えたらしかった。同時に、落伍者としての私一家に、同情が注がれたらしくもあった。

「ほんとに、お気の毒な、ねえ……」

明《あか》らさまに、その言葉を、口に出したのは、私の家で、ヤミ食糧の周旋なぞ頼んでいた、土地の旅館の肥ったおかみさんだった。

私は、いつか、自分が、人から同情を受ける境遇になったことを、気づかずにいられなかった。亡妻の死後、幼い麻理を抱えていた時から、十数年振りで、私は、再び、人人の憐《あわれ》みの視線を感じて、零落《れいらく》を知ったのである。

十二月の五日に、私たちは、出発することになった。

初冬の穏《おだや》かな、晴れた日が、暮れかかる頃であった。私は、リュック・サックを担《にな》い、両手に、重いスーツケースを、提げていた。千鶴子も、麻理も、手一杯の荷物を、持っていた。その荷物の中には、焼いた握飯《にぎりめし》だの、手製のフカシ・パンだの、車中で食べる食糧も、入っていた。混雑の車中で、用便もできぬというので、シビン代りのビール壜《びん》さえ、入っていた。

しかも、私たちは、一挙に、四国へ直行することなぞ、携帯《けいたい》食物の点からも、列車の編成からも、想いも寄らなかった。私たちは、翌日早朝の沼津発の下りに、乗るために、前夜から、まず、その土地へ行くのである。といっても、焼野原の沼津に、旅館は一軒もなく、私たちは、ある人の厚意で、土地の郵便局の宿直室に、一夜を明かすことになっていた。そして、翌夜は、大阪府下の友人の宅の厄介になり、京都発の宇野行き夜行に乗るという、面倒な道中をしなければ、その頃、女連れの長途の旅は、疲労のために、発病を覚悟すべきであった。

近所の人々に、見送られて、駅まで歩いていく、私たちの足が、トボトボしたのは、重い荷物のためのみではなかった。

——これが、落人《おちゆうど》というものだ。

私は腹の中で、考えた。夕日は、すでに、湯河原の山に没《ぼつ》し、宵闇《よいやみ》に靄《もや》が混って、湧いていた。ふと、真鶴《まなづる》の方を見ると、山の上に、赤々と、火が燃えていた。

「山火事ですわ」

「ずいぶん、燃えてますね」

見送りの人たちが、騒ぐ声にも、私は、返事をする気になれなかった。麻理も、千鶴子も、黙って、歩みを続けていた。

あんな、寂しい山火事を、生まれてから、見たことがなかった。何か、私たちの送り火という気さえ、してならなかった。

二六

話にもならぬ、困難な旅であった。

沼津郵便局の宿直室では、清潔な布団と、暖かい炭火《すみび》とを与えられて、親子三人、望外な一夜を送ったが、翌日、汽車に乗り込むと、車窓のガラスを破る乱暴者に脅《おび》え、冷たい焼握飯と、冷たい水筒の水の食事に、慄《ふる》え上った。そして、列車は、必ず延着し、各所で人が喚《わめ》き、混乱と不安の連続だった。もし、大阪郊外の友人の家で、手厚い待遇の一夜と、翌日の弁当までこしらえて貰う親切を、受けなかったら、恐らく、私たちは、途中でヘタばってしまったろう。十二月五日に出発して、目的地に着くまで、六日間を要したほど、困難な旅であった。

五日目の夕に、鉄道の終点である宇和島駅に着いたのだが、こんな遠い涯《はて》へきても、戦災の焼野原を見るのが、悲しかった。物置小屋のような、急造の駅に、千鶴子の父親と甥《おい》が、出迎えていた。遠くから、その姿を発見すると、彼女は、聞える筈もない低声で、

「おじいさん！」

と呼び、眼を潤《うる》ませた。

彼女の父は、私たちの結婚の時に、初対面をしたが、彼が町の助役をしていた関係上、陳情なぞで、度々出京し、その度に、私の家に泊った。そういう時の彼女の喜びを、私は、よく知っていた。彼女は、母よりも、父を愛していた。それは、まったく、亡妻のエレーヌと、同様だった。そして、エレーヌの父親も、千鶴子の父と同じく、小学校長の経歴を持ってることは、奇異な類似だった。千鶴子は、母親の無理解と頑固さを、嘆くと共に、いつも、父を慕っていたが、この落莫《らくばく》とした駅頭で見せたほど、彼女の強い愛情を、まだ、知らなかった。

「ようお着きで……」

白い口髭《くちひげ》に、戦闘帽の父親も、私によりも、むしろ、彼の娘に対して、喜びの挨拶を送った。七十歳くらいの老人で、瘦せてはいるが、健康そうだった彼も、戦争中、会わなかったうちに、めっきり、年をとった様子だった。

ここも、交通難で、翌日にならないと、自動車の便がないというので、私たちは、土地の焼け残りの旅館に、一泊することにした。目指す今松町までは、宇和島から峠を越えて、四里の道程《みちのり》があった。

千鶴子の甥は、自転車に乗って、その日のうちに帰ったが、父親は、私たちと、旅館に泊った。

粗末な晩飯を、共にしながら、私は、まず、何よりも気懸《きがか》りな、食糧事情のことを、彼に慥《たしか》めた。

「何というても、東京とは違うけん、心配なさらんと、おきなさい。それに、千鶴子名義の田の米が、近く、手に入りますけんな」

それを聞いて、私は、ひどく安心した。他のものとちがって、米が保証されるというのは、耳寄りのことだった。彼は、綿密な計算家で、税金脱《のが》れと、子供の老後のために、養老保険をかけたり、所有の田の一部を、千鶴子の名義にしたりしていた。その田圃《たんぼ》から、二、三俵の小作米が取れるということだった。

——二、三俵の米が、手に入る！

それも、ヤミ買いでなく、大威張りで、そんな多量の米が、所有できるというのは、夢のようなことであった。配給米の外に、それだけの米があれば、私たちは、もう、飢《う》える心配がないのだ。苦しい、長い旅を続けた甲斐が、あったというものだ。

入浴もできない、旅館の一夜だったが、私は、手足を伸ばして、眠ることができた。

翌日は、寒い日だった。天気だけは恵まれた旅だったのに、急に曇って、やがて、霙が降り出した。暖かい南国の期待が、すっかり、裏切られた。警察の自動車を、借りられる便宜ができて、私たちは、それに乗って、山坂の多い道を、揺られた。

「パパ、この峠、松尾坂ッていうの。とても、長いわよ。でも、下りになれば、今松の町が見えるわ」

麻理は、先年、千鶴子と共に、この土地の夏を過ごしたので、そういうことがいえるわけだった。私だけが、この土地へ、初めて来るのだった。この付近ばかりでなく、四国という島に足を踏んだのは、中学生時代の夏季旅行以来のことだった。

その峠は、伊豆の天城《あまぎ》越えと、よく似た嶮路だったが、下り道になると、麻理のいうとおり、眺望が展《ひら》け、遠くに、河沿いの人家が、固まって見えた。橋も、見えた。寺院らしい、大きな屋根も、見えた。

「この山があるお蔭で、宇和島とは、着物一枚ちがうほど、暖かいのですよ」

千鶴子が、説明した。そういえば、山畠に、豌豆《えんどう》の花が咲き、蜜柑が熟し、蘇鉄《そてつ》が生えていた。しかし、私には、そういう南国風景よりも、屏風《びょうぶ》を回《めぐ》らしたような山々が、頼もしい、掩護物《えんごぶつ》のような気がした。北風ばかりでなく、東京で吹き荒れてる嵐を、防ぎ止めてくれるように、思われた。

——この遠い、小さな隅で、小さくなって、暮していよう。そのうちに、なんとかなるかも知れない。

私は、町へ着く前から、そんな覚悟を定めた。

＊

私たちは、千鶴子の実家で、一週間を送った。

そこは、町外《はず》れの部落で、海に面していた。こんな海があるかと、思われるほど、狭い入江で、周囲が山だから、箱根の蘆ノ湖と、変らなかった。そして、海沿いの街道から、一町ほど入ったところに、半住宅半農家といった二階家が、ポツリ建ってるのが、妻の家で、その二階が、私たちの部屋に、宛てられた。

「おい、早く、引ッ越そうよ」

三日も経つと、私は、千鶴子に、そう催促するようになった。

居心地が、よくないのである。妻の実家などというものは、婿《むこ》さんにとって、決して、天国ではないらしい。私は、亡妻を送って、中部フランスの彼女の実家へ行ったが、二、三日すると、窮屈で堪《たま》らず、早く、パリへ帰りたくなった。私という男が、我儘《わがまま》であり、また、私が異邦人のせいでもあったが、今度は、それに輪をかけて、居心地が悪かった。初めて会った千鶴子の母は、そう悪い人とも思えなかったが、彼女が良人と共に営んでる日常生活が——それが、農村生活の通例かも知れないのだが、我慢のできないものだった。戦争で、私たちも、ずいぶん窮乏に慣れたが、この家の質素振りには、手を揚げた。東京とちがって、魚類でも、肉類でも、町へ行けば、いくらでも売っているのだから、早く、私たちの入るべき家へ移って、そういうものを、貪《むさぼ》り食いたかった。

「ええ……」

千鶴子は、私が催促しても、気のない返事しか、しなかった。彼女は、久振りに帰った、わが家に、一日も長く、留《とど》まりたいらしかった。

五日目に、私は、癇癪《かんしゃく》を起した。

「明日は、どうしても、引ッ越すよ」

その家を、私は、すでに検分していた。町の富豪の大西家の邸内にあって、今松川に面し、間数も、九つもある二階家で、タイル張りの便所なぞも、付いていた。ただ、湯殿のないのが、不便だったが、母屋の大西邸で、遠慮なく、入浴に来いというし、浴場の建て増しをしても、空地がないことはなかったろう。それに倍する不便が、あったとしても、私は、千鶴子の実家に、留まりたくなかったろう。二人が、私を喜ばしたことは、唯一つだけだった。それは、麻理に対する隔てのない態度だった。

「麻理さん、風呂の水、汲んで下さらんか」

そんな風に、用事をいいつける言葉が、自然で、親しみがあった。自分の娘の継子《ままこ》というような偏見は、殆んど、見られなかった。しかし、私という婿を、どう扱っていいか、彼等は困ったのであろう。まったく、彼等にとって、私は、縁遠い存在だったにちがいない。殊に、父親の方が、不快な遠慮と、露《あら》わな物惜しみとで、私の眉《まゆ》を顰《しか》めさせることが、多かった。

そんなわけで、移転の日は、不精者の私が、先きに立って、働く羽目になった。新居は、町の中心にあったから、七、八町の距離を、私はリヤカーを曳いて、何度も、往復した。入江に沿って、街道を進むと、頂上まで耕《たがや》された山が見え、干潟《ひがた》に鵜《う》が遊び、河口の橋の袂《たもと》までくると、貧しげな町役場や、小学校があった。橋の上から、人口三、四千の小さな町が全部、見渡され、その家々のたたずまいは、遠く東京地方から離れたものを、シミジミと、感じさせた。

――もう、どこへも、行くところはないのだ。この隠れた巣の中で、ジッと、我慢をして……。

私は、リヤカーを止めて、そんなことを考えた。

＊

その翌日から、私たちの新しい生活が、始まった。

二階は、四間あったが、東側の六畳を、私の書斎と定め、疎開して戦災を免れた、僅かな書籍を列べ、机を置いた。西側の四畳半を、麻理の部屋にした。彼女も、専用の部屋ができたのは、東京以来のことだった。

書斎に坐ってると、裏山の樹木の外には、大西家の建物だけしか、視界に入らなかった。醬油醸造倉、米倉、土蔵、総二階の大きな隠居所、そして、その向う側に、母屋の大きな屋根があった。県道の表通りが入口で、裏の河岸通りが裏口という、宏壮な邸内だった。私たちの借りた家は、裏門に面し、夏季の客用に使われたらしいが、母屋の方にも、料理屋の広間のような、客用の五十畳敷があった。

私は、地方の豪家というようなものを、まったく知らなかったし、恐らく、尊大にちがいない、そんな人々と、親しく往来したくはなかった。同じ邸内でも、遠く棟が隔《へだた》ってるのを幸い、なるべく、孤立して、生活したかった。一つには、千鶴子の父親の態度が、影響していたのかも知れない。

移転して間もなく、私は、彼と、一人の千鶴子の親戚の老人を、晩飯に招いたが、その時に、彼は、ヤミ米を一俵買うことを、私に薦《すす》めた。私は、不審に思った。千鶴子名義の小作米が、二、三俵とか入るという話なのに、そんなに、米の必要はないからである。

「いや、あれは、都合によって、千鶴子にやれんことになりましたから……」

彼は、食言を紛《まぎ》らすように、語気を強くした。腹が立ったが、私は、何もいわずに、そのヤミ米を、買うことにした。

――ジッと、我慢をするのだ、何事でも。

運命から、追い詰められた人間は、できるだけ、音を立てず、穴の中に、縮んでいるべきである。癇癪《かんしゃく》なんか、起してはならない。千鶴子の両親に対する不快は、彼等に接触しないことで、忘れ去るのが、最もよい方法だと、思った。彼等ばかりでなく、なるべく、人と接触しないことが、上分別《じょうふんべつ》だと、思われた。

自然、私は、二階から、景色を眺めるという時間が、多くなった。西側の窓から、広い河原が見え、浅い水流が、鏡のように、山影を映したり、白い家鴨《あひる》が泳いでいたり、向う河岸の小学校で、御真影奉安殿を取り壊していたりするのを、ボンヤリ、眺めていた。

――飛行機の音もしない。ジープの姿も、見えない。それだけでも、有難いことだ。

私は、強《し》いて、満足を見出して、風景を眺めた。

しかし、こんな田舎へきても、野菜の不自由があって、私たちは、着いて間もなく、畑探しをしなければならなかった。幸い、千鶴子の叔父が、自分の畑の一部を、貸してくれた。彼は、千鶴子の父の実弟だったが、彼も、彼の妻も、無欲で、心の明るい人だった。私は、この夫婦を信用したので、十町も歩かねばならぬ、遠い場所だったに拘《かかわ》らず、畑仕事に出かけた。といって、私には、土を耕す仕事だけしかできず、その他のことは、千鶴子と麻理がやるのだが、荒土を起した後の小さな鍬《くわ》使いを、麻理が行うのを見て、その叔父がいった。

「ホウ、麻理さんが、一番、よう、鍬を使いなさる。麻理さんのなさるのが、本式ですらい」

自作農の彼が、そういって、娘を賞《ほ》めてくれた。お世辞をいう人柄ではなかったから、何か、麻理の鍬使いが、法に適《かな》っていたのだろう。湯河原で、畑仕事をした間に、コツを覚え込んだのかも知れなかった。彼女には、私とちがって、そういう着実さがあり、飽きずに、ものを達成する力があるのは、亡妻譲りと、思われた。

「じゃア、一つ、この近所の農家の嫁に、世話して下さい」

私は、冗談をいったが、海沿いのこの畑へ行くのは、いつも、愉しかった。南向きの峡《かい》の間なので、寒さを知らず、十二月なのに、野梅の蕾《つぼみ》が、膨《ふく》らんでいた。そして、仕事を終ると、まったく農家風な、彼等の家の土間で、渋茶を供され、素朴ではあるが、礼節の正しい、その叔父と話をするのが、いい気持だった。その畑への往復に、千鶴子の両親の家の付近を通るので、彼女や麻理は、立ち寄ることが多かったが、私は、素通りを続けた。

じきに、クリスマスがきた。

湯河原時代も、麻理は、クリスマスに、小田原の教会のミサに出たりしていたが、ここでは、宇和島に、カトリック教会があるとか、ないとか、存在も明らかでなかった。少くとも、この町に、一人のカトリック信者もいないことは、確実だった。

「去年、それでも、ポ・トウ・フウ（フランスの鍋料理）かなんか、食ったね」

毎年、クリスマス・イヴには、麻理のために、フランス風のご馳走をつくってやるのが、習慣だったので、湯河原でも、ヤミ肉を使って、そんな料理が出たのを、私は憶い出した。

「ええ、Iさんから頂いた、イタリーの白ブドウ酒も、ありましたわ」

千鶴子は、自分の故郷へきて、クリスマス料理ができないのに、責任を感じてるような、口吻を洩らした。

「いいさ、偶《たま》に、一年ぐらい、ヌキにしたって……」

亡命者のような私一家が、娘のために、クリスマス祝いができないのは、不思議とも、思われなかった。

「麻理ちゃん、いっそ、日本式でやったら?」

千鶴子が、娘に、相談をもちかけた。

「あたし、なんでもいいわ」

そして、クリスマスの日に、二人は、朝から、台所で立ち働いていたが、午飯《ひるめし》の膳に出たものは、汁粉と赤飯だった。それに用いた小豆《あずき》と、モチ米は、湯河原にいた時の手造りで、それを、ここまで持参する必要があったほど、食物に乏しい時代だった。モチ米は、陸稲《おかぼ》だったから、ポロポロしていた。汁粉の甘味は、この土地で手に入れた芋飴《いもあめ》で、強い臭気があった。それでも、見たところは、汁粉と赤飯に、ちがいなかった。

「こりゃア、変ったクリスマスだね」

私たちは、笑い合った。しかし、戦前に、私は小説取材のために、天草島《あまくさ》を訪ねたことがあったが、そこの伝統的なカトリック信者たちは、クリスマスに、雑煮《ぞうに》や、その他の正月料理を食べることを、聞いていた。その日のことを、〝耶蘇正月《ヤソしょうがつ》〟とも呼ぶらしかった。

私は、その話をして、

「だから、この方が、ほんとの日本のクリスマスかも、知れないよ」

と、マズい赤飯を、モソモソ食べた。

そして、午後には、娘のために、客を呼んだ。クリスマスには、誰か、友人を招くのを、例としていたが、勿論、この土地に友人があるわけがなかった。友人は、これから造らなければならなかった。そして、私は、大西家の二人娘に、目をつけたのである。

大西家では、庭を隔てた隠居所に住む、老夫婦の間に、二人の娘がいた。共に女学校を出ていたが、一人は、麻理より年長らしく、一人は、年下らしかった。既に、一応の紹介は、受けていたが、麻理との交際は、始まっていなかった。その二人を招くことは、大西家に対して、一つの礼儀を果せるばかりでなく、麻理にとって、親しく往来できる緒《いとぐち》になると、思ったからである。

麻理と千鶴子は、汁粉の外に、その頃、東京で流行した電気パン焼器で、手製のパンをつくり、サンドウィッチなぞも準備して、客を待った。

しかし、約束の時間に、二人の令嬢が入ってくるのを見て、私は、

――これは、いけない。

と、心に思った。

令嬢たちは、非常に盛装して、一本の清酒、一籠《ひとかご》の魚なぞを、土産品に持ち、お客さまの礼儀を、絵に描いたように示すのである。従って、座敷へ上ってからも、キチンと、両手を膝に置いて、食べ物にも、殆んど手を出さず、口数も、あまり利《き》かないというわけで、およそ、東京の若い娘の集まりと、かけ放れた空気が生まれた。私は、できるだけ、冗談なぞいって、彼女等を打ち解けさせようと、試みたが、無効だった。年下の娘の方は、それでも、笑い声なぞ立てたが、上の娘は、それを窘《たしな》めるように、表情を固くした。

私は、麻理の性格を、知っていた。彼女は、相手が積極的に出てこなければ、友情の扉《とびら》を開かないような、娘なのである。彼女も、スマしてる娘のような誤解を、よく、受けがちなのである。こんな風に、スマシヤばかり揃っては、前途は悲観だと、思った。

尤も、その後、下の娘の方とは、麻理も、庭で談笑するようなことも、ないではなかった。町の名家の娘たちとも、次第に、顔見知りとなったが、友人と名づけるほどの関係は、彼女が、ここにいる間に、遂に生まれなかった。結局、東京と四国の隔りが、そうさせるのである。この町の娘が、全部、スマシヤというわけではないのだが、東京からきた人という意識は、最後まで、麻理に対して、つき纏《まと》うらしかった。

やがて、新年がきた。

私は、五十四歳を迎え、千鶴子は、四十二歳になったことも、忘れさせるような、寂しい新年だった。周囲の農村が、旧暦で正月を迎える関係で、この町も、役場や小学校の外に、新年行事はなかった。私たちは、餅《もち》を搗《つ》いて貰って、元日の雑煮を食べたが、なにか、心は改まらなかった。昔、島流しをされた罪人が配所で春を迎えた時には、こんな気持がするのではないかと、思われた。

——麻理が、二十二になる。

そのことを、私は、できるだけ、考えないように、努めた。こんな所へ引ッ込んで、彼女の婚期が、どうなるかと、考え出せば、焦躁《しょうそう》に追われるが、考えたところで、どうなることでもなかった。

その冬は、この地方の異例な寒さで、毎日、必ず霙《みぞれ》か霰《あられ》が降り、北風が、音を立てて、家を揺《ゆす》った。私は、こんな正月は、早く過ぎればいいと、書斎に籠って字を書いていた。土地の人が、色紙なぞを持ってきたので、何か書かねばならなかった。

私は、そんなものを頼まれると、書くことがないから、できもせぬ俳句を、急造するのを、常とした。そういう時以外に、殆んど、句作なぞしたことはなかった。

思ひきや伊予の果にて初硯《はつすずり》

ふと、そんな句が、頭に浮かんだ。月並みな、古臭い句だが、私には、自分の胸にある感慨が、ヒタヒタと、溢れんばかりに盛られた、名句のような気がした。

二七

生まれて最初の地方生活なので、マゴつくこと、癇癪《かんしゃく》の起きることも、多かった。時には、外国にいた時より、もっと異境の寂しさを感じた。

――とにかく、屋根の下と、畳の上の住居に、有りついたのだ。他に何を望むというのか。

私は、努めて、心を平静に保ち、外を眺めないようにした。千鶴子の両親たちとも、できるだけ、接触を避けるようにした。そして、狐が穴に籠るように、隠《かく》れ栖《ず》みの生活を、築こうとした。

それでも、東京で吹いてる嵐の音は、聞えてくるのである。

「あなたのことが、新聞に出とりますぞ」

千鶴子の親戚の老人が、わざわざ、共産党指名の戦犯文士のリストが出てる新聞を、持ってきた。その頃は、マッカーサー司令部が、共産党の後押しをしていた時期で、ただ赤旗を振り回すのと、ちがった意味があった。田舎の人には、占領軍司令部の指名と、同様に響いたかも知れない。

「お気の毒なことじゃが、軍人とはちがうけん、一年も、臭い飯食うたら、放してくれるにきまっとらい。心配せんと、おきなはれや」

彼は、すでに、私の断罪が下ったようなことをいって、慰めの言葉を吐いた。私は、苦笑したが、東京の動きの一端を、それによって知り得た気がした。世の中は、斜傾する一方で、その速度は、止め度がないように、思われた。そして、その傾き方に、昨日のことも忘れて、ケロリと同調している新聞や、ラジオの態度が、不思議でもあり、腹も立った。

——まア、いい。人のことより、自分のこと。最悪の時がきても、見苦しくないようにすること。

私は、湯河原海岸にいた時に、覚悟をきめたし、遺書も書いてあるし、今更、何をどうするということは、なかった。むしろ、東京の嵐なぞを、気にしないでいることが最も賢明な、現在の生き方だった。

そうはいっても、送られてくる東京の新聞や、聞きとりにくいために、一層耳を傾けたくなるラジオに、背を向けることもできなかった。戦犯文士を、牢獄に入れないまでも、執筆禁止とか、文士を公職と認めての追放とかは、今にも実行されそうな、雲行きだった。それなのに、割合い、私の日常をノンキにさせたのは、いつとはなしに、肌に浸み込んでくる、この土地の雰囲気だった。

それは、結局、大西家と私の接触から、始まった。

私の一家が、ここへ移ってきた時には、大西家の当主の千太郎さんは、旅行中だった。私は、隠居の千兵衛老人と、いろいろの交渉をした。やがて、当主が帰宅したというので、挨拶に行こうと思ってると、先方から、訪ねてきた。四十がらみのチョビ髭《ひげ》を蓄えた小男だったが、一見して、私は、その人の善良さを、知った。豪家の主人という尊大さは、微塵《みじん》もなく、およそ、人に疑念や害意を持とうとしない性格が、言葉の端に、露《あら》われていた。

私は、千太郎さんに好意を持ったが、周囲との関係を避けたい気持が、強かったから、母屋《おもや》を訪問することもなかった。

ところが、千太郎さんの方から、毎日のように、番頭格の雇人を、使いに寄越すのである。

「先生、お暇でしたら、旦那のところへ、話しにきてやんなさらんか」

最初は、私も、口実を設けて、断ったが、終《しま》いには、千鶴子が、見兼ねたように、口を出した。

「偶《たま》には、行ってあげないと、悪いですよ」

私は、強《し》いて腰を上げて、長い邸内の通路を歩き、旅館のように大きい母屋の軒を潜《くぐ》った。大地主であると共に、醸造や運送なぞもしていた商家であるから、店造りになってる入口の帳場の裏に、商用の客と会うための一室があった。

＊

私は、そこへ通されたが、いつも、数人の先客があった。彼等は、町の有力者で、町会議員とか、劇場主とか、銀行員という連中だったが、話を聞いてると、用談というものは、一つもなかった。どこの誰が餅《もち》を二十いくつ食った上に、ウドンを何杯お代りしたとか、海岸へ漂流してきた落下傘を、海坊主とまちがえたとか、その布でワイシャツを造ったら、何人分できて、皆で分けたとか、他愛《たわい》のない、町の噂話《うわさばなし》ばかりだった。そして、応接間と呼ばれる、純和風のその一室が、そういう町の有力者たちのクラブに用いられてることが、次第に、わかってきた。

私は、黙《だま》って、そういう人々の話を聞いてると、とても、愉快になった。彼等は、気サクで、冗談好きで、やや不行儀で、暗さを知らなかった。付近の漁村や農村の人々に対して、彼等は小さな都会人だった。勤勉の風はない代りに、生活を娯《たの》しむことは、よく知っていた。

その応接間の空気が、面白くなって、私は、自発的に、足を向けるようになった。千太郎さんは、いつも、私を上座に導き、自ら茶を淹《い》れたり、菓子を薦《すす》めたり、もてなしてくれるが、その態度に、まったく隔意がなかった。それは、私を〝クラブ〟の一員として扱うというよりも、まるで、自分の伯父に対するような、親しみがあった。

私が、一日二日、母屋へ行かないと、

「先生、居《お》ンなすか」

彼は、大きな魚なぞ、ブラ下げて、庭から入ってきた。

ある時は野菜、ある時は酒――彼は、頻《しき》りに、物を贈《おく》ってくれるのである。最初のうちは、返礼していたが、終《しま》いには、その品物の種が尽きた。

「こう、物を貰って、いいのかね」

私は、千鶴子に、文句をいったほどだった。

親切なのは、彼ばかりではなかった。彼の細君は、大柄な美人だったが、およそ、気取りを知らぬ人で、豪家の主婦でありながら、子供を背負って、薪運《まきはこ》びなぞする姿を見せて、私たちを驚かせた。彼女も、良人に劣らず、寛達《かんたつ》で、善意に溢《あふ》れた性格で、その上、料理なぞも、巧みだった。

「いい細君だな。ああいうのを、女房に貰うんだったよ」

私は、千鶴子に、そういったほどだった。

「じゃア、お貰いになったら、いいでしょ」

と、フクれたものの、彼女も、この細君には、好意と親しみを、持ち続けた。

そういう風にして、大西一家との接触は、日増しに濃くなった。それは、全然、借家人と家主との関係ではなくなった。ある時は、私は、大西本家の長男の婚礼に、招かれた。千太郎さんの家は分家で、その両家が、町の最大の名望家だったが、本家と私は、別に関係はないわけだった。それなのに、辞退できないような、鄭重な招きかたを受け、お蔭で、私は、この地方独特の豪華な、婚礼の鉢盛《はちもり》料理というものを、実見することができた。

そのうちに、懐妊《かいにん》していた千太郎さんの細君が、男子を生んだ。千太郎さんは、私が名付け親になり、私の筆名の一字を与えることを、望んだ。ちょうど、六人目の男子だったので、信六と命名したが、名付け親になることも、東京のように簡単ではなかった。七夜に、例の鉢盛料理で、名付け親を主賓《しゆひん》とする宴会が催され、まず、三方に載《の》せられた命名書が、すべての客に巡覧され、それが済むと、名付け親が、抱かれた乳児に対して、盃を与えるのである。勿論、赤ン坊が酒なぞ飲みはしないが、産褥《さんじよく》にいる母親代りに、紋服を着て、乳児を抱いた女が、赤ン坊の唇に、三度、盃を宛《あ》てるマネをする。それで、儀式が終り、赤ン坊が退座し、普通の宴会となるのだが、大西家の名付け親となってから、続々と、同様の申込みがあり、滞在中に、私は、五、六名の乳児の命名をした。その度に、鉢盛料理の宴会に招かれ、当時は払底だった酒にありつけるので、

「これは、悪くない商売だな。まるで、堀部安兵衛になった気がするよ」

と、千鶴子や麻理に、冗談をいった。赤穂義士の堀部安兵衛が、酒が飲みたいために、知らぬ人の葬式に出かけ、振舞い酒に酔い、〝葬《とむら》い安《やす》〟の異名《いみょう》を受けたことを、講談で聞いてるからであった。冗談ではあるが、私は、多少の真実に触れた気がした。私は、自分が〝浪人〟の身分であることを、そんな機会に、思い浮かべた。また、私が一種の武芸者であり、田舎へ流れついて、豪家の居候《いそうろう》をしてるような気もした。大西一家が、私を厚遇してくれるのも、私が小説という剣術を使うからで、べつに、私の人格識見に関係はないと、ヒネくれた考えも起きた。

しかし、千太郎さん夫婦の親切は、そんなヒガミを容《ゆる》さないほど、持続的だった。私たちほど、恵まれた疎開者は、滅多になかったろうが、それも、この土地へ来たためというより、大西家の邸内の一屋に住んだ結果であることが、明らかであった。何よりも嬉しかったのは、彼等に、恩を売るという態度が、微塵もないことだった。そして、大西家を通じて、町の人々とも知り合ってくると、いかにもノンビリと、南国的な寛容さのある土地の気分が、次第に、私の冷え切った、塞《ふさ》がれた心を、解《と》きほごしてくれるようだった。

「いいところへ、越してきたよ。気に入ったよ、この町は……」

私が、千鶴子にそういうと、彼女は、心から、嬉しそうな顔をした。

*

「もう、文士はやめて、ここで、一生を送ることにするか」

「そんなことといって、何をして、食べていく気なんです？」

「そうだな、宇和島あたりで、トンカツ屋を始めても、いいな」

私は、半ば本気で、妻にいった。実際、東京の嵐《あらし》の正体を、よく見詰めてみると、腹の立つことばかりで、そんなところへは、永久に帰らなくてもいい、そんな世間を対手《あいて》にして、ものを書くことを、諦《あきら》めてもいいと、思うこともあった。そして文士に替《かわ》る職業は、食べ物商売が手ッ取り早く、宇和島市の焼跡に、すべての飲食店は建ったが、トンカツ屋だけがまだないことを、私は、知っていた。

「バカ仰有《おつしや》い……。第一、田舎で一生、暮すなんて、麻理ちゃんが、承知しやしませんよ」

千鶴子は、私を冷笑した。

「そうか、麻理がいたか……」

私は、笑った。私と妻は、田舎に隠遁《いんとん》できても、娘をお相伴《しようばん》させるわけにはいかなかった。それは、若い娘を、田舎に封じ込めるのが、可哀そうということよりも、麻理という娘が、ここの環境と、ひどく不調和なものを、持ってるからだった。彼女は、決して、都会的な、華美な娘ではなかったが、この古い町の空気のなかに置いてみると、水と油のようなものだった。といって、彼女が、東京生活と、ピッタリする、というわけでもなかった。

——そうだ、麻理は、フランスの田舎に住めば、調和する娘なんだ。

私は、そんなことを考えたが、千鶴子にはいわなかった。

麻理は、ここへ来てから、何か、時間の空費を嫌うような様子で、稽古事を望んだりした。戦争が済んだのだから、勉強を始めなければ——という気持が、アリアリと、私にわかった。しかし、この町に、娘の身につける稽古事の先生といっては、和裁か、活《いけ》花《ばな》の他になかった。和裁は、千鶴子が本職だから、教わりにいく必要もなく、結局、大西家の娘たちと共に、近所の活花の所へ、通うことになった。私は、ヘンな流儀でも教え込まれるのを、心配したが、彼女の気を紛《まぎ》らせることができれば、それも、忍べると思った。面白いのは、稽古日の午前に、娘たちが、活《い》ける花や木を、裏山に探しにいくことだった。この町には、花屋というものがなく、自分で材料を集める外はないのである。そして、コンモリと繁った裏山には、案外、花の咲く樹が豊富にあって、先生に教わった枝振りを、彼等自身で、切ってくるのである。或いは、この方が、都会の花道の教え方よりも、道に適《かな》うのではないかと、私も思うようになった。

しかし、活花の稽古だけで、麻理の日常が、満足されるわけはなく、心の底で、東京へ帰る日を、待ち侘《わ》びてるのは、明らかだった。

私は、なるべく、彼女の気持に、眼を外《そ》らすようにしていた。同情してやっても、どうにもならぬ世の中であり、私の境遇でもあった。彼女だけ、東京へ帰す道もあるが、信頼できる寄宿先きは、この地へくる前に、皆、断られているのである。東京の食糧事情は、湯河原出発の時より、もっと窮迫してるらしいのである。そして、私自身の運命が、海のものとも、山のものとも、きまっていなかった。彼女も、私と同じように、ジッと我慢して、時を待つ外ないのである。

＊

この土地の早い春がきて、三月に桜が咲き、四月に牡丹《ぼたん》の花が開いたりする頃には、私のところに、原稿の依頼が、ボツボツ始まってきた。私は、それが、不思議だった。札つきの戦犯文士と、思われてる筈なのに、強い嵐の中にある東京の雑誌社が、なぜ、執筆を頼んできたりするのか。

それでも、新円切替えで、現金の欲しかった私は、二つ三つ、その依頼に応じた。そのうちに、ある大新聞の大阪本社の記者がきて、長篇小説を書く気持はないかと、打診された。

私は、それだけは、即座に断った。大新聞の連載小説なぞ、思いも寄らない心境だった。一時的にも、トンカツ屋開業を、思い立った人間が、そんな、本職仕事に、手を出せるものではない。私は、まだ、文士廃業のことを、全面的に、翻意してはいなかった。

しかし、時局に最も敏感な、あのような大新聞が、連載小説を頼みにくるようなら、文士に対する嵐の風当りは、案外、弱いのではないかと、思うようになった。

実際、東京から送られてくる雑誌を見ると、戦時中に活動した文士が、盛んに、ものを書いていた。尤も、掌《てのひら》を返すように、軍や軍人を罵《ののし》る文章に、充《み》ちてはいたが、それでも、戦犯文士の生活は、成り立ってるようだった。そういう実例を見ると、私の文士廃業は、気早や過ぎたかと思うが、といって、文壇に帰る気持は、まだ遠かった。

――まア、一、二年、ジッと、このままにしていろ。なにも、今、どう決めるという必要はない。

外国の軍隊が、国を占領してる世の中に、いつ、どういうことが、身に降りかかってこないとも、限らなかった。心の迷いが起きると、私は自分自身に、ただ、ジッとしていろと、いいきかす外はなかった。そして、何も忘れて、土地の人や風習に逆《さか》らわず、穴の中に引ッ込んでるのが、一番だと、最初の考えに返った。

その頃のある夜、妻は、母屋《おもや》へ入浴に行き、私と麻理と、二人きりになった。モンペなどを穿《は》いた姿で、暗い電燈の下で、新聞を読んでいる娘が、何か、急に、不憫《ふびん》になってきた。私は、娘と対坐した時に、真剣な話など、持ち出すのを、好まないのだが、その時は、自然に、口が解《ほぐ》れた。

「おい、お前も、こんな田舎で暮すようになって、可哀そうだが、パパも、現在、逆境にあるんだから、まア、我慢してくれ……」

私が、そんなことを話しかけると、麻理は、静かに、新聞から、顔を離した。

「そして、パパの不遇時代は、まだまだ、何年も続くだろうと、思うんだけどね。しかし、ムヤミに、悲観することはないよ」

「大丈夫よ、そんなこと……」

彼女は、微笑を浮かべた。いかにも、落ちついた微笑だった。

「生憎《あいにく》、そういう時に、お前の婚期がきてるんだ。パパが、恵まれていた時のような結婚を、させてやれないかも、知れないんだ。そいつは、勘弁してくれよ。しかし、人生ッてものは、長いんだからね。将来、埋め合わせのつくことがないとは、いえないんだ。出発点で、悲観しちまうことはないんだ……」

私は、彼女を励まそうとして、却って、自分が感傷に墜入《おちい》る危険を、感じた。ところが、彼女は、少しだって、それに釣られはしなかった。

「わかってるわよ。あたし、ちっとも、悲観なんかしないわ。それに、今、不遇なのは、あたしたちだけじゃないわ。日本の人は、誰も彼も、不遇なのよ。だから、あたしは、ちっとも、そんなこと、気にしないわ……」

彼女の言葉は、元気と、それから、信念のようなものに、充《み》ちていた。私は、それに驚き、また、安心した。そういう答えができるのは、彼女が、一番、欲が少く、迷いが少いためと、思われた。それは、彼女の宗教心から出てるのか、亡妻の理性的な性格を受けてるのかと、私は思い惑った。

麻理の気持が、案外、シッカリしてるのを知って、私の杞憂《きゆう》は半分減ったが、時候がよくなるに連れて、私たちの気持も、外へ開かれる機会が、多くなってきた。

旧暦の三月三日は、この地方のピクニック・デーだった。家々で、かなり立派な雛飾《ひなかざ》りをするのに、この日は、外へ出て、愉《たの》しむのである。町の人も、村の人も、着飾って、酒と重箱を持ち、山野へ出かける。村の人は、却って、町の河原へきて、飲んだり、謡《うた》ったりするが、町の人は、入江の磯《いそ》の方へ出かけて、団欒《だんらん》するようだった。それは、敗戦後第一回目の雛祭りとも思われない、賑やかさだった。

＊

私たちも、その真似をした。

俄《にわ》か支度で、重詰めの用意をしたが、東京ではまだ見られそうもない、カマボコや、卵焼きなぞも、ここでは、すぐ手に入った。驚いたことに、筍《たけのこ》も、売っていた。南国の筍は、早く出るらしく、雛祭り料理のツキモノとのことだった。そんな食物と、薬壜《やくびん》に入れた酒を携《たずさ》えて、私たちは、千鶴子の実家の持ち山に登り、八重桜が咲き乱れてる山上で、青い海を見降《みお》ろしながら、弁当を開いた。

「ピクニックなんて、何年振りかね」

千鶴子が、嫁にきて数年間は、日曜の度に、私たちは、麻理のために、郊外へ出かけた。彼女が、女学校へ入ると、ナマイキになって、両親とピクニックへいくより、友達と遊ぶのを、好むようになって、自然と、やめてしまったが、こんな風にして、弁当なぞ食べるのは、それ以来のことだった。少くとも、十年振りだった。尤も、それで、感慨を催してるのは、私自身であって、麻理は、少女時代のように、そんな行楽を愉しんでる様子はなかった。

また、大西家の誘いで、私は、この地方の名物の闘牛の見物に連れて行かれたり、キス釣りの舟を、湾内に泛《う》かべたりした。私は、釣魚ということに、興味がなく、せっかく、私のために催された遊びも、それほど嬉しくなかったが、ふとしたことから、家の前を流れる川で、ハヤ釣りを覚えて、自分一人で、釣竿を担《かつ》いで出かけることも、少くなかった。

この地方のハヤ釣りは擬似鉤《ぎじばり》を用いるので、不精者の私に適したのかも知れないが、それよりも、天気のいい日に、ただ一人で、河上へ溯《さかのぼ》り、誰もいない清流の中に立ち、釣竿を動かしてると、非常に、気が休まった。両岸の灌木《かんぼく》のなかで、鶯《うぐいす》が鳴いたり、小さな蛇が、恐れげもなく、流れを渡っていったり、天地の閑寂を、一人占めにしてる気がした。

——一体、戦争は、ほんとうにあったのか知ら。

そんなことを、考えることもあった。

そういえば、この町にも、戦死者遺骨の帰還を迎える儀式なぞもあったに拘らず、町の空気そのものは、戦争を経験したとも思われない、伸びやかさがあった。事実、町から三里も入った山奥の部落では、戦争のあったことも知らぬ人々も、住んでいるという噂だった。私は、そういう人人が羨《うらや》ましく、また、町のそうした空気に、傷痕を癒してくれる温泉のような効能を、感じた。

――こんな、理想的な療養地はない。ここで、もう一度、丈夫にならなければ……。

実際、前の疎開地時代に経験したような、精神や神経の変調は、まだ、時々私を襲った。私は自分を、ソッと、臥《ね》かしておく必要を感じ、偶然流れついたような、この今松町が、目的地であったような僥倖《ぎょうこう》を、知るようになった。

そして、ある日、湯河原海岸の隣人からきた手紙が、一層、僥倖感を、深くさせた。

あの別荘の持主は、私たちを追い立てたが、それは、自分が後へ入るためではなく、親しい友人の夫婦を、住わせるためであったことが、文面の最初に、書かれてあった。そこまで読んで、私は憤慨したが、最近の一夜、あの家に強盗が入って、家主の友人夫婦が、妻は殺され、良人は瀕死の重傷を受けたという箇所へくると、震え上って、驚いた。

「おい、おい、大変なことだよ」

私は、妻と娘を呼んで、その手紙を見せた。

強盗は、陸軍の特攻隊上りの少年で、あの家の表構えの立派さに誘われ、押入ったが、一物も取らぬうちに、発見されて、ピストルを連射し、そんな惨事を起したらしい。少年は、じきに捕縛《ほばく》され、殺された細君の死体を、警察医が、あの家の雨戸の上で、解剖したということまで、書いてあった。

「まあ、きっと、あの十畳で、殺されたのよ」

千鶴子は、青い顔をした。彼女と麻理は、その十畳に、毎夜、臥《ね》ていたのである。

「あたしたち、住んでいたら、きっと、同じ目に、遭ったわね。パパは、洋館の方に臥てたから、助かったかも、知れないけど……」

麻理も、呼吸を詰めていた。

「いえ、パパは、ピストルの音なんか聞くと、すぐ飛び出してくるから、やっぱり、危いわ……」

千鶴子が、強く答えた。

「とにかく、ここへ越してきたことは、大変、よかったんだ。すべてに於てさ……。そう思おうよ。そう思わなければいけない……」

私は、妻子にも、自分自身にも、念を押しておきたいと、思った。

二八

やがて、夏がきた。

この土地の夏は、暑いと聞いていたが、それほどのこともなかった。ことに、二階は、風通しがよく、河端の松の老樹が、自然の日覆《ひお》いになり、その枝越しに、川面の明るさを眺めてると、海辺に避暑にきてるような、錯覚を起した。

麻理は、活花を習いにいく娘たちと一緒に、川上の堰《せき》へ、泳ぎに出かけたりした。海が近いのに、不思議と、町の子供たちは、川の水浴びを、好んだ。私も、一、二度、水泳をしたが、今松川の流れは、私にとって、むしろ、散歩の道筋だった。流れに沿った細道を、川上に向って、十町近く歩き、また、帰ってくる。瀬音を立てる浅い流れがあり、鮭《さけ》のように大きい、名物の怪物鰻《かいぶつうなぎ》が潜む、淀《よど》みもある。そして、その小径《こみち》で行き交《か》う小学児童や、田圃で働くお百姓たちが、私の姿を見ると、お辞儀をしてくれた。この町では、ステッキをついて、散歩に出るような人は、一人もなく、最初は、ずいぶん目立ったらしい。しかし、今は、そのムダ歩きをする人間が、大西邸内にいる小説書きだということがわかって、挨拶をしてくれるのである。

いつか、私は、それほど、土地の人に馴染《なじ》んできた。私の方でも、青年会とか、小学校教員とかいう人たちに、話なぞ頼まれると、生来の講話嫌いを忍んで、出かけるようにした。古い町の常で、中老組と青年層は、まったく隔離しているが、私は、そのどちらとも、親しむことができた。ことに、東京や京都の大学に行ってる若者たちが、暑中休暇で帰ってくると、よく遊びにきた。ある時は、遠い松山市から、私のところへ相談にきた、若い小学校教員もあった。

見るから、実直そうな、その青年は、根底から覆《くつがえ》された小学校教育の前に、呆然《ぼうぜん》としているらしかった。

「子供たちは、進駐軍の兵隊の方が、先生より偉いと思ってるから、何も、いうことを、きかなくなりました。私自身も、どういう風に生徒を導いていいか、全然、自信がなくなりました。そして、県の教育当局も、何も、具体的な指導方針を、示してくれないのです……」

私は、その良心的な訴えに、心から同情した。といって、彼が私に望むように、何を教うべきかの解決など、与えてやることはできなかった。

「私にも、何も、いい考えはありません。ただ、新しい教育原理が定まるまでは、体操と算術に、主力を注いだら、どんなものでしょう」

私には、それだけの答えが、精一杯だった。子供の体をよくするための体操、頭脳を鍛えるための算術、それを教えることに、どこからも、文句はあるまい――

そうかと思うと、宇和島市から訪ねてきた若い娘は、映画女優になりたいから、撮影所へ紹介しろと、強要した。どう見ても、素質のある娘ではなかったが、望みが叶《かな》わなければ、家出をするという顔色が、ウソでもなさそうなので、いい加減にアシらって帰すと、その後から、親父《おやじ》が訪ねてきて、娘の映画志望をやめさせる智慧《ちえ》を貸せと、娘に劣らぬ強要振りだった。

――世間が、落ちつくまでには、まだ、だいぶ間がある。

東京から伝わってくる噂を聞いても、嵐の勢いは、衰える様子もなかった。私は、この町に腰を据える気持が、いよいよ強くなった。

——誰が、外へなんか、出ていくものか。

そして、そういう私に、加勢するように、気の紛《まぎ》れる遊び事が、夏と共に、私の周囲に殖えてきた。

前の河で、盛んに、鮎《あゆ》が繁殖し出すと、橋の上から、釣糸を垂れても、じきに、数尾の獲物があったが、面白いのは、夜振りと称する投網漁であった。

大西家では、千太郎さんも、別家の酒造家の弟も、投網が打てるので、月のない夜を選び、アセチリン燈《とう》をつけて、川狩りをする。私も、猿又一枚になって、河水に浸《つか》り、魚を追うのだが、蒸暑い夜でも、体が寒いほどである。網を打つ人は、もっと、体が冷える。そのために、家には、風呂が用意してあって、帰ると、すぐ、一浴する。そして、座敷へ上ると、獲物の鮎や川エビで、いろいろ、料理ができてる。それを肴《さかな》に、夜更《よふ》けの酒宴をするのが、夜振りの習慣らしい。東京や大阪では、一疋《いっぴき》の鰯《いわし》を手に入れるのも、苦心を要するという時に、そんな遊びができるのも、夢を見てるようだった。

それから、上流の美しい渓谷の鮎釣りや、湾内のイカやアジの夜釣りや、私は、再三、敗戦一年の夏とも思えない遊びに、誘われた。そのうちに、急に町の野球熱が、盛んになってきた。

一体、私は野球が好きで、学生時代に最も熱中したスポーツであり、神田の大学の講師をした頃も、教師対学生の試合などに出たが、戦前から、もう、球を投げる年でもないと、諦《あきら》めていた。ところが、この地へきてから、ふと、帰省の学生たちと、プレイしてみると、昔の半分も、体は動かないけれど、どうも、面白くて堪《たま》らない。他に、スポーツの愉しみもない土地であるが、学生たちが誘《さそ》いにくるのを、待ち焦《こが》れるほどになった。

「パパ、大丈夫？」

麻理は、私が、腕でも折りはしないかと、心配するような、ヒヤかすようなことをいった。

「昔、鍛えてあるんだよ」

私は、威張って、家を飛び出すが、事実は、若い学生たちが、私を労《いたわ》って、駆け回るような役を、免除してくれるのである。

そのうちに、戦後の野球熱が、この町にも伝染してきて、幾つもチームができるようになった。ノンキな町であるから、私と同年輩のお医者さんとか、雑貨屋の主人とかいう連中が、野球狂で、商売をそっち除《の》けで、町の代表チームをつくることに狂奔し、私も世話人の一人になった。その会合があると、必ず酒を飲まされ、試合があると、始球式を行ったり、監督のような役目で、選手席に坐ったりした。

——こんなことをしていれば、一番、いいのだ。

私は、いい気になって、野球に血道をあげていた。

そういう私を、千鶴子は、ニヤニヤ笑って、見ていた。彼女としては、私が、彼女の郷里の人と親しむのだから、悪い気持はしなかったであろう。しかし、麻理は、必ずしも、そうではなかった。

「パパ、そんなに、ここへ腰を据えてしまって、どうするの?」

一度も、彼女は、そういったことがなかったが、私は、繰り返して、同じ言葉を聞かされた気持がして、ならなかった。しかし、私は、その声に、耳を背《そむ》けていた。

野球の外に、私の心を惹《ひ》いたのは、この町の年中行事だった。

夏が来、夏が終るまでに、権現祭りだとか、作祈禱《さくきとう》だとか、虫送りだとか、七夕《たなばた》だとか、いろいろの行事に会った。七夕なぞも、東京で見られるように、色紙《しきし》や短冊のついた竹を、戸外に立てるばかりでなく、子供のある家では、七夕棚というものを飾り、野菜や菓子が供えられ、晴着《はれぎ》をきた子供が、その前に集まった。

盆がきても、その行事の扱いは、東京と比べものにならず、鄭重だった。大西家では、隠居の老人が、春に亡くなったので、初盆のために、一層、鄭重に行われたが、私は、親族の一人のように、あらゆる供養《くよう》に招かれたので、よく、その実態を見ることができた。初盆燈籠《とうろう》は、手の混《こ》んだ、大掛かりなもので、そういうことに金をかけるのが、町の風らしかった。

そして、盆が過ぎると、夕暮れに、町のあらゆる家の燈籠を、私の家の前の河原に集め、僧侶が鐘を叩いて読経《どきよう》し、やがて、全部を積み上げて、火を放つのである。それが〝燈籠焼き〟という行事だったが、その年は、空が曇り、冷たい秋風が烈しく、燃え上る焔と煙が、河原に吹き散る様《さま》が、いかにも、凄惨《せいさん》だった。火が消えると、紋服に身を更《あらた》めた人々が、念仏を唱えながら、暗い家路につく様子が、まだ滅びない、日本の伝統生活を、まざまざと、見せてくれた。

また、夜寒《よざむ》を感じるような秋の宵に、ズシンズシンと、地を鳴らす音と、哀れげな子供の唄とが、閉《とざ》された戸の外で、聞えた。私が、訝《いぶか》ると、千鶴子が、

「今日は、お亥《い》の子さんなんですよ」

と、教えてくれた。私は、好奇心を起し、縄《なわ》で縛《しば》った石で、地を搗《つ》く子供たちの様子を、見に出た。また、亥の子祭りの飾りをしてる家へも出かけ、飾り棚を、手帳にスケッチしてきたりした。

そういう哀れげな、古い日本の暗さを感じさせる行事の後で、秋の祭りになった。稲の収穫も終った、好晴《こうせい》の日で、朝から、笛や太鼓の音が、湧き立った。形式的な東京の祭礼を、見馴れてる私は、町全体が浮き立ち、沸騰するような状態に、驚かされた。そして、この小さな町に不似合いな、花車《だし》や、囃子《はやし》屋台や、それから牛鬼《うしおに》という巨大な怪物が、数十人の若者に担《かつ》がれて、町を押し回り、終日、昂奮の雰囲気を続けた。そして、町を歩けば、知り合いの家に呼び込まれ、酒肴《さけさかな》を出されるが、しまいには、私の家の座敷も、一ぱいの人が集まり、私もまったく酩酊《めいてい》して、人々と共に、祭りのなかに、融け込んだ気持だった。

やがて、秋も深くなってくると、私は、いつか、この地に、一年間を送ったことに、

気づいた。まったく、外国で暮した一年間のように、事々が珍らしく、時を忘れさせた。私にとって、眼を開かされた。地方生活は、生涯の最初であり、何も知らなかった農事や農村生活について、そういう興味や知識が、新鮮さを失わないうちに、記録しておくべきだと思って、その頃から、私は、方言や、民謡や、口碑《こうひ》や、一年の行事や、人々から聞いた珍らしい話なぞを、ノートに取った。また、青年たちに頼んで、足りないものを、採集した。

そんなことを始めると、私は、いよいよ、この土地と、繋《つな》がりが深くなった。遊ぶことも多いが、仕事も多くなり、退屈どころではなくなってきた。また、農地法が施行されて、大地主の大西家が、いろいろ改革を余儀なくされると、千太郎さんは、私のところへ、立ち入った相談なぞ持ってくるので、一層、親密の度が増してきた。

早い一年だった。この様子なら、まだ、二年や三年、この土地で暮しても、イヤにはならないだろう。

私は、そんな風に、見当をつけると共に、この町の土の上に、アグラをかいて、腰を据える気持になってきた。もしも、都会を恋う気持が湧いたとしたら、それは、一回だけだったろう。秋の終りに、私はチブスと誤られるような、高熱の風邪に襲われ、十日ほど、臥床《がしょう》したが、土地の医者の頼りなさを、この時ほど感じたことはなかった。遂に、宇和島から知名の医者を呼び、やっと、回復したが、この地で、盲腸炎にでも罹《かか》れば、生命にも関係すると、考えるようになった。よい医者がいるということが、都会生活の最も大きな魅力のように、思われた。

――しかし、それでも、田舎にいる方がいいな、死ななくてもいい時に、死ぬとしても……。

それほど、私の東京嫌悪は、強かった。

＊

やがて、私たちは、二度目の正月を、この土地で迎えた。去年とちがって、私も、亡命者的な気分はなくなり、祝膳《しゅくぜん》の料理も、遥かに豊かだった。ただ、土地の風で、屠蘇《とそ》を祝わず、雑煮の餅も、円形だった。しかし、年賀の客は多く、私自身も、数家を回礼して、酒に酔い、東京にいた時よりも、ずっと、新年気分を味わった。東京にいれば、年賀に回るなんて、頼まれても、行《おこな》う気にならなかった。

しかし、元旦だか、二日だったか、食膳についてる時に、麻理がいった。

「今年は、東京へ帰れるわね」

それは、私をギョッとさせる、一言だった。

もう、去年の夏あたりから、麻理が、東京へ帰りたい気持を起してるのは、私に、よくわかっていたが、私は、彼女を慰撫《いぶ》するつもりで、

「来年の春頃にでもなったら、帰れるかも知れないね」

と、その場免《のが》れのことを口外した覚えがある。それを、麻理は、金貸しが返済期日の

近づいたことを、予告するように、私に、念を押したのである。

「うん、まアね」

私が、曖昧《あいまい》に返事をするのを、彼女は、聞き脱《のが》さなかった。

「三月頃に、帰る筈じゃなかった？」

「うん、できればね……」

私の腹の底は、無論、そんなに早く帰京する気は、なかった。言論界の追放は、いよいよ烈しくなる形勢で、私の知ってる出版人の数名は、社を退いていた。波紋は、やがて、執筆者に拡がると、噂されていた。その上、日本の経済も、食糧事情も、三月が危機といわれ、すでに、上野の地下道で、六人の凍死者が出たとか、頻発《ひんぱつ》する追剝《おいは》ぎ強盗事件が、新聞に出ていた。そういう危険な東京へ、私の足が進むわけがないが、感情的にも私は、その頃の東京を嫌った。その頃、東京から、歌謡曲の芸人なぞが、よく、この地方にも巡業にきたが、得々として、アメリカ臭い服装をしてるのを見ると、現在の東京の人のすべてが、そうであるかのように、憎悪《ぞうお》を感じた。その上、交通事情は、まだ悪く、殊に、四国の鉄道が、恐ろしく、混雑していた。

ひどく、退嬰《たいえい》的になってる私は、困難な長い旅をして、イヤな東京へ帰る気持が、少しも、湧かなかったが、麻理の度々の督促《とくそく》に敵しかねたのと、結局、いつかは帰京しなければという諦《あきら》めもあって、

「じゃア、一つ、パパが、様子を見にいってくるかね」

と、明言するところまで、自分自身の心を、漕ぎつけた。

それでも、その約束を実行するまで、一カ月以上を要した。五月の初めになって、大西家の親戚の青年が、商用で上京するというので、屈強な同伴者があるなら、途中の心配もあるまいと、やっと、ミコシをあげる気になった。

再び、私は、リュック・サックを背負い、今松町から宇和島までは、赤塗りの郵便車に便乗させて貰って、旅立ちをした。高松で一泊するのを、旅館の混雑を避けて、戦災に遇わない琴平《ことひら》に宿をとるような、迂回《うかい》の旅を続けた。それでも、高松付近から、本州の山々を遠望すると、不思議な郷愁が、湧いてきた。

——あア、本土だ、本土だ。

私は地理で、本州とか本土とかいう語を、学んだだけで、自分が、その日本の一番大きな島で生まれた意識なぞ、毛頭、持たないつもりだったが、まるで、外国から帰りの船で、富士を発見したような喜びが、心を揺《ゆす》るのである。それは、われながら、不思議な感情だった。

岡山から乗った急行列車は、案外に、空《す》いていて、来た時のような無秩序はなかった。その時、急行列車だけが、どうやら、普通の状態をとり戻しかけていたらしい。そして、列車が東海道を走り、東京に近づくに従い、私の昂奮は、烈しくなった。

——おれは、やっぱり、東《ひがし》で生まれた人間なんだ。

私は、久振りで、東京を見、東京人を見た。眼にある浮薄な場面や、人物を見たが、それは、幸いに、一部分で、多くの人たちは、元気で、落ちついているようだった。殊に、眼についたのは、女性だった。まだ、戦後の華美な風俗が、起らぬ前であったかも知れないが、男物の服を改造して、身につけているような女たちにも、どこといえない洗練さがあった。今松町の女には見られない、挙止や、眼の動きが、久振りで、私の眼に映り、麻理が東京へ帰りたがる気持が、こういうものへの憧《あこが》れであるかと、思わないでいられなかった。

私は、東横沿線の従兄《いとこ》の家に、宿泊して、そこから、毎日、東京へ出た。旧知の出版関係の人々や、友人たちは、私を厚遇してくれ、連夜、会食のないことはなかった。

「家なんか、いくらでも、探しますよ。早く転入していらッしゃい」

そういってくれる、雑誌記者もあった。

「今は、ちょっと早い。秋ごろが、ちょうどいいな。東京へ帰るのは、早くても、遅くてもいけないんだ」

新聞にいて、情勢通の友人は、そういう忠告をした。

十日間、東京にいる間に、私は、姉の法要をしたり、私に関する追放の可能性を調べたり、入るべき家の目当てを、求めたりした。最後の問題が、一番、厄介だった。私は、家を買うだけの余裕はなく、といって、貸家なぞある世の中ではなかった。中野の家の焼跡へ、バラックを建てることも考えたが、結局、婦人雑誌S・T社の駿河台《するがだい》寮へ住んでいた旧編集長が、そのうち、移転するというので、その跡を借りるのが、最も便宜に思われた。

「じゃア、とにかく、約束だけを……」

私が、社長に、そう頼んだのは、心の中で、ほんとに、帰京の決心がつかないことの証拠だった。まず、そんな膳立てだけを、整えておいて、今松町へ帰ってから、ゆっくり考えたいというのが、本心だった。

私は、その旅の復路を、京都や大阪へ寄って、十数日振りに、クタクタに疲れた体を、今松町の家の二階に、横たえた。午前中に、帰宅したのだが、寝床を敷かして、体を休めないではいられなかった。

やがて、荒い足音を立てて、麻理が、二階へ駆け上ってきた。私が着いた時に、彼女は、外出していたのである。

「パパ、どうでした?」

その声といい、態度といい、平常の彼女に見られぬ、感情の露《あら》わさだった。

——やれやれ、このお嬢さんの期待に、添わねばならぬのか。

私は、心の中で、溜息をついた。

「うん、東京も、われわれが出た時より、ちっとは、よくなってるけれど、まだまだ……」

「家は、どう?　あった?」

「うん、一軒、約束はしてきたけれど、秋にならないと、明かないんだ……」

見る間に、失望の色が、麻理の顔に拡がった。

「そう……」

彼女は、静かな足音で、階段を降りていった。

それから数日間、折りがあると、私は、できるだけ詳細に、東京で見てきたことを、妻子に説明した。しかし、時時誇張の混るのを、免れなかった。その誇張は、すぐにも東京へ帰りたい麻理の意志を阻《はば》むためなのは、いうまでもなかった。

やがて、麻理は、パッタリ、帰京のことを、口に出さなくなった。私は、彼女が、少くとも秋まで、帰京を諦める気になったのだと考え、気持がラクになった。

しかし、私自身、腹をきめなければならなかった。私は、久振りに東京へ行って、イヤなことも、沢山見たが、一方で、妙な心の変化が起っていた。それは、往路に、本州の山々を見て、強い郷愁を感じたのと、同じ理由のようなものらしかった。

――所詮《しょせん》、おれは、東京へ帰って、東京で死ぬ人間らしい。

この田舎町へ、隠栖《いんせい》したいという気持は、感傷的な夢に過ぎないのではないか。いつか、私は、東京の雑誌に、二つの連載物を書いているし、また、今度の上京で、断ち切れない東京との因縁を、シミジミと感じる機会が、多かった。いくら、文句を列べても、東京より他に、永住の地はないのだろう――

そういう考えが、起きてきたので、大体、駿河台の家の明く秋頃を、帰京の時期にしようと決心した。此間、新聞社の友人がいったように、情勢的にも、その頃が適期とすれば、それまで待つのが、至当だと、思った。

そして、また、山桃が実り、前の河で鮎が獲《と》れる季節が、回《めぐ》ってきた、私は、秋に帰京の決心をしてから、一層ノンキになり、鮎漁だの、野球なぞに、身を入れた。

ある日、麻理が、私の前に坐って、更《あらた》まった口をきいた。

「パパ、あたし、パパたちより先きに、東京へ行かして貰いたいの。いけない？」

——そら、来た！

と、思ったが、私は、平静を装《よそお》った。

「いけないこともないが、泊めてくれる家があるまい？」

「あるの」

彼女は、断乎と、答えた。

「しかし、友達の家とか、下宿のようなところなら、パパは、不賛成だな」

「いいえ、K・Zさんのところ……」

それは、私が、此間上京した時に、厄介になった、従兄の家だった。

「あすこは、引揚者の叔母さんなんかも、入っていて、一ぱいだよ」

「だって、K・Zのおばさんは、関《かま》わないから、いらッしゃいッて、お返事を下すったわ」

「え？　もう、交渉済みなのかい？」

私は、驚いた。娘が、此間うちから、以前通っていた仏語学校や、その級友に手紙を出して、何か問い合わせていたことは、知っていたが、従兄の妻と、そんな打合せまで、済ませていたとは、夢にも考えなかった。

——パパなんか、アテにしていたら、東京へ帰るのは、いつになるか、わからない。あたしは、もう、自分で、自分の道を行くほかありませんわ！

彼女の態度は、冷静ではあったが、一歩も退かないところがあった。

——これは、承諾しないわけにいくまいな。

私は、そう判断したが、即座の明言は避けた。なぜといって、彼女の単独の上京を許すとしても、同伴者のない若い娘の旅行に、まだ、いろいろの危惧が予想されることは、私の此間の旅行で、明らかだった。例えば、本土との連絡船が、天候不良で、欠航になった時に、旅館に泊らねばならないが、一人一室なんてことは、誰にも望まれなかった。見も知らぬ男女が、雑魚寝《ざこね》のような目に遭わされることを、私は聞いていた。私は、娘が連絡船に乗り込むまで、信頼できる同伴者がなければ、旅行を許す気になれなかった。

幸いに、千鶴子の親戚の老人が、商用で、松山に行くことになった。老人は、麻理を伴《とも》なって、松山の知人の家に一泊し、もし、天候に不安がなければ、翌日、近くの今治《いまばり》から連絡船に乗らせるように手配すると、約束してくれた。

「じゃア、行ってもいいよ」

私が、そういうと、彼女は、放たれた鳥の喜色を、浮かべた。そして、生まれ返ったように、元気になり、準備や、荷作りを始めた。彼女には、旅行の不安なぞ、いくら話しても、問題ではないらしかった。

出発の日がきた。

「東京へ着いたら、すぐ、電報打つんだぜ。それから、連絡船の欠航の時も……」

私は、再三、念を押した。

そんなことは、半分、聞き流すようにして、彼女は、欣然《きんぜん》と、老人と一緒に、バスに乗り込んだ。超満員に客を詰め込んだ、旧型のバスは、木炭の煙を車尾から吐きながら、ヨタヨタと、街道を走り出した。

それから四日間、私は、神経病患者だった。娘の出発の翌日から、天候が悪化し、海上風波高しと、ラジオも報じた。もし、連絡船が出なければ、彼女は、老人と松山で待機するだろうから、宿泊の時の心配はないが、そうなった場合、尾道《おのみち》から乗る列車の急行券が無効になり、旅程が、全然、狂うのである。急行券を買うのは、非常に困難な時代で、もし入手できずに、普通列車に乗れば、その混乱は、四国へくる時の旅と、異《こと》らない筈だった。そんな、常識的な心配ばかりでなく、あらゆる突飛な、悪い想像が起きて、私はイライラと、千鶴子に当り散らした。

「電報が来なければ、船に乗れたにきまってますよ」

妻は、私に、冷笑を浴びせた。

もし、無事に、予定の旅程を辿《たど》ったのなら、三日目には、東京着の電報がくる筈だったが、終日、待ち呆《ぼう》けだった。

――何か、変事があったんだ。

そう思わないでいられなかった。

「なにも、そんなに、心配なさらなくたって……。バカバカしい」

千鶴子の言葉には、反射的な嫉妬さえ、含まれた。

「心配してるんじゃない。事実が、知りたいんだ」

私は、大きな声を出して、ウソをいい、弱味をゴマかした。

四日目の午後になって、無事着の電報がきた。電報の遅着が、珍らしくない世の中だった。

「そら、ご覧なさい」

いくら、千鶴子が冷笑しても、私は、顔の紐が解《と》けてくる自分を、制御《せいぎょ》できず、その晩は、二本の酒を追加して、いい気持に熟睡した。

二九

麻理が、私の手許《てもと》を離れたのは、彼女が小学一年生で、寄宿舎へ入った時以来であった。あの時は、肺炎で驚かされた、苦い経験を持ったが、今度は、なんというノンキさであろう。私は、彼女の安着の電報を受け取った瞬間に、すっかり安心して、それぎり、何も考えなくなった。

それは、私の性分ともいえる。バカに、苦労性になったり、ひどく、ノンキになったり、とりとめがないのであるが、一つには、彼女を預かってくれた、従兄の家庭に対する、信用もあった。ちょいと珍らしい、健康で、平和な家庭で、従兄の妻も、麻理を可愛がってくれたし、麻理と馴染みのある、同年輩の娘もいた。あの家にいるなら、環境も、待遇も、何の心配はないと、思われた。

しかし、それだけではないのである。一番、大きな理由は、彼女が、二十三歳の女になったということだった。彼女は、もう、一人前の女になり、自分の利害を考え、自分の分別《ふんべつ》で、親の手許を離れ、一足先きの上京を、決行したということだった。

——二十三の娘といえば、わが子でなければ、おれだって、色目ぐらい、使うかも知れない。

それだけの年齢に、彼女も、育ったのだ。親が、彼女のすべてを、束縛することはできないし、同時に、彼女も、親からの全身的な庇護を、期待してはならないのだ。牝犬《めすいぬ》が子を産むと、当座は、主人が側《そば》へ寄っても、吠え立てるが、子犬が乳を離れると、同じ皿の食物を争い、わが子に向って、吠《ほ》えつくようになる。その時期が、私たちにも、回《めぐ》ってきたのだと、思われた。

そういう意識は、人によっては寂しい気持を、起こさせるだろう。ことに、母親は、子供の自我の成長が、悲しいものらしい。しかし、私は、個人主義傾向が強いためか、その点は、気楽になれた。麻理の上京の旅行については、あんなに気を揉《も》んだが、無事に着いたと知った途端に、ケロリと、安心してしまった。

——好きなように、自分の道を進むが、いいんだ。

また、実際、東京からくる彼女の手紙や、従兄の妻の通信を見ても、心配の種は、一つもなかった。久振りに、東京の空気を吸って、麻理は、イヤに元気になり、再開された仏語学校へ、通ってるらしかった。東京生活の困難を訴えた文句は、片言もなく、むしろ、私たちが早く出京することを、促《うなが》してきた。そして、従兄の妻は、麻理が、以前と比べると、見ちがえるほど、明るい娘になったと、書き送ってきた。

私は、安心して、午前中は、執筆に送り、午後は、町の人と、遊び歩いた。夏から秋へかけて、川や海で遊ぶことが多いのは、去年と変らなかった。

そんな風に、娘の上京は、彼女にとっても、私にとっても、好結果を生んだが、それによって、更に幸福を感じたかも知れない人間がいた。

千鶴子のことであった。彼女は、私のところへ嫁《か》して以来、夫婦だけの生活というものを、この時初めて、経験したことになる。麻理が上京してから、彼女は、二階の私の寝室で、眠るようになった。娘が、大きくなってから、千鶴子が側に寝てやる必要もなくなり、夫婦が寝室を共にするのが、当然と思っても、さて、いつからとなると、フンギリがつかず、延び延びになっていたのだが、自然に、その機会が、回ってきたのである。

結婚後、十数年も経つと、良人というものは、なにも、妻の肉体が、側近く寝ていることを、必要としないものである。そういうことの新鮮味は、一、二年が、精々であろう。私なぞは、独寝《ひとりね》に慣れて、妻の寝息が、煩《うるさ》いほどだったが、女の心理からいうと、それは、別のことらしかった。

「おやすみなさい」

その挨拶を、隣りの寝床から、送ってくる時に、彼女はひどく、キマリの悪いような、何か、疚《やま》しい事でも働いてるような、細々とした声音《こわね》だった。しかし、彼女が満足していることは、よくわかった。

朝飯も、午飯も、晩飯も二人だけだった。母屋へ入浴にいく時も、二人で出かけることもあった。夫婦が、共に入浴することは、世間に珍らしくないが、私たちには、最初の経験だった。別に、夫婦が一緒に入浴する必要もなく、また、少女時代の麻理を刺戟しないためにも、そういうことは、避けた方がよかった。

ところが、今度、極めて自然に、そんな機会が回《めぐ》ってきたのである。母屋へ入浴には、最初に私、次ぎに麻理と千鶴子が同行するのだったが、麻理がいなくなってみると、夫婦が一人宛《ずつ》、別に出かけるのも、貰い湯の手間をかけることになるから、一緒に出かけたに過ぎなかった。

しかし、そういうことが、変則的な私たちの夫婦生活を、普通の形に引き戻す作用として、働いた。私は、特に意識しなかったけれど、時には、新奇な気持で、周囲を眺めることもあった。

夏に入ると、その年は酷暑で、殊に、午後が凌《しの》ぎ難かった。日が西の山に落ちると、やっと、人心地がつくような暑さで、私は、夕飯を食べるのに、二階の麻理のいた部屋を選んだ。川の眺めと、微風を愉しんで、浴衣《ゆかた》の胸を拡げながら、晩酌をするのだったが、餉台《ちゃぶだい》の向う側に、千鶴子が坐っていて、時には、酌をしてくれたりするのが、不思議な気持がすることがあった。

私の家庭生活には、子供が付き物だった。亡妻との結婚が懐妊によって、決意されたのだから、そうなるのが当然であるが、夫婦だけの日常というものを、私は、殆んど知らないといってよかった。私の周囲には、いつも、子供の顔が見え、子供の声が聞え、子供についての煩《わずら》いがあった。それが、俄《にわ》かに、吹き消され、夫婦というものだけの生活に浸《ひた》ってみると、静かさと、整頓感とが、好もしかった。ものを書いて暮す人間にとって、独栖《ひとりずまい》の次ぎに、適当なのは、夫婦だけの生活だと、考えられた。

――麻理も、一人で、東京へ行ってしまったほど、成人したのだ。やがて、結婚して、ほんとに、家を去るのも、遠くないであろう、そうなったら、私と千鶴子が、家に残る。そして、このように、静かに、老後の生活を送るようになるだろう。

私は、未来の縮図を、ちょっと、垣間見《かいまみ》たような気持がした。それで、結構だと、思った。それが、自然で、そして、幸福でもある道だと、思った。

その予想は、恐らく、千鶴子の胸にも、潜んでいるにちがいなかった。彼女は、麻理を結婚させて後に、初めて、義務を果した気持で、自分の生活を愉しむことができると、思ってるにちがいなかった。しかし、意外な成り行きで、未来の空想が、仮りの形を現わしたのだから、不満なわけがなかった。

彼女は、確かに、その幸福を、感謝していた。ある日の夕飯の膳で、彼女は、シミジミとした調子で、私にいった。

「あたし、ほんとに、有難かったと、思ってますわ。一年半も、両親の側で暮《のこ》せて——とても、そんな機会はないと、思っていたんですもの。もう、何にも、思い遺りはありませんわ」

彼女は、両親——殊に、懐《なつ》いてる父親に、ここへ疎開してから、心尽しができたことを喜ぶのだったが、彼女の気持が、幸福でなければ、そういうことを、私にいえなかったろう。

実際、千鶴子の方が、この頃では、東京帰住を、口にするようになった。両親に対して、心残りがなくなったというと共に、早く東京へ帰って、以前の生活を続けるのが本来である——というようなことを、私に進言した。

「うん、だけど……」

私の方が、この土地に未練があるような口吻になるのは、滑稽だった。私としても、ここに尻を据《す》えたいとも思わなかったが、東京を怖《おそ》れる気持は、多分にあった。その頃、言論パージの声が高まり、こんな田舎の人の口にも、上った。私が巣鴨へ拘引《こういん》される噂は、さすがに消えたが、追放は免れないと、町の人も思ってるらしかった。私も、帰京した途端にパージにかかるくらいなら、この町に引ッ込んでいる方がいいと、考えた。そういう不安の外に、乱脈を極めた東京の風俗に、強い反感も手伝った。新聞や雑誌で、いろいろ報道されることが、腹立たしくてならないところへ、ある日、この町の劇場へ、バカバカしい興行物が、巡業にきた。勿論、私は見物には行かなかったが、〝進駐軍御許可、マッパダカ劇〟という立看板を見ただけで、想像がつくのである。進駐軍御許可とは、何たる文句であるか。こんな、日本の片隅まで、恥辱に塗《まみ》れるとすると、大都会の現状は、想像にあまると、思った。誰が、そんな所へ帰ってやるもんか、という気持も、起ってくるのである。

その上、帰京するには、転入手続きという厄介なものがあった。それなしに、東京に住居すると、配給が受けられないから、問題は大きかった。尤も、いろいろ便法があるらしかったが、遠隔に住んでると、手の施《ほどこ》しようもなかった。

大体、秋に帰京すると、方針を定めながらも、私の心は、常にグラついた。一番、参考になるのは、この土地の情況を知り、そして、現在、東京にいる、麻理からの通信であった。彼女は、東京の不安な窮乏が、どの程度であるかを、適切に、私たちに知らせることができる筈だった。

最初は、彼女も、細々《こまごま》と、いろいろのことを、書き送ってきた。そのうちに、次第に、音信が間遠くなった。その頃、彼女の許《もと》へ、秋になって着る衣類を、纏《まと》めて送ったが、その到着の返事すら、来なかった。

「どうしたんでしょう。荷物を、盗まれたんでしょうか」

千鶴子は、その頃珍らしくなかった鉄道便の盗難を、心配した。戦前から持ち越した衣類が、貴重品だった時代だったのである。

「いや、きっと、病気だ」

麻理と病気という連想は、私から、常に離れなかった。あんなに、度々、病気をして、私を悩ませた娘だったのである。

「そうでしょうか」

千鶴子は、半信半疑だった。

「いや、きっとそうだ」

そう思うと、私は、ジッとしていられなくなり、すぐ、郵便局へ出かけて、彼女宛《あて》に、電報を打った。

その返電は、当時としては、珍らしい早さで、私たちの許へ届いた。

――ニモツツイタ」トテモゲンキデス
それを読んで、私は、唖然《あぜん》とした。しかし、何か理由があって、そんな無沙汰を続けたのだろうと、後便《こうびん》がくるのを待ったが、やがて到着した手紙を読むと、再び私は、唖然とした。理由なぞ、何もありはしないのである。結局、東京が面白くて――学校へ行ったり、友達と往来《ゆきき》するのに忙がしくて、私たちへ通信を忘れたに、過ぎなかった。そして、ヤミ物資が、何でも手に入るから、早く帰京するようにというようなことが、書き添えてあった。

私は、腹が立ったり、バカらしくなったりした。吐言《こごと》の手紙を書いてやったが、もう、娘が、私の心配を必要とせぬ時期に入ったのだと、認めないでいられなくなった。

——麻理も、一人前になりつつある。

そう考えると、私は、彼女に告げておきたいことが一つあると、思った。それは、亡妻が、どういう人で、どういう生《お》い立ちで、どんな風に私と結ばれ、日本へきてどんな生活をしたか、そして、発病後帰国してどんな風に死んだか、ということである。

麻理は、そういう事について、殆んど、何も知らなかった。私は、彼女の少女時代に、そういう刺戟の強い話を、持ち出したくなかった。また、専心に、麻理を育ててくれる千鶴子に対する遠慮もあった。

しかし、今は、その時期がきたと思った。彼女も、生みの母のことを、知っておかねばならぬ時がある。ただ、私は、こういう話を、娘と面と向って、喋《しゃべ》ることが、大の苦《にが》手《て》だった。秩序立って、静かに話すということが、私にはできない。だから、やがて帰京して、一緒に生活するようになっても、私は、恐らく、そんな機会を見出せないだろう。

——ちょうどいい場合だ。今なら、父から娘へ、こんな問題について、手紙を書いても、不自然ではない。

そこへ気がつくと、私は、朝の執筆時間を、その手紙を書くことに、費した。数日間かかって、まるで原稿のような、厚い紙数《しすう》の文章を書いた。そして、千鶴子には知らさずに、その手紙を出した。

やがて、返事がきた。感傷的なことが、一つも書いてなく、簡単に、感謝をしてきたことが、私の気に入った。文句は簡単でも、娘は、知るべきことを、知ったことが、確実だった。余計なことは、むしろ、いってくれない方が、有難かった。

もう一つ、私を喜ばせたのは、彼女が、私の勧《すす》めに従って、神楽坂《かぐらざか》の病院が罹災《りさい》したF博士を、自宅に訪ね、健康診断を受けた結果を、知らせてきたことだった。それによると、先年の患部は、まったく、固まり、現在の健康状態は、申分なしということだった。

＊

広い河原の石ころの上で、また、燈籠焼きの行事があった頃に、私の心も、やっと決まった。

——この辺りが、切り上げ時かも知れない。

東京の友人たちが、私の帰京のために、いろいろ奔走してくれ、転入の手続きさえ取り計《はか》らってくれた上に、私たちが住むべき駿河台の家が、意外に早く明いたためもあったが、所詮、東京へ帰らなければならぬ運命を、考えることが、多くなってきたからだった。麻理の近い将来を考えただけでも、どんな悪い日が待ってるかも知れない東京に、帰住すべきだと、思った。彼女が、結婚でもしてしまえば、また、どこの片隅へでも行って暮す道が、開けるかも知れない――

「いよいよ、東京へ帰ることにしました。十月中旬に、ここを引き払う予定ですが……」

心が決まると、私は、そのことを、大西家の千太郎さんに、告げた。今までの厚遇に対しても、家を明け渡すことを、少しでも早く、知らせる必要があった。

「せめて、年が明けてからにしなせ。東京は、まだ、物資が無うて、どがいにもならんということですぞ」

千太郎さんは、心から、私たちを引き止めた。事実、彼の家には、東京や大阪から、来客が多く、都会の窮乏の実例を聞かされてるので、彼は、私を翻意させるために、輪をかけた話をするのである。

町の人々も、同様だった。

「お祭り前に、東京へ帰るちゅうことが、ありますかいな」

あの秋祭りの愉しさを、忘れたわけではないが、東京の寒い冬の来ないうちに、私たちは出発したかった。

そして、十月の月に入ると、私は、宇和島の新聞通信員に頼んで、貸切り貨車の予約をした。千鶴子は、細々《こまごま》したものから、荷詰めを始めた。また、東京の物資不足に備えて、米、炭、味噌、醬油の類まで、秘《ひそ》かに、持参する必要があるので、荷物は、意外に殖《ふ》えた。大工を雇って、それらの荷物の梱包《こんぽう》の枠を作らせたが、面白いことに、遠い移宅の少い地方なので、彼は、その方法を知らず、私に教えを乞うた。

大西家や町の人々が、私のために、度々、送別会を開いてくれた。宴会好きの風習なので、名目を変えて、同じ人が、何度も、送別会に出たりした。餞別品《せんべつひん》も、いろいろ、届けられた。私も、町に対する感謝として、図書館設立費に、少しの寄付金をしたが、そんなことでは、尽せない気持だった。

千鶴子の両親も、荷造りの手伝いに、度々、やってきた。父親の方は、千鶴子が東京に去ることを、悲しんでる様子だったが、彼女自身は、何か、感情を清算したようで、私が案じていた一場の悲劇は、遂に、見ることを免れた。

出発の朝は、肌寒い秋晴れだった。

早朝に、荷物を載《の》せたトラックを出し、私たちが乗るハイヤーが、宇和島からきたのは、十時頃だった。私たちは、大西家の母屋《おもや》の表口から、車に乗ったが、街道を埋めるほど、多くの人々が、見送ってくれた。千太郎さんや、町の人の一人が、車に同乗して、宇和島まで伴《つ》いてきてくれたが、私は、車が走り出すと、一年十カ月を送ったこの町に、堪えられないほど、離愁《りしゆう》を感じた。

宇和島から汽車に乗ったが、まだ、一路、長い旅ができるような時代ではなかった。八幡浜《やわたはま》港の大西家の親戚に、一泊して、翌日の一番列車で今治《いまばり》に行き、そこから尾道《おのみち》まで連絡船、そして、午後の急行に乗るのが、最も安全な旅程だった。

翌日は、雨になった。まだ、薄暗い早朝に、八幡浜駅から乗車したが、もう、車中は、一ぱいの人だった。今治で降りても、雨はやまず、やっと一台の厚生車を探して、千鶴子を乗せ、埠頭《ふとう》まで行った。

小さな連絡船が、待っていた。二等室といっても、畳敷きで、ポンポン蒸気のような粗末な船窓のついた、薄暗い部屋だった。しかし、そこへ入って、ドッカと腰を下すと、私は、安心の吐息《といき》をついた。旅程は、まだ半ばにも達しないが、ここまでの道中が、厄介なので、後は、急行列車に乗り込むだけの手順である。

「おい、すぐ、横になった方がいいぜ」

船が動き出すと、私は、千鶴子にいった。

彼女は、非常に、船に弱いのである。帰郷の度に、瀬戸内海の静かな海でも、船暈《ふなよい》に悩まされると、語っていた。今日は、多少、時化《しけ》気味だから、一層、その心配があった。

「ええ……」

彼女は、ボーイから、枕や、金盥《かなだらい》まで借りて、横臥した。倖《さいわ》い、こっちの船室は空《す》いていて、商人体の一人の相客がいるだけで、それも、じきに、甲板の方へ出ていった。

港外へ出ると、船の動揺が始まった。私は、今にも、妻が、嘔吐《おうと》をするかと、覚悟して、彼女の方を窺《うかが》うと、ハンカチを顔に宛てたまま、身動きもしなかった。

「どうだ、大丈夫か」

「ええ……」

私は、その臥姿《ねすがた》を見ているうちに、夫婦だけで旅行したのは、今度が最初だと、考え出し、永年、一緒になってるのに、おかしなことだと、思った。しかし、そういう夫婦だったのだと、すぐ、思い返した。今度の旅行だって、何も、遊山《ゆさん》の旅ではない。

――麻理が、結婚でもすれば、ほんとの遊楽旅行に、連れていってやる時も、あるだろう。

私は、久振りで、妻に労《いたわ》りの気持を感じた。

ふと、気がつくと、船の動揺が、まったく静まっていた。船窓から覗くと、無数の島々の間を、船が通っているのに、海面は、油を流したように、平《たいら》であった。この航路は、最も平穏だと、いわれてるとおりだった。これなら、千鶴子が、嘔吐する心配はないと、思った。

午過《ひるす》ぎなので、私は、空腹を覚え、リュックの中から、弁当をとり出した。今松町を出る時にこしらえた、海苔《のり》を巻いた、冷たい握飯《にぎりめし》だった。

「あら、お弁当、召上ってるの？」

千鶴子が、ムックリ、起き上った。

「うん、腹が空《す》いた……」

「あたしも、一つ、頂こうかしら」

意外なことをいって、彼女は、坐り直した。

「止せよ、気持が悪くなるぜ」

「大丈夫、とても、お腹が空いたの」

彼女は、卑しいほど、食欲を示して、握飯を噛《かじ》り出した。

食べ了《おわ》って、水筒の茶を飲むと、彼女がいった。

「ほんとに、不思議……。こんなこと、初めてですわ。船の中で、ご飯を食べたなんて……」

「今日は、特別、揺れなかったからな」

「いいえ、わかってるの」

「なにが？」

「あなたと、一緒だったからよ。それで、酔わなかったのよ」

彼女は、平素になく、率直な態度で、そんな言葉を口にした。

尾道へ着くと、雨が止んでいた。すぐ、駅へ行ったが、急行の発車時間まで、二時間もあるので、千鶴子は荷物の番をして、待合室にいたが、私は、町へ散歩に出た。知らない町筋を、いい加減に歩いてると、〝ぜんざいあります〟という貼札《はりふだ》を出した店があった。

――もう、そんなものを、売ってるのか。

酒客《しゅかく》の私が、すぐ、店へ飛び込んだほど、好奇心を、刺戟された。その汁粉は、餅《もち》の代りに、ヘンなものが入っていたけれど、味は悪くなかった。

私は、駅へ引き返すと、千鶴子に、そのことを語り、今度は、私が荷物の番をして、彼女を、その店へ行かせた。

「ほんと……。おいしかったわ」

彼女は、喜色を浮かべて、帰ってきた。そういうことも、夫婦だけの旅行の出来事らしかった。

汽車は、遅着しないで、入ってきた。私たちは、いい按配《あんばい》に、二等車の同じ席を、占めることができた。往路と比べれば、どれだけラクな旅行だか、知れなかった。

――もう、これで、今度は、東京だ。

安心と、軽い昂奮で、私としては珍らしく、千鶴子と口をきいた。どんなことが待ってるか、知れないが、こうなってみれば、久振りに、東京へ帰ることに、心が躍《おど》るのである。

神戸あたりで、日が暮れた。私たちは、また、持参の食物を、リュックから取り出した。もう、握飯は尽きて、今度は、手製のパンだが、茹《ゆ》で卵だの、蒸肉《むしにく》だのを、千鶴子が用意していた。それを準備する時に、こんなヤミ物資を、人前で食べたら、叱られはしないかと、心配していた。

私たちは、前側の乗客に、隠すようにして、コソコソと、食事を始めた。すると、彼等の一人も、網棚から、風呂敷包みを降して、食事にかかった。それは、五重のアルマイト製の弁当箱で、塔のような形をしていた。彼は、それを、膝の上に展《ひろ》げたが、カマボコ、卵焼き、照焼《てりやき》、うま煮、肉類など、あらゆるご馳走が、それぞれの器に充満していた。私たちは、思わず、顔を見合わせた。

「もう、おれたちは、これだけ、時勢に遅れてるんだぜ」

私は、千鶴子に、囁《ささや》いた。

翌朝、まだ、神嘗祭《かんなめさい》といわれた祭日の、十時半に、私たちは、東京駅に着いた。寒い小雨が、仮り修繕の駅舎を、濡らしていた。

「お帰んなさい」

ひどく、元気になった麻理と、数人の雑誌関係者が、出迎えにきていた。

三〇

こうして、私は、再び、東京の人間になった。

昭和十九年の八月末に、中野の家を去って、湯河原海岸へ疎開してから、三年余のことである。三年余りの歳月など、大したことではない。私のフランス滞在は、もっと長かった。それなのに、今度の帰京は、何という隔世感を味わわされたことか。私は、まったく浦島太郎だった。

勿論、戦争のせいである。戦争がなければ、東京を離れることもなかったろうし、更に、四国の涯《はて》まで、落ち延びるようなこともなかった。そして、戦争も、あんな惨《みじ》めな敗け方をしたのでなかったら、東京の姿も、私の気持も、こうまで、とりつく島もない変り方をしなかったろう。その三年余りは、歴史的内容の上では、平時の三十年にも、或いは三百年にも、相当するのだから、私が呆然とするのも、不思議はなかった。私は、再び見る東京に、目ばかり大きく開くが、嬉しいとか、懐《なつ》かしいとかいう気持は、まるで、感じなかった。

着いた日から、麻理は、私たちの許《もと》へ帰った。親子三人の生活が、また始まった。東京生活が始まったということより、一家の生活が始まったことの方が、私には、重量を感じさせた。

「東京ではね、パパ……」

彼女は、数カ月早く、出京してるだけ、情勢通であって、私や千鶴子を、田舎者扱いにするようなことをいった。明らかに、彼女は、元気になっていた。そして、新しい住居を始める雑用を、先きに立って、働いていた。

その家の建築は、よほど変っていた。いや変ってるというよりも、純粋な、フランスの別荘《ヴイラ》風建築なのである。もともと、この邸は、フランスに関係の深かった富豪が、フランスの技師に設計させたもので、フランスの画家が描いた壁画のあるサロンなぞもあり、鎧戸《よろいど》や窓の金具一つに日本の洋風家屋に見られないものが、使用してあった。その富豪は、美人の妻を持ち、フランス人のコックを置いて、度々、皇族や、外国の大使なぞを、晩餐《ばんさん》に招くような生活を、営んでいたらしい。

しかし、現在は、一口にいえば、化物《ばけもの》屋敷だった。事実、その富豪が没落して、S・T社の所有になるまで、長い間、空屋になっていた頃は、そんな評判が立ったそうだが、戦時中には、駿河台《するがだい》の高射砲陣地の兵隊宿舎に使われたりして、見る影もなく、荒れ果てていた。廊下の絨毯《じゅうたん》は擦《す》り切れ、天井の漆喰《しっくい》は雨洩りだらけで、フランスの貴族好みの壁画も、脱落の痕《あと》を見せ、扇形の固定ソファは、ブカブカと、朽《く》ち果てていた。

しかし、化物屋敷であれ、殺人の家であれ、屋根の下であれば、奪《うば》い合いの時代で、その家屋の階下の四室を与えられた私たちは、人の羨《うらや》むほどの身分だった。階下の南向きの部分は、向い側の大病院の分室ということになっていたが、事実は、看護婦の寄宿舎に、使用されていた。病院の看板をかけないと、いつ、進駐軍に接収されるかも知れなかったのである。そして、二階も、土蔵の中も、以前、その富豪の家扶や、運転手の住んでいた小屋にも、罹災したS・T社の社員が、ギッシリと住んでいた。門の柱には、十枚近くも、標札が並ぶような、住居《すまい》だった。

こういう団体生活は、私も初めての経験であるが、私の一家は、寮の客分として待遇されたので、交際に煩《わずら》わされることはなかった。ただ、純洋館の板敷きの上に、ムリに畳を敷いた部屋々々に、いかにして住むかは、工夫《くふう》を要した。大理石のマントル・ピースのある部屋に、長火鉢を置き、茶の間と定めた。富豪夫人の化粧室らしき部屋を、私の書斎と応接間に、使うことにした。裏側の小室を、麻理の部屋兼着替えの部屋に当てたが、押入れというものが一つもないので、壁画のあるサロンを、納戸《なんど》として用いる外はなかった。箪笥《たんす》や、木箱や、夜具類を、昔は、舞踏会でもしたらしい部屋に、積み重ねるのは、気の毒な想いがした。

「でも、ガスが出るのが、何より……」

千鶴子は、久振りで、台所のガスを使えるのを、帰京の第一の喜びを、発見したようなことをいった。とはいっても、使用量に、厳しい制限があり、炭火に頼《たよ》る方が、多かった。水道も同様で、高い土地にある関係上、断水の時間が、一日の大半を占めた。私は、不自由のなかった四国の生活を、何かにつけて、想い出した。

その頃の東京は、肉類だけは、自由に買えたが、後の食料は、まだ、入手難がつき纏《まと》った。配給の魚類は、腐敗の一歩前で、三年も海浜で、生活した私たちに、最も耐え難かった。やがて、千葉からくるヤミ魚売りを見出して、難を凌《しの》いだが、野菜類は、自分たちが土を耕して、不足分を補わねばならなかった。以前は、見事な芝生だったという庭の平地に、寮の人達は、各自の野菜畑を持っていたが、私の家にも、土地の分配があった。

「なんだい、また、鍬担《くわかつ》ぎをやるのか。東京の復興なんて、ウソ八百じゃないか」

私が悪態《あくたい》をついたのは、畑仕事がイヤだというよりも、東京を罵《ののし》りたい気持の方が、強かった。東京へ帰って、愉快なことは、一つもなかった。

一家のうちで、文句ばかりいってるのは、私だった。千鶴子は、故郷の生活に、堪能《たんのう》したためか、急に雑用が殖えても、不平な様子もなかった。ただ、買物のために、神保町あたりへいくのに、どの道を通っても、長い坂があることが、辛《つら》いといっていた。

「とても、動悸《どうき》がするもんですから……」

彼女は、よく、そのことを嘆いた。

そして、彼女は、二年に充《み》たない故郷の生活であったが、おかしいほど、東京放れがしていた。ことに、純洋館の付属器具などの扱いに、以前には見られなかった、マゴつき方をした。その縒《より》の戻りを、取り返そうという様子が、見えた。

一番、幸福そうなのは、麻理であった。彼女には、変り果てた東京の空気も、一向、苦にならないらしかった。そして、彼女が通学してる日仏学院は、同じ駿河台で、S・T社の寮から、一軒おいて隣りだった。まるで、庭伝いのような気軽さで、彼女は、学校へ出かけた。彼女は、そこで、多くの友達を持ってるらしく、女の学生も、男の学生も、彼女を訪ねて、玄関代りのベランダに、姿を現わすことがあった。

＊

一応、家のなかが、かたづいてくると、私は、散歩や用事で、外出することも、多くなった。といっても、散歩は腹ごなしの目的よりも、変り果てた東京を知るためでもあった。駿河台は、焼け残った上に、堂々とした建築が多いから、家の近所を歩いてると、いつ戦争があったかと思うが、一歩、神田の下町や本郷台へ、足を踏み入れると、溜息《ためいき》をつかずにいられぬ風景ばかりだった。まだ、バラックより、焼け土の方が、眼につく頃だった。戦時中に、軍と関係があって、公然とヤミ営業をしていた本郷の鰻屋《うなぎや》も、跡形《あとかた》がなかった。亡妻の追悼式を行い、また、麻理と二人で礼拝にいった神田の教会も、白い外壁が燻《いぶ》されて、ポツンと残っていた。更に、九段まで、散歩の足を延ばすと、白薔薇女学校も、木造の本館は罹災したらしく、付近は、まだ手が、つけられていない焼跡が、多かった。

赤坂、青山、四谷、牛込——私の生活と、馴染《なじ》みの深かった山の手の住宅区域は、殆んど全滅し、焼けた庭木や、石燈籠が、空襲当時の姿そのままだった。コンクリート塀や、石垣だけが焼け残り、人気《ひとけ》のない、その間の道を歩いてると、昔見物したポンペイの廃墟よりも、もっと、寂しかった。

——山の手の中産階級が、どこかへ、消えてしまった。これから、おれは小説が書けるかしら。

私は、そういう人達の生活を、よく書いてきたから、その階級を失った東京という都会を、どう扱っていいか、不安にならずにいられなくなった。自分の小説のことばかりでなく、あの人達を失った日本のバランスという問題も、気になった。

そして、一日、丸の内に用事があって、帰りに、G・H・Q（連合軍総司令部）のあった保険会社の建物の前へ出た。そこへきたのは、帰京してから、最初だった。引き続き、東京へ住んでいた人は、慣れていたろうが、私は、胸がドキドキした。屋上の大星条旗を見ただけでも、平然としていられなかった。お濠《ほり》に面した玄関に、大勢、通行人が佇《たたず》んでいて、高い所には、白い鉄カブトのM・P（憲兵）、街路には、日本人の巡査が立っていた。その巡査は、イヤに愛想のいい調子で、群衆と話していた。

「後、三十分ぐらいでしょう……」

何かと思って、様子を窺《うかが》っていると、それは、マッカーサー元帥が、総司令部へ入るのを待ち受けてる、見物の集まりと、知れた。

――マッカーサーの顔を見れば、どうだというんだ。

私は、不愉快になった。マッカーサーという人物を、個人的に、大嫌いという理由は持たぬにしろ、当時は、世を挙げて、彼を礼讃してることに、反感を懐《いだ》いていた。実際、あの当時の人心は、不思議だった。マッカーサーの妻は、日本人の血をひいてるとか、それで、彼は日本人を可愛がるのだとか、バカなことを、口にする者さえいた。彼のどんな行為が、日本人を愛したというのか――

私は、彼の姿なぞ、見たくなかったが、彼を待ってる群衆なぞ、もっと、見たくなかったから、すぐ、横通りへ、歩みを移した。

――ずいぶん、イヤな東京になったな。

私は、東京人に、反感を持った。

不愉快なことは、街頭ばかりではなかった。ある夜、まだ、宵のうちに、看護婦宿舎の方で、

「あら、誰か、来て！」

と、叫び声が、起った。

捨ててはおけないので、駆けつけてみると、怪しい男が、侵入してきて、叫び声で、逃げたばかりのところだ、ということだった。

邸内が、広い上に、門番役の人もなかったので、洗濯物を持っていかれるというようなことは、度々、起った。また、日が暮れると、パッタリ、人通りがなくなるので、前の往来に、強盗が現われたりした。付近の家の主人が、わが家の前で、財布や時計を強奪された話が、伝わってきた。

「あなたも、晩《おそ》くお帰りになっちゃ、危いわよ」

千鶴子が、私に注意したのも、細君のきまりゼリフばかりではなかった。

そういう不安の外に、私たちは、家屋接収の噂に、脅《おび》やかされ続けた。すでに、隣宅は、G・H・Qの要官の住宅となっていたが、付近に、接収住宅は、何軒もあった。S・T社の社長の家も、やがて、その厄に遭った。この寮も、洋風建築ということで、眼をつけられ、病院分室の看板があっても、軍属か、バイヤーらしい米人が、検分にきたりした。ただ、内部があまりに荒れてるので、彼等は、不満そうに帰っていくが、いつ、接収の命令がこないとも、限らなかった。その場合は、行先きがあろうが、なかろうが、四十八時間内に、家を明け渡さなければならないのである。

私は、四国の生活を、早く切り上げたことを、悔《くや》んだ。あすこにいれば、とにかく、人間らしい生活ができる。脅やかされたり、辱《はず》かしめられたりしないで、暮していける——

「こんな東京に、よく、皆、平気で、住んでいられるね」

私は、麻理に対して、そういうことが、いってやりたくなった。彼女も、こんな東京に、平気で住んでいる人間の一人に、見えた。四国にいる時と、打って変って、元気に、快活になった彼女なのである。

「だって、しようがないじゃないの、戦争に敗けたんだもの……」

とはいっても、彼女の声に、少しの翳《かげ》りもなかった。

私が、辛《つら》く感じることを、彼女は、ちっとも、怯《め》げない。私が欲する人間らしい生活は、彼女にとって、退屈なものかも知れない。そういう認識の隔《へだた》りが、私たち親子の間に、生まれてきたのである。戦争によって、世代の層が、いやに、クッキリと分れたが、彼女は、若い世代の一員に属するのである。つまり、私との間に、そういう隔りが、できたのである。

——世の中が、変ったが、家の中も、変っていくだろう。

私は、そういう予感がした。

＊

東京へ帰ってから、便利な場所に住んでるので、来訪者の数が、甚だしく殖《ふ》えた。異常な出版景気が、見舞ってる頃で、出版や原稿の依頼が、多かった。その中でも、M新聞は、私の帰京の翌日から連載小説の申込みにきて、その後も、度々、足を運んだ。

「こう東京を知らなくちゃ、話にならないよ」

私は、気持が落ちつかない時に、執筆したくないので、そういう遁《に》げ口上を用いた。しかし、半ば事実でもあって、東京を描かないにしても、東京の現実を知らずに、現在の新聞小説は、書けないようなところがある。

「じゃア、東京見物の案内をしましょう」

記者は、すぐ、言葉尻を捉《とら》えた。私は、東京見物という語《ことば》が、何か、面白くなった。

——いやな東京の最もいやなことばかり、見物してやるか。

そんな気持が、胸に湧いた。

ある日、私は、M新聞の車で、記者と一緒に、家を出た。新聞社の車が、こんな用事で、自由に使えるということも、夢のようだった、私が、東京を離れる頃には、記者が自転車に乗って、記事をとりに歩いたりしていた。

私は、その頃の話題になっていた、吉原病院や、鳩の町なぞを見るのが、目的だった。下町方面に、まだ足を向けなかった私は、途中の景色にも、眼を瞠《みは》った。空と街路ばかり、いやに広く、ブリキとペンキで体裁をつくろったバラックが、なんともいえず貧相だった。そして、見覚えのある街の特徴が、悉《ことごと》く消え去ったので、車がどこを通っているのか、一々、記者に訊《き》かねばならぬほどだった。そして、焼け残った人形町付近のような所でも、戦時中の荒廃が、軒々の色に残ったままで、何の手入れもされていなかった。

吉原病院で、院長から聞いた話は、予期以上に、惨澹《さんたん》たるものだった。ちょうど、昨夜M・Pのカリコミというものがあり、百数十名の女が、トラックに乗せられて、病院へ運ばれたそうだが、検診をすると、そのうちの大部分は、罹病者だったということは、驚くに足りないが、数名は処女だったと聞いて、腹が立たずにいられなかった。カリコミの場所にいたというだけで、そんな目に遭う女がいるのである。そういうことがわかっても、三日間は、留置する規則で、その後に、M・Pの許可のもとに、帰宅させるというのである。

その他、すでに形成されてるパンパンの生活や、生態を、委《くわ》しく語られて、敗戦後二年という時間のことを、考えた。アメリカの占領は、寛大といえるにちがいないが、それでも、国を占領されるとは、こういうものであるかと、砂を口中に頬張る思いがした。彼女等を、病室に見舞った時は文字通り、眼も当てられなかった。

それに較《くら》べると、吉原とか、鳩の町とか、邦人対手の売色の巷《ちまた》は、特に、驚く点はなかった。ただ、吉原の廓《くるわ》の中に、野菜畑が青々としていたことは、帰りに寄った浅草公園の荒れ果てた姿、瓢箪池《ひょうたんいけ》の露店で、一椀《わん》五円の昆布《こんぶ》と芋の雑炊《ぞうすい》を、売っていたことと共に、記憶に残った。

それから遠くない日に、私はまた、M新聞の車で、市ケ谷の東京裁判を、見物した。

見物どころではない。連合国側の方針一つで、私自身だって、人に見物される運命になったかも知れない、法廷であった。それなのに、私は、何の厳粛感も、恐怖感も、与えられなかった。裁《さば》く方の側《がわ》に、何の威厳もなく、裁かれる側も、これが、日本の運命を背負って立った人々かと、疑わせるほど、貧弱に見えた。

また、別な日に、私は、議会だとか、その他の場所を見物したが、結局、何を獲《え》たか、問題であった。見物する前より、どれだけ、東京を知り得たか、何の自信もなかった。ただ、失望と、味気ない気持が、一層、深まるだけだった。

その後、ずいぶん長い間、私は外出をしなかった。見物に歩いた反動かも知れないが、あんなに、外出しなかった経験も、稀《めず》らしかった。といって、家の中に、閉じ籠ってばかりもいられないから、散歩の代りに、邸内をグルグル歩くことにした。倖《さいわ》い、寮の敷地は、かなり広く、ことに、庭の北側は、小高い林間になっていて、富豪の残した五輪塔や、アズマヤなぞもあり、公園の遊歩路を想わせた。崖《がけ》の下を、中央線の国電が通り、神田川の濁水が低く流れ、お茶の水橋が、半分ほど見えた。

私は、考えごとをしながら、よく、この路を歩いた。外を歩くより、かえって、気持が落ちついた。

——ほんとに、東京へ帰ってきたのか。

そんな疑いが、起きる時もあった。そして、ある日、ふと、向い側の崖を眺《なが》めると、急な傾斜の中途に、バラックともいえない、粗末な、素人細工《しろうとざいく》の小屋が、何軒も建ってるのを発見した。最初、私は、何かの物置小屋かと思ったが、時には、洗濯物なぞ干してあり、炊煙《すいえん》が揚《あが》るのを、見たりした。

——あんな所に、人が住んでる。

私は、驚いたが、すぐ、東京の住宅難のことを考えた。あの崖は、南向きで、日当りがよく、そして、江戸時代に名水を謡《うた》われた湧泉《ゆうせん》があるから、家を獲《う》る道のない人が、移り住んできたのは、当然だと、思われた。

邸内散歩の度に、私は、樹の間から、その家々の生活を覗き見するようになった。しまいには、そこに住む人たちが羨ましくさえなった。東京で、一番、自由な生活をしてる人々のように思われ、また、そういう生き方をすれば、現在の東京の不快さに、堪えられるだろうと、考えた。そんな空想が、後に、『自由学校』という小説に、そこに住む人々のことを、書かせた。

その年の寒さは、早くきた。まだ、十一月のある日に、白いものが降ってきたので、マサカと思ったが、雪だった。その時は、すぐ止んだが、十二月になって、夜のうちに、真ッ白に、積った。その雪が、堅く凍り、晴れた空の青さも、凍ってるようだった。そして、関東の冬らしい北風が、容赦なく、吹き荒《すさ》んだ。

天候だけが、昔と変らなかった。久々で、私は、東京の冬を、肌にも、心にも感じた。暖かい地方で、暮してきたから、その感触は、痛烈だった。それまで、東京を、地理的にも、日本の中心と考えていたが、実は、北の国の都会だと、思った。そして、東京の冬の恐ろしい記憶――麻理の肺炎入院の頃や、亡妻の死去通知のきた日のことが、アリアリと、眼に浮かんだ。

――東京の冬に、ロクなことはない。

やがて、その年も暮れた。

三一

――一月一日。天気予報外《はず》れて、元日らしき晴。しかし、今年ぐらい、新年気分を感ぜざる年なし。

その年の日記帳の冒頭に、そんな文句が、書いてある。それほど、私は沈んだ気分で、新しい年を、迎えた。中野時代にも、元旦にも、床についていた麻理と、寂しい正月を味わった記憶があるが、それとは違った憂鬱さが、私の胸をとざした。

この家には、無論、床の間なぞというものはないから、私たちは、洋室にムリに畳を敷いた茶の間用の部屋《へや》で、雑煮《ぞうに》の膳についた。古びた壁紙や、白い漆喰《しっくい》の天井が、広々と見える、大きな部屋なので、茶箪笥《ちゃだんす》や、餉台《ちゃぶだい》も、小さく見え、瀬戸の丸火鉢を囲む私たちの姿も、見すぼらしかった。

「パパ、おめでとう」

麻理も、去年の正月は、戦前の慣例どおり、和服に着替えたが、今年は、そうではなかった。尤も、その頃の東京は、男も女も、和服を着ることが、反動行為のような、空気だった。

「おめでとう」

と、答えたが、私は、それとなく、娘の顔を窃《ぬす》み見て、心に嘆息した。

――今年こそは、結婚させなくては……。

まだ、その年は、満算《まんかぞ》えが行われなかったから、麻理が二十四になったということが、強く、私に響いた。

S・T社のS・T誌の新年号に、彼女の写真が、口絵になって、出ていた。それは、私たちが、東京へ着く前に、同社のカメラ・マンが、仏語学校の校庭で、撮影したものだが、彼女が通学姿で、化粧もしていなかったせいか、かなり醜く、年老《ふ》けて、写っていた。娘として、トウの立った、柔軟性と明るさの乏しい感じで、私に、眼を背《そむ》けさせた。

実物は、それほどでもない――親の欲目ばかりでなく、そう思っている。同時に、その写真に現われた、カサカサした感じが、全然ウソともいえないことを、私は、知っていた。

一体、麻理は、色ッぽさというものを、欠いてる娘なのである。体質も、脂肪型ではなく、長身で、スラリとしてるといえば、いえるものの、女らしい大きな尻や、すばらしい胸の隆起は、持っていなかった。愛嬌のある下り眼や、頰のエクボというものも、持っていなかった。顔立ちは、整っているが、そのために、かえって、キツい、近寄り難さを、与えるようだった。十六歳の時に撮《と》った、あの写真の美しさは、少女の憂愁といったようなものが、強い顔立ちを、程よく包んでいたからであろう。その後、年が増すと共に、彼女の顔は、骨張った感じが、殖えてきた。それは、決して、混血が理由ではなかった。たとえば、彼女の幼友達だった木村ワキコは、日本的な愛嬌に富む、顔立ちだった。

ちょうど、戦争に際会したためでもあるが、彼女は、一度も、娘盛りというところを、見せたことはなかった。モンペや、地味なスカートを穿《は》いていても、女の魅力は、泉のように、溢れ出るが、彼女には、そういう時期がなかった。

湯河原海岸にいた時に、偶然、彼女の〝白薔薇〟の級友が、付近の町に疎開していて、度々、遊びにきたことがあった。

その一人は、商家の娘だったが、いわゆるボーイ・フェイスで、いかにも、現代の東京の娘らしい、イキイキした化粧と、装いをしていた。彼女が、明るい声を立てて、玄関に入ってくる時に、出迎える麻理が、なにか、婆さん染みて、父親としての私に、劣等感を味わわせた。

もう一人の友達は、医者の娘で、これは、明治期の美人画のような、ケンのある、古風な顔立ちだった。彼女は、すでに、結婚していて、良人の若い海軍士官は、同棲数日後に、戦線に出たので、実家の家族と共に、疎開してきたのだそうだが、どこから見ても、完全な大人であり、結婚すると、こうも違うものかと、私は、麻理と対比して、彼女を眺めた。

――うちの娘の方が、女性の魅力に、数段、劣っている。

私は、その二人の娘を見る度に、心のなかで、そう嘆いた。海軍士官に嫁いだ娘は、良人が戦死して、彼女たちの運命は、必ずしも、明るくなかった。海軍士官に嫁いだ娘は、良人が戦死して、不幸な身の上になったし、もう一人の方は、戦後、第三国人と結婚して、そのための悩みもあるらしかった。しかし、そんなことは、別問題で、私は、娘が女の魅力を欠いてる心配を、絶えず、持ち続けていた。

私は、麻理の誠実さも、聡明さといっていいものも、よく知っている。それは、人間の美しさにちがいないが、女の美しさ――女だけの持つ美しさが、彼女に、沢山あって欲しかった。

「どうも、うちの娘は、エロ味がなくて、困る」

私より、数歳年長の某作家が、彼の娘のことを、心から、そう嘆いたという話を聞いて、私は、ひどく同感した。ところが、偶然の機会で、そのお嬢さんに会うと、麻理よりも、遥かに、色ッぽい感じがして、その作家は、ゼイタクなことをいってると、思った。

しかし、それが、父親の心理というものかも、知れない。母親は、自分の娘が、性的に魅力のあるなしに、関心を持たぬようだが、父親はそうではない。わが娘が、男の誰彼からも、好かれるような女で、あって欲しいのである。不行跡な娘では困るが、体に持ってるエロ味というようなものは、ないより、あった方がいい。

父親の眼から見ると、わが娘の性的魅力が乏しく、他人は、それほどにも思わないとも考えられるが、麻理が、媚態《コケットリー》を好まないのは、事実であった。彼女とても、服だとか、靴だとかは、形のいいものを、欲しがるが、好みはジミであった。そして、顔につける化粧料には、全然、興味がないのである。当時は、国産化粧品も粗悪であり、舶来品は入手難だったのに、ある雑誌関係者から、P・Xの品物らしい、コティーの白粉《おしろい》や紅や、香水なぞを、彼女に贈られたことがあった。しかし、彼女は、一向に、使用しようとしないのである。

「せっかく、貰ったものだから、使ったらいいじゃないか」

私の方が、催促するが、

「ええ、そのうち……」

そういうだけで、彼女は、いつも、素顔《すがお》で外出を続けた。

そんな風に、化粧嫌いだから、たまたま、人の招待などで、礼儀上、白粉をつけねばならぬ時になると、化粧料が肌に乗らなくて、お面をかぶったように、ブザマだった。

「ありゃア、なんとか、ならないかね」

私は、よく、千鶴子に、嘆息を洩らした。

それも、私が、娘を少女として、考えているうちは、まだ、よかった。二十を越しても、父親は、娘を少女視することができるものであるが、今年は、そうはいかなくなった。前年、四国で、二十三歳になった時には、それほどでなかったのに、東京へ帰って、新しい年を迎えたら、私は、愕然《がくぜん》とする気持になった。

――二十四とは、驚いた！

死んだ姉は、晩婚といわれたが、それでも、二十二で、結婚している。明治期と、現代とのちがいはあるが、麻理の婚期が、疾《とう》に到来しているのは、紛《まぎ》れもない事実である。現に、疎開地へきた二人の級友は、すでに結婚してるし、ボーイ・フェイスの方は、子供まで、生んでいる。

――麻理も、この上、結婚を、遅れさせたくない。

私は、泡《あわ》を食うという心理になった。尤も、そう考える側《そば》から、人間は、何歳になったから、結婚しなければならぬという理由はない――三十を越しても、四十になっても、幸福な結婚が、できない筈はないと、理窟を立てる。しかし、その理窟よりも、世俗的な父親の感情の方が、遥《はる》かに強く、私を支配した。

それというのも、私には、娘に対して、一つの自責があった。それは、私が、絶えず、仕事に追われて、真剣に、娘の結婚のことを、考えてやった記憶がないのである。娘の婚期の遅れたのも、確かに、それが一因のように、思えてならない。普通の家庭ならば、娘の縁談なぞは、母親の受け持ちだが、私の家では、千鶴子が、いつも麻理に遠慮を持っているから、差出口《さしでぐち》は、一切《いっさい》、しなかった。私が相談したところで、積極的な答えをする筈はなかった。勢い、麻理の結婚は、私に、全責任を感じさせた。それなのに、私は、仕事にかかると、何事も、後回しにしてしまう。仕事が済んだら、そっちのことを考えようと思うが、いつか、次ぎの仕事が、待っている。

——今年は、そんなことでは、ダメだ。よほど、このことに、真剣にならなければ……。

そう思っても、私には、何の自信も、湧いてこなかった。差し当って、一番、常識的な方法は、親類や友人の世話好きな人たちに、婿探しを、依頼することである。心当りの細君や、友人が、いないことはないが、イザとなると、私は、なかなか、口が切れないのである。

「娘も、年頃ですから、いい婿さんがあったら、世話して下さい」

何でもない言葉であるが、私には、〝金を貸して下さい〟と、頼む方が、まだ、ラクなような気持がした。なぜであろうか。私自身に、傲慢《ごうまん》な気性があるのは、よく知っているが、それればかりではないようだった。私は、そんなことを人に頼むと、麻理から、叱られそうな気持があり、それも尤もだと思う気持があるので、始末が悪かった。

＊

久振りの東京の冬は、ひどく、身にこたえた。家が、東向きに建ってるので、午前中は、よく日光が入るが、午後になると、急に、家の中が、冷え込んだ。そして、一番つらいことは、燃料不足で、入浴が、思うように、できないことだった。ある時は、荻窪《おぎくぼ》の友人の家まで、貰い湯にでかけたりした。

しかし、日が経つにつれて、戦後の東京生活が、次第に、肌に慣れ、いちいち、悪口を列《なら》べる気も、起らなくなってきた。散歩に出かけるにも、お茶の水橋を渡って、本郷台を一巡し、水道橋から帰ってくるコースが、自然と定まってくるように、不自由な新居の日常も、型にはまってきた。

私は、毎朝、書斎と定めた狭い洋間で、日本机に向いながら、仕事をした。幸い、邸内が広いので、雑音が聞えず、千駄ヶ谷の家なぞより、静かなくらいだった。日曜だと、ニコライ堂の鐘の音が、閉め切ったフランス窓の中まで、忍び込んできた。

その頃、私は、戦後最初の新聞小説を、やっと、書く気になった。私に〝東京見物〟をさせてくれたM新聞と、正式に約束ができて、四月頃から、掲載の運びなので、正月が済めば、その準備にかからねばならなかった。

私は、敗戦の姿を書きたかったが、それが、あまりにナマナマしく現われてる東京を、材料に用いる心の余裕を、まだ、持っていなかった。私は、むしろ、四国で見た、戦後らしからぬ戦後生活のなかに、かえって、敗戦を考えさせるものがあるように、思った。

私は、構想を立て、筋を練ることに、毎朝の仕事時間を、費した。長篇小説を書くのに、この時期は、常に、私にとって、苦痛だった。女の懐妊期と、恐らく、似ているのではないかと思う。悪阻《つわり》のような現象もあり、重いものを腹に抱えた不快が、やりきれない。出産が始まれば、覚悟がきまって、精神的には、ラクになるのだけれど——

私は、イライラして、毎日を送っていたが、映画会社は、話を聞き伝えて、契約を申込んできたり、新聞社の方も、二月の声を聞くと、挿絵画家との打合せ会を催すと、いってきた。普通は、掲載の十日ほど前に、そういう会を開くのに、今度は、ひどく、早手回しだった。

その会は、ある寒い夕、木挽町《こびきちょう》の鰻屋《うなぎや》で、催された。その頃は、そんな家も、ヤミ料理だったが、いやにゴテゴテと、品数を列べるのが、流行だった。

社側の数人と、画家で医学博士のMと、卓を囲んで、酒が始まったばかりの時だった。その晩、私は、妙に酒がマズいと、思っていたが、便所に立った途端に、急に、クラクラと、眩暈《めまい》を感じ、冷汗が湧き、畳の上へ倒れた。そして、暫らく、意識を失ったが、気がついた時には、私は、シャツの胸を拡げられ、人々から、介抱を受けていた。よほど、嘔吐《おうと》をしたようだった。

——どうしたんだ、酔ったわけでもないのに……。

私は、わけがわからなかった。

Mが、真剣な顔つきで、私の脈を見たり、瞼を開けたりしていた。私自身は、気分が、大分なおったので、起き上ろうとすると、皆から、止められた。親切な女中がいて、私の胸や頭を、濡れ手拭で冷やしてくれた。

「心配ない。脳貧血、起したんだ」

Mは、やがて、そう診断した。一時は、脳溢血かと、心配したそうだった。

「仕事で、疲れてるんだな、やはり……」

古馴染みの記者が、そういった。

横になったまま、眼を閉じて、そんな会話を聞いてると、私は、なにか、悲しくなった。私は、その頃の流行作家のように、過度の仕事をしていないから、その疲労の結果とは、考えられなかった。しかし、体力が衰えてるのは、事実だった。戦争の影響は、一年十カ月の四国の生活で、充分に回復したつもりでいたが、東京へ帰ったら、急に、疲れが出たような感じがあった。実際、帰京以来、体の調子は、ずっと、悪かった。

――年をとったのかも、知れない。戦争で、十歳ぐらい、年をとったような、気がする。今度の小説を、書き了《お》える力があるか、どうか……。

そんな、心細さが、湧いてきた。

三十分も経つと、脳貧血は癒《なお》り、私は、人々と共に食事をして、家に帰った。翌日は、少し下痢が残ったが、気分に変りはなかった。だから、私は、前夜の出来事を、妻や娘に、話さなかった。つまらぬ心配をさせる必要は、ないからである。しかし、私自身は、あの体の異常を、容易に、忘れることはできなかった。

私は、毎日、構想を練るために、机に向ったが、なにか、気乗りがしなかった。ボンヤリして、窓の外を眺める時間の方が多くなった。体が、衰えてるためでもあったが、もう一つ、その頃、再び文筆家追放の噂が、高くなったことも、気を散らす因《もと》に、なっていたろう。

その問題は、先夜のM新聞の会合の時にも、話題に上った。文士が、追放になると、政治意見を発表できないことになっていたが、それは表面上で、G・H・Qの内意は、新聞小説や、映画の原作となるものに、執筆禁止を課するらしかった。従って、私が、もし追放を受ければ、M新聞の今度の小説は、書けないことになる。

そして、文筆家追放のワクというものがあって、それは、開戦以後の活動を認めぬという説と、否との二説あった。前者だとすると、私は非該当で、M新聞の解釈も、それだった。多少とも、心配があれば、小説の依頼はしないと、いっていた。

といって、追放をきめる側にも、根本の方針なぞないらしく、いつ、どう風向きが変るか、知れない情勢だった。せっかく、構想を練っても、ムダになるかも知れないと思うと、身が入らないわけだが、それが、また、私には、腑甲斐《ふがい》なく思われ、ムリにも、準備を完了したかった。しまいには、無謀になり、構想もきまらないのに、最初の十回ぐらいを、書き始めてみた。そうすれば、自然に、筋が動いてくるだろうと思ったが、結果は、逆だった。

こんな経験は、私にも初めてで、書いたものを破って、屑籠へ入れるために、毎日、机へ向うようなものだった。そのうちに、三月に入り、来月から掲載と思うと、一層、気がいら立ち、文士がやめたい気持だった。

そして、ある日の午後、気を紛《まぎ》らすために、私は、散歩に出た。いつものように、お茶の水橋の方へ、歩いていくと、駿河台大通りの方から、新聞社の赤い社旗を立てた車が、曲ってきたが、突然、鋪道《ほどう》を歩いてる私の前へ、止まった。

「お宅へ、伺おうと、思ったところです。弱ったことが、できました」

知り合いの学芸部記者が、緊張した顔で、車から降りてきた。

「パージが、きたんです。今、発表になったところで……」

私は、ドキリとしたが、一方、〝やれ助かった！〟と、思った。どうしても、調子が出ないで、悩み続けた今度の小説を書かずに済むと、考えたのである。しかし、次ぎの瞬間に、やはり、これは、重大な事態だと、考えついた。

「お散歩なら、車の中で、お話しすることにして……」

記者に、勧められて、私は、車に乗り込み、その辺を走って貰う間に、詳細を聞いた。私の他に、Nや、Iや、Hや、数人の知名な作家が、追放の仮指定を受けたとのことで、私の該当理由は、小説の『海軍』を書いたことにあるらしかった。

「……仮指定というものは、異議申立てをして、通過すれば、追放にはならんのです。まア、嫌疑みたいなものですから、飽くまで、闘って下さい。社でも、できるだけのお世話をしますから……」

M社としては、私が追放になれば、作品を掲載できないし、そうかといって、掲載日まで一カ月しかないので、代りの作家を探すのも、容易でないから、狼狽気味なのも、当然だった。しかし、私としては、異議申立てと、執筆とを、同時に行うことは、気持の上で、困難だった。

「とにかく、今度の小説は、取消しにしてくれ給え、もし追放にならなかったら、この次ぎの番に、回して貰うことにして……」

私は、ハッキリと、断らないと、気持が済まなかった。

「そうですか。では、秋からでも、どうぞ……」

記者は、ホッとしたような、顔つきだった。私の方から取消しを求められれば、社側の責任は軽くなり、急いで、代りの作家を探す困難は、比較的小さいからだった。

話が済むと、私は、車から降りて、散歩を続けた。

――来るものが、来た。

敗戦直後から、ずっと、私を追いかけていたものが、遂に、形を現わした、という感じだった。しかし、冷静に考えてみると、現われた黒い雲は、案外、小さかった。四国にいた頃は、絞首刑になると、噂された私であった。何気なく装いながらも、私は、遺言まで書いた。それから見ると、文筆追放という運命は、肺炎が風邪で終ったようなものである。しかも、東京裁判は終り近く、追放も大部分が済んで、今度が最後ということであり、何か、行きがけの駄賃のようで、鉄槌《てっつい》を下されたという気には、ならないのである。新聞小説が書けないというだけの束縛なら、文士として、堪えられぬ苦痛ではなかった。

――これだけで、済んだのなら……。

私は、厄を果したような気分さえ、感じた。

しかし、その夕、家族と食膳に向う時に、その話をするのは、不愉快だった。私は、自分の社会生活のことは、あまり、妻子に話さないのだが、今日のことは、明日の朝刊に出るだろうし、黙っているわけに、いかなかった。

「おれも、追放になったよ。尤も、仮指定というのだが……」

私が、そういうと、千鶴子が、サッと、暗い顔をした。

「そう……」

麻理は、こういう場合に、強い声など、出さぬ娘だった。

「追放だと、どうなるんです？」

千鶴子は、世間に暗い女なので、憂《うれ》わしげに、質問を重ねた。そして、私の説明を聞くと、ひどく、安心した顔になって、

「それなら、何でもないじゃないの。あたしは、また、疎開でもしなければならないんじゃないかと、思ってましたわ……」

彼女が、四国にいた頃でも、人知れず、私の運命に心を砕いていたことを、私は、よく知っていた。そういう彼女が、災厄の軽さを喜ぶ心は、私の胸に響くのだが、何か、逆なことが、いってやりたかった。

「何でもないことは、ないよ。追放になれば、困ることは、沢山あるんだ。今夜は、お

通夜みたいなもんだから、いつもより、よけい飲むよ……」

私は、三本、お銚子を替えた。少し、いい気になって、食後、転び寝をしていると、ラジオが、七時のニュースで、文筆家追放のことを発表し、私の名を、罪人のように、読みあげた。

三二

翌日から、私は、セカセカと、街を歩き回らねばならなかった。

M新聞は、裏の工作をしてくれるが、問題になった私の『海軍』は、A新聞に載ったので、表立った手続きは、その社でやってくれることになった。また、S・T社の社長や、旧編集長のH氏や、アメリカ系の雑誌R・D編集長のS氏が、いろいろ応援してくれるので、そういうすべての関係と、打合せをするのに、私は、まるで、保険外交員になったように諸方を歩き回る必要が、起きてきたのである。

それ等の人々の指示がなかったら、私は、こんな面倒臭い、そして、専門的な知識や技術の要る仕事を、何一つ、手出しすることができなかったろう。異議申立ての書類を書くことだけでも、私には、大仕事だった。毎朝、仕事をする机に向って、原稿紙ではない、青い罫《けい》の入った用紙に、カーボン紙を挿《はさ》み、ガラス筆《ペン》というもので、字を書く

――書類が二通要るというので、そんなことをするのだが、なんともいえない、情けない気持がした。その頃は、出版関係の追放が多かったので、各社に、その道のことを知ってる人がいて、書類を書く用具まで、私のところへ、届けてくれたのである。

履歴書だの、著作年表だのというものを、書くのは、面倒くさいが、まだ、忍ぶことができた。一番、苦痛だったのは、本文の異議中立書を、書くことだった。

異議中立書には、自分は、戦争に協力しなかったということを、書かねばならない。ところが、私は、協力しているのである。私が、『海軍』という小説を書いたのは、国への忠義のために若い生命をささげた一士官に対する、感動からであるが、そんなものを、戦時中に書くということは、戦争に協力してるのである。そして、もっと困ることは、その士官に感動したことも、そんな風に戦争協力をしたことも、腹の底で、悪いことをしたと、思っていないのである。四国にいた頃にも、いろいろ反省をしてみたが、どうしても、悪かったとは思えないのである。

勿論、私は自分が軍国主義者や、超国家主義者であるとは、思っていない。そういう人々を、私は嫌いである。その方の異議なら、いくらでも、中立てる理由も、材料もある。しかし、戦争が始まってから、是非、勝たねばならぬと思ったことも、それを行動に表わしたことも、紛れもない事実であって、取消しはしたくない。

その趣旨で、私は、中立書を書いた。ところが、追放関係に明るい、ある通信社員が、それを検分して、

「ダメですよ、こんな書き方は。対手《あいて》は、日本人じゃないんですよ、アメなんですよ」

と、真ッ向から、反対した。

「これが、精一杯なんだ。じゃア、君が書いてくれ給え」

私は、気持が悪くなってきた。そして、彼が書いてきたものは、私が、絶対平和論者で、日本が敗ければいいと思っていたが、軍部の脅迫によって、やむをえず、『海軍』を書いた、という風なことになっていた。

「いくらなんでも、こりゃ、ひどい」

私は、滑稽を感じたくらいで、無論、そんなものを、提出する気はなかった。しかし、援助者たちと相談してみると、書類には、誰もオマケや、割引きをつけることが、常習となってることも、わかってきた。

結局、できあがったものは、ウソではないが、都合のいいことを強調し、悪いところを削ったというような、中途半端なものだった。私は、戦争中に書いたものでも、聖戦、八紘一宇《はっこういちう》、大東亜共栄圏と、三つの語は、嫌いであったから、一度も使用しなかったが、そういうことが、有利な事実として、採用された。また、『海軍』を書いた動機は、新聞側と、海軍報道部の薦《すす》めであったことも、事実にはちがいないが、必要以上に強調された。

そういう文案は、数人の智慧の合成物であるが、それを書くのは、私自身であるから、気持のいいものではなかった。しかも、早いほどいいといって、急がされるのだから、どんな不愉快な原稿を書くよりも、不愉快な仕事だった。

新聞社を通じて、英訳を添えた中立書を提出すると、私は、ホッとしたが、まだ、反証を出す仕事があるとのことだった。それは、第三者の有利な証言書みたいなものを、当局に出すのが、習慣だそうだった。そんなことを、人に頼めたものではないと、私はウンザリしたが、事実は逆だった。私は、思いがけない、好意や友情のしるしを、各所で、浴したのである。平素、それほど親しい仲でもない、文壇や出版界の数氏や、ある官省の部長などが、自発的に、私の反証を書いてくれたり、私を連れて、当局者と会わせてくれたり、親切を尽してくれた。また、海軍報道部にいたある中佐も、私の執筆事情に、有利な反証を寄せてくれた。世間から後指《うしろゆび》をさされるような気持のする時に、人の情けに遇うと、身に浸《し》みないではいられない。尤も、そういう人々の心の中には、私個人に対するよりも、追放そのものに対する反感が、ひそんでいたろう。

書類を、すっかり出し終ってから、私は、原稿書きに日を送ったが、それに没頭することも、できなかった。誰に会えとか、どこへ行けとか、私を心配してくれる人たちが、計らいをしてくれるのである。そんなことをして、どれだけ効果があるかと思っても、人々の親切を無にすることはできなかった。尤も、ある人は、アメリカ人に金を贈れと、勧めてきたが、これだけは、断《ことわ》った。

そのうちに、春も終りに近づいた頃、私が、演劇関係の友人と、小さな会合の席に出ていると、そこの玄関に、S・T誌の旧編集長が訪ねてきた。もう、九時を過ぎてるの

に、何事かと思って、面会すると、

「今日の審査会で、あなたの異議申立てが、パスしましたよ」

彼は、親切にも、わざわざ、それを知らせにきてくれたのだった。

「ありがとう。ほんとに、ありがとう」

私は、ほんとに、嬉しかった。彼は、今度のことで、ずいぶん骨を折ってくれたので、その感謝もあった。しかし、追放を免れたということが、自分でも意外なほど、感謝の意が湧いた。

追放するなら、勝手にしろとか、こんな面倒な手間を要するなら、追放を甘受した方がマシだとか、そんな気をよく起した私であったが、それを免れたと知ると、湯上りのような、爽快な気分になるのである。追放の愚劣さを、よく知りながら、なにがそれほど嬉しいのか、自分でもわからなかった。

私は、酔って家に帰り、妻や娘に、そのことを語った。

「よかったわね、パパ」

「ほんとに、嬉しいわ。あア、肩の荷が降りた……」

二人から、そういわれると、私は、酔いも手伝い、何か、反撥したくなった。

「安心なんかされちゃ、堪《たま》らないよ。この世の中、いつ何が降ってくるか、知れたもんじゃねえ」

私は、すぐ、自分の室《へや》へ、寝に行ったが、それは、照れ隠しでもあり、また、家中でいい気持になるのを、惧《おそ》れる心もあった。

仮指定の解除が、正式に発表されるのには、それから、十数日もかかった。しかし、内定が、早く洩れるとみえて、諸方から、祝い魚なぞを貰った。やがて、新聞に発表されると、四国の疎開地なぞからも、祝電や、祝いの手紙がきた。それらに共通した文句があった。〝当然のこととは申せ……〟という言葉が必ず書いてあったが、こういう場合のきまり文句が、いつかできているのを、私は知らなかった。

そして、こういう場合には、祝賀会を催すのも、その頃の習慣らしかった。しかし、私は、どうしても、それをやる気になれなかった。世話になった人々に、礼に歩く以上のことは、したくなかった。ただ、R・D誌のS氏や、S・T誌の旧編集長とは、友人として、一酌したいと思った。そして、両氏に、一夕《いっせき》自宅へきて貰った。千鶴子と麻理の手料理だったが、飯の代りに、鮨《すし》をとった。その頃は、鮨屋も少く、その店も神保町の裏あたりで、米を持参して、やっと、こしらえて貰うような始末だった。それだけ珍らしいと思って、客の前に出したが、二人とも、ほんの僅かしか、箸をつけなかった。

後にわかったことだが、交際の広い二人は、その頃でも、ひそかに開業してる有名店を知っていて、神保町あたりの鮨なぞ、食指が動かなかったのである。

「おい、おれたちは、まだ、田舎者なんだぜ」

私は、千鶴子に、そういわずにいられなかった。

「そうね、よっぽど、間が抜けていましたわね」

そういう方面では、刻々、戦前に復していく東京を、私は、感心もしたが、バカらしくも思った。

とにかく、私の追放騒ぎも、それで終った。

＊

久振りに、私たちは、東京の初夏を、迎えた。書斎の窓から、強い朝の日光が射《さ》し込み、庭の公孫樹《いちょう》の大木は、緑に埋《うず》もれた。活気の漲《みなぎ》った自然と、東京気質というものには、何か調和があり、この季節の東京は、美しかった。まだ金魚売りの声は聞かれず、夜店の灯《ひ》も見られなかったが、私は、夕飯後の散歩を、なるべく戦災を蒙らない地域を選び、この季節を愉《たの》しんだ。

その頃、私は珍らしい経験をした。生まれて初めて、結婚媒妁《ばいしゃく》ということを、行ったのである。

追放を免れたので、M新聞の連載小説の話が復活し、秋から執筆のことに決まったので、担当記者のMが、また、足繁《あししげ》く、私の家へ出入りするようになった。この春に、私の仮指定を知らせに、自動車を飛ばしてきた記者が彼だったが、それ以前から、度々、私の家へきて、馴染みになっていた。温良な性質だったし、一つには、彼の父親が、知名の文筆家で、私の古い友人である関係で、普通の記者よりも、懇意にしていたのは、事実だったが、まさか、結婚の媒妁を頼まれようとは、思いも寄らなかった。彼自身から、最初に依頼を受け、やがて、父親が訪ねてきて、正式に持ち出されると、私は、ひどく、困惑した。

「おい、どうする？」

私は、千鶴子に、相談する外はなかった。

不精に生まれついた私は、そういうことに、気が向かなかった。世間でも、私の性質を知ってるのか、一度だって、そんな話を、持ち込まれたことはなかった。

「お受けになったら、いいじゃありませんか」

内気な彼女が、平然として、そういう返事をした。

「しかし、媒妁人は、夫婦でやるんだぜ、その勇気があるかい？」

「勇気なんかなくても、できますわよ。それに、一生に一度は、人のお仲人《なこうど》をするもんだッて、いいますわ」

彼女は、Mが独身で、自炊生活なぞやってるのに、同情していたが、態度が積極的なのは、そればかりでもないようだった。

「でも、M君はいい人間だが、お嫁さんの方は、顔も見たこともないんだから、媒妁なんて、無責任な話だぜ」

私は、なるべく、御免を蒙《こうむ》りたいので、理窟を立てた。

「それは、そうですけど、そんなことをいっていたら、誰も、お仲人になり手がありませんわ。あたしたちの結婚だって、あたしの顔も見たことのない方が、やって下さったじゃありませんか。それに、いまに、麻理ちゃんだって、誰かにお仲人を頼まなければ……」

千鶴子の最後の一言が、私を、グッと、凹《へこ》ませた。

――あんまり、不精をきめこむと、麻理の時に祟《たた》るかも知れないな。

私は、やっと、媒妁引き受けを、決心した。

ただ、式の席上に立つだけという条件ではあったが、その日がくると、私は、朝から、落ちつかなかった。初夏らしい快晴の日で、モーニングを着ると、汗が出た。千鶴子も、早くから、化粧をして、裾模様に着替えた。彼女が嫁入ってきた時の式服は、ハデ過ぎたので、戦前にこしらえたのは、模様も少しジミだったが、女が盛装した時の感じは、濃かった。

「あら、ステキ……」

麻理が、ヒヤかした。

迎えの車がきて、私たちは、信濃町の結婚式場へ行った。憲法記念館だった建物で、私が千駄ヶ谷にいた頃、よくその前を散歩したが、今は、明治神宮の副業のような、神前結婚式場になって、最も流行してるということだった。

式の時は、係りの人に教えられたとおりに、振舞っていればよかったが、披露のティー・パーティーになると、私の難役が回ってきた。新郎新婦の紹介に、何か述べねばならないのである。私は、演説めいたことが、まったく不得手で、極めて簡単にすませたく、新夫婦の履歴なぞを、紙片に書いて、朝のうちからそれを見ながら、稽古していたが、イザその時がくると、すっかり、アガってしまった。新婦も、M新聞関係者の娘だったので、来賓の大部分は、ジャーナリストで、人の悪い連中が多いと思うと、一層、私は、面食《めんく》らった。

「新郎は、早稲田大学文科の出身でありまして……」

と、紹介したのは、よかったが、新婦が、三輪田女学校卒業というべきところを、三輪田大学といってしまった。それには気づかず、帰宅してから、千鶴子に注意されて、しまったと思ったほど、私は、逆上していた。

それでも、媒妁人をやってのけたという気持は、何か、清々《すがすが》しいものだった。結ばれた男女が、果して、幸福になるか、どうか知らないが、そういう形式的な役目をする人間が必要なら、一日の暇をつぶして、よかったと、思った。麻理の結婚を想像しても、私たちのようなカガシ仲人によって、式が挙げられることに、少しの不満も、感じられなかった。誰も、そんな風にして、やってきたのである。

＊

やがて、盛夏がきた。

東京の暑さというものを、久振りで、思い知らされた。四国にいた頃も、暑い日は、いくらもあったが、広々とした環境が、苦痛を忘れさせた。そして、戦前の東京生活でも、私たちは、都心から遠くに住んでいたので、ムッとする市中の暑さは、今度が、最初の経験だった。

しかし、私は、暑さに負けてばかり、いられなかった。秋から、M新聞の小説が始まるので、その前に、雑誌の長篇を、書き溜めしておかねばならなかった。私は、一つの新聞小説を書くのが、精一杯の力なので、その期間の前約の仕事は、それ以前に書いておく以外に、方法がなかった。『おじいさん』という長篇を、執筆中だった私は、完結のところまで書いて、新聞にかかる予定を立てた。

長い間の習慣で、私は、午前に執筆するが、ずいぶん、早起きをしても、東向きの窓から、暑い日光が、照りつけた。ガラス扉《とびら》を開き、フランス風の鎧戸《よろいど》を閉めて、机の前に坐ると、戸の桟《さん》に輝く光りと、薄暗い室内の暑気が、熱帯を航海する船室に、似ていた。私は、最初に渡欧した時の旅を思い出し、窓の外は、あの濃い紺青《こんじょう》の印度洋ではないかと、錯覚を起した。

——あの旅をしたから、麻理という娘が、現在、私の側《そば》にいることになった。

私は、何か、不思議な気がした。

——それから、病んだエレーヌを送って、フランス船で、暑い海を渡ったこともある。二度目のフランス行きの船の中も、私の記憶に甦《よみがえ》った。病人と一緒だから、私は、なるべく、船室にいたので、一層、思い出が濃い。船医は、彼女に甲板《かんぱん》の散歩を勧めるのに、容易に、肯《うなず》かなかった。そして、いつも、ベッドに臥《ね》ているので、私も、仕方なく、横になっていると、低い天井に、波の反射が揺れ、煽風機の音だけが、ブンブン、耳に立った。あの時と、幼い麻理を連れて、朝鮮海峡を渡った時と、その二つの船旅ほど、悲しい、忘れ難いものはなかった。

その時から、もう、二十年になる。千鶴子を貰ってからの生涯も、長い曲折があった。夫婦の心の間にも、外界との繋《つな》がりにも、さまざまなことがあった。しかし、何とかやってきた。戦争も、疎開も、追放騒ぎも、みんな済んでしまった。私たちも、どうやら、ガタピシ夫婦ではないらしく、人の媒妁なぞするようになった。麻理も、元気な娘になって、不満そうな顔もしていない。

――なにか、峠《とうげ》を越えたような気がする。

私は、暑さに辟易《へきえき》して、畳へ伸びながら、そんなことを、考えた。

午後の三時頃になると、コンクリートの露台に、片影ができた。私は、やっと手に入れた竹製のデッキ・チェアーを持ち出して、グッタリした体を、横たえた。

――東京は、若い者の住むところだ。

私は、シミジミと、東京生活に向かなくなっている、自分の気分や、体の調子のことを、考えた。そして、今度、引越しをするなら、郊外なぞでなく、ほんとの田舎住いが、したかった。それを、自分の隠退生活としてもいいと、思った。

事実、東京へ帰ってから、私の健康は、決して、好調といえなかった。一つには、よく、酒を飲むからでもあった。まだ、物資不足時代だったので、座談会とか、出版社の招待だとかいう席上で、私は、意地汚く、飲み食いをした。家にいる時も、何とか酒を工面《くめん》したり、下物《さかな》を探したりして、人と会食するのが、一つのスポーツのような気のする時代であった。こんなに飲んではいけないと、思いながら、私は、よく飲んだ。

私ばかりでなく、千鶴子も、東京へ帰ってから、健康が衰えてきた。彼女は、元来、胃腸の弱い女だったが、その頃は、得体《えたい》の知れぬ、脳貧血症状で、床につくことがあった。

ある時、私は、やはり酒の飲み過ぎで、下痢を起して、容易に止まらず、数日間床についた。暑い盛りに、臥ているのは、つらかった。そして、その間に、よく人が死んだ。太宰治《だざいおさむ》の情死事件というのは、あまり私の関心を惹かなかったが、古い友人の劇作家Mが、腹膜炎で急死したのと、親戚の老未亡人が、東横線で飛び込み自殺をしたことは、私の心を、強く動かした。

——みんな、死ぬ。おれも、死ぬ、そのうちには……。

下痢で、ヘトヘトになった私は、汗に濡《ぬ》れた寝床の上で、そんなことを、考えがちだった。

そして、私が、まだ起き上れぬうちに、今度は、千鶴子が、脳貧血らしい病気で、床についた。義務感の強い彼女は、無理にも、立ち働きがしたいらしかったが、体力が許さなかった。

こんなことは、最初の経験だった。私も、彼女も、同時に、病気をした例は、曾《かつ》てなかった。私は、家のなかが、かなり混乱することを覚悟した。臥ている千鶴子も、恐らく、同様だったろう。

ところが、朝、眼を覚ました私は、平時の時刻に、茶の間の方で、ハタキの音が起るのを聞き、台所の水音や、器物を運ぶ物音も、聞いた。

——千鶴子が、もう、癒《なお》ったのかな。

書斎で臥ている私は、そう思ったが、やがて、朝の食事を運んできたのは、麻理だった。

「なんだい、一人で、やってるのかい」

「うん、何でもないわよ」

頭を、ネッカチーフで結び、エプロンをかけた彼女が、ボッソリと、答えた。

「まア、いい加減にやっとけば、いいよ」

私は、彼女が、甲斐々々しく見えただけに、労《いたわ》りの言葉をかけてやりたかった。そして、親たちが、二人とも臥てしまった場合を、彼女が、どう切り抜けるか、興味も湧いてきた。

その日は、彼女も、学校を休み、家事の一切を背負った。二人の病人の食事をつくり、自分の食物を調《ととの》え、掃除をし、洗い物をし、来客や電話の取次ぎをした。

勿論、彼女のすることは、千鶴子がするほど、行き届かなかった。しかし、女中がするだろうことよりも、注意深く、また判断に富んでいた。とにかく、私は、あまり不自由を感じないで、一日を送ることができた。

倖《さいわ》い、私も、千鶴子も、翌日には、起き上れるようになった。

「麻理ちゃん、ほんとに、よくやってくれたわね。お蔭で、ママ、どれだけ助かったか、知れないわ」

千鶴子が、朝飯の膳で、麻理に、礼をいった。そういうことを、いわずにいられない女だった。

私は、何ともいわなかった。

しかし、麻理が、いつの間にか、被保護者でなくなってる事実を、頭の中で、考え直していた。マア公、マア公と呼んではいるが、彼女が、まず一人前の女になっている保証を、昨日一日の経験で、得たといって、よかった。とにかく、彼女が、役に立ったのだ。彼女は、家族の一員から、家族の要員というところまで、成長したことを、認めないではいられなかった。

三三

帰京して、二度目の元日は、朝から、ザンザン降りだった。私の亡き母親は、ちょっとしたカツギ屋で、元日の天気を気にする習慣を、持っていた。

私は、母親の迷信を、笑った。もし、元日の悪天候が、一年を支配するならば、その地方全部の人々が、その凶運を荷《にな》うので、私たちの家だけのことを心配しても、仕方があるまいと、揚げ足をとった。しかし、彼女は、そういう年は、日本に悪いことがあり、また、私たち一家にも、不運が見舞うのだと、いい張った。

そんなことをいった母親も、死んで、三十年ほどになり、彼女の迷信を思い出しもしないほど、私も、年をとった。豪雨の元旦は、私にとって、有難かった。駿河台へ住んでから、非常に来客が殖えたが、今日は、その煩《わずら》いもなく、ゆっくり、仕事ができると、思った。

その年は、元日にも、執筆を休むわけにいかなかった。前年の秋から、M新聞の連載小説を書き始め、私にとって、戦後最初の新聞小説だから、気持は新鮮だったが、筆の走りは悪かった。敗戦の故国の混乱を書くのに、東京と田舎を対比させたが、四国にいた時のノートが役に立ち、想像力もよく湧くのだけれど、書くのには、骨が折れた。仕事に没頭したためか、いつも、年頭に考えることも、忘れがちだった。麻理が、幾歳になったということ——結婚を急がねばならぬということを、その年は、考えなかった。或いは、考えてもしようがないという諦《あきら》めが、どこかに、生まれてるのかも知れなかった。

——女だって、なにも、結婚しなければならぬ、ということはない。独身で暮しても、人生がないということはない。

私は、次第に、そんなことを、考えるようになっていた。麻理が、特殊な生来《うまれつき》を持っていて、それが婚期を遅らすというなら、それでもいいではないか。彼女が結婚を望んでいるのに、対手《あいて》がないというなら、見るに忍びないが、当人は、フランス語の勉強に、夢中になっていて、そんな気色も見えない。あれほど、フランス語が好きなら、女流の翻訳家になるなり、語学教師になるなり、それで、自分の人生を見出したら、いいではないか。何か、彼女は、世間の可愛らしい、甘い味のするお嬢さんにとって、不幸であることが、不幸でない娘のような気のすることもあった。

といって、それが、諦《あきら》めであって、希望ではない証拠を、正月も過ぎて間もなく、彼女の友人の来訪の時に、思い知らされた。

その友人というのは、彼女の〝白薔薇〟の同級生であって、女学校三年生かになった時に、

「あたしたちも、もう、十六よ。グズグズしちゃア、いられないわよ」

と、麻理に、真剣な警告を発して、私を笑わせた娘であった。

やはり、実母を喪《うしな》い、文学なぞが好きで、一風変った娘だったが、いつか結婚して、子供も生まれ、その子と、良人とを伴なって、私の家を訪ねてきた。勿論、麻理に会うのが目的だが、半分は、私との会見を、求めてきた。

私も、少女時代から知ってる娘だから、喜んで、彼等を、書斎の隣りの応接間に迎えた。一見して、私は、彼女が、少女病的な感傷を、忘れたような、元気な女になってる

ことを、知った。結婚したせいだと、すぐ、直感した。

「でも、体は、相変らず、弱いんですよ、先生……」

彼女は、私のことを、先生と呼んだ。以前は、オジサマといっていた。

その理由が、次第に、わかってきた。彼女は、この頃、小説のようなものを書いてるらしく、それを私に読んでくれというのだが、そればかりでなく、彼女の良人を、私に紹介するのも、目的の一つらしかった。

近眼の小学生のように、眼鏡《めがね》をかけた顔に愛嬌のある、彼女の良人は、ある大学の理工科を出たにかかわらず、目下、ラジオの喜劇俳優として、働いていた。そういえば、私も、彼の芸名に、記憶があった。役者らしさが、まるでない、律儀な会社員のような男だが、よく見ると、ヒョーキンな感じが、どこかに、滲《にじ》んでいた。

つまり、俳優である良人を、彼女は、私に記憶させたいのであろうが、私も、二人に好感を持ったので、いろいろ、打明け話を聞いた。

二人は、麻理と同じく、カトリック信者で、良人の方も、フランス・ミッションの中学を経ていた。しかし、二人を結んだのは、演劇に対する興味らしかった。細君も児童劇に出演した経歴があり、良人の方も、学生劇に参加していた。やがて、二人は一つの劇団で、仕事をするようになり、恋愛し、結婚した。戦時中に、しかも、空襲下に行われた彼等の結婚式は、感動的であり、同時に、腹を抱《かか》えたくなるほど、笑いを誘う話でもあった。

二人は、演劇で身を立てるつもりだったが、戦後の生活苦と、子供の出生のために、疎開地で、今川焼屋を開業するような、運命になった。最初のうちは、今川焼が、どうしても、うまく焼けず、商品として売ることもできないので、彼等は、毎日、そればかり食べて、生きていたそうである。

「でも、しまいには、とても、上手になって、よく売れるようになりましたの。ほんとに、麻理ちゃんに、食べさせてあげたいくらい、おいしい今川焼……」

そして、細君が、今川焼屋をやってる間に、良人は、いろいろの職業についたが、どうしても、演劇が諦めきれず、初志とはちがっても、ラジオ喜劇に出演するようになった。

「それで、どうやら、生計が立つようになりましたから、今川焼屋はやめて、それから、子供がいますから、あたくしの役者志望も、諦めて、うちで原稿書きたいと、思うんですの。どうでしょう、先生……」

彼女の話は、どんな生活の苦しさを語っても、明るさに、充《み》ちていた。事実、この夫婦は、芸術家気質《かたぎ》の屈託なさで、苦しいことは、すぐ忘れてしまい、希望の種を、探してくるらしかった。その態度が、ほほ笑ましく、私は、今川焼屋より、原稿書きの方が、むつかしいと思っても、口に出す気になれなかった。

彼等の話が、面白いので、側で聞いてる麻理も、声を立てて、笑った。私は、この夫婦を、彼女が、どういう風に眺《なが》めてるか、知りたかった。

何事は措《お》いても、この夫婦が、幸福な夫婦であることは、まちがいのないことだった。年齢も、いくらも違わないらしい二人は、友人のような口をきき合っていたが、支配とか、服従とかの関係は、まったくないらしかった。（私と、千鶴子との間を考えると、何という相違であろう）夫婦が、同じ理想を持ち、同じ立場で、同じ人生を頒《わ》け合っていて、不幸といえる道理がなかった。尤も、男女の関係は、複雑であって、支配と服従によって、幸福を見出す夫婦もあるけれど、この夫婦が示してる形態は、新しい時代が要求してるものに、ちがいなかった。私は、娘が、こんな良人を見出し、このような夫婦になって、私の前に現われたとしたら、悪い気持ではあるまいと、思った。

――麻理は、彼等の幸福を、羨望《せんぼう》してやしないか。

私は、それとなしに、彼女の態度に、気を配った。

彼等が帰って、千鶴子も加わり、いろいろ噂話も出たが、麻理のいうことは、案外、批判的だった。彼女は、芸術家気質も持たないし、また、それに与《くみ》する気持もないらしかった。

「Kさんは、昔ッから、ああいう人なのよ」

彼女は、同級生の結婚の幸福に、そう動かされた様子はなかった。或いは、痩せ我慢を張ってるのかと、思ったが、むしろ、性格的な心理かららしかった。

彼女は、結婚に対して、いわゆる見識が高いのか。そうだとすると、縁遠くなるという結果を免れ難い。といって、安売りをしろなぞと、親の口から、いえないことである。

――やはり、麻理は、女流翻訳家になるように、生まれついてるのかも知れない。

私は、また、諦めに返った。

やがて、春になって、私は、新聞小説を、書き終った。自分では気持よく書けた作品だったが、あまり、世間に評判にならなかった。『てんやわんや』という題が、流行語として、残っただけだった。しかし、私は、一作を書き終ると、ヤレヤレという気分が強く、世間の評判を気にするよりも、休息を愉しむ方に、心が傾いた。

戦前は、こういう時に、よく、旅行をしたが、まだ、そこまで、私の気持は、悠長になっていなかった。

ある日、新宿御苑で、舞楽の催しの招待がきたので、私は、娘を連れて、出かける気になった。

数日中に、新宿御苑も、宮内庁関係を離れて、公開されるので、その名残りのように、そんな催しが、行われたらしかった。私は、御苑も、宮中の舞楽も、まったく知らないので、行く気になったのだが、後者の方の価値は、見当がついてるので、そういうものを、娘に見せておきたかったのである。

戦争で荒れた御苑は、期待を裏切られたが、好天気で、所々に桜が咲き、異国風の亭《ちん》のある池のあたりは、気分がよかった。その付近に、舞台が設けられ、幕が張られ、イスが列べてあった。

招待客は、戦前の服装をしてる人が、多かった。アメリカの軍人や、その家族も、大勢きていたが、銀座あたりで見かけるよりも、神妙な顔つきをしていた。

やがて、舞楽が始まったが、私は、すっかり、魅せられた。優美なもの、幽玄なもの、雄勁《ゆうけい》なもの――各曲が、美しかった。ことに、〝還城楽《げんじょうらく》〟という独舞は、印象が強かった。

「不思議だよ。外国舞踊と、一脈通じたところがあるんだ。今に、フランスへでもいく時があったら、ぼくのいったことを、思い出してご覧」

私は、娘に、母国の持ってる立派なものを、見せるのが、何か、いい気持だった。能も、文楽も、みんな、見せてやりたかった。

そういう教養を、身につける時期を、彼女は、戦争のために、空白にしていた。彼女自身も、それを覚《さと》っているので、歌舞伎なぞを見にいきたいと、いい出していた。千鶴子と二人を、芝居見物に出したこともあった。

また、それから遠くない一日に、私は、彼女を、フランス映画鑑賞会へ、連れていった。フランス文学者たちが、古いフランス映画を、もう一度見て、昔を懐《なつ》かしむ会だったが、麻理には、初見の映画が、多かった。これは、完全に、彼女のためのお供で、私は、それほど、見たくはなかった。

その頃、麻理は、東大の仏文科へ、聴講に通《かよ》っていた。友人のフランス文学教授たちの好意で、そういうことが許されたのだから、彼等が参画してるその映画会に、娘と共に出かけて、礼がいいたかった。彼女が、翻訳家にでもなるとすると、そういう人達の愛顧が必要で、東大ばかりでなく、私大の仏文学友人にも、私はワタリをつけるのを、忘れなかった。

果して、映画会には、友人が沢山きていた。夫人や娘を連れてきてる人もあった。私は、極めて愛想よく、振舞った。平常《ふだん》は、そうでもなかったから、私の本心を見抜いた人は、現金な奴だと、思ったろう。

雨の降ってるような、古い画面でも、有名な作品を見て、麻理は、満足のようだった。それで、少しずつ、彼女の空白が、充たされていくからであろう。

帰りに、私は、麻理と二人で、喫茶店へ寄った。これも、サービスであって、私は、ロクなコーヒーも飲ませない、その頃の喫茶店なぞに、興味はなかった。

私たちは、ソーダ水か、何か注文したが、麻理は、壁の貼札を見て、声を立てた。

「あ、バナナがあるわよ、パパ」

バナナ、八十円と、書いてあった。

「じゃア、食べたらいい」

戦争この方、バナナが輸入されたのは、この頃が、最初だった。

「あア、おいしい！」

彼女は、黒くなったようなバナナを、貪《むさぼ》り食べた。

「ちっとも、ウマくない」

私は、数年振りで食べても、何の魅力も感じられなかった。一つには、戦争に敗けて、金もないくせに、こんなものを輸入するのかと、反感も手伝った。

「あら、おいしいわ。あたし、もう一本、食べる！」

彼女は、まったく、渇望を医するという、食べ方をした。何が、そんなに、ウマいのかと、私は、呆れた。しかし、ふと、これは、新旧思想衝突の前哨戦ではないか、というようなことを、真面目に考えた。バナナなんて、私から見ると、単純幼稚な味だが、若い娘を、こんなに、狂喜させるのである。そして、乏しい外貨で、こんなものを輸入しなくてもいいと、私は考えるが、娘の方では反対だろう。

その頃、すでに、アプレという語が、流行し始めていた。麻理が、いわゆるアプレでないことは、確かだが、若い世代の一員であることは、いうまでもない。いつの世でも、若い世代は、自分たちの正しさを信じ、前代の人の考えを、否定する。私自身が、そうであった。麻理も、今のうちだから、私と一緒に外出したりするが、やがて、真ッ平御免と、いいだすかも知れない。

肉親の考えが時代によって隔てられるということは、自分も、散々、経験してきたし、一つの自然であるから、私は、それを想像しても、あまり、寂しいことはなかった。

——そうなれば、そうなったでいい。こっちの荷は、かえって、軽くなる。

私は、そんな先きのことまで、考えた。しかし、どこまでも、私の胸の中の出来事だった。

「おい、ママにも、バナナを、食べさせてやろう」

私は、ふと思いついて、千鶴子への土産を、つくらせた。

私たちが、家に帰ると、彼女のエプロン姿が、出迎えた。

「珍らしいものを、買ってきたぜ」

「何でしょう」

もう、彼女は、昔の彼女ではなかった。麻理と私が、二人きりで外出しても、暗い顔をするような女でなくなっていた。

「まア、何年振りかしら……」

彼女も、紙包を開けて、眼を輝かせた。

——おや、おや、これも、新時代なのかな。

私は、心の中で、笑った。

「ママ、食べてご覧なさいよ。あたしは、とても、おいしいッていうのに、パパは……」

麻理は、面白半分で、千鶴子に、即座に食べるように要求した。

彼女は、素直に、求めに従った。黄色い皮を垂らせて、おチョボ口へ、持っていった。

「どう？」

「そうね、おいしいわね」

と、彼女は、麻理に答えた。

「そら、ご覧なさい」

「でも、思ったほどでも、ないわね」

小首を傾けながら、彼女は、クスクス、笑った、私は、ひどくおかしくなって大声で、笑った。そういうことをいうのが、千鶴子の性格であるけれど、彼女が、私と同時代の証拠を出したと思うのが、面白くてならなかった。

＊

初夏になって、ある日のこと、麻理の縁談を、持ってきた人があった。

戦争騒ぎと、そして、麻理の生来も影響してるのかも知れないが、年頃の彼女に、縁談は少かった。親戚の世話好きの女が、一、二度あまり頼りにならない話を、伝えてきたぐらいのことである。ただ、戦争中に、航空事故で死んだ、K大出のMとの話は、麻理自身は知らなくても、双方の親や親戚の間に、かなりの所まで、進んでいたのだが、本人の死亡で、それなりになった。

具体性のあった縁談は、それだけといってよかったから、今度の話に、私が膝を乗り出したのは勿論であった。

その縁談を持ってきた人というのは、元来、私の愛読者で、戦前から交際の始まった、老嬢姉妹だった。亡父が、有名な政治家で、戦前の上流社会に属する人たちだった。

「麻理さんと、少し、お年がちがいますけれど、ご本人が、とても、真面目な方なもんですから……」

姉妹の、主として姉の方が、打ってつけの縁談のように、話す対手というのは、東大法科出だとか、某銀行の有望な行員だとか、よい家柄だとか、弁々と、述べるけれど、本人の人柄という段になると、ただ、真面目の一点張りで、摑《つか》みどころがない。一番、頼りないのは、その男が結婚を望んでいるか、どうかも、明らかでない。ただ、よいお婿さんの資格があるから、伝えるというだけのことである。そして、彼が、三十を半ば過ぎるまで、独身でいた理由についても、

「さア、それは……」

と、答えるだけで、いろいろ、問い訊《ただ》してみると、彼女等は、その男を、まるで知らないのだった。彼女等の兄の友人というだけのことだった。

「もし、およろしかったら、細《こま》かいことは、興信所ででも、お調べになって……」

私は、落胆した。私たちの考えと、上流人種の考えとの差異を、マザマザと、見た気がした。

結局、私がその男と、それとない見合いをすることになった。私の関係してる劇団が、近く公演をするので、彼女等が、兄とその男を観劇に連れてきて、私に紹介するという運びになった。

私は、勿論、そのことを、麻理には、話さなかった。ただ、千鶴子だけには、そんな話があることを、軽く、伝えておいた。彼女にさえも、私は、期待を大きくされることを、惧《おそ》れたのである。

私としては、年齢の差が大きいことは、あまり、問題ではない。しかし、東大出だとか、家柄がいいとかいうことも、私の問題ではなかった。

──本人が、立派な男なら……。

私は、そう思うのだが、さて、どういう男が立派なのか、その立派さを、一瞥《いちべつ》しただけでわかるのか──となると、返事に窮した。ただ、私は、自分の直覚力を、ある程度まで、信用してるので、今までの生涯の難関でも、それに頼って、切り抜けてきたことが、多かった。今度も、最初の印象が、多少でも、よかったら、話を進める覚悟だった。

約束の夕に、私は、三越劇場へ出かけた。その頃から、新劇も、客脚が殖えてきたので、開演前の入口は、非常に、混雑していた。私は、劇団の関係者だから、席をとる必要もなく、ホールの隅に佇《たたず》んでいると、間もなく、その姉妹が、私を発見した。

「兄と、その方の席が、あたくしたちと、別なんで……ちょっと、お教えにくいんですけれど……」

私は、人混《ひとご》みを掻きわけて、姉妹と一緒に、客席の中に入った。

「あ、今、座席に坐ろうとしてるのが、兄ですわ。その右に、もう坐ってらっしゃる方が、その方……」

彼女は、左側の中央に、案内女に導かれて、やっと、席を見出した、二人連れの男を、指さした。

「わかりました」

「でも、後で、兄をご紹介しますから、その時に、ごゆっくりと……」

「ええ、でも……」

私は、少し、狡獪《こうかい》な気持になっていた。関係劇団の公演の気安さから、私は、どこへも、自由に立ち入れるから、先方に気付かれずに、観客の一人であるその男を、観察できる。紹介なぞされると、後で、気苦労だと、思った。

そして、私は、前の通路へ行ったり、横の通路に立ったりして、その男の顔を見ようとするのだが、生憎《あいにく》、人蔭になったり、光線が悪かったりして、どうも、ハッキリと、観察できない。紺のセビロと、キチンとわけた頭髪ぐらいを、確認するに過ぎないのだが、そのくせ、

――これは、ダメだ。

と、直覚力が、働くのである。

私は、その男が、スマシヤで、冷酷というような印象を、ハッキリ受けてしまった。上層社会によくある型で、育ちがいいため、却《かえ》って、自分のことだけしか考えない男――酒も、煙草も、女道楽にも、手を出さない代りに、人を愛するという感情を、忘れてしまった男――そんな印象が、強く、刻まれてしまった。

――麻理には、向かない男だ。そして、おれにも、向かない男だ。

不思議な反感が、しきりに、私の胸に、湧いてきた。

「今日は、混雑してますから、紹介して下さるにも、及びませんよ」

次ぎの幕合いに、私は、その姉妹にいった。

「そうでございますか」

彼女たちも、深くは、勧めなかった。彼女たちが、熱心な媒介者でないことは、最初から、知っていた。

帰り道に、私は、少し、不安になってきた。

――もし、あの男が麻理にとって、またとない、適格者だったら……。

これは、私の悪い癖で、自分の直覚力を信じながら、すぐ、迷い出すのである。しかしそれは、長く続かなかった。あの姉妹を含めて、あのような階級の人々と、私たちとの間の溝を跳び越すには、その男の引力が、並外《なみはず》れて強くない限り、不可能だと、考えた。そして麻理にはああいう連中の行儀も、趣味も、躾《しつ》けてないのである。

――やっぱり、今川焼屋をやる細君になった方が、よさそうだ。

駿河台の暗い道を歩きながら、私は、そう結論した。

三四

暑い盛りのある日だった。

午後の郵便がくる時間なので、私は、シャツ一枚の姿で、門の共同郵便受函まで、覗《のぞ》きに行った。いつもと同じく、郵便物は、私宛のものが、大部分だったが、興味のある通信は、一つもなかった。

ふと、私は、出版社のハトロン紙封筒に隠《かく》れて、十年間も見なかった、青色のフランス封筒を、発見した。発信人を見ると、長い間、消息の絶えていた、亡妻の弟からだった。手蹟にも、記憶があった。

――それにしても、よく、現住所がわかったものだ。

駿河台のS・T社の寮気付になってることが、不思議だった。ヨーロッパ戦争が、始まる前後から、私たちは、音信不通になっていた。私は、再婚のことを、彼等に知らせたくて、一度、アメリカ経由で、手紙を出したことがある。それが、届いたのか、届かないのか返事もなかった。フランス人は、こういう再婚の場合に、気を悪くする人種ではないから、それで、返事をよこさないとは、思われなかった。むしろ、私は、戦争による義弟の運命を、気づかった。彼は、五十歳未満で、フランスの事情では、必ずといっていいほど召集を免《まぬが》れなかった。亡妻の父が、やはり、その年齢で、第一次大戦に、戦線に出ていた。

そのうちに、日本も戦争に加わって、外国郵便を出す術《すべ》もなく、私も、フランスの彼等を心配するどころでなくなったが、十年振り以上で、彼の手紙を見ると、まず生きていたかと、そのことが、心を打った。

そして、封を切ってみると、彼等の方が、敗戦した国の私と麻理の運命を、気づかって、最初に、日本の外務省宛に、日本人作家としての私の生死を問い合わせ、生存ならば、現住所を知らせることを依頼して、その返事を見た上で、今度の手紙を、書いたらしかった。彼が、私の現住所を知ってる理由が、それで、わかった。私は、外務省が、不精をしないで、彼に返事を出してくれたことを、感謝しないでいられなかった。

十年の間に、亡妻の家でも、いろいろのことがあったようだった。亡妻と仲の悪かった母親も死に、佝僂《くるびよう》病だった末弟も死に、ただ一人になった彼も、結婚して、子を挙げ、亡父の跡を継いで、小学校長を勤めていたが、案の如く、戦争に駆り出されたようで、但《ただ》し、負傷もしないで、戦勝を迎え、現在は、田舎で幸福に生活してることが、細細《こまごま》と、記されてあった。

「おい、麻理、この手紙を、読んでご覧」

夏休みで、いつも家にいる麻理を、私は、すぐに、呼びたくなった。

彼女は、それくらいの文章なら、辞書の厄介にならず、解読できるようになっていた。

「まア、ずいぶん、親切だわね。そんなにして、ウチの居どころを探して……」

「やっぱり、親類だと、思ってるんだな。それに、おれのことより、マア公のことを、一番、心配して書いてあるよ。お前には、血が繋《つな》がってるからな」

私は、よけいなことを、口走ったと思ったが、彼女は、気にしてもいなかった。

「フランソアっていう人、ママの弟？」

「うん、すぐ下の弟だ。顔も、一番、似ている。いい人間だよ……」

私は、しばらく、彼のことを、考えていた。

「とにかく、お前のトントン（仏俗語　叔父さん）だ。返事の手紙を、書きなさいよ。ぼくも、すぐ書くから、一緒に出せばいい」

私が、そのことを思いついたのは、麻理の無事と成長を知らせると共に、彼女が、フランス語で、手紙が書けるようになったことも、伝えられると、考えたからだ。勿論、それは、一方《ひとかた》ならず、義弟を喜ばせるだろう。

「何を書いたら、いいかしら」

「何でもいいよ。今、勉強してることだの、日曜にはミサに出てることだの……」

「そんなことまで、書くの？　ヘンだわ」

「ヘンなことはないよ。対手は、とても、信心深いんだ。それから、戦争中のことなんかも、そっちの手紙で、書いてくれ。ぼくは、抽象的に、簡単に書くから……」

麻理は、諾《うなず》いて、私の部屋を去った。何か、勇んだ、様子だった。

私も、早速、返事を書こうと、机に向ったが、近頃、フランス語なんて、読みもせず、書きもしないので、文句を考えるのが、ひどく、面倒だった。

私は、ペンを措《お》いて、空想をした。

――因縁というものは、容易に、断ち切れない。

長い間の音信不通で、亡妻の実家とも、縁が切れたと思い、それを、深く惜しむ気もなかったのは、麻理を、日本の娘として育て上げたし、将来も、彼女が生来を忘れるような生活を、送らせたいと、思うからだった。その方が、彼女の幸福と、思うからだった。

しかし、今度のフランソアの手紙で、かなり、私の気持は変ってしまった。フランスの片隅に、今だに、私や麻理に、愛情を持ってる人間がいる。それは、感謝すべきことだ。そして、麻理が、外国人の血をひいてる事実に、なるべく、本人や、世間の眼を外《そら》せようとする工作なぞ、急に、バカらしくなった。なによりも、麻理自身が、一人前の女になりかけている。もう事実を直視したって、躊《たじろ》ぐこともあるまい。それに、世の中も、彼女の少女時代と、すっかり、変ってしまった。

——そのうち、麻理を、フランスにやってやろうか。

彼女が、翻訳家とか、フランス語教師とかで、身を立てるとなれば、やはり普通の人と、少しはちがった修業をさせた方がいい。それには、フランスで勉強させるがいいが、普通の日本人留学生のように、パリやリオンの大学へ入るのは、後回しにして、亡妻の実家がある田舎で、二、三年も生活すれば、フランスという国が、実に、よくわかるようになる。ほんとのフランス生活は、田舎にある。そしてパリの標準フランス語を、理解するためにも、かえって、利益がある。

それに、私は、まだ、亡妻の墓を、知らない。私は、もうフランスを訪れる機会もあるまいから、麻理に、墓参をさせたい。その墓のある村は、現在、フランソアたちが住んでる隣村で、遠くはないのである。

——フランソアに、麻理を預かってくれと頼めば、喜んで、引き受けてくれるだろう。フランスの地方の常として、小学校長は校舎の中に生活してるが、寄宿設備もあって、空室が多く、麻理のために、一室を割《さ》くくらいは、容易なのである。そして、彼の許《もと》に預けておけば、娘一人をフランスにやることの危険も、まったく、予想されない。

——そうだ。この考えは、悪くないぞ。

いつかは、一度、麻理をフランスにやりたいと、考えていたが、急に、具体性が出てきたように、思った。彼女を、フランスにやれば、彼女の道が開けてくるし、私も、アテにならない、彼女の縁談なぞに耳を傾けないで、済むようになる。そして、彼女のための遺産なぞ、考えるよりも、彼女の身に、能力をつけてやる方が、得策にちがいない。私も、当分は、彼女の滞在費を、稼ぎ出すことは、困難でないだろう。

——そして、麻理が、私の許を離れたら……。

私は、千鶴子と二人で、老後の生活に入る。もう、東京は、マッピラだから、疎開した湯河原海岸のような所で、静かなくらしを、立てたい。もう、私も、そういう生活に入っていい、年頃なのだ。千鶴子は、もとより、境遇的にも、性格的にも、そういう生活を、希望しているだろう——

私は、いいプランが見つかった気持で、心が安らかになった。そして、フランソア宛の返書を、書き始めたが、無論、麻理を依頼するというようなことは、まだ、書くべき時期ではなかった。それに、久振りのフランス文章は、至って書きづらく、細かいことは、麻理の手紙を読んでくれと、逃げを張って、ペンを措《お》く始末だった。

*

秋がきて、私たちは、やっと、市内住いの暑苦しさから、解放されたが、この年は、私も、家族も、よく、病気をした。私は、原因不明の下痢や、風邪だが、千鶴子も、ハッキリしない病気で、しばしば、床につき、元気な麻理まで、体の不調を訴える時があった。

私は、市中の生活が、私たちに向かないことを知ったので、売家探しをしたが、一度、経堂《きょうどう》へ家を見に行って、あまりにもボロ家なのに失望した。その頃は、現在よりも、遥かに、住宅難で、ことに、私たちに向くような、中級の売家に、乏しかった。

――まだ、家を持つ時期が、きていないのだな。

私は、焦《あせ》る気持を、抑えた。敗戦の経験で、私も、少しは、我慢することを知った。

秋の彼岸《ひがん》がきて、私は谷中《やなか》の墓地に、参詣にいった。両親の墓は、横浜にあったが、関東大震災で破壊したので、私がフランスから帰ってから、東京の谷中墓地へ、移してあった。彼岸や盆には、大概、千鶴子が参詣するのだが、その時は、私の体が明いていて、出かけたのである。

墓参を終って、私は、すぐ、帰途についた。秋葉原駅で、国電を乗り換えるために、ブリッジを渡り、お茶の水行きのくるフォームへ、足を踏み入れようとした時であった。

私は、曾《かつ》て知らない、異様な腹痛を、覚えた。胃のあたりが、捻《ね》じられるような感じで、灼《や》くような、酸《すっぱ》い水と、生唾《なまつば》が、多量に口に溜った。ブリッジの窓から、それを吐くと、烈しい動悸と、眩暈《めまい》を感じ、暫らく、そこへ、佇《たたず》んでいた。

――これが、胃痙攣《いけいれん》というやつなんだろう。

私は、胃病の経験がなく、つい、暴飲暴食を重ねていたが、その報いがきたのだと、思った。そして、昨年の新聞社の集まりで、嘔吐したことや、今年になって、数度も、原因不明の下痢をしたことを結び合わせ、健康の不安が、急に、私を襲った。

それでも、容易に、医者へ行く気になれなかったが、半月後に、もう一度、胃痙攣のような異状を感じたので、私は、本郷台の病院の内科部長をしている友人を、訪れた。

「大したことは、なさそうですね。しかし、念のために、レントゲンをとってみますか」

友人は、丁寧な診察をした後で、そういった。

翌日に、私は、朝食をとらず、茶も飲まない注意を守って、その病院のレントゲン科へ行った。私は、胸部疾患もなかったので、レントゲンをとられるのは、初めてだった。何か、気味が悪かったが、待合室で順番を待っている患者たちが、皆、暗い顔をして、俯《うつむ》いているのが、一層、私の気分を、重くした。やがて、看護婦が、大コップに、白い壁土を溶《と》かしたような異様な、液体を持ってきて、全部、飲めといわれたのには、閉口した。喉にも通らない非食物を、私は、最大の努力で、腹に入れた。

私は、暗室に導かれ、青白い光りの瞬《また》く中で、主任医の長い診察を受け、最後に、写真をとられた。

普通なら、その結果は、翌日に知らされるのだが、友人の部長が頼んでくれていたので、午後に、写真もできるということだった。私は、二時頃に、再び、その病院に出かけた。

「どうも、あたしの意見と、少しちがう結果が、出てきましてね……」

もの静かな口をきく友人は、微笑を湛《たた》えて、そういうのだが、私は、彼が、わざと、そうしてる努力を感じ、軽くない事態を、覚《さと》った。

「レントゲン診察では、幽門の狭窄《きようさく》があるというんですね。それから、胃が、左側に寄って、ほかの臓器と、癒着《ゆちやく》を起してると、考えられるという……。これは、ちょっと、厄介なんですね……。いえ、癌《がん》だというんじゃありませんよ。癌というのではないが、捨てとくと、そういう悪い病気に移行する危険が、ないこともない。で、手術すべきだというのが、レントゲン主任の意見なんですがね……」

それは、鐘をつく撞木《しゆもく》のような衝撃を、私に与えた。私は、以前から、癌の診断をしても、医者は、絶対に、患者にいわぬものだ、ということを、聞かされていた。友人の医師は、ことさらに、癌ではない、癌ではないと、繰り返すけれど、幽門の狭窄や胃の癒着が、その疑いを持っていいことは、私の常識から、判断できた。開腹手術の必要があるというのは、そのことを、裏書きするのに、充分だった。

——いよいよ、来たな。

私は、突然に、眼前に展《ひろ》げられた、重大な運命を、知った。私の父は五十歳、母は五十八歳で死に、私も長寿を保つ人間でないと、予感していたが、満五十六歳で、死期がきたと、思った。

「しかし、こういうことは、誤診もありますからね。手術をなさる前に、他の医者に、診てお貰いになったら、どうですか。癌研究所に、あたしの同期生がいますから、一応、専門家の診察を求められてから後に……」

そういう言葉も、私には、慰めとしか、響かなかった。しかし、同道して貰う約束だけは、しておいた。

家までの距離は、そう遠くなかったが、私は、お茶の水橋を渡り切る間だけでも、ずいぶん、いろいろのことを、考えた。千鶴子には、すべてを話さなければならないが、麻理には、自然にわかる時まで、心配させる必要はないと思った。

家へ帰ると、千鶴子一人だけだった。

「おい、弱ったことになったよ……」

茶の間に使ってる洋室で、私は、今日聞かされたことを、すべて、妻に語った。見る見る、彼女の顔色が、変った。

「そんなこと、ありませんよ。ウソですよ、そんなこと……」

彼女は、麻理が、肺結核ではないかと、中野の医者にいわれた時と同様に、強い口調で、私の言葉を、打ち消した。彼女は、理窟をいわぬだけあって、ひどく、自分の直覚を、信じ込んだ。

「だって、しようがない。医者が、そういうんだから……。医者が、そこまでいったら、一つの宣告と、考えていいんだ……」

「そんなこと、ありませんよ。よござんすわ、あたし、明日、そのお医者のところへいって、聞いてきます……」

　彼女は、私を慰めるつもりか、どこまでも、強い調子を、続けた。

　私は、千鶴子に話してから、妙に、気がラクになった。入院して、手術を受けようその結果が悪ければ、それまでのことだ、というように、肚《はら》がきまった。ただ、私の死後に、千鶴子や麻理が、一生、生活に困らぬという財産が、できていないのは、可哀そうだったが、人間は、万全の幸福なぞ、望めないという諦めが、戦争の経験で、一層、私に、深くなっていた。

　その晩、私は、日米野球戦の放送なぞを聞いて、寝に就いた。ひどく、心が疲労した感じで、早く、眠りに落ちた。

　翌朝、眼が覚めると、急に、寂しくなった。べつに、体のどこにも、異状感はないのに、生命の危機が迫ってるというのは、かえって、胸を塞《ふさ》いだ。

　癌の手術をしても、よほど、早期の発見でない限り、五年と生命が保《も》たないということを、どこかで聞いたと、思った。

——うまくいって、五年の命……。

私が、一人で寝ている書斎は、元来、洋室であるから、鎧戸《よろいど》とカーテンで、窓が掩《おお》われているが、朝の光りは、薄明るく漾《ただよ》い、漆喰《しっくい》の天井に、反映した。白い天井のシミが、私の眼を捉えて、放さなかった。私は、今年の元日は、天気が悪かったことなぞを、思い出した。

しかし、私が、限りない寂しさを、味わっても、悶《もだ》え苦しまなかったのは、若い頃から、自分を、短命ときめていたからでもあったろう。私は、五十歳を越して、生きようなぞとは、夢にも、思っていなかった。今日まで生きたのを、モウケモノと思えば、思うこともできた。そして、生涯の大作というようなものを、まだ、書いてはいないけれど、とにかく、一個の文士として、自分の道を歩いてきた自覚は、ないでもなかった。今、死んでは、どうにも、死に切れないという気持は、遂に、私に湧かなかった。

ただ、寂しく、そして、麻理や千鶴子のことが、気になったが、今では、千鶴子も、離れ難い関係を、麻理に持っているし、麻理の方も、頼るべき肉親が他にないから、二人は、私がいなくなっても、手を繋《つな》いで、生きていくだろうと、思った。二人が、質素にやっていけば、十年ぐらいは、生活できる備えはあるだろうから、その間に、生活の道を講じるがいいと、思った。千鶴子は和裁、麻理はフランス語という、道があった。

やがて、台所の方で、千鶴子たちが、起き出した物音を聞くと、私は、慌《あわ》てて、家族についての考えごとを、止めた。

朝飯の時に、彼女等と顔を合わせたが、麻理は、何事も知らないから、平常の調子だった。千鶴子は、浮かぬ顔で、言葉も、少かった。恐らく、彼女は、昨夜、寝床の中で、いろいろのことを考えたに、ちがいなかった。

食後に、私は、習慣的に、書斎へ入ったが、さすがに、ものを書く気はしなかった。その頃、私は、S・T誌に、新しく、長篇を書いていた。A新聞からも、連載の申込みがあった。後者は、来年の約束だから、急ぐことはないが、前者の方は、私が、入院手術をすれば、休載の号ができるのを、免れなかった。といって、書き溜めをする気力も、時間も、既になかった。

私は、S・T社の社長が、以前、ある大学のレントゲン学の助教授だったことを、思い出した。そして、昨日、病院でくれたレントゲン写真を、彼に見せて、了解を求めようと思った。雑誌としては、連載小説を休むということは、大きな打撃なので、よほど、重大な理由がない限り、承知しないと、思ったからである。

午後になって、小雨が降り出したが、私は、S・T社に出かけて、社長に会った。

「心配ないですよ。これは……。癒着《ゆちゃく》も、狭窄《きょうさく》も、それらしい所見は、ありませんな」

彼は、レントゲン写真を、何度か、光線に透《す》かして見て後に、キッパリといった。ところが、私には、それが、虚言としか、聞えなかった。

――小説を休載されては、困るもんだから、おれに元気をつけるために、あんなことをいっている。

私は、そう思って、家へ帰った。

翌日の午前に、最初、私を診察した友人の医者が、自分で、小型自動車を運転して、私を迎えにきた。癌研究所で、診察して貰うのに、わざわざ、私を連れていってくれるというのである。

かなり、強い降りの中を、築地《つきじ》まで、車を走らせた。癌《がん》研究所という名が、重苦しい印象を与えたが、病院の空気は、意外に明るく、胃腸病の外来患者が、山のように、順番を待ってるのに、驚かされた。

友人の級友のT博士は、副院長で、癌の権威ということだったが、紹介されてみると、実業家のように、世慣れた人だった。私は、診察を受け、やがて、レントゲン室に導かれた。前の病院のレントゲン診察の倍以上、時間のかかる、診察振りだった。

やがて、T博士が、暗闇の中で、私の腹を叩きながら、いった。

「及第ですね。癒着も、狭窄もありませんな。或いは、小さな、潰瘍《かいよう》があるとも、考えられるが、とにかく、癌の心配はありません」

私の胸の中が、パッと、明るくなった。医者の用いるウソかと、瞬間、疑いも起きたが、彼の声の中にあるものが、それを、否定させた。

S・T社の社長と、T博士と、二人の言が一致したことで、私の疑いが、よほど解けたが、診察室に戻って、T博士が、

「無論、手術なぞの必要は、ありません。暫らく、薬をのんで、養生をして、二週間に

一度ぐらい、病院に来られたら、いいでしょう。二月《ふたつき》もすれば、たいがい、癒りますよ」

とまで、いわれると、もう、重病であることを、考えなくてもいいと、思った。

身が軽くなった想いで、私は、家へ帰った。麻理は、学校へ行っていて、千鶴子一人が、茶の間に坐っていた。

彼女は、無言で、私を出迎えた。

——どうでした？

その問いが、顔一ぱいに、溢れていた。私が、火鉢の側に坐り込むと、彼女が、寄ってきた。

「よかったよ。何でもなかった。胃カタルか、軽い潰瘍で、手術なんかしなくても、いいそうだ……」

私は、自分の早合点に、少し、キマリの悪さを感じながら、彼女にいった。

彼女が、喜びの声を発するかと、思っていたのに、暫らく、何もいわずに、私の顔を見ていた。やがて、彼女は、ドシンと、強く、私の背を打った。痛いほど、力の籠った一撃だった。

——何をする？

と、私は、疑ったが、それが、彼女の大きな愛情の表現だと、すぐ、理解できた。私は感動した。彼女も、眼に、一ぱい、涙を溜めていた。

「……あんなに、あたしを、心配させて……」

感情の余裕が出てくると、彼女は、弁解するように、口をきいた。

私たちが、夫婦になって、これほど、心の接近を感じ合ったことはなかった。

三五

その後も、レントゲン診察や、胃液検査を受け、私の病気は、大体、胃潰瘍ときまったが、進行型ではないということだった。服薬を続け、養生を守っていると、胃痙攣に似た発作は、起らなくなったが、少し、重いものを食べれば、背が痛んだり、胸につかえたりした。

早合点にしろ、死を覚悟した後ではあり、胃腸だけは、人より強いという自信が、覆《くつがえ》されたためもあって、私は、意気地のない、病人意識に、囚《とら》われた。

――静かな余生を、送りたい。

そんな気持が、しきりに、胸を往来するようになってる時に、大磯に住む雑誌関係のK君が、売家の話を、知らせてくれた。

私は、湯河原海岸に疎開中に、東京へ往復する車窓から、沿線の好適な居住地を、よく物色したが、結局、小田原か、大磯ということを、考えた。海があるだけでは、もの足りなく、山を背負い、町が古いということが、私の望みだった。そんなことを、K君に語っていたので、売家を探してくれたのである。

早速、私は、その家を見に行ったが、戦後の建築で、何の風情《ふぜい》もないのに、失望した。それでも、私は、一日も早く、東京を脱《のが》れたく、未練を起したが、家を調べるために、同行して貰った建築家は、一言のもとに、不賛成を唱えた。

「ダメでしたの」

帰って、そのことを話すと、千鶴子も、失望の色を、表わした。

彼女も、東京を離れることには、大賛成だった。もともと、田舎生まれの上に、内気な性質のためであるか、彼女は、彼女としての余生を、考えているらしかった。

「今度、家をお買いになるなら、地所だけは、広いところにして、下さいね。五〇〇坪ぐらいあるところにして……。あたし、鶏が、飼いたいの。鶏を、沢山飼って、暮せれば、ほかに望みはないわ……」

彼女は、私が田舎住いをする気になってから、度々、そういう注文を出した。彼女は、鶏が好きで、千駄ヶ谷にいた頃も、裏庭に、鶏舎をつくったが、一度は犬、二度目は鶏盗人に、全部、攫《さら》われてしまい、ひどく、悲しんだ。そして、それぎり、鶏を飼うことを、諦《あきら》めたようだった。

その望みが、再燃したわけだが、私には、彼女の気持が、よくわかった。子供の代りに、鶏が欲しいのである。千駄ヶ谷で、鶏を飼った時も、自分が不妊症であることを、医師から告げられた後であった。鶏という動物を、元来、好きなのだろうが、卵を生む鳥でなかったら、そんなに世話を愉しむ気になったか、どうか。

「そうだな、ぼくも、今度は、地所の広い家に、住みたいんだ」

私は、鶏の臭《にお》いが、あまり好きでないが、彼女の申し出では、容《い》れてやりたかった。

そのうちに、大磯のK君が、また、売家の話を、齎《もたら》した。

「今度は、まるで、環境がちがいます。駅に遠いのが、欠点ですけど……」

私は、再び、大磯へ出かけた。

それは、松林に囲まれ、裏山を背負った、古い家だった。持主の、品のいい老未亡人に、私は、地坪や建坪のことを、訊《き》いた。

「はア、地所は、五〇〇坪に、ほんのちょっと切れます……。家は……」

私は、咄嗟《とっさ》に、千鶴子の希望を思い出し、殆んど五〇〇坪の地所のある売家が、出現してきたのを、奇妙に感じた。

日を更《あらた》めて、私は、彼女と二人で、もう一度、家の検分に出かけた。晩秋の薄曇りの日で、松林の中に、落葉を焚《た》く煙が、漾《ただよ》っていた。

「ずいぶん、古い家ですね」

竹垣が崩れ、門が傾いてるのを見て、千鶴子がいった。

「台所なんか、ひどいもんだ。どっちみち、改築しなければ……」

しかし、家の中へ入って、外の様子を眺めると、彼女の眼は、輝いてきた。感じからいうと、一〇〇〇坪もありそうに、地内が広く見えるのは、裏の明地《あきち》の向うが、松と雑《ぞう》木《き》の林で、その先きは、京都あたりの松山のような、形のいい裏山で、眼を遮《さえぎ》るもののないせいらしかった。そして、裏庭には、青々と、菜《な》の生《は》えてる畑があり、数樹の蜜柑が、薄く黄ばんだ実をつけていた。私は、その裏庭と裏山の景色が、気に入り、北向きの八畳を、書斎に使えるという希望のもとに、この家を買う決心をした。

「ええ、ここならばね……」

いつも、あなたさえ、よければ——という態度を、見せる彼女だったが、この時は、明らかな同意を、顔に示した。

帰途は、東海道に出て、町の様子を見ることにした。

「ずいぶん、町まで、遠いんですね」

彼女は、心臓が悪いから、買物のために、長い歩行を気にしていた。

「いや、大磯は、最近、ご用聞きがくるんだそうだ。電話をかければ、すぐ、ものを持ってくるそうだ」

「それなら、有難いけれど……」

その頃、まだ、東京では、ご用聞きだの、配達だのということは、行われていなかった。

私たちは、大きな魚屋の前に出た。店さきにある鯵《あじ》やカマスでも、東京の魚とは、比較にならぬ新鮮さだった。私たちは、移転すれば、こういう魚が食べられることを、喜んだが、今日の土産に買って帰ることも、忘れなかった。魚屋は、奥の冷蔵庫から、とれたてのような、色のいい魴鮄《ほうぼう》や平目《ひらめ》を出して、私たちを、喜ばせた。私たちは、何か、遊山旅行をしたような気持で、汽車に乗った。

それから数日して、私は、その家の買約をきめた。

「大磯へ、越したら……」

当分、その言葉が、麻理も入れて、私たちの話の中心になった。いよいよ、東京を離れられるという喜びは、私と千鶴子のものだったが、新しい家へ住む期待は、麻理の胸にもあった。そして、考えてみれば、私がほんとの意味で、自分の家を持つというのは、今度が初めてだった。焼けた中野の家は、名義は私のものとなっても、姉からの遺品に過ぎなかった。

しかし、私たちは、すぐ移転するわけにはいかなかった。家の荒れ方が、あまりにひどく、その修繕や、客の多い私の生活に適《かな》うように、改築するには、三カ月ぐらいを要するらしかった。建築家が、改造プランを、何枚も持ってきて、私と相談した。台所だけは、千鶴子が、理想的なものにするというイキ込みで、建築家に、直接の注文を出した。

「パパ、お願いがあるのよ」

ある日、千鶴子が、私の部屋へきた。彼女が、私を〝パパ〟なぞという場合は、少し甘え気味で、そして容《ゆる》される見込みのあるネダリゴトを、持っていることが、多かった。

「なんだい？」

「改築の時に、もう一間、多くして下さらない？　麻理ちゃんの部屋ッてものがないと……」

「マア公は、嫁にいっちまえば、部屋なんか要らないじゃないか」

「でも、それまでの間だって、部屋がなければ、困りますわ。それに、あたしだって、病気でもした時に、寝る部屋がなくちゃ……。両方兼用に、一間欲しいッて、麻理ちゃんと、相談したの……」

　私は、戦争の経験で、大きな家へ住む愚《おろ》かさを、教えられた。今度の改築プランも、できるだけ、間数を少くすることにあった。麻理が、結婚するにしろ、しないにしろ、やがて、家を離れていく人間（フランスへ行くかも知れない）であるから、彼女の室は、旧《もと》の女中部屋を改造した三畳でいいと思っていた。しかし、麻理は、それに不満で、母親をつついたにちがいない。

「まア、Hさん（建築家）に相談してご覧」

　私は、そう返事をした。

　紳士的なHさんは、もう一度、プランを描き直すことに、イヤな顔をせず、彼女等の要求に従った。そして、同じ面積の中で、新しく、六畳一間が、生み出され、千鶴子の顔が立った。

　最後のプランができて、その家の半分が、改築のために、取り壊《こわ》される頃になると、千鶴子は、三越あたりへ出かけて、しきりに、台所用の家具の物色を始めた。

「とても、いい道具が出始めましたよ。ステンレスの流し台なんて、とても、立派で、戦前にもなかったわ。あれ、買いましょうよ。それから、大磯にガスがなくても、ガス台式のテーブルと、調理台と……」

その三つを、台所の窓側へ並べるのが、彼女の希望らしく、巻尺《まきじゃく》を持って、いちいち寸法を測ってきて、ちょうどいい工合に、三つとも納まるのを、見てきたと、喜んでいた。そして、一方の側《がわ》に、食品棚、食器棚を造りつけ、どんな品物を入れるとか、電燈も、中央だけでは、流し台が暗くなるから、その方へも一つつけるとか、彼女は、台所の工夫を、寝てからも、考えてるようだった。結婚した時は、何も知らなかったが、次第に、料理の腕を上げ、私の好みに合うものを、フランス料理なぞまで、こしらえあげるようになったのは、やはり、彼女が、台所好きの性分《しょうぶん》だったからであろう。そして、貸家住いばかり続けてきて、今度初めて、自分の工夫《くふう》の台所が持てるのを、よほど、喜んでるようだった。

実際、大磯の家は、彼女にとっても、〝ついの栖《す》みか〟になるべきものだった。私たちの年齢からいって、そう長い将来がある筈もなく、私も彼女も、移転は大嫌いだった。少しの不満はあっても、恐らく、そこに住みついて、まず、麻理が家を去り、私たちだけの老後生活が始まり、やがて、私が死に、そして、彼女も、鶏の世話をし飽《あ》きた頃に、息をひきとる――そういう予想は、寂しいよりも、むしろ、私たちの生活に、安定感を与えるようなものだった。それには、松林と、静かな山と、畑の多い環境が、保証人に立ってくれるような、気がした。

ただ、私たちはそれでいいが、束の間《つかま》でも、麻理を、道連れにすることは、躊躇された。私は、大磯に住むことで、彼女が、交友と疎《うと》くなりはしないかと、心配した。

「麻理さん、お出ででしょうか」

入口のベルを押して、訪ねてくる女の友人、男の友人も、その頃は、相当、殖えてきた。私は、彼女の友人が多くなることを望み、女にせよ、男にせよ、その友人が、どんな人間で、どんな風に彼女と接触してるか、知りたかった。フランス窓のガラス越しに、ソッと、観察することもあった。

いずれも、フランス語関係の友人らしかったが、女の友人に対する時は、彼女も、かなり、愛想がよかった。しかし、男の友人（たいがい、学生服をつけた東大生だったが）に対しては、どうも、ツッケンドンとしか思われない、応対をした。また、その学生たちのどれもが、温和で、秀才風で、どちらかというと、女性的でもある青年たちだった。遊びにくるというより、何か、用談でも足しにきたように、いつも、入口の立ち話で、男の友人が、家の中へ入ってきたことは、一度もなかった。

「あ、そう。じゃ、さよなら……」

麻理は、ブッキラボーに、用談を終ると、すぐ、家へ入った。

——あれじゃ、いけない。

いつも、私は、そう思った。私は、彼女が、そういう連中の一人と、恋愛を始めても、少しも、文句をいう気はない。むしろ、そうなることを（対手さえ選ぶなら）望んでいる。しかし、彼女の態度は、まるで、とりつく島もないといった風である。まるで、姉が弟に対するように、男の友人に、威張ってる。なんという、色気なさだろう。

或いは、異性の友人というものに、まだ慣れないのかも知れないが、それなら、彼等を私の家庭に入り易《やす》くして、交際させる必要がある。私は、彼女の友人たちを、一度、お茶にでも呼ぼうかと、よく、考えることがあったが、大磯へ越すと、そういう機会も、少くなってくる。麻理も、往復の乗物に、時間をとられるから、東京にいる時ほど、彼等と遊ぶ暇がなくなる。事実、大磯の家は、駅から遠く、寂しい場所にあるので、夜晩く、女の一人歩きは危《あやぶ》まれ、学校の帰りに、映画を見るということも、これからは、できなくなるだろう。

――麻理を、引っ込み思案にさせては、いけない、大磯へ越しても、それを、注意しなければ……。

それだけが、東京を去ることの心残りであった。

*

やがて、年が暮れ、年が明けたが、その冬は、前年に劣らず、寒かった。私は、約束のあったA新聞の連載小説を、初夏ごろから書くことになり、その材料調べを、東京にいるうちにやっておきたく、寒空の下を、歩き回った。新年匆匆《そうそう》から、私たちは、気忙《きぜわ》しかった。

大磯の家も、三月の中旬に、改築を終る予定で、道具類の買い集めに、よく、出歩いた。

二月初旬のある日の午後に、千鶴子は、神田郵便局へ、外国小包を、受け取りにいった。霙《みぞれ》でも降りそうな、寒い曇天だったが、彼女が勇んで出かけたのは、その小包が、いつも変らない、彼女の姉の厚意と、わかっていたからである。アメリカに長くいる、彼女の姉は、終戦以来、何度となく、砂糖や、チョコレートや、衣料の入ってる小包を、送ってくれた。この頃では、東京でも、大体、物資に不自由はなくなったが、それでも、アメリカの小包は、愉しみであり、郵便局から、到着の通知がくると、逸早《いちはや》く、千鶴子か麻理が、認印を持って、受け取りに出かけるのである。

やがて、千鶴子は、小包を抱《かか》えて、帰ってきたが、転ぶように、炬燵《こたつ》の中へ飛び込み、身を横たえた。

「どうしたんだ?」

「とても、お腹が、痛くッて……」

いかにも、苦しそうに、体を曲げていた。医者を呼ぼうかと、私が訊くと、冷え込んだのだから、じきに癒るといって、承知しなかった。

彼女には、そういう症状が、時々あった。つまり、冷え性の女の体質らしかった。そして懐炉を入れたりして、たいがい、回復するのだったが、その時は、下痢が始まり、翌日も、翌々日も、寝床から、起き上れなかった。私は、医者を呼んだ。単純な、食あたりだろうという診断だったが、特に、悪いものを食べた事実はなかった。

それでも、五日目に、彼女は、床を離れた。

「もう、大丈夫ですわ」

彼女の顔色は、まだよくなかったが、元気そうに、そういうので、私は安心した。

それにしても、東京へ帰ってから、私も、彼女も、元気な麻理でさえも、よく病気をすることを、気づかずにいられなかった。こんなに、家中で、病人が続くことは、曾てなかった。

――まア、いい。じきに、大磯へ越すのだから。

私は、不健康な東京の生活を、離脱するのが、眼前に迫ってるのを、喜んだ。

そして、二月の二十二日がきた。

その日は、暖かい晴れで、午前中に、千鶴子は、建築家のHさんと一緒に、三越の家具部へ行って、大磯の台所へ入れる家具類を、一切、買約してきた。中には、注文の品もあり、それが出来あがったら、全部を、直接、大磯の方へ、送らせる手続きにしてきたと、彼女がいっていた。

そんな話を聞いたのも、晩飯の卓上だった。その日は、私も忙がしく、外の仕事を終って、日暮れに帰ってきたからである。

私たちは、いつものように、晩飯を終った。食後、私は、ゴロリと寝転び、ラジオなぞを聞いて、眠気《ねむけ》がさしてくると、書斎の寝所へ引っ込む順序も、平常と変らなかった。気持が平静な日で、私は、じきに、熟睡した。何時間眠ったか、自分ではわからなかった。ふと、私は、麻理の声に、呼び覚まされた。

「パパ、起きてよ」

私は、快眠を妨げられたのだから、不愉快だった。

「なんだい、今頃……」

「ママが、なんだか、妙なのよ。苦しがって、唸《うな》ってるのよ」

私は、千鶴子が、此間の腹痛を、ブリ返したのだと、思った。

「何時だい、一体?」

「もう、六時よ」

私は、不承々々、起き上って、彼女たちの寝室の茶の間へ、向った。

ガランとした洋間の畳の上に、二つの寝床が敷いてあり、入口に近い方に、千鶴子が臥ていた。彼女は、東京風の掻巻《かいまき》を嫌い、常に、掛け布団に包《くる》まって寝るのだが、その布団の縞が揺れるほど、暴《あら》い呼吸をしていた。

「おい、どうしたんだ」

私は、すぐ、声をかけた。彼女が、烈しい腹痛に襲われてると思い、顔を覗くと、べつに、苦痛の表情はなく、眼を閉じていた。

「どこが、苦しいんだ」

私は、重ねて訊いた。速い呼吸が、唸《うな》り声さえ混えているのに、眉一つ動かさず、私の声が、全然、耳に入らないようなのが、不思議だった。

「ママ、ママ……」

麻理も、かなり、大声で呼んだが、答えはなかった。

——こりゃア、いけないぞ！

私は、母親が、脳溢血で死んだ時の昏睡症状を、思い出した。といって、千鶴子には、高血圧も、中気の遺伝もないから、脳溢血を起したとは、考えられないが、何か、重症に襲われたことは、明らかだった。

「おい、お医者さんを……」

私は、もう朝になるのだから、医者を叩き起してもいいと、思った。そして、柱時計を見上げると、意外なことに、時計は十二時四十分を、指していた。

「なんだい、まだ、夜半《よなか》じゃないか」

「あら、ほんと……」

麻理は、慌《あわ》てて、十二時三十分を、六時過ぎと見誤ったらしかった。私は、なぜか、そのことに、凶兆を感じた。

「困ったな……」

私は、考え込んだ。あまり馴染みのない医者が、今頃、往診を頼んでも、すぐ来てくれるとは、思わなかった。しかし、私は、S・T社の社長のことを、思い出した。医学者出身の彼は、千鶴子の体を、度々、診察してくれているし、住居が、二町ほど先きであるし、深夜でも、危急の場合を訴えて差支えない間柄だと、考えた。

「お前、Iさんのところへいって、容態を話して、すぐ来て貰ってくれ」

私は、麻理に、そういった。こんな夜更《よふ》けに、娘を外に出す危険も、私の頭に、浮かばなかった。私が、千鶴子の側を離れて、I氏を呼びに行けば、どんなことが起らぬとも限らぬ、という不安が、強かった。

麻理も、何の躊躇もなく、外へ飛び出していった。

その後で、私は、妻の側に坐ったまま、彼女の顔を、見続けた。

——とんでもないことが、起きるもんだ。

千鶴子は、どんな場合でも、人を驚かさない女だった。あらゆる意味で、彼女は、慎《つつ》ましい女だった。抵抗を知らない、細い竹のような性質だっただけに、私は、彼女が、慎重に、長い生命を保ち、不意の病気で倒れるのは、私自身だと、かねて、予感していた。現に、此間も、私は胃癌を疑われ、そうでないと判った時に、彼女は、私の体を擽《ぶ》ったが、私の体を擽つこともできないような事態が、いつか、回《めぐ》ってくると、私は覚悟していた。それが、まったく、反対の形で、現われてきたのである。

「おい、千鶴子……千鶴子……」

私は、少し間《ま》をおいては、彼女を呼んでみた。次第に、昏睡が覚めるとか、深さが変るとかいうことが、あり得ると思った。そんな、医学的な、ホンモノの重い昏睡が、彼女を襲ってるわけがないと、思った。

しかし、依然として、反応はなかった。ただ、気のせいか、呼吸の烈しさが減り、イビキのような唸り声も、弱まったようだった。ふと、私は、彼女の顔の美しさに、驚かされた。血色の悪い彼女の頬が、別人のように、バラ色に染まり、眉の黒さや、結んだ唇が、クッキリと、浮き上り、曾て知らない魅力を、湛《たた》えていた。

——きっと、これは、処女時代の顔だ。

その若々しさと、健康な美しさが、私に、そんなことを、感じさせた。とたんに、私は、彼女が可哀そうで、ならなくなった。こんなに、彼女を愛していたかと、思うような愛情が、胸一ぱいに拡がり、急激な涙と、変った。

その時に、ガタンと、扉《とびら》が開き、麻理が、S・T社社長と一緒に、入ってきた。老婦人社員に、医療カバンを持たせ、I氏は、態度も、表情も、まったく、医者に復元していた。私は、それを、頼もしく感じた。

「早速、拝見しましょう」

I氏は、すぐに、診察を始めた。すると、驚いたことに、昏睡の千鶴子が、左の手を動かして、起き上ろうとするような、動作を示した。

「いいですよ、奥さん、そのままで……」

I氏の言葉が、通じたのか、通じないのか、それぎり、彼女は、もとの状態に返った。

細かい診察を終ったI氏が、病床から少し離れた所へ、座を移した時に、私は、側へ寄って、無言で、診断を待った。

「脳血栓でしょう。やはり、例の心臓から、きてるんですよ……。厄介なことになりましたね」

Ｉ氏の声は、低かったが、夜更《よふ》けの静かさの中に、グヮンと鳴る音のように、私の耳に響いた。

三六

千鶴子の昏睡は、翌日も、翌々日も、続いた。

尤《もっと》も、麻理が、側へ寄って、

「ママ、わかる？」

と、訊くと、幽《かす》かに——厚い膜《まく》でも隔てたような反応で、彼女特有の微笑を、浮かべたことが、一度だけあった。こんな、重い病気になっても、彼女は、麻理にサービスしてるのかと、私は疑った。

そのくせ、私は、何度となく、彼女に呼びかけるのだが、全然、応答がなかった。

発病の翌日に、向い側の大病院の院長が、心臓病の権威ということなので、来診して貰ったが、病人の脚を槌《つち》で叩くと、よく動き、

「いや、これは、そう重い方じゃない。今日の午後にでもなったら、昏睡が覚めるでしょう」

と、いった。

私は、力を獲て、どういう回復の経過を辿《たど》るか、訊いてみると、昏睡は覚めても、右側の半身不随は残るかも知れぬと、意外な答えだった。

「それなら、脳溢血と、同じことじゃないですか」

「そうなんですよ。どちらが重いともいえぬ病気なんですよ」

そういわれて、私は初めて、千鶴子の病気の正体を知る、迂闊《うかつ》さだった。

彼女が、私の母のように、半身不随の臥床《がしよう》を続けるのか。いや、他のどんな女性が、あの状態に堪えられても、千鶴子には可哀そうだと、思った。あの内気な、遠慮深い女が、両便の始末まで、麻理とか、看護婦の手でやって貰うことになったら、彼女は、その悲しみと、恥じらいだけでも、死を望むだろう。

私は、彼女が、助かっても、死んでも、すでに、決定的なワナに落ち込んでしまったと思い、ことの重大さに、茫然とした。

院長の予測は外れ、彼女の昏睡が、続いた。発病の晩から、両便とも失禁《しつきん》があり、麻理が、その後始末をしたが、私は、娘が一つの報恩をしてると思って、悪い気持がしなかった。しかし、千鶴子の無言の声が、その度に、私の耳に響いた。

「麻理ちゃん、ご免なさい……」

その声は、悲しかった。

「あア、恥かしい。こんなことして貰うなら、あたし、死んでしまいたい……」

それで、私自身が、そういう世話をする時もあった。私と麻理と、交代に看病をしたので、自然、私の番の時に、そういう必要が起きた。しかし、私がやる時には、彼女の羞恥の言葉は、聞えなかった。

当時、看護婦を雇うことが、なかなか困難で、私たちが、病人の世話をしたのだが、炊事の方まで、麻理に負担させるのは、ムリだった。そして、千鶴子の級友に、人を頼むと、通勤の老婆を、やっと、連れてきてくれた。

それは、発病の翌々日だったが、その級友が、病人の枕許《まくらもと》に寄って、

「千鶴さん、いかが？」

と、声をかけると、千鶴子の顔に、幽《かす》かな、愛想笑いが、浮かんだ。

「ママ、わかる？」

と、麻理が訊くと、軽く、頷《うなず》きの動作をした。

私が、吸呑《すいの》みで、番茶を与えると、自分で吸い上げる力があることを示し、また、利《き》く方の左手で、体を捻じろうとする動作も、見せた。

昏睡は、続いていても、次第に、浅くなっているのではないかと、希望が湧いてきた。そして、彼女の眠り顔は、いよいよ、美しくなった。誰も、そのことをいわないのが、不思議であった。頰の色の美しさ、顔の若やぎ——まったく、娘時代に返ったとしか、

思われなかった。また、とても、素直な人相になり、彼女の暗さや、邪推癖のようなものは、想像もできないほど、カラリと、拭い去られていた。しかし、私は、このことも、なぜか、凶兆と感じた。

向い側の大病院の院長は、毎日、診察にきたが、こんなに昏睡が長く続くなら、栄養灌腸《かんちょう》やその他の手当をするのに、入院する方がよくはないかと、意見を、洩らした。それは、私も賛成だった。妻の重態が、世間に知れて、見舞客が多くなり、その応対だけでも、私の苦労になった。連日の看護で、麻理も、私も、感覚がボンヤリするほど疲れ、この上は、看護婦のいる病院に、任すべきだと、考えた。

その翌日の午《ひる》近く、病院から、数名の看護婦が、タンカを持って、迎えにきた。前年まで、ここの寮内に、彼女等の寄宿舎があったので、知り合いの顔も見え、私は、心丈夫に思った。そして、私も付き添い、慎重にタンカを動かし、エレベーターで、病院の五階の一室のベッドに、移されると、その刺戟《しげき》で、千鶴子は、眠っていた眼を開け、ジロジロと、周囲を見回した。

「S病院へ、入院したんだよ。わかるね」

私は、彼女に、囁《ささや》いてみた。S病院は、彼女もお馴染みの名であるから、そういって、安心させたかった。

彼女は、べつだん、反応を示さず、再び、コンコンと眠り始めた。私は、それが不憫《ふびん》で、涙ぐんできた。すると、私は、眠っている病人の眼尻にも、涙が溜ってるのを、発見して、驚いた。

——彼女に、意識があるのか。

昏睡とは、どういうことなのか、私に、わからなくなってきた。深い眠りは、外形であって、精神は、常と変らず、眼覚めてるのではないか。そうだとすれば、こんな、残酷なことはない、私は、そのことが知りたくて、医師に語った。

「いや、涙なんか、何かの刺戟で、反射的に出ますよ。精神が覚めてるというわけでは、ありませんな」

しかし、私は、今もって、そのことを、疑問に思っている。

その晩は、私たちも、初めて、全夜、眠ることができた。付添看護婦が、戦後の若い女とも思われない、実直で、優しい人だったのも、安心の一つだった。後から考えると、この一夜の休息は、救いであって、これがなかったら、私か、麻理か、どちらかが倒れるようなことが、起きただろう。

翌日は、日曜で、雨だった。麻理は、早朝のミサに、教会へ出かけ、私は、病院を見舞ったが、千鶴子の昏睡状態は、依然としていた。このように長く、昏睡が続くのは、よくないことだと、医師がいった。

私は、正午にも、病院へ行き、午後にも、出かけた。見舞客の合間を見て、ほんの一足のところだから、通うのに、骨が折れない。家のベランダに出れば、妻の病室の窓が、高く望まれるほど、近いのである。

四時頃に、病室を見舞った時に、付添看護婦は、汚《よご》れものの洗濯にいき、誰もいなかった。コンコンとして、眠る病人だから、いいようなものの、私は、病人一人だけ残されてることに、不安を感じた。人間が側《そば》についていないと、魔物が入ってくる――そんな迷信さえ、心に浮かんだ。

私は、ベッドの側のイスにかけて、暫らく、千鶴子の顔を、眺めた。私には、なにか、彼女の顔つきが、ちがってきたように思われた。此間《こないだ》うちから、彼女の顔に現われた、異様な美しさが消え、悲しい、険《けわ》しいものが、浮かんでるような気がした。

ふと、私は、彼女の呼吸が、速くなってる事実に、気づいた。しかも、吐く息に、いやな臭気が混り、次第に速度を増し、夜半《よなか》の発病の時と、似てきた。私が、狼狽し始めた時に、彼女は、嘔吐の発作をした。有り合わすタオルをとって、彼女の口の近くへ、持っていくと、緑色の痰を、夥《おびただ》しく、吐いた。

私は、廊下に跳び出し、通りがかりの看護婦を、呼んだ。

「容態が、変ったんです。早く、来て下さい」

しかし、そういう訴えに、耳のタコができているのか、見知らぬ院内看護婦は、すぐに、病室へ入ろうともしなかった。

「とにかく、見て下さい、とにかく……」

私は、彼女の腕を摑むようにして、病室へ連れ込んだ。

誰が見ても、異状は、明らかだった。その看護婦も、ちょいと、脈を見ると、直ちに、医局へ走り去った。

生憎《あいにく》、日曜のことで、院長も、主な医局員もいなかった。女医が、二人ほど来て、手当を始めた。それでは、心細いので、S・T社の社長に来て貰い、やがて、院長も、自宅から、駆けつけてくれた。

いつか、日が暮れ、夜になったことも、知らなかった。二時間おきのカンフル注射が、三十分おきになり、やがて、時間も計らず、行われた、電話で呼んだ麻理も、私も、病室の片隅に立って、医師と看護婦の働きを、見まもる外に、何もできなかった。病人の呼吸音が、変ってきて、暖房のスチームが、蒸気の弱くなった時に生ずる、ガーというような音や、ゴトンという音に似た響きを、立てた。

——あア、もう、ダメだ！

私は、そう感じた。院長が、彼女の体を、また、診察した。

「夜半から、明朝までのお命です」

彼の低い声が、私の耳の側で、聞えた。

——もう、いい。千鶴子、死んでもいいよ。お前が、半身不随で生きていたら、お前の地獄だ。

私は、眼を閉じ、そんな風に、思った。

三人の看護婦が、絶えず、喉の痰をとり続け、また、脈を見ていた。午前一時になると、痰のつまる音も、聞えなくなり、医師が危篤だといった。やがて、

「お最期です」

と、告げられたのが、一時二十五分だった。

私と、麻理が、その前か、後かに、尖《さき》に綿を巻いた箸で、千鶴子の唇を濡らしたが、その末期《まつご》の水は、私には不必要だった。その準備のために、看護婦たちも、何かの理由で、麻理も、病室を外《はず》し、私一人になった短い時間があった。その時に、私は、千鶴子の額《ひたい》に、唇をあてた。

「さよなら。長く、ありがとう」

私は、できるだけ、心を鎮《しず》め、彼女に告げた。彼女が私に献《ささ》げてくれた心に、ハッキリと、礼を、いいたかった。今まで、一言だって、彼女に対して、そんなことを、口にしたことはなかった。今は、スラスラと、いえた。

「おれだって、そう長くは、生きていないよ」

＊

告別式の三月一日は、雲一つない晴天だったが、ひどい寒波が、襲ってきた。通夜だの、人の応接に、クタクタに疲れた私は、モーニング・コートを透して、肌へ浸みる寒気に、まったく抵抗力がなく、ガタガタ、顫《ふる》え続けた。心も凍《こご》えて、反応を喪《うしな》った。人と話してる時に、何をいってるか、自覚もなかった。

棺の蓋《ふた》をする時だけ、私は、緊張した。というのは、前夜の夜半に、通夜の客が帰り、親戚と私だけ、棺前にいた時に、棺のある方で、ミシミシという音響を、聞いたからである。私は、千鶴子の顔や、指尖《ゆびさき》の色を、よく調べてみた。

習慣に従って、麻理が、火葬場へ行き、私は、門内へ引き込まれた霊柩車《れいきゆうしや》まで、棺を送った。霊柩車に、棺を押し入れる時に、私も、手を添えた。これが、千鶴子との接触の最後だということを、手が感じた。

車が、緩《ゆる》く動き出す時に、自然に、頭が垂れ、涙のとめようがなくなった。

——最後だな、最後だな。

主婦が、死んで、いま、家を出ていくという事実が、私の胸に迫った。その瞬間、妻というよりも、一家を支えてくれた女、麻理を育ててくれた女——その人が、私の頭一ぱいに、展《ひろ》がった。

私は、会葬の人に礼をいって、家へ入ると、すぐ壁画の間《ま》の中の炬燵《こたつ》に、飛び込んだ。広い洋間に、三枚ほど畳を敷き、そこに、親戚の者が、炬燵をこしらえてくれたのだが、モーニング・コートのまま、その中へ入ると、グッタリとなった。私は、何を考え、何を思う力もなかった。鎧戸《よろいど》を降《おろ》した暗い部屋の中で、一人でいられることだけが、何よりも、満足だった。

夕近く、麻理が、白布に包んだ骨壺を抱えて、帰ってきた。いつか葬儀屋が、鯨幕《くじらまく》だの、仰々《ぎようぎよう》しい祭壇だのをかたづけ、小さな祭壇をつくり、骨壺と、白い位牌を、その上に、置いた。

私は、大変、それが、意に適《かな》った。

「君、全部の花や、造花を、どこかへ、運んでくれないか」

私が、そういうと、葬儀屋の男が、変な顔をしたが、強《し》いて、意に従わせた。

意外なほど、諸方から、花や供物《くもつ》を貰った。生花や造花が、家の中は、廊下にも列びきれず、屋外に飾るほどだった。人も、多くきてくれた。私が死んだって、これ以上のことは、ないだろう。しかし、途中から、私は、それが、堪えられなくなった。千鶴子の亡骸《なきがら》を、麻理と二人きりで、家から送り出すことができたら――というようなことが、しきりに、念頭に浮かんだ。

室《へや》に充《み》ちる花の匂いや、ハデな色彩が、我慢がならなかった。葬儀屋の男たちが、一つ一つ、戸外へ運び出す度に、呼吸がラクになる気持だった。

祭壇を設けたのは、茶の間に使用してる広間だったが、私は、その部屋を、一刻も早く、平常に戻したかった。

また、手伝いにきている親戚《しんせき》や、知り合いの人にも、一刻も早く、帰って貰いたかった。中野にいた伯母が、寂しいだろうから、当分、泊るといったが、私は、喧嘩のような顔をして、それを、断《ことわ》った。

――麻理と、二人きりになりたい。

私の家に、千鶴子の死という大事件が、起ったのだから、私は、考えねばならない。千鶴子が、死んでしまったという事実を、よく摑まなければならない。とにかく、静かにして貰いたい。誰も、私を妨げないで貰いたい。麻理以外のものは、私には、まったく不用なのだ、と思った。

＊

そして、望みどおり、私は、麻理と二人になった。

しかし、ものを考えるどころではなかった。葬儀の翌日は、九時過ぎまで眠ったが、それでも、頭も、体も、ボンヤリして、自分のものとも、思われなかった。それに、私は、千鶴子の発病と共に、便秘が起り、いくら便所に通っても、ムダだった。それを、五日目に、服薬と灌腸で、やっと処理した。そして、葬儀が済んでも、S・T社で一切やってくれた葬儀事務の引き渡しとか、遅れ馳《ば》せの弔問客とか、昼間の用事は、多かった。

夜になると、通いの婆さんも帰り、麻理と、二人だけになった。食事の時に、いつも、千鶴子は、茶ダンスを背にして、私の隣りに坐るが、その跡が、ポッカリと、穴があいた。

「マア公、これから、そこへ坐ってくれ」

私は、娘に頼んだ。

――また、麻理と二人だけで、食事をするようになった。

中野時代から、何年振りのことであるか、算《かぞ》える気にも、ならなかった。最初の一、

の勢いをかりて、

二夜は、私たちは、千鶴子のことに触れた話をしなかった。三日目になって、私は、酒

「ママも、可哀そうだったな」

と、いうようなことを、まず、口に出した。

そして、あの寒い日に、小包をとりにいって、腹痛を起したのは、前兆だったという

ことから、二人で、いろいろ話し合ってみると、一週間ほど前の発病の時の記憶さえ、

混乱していることを、知った。

「そうよ、あの時、パパがきたら、ママは、ムリに、起き上ろうとしたのよ。それで、

パパが、体を抱《だ》いて、何度も、呼んだのよ……」

私は、そんな事実も、忘れていた。

麻理は、私を、ひどく、優しく、取扱おうとしていた。そんなに、労《いたわ》ってくれなくて

もいいと思い、一面、それに甘える気持もあった。また、人の親切が、ひどく、身に浸

みることがあった。ヤミ魚売りの婆さんが、粗末な線香を届けてきたりすると、自分で

もおかしいほど、感動を受けた。ある旧海軍中佐は、私が、戦争中に、その人の著書に

序文を書いてあげただけの関係なのに、葬儀の日に、朝早くきて、黙々と、庭の掃除を

したり、翌日は、往来や邸内の道しるべの貼紙を、丁寧に、剝《は》がして帰ったが、そうい

う行為の床《ゆか》しさが、平常の倍も、心を動かした。

日を経《ふ》るに従って、私の寂しさは、妻恋《つまご》いの形を、とってきた。あらゆる瞬間に、千

鶴子のことが、考えられた。そして、彼女の欠点を、精神的にも、肉体的にも、考え出すことができなくなった。死際《しにぎわ》の美しい顔が、いつも、眼さきに、チラついた。彼女との閨房《けいぼう》の記憶さえ、アリアリと、眼前に浮かんだ。

――おれは、こんなに、あの女を愛していたのか。

私は、驚くほどだった。彼女が生きていた頃、亡妻のエレーヌが、常に、私の頭のどこかにいて、彼女との比較が、よく、私を嘆かせた。エレーヌなら、こんなことはいわない、しない――そんなことを、よく、考えた。

驚いたことに、千鶴子が死んだ途端に、エレーヌの面影が、どこかへ、飛んでいってしまった。そして、エレーヌの席に、千鶴子が坐り、その映像は、遥かに濃く、強くなっていた。

――なぜ、こんなことになるのか。死んで、間もないからか。それとも、外国人ではない、血の繋《つな》がりのためなのか。

私は、彼女を愛して、結婚したのではなかった。麻理の母親として、適当な女と思って、一緒になったのだ。事実、彼女が、気に入らなくて、体に触《さわ》られても、ゾッとするような時代が、あったのだ。それが、いつ頃からか、変ってきた。ことに、四国の疎開頃から以後は、私にとって、なくてはならぬ女になってしまった。

――歴史なんだ。年月なんだ。

私は、そう結論した。エレーヌとは、七年間の夫婦だったが、千鶴子は、十七年間の同棲を続けたのである。そして、麻理というものがいたために、私たちは、かえって、普通の夫婦の知らない、こまやかな心遣《こころづか》いを、交換することができたのかも知れない。とにかく、麻理の母親にと思って、結婚した女が、私のための妻になってしまった。選びに選んだ挙句に、やっと見出したような、妻になってしまった。

夫婦というものは、一朝一夕のものではないことを、私は、シミジミ考えた。といって、私は我儘《わがまま》一杯にふるまい、何の努力をしたわけではないけれど、共に生きる時間、触れ合う時間が長いと、小石を積み上げるように、愛情の山ができてくるのであろう。私は、知らないうちにできた山を見て、驚いてるにちがいない。

――そして、おれは、そういう妻を、喪《うしな》ったのだ。

私は、絶対に、とりかえしのつかない損失を感じ、自分の不幸が、容易ならぬことを、知った。

一しきりの私だったら、こういう時に、酒を飲んで、自分を紛《まぎ》らせたろう。胃癌嫌疑のショック以来、私は、医師の許す以上の量が、飲めなくなっていた。それでなくても、千鶴子の死去が、胃に悪い影響を、与えていた。胃潰瘍と精神との関係を、私はバカにしていたが、また、背の痛みが始まったり、食物の停滞感が、起っていた。従って、酔うほど、酒を飲む勇気もなく、気分は、鬱屈する一方だった。

私は、千鶴子の死で、延期して貰おうと思ったA新聞の小説を、予定の期日に書き始めた方がいいと、思い直した。その準備をすることで、気が紛《まぎ》れるだろうと、思った。

また、私は、できるだけ散歩に出たり、寮内の庭で、少年とキャッチ・ボールをしたり、体を動かすことを、計った。しかし、夕暮れになってくると、どうにもならず、心が沈んだ。麻理と二人きりで、食事を始めると、山寺のように、四辺《あたり》が静かだった。千鶴子が生きてる頃も、私は、食事の時に、あまり口をきかなかったが、麻理と二人だと、唇が封緘《ふうかん》されたようになった。

それでも、初七日とか、二七日《ふたなのか》だとか、法事ということは、一つの救いであった。昔の人は、死者に対する苦痛を、和《やわら》げるために、忌日の供養を、考え出したのではないか。もう、何日過ぎた——という考えが、一つの救いになるのである。その証拠に、読経《どきょう》を聞いてると、涙が一ぱい流れてくる。泣けるということは、感情の一つの和《やわら》ぎなのである。

千鶴子の父親は、老衰したので、葬儀にも、出京してこなかったが、郷里の墓地へ埋めるために、分骨を望んできた。三七日の忌日に、千鶴子の納骨式をすることになっていたので、その日に、寺の住職に、分骨をして貰うことにした。

私自身も、小さな祭壇の上の白い包みを、早く、地下へ葬りたかった。しかし、その日の前日は、午後になると、気が沈み、散歩に出ても、庭を歩いても、ダメだった。夕飯の時に、ついに、私は、禁を破り、三合の酒を飲んだ。

久振りで、私は、酔った。そして、食後に、ゴロリと、畳の上に、寝転んだ。麻理は、食器を洗うために、台所へいっていた。

私が晩食後に、うたた寝をすることは、珍らしくなく、そういう時に、フワッとした感触を覚え、眼を開くと、必ず、千鶴子が、掻巻《かいまき》とか、毛布をかけてくれていた。それを気づいて、再び、眠りに落ちるのが、私の癖だった。

ふと、私は、肩の寒さに、眼を覚ました。誰もいない部屋に、明るく電燈がついていた。また、眠ろうとして、眼を閉じかけた時に、餉台《ちゃぶだい》を隔て、茶ダンスの前に――いつも、千鶴子が坐っていたところに、彼女がいた。

見覚えのある、鼠色に紫の小紋のある羽織をきて、彼女が、心配したり、悲しんだりしてる時の姿勢――首を、深く垂れ、両手を、膝に置いて、坐っていた。顔は隠れて、見えなかった。

――おや？

私は、眠い眼を、一心に、開こうとした。すると、彼女の姿が、坐ったまま、二尺ほど、水平に、右の方へ動いた。

「おい、千鶴子……」

私が、起き上って、そう呼んだ時に、シャボン玉が破れたように、幻が消えた。

そんな、異様な経験をしたのに、私は、少しも、不思議な感じが、起らなかった。自分の幻覚か、それとも、死者が姿を現わしたのか、というような疑いや、迷いが、全然、頭に浮かばなかった。ただ、何か、大きな感動をしているが、それを、麻理を呼んで、話そうという気にはなれず、自分ひとりで考えたいと、書斎へいって、寝床にもぐり込んだ。

三七

私は、千鶴子が生きてる頃、彼女と別れるとか、彼女が死ぬとかいう空想を、ずいぶん、胸に描いたことがある。彼女の束縛から離れたら、さぞ、ノビノビするだろうと、思った。

ところが、何という現実が、生まれたことか。私の気持は、まるで、恋女房を亡くした男と、変らなかった。明けても暮れても、彼女のことばかり、考えている。葬儀の時に引き伸ばした、彼女の写真の前へ、坐り込んで、考え込んだりする。朝起きる時、午後三時頃から夜にかけて、気が滅入って、堪《たま》らない。

――あいつの欠点を、探し出してやれ。

私は、妻恋いを忘れるために、彼女のアラを、思い浮かべようとするが、ダメだった。あんなに、よく知っていた、彼女の欠点が、考え出せず、反対に、美点ばかり、算えることになる。

――あんな、いい女はなかった。

そんな讃美が、感傷のさせる業《わざ》だと、よく承知している。また、賞めてやるなら、生きてるうちに、したらいいとも思う。しかし彼女が死んでから、そういう気持になったのだから、仕方がない。

「いや、別に、寂しいッてわけじゃ、ないんですよ。ただ、不便なんですよ。それで、閉口してるんですよ」

人から、慰められると、私は、きまって、そういう返事をした。いい年をして、妻恋いなぞと、思われたくないという心理があった。しかし、まんざら、ウソをいってるとも、思わなかった。

糟糠《そうこう》の妻を喪《うしな》ったことを、車の片輪が外《はず》れたという比喩《ひゆ》をするが、それが、私の実感だった。確かに、生活の車の一方の輪が外れて、傾きかかるのを、必死に、曳いてる感じがした。ひどく、重く、ひどく、曳きづらい。生活とは、こんな厄介なものかと、ツクヅク、感じさせられるのである。妻を喪った悲しみと共に、主婦がいなくなった不便さが、骨に徹するのである。

二十年近く、一緒に、生活を運行してきた根深い習慣ができてるのに、急に、一人になって、マゴつくのが、あたりまえである。死の翌日から、家の中に起った大変化に、困惑し、狼狽し、そして、それが、結局、妻恋いの感傷に、結びつくのである。

——あいつが、生きていてくれたら……。

葬儀から、一カ月ほどして、麻理が、風邪で、床についた。通勤の女中は、九時頃でなければ、顔を出さないので、私が、室を掃除して、ガスで湯を沸かし、パンを切り、朝飯をつくる。それが、四、五日続くと、面倒臭さに、泣きたい気持だった。

　そして、前途に、明るいことは、一つもなかった。大磯へ移転して、新しい生活に入るという希望も、すっかり、失われてしまった。移転しても、妻のいない生活の混乱は、増大こそすれ、消えるわけはなかった。エレーヌの死んだ時は、私も、まだ若く、彼女の代役を勤める実力があったが、今度は、主婦のすることを、肩に担《にな》うなんて、想っても、気が滅入った。勿論、今度は、麻理が成長して、主婦代りの仕事をするだろうが、私は、それが、嬉しくなかった。彼女を、家事に縛《しば》りつけることは、彼女も不満だろうが、私も、不愉快なのである。娘の世話になるのを、満足する親もあるが、私には、縁の遠い気持だった。それに、千鶴子が死んでから、麻理に対して、私は、妙な心の隔《へだた》りを、持つようになった。

　一言でいえば、それは、遠慮だった。娘が、料理をしたものは、無論、千鶴子のようにはいかない。また、私の身の回りを、世話しようと、心がけているらしいが、気のつかないことだらけである。そういうことに、私は、内心、眉を、しかめているのだが、決して、口に出す気にならないのである。千鶴子には、ガミガミいったくせに、なぜ、麻理には、そういう気持になれぬのか。普通の娘以上に、人生苦を共にしてきたのだから、隔てなく、何事でも、いったらいいではないか。

　それが、できないのである。かえって、千鶴子が生きていた頃の方が、彼女に、自由に、ものがいえた気がする。千鶴子が死んで、麻理は、急に、一個の人格となり、私と遠くなったような気がする。彼女は、彼女として、生きる権利を持ってるのだから、私の犠牲にはならず、また、そうしたくもない。大磯へ越しても、彼女は、東京へ通学させ、家事の煩《わずら》いから、自由にさせてやりたかった。

私も、その方が、イライラしながら、娘の世話になるより、よほど、気楽だろうと、考えられた。しかし、当然の結果として、私が、家内の雑事を背負い込まねばならなくなる。それには、もう、堪える力がなかった。

その頃から、私は、家政婦——文字通り、家政を担当してくれる女を、雇い入れるつもりになった。そういう女と、女中一人とがいれば、大磯の生活も、どうやら、やっていけると、思った。

諸方に依頼したので、いろいろな女が、訪ねてきた。雑誌関係の人に頼んだ女は、婦人記者上りで、ペラペラ喋《しゃべ》り、彼女自身が読書する一室の提供を、望んだ。友人が寄越してくれた老未亡人は、四人の子供を抱えていた。知り合いの料理屋が、紹介してきたのは、三味線でもひきそうな女だった。

私は、そういう女に会うのに、麻理を同席させ、後で、彼女の意見を求めた。知らずして、私は娘を、大人扱いにし始めた。

「そうね……」

彼女は、容易に、意見をいわなかった。しかし、最後には、何とか、判断を下したが、奇妙に、私は、それに従う気になるのである。以前には、見られぬ心理だった。

しかし、これは適当と思うような家政婦は、一人もなかった。下働きの女中すら、容易に、見出されなかった。

——あア、面倒だな。大磯の家は、叩き売って、アパートへでも、住もうかな。

実際、何のために、家を持ったり、家具を備えたり、食事の支度をするのか。私には、家庭というものが、すでに、なくなったではないか。少くとも、家庭を持つ必要が、なくなってるではないか。麻理は、やがて、結婚するか、フランスへ行くか、とにかく、私の許《もと》には、長くいない。その短い間も、彼女を、私の共同生活者と、見做《みな》すことは、できなくなっている。

——千鶴子が死んで、家族が、三人から、二人になったのと、ちがうようだ。三人から、一ぺんに、一人になったのだ。

私は、そういう発見をした。人間は、いつも、孤独《こどく》だという考えに、私は、慣らされていたが、千鶴子が死んで、孤独の実感が、こんなに身に浸みるとは、思わなかった。彼女の葬儀が済んで、三日も経たないうちに、私は、烈しく、再婚の欲望に、襲われたことがあった。誰でもいい、側にきてくれ——というような、感傷的な要求だった。それは、一時の惑乱としても、その後も、私の心の底のどこかで、私を慰めてくれる一人の女を、求めていたことは、確かである。

——女を忘れるには、女がいい。

そんなことさえ、考えたことがある。

その頃、小説の取材の調べで、私は、何人かのダンサーに会ったが、そのうちの三十代の女が、一番魅力があり、浮気をするのならば、恰好の対手《あいて》だった。

——もう、誰も、ヤキモチを焼く者がない。浮気をしたって、一家の波瀾を起す煩《わずら》いもない。

いわば、絶好の機会と、思ったが、思うだけで、実行の気力が、湧かないのである。心労と体の疲労で、私の性欲が弱ってるせいもあるが、私の女欲しさの中に、やはり、千鶴子が、力強く、残っていたのである。浮気するにせよ、妻とするにせよ、想像の対手の気質や体質に、千鶴子を求めていた。もしも、あの頃、彼女とソックリの顔つき、体つき、そして、気立てのよく似た女がいたら、恐らく、私は、飛びついたであろう。思わしい家政婦がなくて、私は、一度、手伝いにきたことのある千鶴子の姪を、四国から呼び寄せようと考えたが、その心の奥に、女欲しさがないとはいえなかった。なぜなら、彼女は、顔も、どこか、千鶴子に似て、優しい、素直な女だったのである。

しかし、エレーヌの死後も、私は、当分、妻恋いというような気持を、味わった。彼女が忘れられず、日本の女が、無味で、愚劣で、堪えられなかった。千鶴子に、最初、あきたりなかったのも、その後味《あとあじ》が、残っていたからである。慣れたものに、離れ難くなるというのが、私の性格なのかも知れない。

そして、今度は、エレーヌが消え、千鶴子が残った。

＊

四十九日の法要を済ませて、間もなく、私たちは、大磯へ移った。

アパート住いの決断も、遂に起きず、気分一新を唯一の頼みに、改築のできあがった家へ、入る気になったのである。家政婦を——格別、気に入ったわけではなかったが、一人、雇い入れたのと、大磯で、通勤の女中の志望者があったことも、移転の一因であった。

戦災で、ずいぶん焼いたと思った家具も、いつか、トラック二台分ほどに、殖えていた。その荷造りや、荷解《にほど》きに、妻のいない不便さを、どれだけ味わったか、知れなかった。しかし、一応、家の中が、かたづいてみると、松の間に、八重桜が咲き、エニシダが満開の庭や、裏山の静かな眺めが、心を休ませた。

——やっぱり、越してきて、よかった。

そう思うことが、多くなった。

私は、北向きの八畳を、書斎ときめ、床側の棚に、原稿や用紙を入れる舟ダンスを置き、その上に、千鶴子の写真を飾った。四十九日が過ぎたので、祭壇を除き、写真も、黒いリボンを外した。

新しい住居は、確かに、喪の気分を変えてくれた。玄関、応接間、麻理の部屋、台所、湯殿、便所は、改築というより、新築なので、木の香が、プンプンした。ことに、台所は、千鶴子の設計どおりに、広々と、便利にできていた。彼女が注文した流し台や、料理台の金具が、ピカピカ輝いていていた。

　そして、裏庭は、蜜柑や、イチジクの樹が、生えてるだけで、畑作りなら、女一人の手に余る土が、拡がっているし、鶏舎《けいしゃ》を建てるなら、何百羽も飼える、余地があった。

「一日でもいいから、この家に、入れてあげたかったわ……」

　弟の妻が、訪ねてきて、そういった。ほんとに、その通りだった。

　しかし、ある夫人は、こうもいった。

「いいえ、奥さまは、大磯の家に、心残りなんかありませんわ。そんな、小さなことより、もっと、大きな満足で、お亡くなりになったと、思いますわ。女が、自分の身を献《ささ》げつくしたッていう満足は、比べるものがないんです。あたしは、奥さまが、とても、お羨《うらや》ましくて……」

　私は、暫らく、その夫人の顔を眺めた。私を慰める言葉なのか、それとも、真理をいってるのか、見定めたいと、思って——

　やがて、千鶴子の百日忌がきた。

　初夏らしい、美しい晴天で、松の花が、縁さきにこぼれ、春蝉《はるぜみ》が鳴き、富士や箱根の山々が、青く見えた。麻理と、東京へ行って、寺で法事をし、谷中《やなか》の墓へ詣《まい》ってから、席に列した話術の大家T夫妻と、丸ビルで食事をしてから、一緒に買物をした。私は、なにか、気分が、軽快だった。それは、明らかに、百カ日の法事を済ませたということが、影響していた。昔の人の智慧が、私に、働きかけてるのだった。もう、一周忌まで、法事というものがなく、一時期を終ったという意識が、不幸に沈む心を、軽くしてくれるのだ。

私は、洋品店に入って、ネクタイを買う気になった。

「あら、ずいぶん、ハデなのを、お買いになるのね」

T夫人は、遠慮のない仲であるから、私をヒヤかした。

そういわれて見ると、私が選んだネクタイは、街のアンチャンでも好みそうな、色と柄《がら》だった。

「当然ですよ、あたしは、独身者ですからね」

私は、照れかくしをいったが、確かに、それは、私の気分の移り方を、示していた。

その頃から、曲りなりにも、新しい生活が、始まった。それは、駿河台の家で、千鶴子と設計した生活とは、まるで、ちがったものだった。私は、隠栖《いんせい》の気持になることもできず、といって、何の積極的な目当てもない、生活だった。自然に、水の流れが、溝をつくっていくような、生活だったが、とにかく、定まった日常が、できてきた。つまり、千鶴子のいない生活と日常が、嫌でも応でも、形づくられていくのである。

私は、毎朝、六時頃に起きて、寝所の書斎から、茶の間の八畳へ出てくると、麻理も、自分の部屋から、姿を現わす。私たちは、コーヒーとパンで、食事を始める。そして、食後に、新聞を読んでから、私が書斎へ入る頃には、麻理が、

「行ってまいります……」

と、声をかけて、東京の学校へ、出かける。彼女も、この頃は、汽車の通学に慣れて、駅まで、八分で達するようになったと、威張っていた。

私は、正午までに、A新聞の連載小説の一回分を書き上げ、その時刻に、受け取りにくる記者に、原稿を渡し、一人で、午飯《ひるめし》を食う。魚屋がきたと、家政婦が知らせてくると、晩食に、どんな魚が食いたいか、品書《しなが》きを見て、考える。午後は、畑道や、海の方へ、散歩をしたり、来訪の人に会う。日が暮れて、麻理が、帰ってくる時と、遅れる時がある。後の場合は、また、一人で餉台《ちゃぶだい》にむかう。胃の工合が、引き続きよくないから、一合ほどの酒を、水を増して飲む。それでも、一日中で、その時間だけが、ホッとする余裕を、感じさせる。寂しいといえば、寂しいが、微《かす》かな酔いに任せて、空想もできれば、考えごともできる。そして、食後は、ラジオでも聞いて、九時になると、寝てしまう。

麻理と一緒に、夕飯を食べる時には、私は、できるだけ、口をきくようにした。ほんとは、黙って、空想してる方が、気はラクなのであるが、私は、彼女を、陰気な気持に、引きずり込むのを、惧《おそ》れた。

それで、一日が終り、また、同じような一日が、始まった。執筆中ではあり、私は、できるだけ、出京を避け、印刷したように、規則的な毎日を、送った。それが、千鶴子の死で受けた打撃を、早く、癒《いや》すのではないかと、考えた。

そういう平凡な、薄暗い日常が、かえって、今度の新聞小説に、ハデな、騒がしい調子を、求めさせたのかも、知れなかった。『自由学校』という題の小説であるが、私は、およそ、私自身と縁遠い人物や、環境を選び、空虚な自由の名の下に、ガヤガヤする世の中を、書こうとした。尤も、お茶の水の崖下の生活は、駿河台にいた時に、庭の樹蔭《こかげ》から覗いた見聞が、役に立った。

この小説は、評判よく、書き終らぬうちから、東京の全部の映画会社から、中込みが集まった。私の作品としては、『海軍』に列《なら》ぶ人気を獲たわけであるが、その割りに、私は空《むな》しい気持だった。やはり、気が沈んでいたからだろう。

そんなことよりも、私は、大磯の生活という城を、早く、築き上げたかった。千鶴子がいず、麻理も、一日の大半はいないが、それなりに、限られた条件のもとに、私は、生活気分の安定や、調和を、見出さなければならない。千鶴子のいないことを、嘆く代りに、彼女がいないでも済む生活を、早く、身につけねばならない。

私は、大磯の空気のいいことや、静かなことや、魚や野菜が新鮮なことなぞに、満足を求めようとした。隠栖の計画は、頓挫《とんざ》したが、ここに尻を落ちつけて、仕事をしようという気は、次第に、固まってきた。それには、生活を、できるだけ簡単にし、正直で、長く使うことのできる老婢でも雇えば、何とか、やっていけると、思った。

主婦代りに、家政を任せる女なぞ、容易に見出されるものでないことが、次第に、わかってきた。私は、家政婦に暇を出し、普通の女中を、二人、雇い入れた。役に立たなくても、その方が、気がラクだった。そのうちには、昔気質《かたぎ》の老婢を、探し当てられると、思った。

麻理は、学校の休みの時には、台所に出て、料理をした。若い女中が、ほとんど、料理を知らないので、彼女が、その役を引き受けることになるが、洋食風のものや、揚げものの方が、得意であった。

「なかなか、うまいよ」

私は、食膳で、彼女を賞めることもあったが、半ばは、お世辞だった。料理は、必ずしも、まずくはなくても、彼女は、肉食を好むから、それが、私の胃の負担になるのである。

千鶴子の死以来、私の胃病は、再発気味で、胸がヤケたり、痛んだりする時が、多かった。大磯へ越してから、病院には、度々行かぬが、服薬は、続けていた。胃病ばかりでなく、私の食物の好みが、もう、老人臭くなっているのである。淡泊な魚類や、軟かく煮た野菜や、湯葉や豆腐のようなものが、口に合うのである。

しかし、そんな食物が、血気旺《さか》んな、二十五歳の娘の食欲を、満たすわけがなかった。そして、私は、彼女に、老人食を強いる、勇気もなかった。

——まア、そのうちに、婆さん女中と、二人きりになってからのことだ。

そういう方面でも、私は、自分の年齢に順応した生活に、切り変える必要があった。

日曜や、授業のない日に、麻理は、朝から、家にいたが、何か、ションボリしているようで、私は、大磯で、彼女の友人ができればいいと、思っていた。隣家に、同じ年輩《ねんぱい》の娘がいて、時には、往来するようになり、夏になって、一緒に、海水浴に出かけたりすると、私は、喜びを感じた。

そのうちに、彼女は、大磯のテニス・クラブに、入会するようになった。ロクに、テニスもできないのだが、そのクラブというのは、つまり、別荘人種の青春の集まりで、日曜になると、ショートを穿《は》いたお嬢さんや、ハデなスエーターを着た青年が、ラケットを抱《かか》え、自転車へ乗って、コートへ通う姿が、土地の風景の一つだった。

そんな仲間に入るのも、麻理の気分を明るくするかとも思い、私も、賛成だった。日曜の午後に、彼女が、コートへ出かけるのが、習慣となったが、テニス会の幹事の青年が、打合せの必要で、よく、家を訪ねてきた。

「麻理さん、お出でですか」

大学生らしい青年が、裏口から、声をかけた。私は、駿河台にいた時と同様、茶の間で、彼と応対する麻理に、聞き耳を立てた。

「あ、そう……」

愛想も、コソもない、彼女の声が、聞えた。ニコリともしないという顔つきが、私の眼に、ハッキリ、浮かんだ。そして、青年の方が、優しく、社交的であることも、駿河台の時と、変らなかった。瞬《またた》く間に、用談が済んで、彼女は、茶の間へ、帰ってきた。

——これじゃ、ボーイ・フレンドも、できるわけがない。

私は、落胆した。そして、わが娘ながら、一体、これは、どういう生まれつきなのだろうと、考えずにいられなかった。

尤《もつと》も、友人からの手紙は、よく来た。女の友人からのが、多かったが、中には、男の名前もあった。郵便物は、彼女が学校へ出かけた後に、配達されるので、女中の持ってくる郵便束《たば》の中から、自然に、彼女宛のものにも、眼を触れるのである。

やがて、夏が過ぎ、秋がきた。大磯の秋は、案外、よかった。海浜地だが、山があり、野があるためであろう。そして、四国で迎えた秋よりも、もっと、静かで、シミジミとした気持がするのも、やはり、生活が、落ちついてきたからにちがいなかった。車の片輪を、喪《うしな》ったような生活も、ガタピシするままに、慣れを生じてきたし、初めて所有したわが家屋と、土地に住むことは、一つの安心を、与えるらしかった。

その頃、私は、麻理にくる郵便の中で、二枚の切手が貼ってあるような、厚い手紙が、再三、眼につくようになった。活字のような、劃《かく》の正しいペン字で、鍋島直昭《なべしまなおあき》という発信人の名が、書いてあった。

「何だい、これは？　華族さんかい？」

私は、学校から帰った麻理に、手紙を渡す時に、訊《き》いてみた。

「ウウン、ちがうわよ。東大の仏法科の人で、日仏学院に、フランス語習いにきてるの……」

彼女は、平然と、答えた。

私は、気にも留《と》めなかった。学校で会ってる友人なら、手紙を寄越す必要もないわけだが、そんな不審さえ、心に浮かばなかった。私の頭には、いつも、男友達にブッキラボーな顔つきをする彼女しか、浮かばなかった。

秋の半ばのある日だった。

朝のうち、暴風雨があったが、やがて、静かになった。私は、肩が凝って、指圧の治療を受けた。指圧師が帰って、私は、茶の間で、茶を飲んでると、その日は、学課のない麻理が、自分の部屋から出てきて、私の前へ坐った。

「パパ、今度の金曜日、閑《ひま》？」

彼女が、普通の調子で、訊いた。

「あア、たいがい、家にいるよ……なぜ？」

私も、平静に、答えた。

「あのね、鍋島さんという人が、家へくるの。パパ、会って下さらない？」

今度の質問も、何気なく、聞えた。鍋島というのは、此間の手紙の主と、すぐ、わかったが、何のために、私に会いたいというのか——たぶん、文学好きでもあるかと、思った。

「あア、いいよ……」

私の答えを聞くと、彼女は、暫らく、黙《だま》っていた。

「あのね、パパ……」

「なんだい?」

「鍋島さんという人ね、アンドゥール先生に相談したら、とても、いい人だって仰有《おつしや》るの。パパも、あの人なら、きっと、満足するだろうッて、仰有るの……」

「え?」

私は、自分の耳を、疑った。何を、いい出すのか。彼女は、突然、私に、婚約の許可を、求めているらしいではないか。すでに、鍋島という青年と、結婚する意志を固め、日仏学院のフランス人教師で、有名な神父のアンドゥールさん(麻理を可愛がってくれることは、私も、よく知っていた)に相談して、賛成まで受けた——彼女の言葉の意味は、そういうことではないか。

私は、文字どおり、唖然《あぜん》として、何にもいうことができなかった。重大なことが、起きたと、思った。いろいろの感情が、一度に、渦巻いた。しかし、ふと、私は、滑稽感を味わった。

——やりゃアがったな。こいつは、手際がいいわい。

恋愛なんて、思いも寄らないというような、顔つきをしながら、麻理が、私を一パイ食わせたということが、小憎《こにく》らしく、また、おかしかった。そして、それを、私に打ち明ける態度の巧妙さが、また、心中の笑いを、誘った。

あれ以上に簡潔に、要領よく、父親に、恋愛の宣言や、婚約の許可を求めることができるであろうか。そして、眉一つ、動かさない、平然さをもって——

私は、重ねて、苦笑した。同時に、心の底が、何か、ホッと、休まった。

――マア公の奴《やつ》、人並みに、恋愛を始めやがった。やれ、やれ……。

しかし、微笑なぞは、見せられない。

「とにかく、会ってみようよ、その男に。晩飯を、一緒に食うから、午後に来るように、いってくれよ……」

私も、彼女に負けず、冷静さを装い、むつかしい顔つきをして、そう答えた。

三八

それは、千鶴子の死以来の事件だった。

――マア公の奴、とうとう、対手を見つけやがった。

寝床に入っても、その晩、私は、そのことばかり、考えていた。

千鶴子が、生きていたら、きっと、ニコニコするだろうと、その顔つきが、眼に浮かんだ。

「そういうものなんですよ。マアちゃんだって、いつかは……」

彼女の声まで、聞えた。

来年あたり、フランスへやろうかと、思っていた麻理が、結婚ということになれば、完全に、家を出ていくのである。

——いよいよ、おれ一人になるのか。

ちょっと、寂しい気がしたが、長くは続かなかった。私は、孤独に慣れてるし、孤独の便利さということも、知っている。ささやかな感傷なぞより、私自身が自由になれる期待や、娘が伴侶を見出した喜びの方が、遥かに、強かった。

翌日になると、麻理は、さすがに、どこか、キマリの悪い様子もあったが、べつに悪びれたところはなかった。

「一体、いつから、始まったんだい?」

夕飯を、食べながら、私が訊いた。

「四月頃からよ……。初めは、結婚の話抜きにして、交際しましょうッて、あたし、いったの……」

彼女は、考え考え、答えた。

「今は?」

「今は、そりゃア、結婚してもいいと、思ってるわ」

「どうして?」

「確かな人間と、見抜いたからよ」

彼女の声も、態度も、ひどく、理性的だった。私は、死んだエレーヌを、思い出した。彼女も、自分のハッキリした選択のもとに、私と、結婚したのだった。

鍋島青年は、来春、東大を出て、外交官になる希望ということだった。しかし、困ったことに、彼は、麻理よりも、一歳、年下だというのである。尤も、困ったことと思うのは、私で、麻理自身は、一向、平気なようだった。

私は、あまり多くのことを、訊いたり、いったり、するのを、避けた。

——確かな人間で、あってくれ。

麻理の選択眼が、当っていることを、祈る気持が、一ぱいだった。

やがて、金曜日がきて、当人が、現われた。

「今日は……。鍋島です。どうぞ、よろしく……」

髪はわけていたが、学生服を着て、ニコニコした子供のような、青年だった。私は、ひどく、意外さを、感じた。何となく、想像していたタイプと、まるで、ちがうのである。そのためか、私は、鍋島青年の正体《しょうたい》を、摑むのに、常のような直感が、働かなくなった。

その動揺を隠《かく》して、努めて、気軽に、彼に対した。

「君、キャッチ・ボールやる？」

私は、庭の芝生《しばふ》に、彼を誘い、スポンジ・ボールを投げ合った。無心で、グローブの音を立ててるわけではない。球の投げ方一つにも、人間の個性は表われるから、油断なく、観察してるのである。

——ちょっと、わからんな、これは……。無邪気なようなところもあるし、小利口そうなところもあるし……。

結局、私は、若い世代との隔りを、嘆かずにいられなかった。鍋島青年の性格なぞは、私が同世代に属していたら、べつに、むつかしい方程式でもあるまいと、思った。

晩飯は、わざと、すき焼きにした。その方が、対手《あいて》も、気ラクだろうと、思ったからである。酒を、飲ましてみると、飲むことは飲んだが、好きではないことが、飲み振りで、わかった。

——とにかく、健康な青年らしい。

私の獲た結論は、そんなところだった。

しかし、麻理と彼の応対を、見てると、これは、私の予想以上に、進んだものだった。

「あんた、これ、食べる?」

「うん、食べるよ」

そんな風に、彼等は、話し合った。昔なら、夫婦の口振りであるが、近頃の若い男女が、乱暴な口をきき合うのは、流行とも、思われた。その時分、私は、『自由学校』をまだ、連載中だったが、飛んでもない言葉を使う戦後の青年や娘を、紙上に書いてるので、驚くに足りないわけだった。しかし、一方、二人は、もう、接吻《せっぷん》でもしてるから、あんな親しみが、出るのではないかとも、考えた。鍋島青年が、帰る時に、門まで、暗い道を、麻理が、送っていった。

——どういう男だろうな。

それから、数日間——いや、数十日間も、私は、麻理の結婚の対手として、鍋島青年の適性を、よく、考えた。迷うばかりで、一向《いっこう》、結論が出てこないのである。幸《さいわ》いなことに、麻理は、私から回答を迫る様子が、少しも、なかった。結婚を、急ぐ必要はないということを口に出して、いいさえもした。

麻理の恋愛感情が、真面目であり、理性を失っていないことは、私によくわかった。対手も、どれだけ誠実であるかが、一番、私の確かめたいところであった。

私は、どちらかというと、素朴型の青年が、好きだった。或いは、少し変人といわれるような青年にも、興味があった。鍋島青年が、そのどちらでもないことは明らかだが、頭は、悪くなさそうで、性格も明るそうな点は、うかがえた。常識的にいって、そういう青年に、難点はつけられない。問題は、麻理に対する愛が、堅固で、誠実であるか、どうかということだった。

彼は、その後も、大磯へ遊びにきたが、私は、一所懸命に、観察するに拘《かかわ》らず、なかなか、判断がむつかしかった。現在、二人は、恋愛の中期で、親の承諾を求めるところへ、漕ぎつけたばかりだから、強い炎が燃えてる。それが、当然である。鍋島青年も、燃え盛ってるにちがいないから、そういう状態の中から、持続性だとか、将来性だとかを、判断するのは、困難なのである。誰だって、その時期には、堅固で、誠実な愛を、持ってる。

別に、私は、麻理の方が一つ年長ということにも、心を悩ませた。死んだ千鶴子が、私と十二ちがいで、若い細君を貰ったと思ったが、いつか、彼女が、婆さん染みてきた。それほど、女は、老い易いから、遠い将来のことも、考えられた。

私は、その心配を、麻理にいってみた。

「そんなこと、二人の気持の持ちよう、一つよ」

一言のもとに、私の心配は、却《しりぞ》けられた。

――そういえば、そんなもんだが……。

私自身も、そう考えられてくるのが、おかしかった。

初冬の穏かな日射しが、熟しきった蜜柑を、照らす頃になって、私は、この上、迷うことは、欲張りだと、考えるようになった。

とにかく、麻理が、それだけ愛する男を、見出したということが、すでに、問題の大部分を、決定してると、思うようになった。そして、鍋島青年に対して、私が、どうにも反対を唱えねばならぬ欠点があるなら、格別であるがそんなことはない。彼が、陰険な男でも、卑劣な青年でもないことは、私も、保証できる。そして世間的な標準からいえば、〝よい婿ガネ〟であることも、勿論であった。

――この辺で、満足すべきではないか。

千鶴子が生きていれば、同じような助言を、私にささやくだろうと思った。

――それに、麻理も、一人前の女になった以上、自分の運命を、自分の判断に賭《か》けるがいい。

私が、娘に対して、そんな気持を懐《いだ》いたのは、初めてだった。今まで、私は、常に、彼女を抱《だ》き懐《かか》えていたが、もう、地面の上へ降《お》ろしてやる時期がきたと、思った。いや、そうせざるを得ないではないか。私が、いくら、ヤキモキしたところで、人間の運命を、どう変えることができるのだ。彼女は、鍋島青年を愛し、確かな男と見抜いて、結婚を望んでいる。彼女は、自分の人生を歩き出したのである。自分でサイコロを、振ったのである。それから生まれる幸福も、不幸も、みんな、彼女のものであって、私には、手出しのできないものなのである。人間はそういうものであり、私自身も、そのようにして、生きてきたのだ——。

私は、二人の結婚に、承諾を与える気になった。しかし、すぐには、娘に、そのことを、いわなかった。念のため、私は、興信所に頼んで、鍋島青年の家庭や、彼自身のことを、調査して貰った。彼の家は、数代以前に、大名《だいみょう》の家から別れ、現在は、本家と何の関係もないが、父親は、商大出身で、ある大学で教鞭《きょうべん》をとってることや、質素で、知識階級風な家庭生活が、私にとっても、好ましい条件だった。鍋島青年本人のことも、大体、私の知ってることだったが、悪い材料は、一つもなかった。

秋の終りに、『自由学校』を書き終ると、ホッとした気持になり、一日、私は麻理にいった。

「お前たちの結婚、賛成することにしたよ」

彼女は、べつだん、喜びの声も、揚げなかった。

「そう……。有難う」

どうも、最初から、私の賛成を、見抜いていたのではないかと、思われるほど、平静な態度だった。私は、また、小憎《こにく》らしさと、滑稽感を、同時に味わわせられた。

しかし、それで、すべてがきまった。尤《もっと》も、娘に対する内諾であって、まだ、鍋島青年や、彼の両親に、それを告げる気にはならなかったが、私の意志を、娘は、すぐに恋人に伝えるだろうから、彼等の許婚《いいなずけ》関係は、それから始まるといってよかった。

その年のクリスマスに、私は、麻理に薦《すす》めて、鍋島青年や、日仏学院の男女の友人二人を、晩飯に招かせた。鍋島青年は、クリスマス・ツリーの土産《みやげ》を、持ってきた。私は、若い連中と、一緒に食事しながら、できるだけ、談笑の空気をつくるようにしたが、鍋島青年を観察する眼つきを、止めることは、できなかった。もう、娘に内諾を与えたのだから、その必要はないわけだが、自然と、眼が動くのである。そして、新しく発見したものは、何もなかった。最初の印象に、プラスも、マイナスもなかった。私は、むしろ、プラスを発見しようと希《ねが》って、彼を観察したかも知れない。

しかし、談笑の間に、私が、わざと、麻理を貶《けな》すようなことをいうと、彼は、ムキになって、代弁の役を勤めた。

「いや、そりゃア、ちがいますよ。麻理ちゃんは……」

私は、心の中で、微笑した。満足すべきものと、異様感と、入れ混った感情だった。私以外に、麻理の利益を買って出る人間が、出現したことが、不思議なような気がした。

とにかく、私は、私自身の環境も、俄《にわ》かに、変化したことを感じないでいられなかった。

――しかし、これで、おれの家の人的資源が、殖えることになるな。

そんなことを考えることもあった。家族の少い私の家が、千鶴子の死亡で、最小限に減ったが、麻理が、鍋島青年と結婚すれば、婿さんというものが、できあがるわけだった。麻理が、家を出るにしても、新しい、姻戚関係者が殖えるわけだった。それが、私の心を、裕《ゆた》かにするようにも、感じられた。

やがて、年が暮れ、新しい年がきた。千鶴子のいない、最初の正月だったが、私は、恒例のお節料理《せちりようり》の準備なぞ、望まなかった。喪中《もちゆう》ということにして、至極簡単な支度を、麻理が、女中を対手に、整えた。

――今年はもう、麻理の年齢を、勘定する必要はないな。

私は、心中、おかしさを、感じた。婚約がきまったら、もう、年齢が加わったのを、気にすることはない。それに、いつか、満算《まんかぞ》えになって、彼女も、一つ、トクをしてるのである。

私は、また、別のことを、考えた。

――おれは、どうしようかな。独身生活を、もう一度、味わうことにするかな。それとも、再婚して、身の回りの世話をして貰うかな。

ノンビリと、余裕ある気持で、私は、自分自身のことを、考えた。なぜといって、どっちの道を選ぶのも、今なら私の自由なのである。大磯の家なんか、始末してしまって、どこかのアパートの一室へ移ることも、また、今度は、子供のことなぞ考えないで、自分と老後を共にする適当な婦人と、結婚するのも、みな、私の心のままなのである。だから、急いで決心する必要もなかった。もう、私の許《もと》に後妻の話を持ってきた人もあったが、その時は、麻理から、恋愛のことを聞かぬ前で、私は、即座に、断《ことわ》った。もう一度、義母とか、継子《ままこ》とかいう関係を、眼にするのは、沢山であった。しかし麻理に許婚者ができてからは、私の気持も、変ってきた。私は、私の意志と選択で、後妻を娶《めと》ることができるわけだった。

そんな気持が、湧いてきたのも、千鶴子の死から、次第に、日が経った証拠だった。私の書斎の隅に、彼女の大きな写真が置いてあって、出入りの度に、私は、それに眼をやるのを、常とした。

「おい、おれは、後《あと》を貰うことも、考えているんだよ」

私は、彼女の写真に、心の中で、そう話しかけたことがあった。

「ええ、そうでしょうッて。どうせ、そんなことだろうと思ってましたわ……」

彼女の写真は、ひどく、皮肉な笑いかたをした。その写真は、葬儀の時に引き伸ばしたのが、陰気な顔をしてるので、笑い顔の写真を、もう一度、引き伸ばして貰ったのだが、その笑い顔が、いやに、人の心を見透《みすか》したといったような、皮肉さに充ちて、見えた。

彼女の生前に――千駄ヶ谷時代だったと思うが、彼女が、私にいったことがある。

「もし、あたしが死んだら、どんな人を、お貰いになる?」

私は、愚問だと思い、腹が立った。私は、自分が短命の予感があり、自分の死後の家族のことを心配してるのに、そんなことを訊く奴があるものかと、思った。

「お前と反対の女を、貰ってやるよ」

私は、呶鳴《どな》った。

すると彼女は、別段、怒りも、冷笑もしないで、

「そうね、ほんとに、そうなさるといいわ……」

と静かに、答えた。私は少し、可哀そうになった。その記憶が、私のどこかに、潜んでるのかも、知れなかった。

しかし、私は、進んで結婚したい気持も、湧かなかった。一つには、千鶴子の死後、まるで、性欲が私から去ったような現象が、起きていた。それが、心細くなって、強いて《し》炎を掻き立てるような機会を、一、二度、つくってみたが、興味が索然《さくぜん》としていた。私は、もし、再婚するならば、身の回りの世話をしてくれる、いわゆる〝茶飲み友達〟がいいと思ったり、また、世のもの笑いになるような、ひどく年のちがう、若々しい女を貰って、自分の体に、油を濺《そそ》ぎかけてみようかと、思ったりした。尤も、どれも、空想に終って、私自身の体は、実行の方に、動かなかった。

というのも、新聞小説を書き上げた疲労が、まだ癒《い》えないところへ、同じ社の〝A週

刊〟から、連続対談を頼まれたが、それが、案外、精力を消費する仕事であった。対談の対手を、選択するにも、いろいろ考えるし、対談してる間も、疲れるし、その速記に手を入れて、読物とするのも、毎週となると、ひどく、骨が折れた。そして、その年の冬は、寒気《かんき》が強く、外出する仕事なので、体が冷え込み、胃痛が起ることが、度々であった。しかし、悪いことばかりでもなかった。ある回の対談に、私は、日本通外人として、アンドゥール神父を選び、彼の家を訪れた。そして、対談の前に、ひそかに、鍋島青年のことについて、彼の意見を訊いた。

「ええ、とても、よい青年です。大変、シッカリして、頭も、根気もよいです。お嬢さんは、立派な対手を見つけられたと、思います」

流暢《りゅうちょう》な日本語で、アンドゥールさんが、力強く、答えた。私は、信用のできる人の保証を、嬉しく聞いた。

やがて、一月の十三日がきた。

その前々日に、雪が降り、引き続いて、毎日、寒かった。雪の日には、対談の仕事で、東京へ泊ったが、寒くてよく眠れず、そんな疲労も持ち越してるところへ、その日は、来客が多かった。寒い、曇天の日が、暮れかかる頃、客がやっと帰ったので、私は、すぐ、体を温めるために、風呂に入った。

しばらく、浴槽《よくそう》に身を沈めてから、体を洗おうと、流し場に腰を降《お》ろすと、私は、頭が、クラクラした。しかし、私は、べつに、驚かなかった。脳貧血的症状は、持病のようなもので、時々、起った。そういう時には、暫らく、ジッとしていれば、じきに、癒《なお》るのである。

だが、その時は、不快感が、なかなか去らず、入浴を終って、茶の間へきてからも、胸が重く、心臓の鼓動が速かった。私は、座布団の上に、身を横たえて、気分の直るのを、待った。

そこへ、麻理が、東京から、帰ってきた。

「どうかなすったの？」

「いや、何だか、嘔《は》きたいようなんだ。金盥《かなだらい》を、持ってきて貰おうか」

私は、こういう時に、よく、指を喉《のど》へ入れて、嘔吐を促《うなが》すと、気分が直る癖があった。

私は、それを、やってみた。すると、嘔吐物は、常とちがっていた。よく見ると、ドス黒い血と、赤い血と混ったものが、金盥の底に溜っていた。

「胃潰瘍だよ……。心配しなくていい」

驚く麻理を、私は、そういって、制した。実際、私は、それほど、驚きもしなかった。胃潰瘍患者の友人が、よく、吐血することを、知っていた。ただ、暫らく、病院へご無沙汰してるうちに、病気は、やっぱり進んでいたのだなと、感じたぐらいだった。それよりも、寝床をとらせて、横臥《おうが》して間もなく、二十間ほど離れた隣家から、消魂《けたたま》しい声が聞え、火事が始まったことの方が、遥かに、打撃だった。吐血したばかりの体で、荷物を担《かつ》いだりするのは難儀だと、心配になり、ともかく、麻理に、最初に持ち出す品物の指示を与えたりした。幸い、五分も経たぬうちに、風呂場の一部を焼いただけで、火事が消えた。

やがて、医師が来たが、その診断も、胃潰瘍の吐血で、分量は、少い方だとのことだった。ただ、絶対安静を命じられたので、寝返りを打つこともできず、体の痛さが、何よりの苦痛だった。

翌日も、吐血はなかった。麻理ばかりに、世話をさせるのは、可哀そうなので、医者がきた時に、看護婦を頼んだ。止血剤《しけつざい》やブドー糖の注射も、その女がしてくれた。

翌々日になって、腰や背の痛みが、堪えられなくなった。絶対安静とは、こんなツラいものかと、初めて知った。そして、朝の十時頃に、診察にきた医者に、その苦痛を訴えると、

「今日あたりから、少しぐらい、横に動かしたって、いいでしょう。それから、喉が乾いたら、薄い番茶を飲んでも、かまいません……」

と、彼が、答えた。即座に、私は、肩を動かした。そして、やれ、嬉しや——と、看護婦が、こしらえてくれた番茶を、吸呑みから、飲もうとして、その匂いを、鼻に感じると、とたんに、嘔気《はきけ》を催した。

今度は、大きな、吐血だった。最初の十倍ぐらいの量で、金盥に、血が、ダブダブする、感じだった。それを、二度、繰り返す間に、いかにも、困ったという顔つきで、医者が、腕組みしてる姿が、チラリと、私の眼に映った。

それから、私の頭は、ボンヤリし始め、記憶も、アイマイである。絶えず、嘔気があって、苦しかったが、時間の経過は、まったく、覚えていない。いつか、夜になり、弟夫婦がきたり、癌研究所のT博士が現われて、私の体を診察したり、これは、重態になったのかという自覚はあったが、助かりたいというよりも、早く、苦痛を免れたい気持の方が、強かった。

その夜、また、雪が降ったらしく、翌朝、障子が明るくなっていた。昨日は、大きな吐血の後も、夕方まで、少しずつ吐いて、何か、吐き尽した感じで、朝の気分は、爽かになった。今日、癌研へ入院して、手術するのだということは、誰かに聞かされていた。だから、昼頃になって、癌研から回してくれた寝台自動車がきたと、知らされても、驚きはしなかった。ただ、私を、担架で、門まで運ぶのに、二人の男が、座敷へ入ってきたが、その一人が、立ちながら、恭《うやうや》しく、お辞儀をしたのが、死者に対する礼のようで、滑稽を感じた。そして、担架で揺られて、門のところへ止まってる自動車に、スルスルと、滑り込まされる感じが、千鶴子の棺を、霊柩車へ入れた時と、よく似ていた。

そのくせ、私は、何の不快感も、死の接近感すらも、まるで、持っていなかった。嘔気がとまり、気分が、よくなったことが、すべての救いであり、気持は、落ちつき、頭も、冴《さ》えていた。大磯の主治医と、看護婦が、同車したが、車が小さいので、いかにも、窮屈そうで、気の毒だった。車が、徐行で走るせいか、臥《ね》たままで、外の景色を眺めていて、今が、藤沢だとか、横浜だとか、よくわかった。残雪が、曇った空の下に、薄汚く見えた。医師は、時時、私の脈を見たり、顔を注視したりした。後で聞くと、生死の境だったというが、少しも、そんな気はしなかった。車が、新橋付近を通る時に、この辺を、ずいぶん、飲み回ったことを思い出し、胃潰瘍の原因をつくった場所だと考えたら、笑いたくなったほどだった。

「さア、もう、すぐですよ。頑張って下さい」

主治医は、何遍も、そんなことをいって、私を励ました。

やがて、車が、築地河岸の病院へ着いた。白い診察着のT博士が、往来へ出迎えてくれた。そして、私は、そのまま、手術室へ運ばれて、すぐ、開腹手術を受けたのだが、勿論、麻酔をかけられたから、何も、覚えていない。

三九

人間は、死を眼の前にしてる場合、かえって、死のことを、考えないらしい。死神の姿は、覘《うかが》われてる当人の眼には、映らぬらしい。瀕死の自分が、割合い、ノンキだったことを思うと、それは、自然の恩寵《おんちょう》のようなものではないかと、後になって、考えた。

尤も、手術後の高熱と、腰椎《ようつい》麻酔の残りが、翌日一日、私の頭に幻覚を起し、いろいろ狂態を演じた中で、その日の午後四時に、自分が呼吸をひきとるという暗示があり、その時間に、私は、眼を閉じ、手を胸の上に組合わせて、死のくるのを待ったが、その時の気持は、妙に、平静であった。むしろ、その暗示が外《はず》れてから、私は、狂態を演じたらしい。

三日目に、七度台に、熱が下ると、私は、ケロリとしたが、同時に、ひどい疲労を感じ、初めて、病人意識が起きた。打ちのめされて、ベッドに臥《ふ》してる自分の運命が、わかってきた。

麻理は、手術の時も、列車に乗って、先き回りして、病院にきていたそうだが、私は、記憶してなかった。その夜も、翌日も、病室にいた。尤も、眠るのは、昭和通りの知人の家へ、出かけたらしい。とにかく、吐血以来、彼女は、よく眠らず、心労もあり、ヘトヘトになっていたことは、臥《ね》ている私にも、よく感じられ、何とかしてやりたいと思ったが、どうにもならなかった。

五日目から、重湯《おもゆ》や果汁が、許されるようになり、私の気分も、非常に落ちつき、麻理も、大磯に帰って、それからは、毎日、二時頃、病院へきて、夕方に帰るという手順をきめた。

その頃から、毎日、快晴が続いた。

病室は、三階の角にあるので、ベッドにいても、外が、よく見えた。川や、橋や、小さなホテルや、アメリカ兵の出入りするビア・ホールや、そんなコンクリートの殺風景な建物に、冬の弱い日光があたり、アサギ色の空が、その上に展《ひろ》がってるのを見ると、どういうものか、私は、イタリーにいるような、錯覚を起した。ミラノへ行った時が、二月で寒かったが、あの街《まち》のどこかで、似たような風景を、見たのかも知れなかった。そして、また、私は、麻理が、肺炎で入院していた時の晴れた冬空を、想い出した。

——やっぱり、一月とか、二月とかいう月に、不幸が見舞ってくる。

千鶴子の葬式の日の寒さも、私の胸へ返ってきた。しかし、今度、私の眼に展《ひろ》がってる風景は、東京の東の方角にあるためか、険《けわ》しい、血の気のないといったような、印象ではなかった。イタリーを連想するような、快美なものが、どこかに、潜んでいないこともなかった。

——おれは、危機を脱したのだな。

そんな自覚が、やっと、起きた。そして、まだ、一年と経たない千鶴子の死を考え、私の一家を襲った疾風《はやて》のようなものがあったのを知り、それに戦慄すると共に、辛《かろ》うじて、免れた現在を、感じた。

——ほんとは、おれが死ぬところを、千鶴子が代ってくれたのかも知れない。

私は、そんなことも、考えた。病気をしたのは、私の方が、先きだった。癌ではないかと疑い、千鶴子は、あんなに、心を傷《いた》めた。その彼女が死んで、私が残った。そう思うと、窓の外の景色を眺めてる眼に、涙が滲《にじ》んできた。

ともすれば、感傷に傾く、私の気持だった。私は、まったく、弱々しくなり、病前とまったく違った自分を、度度、発見した。それに腹を立てる力も、私になかった。順調な経過が、唯一の心頼みだった。

老若の二人の看護婦が、交替で、付き添っていたが、私は、若い方の世話になる時の方が、気持がよかった。やはり、これも、弱々しい病人心理で、生気に溢れるものに、心が惹かれるらしい。その看護婦に、扶《たす》けられて、初めて、ベッドを降《お》り、窓際のイスに腰かけた時は、嬉しかった。

食事も、日に日に、変ってきた。近頃は、私のような手術を受けた患者にも、神経質な顧慮は、無用とされてるらしく、重湯から粥《かゆ》、野菜、魚と進み、一週目には、肉の皿が出たのに、驚かされた。そして、起き上って、歩行の練習を命じられたのも、その時期だった。私は、若い方の看護婦の肩に縋《すが》り、ステッキを持ち、院内の廊下や階段を、歩いた。

麻理は、毎日、病院に顔を出したが、もう、そう長いこと、私の側《そば》にいなくなった。大抵《たいてい》は、鍋島青年と、電話で打合せをしているらしかった。ある時は、彼と二人で、病室へ姿を、現わした。

「いかがですか」

鍋島青年は、ニコニコして、そんな見舞いをいうが、何か、バツが悪いように、じきに、二人で、姿を消した。

私は、微笑を感じて、二人を見送った。今が、彼等の恋愛の最高潮の時と、思われた。遠い先きに、どんな人生の曲折が、二人を待っていようとも、彼等は、現在、幸福であり、その幸福を、ムダにしないで、愉《たの》しめばよいと、思った。私の病気が、彼等の幸福を、ムダにした形跡は、なかった。一時は、麻理も、打撃を受けたろうが、私の経過が順調なので、それも、救われた。もう、彼女は、再び、通学を始めてるので、学校で、鍋島青年にも会い、帰途に、病院へ寄るようにしてるのだった。

——しかし、もし、私があの吐血の時に、死んでしまったら、麻理は、どうなる？

私は、いろいろに、推測を立てた。しかし、彼女が、絶対的に不幸になる結論が、出てこなかった。私が死んでも、生きても、彼女は、鍋島青年と結婚するだろうし、その結婚生活に、私の存在が、どうしても、必要とされる理由は、見出《みいだ》されなかった。

——もう、私は、彼女にとって、いなくてもいい、人間かも知れない。

そう考えると、やはり、寂しかった。しかし、一面、私は、大きな安心を知った。

——もう、マア公の世話をしてやらなくても、いいのだ。二人を、結婚させてやったら、おれは、長い間の義務感から、解放されるのだ。おれは、おれのことだけ考えれば、済むようになるのだ。

私には、結婚した娘夫婦と、同じ屋根の下で暮すという考えが、全然なかった。そんなことをすれば、娘が、父と良人《おっと》の二人に、仕《つか》えることになるのが、可哀そうなばかりでなく、私自身が、窮屈だった。私のように、不精で、我儘な男が、よく、今日まで、娘を育てたと、われながら、思うくらいで、もう、これが、精一杯——娘の結婚を機会に、本来の自分に戻って、わが仕事と、わが幸福ばかり、考えていきたかった。

まる半月間の入院で、一月の末日に、私は、大磯の家に帰った。新聞社で回してくれた車に、麻理と同車して、寝台車で行った道を、そのまま、戻ってきたわけだが、思ったほどの疲労もなかった。そして、十日間を、家で静養して、奥湯河原の温泉宿に、傷養生をすることにしたが、その時は、列車に乗ることさえできた。

その温泉宿は、息子が、ある出版社に出ているので、親切な待遇をしてくれた。私は、最も日当りのいい室を選び、造血に必要な食物を注文し、一日二回の入浴を、繰り返した。傷痕は、長い、赤い百足虫《むかで》のように、私の腹の中央を、這《は》っていたが、私は、入浴の度に、湯を掬《すく》って、それに濺《そそ》いだ。べつだん、そうすることが、傷の快癒《かいゆ》を早くすると、思ったのではなく、むしろ、自分の腹が、可哀そうで、労《いたわ》ってやりたい気持からだった。

その宿は、奥湯河原でも、一番奥なので、山の湯の感じがあり、事実、朝早く、窓から眺めてると、柴犬を連れた、山の猟師の姿が、降りてきたりした。そして、執筆には、まだ、早いから、午前を読書に送り、午後は、ステッキに縋《すが》って、箱根道の方へ、散歩するのを日課とした。その散歩も、初めは、旅館の前だけ、翌日は、山道の入口までという風に、次第に、距離を殖《ふ》やすのが、愉しみであった。食欲も、病前より、遥かに進み、旅館の食事が、待ち遠しいくらいで、日に日に、体力が増すのが、自分にも、よくわかった。退院の時には、十三貫台に減った私の体重が、約百匁ずつ、毎日増加していくことを、私は、浴場に備えつけられた計器で、発見した。

麻理が、時々、見舞いにきて、泊っていくこともあったが、大体、私ひとりで、そういう生活を送っていると、ものを考える時間が、あり過ぎるくらいだった。まだ、私の体に、衰弱が残ってるから、つきつめて、考え込む力はないが、麻理が結婚後の私の生活設計を、いろいろ立ててみた。しかし、私の考えは、病前と、変ってきた。

——ひとりでは、やっていけないだろう。

私は、そういう弱音《よわね》を、吐くようになった。小さな病気は数多く罹《かか》ったが、大病は、今度が生まれて初めてで、その打撃が、身に応《こた》えた。そして、私は、再来年《さらいねん》は、六十歳を迎えることも、考えないでいられなかった。アパートの独り暮しという夢も、心許《こころもと》なくなってきた。

それだけ、心が弱ってるから、また新しく、結婚生活を考える勇気も、なかった。もう、麻理という娘も、じきに、私の手許《てもと》を離れるから、妻を迎えるとしても、面倒な関係は予想されないが、結婚生活それ自身の面倒さを、私は、よく知っていた。どんな、理想的な結婚生活であれ、努力なしに、済まされないのである。良人も、妻も、ガマンしたり、シンボーしたりするのだが、今更、それを繰り返すのは、ウンザリという気持だった。

といって、老婢《ろうひ》と二人暮しという生活も、空想に近いことを、千鶴子の死以来の経験で、知っていた。第一、老婢というものが、昔とちがって、まったく払底だった。忠実な老婢という条件をつければ、絶無といってよかった。

しかし、こんな方法もあった。私の友人で、妻を喪《うしな》い、二人の子供を持ってる男が、女中をしていた女と、ひそかな関係を持ち、一切の家政を、任していた。子供たちは、そのことを知らず、彼の家庭は、細君がいた時と同様に整頓し、安定していた。

一番、私にとって、便利なのは、その方法だった。良人としての努力を、払う必要もなく、実質的には、妻を持ったと同様な結果が、獲られるからだ。ただ、私は、その友人の家へいくと、何か、イヤなものを、感じた。家の中が、整頓し、安定してるのに、何か、暗さが、流れていた。その女は、私の友人に傾倒し、一切を献《ささ》げて悔《く》いないと、いってるそうだが、それでいて、何か、割り切れない感じが、残った。結局、一人の犠牲者がいるからではないか。

私は、千鶴子に、犠牲者になって貰ったから、もう、沢山だった。人一人を犠牲にして、生きねばならぬほど、私の余生に、価値があるとも、認められなかった。

——それなら、どうする？

そう、自分に訊くと、返答に窮した。私は、病後、孤独に耐える勇気を、失ってる自分を、よく知ってるからである。

そんなことを考えるのは、多く晩食後の一時《ひととき》だった。眠るには、まだ早く、夜の散歩ができる体でもなく、宿でこしらえてくれたコタツに、寝転んでいると、頭の空《から》回りが、始まるのである。夜に入ると、閑散期の旅館は、ひどく静かで、渓流の音が耳立ち、その音が運んでくるような、山の寒気が、着ぶくれたドテラの肩を、透すほどだった。私は、寒さを忘れるために、温泉に浸《ひた》りにいくと、心の悩みも、忘れることができた。まだ薄赤い手術の痕が、何も考えずに、養生をしろと、教えてくれるのである。

そして、日々が、経っていく。

東京で、一尺二寸も、稀有《けう》な大雪が降った時には、湯河原でも、かなり、積った。また、季節外れの暴風雨が、見舞ったこともあったが、やがて、窓の外の河原道に植えられた梅が、花をつけるようになった。私は二月一ぱいで、帰宅したい気持を、強《し》いて抑《おさ》え、まる一カ月間を、ここで送ることにした。日増しに、体重が増していくほど、療養の効果があったし、一つには、千鶴子の一周忌を、帰宅前に済ませたかったからである。

二月二十七日に、千鶴子の法要をするということは、私にとって、一つの時期を、意味した。それで、私の喪が明けるという、気持があった。日本の習慣では、良人が妻の喪に服する期間は、もっと短いが、私は、何とはなしに、一年間ときめた。一年間を、千鶴子と共に、暮してるような気持で、送りたいと、思った。

自分で、自分に課したような喪であるが、それが、明けることは、私に、意味があった。私は、妻の死や、私の大病や、そういうものと、区切りをつけた気持で、わが家へ帰りたかった。麻理の結婚問題が、目前にあるし、嫌でも応でも、私は、新しく、生活を出直さねばならなかった。

ささやかな法要でも、旅の出先きから、準備を整えるには、骨が折れたが、私は、手紙を書いたり、麻理を呼び寄せたりして、どうやら、それを、済ませた。

二月二十七日がきて、天候も、去年と同じような、曇天だったが、雲が明るく、雪がチラつくようなことはなかった。私と麻理は、早朝の列車で、東京の谷中の寺へいった。案外、私は、疲労することもなく、足もフラつかなかったのは、湯河原の散歩で、鍛錬ができていたらしかった。十数名の来会者は、内々の人ばかりだったから、千鶴子の追悼を述べる前に、私の快癒を祝う言葉を、口にした。

読経を聞いていても、この寺で、告別式をしたのではないから、回想は起らないが、眼をつぶっていると、死者に話しかけたくなった。

――千鶴子、お前は、死んだが、おれは、やっと、助かったよ。これから、おれは、ちがった気持で、生きていくつもりだ。お前の気に入らないことを、いろいろやるだろうが、お前は、勘弁してくれるな。

私は、そんなことをいうのは、可哀そうだと思ったが、そういっておきたかった。

法事を終ると、午過ぎの列車で、また、湯河原へ帰ったが、車の中で、私は、心が落ちつき、軽快ささえ、感じた。喪を終ったという気持が、強く、支配した。

それから、十日余りを送ると、予定の満一カ月になった。私は、麻理と、旅館の息子に付き添われて、大磯へ帰る列車に乗ったが、荷物を持って貰う以外に、何の助力をかりる必要もなかった。私の体重は、十五貫八百匁になり、退院の時から見ると、三貫目余を取り戻していた。

わが家の門を入ると、感慨が湧いた。入院の時から算えると、二カ月に近く、久振りのわが家だった。女中たちも、お世辞でない喜色を浮かべて、私を迎えた。私は、すぐ、縁側に出て、庭の景色を眺めた。松林の姿は、変らなかったが、芝生が、もう、半ば青くなってるのに、驚かされた。梅も残花になっていた。そして、犬が、私の姿を見て、飛んできた。私は、その頭を撫ぜた。猫も、茶の間から出てきた。その頭も、撫ぜてやった。

＊

——さア、今度は、麻理の結婚だ。

大磯へ帰って、間もなく、そういうことを考えたのは、私が、運命から立ち直ろうとする気持ばかりではなかった。

湯河原にいる時に、訪ねてきた麻理の口から、彼女も、鍋島青年も、結婚を早くしたい希望を、聞かされていたのである。最初は、二、三年後に、挙式すればいいと、いっていたが、鍋島青年がこの春に、東大を出る前に、外交官試験を受けたら、パスしたので、急に、気持が変ったらしい。卒業後、数カ月間を、外務省の研修所に送り、それから、書記官補として、任官するのだが、研修生時代にも、僅かながら、月給が貰えるし、ある団体に、フランス語の出張教授をしている収入を加えると、一万円以上になり、辛《かろ》うじて、生計の道が立つから、早く、家庭が持ちたくなった、ということだった。

「ほんとに、生活ができるなら、いつでも、結婚しなさい」

私は、わざと、冷淡にいった。これからは、娘と、カケヒキを始める時がきたと、考えたからだった。

彼女が、結婚を急ぐ気持は、よくわかる。しかし、それに、引き擦《ず》り込まれてはならない、生活費が、足りないから、補助してやろう、家も建ててやろう――そういえば、彼女は、躍り上って、喜ぶだろうが、人生の貴重な第一歩を、踏み誤るだろう。責任なしの人生を始めることは、終生の禍《わざわ》いとなることを、私は知ってる。私の出よう一つで、彼女は、果《はて》のない甘え方を、覚えるだろう。ひいては、彼女の良人にまで、伝染していくだろう。

といって、私も、娘の望みは、叶《かな》えてやりたい。恋愛してる者たちを、早く、一緒にしてやりたい。それには、私の助力が必要だが、決して、露《あら》わなことをしてはならない。助力と感じさせないような助力が、必要なのである。

「とにかく、自分たちの力相当の生活から、始めなくちゃ、ダメだよ。人間は、誰だって、そうしてきてるんだよ。おれだって、そうして、生きてきたんだよ」

そういっておくことで、私は、最初のカケヒキを始めた。

大磯へ帰ってきてから、私は、どういう風にして、彼等の生活を援助するかを、毎日、考えた。世帯を持ち始めた当座は、失費の多いもので、一万余円の収入で、賄《まかな》える道理がないが、その不足分を、毎月、補助してやることは、最も悪策と思われた。彼等の収入が、増す時がきても、助力をアテにする癖は、抜けないだろう。むしろ、纏《まと》まった金額の銀行預金帳を、麻理に与えて、彼女の自由に任《まか》せる方が、生活の責任を、知らさせることになるだろうと、考えた。

　そして、住居のことは、貸間とか、アパート住いとかが、適当だと思ったが、ふと、私は、駿河台のS・T社の寮の旧居を、私の出京時に備えて、二間だけ、明けて貰ってあることを、思い出した。私の書斎と、来客応接に用いていた洋室の二間だが、新夫婦二人の生活には、不自由はなかった。

　――おれとエレーヌが、パリで住んでいた部屋だって、むしろ、あれより、狭いくらいだった。もっと、汚《きたな》いくらいだった。

　私は、早速S・T社に交渉して、娘たちに使用させる内諾を、獲た。私自身は、東京へ泊る場合は、ホテルへでも行けばいいと、思った。そして、その部屋の使用料は、非常な廉価なので、娘たちは、アパート住いよりも、家計が助かるわけだった。

　そんな風に、私のプランができあがっても、すぐ麻理に話すことは、差し控えた。彼女自身が、いろいろ、思案し、工夫《くふう》したろう時機を、見計らって、

「どうだい、そっちでは、どんな計画が、立ったかい」

　私は、娘に訊いた。

「アパートなんて、ずいぶん、権利金や、部屋料が、高いのね。あたし、驚いちゃった……。第一、なかなか、部屋がないのよ」

　彼女は、暗い顔をした。

「それは、困ったね」

「パパは、あたしたちが、この家へ住むことは、不賛成でしょう」

「同居は、真ッ平だね」

「どうしても、家がなければ、あたしたち、結婚しても、暫らく、めいめい、親の家にいてもいいと、思ってるの」

私は、おかしくなってきた。親の家に、別居生活を続けても、早く結婚をしたいというのは、二人の気持が、よほど切迫してる証拠だった。

「それも、少し、不自然だね……」

そこで、私は、私のプランを、話してやった。

「そうして下されば……」

彼女は、水をかけられた植木のようになった。

「あすこに住めば、お前たちの収入で、やっていけるんじゃないか」

「大丈夫だと、思うわ」

「しかし、不時の支出というものも、あるからね。その時に、一々、パパのところへ、貰いにくるのは、よくないと思うんだ。その代りに、前もって、お金を渡しておくことにするよ」

「そりゃア、あたしだって、その方が有難《ありがた》いわ」

「さア、どうだかな。そいつは、お前の金なんだから、お前の責任で、使うことになるんだよ。パパにセビるのと、少し、違ったことになるんだよ……」

簡単に喜ぶ娘に、私は、むつかしい顔を、つくって見せた。彼女は、暫らく、黙って、考えていた。

「とにかく、それで、お前たちは、結婚できるんだ。やっぱり、早く、式を挙げた方が、いいと思うね。どうだい、六月頃は？　鍋島君とも、よく、相談してご覧」

といいわたすと、私は、何か、ホッとした。

四〇

その年の桜が、満開になる頃、私は、鍋島青年と、彼の両親を、家に招いて、食事を共にした。父親も、母親も、正直そうな、質素な人だった。

「直昭《なおあき》に、まだ、生活力がありませんから、結婚は、なるべく、遅い方がいいと、思うんですけれど……」

といったが、父親は、自由主義の教育家らしく、本人たちの意志を阻《はば》んでもという、強い口吻《こうふん》ではなかった。

「それも、そうですが、貧乏の経験は、若いうちの方が、いいかも知れませんよ」

私は、勢い、促進派の立場に、身をおくことになった。若い二人は、列んで、応接間の長イスに腰かけ、ニヤニヤ笑っていた。

食事の時には、客間の餉台《ちゃぶだい》を囲んで、語り合ったが、大体、私の考えた時期の六月に、挙式ということに、話が一致した。

その夜、私は、嘔吐《おうと》と下痢を起して、家の者を驚かせた。手術後、最初の異変で、前の病気のブリ返しではないかと、心配したが、医師は、腸の疲労と、診断した。私の手術は、成功の例に算えられるが、それでも、一、二年の間は、いろいろ、小さな故障が起ってくるものだと、聞かされた。

二日間の臥床《がしょう》で、私は、回復したが、築地の病院のベッドや、湯河原の宿で感じたような、心の弱りが、また、起きてきた。

――この夏には、麻理は、もう、家にいなくなる。

先方の両親と、話し合いができて、大体、期日もきまったとなると、今更のように、私は、一人きりになる自分を、確認したが、それが、ひどく、心細くなってきた。

――おれも、結婚しようか。

千鶴子の死後、ほんとに、再婚について、心が動いたのは、この時が、初めてだった。一つには、その頃、二つの縁談が、私の許《もと》に持ち込まれていたせいもあった。

尤も、結婚話は、千鶴子の一周忌の来ないうちにも、ないことはなかったが、何か、耳を傾ける気にならなかった。べつに、忌服《きぶく》中だからという気持でもなかったが、何か、心が染まなかった。今度の話の一つは、写真や手蹟《しゅせき》まで添えて、持ち込まれたが、私は、即座に、それを断らなかった。大病を助かり、そして、一周忌が過ぎてから、確かに、私の気持は、変ってきたにちがいない。私は、その写真を、何回も眺めて、本人を知ろうと、努《つと》めるようになった。

その女は、四十を少し過ぎてるが、初婚で、老いた母と、兄と共に暮してる、官吏の娘だった。兄も独身で、母親の世話をしている間に、いつか、婚期を逸したということだった。その寂しさは、写真のどこかに表われているが、静かで、落ちついた魅力があった。少しハデな着物や帯のガラも、趣味が悪くなく、やや受け口の顔立ちは、優雅で、美しかった。写真を通しての観察では、欠点が少かった。

ただ、初婚ということが、難点だった。私の気持は、真ッ白な紙に、大きな字を書くというようなところから、かなり、遠いのである。私は、二度も、結婚の経験があり、結婚が、どのようなものであるかを知り、また、年もとっている。大きな夢なぞ、描くことはできない。しかし、対手の女は、そうはいかない、たとえ、婚期を過ぎた年齢であっても、初めて結婚するからには、幸福の期待に、胸を膨《ふく》ますのが、当然である。彼女が、かくあらねばならぬと思う結婚生活は、私の希望と、よほどの隔りを生じるだろう。それは、不幸の源《みなもと》である。朝晩に、お互いが、不満な顔を、つき合わさねばならない。そんな結婚生活を、求めて行う必要が、どこにあるか。もっと、不幸になるくらいなら、私は、一人で暮す方が、どれだけいいか、わからない。

そんなわけで、私は、再婚者の方が、望ましいのであるが、もしも、写真の主が、印画紙の上に現われたような、静かな、聡明な女だとしたら、暫らく、往来《ゆきき》して、話し合ってるうちに、私の結婚欲が、どんなものだか、理解してくれるのではないか、という未練も、生まれてくる。

——とにかく、この人は、悪くなさそうだ。

私は、確かに、その写真に、惹《ひ》かれていた。

しかし、結婚するには、時期が悪いという考えも、あった。

——麻理と、競争するように、結婚するのも、おかしなものだ、まるで、娘に刺戟されて、アタフタしたように……。

何か、顔の赤くなるような、気持だった。麻理の結婚の刺戟が、決して、ないとはいわれないからだった。しかし、一方、それが、何だという、気持もあった。世間で、笑われるぐらい、べつに、大したことではない。娘と同じ日に、同じ式場で結婚したところで、人倫にそむくわけもないと、図々《ずうずう》しくもなった。

私は、体の調子が直ると、暫らくして、その写真の女の身許調査を、興信所に、頼む気になった。尤も、調査の結果がよかったら、直ちに、結婚するというところまでは、腹がきまっていなかった。

しかし、私の気分は、それから、一変した。私は、書斎に飾った千鶴子の大きな写真を、紙に包んで、納戸《なんど》の棚に載《の》せた。べつに、千鶴子の眼を掠《かす》めて、悪いことをしようという気持ではなかったが、その写真の皮肉な笑い方がどうも、気になった。

「そらね、あたしのいったとおり……」

書斎へ出入りの度に、彼女は、そういって、私をヒヤかすような気がして、煩《うるさ》くなってきたからだった。また、再婚するしないは、別にして、いつまでも、葬式の時の写真を、部屋に置くのも、ヘンだと、考えた。

十日ほどして、興信所から、調査の書類が届いたが、私は、失望を感じた。本人については、私の直感が当ったようで、難点はなかったが、家族関係で、なかなか、厄介があるらしかった。母親は、高齢だが、頑健であり、娘の結婚に、いつも反対し、もしも、娘が嫁入っても、煩い係累《けいるい》となるのではないかという見込みや、兄の性格についても、面白からぬことが、書いてあった。

私にとって、そういう条件は、閉口だった。若い時なら、本人第一という気持になるだろうが、もう、私は、その勇気を失っていた。私は、できるだけ、面倒臭くない結婚、平坦な結婚生活を、望んでいる。ことに、係累に悩まされることは、若い時でも、私の苦手《にがて》で、千鶴子を貰う場合でも、その点に、障《さわ》りがないので、話を進めたようなものだった。

——この年になって、知らない婆さんのご機嫌なんかとるのは、真ッ平だ。

それで、私は、その縁談に、興味を失った。私の結婚態度が、どのようなものであるかが、今度の経験で、自分にも、よくわかった。

そのうちに、また、別の縁談が、起きてきた。今度は、同じ土地に住んでいる未亡人で、子供はなく、年は、四十を出たばかりということだった。私は、その頃、細君にすべき女の年齢について、考えが変ってきた。千鶴子が死んでから、一年ほどの間は、彼女の年齢と同じくらいの女に、魅力を、感じた。それくらいの年頃の女でなければ、私との調和は、望まれないと、思った。ところが、病後に、本気で、再婚のことを、考えるようになってから、少し、若い方がいいのではないか、という気持に、なってきた。あの写真の女なぞ、三十歳ぐらいに見えるほど、若々しく、写っているので、心を惹かれたのかも知れない。人から見れば、少しでも、若い女を好むことに、不思議はないというかも知れないが、私自身としては、注意すべき変化だった。大病をして、心が弱ったという事実と共に、生命の危機を乗り越えたのだから、過去を振り捨てたい気持も、あるらしかった。

その未亡人は、私と、十八歳のちがいがあったが、私は、もう、その点を、問題にする気はなかった。それよりも、彼女が、華族の娘で、やはり華族の名家に、嫁《とつ》いでいたことが、首を捻《ひね》らせた。私は、上流社会というものを、小説の材料として、興味をもつが、実生活の上の接触は、ご免蒙りたかった。私の家は、父系も、母系も、中流武士の出であり、父は、明治のプチ・ブルであり、また、私の肉親や、親戚《しんせき》たちも、悉《ことごと》く、そうであり、私の生《お》い立ちも、性格も、思想も、日本の中産階級人のそれを、出ない。この階級も、やがて、滅びるかも知れないが、私は、甘んじて、運命を共にする気でいる。嫌でも、応でも、私は、腹の底からの中流人なのである。妻を貰うならば、同じ階級の女がいい。千鶴子だって、やはり、農村の中流階級の出身だった。

それで、私は、その縁談に、気乗りがしなかったのだが、一方、麻理の結婚の準備も、始めなくてはならず、心は忙がしかった。

式や披露を、できるだけ、簡単にしたいという、鍋島直昭の実家の希望は、無論、私も、賛成だったが、簡単にするにしても、いろいろ方法があるから、それを、考えねばならなかった。カトリック教会で、式を挙げたいという、麻理の希望は、鍋島家の方でも、異存がなく、ただ、新郎が異教徒の場合、教会が受けつけるか、どうかに、問題があった。私は、麻理を、彼女が洗礼を受け、また、エレーヌの追悼式を行った神田の教会へやって、神父に、そのことを、相談させた。式を挙げるなら、因縁のある、その教会がいいと、思ったからである。

教会では、新夫婦が、将来、子供を持ったら、信者にすること、なぞを、条件として、挙式を承諾してくれ、また、アンドゥール神父が、二人のために、特に、司祭してくれることになった。そして、式の時には、日本の媒妁人役のような、証人夫婦が必要と聞いて、私は、仏文学の先輩のT博士に、お願いした。T氏は、亡きエレーヌを、知っているし、麻理を可愛がってくれて、東大の講義が傍聴できるように、計らってくれた人である。

それで、儀式のことは、解決したが、今度は、衣裳が問題になった。

「洋装でなくちゃ、いかんもんかね」

私は、和装にしてくれればと、腹の底で、希《ねが》うのである。

「いやアよ、振袖《ふりそで》なんて！」

麻理は、ケンモホロロであった。

私は、少し、腹を立てた。和装にしたら、というのは、なにも、私が日本趣味だからではない。戦争前期の物資不自由時代に、千鶴子が、どんなに苦心して、麻理の結婚衣裳を準備したか、私は、よく知ってる。それを、全部、縫い上げたのも、彼女だったのである。それは、疎開荷物に入れて、焼失を助かり、今も、大磯の家の納戸に、置いてある。婚衣ばかりでなく、千鶴子は、訪問着だとか、不断着だとか、麻理の成長に備えて、和服類は、一通り整っているのだが、戦後の洋装流行とはいえ、彼女は、見向きもしなかった。

「よろしい。ローブ・ド・ノース（結婚衣裳の仏語）は、こしらえることにするがね、死んだママに対する感謝を、忘れちゃ、よくないぜ。お前は、一体、その気持が、足りないよ」

私は、平常、思ってることを、口走った。もう、娘も、子供ではないのだから、実母でない千鶴子が、在世中、どのようなことをしてくれたか、気がついてもいい。勿論、麻理としては、いろいろ、不満もあったろうが、客観的に見て、あれ以上の継母《けいぼ》は、まず望めない。そのことを、麻理は、どれだけ知っているだろうか。小さな不満だけ、覚えていて、大きな感謝を、忘れてることはないか。それでは、千鶴子が、少し可哀そうであり、麻理としても、そういう気持は、女らしくない。私は、やがて、私の許《もと》を離れていく彼女に、そういうことを、いっておいてやる方が、いいと思った。

麻理は、黙《だま》って、聞いていた。しかし、私のいうことに、服《ふく》してるとも、思われなかった。反抗してるとも思われなかったが、彼女は、現在、自分の幸福を考えることで、胸が一ぱいであり、千鶴子との過去を、振り返る余裕など、持ち合わせないのが、事実らしかった。一体、子供というものは、非常に利己的であり、私自身にしたところで、亡き両親に、どれだけの感謝を持ってるか、疑問であるが、肉親の関係は、それでいいと、思っている。愛情の報酬《ほうしゅう》というものがある。しかし、千鶴子の立場は、そうはいかない。私は、麻理が、利己的ではいけないと、思った。

結局、私は、麻理が、その衣裳を、用いぬにしろ、結婚後、何かの用に立てろと、命じた。たとえ、売って、代品を買ってもいいから、千鶴子の意志を、記憶しろと、いった。そして、洋装にすることに、話がきまったが、そうなると、私は、世間普通の洋式結婚衣裳では、気が進まなかった。戦後になっても、あの姿は、トンチンカンで、滑稽なところが、多かった。まるで、看護服の裳《すそ》を、長くしたような形だった。どうせ、洋装にするなら、おかしくないものにして、やりたくなった。

といって、私も、アラはわかるけれど、具体的な注文は出せないので、F夫人の力を、借りることにした。夫人は、パリ生活が長く、フランスの料理と服装の知識にかけては、有名な人であり、麻理も、知らない仲ではないので、一緒に、彼女を、熱海《あたみ》の家に訪ねた。

「お母さんが、いらッしゃらないのだから、こういう時に、麻理さんも、お困りだわね……。承知しましたわ」

女親分型の彼女が、引き受けないわけはないと思っていたが、果して、乗気になってくれた。そして、地質と型を、彼女が選み、彼女の贔屓《ひいき》している洋裁店に、仕立てさせることに、話がきまった。

その他の準備といっては、新家庭の用品であるが、

「布団《ふとん》なんか、お前、自分で考えろよ」

と、私は、娘にいった。そこまでは、こっちの神経が、回らないと、考えた。

「そんなこと、心配しなくても、あたしが勝手にやるから、いいわよ。それより、パパの布団が、あまり、ひどいわ。嫁《い》く前に、何とかしなくちゃ……」

彼女が、そんなことをいうので、私は、オヤと思った。自分のことばかり、考えてると思った娘が、そんなことに、気がつくようになったかと、私は、驚きと喜びを、感じた。事実、千鶴子がこしらえてくれた、私の夜具も、布団も、汚れたり、破れたりして、此間の病気の時に、度度、診察にきた、土地の医師から、笑われたほどになっていた。私の体が大きいので、出来合いの布団では、足が出るし、といって、布団ごしらえなんて、麻理にできる仕事ではないから、私は、諦めていたのである。

「何とかするッて、お前に、できるかい？」

「あたしには、できなくたって、布団屋に注文すれば、ワケないじゃないの」

私は、なるほどと、思ったが、彼女に果して、注文の能力すらあるか、どうかを、疑った。しかし、彼女は、東京へ出た序《ついで》に、夜具地と布団地を、買ってきて、大磯の布団屋を呼び、一人前の奥さんらしく、何とか、交渉していた。やがて、新調の布団ができて、私が、臥てみると、べつだん、足も出なかった。

そして、彼女は、自分の布団は、新調せずに、家にあった一揃いを、持っていくといった。

「どうせ、任官すれば、そのうち、外国へやらされるんだから、布団やタンスなんか、ほんとに、家を持った時に、買えばいいのよ……。それに、なるべく、あたし達、洋式で暮そうと、思うの。だって、日本風だと、とても手が掛って、不経済なんですもの」

私は、また、オヤと思った。彼女が、結婚の期待に夢中になってるとしても、その夢は、私の想像以上に、堅実であることを、認めないでいられなかった。そして、これなら、銀行預金を持たせてやっても、無茶をしないだろうと、私のプランに、不安を感じなくなった。

披露《ひろう》の席を、どこにするかと、いろいろ考えたが、教会の控室も、少し、殺風景なので、S・T社の結婚式場を、思いつき、鍋島家に相談すると、異存ないということだった。そして、式の日取りであるが、六月中旬か初旬と、大体の決定はしていても、正確な日を選べないのは、私が、娘に、生理的なことを訊くのを躊躇するからだった。私は、母親がいなくても、娘の結婚に、さまで支障のないことを知ったが、この質問ばかりは、母親の受け持ちだった。結局、私は、弟の嫁を介して、そのことを確かめ、六月八日という日を、決定した。

日が、どんどん、過ぎた。

庭のエニシダも、咲き尽くし、農家の屋根の上に、鯉幟《こいのぼり》が立つようになった。結婚式の招待状の表記を書くばかりで、他に用事もないと、思っていたが、ふと、私は、気がついた。

「おい、新婚旅行は、どうする?」

そのことを、私は、すっかり、忘れていた。

すると、麻理は、薄笑いを浮かべて、

「あら、そんなこと、するの?」

「だって、誰だって、やることだよ。お前たちは、ちっとも、考えていないのかい」

私は、不審でならなかった。

「そんなこと、してもいいし、しなくたって……」

彼女は、まるで、世間の俗習を、笑うような言葉を吐《は》いた。そうなると、私の方が、俗習の味方になるような形で、

「そりゃア、新婚旅行なんて、愉快とも限らないさ。でも、月日が経つと、共通の記憶というやつが、美化されて、役に立ってくるんだよ……。まア、とにかく、行きなさ

い」

私は、S・T社の寮で、初夜を送らせるのが、可哀そうな気がした。当人が、そんなことを、一向、気にしないのは、世代のちがいを、マザマザと、見せられたように、思った。

尤《もっと》も、いろいろ訊いてみると、鍋島青年が、懐中を、心配してる点も、一因らしかった。

「じゃア、奥湯河原の、ぼくの泊った宿へ、行けばいい。あすこなら、勘定を払ってこなくても、いいようにしとくから……」

それで、結局、新婚旅行をすることになったものの、麻理は、べつに、嬉しそうな顔も、見せなかった。

式の日が、近づいてくるに従って、私は、鍋島青年とも、よく、会った。その頃は、私も、彼のことを、アキ君と、呼ぶようになっていた。結婚前なのに、二人は、すでに、親称《しんしょう》で呼び合い、彼は、麻理のことを、私を真似て、〝マア公〟と呼び、彼女は、彼の直昭を略して〝アキ〟と呼んでいた。私も、その親称に、従ったのである。

「アキ君、子供は、あんまり、早く、つくるなよ」

麻理が、側にいない時を、見計らって、私は、彼にいった。少し、よけいな世話を焼いたかな、と思った。

「ええ……」

彼は、ニヤニヤ笑った。

「君、道具を、知ってるかい?」

「ええ……」

一層、ニヤニヤと、彼が笑った。ふと、彼が、童貞であるか、どうかということも、考えた。尤も、私は、自分が不品行だったせいか、娘の良人が、必ずしも、童貞である必要を、認めていなかったが、当人を前に置いて、顔や体を眺めてると、やはり、彼が清潔である方が望ましくなった。麻理の純潔は、疑いのないことだからである。といって、今更、それを確かめる時期ではなくなっていた。

——きっと、何も知らないんだ、この男は。そうだ、そうだ。

私は、そんな風に、強いて、自分を納得《なっとく》させようとした。

また、ある時に、私は、彼に、ふと、口走った。

「君、ぼくの家の姓を、名乗る気がある?」

私は、養子ということの不自然さを、知っているし、麻理を、嫁に出す腹は、以前からきまっている筈なのに、そんなことがいいたくなった。やはり、麻理が、家を出る間際になって、未練が起きたと、考える外はない。

「ええ、そりゃア、関《かま》いませんよ」

彼は、意外なほど、アッサリと、答えた。まるで、彼にとって、そんなことは、些々《ささ》たる問いのようだった。

私は、拾い物をしたような気で、そうなれば、彼等に対する私の考えも、変えねばならぬと、思った。亡姉のところにも、弟のところにも、子供が生まれず、麻理一人が、私の家の後継者なので、彼等夫婦が、名実ともに、そうなってくれれば、それに越したことはない。家系を次ぎ継いでいくという義務感は、私の心のどこかに、残っていた。

しかし、数日して、彼と会った時に、

「此間のこと、ぼくは承知なんですが、母に話したら、そればッかりはと、いうもんですから」

と、軽く、拒絶された。

私は、落胆したが、じきに、諦めた。もともと、ふと、欲を出して、あんなことをいったに、過ぎなかった。彼は、長男で（すぐ下に大学生の次男がいるにしても）、先方の親の気持も、わからないことはなかった。むしろ、何もいい出さなければ、よかったのだ。

日が迫ってくると、駿河台の寮に、荷物を送ったり、荷解《にほど》きをしたりするのに、麻理自身が、当らなければならぬのが、可哀そうだった。荷解きの時には、若い方の女中をつけてやったが、それでも、麻理が、一緒に働かなければ、どうにも、始末がつかなかった。私が、代ってやれば、いいようなものだが、不精というか、気伏せッたいというか、腰が上らないのである。そして、千鶴子が生きていたら、というようなことばかり、考えていた。花嫁自身が、婚礼荷物の処置をするなんて、異例であり、不憫《ふびん》でならないのだが、当人の麻理は、案外、平気だった。女中と二人で、掃除から、家具の据えつけを、一切やって、疲れた顔も見せず、帰ってきた。

「とにかく、住めるように、してきたわ」

私は、娘が、お嬢さん臭くないのを、喜ぶべきだ、と思った。そういえば、死んだエレーヌにも、そういうところがあった。自分の運命は、自分で切り拓《ひら》くのが、当然というような、傲《おご》らない気持で、テキパキと、生きていく女だった。

やがて、麻理が、家で過ごす最後の日が来た。もう、べつに、いって聞かすこともないが、静かに、別れの夕飯を食べたいと思い、オードゥヴル、スープ、伊勢海老《いせえび》のボイル、それに、鰻飯《うなぎめし》という和洋折衷の献立にさせ、ボルドーの白葡萄酒があったのを、抜くことにして（麻理も、フランスの葡萄酒が、好きだった）、三時頃から、女中たちが、準備を始めたところへ、ある馴染みの記者が、訪ねてきた。

彼は、娘の結婚を聞いて、祝いにきてくれたので、ウイスキーなぞを、饗応《きょうおう》してると、次第に、酔ってきた。そして、外が暗くなるにつれて、一層、上機嫌になってきた。

「ね、先生、嬉しいでしょう。親の責任を果して、サッパリしたでしょう。その気持で、一つ、いいもの書いて、下さいよ……」

彼が、お世辞でなく、麻理の結婚を、喜んでくれるのは、わかるが、私は、娘と共にすべき食事のことが、気にかかった。私は、我儘者だから、こういう場合に、対手に、帰ってくれぐらいのことは、いいかねないのだが、生憎《あいにく》、私は、この記者が、好きだった。酔えば、子供のようになる性質も、よく知っていた。せっかく、いい気持に、酔っ払っているのに、いやなことを、いいたくなかった。

結局、九時頃になって、彼が、帰ってから、すぐ、茶の間へ行くと、麻理は、

「あたし、お腹が空《す》いたから、先きに、済ましちゃったわよ」

と、私の顔を見上げた。

四一

朝、起きたら、雨が降っていた。

「お前、小豆《あずき》のご飯に、お茶をかけて、食べたことが、あるんだろう」

私は、娘に、冗談をいったが、彼女に、通じなかった。

「いや、そういう話だよ。それで、お嫁入りの日に、雨が降るんだそうだ」

昨夜は、なにか、心が乱れ、床についても、暫らく、眠れなかったが、今日の気持は、サッパリしていた。覚悟がきまった、というところがあり、雨降りも、それほど、気にならなかった。

赤飯と、鯛《たい》の塩焼きで、朝食を済ませた。その時も、べつに、娘に対して、改まったことをいう気に、ならなかった。いうべきことは、いい尽したという気がするし、何も、

訓《おし》えてないが、今更、どうにもならぬ、という気もした。

さすがに、麻理は、落ちつかなかった。笑顔を、忘れたようになり、ソワソワする態度と、憂鬱な表情が、入れ混った。新婚旅行の鞄詰めも、誰も、手伝ってくれる者がないのだから、可哀そうだった。私は、わざと、陽気な風を見せて、彼女の気持を、落ちつかせようとした。

「湯河原が気に入ったら、二晩でも、三晩でも、泊ってくるさ。帰りは、大磯へ寄って、晩飯でも食べていくがいい……」

「ええ。そうするわ」

彼女は、味のしないような食べ方で、箸《はし》を運んでいた。

——麻理が、家で食べる、最後の食事だ。

そう気づいたが、私は、感情を、表わさないようにした。

そして、私たちは、一〇時五二分の湘南《しようなん》電車に乗って、大磯を出た。駅まで、近所の奥さんや、お嬢さんが、麻理を送りにきてくれたが、車が走り出すと、私は、ほんとに、今日、麻理が結婚するのか、という気持がした。彼女は、鼠色のスーツを着てるし、まだ、結婚化粧はしていないし、旅行鞄が、網棚《あみだな》の上に載っているし、私は、自分がモーニング・コートを着てるのも忘れて、彼女と山へでも遊びにいくのではないかと、思われた。

しかし、東京駅へ着くと、打合せどおり、降車口で車が待っていた。その車は、直ちに、私たちを、S・T社の結婚式場へ、導いた。式は、神田の教会で挙げるのだが、花嫁化粧や、式服に着替えるのに、S・T社の美容室を選んだからであった。

「さア、どうぞ、こちらへ……」

女の社員が、入口に待っていて、麻理を、奥へ連れ去った。その瞬間から、麻理の体が、私から、奪われたようなものだった。

私は、娘の化粧や、着替えに、女の介添人《かいぞえにん》が必要だと思って、弟の妻に頼んだので、彼等夫婦は、間もなく、姿を現わしたが、実際には、役に立たなかった。むしろ、それと前後して、駆けつけてくれた、F夫人と令嬢の方が、事実上の介添人になった。

「ローブ、わりと、よくできましたよ。着付けは、私たちが見ますから、ご心配なく……」

夫人は、結婚衣裳が、洋裁店から、直接に、ここへ届けられ、帽子や、ヴェールや、靴も、手落ちなく、整《ととの》ってることを、私に語った。そして、すべてが、完全に進行してることは、私が、何も用のない体になったのを、意味した。

「そう、あなたは、そこらを、ブラブラしていらッしゃい」

夫人に、そういわれると、私は、自分の体を、もてあつかった。人気《ひとけ》のない、ガランとしたホールを、歩いてみたり、本館の社長室へ話しにいったりしてみたが、心は落ちつかず、頭はボンヤリしていた。その証拠に、私や麻理が、この日の午飯を、どこで、何を食べたか、まるで、記憶を失ってる。どうしても、思い出せないのである。

しかし、一、二時間の空虚の後で、私は、眼覚《めざ》ましい記憶を、持ってる。

「どう？　とても、お似合いでしょう？」

F夫人と令嬢は、そういいながら、麻理を、私のいたところへ、導いてきたのである。私は、眼を見張った。足の爪先《つまさ》きまで隠れる、白い裳《すそ》、白い袖、白い花のついた白い帽子、長い、白いヴェールの姿が、曾て見たことのない凛々《りり》しい麻理を、私の前に、現わしたのである。F夫人の注文も、よかったのだろうし、その洋裁店の腕も、優れていたのだろうが、生まれ持った麻理の体が、実に、ピッタリと、衣裳を生かしていた。こんなに、洋装の花嫁衣裳が、よく似合った例を、私は、見たことがなかった。着付けも、F夫人が側についてるので、帽子を眼深《まぶか》にかぶる、おかしな日本の習慣も、羞恥の屈《こご》み身も、ヘンに胸を張る硬さも、一切なく、すべてが、極く自然に、着こなされていた。そのせいか、彼女の見せた花嫁の態度というものが、一生の大事に臨んで、あまり悪びれず、落ちつきと、品位を保ってるかのように、私を感動させた。

——健気《けなげ》だ、健気だ。

そういう古風な讃辞が、私の胸に湧いた。それ以外の言葉では、表現のできない気持であった。

千鶴子には、可哀そうだが、洋装にして、やはり、よかったと、私は考えた。そして、最後に、娘の顔を見て、また驚かされた。娘が、こんな美人だったかと、疑うほどであった。化粧嫌いの彼女の肌も、専門家の手にかかると、すっかり、塗りならされて、艶《えん》麗《れい》な感じが出た。しかも、F夫人の意図が加わって、フランス語でいう〝厚塗り《トロ・マキエ》〟を避けたので、別人に化けさせる化粧の嫌《いや》らしさがなく、彼女の目鼻立ちが、イキイキと、浮き出していた。弟から祝いに贈られた、真珠の首飾りも、慎《つつ》ましく、胸もとから、覗《のぞ》いていた。

　娘が、花嫁として、美しく粧《よそお》われた満足が、このように、大きいものであることを、私は、知らなかった。所詮、それは、贔屓目《ひいきめ》から生まれた、自己満足に過ぎないであろうが、いくら反省しても、喜びに変りはなかった。尤も、こういう満足は、母親のものであるべきである。もし、麻理の母が生きていたら、私の倍の喜びを、味わったにちがいない。娘を育て、結婚の日を迎えさせた、母親の感動は、とても、父親の及ぶものではない。私が、普通以上の満足を味わったのは、麻理の幼い頃に、代理母親の役を勤めたことが、潜在的に働いているのだろう。

　それが、一時半頃で、式は、二時から始まる予定だから、私たちも、じきに、教会へ出向かなければならなかった。幸い、雨は、いつか止んでいた。車が、外に待っていたが、そこまで歩いていく間も、駿河台の大通りを歩く人々に、麻理の仰々しい衣裳が、眼立って、可哀そうだった。しかし、彼女は、長い裳《すそ》を、器用につまんで、車に乗り込んだ。F夫人母子が、同車して、私は、別な車だった。

　教会へ着くと、控室に、鍋島の両親と、直昭が、待っていた。直昭は、モーニング・コートを着て、年始にでも回るような笑いを、浮かべていた。私は、彼に、初着のモーニングについて、冗談をいったり、両親とも、気軽に、話をした。麻理も、衣裳を意識しないような、平常な態度で、直昭に対していた。結婚式が始まる前の硬苦しい空気は、何一つなかった。私の弟が、鍋島の父と、商大で一級ちがいの同窓とわかり、彼等も、打ち解けた話を、始めた。

やがて、証人のT博士夫妻が、到着した。T氏は、有名な、陽気な諧謔家《ユーモリスト》なので、控室は、一層、賑やかになった。そこへ、教会の人が現われて、式を司《つかさど》るアンドゥール神父が、急用ができて、二十分ほど遅着すると、電話があったが、その間に、新郎新婦の入場の予行をしてはどうかと、話があった。麻理だけが信者で、新郎も、証人夫妻も、公教の儀式に慣れないから、教会で、そういう心遣《こころづか》いをしたらしかった。

私たちは、礼拝堂のベンチに腰かけて、待っていると、やがて、オルガンが、結婚行進曲を始めると、奥の方から、直昭を先頭にし、T博士が続き、次ぎに、白い花束を持った麻理、T夫人という順序で、中央の通路を、歩いてきた。

「あ、早いです、早いです……」

教会の人が、直昭の歩き方を、注意した。彼は、頭を掻いて立ち止まった。緩慢な、結婚行進曲の音律に、硬《こわ》ばった脚を合わせるのが、なかなか、困難らしかった。T博士も、兵隊のような姿勢で、肥った脚を挙げるのに、苦労していた。麻理が、一番、円滑に歩いた。

「では、もう一度……」

また、荘重な結婚行進曲が始まり、奥から、行列が出直してくるのが、滑稽感を誘った。私は、笑い声を立て、綱渡りのような、怪しい足取りをしてる直昭も、その後に従う麻理も、微笑を浮かべた。その笑いが、朝から、私の胸を縛《しば》りつけてる緊張を、快く、解《と》いてくれた。

予行が終って、控室へ帰る頃には、アンドゥール神父も、姿を見せた。

「お父さん、今日は、おめでとうございます」

日本人と少しも変らぬ発音で、そういいながら、神父は、私の手を握った。T博士も、神父と面識があるし、結婚する二人は、彼の生徒であるし、そこに交わされる雑談は、笑い声に充《み》ちた。やがて始められる儀式も、親愛の心で行われるだろうと、私は、満足した。

「では、式を始めましょう」

と、アンドゥール神父が、席を立った。そうなると、また、心が落ちつかなくなった。神父は、聖壇《せいだん》の裏室に去り、麻理と直昭と証人夫妻は、奥の方へ導かれ、私たちは、礼拝堂の中に歩み入ったのであるが、反響のいい堂内に、自分の靴音が、ひどく、高かった。六月であるのに、肌に浸みる冷気を、感じた。前列に座を占めて、聖壇の方を見ると、蠟燭型《ろうそくがた》電燈や、ホンモノの蠟燭が、アカアカと輝き、花が飾られ、聖龕《せいがん》の背後に、三本のステインド・グラスが、バラ色の噴水のように、眼を射た。

その透明な、非現世的なバラ色には、記憶があった。それは、大雪の翌朝のエレーヌの追悼式の記憶だった。凍《こご》えるように寒かったこの堂内に、雪晴れの外光が、あのバラ色を、ネオン燈よりも強い輝きで、射《さ》し込んでいた。麻理の洗礼の時には、私は、立会わなかったので、この礼拝堂へ入ったのは、その時が初めてだったが、一体、教会というものに、縁の薄い私は、そのバラ色のステインド・グラスに、強い印象を受けた。しかし、その記憶に、あまり、悲しみが伴なわないのは、あの日が、葬儀ではなく、追悼式だったせいもあり、また、私を襲った、長いトンネルのような不幸も、その時は、まだ、入口に過ぎなかったので、私も、傲慢《ごうまん》だったのであろう。そして、あの追悼式に、麻理は、参列していなかった。

「麻理ちゃんは？」

と、人々が、私に訊いた。

「まだ、母親の死んだことも、知らせてないんですよ」

「そう。その方《ほう》が、いいかも、知れませんね」

誰も、同じようなことをいった。それほど、麻理は、まだ幼く、小学一年生で、〝白薔薇〟の寄宿舎に、いたのである。いや、母の追悼式を、知らなかったばかりではない。大雪のなかで、上級生と雪投げをして、風邪《かぜ》をひき、高い熱を出してることも自覚しないほど、幼い少女だったのである。彼女が、肺炎になって、その通知の電話が、私を驚かしたのは、追悼式の翌日の晩だったのだから――

麻理の肺炎の時ほど、私が打ち挫《ひし》がれたことは、生涯のうちになかった。あの時ぐらい、自分の無力を感じたことは、なかった。そして、彼女は、病後も、手のかかる、虚弱な少女となり、不遇な文士だった私を、悩まし続け、時には、親子心中の幻《まぼろし》を、私に描かせた。それでも、やっと、再び、学校の制服が着れるようになった頃には、エレーヌの死の一周年が、来ていた。

その命日に、私は、人々を招く金の余裕も、心の余裕もなく、麻理と二人だけで、この礼拝堂へきて、黙禱《もくとう》をした。その時、彼女は、もう、母の死を知っていた。そして、小さな信者らしく、聖壇の前に、片膝をつき、十字を切ることも、知っていた。私は、礼拝の方法を知らないから、彼女のそういう姿を、ジッと、見ていた。初冬の晴れた日で、三つの鉾《ほこ》のような、細長い窓から、バラ色の光りの縞《しま》が、降りそそぎ、垂れた彼女の小さな頭を、黒々と、浮き上らせた。それが、いいようもなく、悲しかった。バラ色が、悲しかった。この世で、私たちは、二人ぎりであり、誰からも顧みられず、また、誰を頼むべきでもない、という気持がした――

考えてみると、その時から、私は、一度も、この教会へきていない。あれから、十数年振りで、ここのステインド・グラスを、見たことになる。何か、この礼拝堂は、昔より、キレイになったような気がする。戦災で、焼けはしなかったが、相当の損害を蒙《こうむ》ったというから、内部を修繕したのかも知れない。正面の三つの窓の形も、バラ色の光りも、少しも、変らない筈であるが、何か、気持が違っていた。今日は曇天で、ステインド・グラスを透《とお》す光りが、弱いのかも知れない。それよりも、私自身の気持が、違っているからだろう。私は、今日を限りに、娘と別れるのであるが、それは、ちょっと、悲しいことであるけれど、非常に、満足なのである。その満足も、娘を、ここまで育て上げたということばかりではない。私自身が、解放されるという満足なのである。私という人間は、子供だとか、妻だとかのために、犠牲となることを、喜びとするような風に、できあがっていない。そんな、力強い男性に、生まれていないのである。私が、今日まで、麻理を育てるのに、いろいろ苦労をしたが、心の中では、いつも、不平タラダラであった。親子の愛情なんてものを、なぜ、天は人間に与えたかと、嘆いた時が、多かった。愛情さえなければ、問題はないのである。いや、本能的な母親が持っているような、深い、大きな、無限な愛情があれば、問題はないのである。私は、生憎《あいにく》、父親であった。おまけに、自分が大切でならない、父親であった。子供なんか、育てるガラではない人間だったのに、そんな運命に置かれたから、苦しかったのである。

しかし、もう、いいのだ。放免《ほうめん》の日がきたのだ。もう、麻理のことを、考えてやらなくても、彼女は、自分で自分のことを、考えていくだろう。また、そうさせなくてはならない。万一、彼女が、甘えてきても、私は、受けつけないことにする。

「お前には、亭主があるではないか。子供だって、やがて、生まれるではないか……」

＊

ふと、私は、オルガンの音で、われに返った。

――始まった！

私は、慌《あわ》てて、ベンチを、立ち上った。予行の時に、新郎新婦の入場を、参列者は、起立して迎えるよう、注意があったからである。通路を隔てた、鍋島家側のベンチからも、人々の立ち上る、気配がした。

私は、直立の身を斜《ななめ》にして、通路の奥を注視すると、堂内が暗いので、黒い服の直昭よりも、純白の麻理の衣裳が際立《きわだ》って、見えた。結婚行進曲の音律に乗って、行列が近づいてきたが、誰も、予行の時とは見違えるほど、上手《じょうず》に歩いてるようだった。私は、直昭が、うまく歩いてるのを、見届けただけで、後は、麻理から、眼を放さなかった。彼女は、やや俯《うつむ》き、非常に、真面目な顔をしているが、硬くなった醜《みにく》さは、なかった。私に似て、小さな鼻が、童女のようであり、また、化粧で整った顔が、﨟《ろう》たけても見えた。そして、全体の態度が、S・T社で衣裳をつけた時よりも、倍も、三倍も、落ちつきと、可憐さに、溢《あふ》れていた。

ほんとに、その姿は、私の意に適《かな》った美しさを、示していた。

――上出来だ、上出来だ！

急に、私の眼に、涙が溢れてきた。人が、側にいるし、キマリが悪いと思ったが、そんなことに、関《かま》っていられないという気もした。私は、終《しま》いに、ハンカチで、眼を拭いた。

その間に、彼等は、私の側を通過し、聖壇の前に、二つ列べられた、祈禱台のような高い卓の前に、それぞれ、着座した。聖壇の上には、アンドゥール神父が、薄色に金の装飾のついた法衣《ほうえ》を着て、現われていた。第二次大戦に、兵士として前線に出て、瀕死の負傷をした神父は、ステッキをついて、身を支えているが、堂々とした体格が、法衣を着ると、一層、立派に見えた。

神父は、侍童を従えて、聖龕《せいがん》の方を向き、礼拝を行った。それから、ひどく大きな聖書を持ち、ラテン語らしい言葉で、それを読んだ。そして、何か、唱《とな》えごとをした。その荘重な声が、反響のいい堂内に、梵鐘《ぼんしょう》のような余韻《よいん》を曳き、後方の二階にいる聖歌隊が、その復唱をした。やがて、讃美歌が、始まった。この教会の聖歌隊は、たいへん上手なのだそうだが、男女の声が、河のようになって、流れた。私は、眼を閉じて、聖歌を聞いていると、甘美な悲しみが、胸を浸してきたが、ふと、忘れ物をしたような気が、起きた。

——千鶴子のことを、考えてやらなければ、いけない。

式が、迫ってきて以来、心の忙がしさに紛《まぎ》れ、彼女のことを、まったく、忘れていたが、彼女が生きていれば、今日は、私に次いで、重要な列席者である筈だった。彼女も、麻理を育てた一人なのである。彼女が、列席していれば、彼女は彼女なりの深い満足と、感慨を味わったろう。そして、麻理の洋装花嫁姿が、立派なのを見て、自分が苦心して拵《こしら》えた振袖が、ムダになったことも、そう悔《くや》みはしないだろう。彼女は、そういう女なのである——

私は、この場合に、危く、千鶴子のことを思い出して、少し、済まないと思ったが、間に合ってよかったという気もした。私が、彼女のことを、念頭に浮かべれば、彼女が、列席してるようなものだと、思った。

やがて、アンドゥール神父が、聖壇の前に進み出て、着座している新郎新婦に、日本語で、生涯愛し、愛し合うことを、神の前に誓うかというようなことを、訊《き》いた。二人が、肯定《こうてい》の返事をすると、神父は、彼等を差し招いて、結婚の指環《ゆびわ》を、それぞれの指に、嵌《は》めさした。尤も、その指環は、数日前に、彼等二人が、銀座あたりへ行って、買ってきたもので、値段もわかっていたから、少し、滑稽な気もした。

それから、また、オルガンが鳴り、それで、宗教の方の式が、終ったらしかった。

――済んだ、済んだ。

私は、少し、ボンヤリしてきた頭の中で、そのことを、思った。しかし、まだ、大切なことが、残っていた。

聖壇から、一旦、引っ込んだ、アンドゥール神父が、法衣《ほうえ》を脱ぎ、司祭の黒い平服姿になって、また、現われた。そして、新郎新婦と、T博士夫妻に、聖壇の下に置かれたテーブルへくるよう、合図をした。瞬間、私は、何が始まるのかと、疑ったが、それは、結婚の誓約書に、署名をするのだと、わかった。

神父が、側に立ってるテーブルの上で、まず、直昭が、署名した。次ぎに、麻理が、ペンを握ったが、テーブルが低いので、彼女は、かなり身を屈《かが》め、垂れたヴェールを透《す》かして、直角になった右腕が、見えた。その腕に、ひどく、力が入ってるように、思われた。また、横顔も、真剣だった。キッと、唇を結び、眼《まなこ》を凝らし、字を書いていたが、そのペン軸の握り方が、死んだエレーヌそっくりであった。彼女も、字を書く時に、ひどく、真剣な顔をした――

やがて、T博士と夫人が、それぞれ署名して、完全に、結婚が成立した。アンドゥール神父が、優しい微笑を浮かべて、二人に、祝いの言葉をかけた。

それから、神父は、参列者に向って、喜びの挨拶を、述べてくれた。それは、型通りの文句ではなく、二人を個人的に愛してる教師として、温かい気持が溢れていたが、私の心は、靄《もや》のようなものに包まれ、夢うつつに聞く気持だった。

麻理の結婚が、済んだのである。何か、鐘が鳴り響くような、気持がする。教会の鐘が、鳴ってるわけではないが、何か、鳴ってる。まだ、披露式というものが、残っていて、それも、私の責任感を唆《そそ》るが、もう、すべては済んでしまったような、疲労と安心が、胸一ぱいに展《ひろ》がってきた。

私は、花嫁花婿の退出を、起立して、送る時も、弛《ゆる》んだ弦《つる》のような自分の体を、感じた。彼等は、入場の時と変って、二人列んで、手を組み、通路を歩いていくから、新夫婦というものを、絵に描いたことになり、当然、私の感慨を呼ばねばならぬのに、私は、麻理の後姿が曳《ひ》いてる白い紗《しゃ》を、幻《まぼろし》のように、見送っただけであった。

むすび

この、長々しい物語（これも、やはり、一つの物語であろう）も、やっと、筆を擱《お》くところへ、きたようである。娘が、生まれた時から、嫁にいったところまで、書いたのだから、それで、一段落である。一段落というより、終末といった方がいい。麻理の娘の時期は、終ったのである。

実際、結婚した娘というものは、ガラリと、変るもので、麻理も、私の家にいた時の彼女ではなくなった。彼女が、すでに、私の家族ではなく、別な家の主婦になった証拠を、いろいろな形で、見せるのである。

例えば、何か用事で、私の家へきても、キョロキョロと家の中を見回し、

「パパ、これ、貰ってくわよ」

と、道具類とか、食料品とかを、持ち帰ってしまう。なにしろ、どこに、何が納《しま》ってあるか、よく知ってるのだから、敵《かな》わない。

そのくせ、私が、稀《まれ》に、彼等の新家庭を訪れても、一向、ご馳走なぞしてくれない。せいぜい、紅茶ぐらいしか、飲ませてくれない。

父親は、彼女にとって、二番目の男になったのだから、どうも、仕方がないが、彼女

が、新夫婦らしく、仲よく暮しているのは、私にとっても、都合がよかった。私もまた、その後、予《かね》て話のあった、同じ土地に住んでる未亡人と、結婚することになったが、今度は、麻理が家にいないから、私の気持も、簡単であった。麻理も、強《し》いて、母と思う必要もなく、すべて、サラサラと、運んでいる。

ただ、麻理が、結婚後十カ月目に、暫らく、良人と離れねばならぬ、運命が起きた。彼女の良人は、外務省研修所を出て、外交官の卵というか、ヒヨッコというべき地位を獲たが、パリの大使館へ、赴任することになったのである。しかし、最下級の彼の地位で、直ちに、細君を同伴することは、前例に反《そむ》いた。一年ぐらい経てば、細君を呼び寄せることも、不自然でなくなるという。そして、彼は、単身赴任したのであるが、その時は、納得していた麻理が、日が経つにつれて、態度が怪しくなってきた。早く、自分も、パリへ行きたいと、執拗《しつよう》に、いい出したのである。

私も、だいぶ、迷った。結婚前から、彼女を、一度、フランスにやりたい気持はあったし、その費用の準備も、ないわけではなかった。しかし、こういう場合に、自費で、細君が出かけるということが、下級官吏として、目立つ行為になるし、それが、いい影響を及ぼすとは、思わなかった。

「まア、暫らく、待つんだね。寂しかったら、家へきていたら、どうだね」

私は、娘に、そういった。

「大磯なんか、行きたくはないわよ」

彼女の声に、ヒステリックな調子さえ、加わった。私は困ったものだと、思った。

しかし、いい按配《あんばい》に、半年ほどして、麻理を呼び寄せる許可が、降りたことを、直昭が知らせてきた。麻理は、旱天《かんてん》に水を濺《そそ》がれた草花のようになり、驚くべき勢いで、家を畳《たた》み始めた。公式の夫人呼び寄せだと、渡航費はもとより、滞在中の家族手当も出るので、すべてが、都合よく運ぶのである。

彼女は、エア・フランス会社の飛行機で、出発することになったが、空旅は、私も経験がなく、彼女がフランス語ができるとしても、女一人の旅が、気づかわれた。四国に疎開中に、彼女を東京に旅立たせた時の不安が、また、私を襲った。ちょうど、航空会社の支配人のフランス人が、同じ機で、帰国するのに、何かの世話を頼む利便ができたが、それを唯一《ゆいいつ》の頼みにする気持だった。

しかし、娘にフランスの土を踏ませるということは、私にとって、シミジミとした喜びであった。私は、昔、エレーヌと私の住んでいた、パリの街と番地を、彼女に教え、その家の何階目の幾つ目の窓が、私たちの居室であり、外側からでも、そこを、仰いで見るように、勧めた。

「それから、暇ができたら、ピュイ・ド・ドームの村へいって、お墓詣りをしてきて、貰いたいね」

それも、私の長い間の希《ねが》いだった。

彼女が、羽田を出発する時には、夜晩《おそ》かったので、鍋島の両親とも、東京で別れ、飛行場へ見送ったのは、私一人であった。

　麻理は、旅の不安のためか、急に、子供に返ったように、オドオドしていた。私も、まったく、結婚前の彼女に対する気持に戻って、心配ばかりしていた。混雑する待合室で、偶然、私の小説の挿絵をかいたことのある画家が、同じ機で渡仏するのに会い、クドクド、途中の世話を、頼んだりした。

　いよいよ、飛行機に乗り込む時になって、私は、税関に話して、特別の許可を貰い、柵《さく》から中へ入った。麻理のカバンを、私が持ってやって、巨大な機体に、近づいた。高いタラップが地上から、機の胴体の扉《とびら》に、伸びていた。私は、その階段の下で、彼女に、カバンを渡した。

「じゃア……」

　私は、気忙《きぜわ》しくてそれだけしかいえなかった。

「ええ、じゃア……」

　娘も、それ以上の言葉が、いえないらしく、少し頭を下げてから、トボトボと、段を登っていった。

　機の入口に、体格のいい、年増《としま》のフランス女のスチュアデスが、乗客を、愛想よく、迎えていた。麻理にも、何かいって、笑いかけてるのが、見えた。私は、衝動的に、タラップを駆け上って、そのスチュアデスに、フランス語で、私の娘が、女一人の旅をするから、よろしく頼むということを、話しかけた。しかし、久振りのフランス語は、調子が悪く、対手《あいて》は、半分しか解らないのを、フランス女らしい愛想のよさで、合点する様子だった。その時は、もう、麻理は、機体の中へ、深く進み入って、姿が、よく見えなかった。

じきに、タラップが外《はず》され、男の乗組員が、勢いよく、扉を閉じた。そして、少しの間隙もなく、烈しいプロペラの音が、始まった。

私は、麻理の姿が、丸い窓のどこかから、覗いてはいないかと、しきりに、眼をやったが、窓は小さく、ガラスも、ひどく厚いらしく、内部の燈火が、明るく映ってるだけだった。

やがて、発動機の音が、一段と大きくなり、大きな機体が、走り出した。ひどい、砂混りの風が、私を、吹き飛ばしそうにした。私は、身を斜《ななめ》にして、鳥打帽《とりうちぼう》を振った。そんなことをしても、麻理に見えはしないと思っても、振ってみたかった。

青や赤の燈火の散らばってる闇の中へ、灰色の機体が、じきに、呑まれてしまったが、グルリと、向きを変える様子が、幽《かす》かに識別できた。航路と反対の方角の地点へ滑走し、そこから、浮上のための滑走を、始めるらしかった。

やがて、今度はホントだぞ、というような、最大の爆音が、聞えてきた。そして、速い滑走が始まり、思ったより早く、機体が、夜空に、浮き上った。

私は、それが、一羽《いちわ》の鳥に見えた。広い闇の中を、大きな翼で、掻きわけていく鳥のように見えたが、帽子を、烈しく振ってるうちに、麻理が、その鳥になったという気持になった。麻理が、大きな翼を生《は》やして、飛び去っていくのだ、という考えが、起ってきて、これが、ほんとのお別れだと、思った。途中を案ずる、コマゴマした心配なぞ、すっかり消えてしまい、彼女は、きっと、無事に、パリに着くと、思った。少し寂しかったが、安心と解放感が、結婚式の時に倍して、深々と、私を浸《ひた》した。

自跋

私は、今まで、フィクション（つくりごとの小説）ばかり、書いてきた。これは、文学の職業に対する私の考えから、出ていることで、今後も、それを続けていくだろうが、この『娘と私』だけは、まったく、例外だった。この作品で、私は、わが身辺に起きた事実を、そのままに書いた。つまり、私小説であるが、それは、私の文学に対する考えが、変ったというよりも、むしろ、偶然の動機からだった。

七年前に、私の前妻が死んだが、その時に、「主婦の友」その他から、妻を喪《うしな》った感想を書くことを、求められた。しかし私の気持は、それどころではなかった。すべてが、ひっくりかえったような、状態だったのである。それでは、書きたくないかというと、そうではなかった。亡妻は、糟糠《そうこう》の妻で、且《か》つ、いろいろ、家庭的な面倒をかけているので、その死を迎えて、感想がないわけがない。書きたいことは、山ほどあるが、書く気持をまとめることが、困難であっただけである。

「一周忌でもきたら、書く気になるかも知れませんが……」

私は、そんな返事をして、依頼を断《ことわ》った。

そんな、口から出任せの返事をしたのに、一周忌がくると、私は、ほんとに、今なら、妻のことが書けはしないか、という気持を感じた。そして、どうせ書くなら、短い感想なぞでなく、亡妻と私の歴史を、書いてみようか、という気持を、起した。

それでも、私は、決心がつかなかった。フィクションばかり書いていた私が、今更、そんなものを書くのも、妙なことだし、また、一家の私事を、人前にさらすのも、気が憚《はばか》られた。

ところが、その後、私の娘は結婚して、外国へ去り、私も後妻を娶《めと》り、私の家庭生活が、何か、一段落を告げたような時がきた。ちょうど、その頃に、「主婦の友」から、長篇の依頼がきたが、今度は、あのことを書いてみようかという、気持が動いた。

それは、「主婦の友」に、亡妻死去の時の約束があったからでもあるが、私は、この雑誌に、十数年も書き続けているので、そういう私事を小説に書くことにも、読者に対して、何か、気安い感じがあった。

それにしても、亡妻のことを書くのに、『娘と私』という題名は、おかしいではないかと、疑問を持つ人があるかも知れない。しかし私は、何の躊躇《ちゅうちょ》もなく、そういう題名を選んだのである。

私にとって、亡妻と、私の娘とは、離すべからざるものであった。亡妻を娶った動機も、娘の義母として適当の人間と、考えたからであり、事実、彼女は、娘を、一人前に育て上げてくれ、そして、世を去った。彼女の追憶のどんな断片にも、常に、私の娘が付随している。亡妻のことを書くのは、私の娘のことを書くことになり、私の娘のことを書くのは、亡妻のことを書くことになるのである。

そして、無論、私は、娘のことも、書きたかった。幼い時に、生母を喪い、やっと一人前の女になり、飛行機で外国へ出かけるのを、見送った直後で、父として、私の感慨は、湧くが如くだった。私は、娘と亡妻と私との三人で営んだ生活を、書きたいと思った。そして、亡妻に対する私の気持の中心は、結局、娘の存在にあったから、題名は、『娘と私』がいいと、思った。

この作品は、昭和二十八年の新年号から、三十一年の五月号まで、三カ年半に亘《わた》って、「主婦の友」に載った、私の作品中でも、最も長いものであり、「主婦の友」の連載小説としても、最も長いものであろう。私は、雑誌も、読者も、よく、長い間、辛抱してくれたと思って、感謝に堪えない。

その長い間、私は「筋」というものを考えないで、物語を書く経験をしたわけであるが、私の一つの発見は、人生の中に、ずいぶん、「筋」があるということだった。完結に当って、読み返してみると、私の生涯に、こんなに「筋」があったかと、驚くほどである。

私は、生起した事実を、順々に、できるだけ、克明に書いた。最後の方に、少し順序を変えた箇所があるが、そうしないと、この物語は、いよいよ長くなる惧れがあったからに、過ぎない。

何にしても、私は、この長い物語を書き終って、ホッと、呼吸をついている。常に、作品を書き上げた後は、ホッとするものであるが、今度の気持は、よほど、ちがうようであった。作家として、ホッとするばかりでなく、私個人の人生が、一期間を終えたことの溜息が、出たのであろう。尤も、すでに、次ぎの幕が、始まっているが――

昭和三十一年陽春　大磯にて　　　　作　者

【付録】『娘と私』

小説はウソを書くと見つけたり――という信念のもとに、長いこと書いてきてる。ウソとは、ツクリゴトの意味であるが、円満具足《ぐそく》のウソは、なかなか、つけないものであって、ツクリゴトの下手な男であることも、自認している。

読者も、ウソと知りつつ、小説を読むのではないか。少くとも、明治時代までの読者は、そういう心得ではなかったのか。『不如帰《ほととぎす》』や『金色夜叉《こんじきやしゃ》』の主人公は、だれがモデルだなどというのは、一部の知ったかぶりであって、大部分の読者は、狂言綺語《きご》と思いながら、泣いたり、喜んだりしてたのではないか。

それが、高級の読者だと思う。

そういう読者に対して、こっちも、少しでもマシなツクリゴトを書こうと、精を出すのであるが、最近、少しがっかりした経験がある。

旧作の『おばあさん』というのがあって、明治の生き残りの女性が、現代生活の中で、案外役に立つところを、書いたものだが、主人公はもとより、作中の人物のすべてが、空想の産物である。ところが、最近、一読者から手紙がきて、あの中のTという人物は、関西某市の出身の由《よし》なるが、その人のセガレかの友人が、中共軍に捕えられて消息不明だが、あなたなら、事情を知ってるだろうから、教えてくれと、書いてあった。

こういうことは、大変、迷惑なのである。返事が書けなくて、困るばかりでなく、そういう読み方をされることが、迷惑なのである。このごろ、読者は、少し低下してるのではないか。

『おばあさん』に限らず、『自由学校』にしても、『てんやわんや』にしても、同じことであって、ピンからキリまで、ツクリゴトである。そんな人物がいたら、面白かろう、そんな事件があったら、面白かろうということを、書くのであって、皆、ツクリゴトである。

しかし、『大番』は有名な株屋のことを、書いたのだから、そうはいわせぬとヤリが出そうだが、あの主人公だって、実物と会ったのは、書き出して、三カ月後だった。世上のうわさで、いろいろヒントを得たのは確かだが、私の頭の中に、ツクリモノの映像ができあがってから後の話で、会った目的は、株屋生活の経験を聞くためだった。

処女作『金色青春譜』以来、私の作家態度は、少しも変らず、今後も、そのツモリでいるのだが、ふとした心の迷いで、『娘と私』というのを書いてしまった。

流行語をもってすれば、モーシワケナイである。しかし、その罰は、もう、充分に思い知らされてる。小説以外の場所で、今度は、自分がツクリゴトの的にされて、冷汗のかき通しだった。といって、身から出たサビであるから、だれを恨《うら》もう由もない。やはり、小説は、ウソを書くものと見つけたり。今度で、ツクヅク懲《こ》りた。われとわがプライバシーを、侵害したのだから、訴訟《そしょう》もできない。

〈昭和三十七年四月十三日『朝日新聞』〉

(『獅子文六全集』第十五巻「随筆　町ッ子」より　朝日新聞社　一九六八年)

【付録】娘のこと

テレビで、私の旧著『娘と私』をやってるので、こと新しく、いろいろ訊《き》かれるが、べつに言うべき何物もない。

あの本に書かれたことは、もう、すべて済んでしまったのである。娘を育ててくれた二度目の妻も、死んでしまった。娘も、結婚して、十年にもなり、三子の母となってる。もう何も問題はない。私の悩まされ、苦しまされる人生は、べつに始まってる。

しかし、あの過去を忘れたというのではない。また、忘れられるものでもない。懐かしい過去、もう一度繰り返したい過去というわけではないのだから、私は、なるべく思い出さないようにしてるのだが、そう簡単に、絶縁するわけにもいかない。

現に、今やってるテレビにしろ、そのうち製作されるだろう映画にしろ、申込みはずいぶん前からきていた。それを、私は、いちいち断《ことわ》った。

娘が、可哀そうだからである。たとえ、父の書いたものにしても、自分の姿が映像になって、人目にさらされるのが、愉快なはずはない。その上、彼女は特異な出生を持ってる。活字や、ラジオの声なら、まだ忍べるだろうが、アリアリと、自分自身が映像化されたら、やりきれないだろう。勿論、私自身だって、そんな運命は嬉《うれ》しくないが、恥をサラすことには、もう慣れてる。

それで、私は、娘が日本にいるうちはダメだと、申込み者に断り続けた。婿《むこ》さんが外国勤務になって、夫婦が日本を去る日がきたら、彼女の眼に触れないだろうから、その時期を待てと、いって置いた。

ところが、その時期が、案外、早くきてしまったのである。早手回しに準備を整えたNHKでは、娘たちの出発後、間もなく、放映を始めた。

それくらいの父親の配慮だったら、まだ、私にも残ってるのである。しかし、後は、娘の金セビリを、シブシブ出す程度である。娘の家へ遊びにいくとか、娘を呼んで甘えさすとか、そんなことは滅多になかった。

もう、そんな必要はないではないか。娘は、良人《おっと》と子を持ち、自分の人生を始めたのである。自分の考えと、自分の気持で、生きていくべきである。無論、彼女が悩み、迷って、相談を持ち込んでくれば、私は精一ぱい応じてやるだろう。だが、いいアンバイに、まだ、一度も、そんなことはなかった。それに、娘も、よくよくのことのない限り、父親に訴えてくるような女ではない。私は彼女のエゴイズムと自尊心を、かなり高く評価している。

父親の育てた子だから、そうなのだろうか。彼女は、幼い頃、快活な男の子と、変らなかった。それが、女学校中級（旧制）の頃から一変して、内攻的な、理性的な性格となった。その頃から、私も気むつかしい父親になった。私は、わが子が幼い時には、普通以上の甘い父親らしいが、子供の性格形成が行われる時分から（つまり、対手《あいて》を一つの人格と見なさざるを得なくなると）、急に態度が変ってくる癖がある。努《つと》めてそうするのでなく、自然にそうなる。私には、娘とエロ話をするような余裕ある気持には、一生なれそうもない。成長した娘と対してるのは、イキづまるような気持であって、彼女が恋愛して、結婚した時には、ホッとした。勿論、どの父親も感じるような寂しさが、私を襲わないでもなかったが、それよりも重荷を下《おろ》した安心感の方が、強かった。

そういうエゴイスティクな「私」は、テレビの画面には現われていないらしい。私は執筆時間の関係で、滅多に、あのテレビを見ないが、一両度見た限りでは、あの父親は、ほんとに優しく、ものわかりよく、誰にでも好かれそうな——つまり、私と反対の人物らしい。

そういえば、娘自身が小説の『娘と私』を読んで、

「あんな、いいパパじゃなかったわよ」

と、笑ったことがあった。私としては、一所懸命、自分の欠点をサラケだしたつもりでも、やはり、知らずして、どこか、自分を庇《かば》っているのだろう。テレビの台本作者や演出家も、その手にひっかかったのか。それにしても、小説とテレビと比べれば、後者

の父親の方が、ずっとよい父親になっている。ほんとに優しく、ものわかりがよく、誰にでも好かれそうな父親であるばかりでなく、男振りだって、実物の比でない。

万事、実物よりいいのだから、満足すべきであるが、そうもいかない。世間をダマしてるようで、とても、正面からテレビが見られない。そのせいもあって、見ない。

しかし、たまたま見た一場面に、まだ、小学一年生の娘が、白百合《しらゆり》女学校の小学部の制服を着て、現われてきた。演技も何もしない前に、グッと胸が迫ってきて、この時も、私はテレビの前を離れた。

あの制服を見ると、いつも、いけない。大磯の家へ往復する時々、車中で、片瀬の白百合に通う小さな女の子を見るのだが、やはり、感慨を催《もよお》す。でも、車中の時は、微笑をもって、見送ることもできるのだが、テレビの場合は、古傷の口が開いたような気持だった。

娘があの制服を着ていた頃は、私の人生は、最も苦難の時期だった。彼女の同級生の父兄で、私が一番貧乏だったことは、確かである。本来なら、娘をあんな学校へ、通《かよ》わせる能力はなかったのだが、仏人の経営であることと、亡妻の関係もあって、入学させた。もっとも、普通の小学校へ通わせたって、私の生活の苦しさは、五十歩百歩かも知れなかった。

とにかく、人間は、自分の一番苦しかった記憶を、自然に忘れるのか、強《し》いて眼を閉じようとするのか、あの頃の娘の姿は、まったく意識の底に、葬《ほうむ》られていたのに、不意に、眼の前へ現われたから、私は混乱したのだろう。

といって、あの役をやった少女女優が、どれほど娘に似てるわけでもなく、ただ制服が同じというだけのことなのだが――

父性愛なんていうけれど、あの頃の私の気持は、そんな高尚な、犠牲的なものではなかった。ほんとをいうと、誰か、信頼するに足る人が、娘を引き取って、育ててやろうといってくれたら、喜んで、彼女を渡したろう。そんな親切な人が、どこにもいなかったから、自分で育てたようなものである。そして、私の娘に対する愛情は、動物的であり、彼女の家庭教育なんてことは、考える余裕もなかった。もっとも、娘が病気した時に、枕頭《ちんとう》で本を読んでやるとか、貼紙細工《はりがみざいく》をしてやるとかぐらいのことはしたが、すぐ、退屈になって、続けるのに骨が折れた。

要するに、娘は、私にとって、大きな重荷だったのである。その荷物が、いくらか軽くなったのは、後妻《ごさい》を貰《もら》ってからで、私は彼女に一番感謝している。そして、娘が嫁にいく前に、彼女は死んでしまった。彼女が死ななかったら、私は、恐らく、『娘と私』という本を書かなかったろう。二度目の妻は、私の娘を育てるために、一生を送ってしまったような運命となり、それが気の毒で、あの本を書く気になった。

だから、あの本は、亡妻に献《ささ》げてある。

そして、私は、三度目の妻を迎えたのだが、その妻は娘を教育する必要もなく、母というよりも、親類のオバサン程度で、対している。娘の方も、そんな気持で、至って、サバサバしている。

しかし、その妻が、娘と私との応対を見て、

「ずいぶん変った親子ね」

と、批評した。私と娘の仲が、サバサバし過ぎるというのである。世間の父親らしく、私が温顔で迎えることもなく、娘も、私に甘える風もなく、両方とも、プスンとしてるのが、おかしいというのである。

でも、それが、私たち父子の自然なのである。そんな風にして、もう長いこと暮してきてるのである。私は苦しんで娘を育てたことを忘れてるし、娘も私に育てられたことを、忘れてるかのようである。

それでいいのである。小説やテレビの読者、聴視者にとっては、今起ってる現実かも知れないが、私たちには遠い過去なのである。すべて、済んでしまったのである。

私にとっての現実は、娘の子供たち――孫たちである。娘の長女は、ちょうど学齢であり、小学校の制服を着る時である。

私は、彼女たちを、心置きなく、甘やかすことができる。責任なく、可愛がるということは、ほんとに気楽である。

すべての後日物語は、このように、つまらないものであるのが、本当らしい。


（『獅子文六全集』第十五巻「随筆　町ッ子」より　朝日新聞社　一九六八年）

【付録】

『娘と私』


私は、主として、フィクションの小説を書いてきたので、代表作というと、そっちの側《がわ》から選びたくなるが、世間では、そうは思っていない。『娘と私』が、私の代表作だと考える人も、案外多い。

何がその作者の代表作であるか。それは、作者が死んでから、世間がきめることであって、それまでは、お預けであるが、単に『娘と私』の生まれたころのことを書けといわれれば、書くことは、いろいろある。

私が四国の疎開先きから、東京に転入して、住んだ家は、ある婦人雑誌の寮だった。いくらさがしても、家のない時分で、その社の好意で、やっと、私は東京の屋根の下を、見出したのである。

その寮は、神田の駿河台《するがだい》にあった。昭和二十二年の秋から、二十五年の春まで、私と家族は、そこに住んだ。ある富豪の住宅で、荒れ果てた洋館の中に、畳を敷いて、数家族が住んでいた。『てんやわんや』だとか、『嵐といふらむ』というような小説を、私はそこで書いた。

二十五年の二月に、私の妻が、突然、心臓病で倒れた。

心臓肥大の持病はあったが、めったに病苦を訴えない女なので、私も気にしないでいたが、急に病変がきて、三日目に死んでしまった。

その時のショックは、生涯《しょうがい》で一番大きなものだったかも知れない。私は茫然《ぼうぜん》として、何も手につかなかった。葬儀なぞも、その婦人雑誌社の人がきて、万事やってくれたから、いいようなものの、私は、何をどうしていいかもわからなかった。

そして、妻の葬儀が終って、暫《しば》らくしてから、私は、その婦人雑誌から、妻を失ったことの感想を書くことを、求められた。いろいろ、世話になっていることだし、その頼みは断《ことわ》れないと思ったが、いかんせん、ショックが、あまりに大きくて、とても、文章にまとめることができない。

何を書いても、ウソになるという気持だった。結局、私は、カブトを脱いだ。

「せめて、一周忌でもきたら、書けるかも知れません」

そういって、私は断《ことわ》った。

その一周忌がきても、私は、書く気がしなかった。

亡妻が生きてるころに、一緒《いっしょ》に見に行って、買約をきめた大磯の家の改築やら、移転やら、主婦のない家庭の落ちつきなさやらで、執筆のことを、忘れていた。そのうちに、新聞に『自由学校』を書いたりして、約束は延びるばかりになって、やっと、自分の身辺をふりかえる気持になったのは、娘の婚約がきまったころだった。

私は、娘が結婚するという事実を、あらためて、考えないわけにいかなかった。同時に、娘が十歳の時に、私の家へきて、一人前の娘に育ててくれた亡妻のことを、あらためて、考えないわけにいかなかった。

延び延びになった感想文を、いっそ、長篇小説として書いてみようと、思い立ったのは、そのころだった。

雑誌社側に話すと、それは望むところだという答えだった。

「そのかわり、今度の小説は受けませんよ。私事を自分のために、ダラダラ書くのだから……」

私は、そういって、第一回の原稿を渡したのを、覚えている。実際、掲載されても、何の反響もなかった。読者の手紙なぞが、ボツボツき始めたのは、一年ぐらいたってからだったろう。しかし、反響なぞと、まるで考慮しないで、私は書き続けた。そして、三年以上かかって書き上げた。

（『獅子文六全集』第十五巻「雑」より　朝日新聞社　一九六八年）

解説

牧村健一郎

獅子文六の「娘と私」は、昭和二十八年一月から三年半にわたり、雑誌「主婦之友」に連載された。六十歳の還暦の年に書き始められた、作者の自伝小説である。『福翁自伝』を挙げるまでもなく、優れた自伝がどれもそうであるように、『娘と私』も個人史であるのと同時に、時代の年代記（クロニクル）にもなっている。『娘と私』の場合、アジア太平洋戦争を挟んだ、戦前、戦中、戦後の昭和の時代が、くっきり刻まれる。

物語は、大正十四年八月、フランス人妻が横浜で娘を出産するところから始まる。パリで知り合い、ともに帰国した翌月だった。初めて子を持った若い父親は、病院で赤子に対面するとすぐ、無事誕生の電報を近親に打つため、雨の中を町に飛び出す。「世界中の人に、わが子の誕生を告げたい衝動を、感じた」。あと一年数カ月で、昭和が始まる時期だった。

だが、福音の時は長く続かない。はるか遠い極東に、夫だけを頼りに来日した妻は、環境や文化の違いから、次第に心身の不調を訴える。昭和の初めである。在日外国人妻は少なく、支え合うネットワークも不十分だった。療養のため妻はフランスに帰国、その後亡くなったという報知がくる。

三十代の若い父親は、日仏混血の幼い娘をかかえて、途方に暮れる。娘はよく病気し、預けた寄宿舎ともうまくいかない。一生の仕事と決めた演劇は、まず金にならない。文六という男は、いつも仏頂面で不愛想、個人の内面などをおくびにも出さず、生活はいたって堅実、というのが、演劇仲間からの評判だった。ある人は、文学座の創設者三人について、久保田万太郎はあぶなっかしい、子供が電車通りで三輪車に乗っているのをみているようだ、岸田國士は高架電車のよう、それに対し文六は、微塵も危なげなく、まるで地下鉄だ、と評したという。だがこの「地下鉄」は存外、傷つきやすい内面をかかえ、苦難に満ちた日々を送っていた。この昭和初期の「闘うオヤジ」時代は、『娘と私』前半の大きな読みどころだ。

愛媛県出身の静子夫人と再婚し、生活費を稼ぐため、「獅子文六」という筆名で、雑誌に雑文を書きはじめたころから、ようやく生活が上向いてくる。掛け算の四四（しし）十六のもじり、あるいは文豪（ぶんごう）より上のぶんろく、というのが筆名の由来とされるが、ユーモア感覚とともに鬱屈したプライドが見て取れる。

運が開けるのは、昭和十一年、初めての新聞小説「悦ちゃん」(報知新聞)が好評で、映画化もされたころからだ。二・二六事件が起き、世の中に不安感が漂うとき、妻を亡くした中年男と元気いっぱいの少女の家庭に、気立てのいい女性がやってきて、平和な家庭が築かれる、という爽やかな物語は、広く受け入れられた。まさに文六の家庭の構図であり、そうあってほしい家庭像だった。この年は、ドイツ・ガルミッシュパルテンキルヒェンで冬季オリンピックがあり、もうひとりの悦ちゃん、小学六年生の稲田悦子がフィギュアスケートで十位に入る健闘をみせ、話題になった年でもあった。

続いて、夏目漱石以来の伝統のある朝日新聞からも、連載の依頼が来た。フランス留学中の経験をもとに、日本人留学生の生態を面白おかしく描いた『達磨町七番地』を載せ、これも好評だった。文六はみごとにチャンスをつかんだのだ。いつも半眼のような目でシニカルに世の中を眺めていたが、案外、外界の潮流をよく観察し、計算もできる男なのだ。『達磨町』の連載のあとの朝日夕刊の新聞小説は、永井荷風の名作『濹東綺譚』である。

フランスに留学し、西洋の教養豊かであり、きわめつきの個人主義者、という点で、文六は荷風と共通点があった。熱狂とほど遠く、クールな観察者という点も近い。荷風の日記『断腸亭日乗』は昭和史の副読本として名高い。だが陋巷《ろうこう》に一人起居する荷風は、老いた高等遊民、いわば世捨て人だったが、壮年の文六には、娘と再婚したばかりの妻がいた。演劇で、小説で、世に出たい、という焦れるような野心があった。

昭和十二年七月、日中が全面戦争に突入、一気に戦時色が強まった。九月、親しい俳優友田恭助にも召集令状がきた。友田は入営すると上海の前線に送られ、十月初め、あっけなく戦死してしまった。大政翼賛会が発足すると、文学座の盟友、岸田國士が文化部長に就任した。ファシズムへの防波堤になって文化を守るため、といわれたが、岸田は「あちら側」の人間になって、そのうえで人のやらない仕事をやるつもりだろう、と文六は感じた。

真珠湾攻撃の朝のことは、『娘と私』にくわしい。一報に驚き、落ち着かぬ午後、文六はいたたまれず家をでて、近所の八幡宮の前までくる。「神信心もない私であるが、突然、祈願がしたくなった。――えらいことになりました。是非、日本を勝たして下さい。私は、一心に、そう願った」「何か、幅広い溝を、一足跳びに、跳び越してしまった気持がした」。もう「あちら側」も「こちら側」もなかった。

真珠湾攻撃の特殊潜航艇の乗組員を主人公にした新聞小説『海軍』（朝日新聞）は、戦意高揚というよりも青年将校の自己犠牲の物語だった。本名の岩田豊雄名で書いたこの小説は、熱狂的に支持され、映画化もされた。だが、戦局は悪化し、湯河原に疎開、敗戦を迎える。敗戦の年の暮れ、一家は夫人の実家のある愛媛県岩松町へ再び疎開する。岩松には二年間住み、その経験は、復帰第一作『てんやわんや』（毎日新聞）に取り入れられた。

帰京後はしばらく、東京・お茶の水に家を借りていたが、神奈川県大磯に転居が決まった直後、夫人が急死する。妻との死別は二度目だった。打撃は大きく、告別式の日、あの地下鉄のような男は、人目もはばからずボロボロ涙をこぼし、憔悴しきった様子を見せたという。『娘と私』はその数年後、娘が結婚し、本人も再々婚したあと、書き始められたが、本の扉には、文六には珍しく「亡き静子にささぐ」という感謝の献辞が書かれている。

『娘と私』は娘をもつ男親の戸惑いも、率直に描かれる。娘の初潮に感慨を深め、男友達の性格を気にする愛情豊かな父親だが、ベタベタした情を示さないところが、真骨頂だ。「昭和の父親」のある典型なのかもしれない。

文六はその後も精力的に小説を発表する。『大番』『箱根山』『可否道』(ちくま文庫版「コーヒーと恋愛」)など。歯切れのいい文章と新鮮な題材は健在で、人気作家として盛名を博し、『娘と私』は昭和三十六年、NHKの朝の連続テレビ小説の第一号として一年間放送され、お茶の間の話題になった。

四十四年十一月、文化勲章を受章、その翌月、脳溢血で急死した。七十六歳だった。戦後の経済成長の象徴ともいえる、大阪万博の前年のことだった。

私は八年ほど前、新聞の取材で、『娘と私』のヒロインのモデル、巴絵さんに東京・田園調布のご自宅でお目にかかった。外交官と結婚した巴絵さんは、海外生活が長く、夫君の退官後、東京で静かに暮らしていた。

上品でいかにも聡明そうなおばあさんになっていた巴絵さんは、義母の静子さんについて「名前の通り、静かな人で、父の言うがままでした。父はわがままでしたからね」と語った。静子夫人が急死すると、文六は巴絵さんに「また二人になっちゃったね」とさびしそうに話したという。巴絵さんは平成二十一年夏、亡くなった。

（まきむら・けんいちろう　ジャーナリスト）

・本書『娘と私』は、一九五三年一月号から一九五六年五月号まで「主婦之友」に連載されました。今回の文庫化にあたり『獅子文六全集』第六巻（朝日新聞社　一九六八年）を底本としました。

・本書のなかには、今日の人権感覚に照らして差別的ととられかねない箇所がありますが、作者が差別の助長を意図したのではなく、故人であること、執筆当時の時代背景を考え、該当箇所の削除や書き換えは行わず、原文のままとしました。

おまじない　西加奈子
さまざまな人生の転機に思い悩む女性たちに、そっと寄り添ってくれる、珠玉の短編集、いよいよ文庫化！　巻末に長濱ねると著者の特別対談を収録。

通天閣　西加奈子
このしょーもない世の中に、救いようのない人生に、ちょっぴり暖かい灯を点す驚きと感動の物語。第24回織田作之助賞大賞受賞作。（津村記久子）

沈黙博物館　小川洋子
「形見じゃ」老婆は言った。死の完結を阻止するために形見が盗まれる。死者が残した断片をめぐるやさしくスリリングな物語。（堀江敏幸）

注文の多い注文書　小川洋子　クラフト・エヴィング商會
バナナフィッシュの耳石、貧乏な叔母さん、小説に隠された〈もの〉をめぐり、二つの才能が火花を散らす。贅沢で不思議な前代未聞の作品集。（平松洋子）

図書館の神様　瀬尾まいこ
赴任した高校で思いがけず文芸部顧問になってしまった清（きよ）。そこでの出会いが、その後の人生を変えてゆく。鮮やかな青春小説。（山本幸久）

僕の明日を照らして　瀬尾まいこ
中2の隼太に新しい父が出来た。優しい父はしかしDVする父でもあった。この家族を失いたくない！　隼太の闘いと成長の日々を描く。（岩宮恵子）

星間商事株式会社社史編纂室　三浦しをん
二九歳「腐女子」川田幸代、社史編纂室所属。恋の行方も友情の行方も五里霧中。仲間と共に「同人誌」を武器に社の秘められた過去に挑む!?（金田淳子）

ラピスラズリ　山尾悠子
言葉の海が紡ぎだす、〈冬眠者〉と人形と、春の目覚めの物語。不世出の幻想小説家が20年の沈黙を破り発表した連作長篇。補筆改訂版。（千野帽子）

聖女伝説　多和田葉子
少女は聖人を産むことなく自身が聖人となれるのか？　著者の代表作にして性と生と聖をめぐる少女小説の傑作がいま蘇る。書き下ろしの外伝を併録。

ピスタチオ　梨木香歩
棚（たな）がアフリカを訪れたのは本当に偶然だったのか。不思議な出来事の連鎖から、水と生命の壮大な物語「ピスタチオ」が生まれる。（管啓次郎）

ちくま文庫

娘《むすめ》と私《わたし》

二〇一四年十一月十日 第一刷発行
二〇二四年 四 月十日 第五刷発行

著 者 獅子文六（しし・ぶんろく）

発行者 喜入冬子
発行所 株式会社 筑摩書房
東京都台東区蔵前二―五―三 〒一一一―八七五五
電話番号 〇三―五六八七―二六〇一（代表）
装幀者 安野光雅
印刷所 中央精版印刷株式会社
製本所 中央精版印刷株式会社

ISBN978-4-480-43220-9 C0193